铁道烽火四平街

贾东福　贾玥　著

中国文史出版社

图书在版编目（CIP）数据

铁道烽火四平街 / 贾东福，贾玥著. —北京：中国
文史出版社，2021.2
ISBN 978-7-5205-2933-4

Ⅰ.①铁… Ⅱ.①贾… ②贾… Ⅲ.①长篇小说-中国-
当代 Ⅳ.①I247.5

中国版本图书馆 CIP 数据核字（2021）第 075777 号

责任编辑：方云虎
封面设计：张 军

出版发行：**中国文史出版社**
社　　址：北京市海淀区西八里庄路 69 号　　邮编：100142
电　　话：010-81136630
传　　真：010-81136666
印　　装：廊坊市海涛印刷有限公司
经　　销：全国新华书店
开　　本：787 毫米×1092 毫米　　1/16
印　　张：31.75
字　　数：480 千字
版　　次：2022 年 2 月北京第 1 版
印　　次：2022 年 2 月第 1 次印刷
定　　价：78.00 元

序　言

四平在远古的时候属于红山文化圈。

6000年前的红山文化是西辽河流域的发达文明。四平辖下的郑家屯过去曾是辽西地区重要的水旱码头，其水码头是著名的三江口；三江口正是西辽河与东辽河的交汇处。

西辽河流域的红山文化是富有生机和创造力的优秀文化，内涵非常丰富。

号称"中华第一龙"的玉器，在红山文化遗址出土。这标志着红山文化是中华民族的龙文化和玉文化的发源地和发祥地。由此，考古学家认为，黄河流域的龙文化和玉文化，是红山文化圈的龙文化和玉文化的南移。

公元668年，唐高宗李治遣薛平贵征高丽，拔扶余城（今天已经属于四平道东市区的一面城），克南苏城（位于今天的二龙湖），附近30余城皆降。朝廷为表彰此次战功，在四平东郊的山顶建塔纪功，此山故得名"塔子山"。

元朝的时候，四平西部地区是成吉思汗纵马驰骋的科尔沁大草原。

说起大清朝，就必然说到叶赫，位于四平东部山区的叶赫古国是清朝的发祥地之一，四平是叶赫古国的故地（叶赫镇现隶属于四平市铁东区政府）。且不说清末的慈禧皇太后是叶赫那拉氏；追根溯源，清太祖努尔哈赤的母亲是叶赫氏，因而，努尔哈赤是叶赫的外甥；努尔哈赤的孝慈高皇后孟古娘娘也是叶赫氏，他们是皇太极的生身父母，因而，皇太极也是叶赫的外甥。

努尔哈赤开疆拓土，虽然曾与叶赫古国发生过三次战争，但是，叶赫古国与大清朝的关系却应了那句民间谚语："姑舅亲，辈辈亲；打断骨头，连着筋。"

由此，人们说，四平乃是龙兴的祥瑞宝地。

1898年清政府和沙皇俄国政府合作修筑南满铁路，并且，在四平街设立"五站"——由长春到四平是第五站。后移用附近地名，遂改"五站"为"四平街站"。

于是，始有"四平街"立"市"。

清末民初，国家积贫积弱，列强乘虚而入，攫取利益，妄图分裂并吞噬中国的疆土……以马龙潭将军、吴俊升将军为代表的四平军民，为维护国家的统一和领土完整，与沙俄侵略军进行战斗；对沙俄怂恿的乌泰王爷的"独立"……成功地进行了武力清剿；又取得了剿灭巴布扎布的所谓"复辟大清朝"的战争的胜利，巴布扎布是日本人图谋猎取满蒙的代理人。

马龙潭和吴俊升都是东北大帅张作霖的拜把子兄弟，吴俊升是东北军的仅次于张作霖的副帅。

在民间，英雄的于家沟屯民勇敢地抗击沙皇俄国的侵略军……威震遐迩。

东北人民为自力更生地发展经济，独立自主地修筑了中国人自己的铁路——四洮铁路，马龙潭将军曾任四洮铁路局的局长。

四平位于东北的心脏地带，是著名的粮食集散地……为抵制日本的政治与经济的侵略，在四平道东兴建开发区，以优惠的政策招商引资，与日本人的所谓"铁路附属地"的政治与经济蚕食相对抗，取得了显著的成效，打击了日本人的侵略野心。

同时，东北的国民政府贴近日本人控制的南满铁路而在其南北两侧修筑了两条铁路，致使日本人控制的南满铁路运输被架空……在1931年的上半年，巨额盈利的南满铁路，出现了亏损的赤字……世界出现经济危机，日本法西斯穷途末路，铤而走险，发动了"九一八事变"，赤裸裸地以武力侵略中国的东北。

《铁马冰河四平街》一书写的就是这一时期的内容，从1898年修筑南满铁路伊始，到1931年"九一八事变"，四平军民反对沙皇俄国和日本妄图分裂并吞噬中国满蒙地区而进行的保家卫国的战争。

"九一八事变"发生，中国人民的抗日战争在东北首先爆发。

四平周围集聚了四万抗日义勇军，之后，他们都集结在中国共产党领导下的"东北抗日联军"的光辉的旗帜下，以昂扬的民族气节，英勇顽强的斗争精神，不屈不挠、前仆后继地进行着反抗日本法西斯侵略的伟大的抗日战争。

对日抗战长达 14 年，但是，从 1931 年"九一八事变"，到 1937 年"七七事变"——中国爆发了全面抗战，这中间有六年时间，抗击日本法西斯侵略的战争是在东北广袤的大地上；在这片广袤的大地上进行着不屈不挠、艰苦卓绝的抗战，只有中国共产党领导下的英雄的东北抗日联军，而没有国民党军队指挥下的一兵一卒。

中国共产党领导下的东北抗日联军，在沦陷的东北的肥沃的黑土地上和秀丽的河山上，英勇、顽强地抗击着日本的法西斯侵略，起着伟大的中流砥柱的作用。

四平军民和全国军民一样，支持黑龙江省主席马占山将军对日军的"江桥抗战"，即嫩江铁路大桥的抗战。

怀德县长赵泽民不惧牺牲，哪怕粉身碎骨也拒绝日寇的接收而守城抗战。

日本侵略者贴出《公告》，宣传马龙潭将军是日寇的"中满自治会"的会长，企图以他的威望笼络人心，但是，具有崇高民族气节的马龙潭将军得知后，愤怒填膺，来到日本宪兵队，以死相抗争，使日本人不得不向他道歉，马龙潭将军遂派人撕毁日本人贴出的《公告》。

抗联名将李红光领导工农抗日义勇军——东北历史上第一支工农红军的队伍，破袭吉海铁道线……活跃在吉东山岭，打击日寇。

于海川不忍日本鬼子凌辱和欺压中国人，卖掉了家产，购买枪支，联手志士，高举起民族的义旗，发起暴动，攻陷了日军侵占下的辽北重镇——郑家屯。

以孙荣为首的梨树抗日义勇军，袭击十家堡火车站，在大土山弯道处扒铁轨，颠覆日寇军列，使之后车与前车相撞。

抗日义勇军在沙河口大桥颠覆日本军列，使之落入悬河。

以活人进行毒气和化学的活体试验的臭名昭著的日本"七三一部队"的前身，其魔窟以"关东军防疫供水部"的名义建立在四平街。

受中共满洲省委派遣而赴苏联的姬兴周，在接受训练后，成为苏联远东情报局领导下的国际特工组织——"姬兴周抗日谋略纵火团"的领导者，活跃于东北各地，用火焚和爆炸方式，破坏日军的后勤辎重基地，沉重地打击了日本侵略者。

活跃在四平周边的抗日义勇军曾英勇地攻进了四平街……所有这些发生在四平街及其周边的具有传奇性的历史，为撰写小说《铁道烽火四平街》提供了丰富的绝佳的素材。

《铁道烽火四平街》，从 1931 年"九一八事变"写起，直至 1945 年 8 月 15 日——日本天皇宣布投降，中国人民经历了 14 年艰苦卓绝的战斗，取得了抗日战争的伟大胜利。

东北经济发达，交通便利。

1945 年，东北以中国 1/9 的土地，在中国的工业总产值中占有 85% 的份额，其经济规模超过日本本土而居亚洲第一。

四平位于东北的心脏地带，是南满铁路、四洮铁路、四梅铁路的交汇点——重要的铁路枢纽，因而，成为东北的战略要塞。

抗战胜利后，国、共两党都英明地认识到：得东北者得中国，得四平者得东北。

国、共两党都派出自己的杰出将帅和精锐的主力部队抢占大东北，四平街必然成为国共两党、两军争夺的焦点——震惊世界的影响深远的四战四平的战争，爆发在这里，成为历史的必然。

《铁血四战四平街》描绘的就是国共两党、两军"四战四平"的战争的历史。这场战争，极具曲折性与戏剧性，是一场惨烈而诡谲、壮观而恢宏的战争。

从 1898 年修筑南满铁路，始有"四平街站"，到 1948 年四平彻底解放，历时正好半个世纪。

四平街半个世纪的变迁与发展，是整个东北的缩影，更是整个中国的缩影。

东北，是沙皇俄国和日本军国主义者长期觊觎、垂涎欲滴的宝地……由此，演绎出了东北乃至整个中国的近、现代历史的不平凡的历程——这三本书是这段历史的真实写照。

我们重温这段历史，缅怀为反对国家分裂、为反对日本法西斯侵略、为国家的民主与富强而奋斗的前辈们，激发起昂扬的中华民族的民族气节和爱国热忱，并且，立志为中华民族的伟大复兴的中国梦而奋斗。

目　录

怀德县城，小白龙率部解救了尹县长。尹县长率自卫团投奔马占山，误入了汉奸王永清的圈套，自卫队脱险去了二龙山。尹县长和纪署长英勇殉国。马占山向日寇诈降，马忠华、马忠国、姜恩波率部分别投奔了辽北、辽西的抗日义勇军。

战，散发传单。日军森连司令官枪毙了二十几名藏有传单的士兵。日本共产党员伊田正男给二龙山抗日义勇军送来了一卡车弹药，又揭露了日军在四平街设立魔窟，进行毒气、化学试剂、高压电流的活体试验，虐杀中国人的罪行，这就是臭名昭著的"731 部队"的前身。

烈。日军却找不出燃烧的原因,于是,悬赏缉拿。

在铁道线上刺杀了曾在赵翰章家养伤的日军中将。

　　马龙坤看到和听到了日军的颓败……他兴奋——日军败局已定,"升天成佛"……身为日军翻译官的马忠廷,回家吊唁父亲,却被母亲于桂花命令家人将其乱棍打出。马家少年在滨州线黑岗车站劫持了五〇一次货车,高速撞毁了日军二五〇一次日军临时军列。苏联对日宣战,马家少年给苏军发报,苏军派战机炸毁了日军从郑家屯出发的最后一趟军列。

　　日本天皇宣布投降,山口枝子领着日本友人到马家避难。苏军进入四平,马忠国的部队随苏军返回四平。苏军远东情报局和延安来电,要求保护马忠廷——他是苏军远东情报局四平站的站长。马忠廷考虑到国共两党的斗争,建议对赵翰章"取保释放"。马家人来到了条子河的马家墓地,吊唁英烈。

第一章

怀德县长尹泽民抗拒日寇
侵略而组织抗日自卫团

1931 年 9 月 28 日。

怀德县政府，县长办公室。

透过玻璃窗子，可以看到外边的天空，乌云密布，噼噼啪啪哩哩啦啦地下着阴雨，时不时地刮来冷飕飕的北风，又搅动着阴雨。

外面的世界一片阴沉和冷漠。

突然间，一道炽烈的血色的闪电，撕裂了阴郁而沉重的乌云，在刹那间，露出了原本亮瓦瓦的青蓝色的长空和灿烂的阳光。炽烈的血色的闪电，在猛然间，撕裂阴郁而沉重的乌云时的那一声霹雳，演化成轰轰隆隆的雷鸣，随着轰轰隆隆的雷鸣向远方滚动，那露出来的原本亮瓦瓦的青蓝色的长空和灿烂的阳光，又被沉郁的乌云无情而又凶残地遮掩了。

但是，闪电雄伟而壮烈地撕裂了阴郁而沉重的乌云，毕竟让黑土地看到了本来亮瓦瓦的青蓝色的长空和灿烂的阳光；霹雳和传向悠远的雷鸣，毕竟让黑土地感到了灵魂的震撼，因为，那是苍天对乌云发出的怒吼。

阴郁而沉重的乌云是流走的、偶时的，尽管它来势汹汹，甚至乌云乌得发黑，仿佛黑云压城城欲摧；晨起夕落的太阳却是以她的辉煌的光明，周而复始地巡回在黑土地的上空；乌云遮不住太阳，因为，辉煌的太阳是永恒的。

县长的办公台的后面，坐着县长尹泽民，他正在主持紧急碰头会。

他说："九一八事变，日本人武力占领了奉天城，他们一方面武力恫吓，一方面笼络收降……正沿着南满铁道线向东、向北扩占，看样子，日本人的野心是要一举占领整个东北……形势严峻啊。"

警署署长纪义方说:"大前天,25日,日本关东军满洲独立守备队司令部移驻四平街。当天,太阳快落山了,200多个日本鬼子,坐着八辆汽车,进了梨树县城,收缴县保安大队的枪支……保安大队得知消息后,转移到了喇嘛甸子一带。日本鬼子一看缴械未成,恼羞成怒,汉奸齐巡官摇尾乞怜,说,'监狱里押的统统是土匪。'日本鬼子让他把土匪拉出来。他就从狱中拉出了15名犯人。其实这15人,有的是犯赌,有的是民事官司……都以土匪论处,拉到了县公署外的大坑边,全都被日寇用刺刀刺死。其中,有一个十六七岁的小孩儿,还没等刀刺,就吓昏了。大坑边留下了14摊血迹。当晚用八辆马车,拉着这15具尸体到西门外的鬼王庙大坑去火化。走到了城隍庙门前,突然,一具尸体站起来了,张开了大口,扑向了一个日本鬼子,一口咬住了这个小鬼子的脖子就不松口,正咬在了这个小鬼子的颈动脉上,这正是那个被吓昏了的小孩儿。不管其他的小鬼子咋虐害这小孩儿,想要使那个被咬住的小鬼子脱身,但是,那小孩儿就是张开血盆大口,用他的铁齿钢牙,在那个小鬼子的脖子上像狼似的又咬又撕……那个小孩儿挨了几刺刀,还是不撒手。最终,那个小孩儿和那个小鬼子,都'扑通'一声,摔倒在了地上。小鬼子的脖颈上血流如注……那个小孩儿的大嘴,还死死地咬着那个小鬼子的脖子。小孩儿死了,但是,那个小鬼子因为流血过多,也死了。"

"怯生勇,最懦弱的人,恰恰也是最凶悍的人。"警长张景春说,"那个小孩儿,虽然只有十六七岁,却够个中国人的大写的'人'字,死得壮烈。"

纪义方说:"小鬼子授意阚朝山,以乡绅的名义下请帖,在前天,约请后任县长包文峻,到四平街赴宴……宴会却由日本人阿川幸寿主持,日本守备队的清水中佐也在座。"

张景春说:"不用问,这个靠贩卖大烟土起家的奉军的旅长,小名叫'阚六'的阚朝山,肯定是当了汉奸了。"

纪义方说:"阿川幸寿说,只要包文峻归顺了日本守备队,官复原职,仍然是梨树县的县长,日后再提升为厅长。"

保安队长林佩臣说:"包文峻咋说的?"

纪义方说:"包文峻说,我年事已高,不堪任用,我回老家柳河,以颐养天年。"

林佩臣说:"不与汉奸们同流合污……在不得已的情况下,全身而退,也不能不说是一种洁身自好的雅士风骨。"

纪义方说："在公主岭和范家屯火车站段的'附属地'的日本守备队，要强制接收这两个站地的我们的行政机关和团体……"

尹泽民说："绝对不能允许日本人强行占领我们的行政机关和团体，我要亲自到公主岭和范家屯去，当面跟日本人交涉，必须拒绝日本人的无理要求。"

"我们支持县长的决定，必须拒绝日本人的无理要求。"张景春和林佩臣都表示说。

尹泽民说："纪署长。"

纪义方说："有。"

尹泽民说："我们要做最坏的打算，就是跟日本人武力对抗……所以，你的任务就是把商界和乡绅中的爱国人士组织起来，成立武装的自卫团，有钱出钱、有力出力、有枪出枪，保家卫国。"

"是，我这就去做这件事儿。"纪义方说，"地方乡绅和商界达人都不愿做亡国奴，他们抗战的呼声非常高，纷纷要求我们政府要抗拒日寇。"

尹泽民说："好啊。"

纪义方说："我以咱们县政府的名义，通告各村屯，组织自卫团，整体上做好自防自卫的工作。"

尹泽民说："张警长。"

张景春说："有。"

"电话被封锁了，跟省府的联系中断了……"尹泽民说，"你派个精明的心腹，带着我的亲笔信，秘密去锦州，请示对策，速去速回。"

张景春说："我立马就派人去……"

尹泽民说："还有，派人盯着公主岭和范家屯的日本附属地的日本警署，以及日本守备队的动向，以及跟他们来往的人员。"

张景春说："是。"

尹泽民说："林队长。"

林佩臣说："有。"

尹泽民说："你配合纪署长，组织自卫团。"

林佩臣说："是。"

尹泽民说："事不宜迟，大家分头行动。"

于是，几个人按照碰头会的部署，分头行动去了。

1931 年 9 月 29 日，上午。

范家屯站，满铁日本守备队队部。

南满铁道线，以长春站为"一站"，范家屯为"二站"，公主岭为"三站"，郭家店为"四站"，四平街为"五站"。

范家屯的日本守备队队长寿川和日本附属地的警署署长小路，接见了来访的怀德县长尹泽民。

寿川说："尹县长来访，有何公干？"

"我亲自来告知贵方，得知你们要接收范家屯和公主岭两地的我们中国的机关、团体，我们坚决反对。"尹泽民说，"我作为一县之长，必须严肃地告诫你们，你们必须停止有关接收的行动。"

寿川笑了，说："范家屯和公主岭都在我们满铁的铁道线上，我们有我们的附属地……不是我们接收，而是我们这两个站点上的你们的一些机关、团体，主动地要求我们接收，我们才去接收的。"

"一派胡言。"尹泽民义正词严地说，"你们以武力相恫吓，又以官位相诱惑……有些人才不得不屈从于你们。"

小路说："尹县长言重了，我们大日本皇军声威赫赫，我们已经顺利地接收了东北的行政中心——奉天城，还有我们想接收而接收不了的吗？中国有句古话，叫作'识时务者为俊杰'。凡是顺从我们接收的，都是'识时务者'，看清了大趋势……因而，也都是'俊杰'。"

寿川说："我想，尹县长也会成为这样的'俊杰'的。"

小路说："只是一时还没有看清大趋势，暂时不是一位'识时务者'而已。"

说完，小路和寿川都哈哈大笑起来。

"我已经在公主岭向公主岭的日本守备队郑重地表达了我们的严正立场和鲜明的态度，然后，我又赶到了范家屯，到了你们这里，也同样地表达我们的严正立场和鲜明的态度。"尹泽民严肃地说，"我希望你们不要一意孤行。"

小路说："我再替尹县长补充上一句：由此产生的一切后果，由贵方负责。"

说完，他和寿川都嘻嘻地笑了起来。

寿川说："这就是你们的态度？"

尹泽民说："当然，一切都等省政府的命令，听从省政府的命令，由于电话被你们封锁了，电话打不出去，不过，我已经派人去省政府了……"

小路说："嗯，这话听着，还有点意思。"

寿川说："今天，天色已晚了，尹县长是否与我们共进晚餐，休闲、休闲……我们再深入地聊一聊？"

"不必了。"尹泽民说，"告辞了。"

说完，他走出了范家屯的日本守备队的队部。

尹泽民前脚走出了这里，范家屯火车站附属地警署的巡捕马春城就急匆匆地走了进来。马春城的族叔马宏途在长春充任日警的要职，有相当大的势力。他的族叔马宏途为了他而在日本人那里活动，内定他为日本人接收怀德县之后的怀德县县长。

马春城说："寿川队长，应该迅速地接收公主岭和范家屯两站的地方上的所有机关、团体……我这心里，实实在在，是为日本皇军着急啊。"

寿川说："我们又何尝不着急呢？"

马春城说："既然如此，就马上接收啊。"

小路说："接收，这需要兵力啊……"

寿川说："你从马宏途先生那里可能也知道，我们沿着铁道线路来接收……不瞒你说，我们的兵力不足啊，我们正在从日本本土和朝鲜抽调兵力，所以，我们必须稳扎稳打，步步推进。"

马春城说："可以收编地方上的一些武装为我所用啊。"

寿川说："这个想法好啊，我们支持。"

马春城说："北山皮子一带有个'全胜'绺子，首领叫赵全胜，他手下有800多人……如果不是发生了你们接收了奉天城的变故，尹泽民和纪义方已经都部署好了，要清剿'全胜'绺子。所以，'全胜'绺子对尹泽民和纪义方他们是又恨又怕……如果能把'全胜'绺子招安过来，这可是一股子不小的力量。"

寿川一拍手，说道："招安。"

小路迫不及待地说："只要同意我们招安，其他的都好说。枪支弹药，我们供应；金钱、金条，我们不惜重金；甚至，赵全胜可以担任怀德县警署的署长。"

马春城说："有你们的这句话，我的心里就有底了。"

寿川说："你跟'全胜'绺子有联络？"

"有联络，关系还不错呢。"马春城说，"有一次，赵全胜亲自领着他的崽子们到范家屯来'砸窑'……被纪义方包围了。双方枪战。赵全胜的崽子们死的死，伤的伤……他们逃到了咱们的铁路附属地，是我放了他们一马，让他们逃进了咱们的铁路附属地，而且，我们把追击赵全胜的纪义方的警察们阻挡在了铁路附属地之外。事后，赵全胜亲自派他的心腹来酬谢我。"

寿川说："你去招安，越快越好。"

小路说："刚才，尹泽民前脚走了，你后脚就进来了，差点碰头儿。"

寿川说："尹泽民是以怀德县长的身份，来要求我们不准接收我们南满铁道线上的范家屯和公主岭两个站地的机关、团体，还向我们发出警告。"

马春城说："他是心虚了、害怕了，所以，来这里喊两嗓子。"

小路说："你知道，尹泽民这几天正在干啥呢吗？"

马春城说："知道啊，尹泽民正在紧锣密鼓地笼络地方绅商，组织各乡镇的所谓自卫团和商绅的民团，并且，要武装他们、军训他们……意欲与大日本皇军对抗。"

小路说："尹泽民已经笼络了多少人了？"

马春城说："纪义方警署的警察，加上笼络的自卫团、民团等等，估计有千把人吧。"

寿川说："不瞒你说，我们范家屯和公主岭的铁道守备队加在一起，才300人，以我们的300人去面对尹泽民的千把人？"

"我明白了。"马春城说，"我们需要笼络亲日的人马，然后，再全面接收铁道线上的范家屯和公主岭的机关和团体，然后，再接收怀德县城，夺取怀德县的政权。"

小路笑了，说："马先生是聪明人，话都说在点子上了。"

马春城说："我这就去面见赵全胜。"

寿川说："期待马先生马到成功。"

马春城说了声："告辞。"

他转身走出了范家屯的日本守备队，骑上快马，前往北山皮子，去面见"全胜"匪绺子的大掌柜赵全胜。

1931 年 10 月 1 日。

怀德县政府，县长办公室。

县长尹泽民主持碰头会，说："我去了公主岭的日本守备队，也去了范家屯的日本守备队，向他们表明了我们反对他们接收我们在当地的机关和团体的态度，但是，小鬼子的气焰很嚣张，一副蠢蠢欲动的样子。"

纪义方说："各个乡村的自卫团和商界的民团，都已经迅速地组织起来了。壮丁们抗日的情绪很高涨，纷纷表示要抗击日寇，保卫家乡。他们正在接受军训。"

尹泽民说："有多少人？"

林佩臣说："有 500 人左右。"

张景春说："探知小鬼子已经内定在范家屯的日本附属地警署的巡捕马春城为怀德县长，因为，马春城的族叔马宏途在长春充任日警的要职。"

尹泽民说："可惜啊，本县长不想让位啊，呵呵。"

张景春说："这个马春城巴不得马上就把公主岭和范家屯，以及怀德县城接收了，他好走马上任。"

尹泽民说："那他就跟他的日本干爹来接收吧。"

张景春说："他们忧虑的是，兵力不足。所以，要马春城重金收买北山皮子的'全胜'匪绺子……允诺匪首赵全胜，一旦归降了日本人，就由赵全胜担任怀德县警署的署长。"

纪义方说："本署长绝不会让位，只能是刀枪相见。"

尹泽民说："'全胜'匪绺子有多少人？"

张景春说："有土匪八百。"

"借力打力。"尹泽民说，"我也会啊。"

纪义方说："对啊，咱们有二龙山的小白龙呢，匪众何止三千。"

尹泽民说："我给你写封亲笔信，你派心腹去二龙山，把这封信亲自交给小白龙，让他注意北山皮子的'全胜'匪绺子的动态，牵制住'全胜'匪绺子……小白龙他们专门对付日本鬼子，如果一听说'全胜'匪绺子做了汉奸，他准保是火冒三丈。"

张景春说："是。"

尹泽民说："到锦州去的人回来了没有？"

张景春说："刚刚回来。"

尹泽民急切地问："锦州方面有啥信息？"

张景春说："锦州方面说，'中央政府已向国联交涉，尚无具体方案，命令地方当局待行事，但禁止抵抗，以免贻人口实。'——这是锦州方面的长官的一字不差的原话。"

尹泽民说："'禁止抵抗'，奉天城被日寇占领……眼看日寇步步紧逼，要把整个东北收入囊中，还是'禁止抵抗'，岂不是要把东北的大好河山拱手送人？让三千万东北同胞遭受日寇蹂躏？"

说着说着，他哽咽了，闭上了眼睛，眼泪扑簌簌地流了下来。

纪义方说："谁不抵抗，我们也必须抵抗，绝不能做亡国奴。"

张景春说："我在路过奉天的时候，看见一队鬼子兵趾高气扬地在街上行走，路旁一个小孩以好奇的目光看着这一队鬼子兵，其中的一个鬼子兵竟然出列将这个小孩用刺刀嬉戏地挑死，其他的鬼子兵还哈哈地笑……惨不忍睹啊。如果我手里有机枪，我真想把这些鬼子兵用机枪都他妈地突突了。"

纪义方说："小鬼子就是一伙禽兽。"

这时，有人敲门，并且，从门外递进来一封信函。林佩臣把信函接过来，交给了县长尹泽民。信函外皮儿的中间的长条红框框里用毛笔字书写着"尹县长亲启"，落款是"寿川"。尹泽民抽出了里面的信函。

信函上写道："请尹县长明日到公主岭满铁附属地警署，与我方谈判，若不到，我方将兵临城下，扫尽城廓，不留鸡犬，勿谓言之不预也。"

再看下方，落款仍然是"寿川"，在寿川名字的下方标明是"昭和六年十月一日"，即1931年10月1日。

尹泽民把信函的内容念给大家听。纪义方说：

"小鬼子的信函里杀气腾腾，请尹县长去谈判……分明摆的是鸿门宴。"

张景春说："对梨树县长包文峻摆的鸿门宴，还绕了个弯儿，显得含蓄了些，这可倒好，狼子野心，昭然不讳。"

纪义方说："小鬼子是故技重演啊。"

张景春说："要我说啊，尹县长别去了，去了之后，恐怕是凶多吉少。"

"去。"尹泽民坚毅地说，"我乃皇皇大中国的一县之长，焉能惧怕倭寇小鬼子摆的啥鸿门宴？不去，显得我苟且、畏怯；去，显示我坦坦荡荡、光明正大、大义凛然、气节壮烈；生为中国国民，面对倭寇的鸿门宴，民不畏死，奈何以鸿门宴而惧之？"

林佩臣说："这分明是小鬼子收编了'全胜'匪绺子八百土匪武装，似乎有了底气，所以，才癞蛤蟆打哈欠——好大的口气。"

张景春说："'全胜'绺子，向马春城开出了被收编的条件，第一要官儿，伪怀德县警署署长或保安大队长由赵全胜担任，向马春城讨要委任状，马春城答应了；第二向日本人要枪支弹药，扩充匪绺子的军事实力……马春城表示会向日本人报告，他向赵全胜表示，估计没有啥问题。"

尹泽民说："寿川的来函，口气强硬，以武力相威胁，恰恰暴露了小鬼子似乎有了些底气，但是，仍然是底气不足。如果底气足，公主岭和范家屯就在他满铁日本守备队的眼皮子底下，他们直接用武力全面接收就是了，也可以直接地来咱们的怀德县城，兵临城下，然后再说谈判的事情，那是一种啥样的态势？"

纪义方说："可是，小鬼子却偏偏地送来了一纸函件……"

尹泽民说："小鬼子的兵力，加上'全胜'匪绺子的匪徒们，大约有千把人，兵力几乎是一对一。小鬼子可能还不知道，我们有小白龙做外援……"

林佩臣说："这样一分析，小鬼子的口气强硬和武力威胁，还真的是外强中干。"

尹泽民说："小鬼子鬼得很，让我去，真个如纪署长所说，他们是故技重演，即使没有把梨树县的包县长劝降了，但是，能够使包县长回老家去养老，然后，小鬼子堂而皇之地开进了梨树城，这也是小鬼子的一个胜利啊——这叫'不战而屈人之兵'，是《孙子兵法》里所推崇的上上策。"

张景春说："有道理。"

尹泽民说："小鬼子期望我，至少也是个包县长……但是，他们打错了算盘了，呵呵。"

纪义方说："说是这么说，但是，我们必须针对小鬼子的鸿门宴，预测几种可能性，做好应对预案……让小鬼子的谋划，最终是竹篮子打水——一场空。"

尹泽民说："好，咱们具体地商议一下。"

于是，他们细致地分析了小鬼子的鸿门宴……针对小鬼子可能采取的行动，制定了应对的预案。

1931 年 10 月 2 日，下午。

公主岭，满铁日本附属地警署。

尹泽民来到了这里，这里虽然是公主岭的满铁日本附属地的警署，迎出来的却是范家屯的日本满铁附属地警署的警长小路。

显然，小路早已经等在这里了，他没有身穿警装，而是身穿宽松的日本和服。

小路说："尹县长果然守约，钦佩。"

尹泽民说："寿川先生呢？"

小路说："他去四平街去见我们关东军满洲独立守备队的森连司令官去了。"

尹泽民说："哦。"

"寿川先生委托我来接见尹县长。"小路把手向门里一挥，说，"请。"

尹泽民跟着小路来到了这个警署的会客厅。尹泽民跟小路落座，随之，有四名日本武士装束的家伙，气势汹汹而又虎视眈眈地站在了小路的身后。

上茶，茶水摆在了尹泽民和小路的面前的茶几上。

小路说："请品茶。"

尹泽民说："不客气。"

小路说："尹县长，你考虑好了吗？"

尹泽民说："不是来谈判的吗，有啥可考虑的？"

小路说："那就请尹县长签署《声明书》吧。"

尹泽民幽默地笑了，说："我是来谈判的，还没有谈判呢，咋就要签署《声明书》了呢，真是滑稽。"

小路说："这还用提醒你嘛，发表一份《声明书》，向全世界宣布——'怀德县脱离民国政府，独立自治'。"

尹泽民哈哈大笑，说："设想一下，我要求你们签字，发表一份声明，宣布你和你祖居的家乡，脱离日本国而独立自治，可以吗？"

小路勃然大怒，说："你胡说。"

尹泽民淡淡一笑，说："这是因为，你刚才是胡说八道。"

小路压住了怒火，又平静下来，说："你我的境遇不一样……"

尹泽民说："有何不同？"

小路说："我们大日本帝国的军队占领了奉天城，正沿着铁道线接收满蒙……你的境遇告诉你，你只有接受现实，顺应形势。"

尹泽民又是淡然一笑，说："我咋没有你说的这种感觉呢？"

小路说："熙洽先生，你知道吧？"

尹泽民说："见过这个人。"

他心想，熙洽这个人，他岂止是见过，而且，还比较熟悉。

熙洽是清朝皇族出身，姓爱新觉罗氏，正蓝旗人，他是清太祖努尔哈赤的后裔。辛亥革命时，熙洽曾经参与宗社党的复辟活动，致力于恢复清朝的统治。他是日本士官学校骑兵科毕业，曾任奉天讲武堂教育长、吉林公署参谋长。

九一八事变时，他代理东北边防军驻吉林副司令官，作为吉林省主席张作相多年的副手，他还兼管吉林省主席张作相的一切官民政务。

小路说："熙洽先生顺应时势的大趋势，他是一位'识时务'的'俊杰'，他已经发布声明，宣告'独立'。"

"是吗，有这等事？"尹泽民故作惊讶，说，"电话被你们封锁了之后，我变得孤陋寡闻了。"

其实，他何尝不知道熙洽已经成为国贼、汉奸，而且，是九一八事变之后，东北投降日军的第一人。

小路说："我们希望尹县长能够学习熙洽先生……"

"没法学啊，我跟熙洽的品格恰恰相反。"尹泽民说，"他是脱离民国政权而宣布'独立'；而我这个人奉公职守，唯上司的命令而是从。"

他心里明白，在东北军里，有些人有小算盘，怕与日本人发生武装冲突而拼掉自己的那点儿家当和本钱。尤其是作为皇族子孙的熙洽，对恢复大清祖业，念念不忘；对效力民国政府，从未心甘情愿。面对日军的进犯，肩负守土之方责任的熙洽，却不惜"宁赠友邦，不予国人"——这是大清朝的皇族们，在执政处于危机时和执政崩溃时，存在的一种比较普遍的心理变态。他们还幻想靠这些家当和本钱，有朝一日可以逐鹿中原，重振大清祖业。

小路说："你们的上司下令了：绝对不抵抗。熙洽先生就是这样对他的下属传达的，这是绝对不会错的。"

尹泽民说："我只是听你说……可是，我却没有接到这样的命令，哪怕是间接给我的口头命令。假设真有'不抵抗'的命令，我们就从怀德县撤离就是了，至于由谁接手，那就不关我的事了呀，我已经恪尽职守了。"

小路说："熙洽先生的话，你也不信。"

尹泽民说："我已经派人去省里请示去了……这一半天，估计会回来了。我会按照命令行事的。"

小路说："按照你说的，这份宣布怀德县脱离民国政府而'独立'的《声明书》，你是不想签署了？"

尹泽民说："坚决不签。"

小路说："咋样能签？"

"我已经说过很多遍了，听从省政府的命令。"尹泽民说，"你恐怕不知道，我是军人出身，军人以服从命令为天职。"

"我苦口婆心地跟你谈，你却不断地狡辩……简直就是一块顽石。"小路不耐烦了，说，"来人哪。"

他身边的四位日本武士装束的家伙答应道："嗨。"

小路一脸的恼怒，他用手指指着尹泽民说："把他推出去，砍了他的脑袋。"

四位日本武士装束的家伙过来要绑架尹泽民，这时尹泽民反而哈哈大笑，说："小路先生，我得谢谢你啊。"

小路说："杀了你，你反而要谢谢我，为啥？"

"遥想当年，正是蒙古人杀了文天祥，才成全了文天祥的名节，而且，使文天祥成为名垂千古的民族大英雄，他的诗歌《过零丁洋》更成为千古名篇……这一切，都是蒙古人把他成全了。"尹泽民说，"呵呵，我不妨朗诵一下这首诗，以抒发我心头之快慰。"

于是，他高声地朗诵起来：

> 辛苦遭逢起一经，干戈寥落四周星。
> 山河破碎风飘絮，身世浮沉雨打萍。
> 惶恐滩头说惶恐，零丁洋里叹零丁。
> 人生自古谁无死，留取丹心照汗青。

朗诵过后，他说："此时此刻，我就要成为名垂千古的民族大英雄了，哈哈哈哈……"然后，他用手指点着小路和身旁的四个日本武士装束的家伙，又豪壮地说，"我尹某要是怕你们杀头，我就不来了。"

"噢？可也是，我何必要成全尹先生的名节呢？"小路故意沉吟了一会儿，说，"把他押起来，让他清静清静……等寿川队长从四平街回来了，再正式谈判。"

四个日本武士装束的家伙把尹泽民带出去，然后，把他羁押在了这个公主岭满铁日本附属地警署的一个单间里。

1931年10月2日，下午。

公主岭，满铁公主岭附属地警署，关押尹泽民的单间。

"吱嘎"，单间的门被打开了，走进来的是寿川，说："怎么把我的客人关押起来了？太过分了。"

站在他身边的小路向寿川颔首，说："是我一时愤懑，处理不当。"

寿川说："尹县长来的时候，给尹县长接风了吗？"

小路说："没有。"

寿川说："你们慢待了我的客人，怎么弥补？"

小路说："已经在醉仙居酒楼订了包间。"

"咋的啦，不杀我啦？"尹泽民说，"杀了我，可是成全我。"

"小路署长不过是跟你开个玩笑。"寿川说，"咱们去饮酒，边饮边谈，能够增加情趣。"

"好。"尹泽民说，"既然是让我来谈判，我就说吗，古来就有个规矩——两国交兵，不斩来使。"

寿川用手向房间外一挥，说："尹县长，请。"

他们向警署外走去，到了大门口儿，小路向对面一招手，停在对面的两辆马车赶了过来，小路上了前面的一辆，寿川陪尹泽民上了后面的一辆。

两匹马的马蹄铁踏在石砖摆平的道路上，发出"嗒嗒嗒"的清脆的声响，两辆马车去往醉仙居酒楼。

公主岭，醉仙居酒楼，楼上雅间。

寿川、小路，还有尹泽民，在酒桌上坐定。

山珍海味，美味佳肴，一盘盘、一碗碗地摆了上来。

不等寿川礼仪性地开口，尹泽民却自己打开了一瓶"老怀德龙酒"，给自己倒满了酒盅，自饮了一盅，说："寿川先生，这是纯高粱酿造的白酒，醇厚、甘冽，爽口啊。"

寿川笑着说："尹县长爽快啊。"

尹泽民给寿川斟上了一盅，说："请干杯。"

寿川端起了酒盅，一饮而尽。

尹泽民说："小路先生，我就不让了，你把我关押在单间里，没有肉吃，也没有酒喝，闹得我的胃里都馋得慌了。"

小路说："让尹县长受委屈了。"

寿川说："熙洽先生是位'俊杰'，像熙洽先生一样，签署怀德县独立的'声明书'，尹县长考虑得怎么样了？"

尹泽民说："我已经给小路先生讲了，我这个人是军人出身，你我都是军人，军人以服从命令为天职。我听从我们省府的命令。"

寿川说："上面已经下令：绝对不抵抗。"

尹泽民说："小路先生跟我讲了，说是少帅有这个命令，但是，我的电话被你们封锁了，如何能够证实啊？如果能够证实，本县长不就省事了吗？"

寿川不再言语了，说："饮酒。"

于是，碰杯，饮酒。

这时，一排日本艺伎鱼贯而入，香风扑入。两旁的屏风也被推移开来，两厢居然是跪坐的操琴手，也都是日本的艺伎。

随着琴声的优雅的弹奏，艺伎们翩翩起舞。

尹泽民心里明白，这都是事先安排好的，让他体验一下异域风情。

小路说："尹县长，生活多么美好，享受生活是多么美妙。"

寿川说："人生一世，草木一秋；生命苦短，欢欣享受；荣华富有，醉仙青楼；老来白头，也堪回首。"

尹泽民说："寿川先生的话，富有诗意，也颇有哲理，可谓锦言妙语啊。"

这时，正是艺伎们一段歌舞的间歇，艺伎们扑向了尹泽民的身前身后，勾肩搭背、摸胸摩颈、贴脸舔吻……寿川和小路见状，悄悄地离席，撤了出去。

尹泽民陷入了日本艺伎们围困的泥沼，真个是如虱虮搔痒、如芒刺在背，挣扎不是，不挣扎也不是……正在他脱身不得的时候，外边一声："报告尹县长。"

尹泽民听出了是林佩臣的声音，知道是他们事先布置好的救兵来了，他顿时神志清爽，挣扎着站起身来，甩开了日本艺伎们的围困，他大声地回应道："进来。"

然后，他推开了日本艺伎们。

林佩臣走了进来。

尹泽民问："让你去锦州，请示省府的指示……你怎么这么慢慢腾腾的？急死我了。快说，到底是怎么个消息？"

林佩臣回顾左右，很为难的样子。

尹泽民说："哎呀，都火烧眉毛了，你快点说啊。"

林佩臣说："得到的回复是，'禁止抵抗，以免贻人口实。'"

尹泽民说："还有吗？"

林佩臣说："上面指示，要让'国联'来解决问题。"

尹泽民说："真的是这样？"

林佩臣说："的确是真的。"

尹泽民仿佛很无奈地说："既然如此，执行命令就是了，我们'禁止抵抗'……等待'国联'来解决问题就是了。"

林佩臣说："嗯哪。"

尹泽民又高声地喊叫道："寿川先生、小路先生。"

寿川和小路仿佛是听见了尹泽民的叫声而走了进来，寿川问道："尹县长有何事，这么高声地招呼我们？"

尹泽民说："昨天小路先生说，上面的命令是'禁止抵抗'，我当时还不信；现在证实了。"

寿川说："那就请尹县长签署怀德县独立的《声明书》吧？"

尹泽民郑重地说："'禁止抵抗'和签署怀德县独立的《声明书》，不是一码子事儿。'禁止抵抗'就是回避、撤离，既不是独立，也不是投降。我必须严格执行上面的命令。"

寿川说："那就请尹县长留在这儿，然后，写封亲笔信，请你的武装力量撤离怀德县城。"

"我也是你这么想。"尹泽民说，"不过，我来之前，下的命令是准备抵抗……而且，如果不见到我本人，任何形式的告知，都是虚假的。"

寿川说："那就只要请尹县长返回怀德县城去传达'不抵抗'的命令了，然后，我们接收怀德县城。"

尹泽民说："你们要接收，必须武装接收，我们才能'不抵抗'，并且，为了'以免贻人口实'，我们不得不撤离……后续问题，按上面的指示，由'国联'来解决。"

寿川说："也好。"

尹泽民说："你们要不要派几个人跟我一起回去，对我也是一个保护？"

寿川说："不啦，我们相信尹县长是'识时务'的'俊杰'。"

"哦，就这么定了。"尹泽民说，"那我可就走了。"

寿川说："好吧。"

"寿川先生、小路先生，告辞了。"尹泽民对寿川和小路一抱拳，然后，对林佩臣说，"咱们走吧，县城里的弟兄们还急等着我回去，跟他们传达上面的命令呢。"

林佩臣跟在尹县长的身后，尹县长大摇大摆地走出了公主岭的醉仙居酒楼。寿川和小路把尹县长送出了醉仙居的楼门外。

尹县长和林佩臣跨上了马，尹县长又回头向寿川和小路招手告别，然后，扬长而去。

第二章

日寇诱降张海鹏阴谋进占黑龙江省

1931 年 10 月 3 日。

洮南城，洮辽镇守使府邸，张海鹏的卧室。

天亮了，张海鹏早已经从炕上爬起来了，他睡不着。

晨早天凉，他披着一件斗篷，在屋地上走来走去，屋地铺着地板，他的脚掌踩在地板上，地板发出"咯吱、咯吱"的些微声响。

窗外有霜，显得清冷。

他索性又回到了炕上，脱掉趿拉着的布鞋，把腿伸进了被窝里，炕是热的，被窝也是热的，他的凉飕飕的腿脚感觉到了温暖，挺舒服。他把后背靠在了垫起来的枕头上，虽然睡不着，但是，可以闭目养神。

他的眼皮是闭上了，脑袋里却翻江倒海，在突然爆发的九一八事变的背景下，身为洮辽镇守使，他不能不思前想后，甚至，把自己这大半辈子的七百年谷子、八百年糠都折腾了出来，恩怨情仇……映入了他的眼帘。

首先是与大帅张作霖的恩恩怨怨。

1917 年，张勋复辟失败后，冯德麟在天津被扣押，他的师长的位子，保不住了。张作霖顺水推舟地收编了二十八师，原本要让孙烈臣任师长，但是二十八师的官兵"不答应"，张作霖之后亲自兼任师长。后来，张作霖考虑到还是由二十八师的人来担任师长为好，他张海鹏和汲金纯都是旅长，张作霖却在第二年，也就是 1918 年任命汲金纯为师长，没有提拔他张海鹏当师长。到了 1921 年汲金纯已经升任热河都统，当上了封疆大吏，而他张海鹏仍然是个旅长。他张海鹏何尝不想高升一步，这年 6 月，恰好吉长（吉林、长春）镇守使阚朝玺另有委任，他想接班，但是，却让一个名不见经传的耿玉田给争去了。他张海鹏一赌气，去他妈的吧，张大帅——我张海鹏不伺候你了。于是，他索性连旅长也不干了，回到了老家新立屯。

解甲归田，辞职在家，一时赋闲，寂寞难耐。

第二年，即1922年，第一次直奉战争时，张作霖捎信儿，让他张海鹏在新立屯招募军队。张海鹏一见张作霖给了个台阶，赶紧就高骑驴。在新立屯，张海鹏招了四个营的兵力，都是骑兵。

他的部队被编入了第五军，军长正是吴俊升。他的部队刚到赤峰，奉军胜利了。他虽然没有战功，也分得了一块"带肉的骨头"，被任命为"洮辽镇守使"。洮、辽，即洮南和郑家屯一带。

他张海鹏心里清楚，这个"洮辽镇守使"的职位，已经不像以前那么金贵了。因为，奉军的地盘大了，所以，才轮到了他张海鹏当上了"洮辽镇守使"。"镇守使"是地方上的军事长官，说是大，并不大，说是小，也还不算小。一般来说，下辖一个旅或一个师。

但是，啥事儿就怕比较，他张海鹏和汲金纯一起给地主扛活，一起杀地主，一起当了"胡子"，一起被招安，一起当旅长。可后来呢？人家汲金纯都当都统了，都统是个啥啊？是热河、绥远、察哈尔等特别区设置的最高军政长官，是封疆大吏。而他呢？捡了个"镇守使"当，今非昔比，这个"镇守使"的官位，稀松平常。

——想起了这些，他张海鹏的心中愤愤不平。

1928年，皇姑屯事件，大帅张作霖和仅次于大帅张作霖的副帅吴俊升，被日本人炸死。他张海鹏想，论资历，应该由他来接替吴俊升的缺儿，但是，少帅张学良却把吴俊升的黑龙江督办的位置给了万福麟，而没有给他张海鹏。

大帅张作霖压制他，少帅张学良还压制他。

——这让他张海鹏由气愤转为怨恨。

少帅易帜。

皇姑屯事件之后，统治中国东北的奉系军阀少帅张学良将原来悬挂的北洋政府的五色旗换成了国民政府的青天白日满地红，于1928年12月29日通电南京，宣称接受国民政府管辖。

这标志着国民政府完成了统一中国，以及北洋政府时期的正式结束。

由此而发生的"杨常事件"，令东北的政局一度显得紧张。张海鹏认为张学良处置失当，必难服众，便想乘机谋反……但是，局势并没有像他张海鹏想象的那样乱起来，张学良的威望反而大大地提升了。

所以，他张海鹏也就没敢轻举妄动。

九一八事变，日本人轻取奉天城……这必然引起他张海鹏的极大关注，他派心腹人士去了锦州，这个心腹人士见到了东北边防司令长官公署军令厅长荣臻，得到的答复是："禁止抵抗，以免贻人口实。"

他张海鹏心知肚明，日本人耀武扬威，咄咄逼人，一定会进犯洮南。"禁止抵抗"，岂不是将整个东北拱手送人？那么，洮辽地区又何在，岂不是会沦陷在日本人的手里？那么，他的"洮辽镇守使"也就有名无实，形同虚设了。他大半辈子争得来的这个官位，则是子虚乌有了，更不要说还能升迁……他大半辈子追求官位的升迁，为的是啥？荣华富贵。俗话说："三年清知府，十万雪花银。"他要的就是官儿，以及靠官儿而争得的白花花的银子。只要能当官儿、升官儿，有奶便是娘。何况，他心里对张学良早有怨恨。

尤其令他不能容忍的是，前天他得到了信息，"小六子"张学良已经下令，任命马小个子——马占山就任黑龙江省政府代理主席兼军事总指挥，马占山——这个黑河警备司令，立马动身赴省府齐齐哈尔上任，担任黑龙江省主席。这正是他张海鹏觊觎多年的幻想。他本想，他是奉军中元老级的人物啊，即使是轮大襟儿，这个黑龙江省主席的官位，也该轮到他了。但是，他的幻想破灭了。同时，他的醋坛子也被打翻了。他的心中立时燃起了嫉妒与愤怒的烈火。

就在前天，他在北平的内线传来少帅要让马占山就任黑龙江省政府代理主席兼军事总指挥。于是，他作出了对于他的人生来说的一项重大决定，他所管辖的洮辽地区，"脱离民国政府，宣布独立"。

只有这样，他不仅能保住自己"洮辽镇守使"的官位，而且，他的官阶还会升迁。两方面的诱惑迫使他作出这个重大的决定。

这两方面的诱惑，在他的眼帘上浮现，历历在目。

1931 年 9 月 27 日。

第一个诱惑，浮现在了他的眼帘——

洮南城，洮辽镇守使府邸，会客厅。

参谋长李盛唐进来报告："有贵客求见。"

张海鹏说："啥贵客？"

李盛唐神秘地说："肃亲王的特使求见。"

张海鹏说："谁？"

李盛唐说："肃亲王的第十一子宪原和第十七子宪基求见。"

张海鹏听了，眉开眼笑，他一拍自己的大腿，说："请进来。"

他知道，在九一八事变发生后的这个关键时刻，肃亲王派他的两个儿子来求见他，绝非一般，必有要事相商。

宪原和宪基进来施礼，说："贤侄给洮辽镇守使张大人请安。"

张海鹏站起身来，说："二位贤贝勒，不必多礼，能来我洮辽镇守使的府邸，就已经使我的府邸蓬荜生辉。"

宪原和宪基落座，奉茶。

张海鹏说："肃亲王身体康泰否？"

宪原说："家父虽然年事已高，但是，身体尚且康泰，家父还惦记着镇守使张大人的身体呢。"

张海鹏说："承蒙肃亲王惦记。"

宪基说："尤其使家父不能忘怀的是，镇守使张大人曾经为大清王朝的复辟，奔走呼号，竭尽全力……那次虽然仅仅复辟了12天，但是，这是个信号，表明大清王朝有着厚重的民心，并且，大清王室依然深得臣民们的爱戴。"

张海鹏听了，苦涩地一笑，说："因为这个，我差一点遭受牢狱之灾，还好，托皇上的洪福，我张某人安然无恙。"

说起"张勋复辟"，那是1917年6月，张勋利用黎元洪与段祺瑞的矛盾，率五千"辫子兵"，借"调停"为名，于6月14日进入北京。入京后，张勋急电各地清朝遗老进京，"襄赞复辟大业"。同月30日，他在清宫召开"御前会议"，并于7月1日撵走黎元洪，把12岁的溥仪抬出来宣布复辟，改称此年为"宣统九年"，通电全国改挂龙旗，自任首席内阁议政大臣，兼直隶总督、北洋大臣。

段祺瑞便在天津发表讨张的通电和檄文，组织起讨逆军，自任讨逆军总司令。7月4日在马厂誓师出发，5日正式开战，12日拂晓攻进北京城内。"辫子兵"一触即溃，在讨逆军的两路夹攻下，有的举起白旗投降，有的剪掉辫子扔掉枪支逃命。此时，北京的街道上丢弃的发辫俯拾即是。"辫帅"张勋满怀被段祺瑞利用、出卖的怨恨，仓皇逃到荷兰使馆躲藏起来。当日，只做了12天"北京皇帝"的溥仪再次宣布退位，复辟了仅仅12天，就破产了。这就是史家称谓"张勋复辟"。

他张海鹏可谓是个铁杆的保皇派。1917 年张勋复辟的时候，他曾经去北京，为大清朝的复辟，而四处活动，卖力疾呼……结果"张勋复辟"失败。他不得不逃了回来，幸免被逮捕。

宪原说："凡是为大清皇室作出过贡献的臣民，皇室都有记载，备其功德。"

宪基立起身来，从怀里掏出一封信札，用双手托起，说："皇上手谕。"

张海鹏登时一副诚惶诚恐的样子，站起身形，抖动衣袖，匍匐跪倒，抬起双手，接过信札，然后，缓缓起身，归附座位，从信封中抽出信瓤来，信瓤乃是一黄色锦缎，锦缎上用朱笔写道："海鹏爱卿，值此非常之际，望爱卿扩充军力，联袂日军，进取黑龙江，爱卿即为黑龙江大将军，助朕完成复辟大业，爱卿乃朕股肱之臣，必当晋升重赏。钦此。"这是溥仪的亲笔，结尾处盖着玉玺。

反复阅过之后，他心里明白，这是要借助日军，复辟大清王朝，尤其是手谕中许他以"黑龙江大将军"这六个字，令他眼睛发亮，激动不已，泪水在眼眶中打转，他口中嗫嚅道："皇上乃知臣吾也，吾愿以死而报皇恩之浩荡……"

宪基感慨地说："皇上慧眼识珠啊。"

张海鹏对李盛唐说："备香案。"

李盛唐说："是。"

香案备好，张海鹏亲自手捧谕旨和信札，把谕旨和信札郑重地放在了香案上，又亲自燃起三炷高香，香烟袅袅，缕缕升天。

张海鹏跪在了香案前，面对谕旨和信札，三叩九拜，口中三呼：

"吾皇万岁、万万岁。"

宪原和宪基过去，把张海鹏搀了起来，落座。

张海鹏说："十一贝勒，你留在我这里，以方便我跟皇上和肃亲王的联系。"

宪原说："是。"

张海鹏说："十七贝勒，你回去，禀告皇上和肃亲王，我跟日本人早就在秘密接触……我张海鹏一定会谨遵皇上谕旨，效忠皇上，不辱圣命。"

宪基说："是。"

随后，张海鹏在府邸设宴，款待肃亲王的两位贝勒——宪原和宪基。

1931 年 9 月 30 日，下午。

第二个诱惑，浮现在了他的眼帘——

洮南城，洮辽镇守使府邸，会客厅。

会客厅里有张海鹏，还有他的参谋长李盛唐，以及心腹爱将徐景隆；客人是日本关东军高级参谋板垣征四郎和日本驻黑龙江领事清水八百一，以及满铁驻郑家屯铁路公所所长河野正直。

板垣征四郎——九一八事变的策划者之一，日本关东军举足轻重的大人物，他专程从奉天来到了洮南，面见张海鹏。

板垣征四郎的来访，使张海鹏感受到了日本关东军对他的器重，他知道，板垣征四郎的个头虽然小了些，但是，他作为关东军的大人物，亲身坐火车专程到洮南来，可以想象，日本人加在他张海鹏身上的砝码，肯定是沉甸甸的。

张海鹏说："诸位能专程来到洮南，来到了我洮辽镇守使的府邸，我的府邸真是蓬荜生辉啊。"

板垣征四郎说："早就想来拜访镇守使先生，只是军务在身，难得有闲暇……"

张海鹏故意卖乖而又装作感叹地说："身为洮辽镇守使，我是坚决执行上峰的命令，不抵抗啊。"

河野正直笑了，说："前几天，我们驻郑家屯的第六守备队，进入了洮南城……然后，我们又悄悄地退了出来，呵呵。"

李盛唐说："是的，当时我留守在洮南城。"

板垣征四郎说："我们日军不在洮南驻留，目的是让身为洮辽镇守使的张先生所管辖的洮辽地区，能够军政平稳……"

张海鹏说："身为洮辽镇守使，对于日军的善意……我心知肚明。"

清水八百一说："张先生应当正式向外发表声明，洮辽地区脱离民国，宣布独立。"

河野正直说："身为代理东北边防军驻吉林副司令官的熙洽先生已经在前天发表《声明书》——脱离民国，宣布独立，熙洽先生是榜样。"

张海鹏说："我何尝不想效仿熙洽先生啊，可是，我一旦宣布的'独立'，立刻会面临着双重压力啊。一是张学良屯兵锦州，可能东进；二是黑龙江的奉军可能西压。我的兵力只不过一个旅……"

板垣征四郎说："锦州方面，有我们日军抵挡。黑龙江方面，你不妨以攻为守。如果你取得了黑龙江，那么，我们就承认你是黑龙江省的主席。"

听到了清水八百一说的后半句话——"我们就承认你是黑龙江省的主席"，张海鹏的心里仿佛洞开了一扇窗子，顿觉亮堂，为之动容。

板垣征四郎、清水八百一，以及河野正直，把张海鹏心动的表情，看在了眼里，铭刻在了心头。

清水八百一说："黑龙江省的主席，那可是不同于洮辽镇守使的职位。黑龙江省主席这个职位，即使是在整个满蒙，也是举足轻重……"

板垣征四郎说："是啊。"

河野正直说："张先生，你刚才说，你的兵力只有一个旅，你可以扩充兵力啊，我们先前不是给你运来两个车皮的军火吗？但是，被你们谢绝了，被迫回返。"

张海鹏故作糊涂地问李盛唐："有这事儿吗？"

李盛唐说："这是军需处具体办理的……事后才告知我。"

张海鹏说："这么大的事情，咋不及时地向我报告呢？"

李盛唐说："当时，你未在洮南城……"

河野正直说："不过，我们已经把这批军火又运回来了。"

张海鹏长出了一口气，仿佛得到了安慰，说："哦——"

恰好在这个时候，军需处长李余久在会客厅外，喊道："报告。"

张海鹏说："进来。"

李余久说："报告，运送给咱们洮南镇守使府的三个车皮，一个车皮是酱菜，两个车皮是火柴。经查验，一个车皮里面的坛坛罐罐，的确是酱菜，另外两个车皮里面的木板箱子里确是火柴，而不是其他。突然给咱们洮南镇守使府运来了一个车皮的酱菜、两个车皮的火柴，不知道该如何处理？请镇守使大人明示。"

张海鹏说："你这一说，还真的把我说蒙了，我也不知道这是从哪疙瘩运来的一个车皮的酱菜和两个车皮的火柴啊？"

河野正直说："始发站是哪儿？"

李余久说："是旅大。"

河野正直说："这正是我们从旅大运来的军火，酱菜坛子里面是弹药，火柴箱子里是枪支——我们这样做，甚至在货单上所写的货物名称是'农业机械'，目的是在运输的过程中，能够掩人耳目。"

清水八百一说："咋就真的变成了酱菜和火柴了呢？"

李余久说："情况的确是这样，不信的话，请派人查验。"

河野正直说："你们查验铅封了吗？"

李余久说："查验了，铅封完好无损。"

河野正直说："货票呢？"

李余久说："在这儿呢。"

他把货票递给了河野正直。

"这正是我们运送军火的那两个车皮的货票。"河野正直肯定地说，然后，他又疑惑地说，"军火咋就真的变成了酱菜和火柴了呢？这怎么可能呢？"

清水八百一说："是啊。"

两个人带着疑惑，面面相觑。

张海鹏叹了一口气，很无奈地说："没有充足的枪支弹药，我如何能扩充军备？更不要说进取黑龙江了。"

"枪支弹药，很好解决，重新发运就是了，重新发来3000支步枪，20万发子弹……"板垣征四郎果断地说，"这次从奉天向这儿发运，速度会更快。"

他知道，日军占领了奉天，掠获了足足可以装备10个师的枪支弹药，一夜之间，占领了奉天——这是他们收获了意想不到的胜利。从奉天发运来3000支步枪，比较起来，不过是个很小数目。况且，他们看好了张海鹏，他既懂得军事，又占据一方，而且，是个愿意效命的人——这正是他们时下所渴求的人才。

张海鹏说："好啊。"

板垣征四郎说："你一旦确定下来要进取黑龙江，我们还会援助你20万元的资金，作为军费。"

他心里明白，日军占领沈阳，可以说是轻取。随即，相继占领了营口、凤凰城、丹东等地。而后，由于熙洽宣布"独立"，脱离民国政府……投入了日本人的怀抱，又轻取了吉林。

于是，日军便将目光盯向了黑龙江。但是，黑龙江省远非日本关东军的势力范围，而且，与苏联接壤，日本人必然有所顾忌。

所以，他们需要找张海鹏这样的人，拿下黑龙江。

这样，日本人可以说，这是中国人的内乱。还可以对外宣传说：中国人的内乱损害了日本人的利益，他们不能"假装看不见"，所以必须要出兵"平乱"——为他们出兵寻找借口。

所以，他们需要豢养张海鹏，并且，积极拉拢和鼓动张海鹏夺取黑龙江。

张海鹏要是拿下了黑龙江，黑龙江就是日本人的。因为，连张海鹏本人，都出卖给日本人了。

"是啊，这需要痛下决心啊。"张海鹏一副惆怅的样子，说，"我需要开导和规劝我的部下，他们中的有些人不理解我的良苦用心……他们的脑筋儿需要来个急转弯儿。"

板垣征四郎说："我们等待你进取黑龙江省的决策，你一旦进取黑龙江省，我们会责无旁贷地支援你……夺取了黑龙江省，黑龙江省的省主席，非你莫属。"

河野正直说："为了支援你们进取黑龙江的军事行动，届时，我们将派战斗机对你们进取黑龙江省的军事行动进行空中支援，而且，我们还将派出军事人员，参与你们对黑作战行动的谋划，甚至作战行动。"

张海鹏说："谢谢。"

清水八百一和河野正直，站起身来告辞。

张海鹏和李盛唐、徐景隆也起身，把板垣征四郎、清水八百一和河野正直，送出了洮辽镇守使府邸的大门之外。

板垣征四郎、清水八百一和河野正直，哈腰钻进了他们来时的黑色轿车。马达发动了，黑色轿车一溜烟儿地驶向了洮南火车站。

板垣征四郎——

他是中国的"东北汉奸之父"。

他在九一八事变之时，是关东军的高级参谋。

他曾经在日本关东军的大本营，对关东军发表演说，分析了一遍中国社会的情况和日本采取行动的必要。因为当时日本关东军的兵力少，关东军在整个东北地区才有一万八九千人，而东北军有 19 万人，这一万八九千人怎么战胜 19 万东北军，取得整个东北的权力？

这对日本关东军来说，是个非常大的难题。

在九一八事变之前的一个月——8 月，板垣征四郎在关东军的一次动员会上说道：

——中国实际上是个分散的部落，从政治力量到军事力量都可以分而制之。

——不要看总体上人口多，总体上兵力很强，领土很广，但是，却是分散的，各怀鬼胎的，各有各的利益，互相争斗。

——所以，能够分而制之，一个一个地对付他们，我们日本能够把他们各个击破。

九一八事变之后，日本关东军迅速占领了整个东北，实现了板垣征四郎的战略。

日本关东军占领东北时，板垣征四郎策动并网罗了多个大汉奸，诸如罗振玉、赵欣博、谢介石等人；又推动熙洽宣布吉林"独立"，推动张海鹏宣布洮南"独立"；诱逼臧式毅出任伪奉天省省长，策动张景惠出任伪黑龙江省省长，宣布黑龙江省"独立"……在这个关东军高级参谋的威逼利诱、软硬兼施之下，最后，清朝的末代皇帝——溥仪，也成为中国的头号大汉奸。

所以说，板垣征四郎是"东北汉奸之父"，一点也不为过。

在日本关东军占领东北之后，纵观所有帮着日本人干事的大汉奸的身上，都能映照出板垣征四郎的身影。

1931 年 10 月 4 日，上午。

洮南城，洮辽镇守使府邸，议事厅。

洮辽镇守使张海鹏，正在召开进取黑龙江的战前军事动员会议。

张海鹏说："诸位弟兄，我已经在 10 月 1 日向外发表了《声明书》，脱离民国，宣布独立。之所以走到这一步，是形势使然。九一八事变，日军轻取奉天，然后，长驱直入……然而，奉军奉命'禁止抵抗'，日军占领满蒙，已成趋势。而且，我得到了大清宣统皇帝的手谕圣旨，命我进取黑龙江，旨意我为黑龙江省大将军。"

哈玉良说："可是，少帅已经任命马占山为黑龙江省代理主席，兼任军事总指挥。"

张海鹏说："小六子任命了马小个子为黑龙江省代主席，论资历，我张海鹏是元老，眼看着般的般的，都当上了封疆大吏，而我呢，我当这个洮辽镇守使的小破官儿，多少年了？有 10 年了吧？说心里话，这个黑龙江省主席的官儿，应当是我来当才合情合理。这么多年了，小六子他们爷儿俩压制我——说到这儿，我的气儿，就不打一处来。一听到马小个子当了黑龙江省的代主席，我就气炸了，窝囊啊，窝火啊，妈了个巴子的。"

徐景隆说："少帅不是任命你为'蒙边督办'了吗？"

张海鹏说："小六子任命我为'蒙边督办'，不过是为了稳住我，那是个没有实权的徒有虚名的差事。"

哈玉良说："跟日本人合作，我们必然是一方面当骑手，一方面被当驴使……日本人是不会当驴的，这是我的担忧啊。"

李余久说："进取黑龙江，不知道是否会顺利，如果不顺利，就是个烧钱的行动，我们的军费并不宽裕，日本人拨来的20万元，有可能只是杯水车薪。"

"你说的这个，我有安排。"张海鹏说，叫道，"徐松涛。"

军务处长徐松涛说："在。"

张海鹏说："你派兵，去兴安屯垦公署二十旅留守处，缴收那里的兵器弹药、军用物资，以及汽车等车辆，为我进取黑龙江省所用。"

徐松涛说："是。"

张海鹏又叫道："李余久。"

李余久说："在。"

张海鹏说："你带兵去咱们洮南城里的东三省官银号、交通银行、边业银行……提取现款，全部提取出来，以备军用。"

李余久说："是。"

张海鹏说："进取黑龙江，我有招数。我会假意请示小六子，说我的部队为了防止跟日军发生冲突，我们需要到黑龙江省暂避一时……黑龙江省府之内，我有内应。进取黑龙江省，争取能够和平交接。"

哈玉良说："这个想法很好，但是，我们已经发布了'独立'的《声明书》，张学良还会相信我们说的话吗？"

"小六子他们相信，我们就文取黑龙江省；如果不相信，我们就武取黑龙江省；总之，对于黑龙江省，我们是志在必得。"张海鹏说，他叫道，"参谋长。"

李盛唐说："在。"

张海鹏说："我让你写的安民告示——《告民众书》，你草拟好了吗？出兵之前，要安顿民心。"

李盛唐说："已经拟好了。"

张海鹏说："你念给诸位弟兄们听。"

于是，李盛唐高声念道：

"《告民众书》——天民悔祸，灾降沈垣，辽属各县，波及余殃。本人坐镇洮辽十有余载，素以保境安民睦谊侨民为职责。此次辖境各县，几经曲予交涉，得以未遭蹂躏，而庆安全。故十县县长，回旗蒙王，征求民意，签同表决，推戴本人为蒙边督办之职，以资镇慑而保安全……"

李余久说："我总觉得，进取黑龙江省，事关重大。日本人尚且不敢轻举妄动，而是给我们武器，给我们金钱，鼓动我们进取黑龙江省，他们坐收渔利……我们一旦受挫，有可能身败名裂。"

哈玉良说："事关重大，还望三思而后行。"

张海鹏恼了，他拍案而起，把案台上的茶杯，抓起来，猛地摔在了地上，茶杯被摔得粉碎，他叫嚷道：

"你们都跟我当了大官，现在有事都不肯干，这么多年，我亏待过你们吗？我要是当上了黑龙江省主席、黑龙江大将军，你们哪个不得官升三级？人生在世，兴旺发达，就在于能够抓住关键节点，抓住了，就飞黄腾达，抓不住，就哧溜下去了。现在是关键节点时刻，你们却唯唯诺诺，犹犹豫豫，还能干点事儿吗？你们不干，好啊，我姓张的自己去干。"

参谋长李盛唐在一旁也站了起来，也叫喊道："我们受张作霖父子这些年的压制，现在不干，还得等到啥时候？"

徐景隆"扑通"地跪在了张海鹏的面前，说："我遵从镇守使大人教诲，听从镇守使大人的决断，进取黑龙江省。"

众人见了，都马上离座，跪在地上，齐声附和："我等遵从镇守使大人教诲，听从镇守使大人的决断，进取黑龙江省。"

徐景隆又说："只要镇守使大人一声令下，我等万死不辞。"

众人又齐声附和："只要镇守使大人一声令下，我等万死不辞。"

张海鹏见状，转恼怒为喜悦，说："呵呵，弟兄们请起来吧，进取黑龙江，咱们就这么定了。"

众人见张海鹏面露喜色，才都站了起来。

张海鹏说："哈玉良。"

哈玉良说："在。"

"你派人潜入齐齐哈尔，把我的这两封亲笔信，分别交给罗镇邦和谢昊天，他们俩分别在黑龙江省府里担任要职，是我的朋友。"张海鹏说，"我让他们在黑省的内部进行策动，呼应我……待我日后当了黑龙江省主席或者黑龙江省大将军，对他们必有重用。"

哈玉良说："是，我即刻派人送去。"

他把张海鹏的两封亲笔信接了过来，放进了公文包里。

进取黑龙江省的战前军事动员会，意见纷纭……在张海鹏威势的弹压下，终于统一在张海鹏的意志之下，军事动员会也就结束了。

当天晚上，日本人供给张海鹏的 3000 支步枪、20 万发子弹等军火物质，已经从奉天装上了满铁的车皮，然后，通过四洮铁路运到了洮南城。

与此同时，日本人的 20 万元，也打进了张海鹏的账面上。

张海鹏迅速地扩张军力，招兵买马，把军队编成了八个支队、两个独立团，军事实力得到了大大的增强。

在日本第六守备队大队长上田中佐与河野正直的参与和指导下，张海鹏组成了"对黑作战司令部"；张海鹏担任总司令，李盛唐为总参谋长；上田中佐为监军。

10 月 12 日，张海鹏下令，兵分三路，进取黑龙江省。

他任命旅长徐景隆为第一路军司令，率领三个支队的兵力，3000 余人，于第二天出发，由陆路行军，向嫩江的铁路大桥的方向开赴。

第二路军，到塔子城，然后，从景星方面进击黑龙江省。

第三路军司令，向安广方面进发，准备而后攻击大赉方面。

他张海鹏自己则亲率一个骑兵团，作为后续部队，沿着铁道线，进抵泰来，静候三路人马的捷报，然后，挺进黑龙江省。

他又命令参谋处长哈玉良、军需处长李良久等，留守洮南城。

——张海鹏野心勃勃地接收黑龙江省的行动，开始了。

第三章

嫩江桥英勇抗战伪军徐司令溃败触雷

1931 年 10 月 13 日，下午。

嫩江铁路大桥。

这座铁路大桥位于嫩江泰来段，桥长 853.2 米，桥高 30.6 米。

它距离黑龙江省会齐齐哈尔 80 千米，是齐齐哈尔的南大门；由洮南向北去往齐齐哈尔，必须跨越天然屏障——嫩江，嫩江铁路大桥是北进齐齐哈尔唯一的咽喉通道。

齐齐哈尔作为黑龙江省会，位于东北大小兴安岭南麓，松嫩平原北端，嫩江水域东畔，它不仅是黑龙江省，而且，也是东北的战略重镇。

奉军在嫩江铁路大桥的驻扎地——卫队团的团部。

马忠华和马忠国来到了这里，马忠华对卫队团团长徐宝珍说："得到了情报，张海鹏兵分三路，进取黑龙江省。"

徐宝珍说："是的，我也得到了同样的情报。"

马忠华说："其中的第一路是张海鹏的爱将——旅长徐景隆率领三个支队 3000 人，已经在今天早上沿着铁道线，步行向嫩江桥开赴；第二路军到塔子城，然后，从景星方向进击黑龙江省；第三路军向安广方向进发，准备而后攻击大赉方面……张海鹏自己作为总司令，亲自率领一个骑兵团，作为后续部队，沿着铁道线，进抵泰来。"

马忠国说："呵呵，从四平街到洮南城，所有的车皮，都被调往了昂昂溪附近……张海鹏没有车皮可以调用，所以，徐景隆他们只能步行。"

徐宝珍说："张海鹏发表《声明书》，宣布'独立'，叛国投敌，跟熙洽是一个货色。"

马忠国说："他现在成了日本鬼子的马前卒，妄图占领黑龙江省。"

马忠华说："我已经给马主席发了电报，报告了情况。"

徐宝珍笑了，说："回复肯定是一个字：打。打他张海鹏这个狗娘养的，呵呵。"

马忠华说："马主席电令：张海鹏已是降匪，必须铲除之，以尽保卫地方之责。"

徐宝珍说："徐景隆派人来找我，还带来了张海鹏的信件，说他们为执行上面'禁止抵抗'的命令，为避免与日军发生冲突，他们的部队，要去往省府齐齐哈尔，暂避一时……要通过江桥。"

"这帮小子企图蒙混过关……"马忠国说，"你咋回答的？"

徐宝珍说："我一脸铁青地说，任何部队通过嫩江铁路大桥，必须有马主席批准的准行令，否则，一律不予放行。"

马忠国："徐景隆派来的人呢，咋样？"

徐宝珍说："当时就蔫了，磨转身，滚蛋了，呵呵。"

马忠华说："为了瓦解张海鹏的伪军，孤立张海鹏，马主席还草拟了一份《通告》，让我们以马主席的名义，张贴、宣传，争取张海鹏的伪军士兵'反正'。"

马忠国说："我已经让人把马主席的这份《通告》，书写了若干份，张贴在洮南城到咱们江桥的沿途。"

徐宝珍说："马主席的这份《通告》，肯定是一份讨张檄文，你念念，我也派人书写，到各处张贴，既揭露了张海鹏的真面目，又瓦解了张海鹏伪军的军心。"

马忠华从衣兜里拿出《通告》，念道：

> 张贼海鹏，老迈昏聩，贪利卖国，乘外患紧张之时，勾结外人争取政权，实为国人共弃。张贼所部，均为深明大义之国军，如能率军反正，携械投诚者，一律照旧安置，并酌量升赏。如执迷不悟，甘心附逆，将来大兵到时，玉石不分，难免一齐剿灭。至此次张贼叛变，罪止张贼一身，其部下等，如不反抗国军，决不横加株连。尔军民人等，如能将张贼活擒来辕献俘，或携其首级来献者，在职军人立即加升二级，并奖现洋一万元，百姓赏大洋两万元。储款以待，尔军民人等为国杀敌，不但获得实利，且可留美名于后

世，想能勇尽职责。

徐宝珍听了呵呵地笑，说："这下子张海鹏的脑袋没了，因为，人人得而诛之。"

马忠国说："汉奸是不会有好下场的。"

徐宝珍说："咱们研究一下歼灭徐景隆的作战部署吧？"

"嗯哪。"马忠华和马忠国说。

他们开始研究如何歼灭张海鹏的第一路军——徐景隆所率领的三个支队，并作出具体的作战部署。

1931 年 10 月 15 日，上午。

距离嫩江铁路大桥 20 里处，徐景隆的部队停了下来。

徐景隆主持召开了战前会议，他说道：

"原以为可以顺利通过嫩江铁路大桥，但是，却遭到了守卫嫩江铁路大桥的卫队团的团长徐宝珍的拒绝。"

一支队的支队长周祥说："如果镇守使大人不在半个月前，发表宣布脱离民国政府而'独立'的《声明书》，恐怕就不至于不让通过了。"

二支队的支队长孙文韬说："我们跟他们说明啊，我们是去省府齐齐哈尔驻防啊……他们凭啥不让通过？"

"事已至此，说别的也没有用。"周祥说，"江桥是北进齐齐哈尔的唯一通道，咋办？"

"打！"兼任着三支队的支队长的旅长徐景隆说，"守卫江桥的只有徐宝珍的一个卫队团，而我们是三个支队——三个团，三比一，我们占有绝对的优势。"

孙文韬说："是啊，何况我们还有日本人助阵呢。"

参与指挥作战的日本军官须本少佐说："从现在开始做好战斗准备。"

徐景隆说："是。"

须本说："我们通过电台，指令我们的作战飞机，轰炸守桥的奉军部队。"

孙文韬说："对，把守桥的奉军炸垮他。"

须本说："还有，我们调集了三辆铁甲车，冲锋在前。"

徐景隆说："我们的步兵紧跟着铁甲车，冲锋在后。"

孙文韬说："只要我们配合好，几个小时之内，拿下江桥，不成问题。"

周祥说："但愿如此。"

徐景隆说："我命令，飞机轰炸守桥的奉军部队之后，我们三个支队跟随铁甲车向前冲锋，一举拿下江桥，直逼齐齐哈尔。"

孙文韬和周祥说："是。"

须本少佐命令跟随在他的身后的电报员发报，请求日本的作战飞机迅速地飞临江桥上空，轰炸奉军的江桥阵地。

嫩江，江水凝重，湟湟流淌，阴郁而深沉。

铁路大桥高高地悬跨在嫩江之上，横空出世，蔚为壮观。两行平行的铁道线，从嫩江桥上穿越而出，南北延展，紧紧地攀卧在肥沃的黑土地上，伸向遥远，直至消失在目不可及的地平线的下面。

嫩江铁路大桥，这是路权为中国人所有的平齐铁路的一部分。铁道向西偏南，伸向了距离 490 千米——远而又不远的四平街；铁道向北偏东，伸向了距离 80 千米——近在咫尺的齐齐哈尔。

徐宝珍的卫队团居东，占据着连成树带的杨木林子。杨木林子的半枯黄的树叶，被秋风扫去了一半，还残留着一半在冷风中抖动，连同地上的叶子的滚动，发出窸窸窣窣的声响。战士们在杨木林子的外端，用麻袋装着沙土，叠成堡垒。战士们头上戴着用蒿草编织的草环，伪装着自己。杨木林子之外是空旷的荒草地，旺盛的荒草在霜打之下，已经变得萎靡。

马忠国居中，埋伏在铁道两侧的灌木丛中，在灌木丛中也筑起了工事。隆起的铁道线，使他们居高临下。他的六门野炮，布置在桥头，用架起的树枝和蒿草掩蔽着。战士们也都用蒿草做成草环戴在头上。

马忠华居西，西边是柳树毛子，柳树的叶子虽然已经半枯黄，但是，却挂在枝条上，少有被冷风吹落。战士们也用柳树条儿编织起枝条环，戴在头上。他们用麻包装沙土垒筑起工事。柳树毛子的外面，是水草被寒霜打得萎靡了的沼泽地。

两架小鬼子的作战飞机呼啸而至，它们肆无忌惮地向嫩江铁路大桥东西两侧怀疑的目标狂轰滥炸。一枚枚炸弹，从天而降，落在地面，爆炸起火，形成了一条子的轰炸带，硝烟弥漫。

在两架小鬼子的作战飞机把它们的炸弹倾斜完了之后，又低空飞行，疯狂扫射，发出"嘎嘎嘎"的声音，子弹扫射在地面上，激起草末、树叶、尘土……当它们把所带来的子弹，统统扫射完了之后，就像两个轮奸性侵的歹徒，发泄完了勃起的兽欲，立时蔫巴了，像一只缩头的乌龟，呆头呆脑，有气无力，但是，又像是有所自慰、有所满足，发出无能为力的意淫的狞笑与尖叫，飞走了。

小鬼子驾驶的铁甲车，发动机的轰鸣声，愈来愈近。它的那杆可以转向的炮筒，射出一颗颗炮弹，在它行驶的前方爆炸。从铁甲车前面的射击孔中，探出机枪的枪嘴子，"嗒嗒嗒"地喷出火舌，狂乱地扫射着。

小鬼子的飞机、铁甲车，可谓来势汹汹。

铁甲车的后面，紧跟着张海鹏的伪军……在铁甲车的前方，一片沉寂，车轮子碾倒和伪军踩倒的仿佛只有弱不禁风的枯萎的丛集的蒿草，因而，似乎进入了无人之境。

小鬼子的铁甲车和铁甲车后面的伪军，越来越逼近守桥的奉军的阵地。

铁道线的东侧，地雷响了，轰轰隆隆的地雷爆炸了，掀起了由泥沙和硝烟混合在一起的澎湃的浪柱——铁甲车和伪军进入了雷区。

大部分伪军卧倒了，不敢贸然地前进了……然而，地雷在铁甲车的周边爆炸，铁甲车却安然无恙，一部分伪军猫着腰，跟随在铁甲车的后面继续前进。

徐宝珍命令："射击。"

他的卫队团的士兵们的子弹，像雨点般地射向了伪军。

他又命令身边的旗语兵："告知马忠国团长，向敌人的铁甲车开炮。"

旗语兵转过身来，两手挥动旗子，向桥头上的马忠国的炮兵发出——"向敌人的铁甲车开炮"的旗语信号。

桥头上的马忠国的旗语兵，也挥动旗子回应，表示"明白"。

在桥头上，六门野炮响了，炮弹连续地射向了徐宝珍阵地前沿的铁甲车和铁甲车后面的伪军，铁甲车被炸瘫了，跟随在铁甲车后面的伪军见状，抱头回窜……六门野炮延伸射击，连同不断被踩响的地雷，在伪军的人群里，轰轰隆隆地爆炸。

徐宝珍举起了手枪，跃出了阵地，高喊道："弟兄们冲啊。"

一声令下，他的部队像是一群下山的猛虎，迅速地跳出了阵地，冲出了杨木林子，发起了反冲锋，追击伪军。

铁道线的西侧，两辆小鬼子的铁甲车咆哮着前进，伪军紧紧地跟在后面。

地雷响了，一辆铁甲车被炸起火了……马忠华命令："射击。"

他的部队立刻机枪扫射，步枪点击，子弹如狂风骤雨，扑向伪军……伪军们卧倒，趴在了沼泽里，隐蔽在枯萎的水草中。

两个小鬼子仓皇地从被地雷炸毁而燃烧的铁甲车里钻出来，却被子弹命中，而滚下了铁甲车，倒地毙命。

马忠华命令他的旗语兵："通知马忠国团长，向剩下的那辆装甲车开炮。"

"是。"旗语兵说。

随即，他转过身来，向桥头上的马忠国的旗语兵挥动小旗。

"明白。"桥头上的旗语兵回应。

桥头上的六门野炮，炮口转向了西侧的伪军和小鬼子的铁甲车，铁甲车被炸毁了。炮弹炸，地雷响……马忠华命令："出击。"

他带头跳出了阵地，冲出了柳树毛子。

他的部队如同一群咆哮的野狼，高喊着："冲啊——"杀向了伪军。

伪军泥头泥腿、一脚深一脚浅、踉踉跄跄地向回跑。

在中线的马忠国的部队，也全面出击，端着枪，闪亮着刺刀，并且，嗷嗷地高喊着："杀啊——"勇猛地追击着伪军。

奉军部队追击了约有8里地，方才停止了追击。

徐景隆的伪军逃出了15里地，才气喘吁吁地停下了逃跑的脚步，安营扎寨。他作为第一路军的司令官，何尝没有下达命令，要求他的部队停下来，并且，向守桥的奉军杀个回马枪。但是，他的溃逃的军队却对于他的命令置若罔闻，继续溃逃，停不下来——他亲身尝到了"兵败如山倒"的滋味。

现在，他的部队终于停下了溃逃的脚步。

他命令，他的部队各自放出警戒，防止奉军的突然袭击；他命令，他的部队清理伤亡人数，上报给他的司令部，他对于自己的兵员，好做到心中有数；他命令，他的部队开锅造饭，填饱肚子；除了他自己亲自指挥的第三支队，作为战地指挥官，他还要亲自视察其他两个支队，慰问伤病员，镇定兵员的精神，鼓舞士气，以利再战。

他视察第二支队的营地，见到了第二支队长孙文韬，孙文韬向他报告了部队的情况。然后，他和孙文韬一同到第一支队的营地视察。

第一支队的营地，驻扎在一个土丘上，而且，放出了警戒。当徐景隆和孙文韬来到了第一支队的营盘时，警戒的士兵向徐景隆和孙文韬立正、敬礼。

徐景隆和孙文韬举手还礼，然后，走进了第一支队的营盘。

孙文韬看见一伙子士兵在一起吵吵嚷嚷，他走了过去，看见这一伙子士兵正在读一张传单。他一把把这张传单夺了过来。他一看，是现任黑龙江省主席马占山口诛笔伐卖国贼张海鹏的《通告》。

他明白，这是守桥的奉军向他们进行的心理战，每一张传单，都是一颗随时可能在他们的士兵们的心里爆炸的精神炸弹——因为，他们的每一位士兵都是中国人，血管里流淌着的是中华民族的血液。

毕竟——血浓于水。

孙文韬怒气冲冲地把这张传单递给了徐景隆。

徐景隆问："谁捡到的？"

"我。"有人回答。

徐景隆问："你叫啥名字？"

"我叫刘宏义。"

徐景隆说："瞧你这样儿，你是个小军官？"

"是个小连长。"刘宏义说。

徐景隆说："刚才是你在念这份传单吗？"

"是我。"刘宏义说。

徐景隆说："你不知道给士兵们念这份传单，是在扰乱军心吗？"

"我觉得不是。"刘宏义说。

"刘宏义，你是咋回答徐司令长官的问话呢？"孙文韬呵斥道。

"我倒想问问徐司令长官……"刘宏义脖子一梗，歪着脑袋说。

徐景隆说："你问个啥？"

刘宏义从兜里又掏出一份传单，在手中抖搂了一下，又看了一眼，说："这份《通告》上，是马占山的，他说我们的镇守使张大人是'卖国贼'，这是真是假？"

徐景隆说："完全是一派胡言。"

刘宏义说："如果我们的镇守使张大人不是投入了小鬼子的怀抱，凭啥小鬼子出动了飞机、铁甲车来助阵？小鬼子占领了奉天，明眼人都知道小鬼子是要占领整个满蒙，小鬼子觊觎满蒙已经不是一天半天的了，我们进攻嫩江铁路大桥，是不是在帮小鬼子夺取满蒙？"

"你管那么多干啥？"徐景隆说，"军人要以服从命令为天职，军人的天职就是坚决服从命令。"

刘宏义说："当兵的职责是保家卫国，我们打仗得明白，我们保的是谁的家，卫的是哪个国？"

"镇守使张大人已经宣布脱离民国政府而'独立'，我们保卫的是自己的家、自己的国。"徐景隆说，"我们必须唯镇守使张大人的马首是瞻。"

"名是'独立'，实际叛国，投到小鬼子的怀抱里去，这不就是汉奸吗？我们是奉军，奉军打奉军，骨肉相残……我说我们这仗打得咋这么没劲？"刘宏义说，"这马占山的《通告》里说，镇守使张大人是汉奸，你徐司令也是汉奸了？"

"你骂谁呢？"徐景隆说，"我他妈的毙了你。"

说着，他掏出了手枪，把枪口指向了刘宏义。他的两个卫兵，也都掏出了手枪，枪口也都对准了刘宏义。

"哈哈哈"，刘宏义大笑，他把自己的棉衣扣子使劲一揿，扣子登时绷飞，露出了胸膛，他一拍自己的胸膛，说："徐司令，你往这儿打，别打偏了，我刘宏义跟马占山一样，都是匪绺子出身，从来就没有怕过死，你他妈的把子弹打过来，我刘宏义要是眨巴一下眼睛，就他妈的不是人揍的，你打啊……"

他的话音刚落，他身左身右身后的100多号子，唰地端起了大枪，并且，啪地拉开了枪膛的大栓，枪口对准了徐景隆和他的卫兵。

"把枪都放下。"有人命令。

这是营长刘宏信来了。

刘宏义周边的100多号子士兵，听从营长刘宏信的命令，都收起了枪。

"你们两个也把枪都给我收起来。"这是支队长周祥到了，他指着徐景隆身边的两个卫兵说。

徐景隆的两个卫兵也收起了枪。

周祥抱拳，说道："徐司令受惊了？"

徐景隆用眼皮瞭了一下周祥，又用鼻子"哼"了一声，算是回答。

"周队长来得正是时候，差一点闹成误会。"孙文韬说。他心里明白，这是为了扩军而收编来的名号为"信义"匪绺子，刘宏信是这个匪绺子的大掌柜，刘宏义是这个匪绺子的二掌柜，刘宏信和刘宏义是亲哥俩儿。刘宏信的这个营大体上是他的匪绺子的人马。而且，他也知道，支队长周祥跟这哥俩儿的关系也贼拉好，因为，刘宏信和刘宏义非常讲义气，够哥们儿。于是，孙文韬说："徐司令，周队长属下的事儿，由周队长处理，我们再到其他营队去看看吧？咋样？"

"好吧。"徐景隆也怕哗变，撼动整个军心……于是，借坡下驴，他打招呼说："周队长，我们走了。"

他和孙文韬，连同他的卫兵，催动马匹，向周祥的营盘之外走去。

"你们代我去送送徐司令。"周祥对他的卫兵说，然后，又故作严厉地说给徐景隆听，"我非得整治一下这个刘宏义不可。"

"是。"他的两个卫兵答应着，然后，催动坐骑，送徐景隆他们走出营盘。

第一支队的营盘。

周祥说："咋回事儿？"

刘宏义说："我们捡了份传单，是马占山的《通告》，我念给我们连的弟兄们听，弟兄们七嘴八舌地议论……这时候孙文韬来了，一把夺去了那份传单，交给了徐景隆。"

周祥说："哦，后来呢？"

刘宏义说："后来就讲镇守使张大人是不是'卖国贼'，我们是不是为小鬼子在打仗？……徐景隆就火了，要毙了我。"

刘宏信说："事已至此，咋办？"

"咋办？我们此时此刻不仅要防备守桥奉军的偷袭，而且，更要防备徐景隆的偷袭……他会把溃败的原因加在我们的头上。"周祥说，"命令支队，加强警戒，尤其是加强对二支队和三支队的警戒。"

刘宏信说："是。"

周祥说："徐景隆说，守桥奉军只有徐宝珍的一个卫队团。真的打上了，才知道至少有三个团，还有从八面城来的马忠华和马忠国的两个团。我们不是三对一，而是一对一。我们有小鬼子的两架飞机，先前占了优势，但是，小鬼子的飞机一走，马忠国的六门野炮就占了优势。"

刘宏义说："你咋知道还有马忠国和马忠华两个团呢？"

周祥说："我在郑家屯的时候，就跟马忠国和马忠华他们弟兄俩有过来往……那弟兄俩是忠臣良将，马忠国尤其善于使炮。"

刘宏信说："自相残杀，我们还打吗？"

"佯装作打，慢慢腾腾的。估计明天还会有小鬼子的铁甲车来助阵，铁甲车在前，我们这回要跟铁甲车保持相当大的距离，别让马忠国的炮火伤着咱们。"周祥说，"哦，我得告诉马忠华和马忠国，咱们在铁道的东侧……我这就写封信给他们。"

说着，他就掏出笔来，写信。

"我去送。"刘宏义说。

"你咋个送法？"刘宏信说。

"十来里地，我走着去。"刘宏义说。

"到了奉军的桥头阵地了呢？会不会发生误会？"周祥说。

"我拿树棍子，挑起个白旗。"刘宏义说。

"白旗在哪儿？"周祥说。

"我把我的白色的裤衩子脱下来，挑在树棍子的头上，举起来，不就是一面白旗吗？"刘宏义说。

说得大家伙儿都咯咯地笑了。

周祥把写好了信，交给了刘宏义，嘱咐道："这封信千万不能落到徐景隆和孙文韬的手里……你要注意保护好自己。"

"是。"刘宏义说。

他接过信，揣在怀里。

他的棉衣的扣子都绷没了，索性薅了几把枯黄的蒿草，拧巴拧巴，成了一条草绳，系在腰间。然后，他转身走了，走向了嫩江铁路大桥。

周祥说："不管徐景隆是输还是赢，我们都要准备下一步……"

"徐景隆他赢个屁，非败不可。"刘宏信说，"不管是哪个支队的士兵，一看见传单上马占山的《通告》，这心就凉了，哪还有打仗的热情？"

周祥说："不管是赢了还是败了，我们都得离开张海鹏和徐景隆，跟我们的弟兄们拉起我们的绺子来，转过身来，对付小鬼子。"

"我他妈的宁可当岳飞，死了；也绝不当秦桧，还活着。"刘宏信说，"咱们上七星山，拉杆子，集合绺子。七星山，除了大、小黑虎山，还有勃勃吐山、敖宝山、玻璃山，以及大、小吐尔各祭山呢。七星山散落在方圆数百里，哪座山适合咱们，咱们就把山寨扎营在哪座山上，大有回旋的余地。"

"我刚才在给马忠华和马忠国的信里，也提到这一点了。"周祥说，"咱们这个支队，愿意跟咱们走的，进绺子；不愿意跟咱们走的，遣散回家。"

"我听支队长的。"刘宏信说。

周祥说："就这么定了。"

随后，他们俩一起巡视营盘，士兵们正在支锅造饭……他们俩又检查警戒的哨位。

1931 年 10 月 16 日。

嫩江铁路大桥，桥南。

张海鹏的第一路军，徐景隆重新组织向奉军的桥头阵地的进攻。

日军的又来了三架战机，比昨天多了一架；还有三辆铁甲车。

飞机和铁甲车，为进攻奉军固守的嫩江铁路大桥的桥头阵地的张海鹏的第一路军，提供凶猛的火力援助。

进攻开始了，仍然由日军的飞机对奉军的桥头阵地进行狂轰滥炸，然后，出动日军的铁甲车。铁甲车在铁道线的东侧一辆，西侧为两辆。

徐景隆的军事部署未变，东侧仍然由周祥指挥的第一支队主攻，西侧仍然由孙文韬指挥的第二支队和徐景隆亲自指挥的第三支队主攻。

徐宝珍和马忠华、马忠国的三个团，也如昨天，固守原来的阵地。

日军的战机狂轰滥炸之后，铁甲车"突突突"地发动了引擎……东侧，铁甲车出发了，向前跑动。但是，士兵们却听从周祥的命令，跟铁甲车保持着相当大的距离。

这辆铁甲车射击着炮弹，从瞭望孔中伸出机枪的枪筒，向前面扫射……跟昨天不一样的是铁甲车上方的铁盖子，没有关上，而是由一个日本兵探出脑袋来，也架起一支机枪，向前方扫射。

周祥对刘宏义说："乘着马忠国还没有开炮，咱们给马忠国和马忠华送去个礼物吧？"

刘宏义说："好啊。"

这时，只见周祥从身边的士兵的手中拿过来步枪，对准了从铁甲车上方探出来的正用机枪扫射的日本兵的脑袋，"嘭"的就是一枪，正中那个日本兵的后脑壳，那个日本兵的尸体坠入了铁甲车里。

"我明白了。"刘宏义说。

他迅速地骑上了战马，一拍战马，战马像疾风似的向铁甲车跑去，战马到了铁甲车的身边，他纵身一跃，贴上了铁甲车，同时，把两颗手榴弹拉开了燃火索，然后，把两颗手榴弹从没有盖着铁盖子进出口儿，投了进去。之后，他飞身滚了下来，卧倒在地。

铁甲车在侧面和后面都没有瞭望孔，哪里知道有人从后面来，又从侧面向它投入了手榴弹？只听得轰隆一声，两颗手榴弹同时爆炸，从没有盖上铁盖子的上方的进出口，冒出一股烈焰浓烟，铁甲车歪着行驶了数米，瘫痪了。

周祥随即命令他的支队："停止前进，加强警戒，注意隐蔽，就地休息待命。"

西侧，第二支队和第三支队跟随着铁甲车前进着。

从桥头阵地不断发射来的野炮的炮弹，集中打击铁甲车，两辆铁甲车先后中弹，起火燃烧。接着，炮弹延伸，轰击后面的士兵，炮弹在士兵群里爆炸、开花。

徐景隆和孙文韬两个支队的伪军们前进的脚步，陷于停顿。

站在桥头高处的马忠国，用望远镜观察得一清二楚——铁道线东侧，日本人的铁甲车被周祥的士兵从后面和侧面给摧毁了。

所以，他下令，集中火力，炮击西侧的铁甲车，炸毁了铁甲车，使西侧的进攻陷于停顿。

徐宝珍来了，说："好消息。"

马忠国说："有啥好消息？"

徐宝珍说："姜恩波团长率领两个农垦团来增援了。"

马忠国说："太好了，正是时候。"

徐宝珍说："命令马忠华团把张海鹏的第二支队和第三支队切割开，然后，马忠华团把注意力集中在张海鹏的第三支队，牵制住徐景隆……我的团和姜团长的两个团，以三个团的兵力，包抄住孙文韬的第二支队，歼灭他们。"

马忠国说："我的团呢？"

徐宝珍说："你团是预备队，同时，你在高处，用炮火伺候孙文韬和徐景隆。"

马忠国说："是。"

徐宝珍对他的传令兵说："立即传达我们的战斗部署。"

"是。"传令兵说，他迅速地向马忠华团挥动旗语，传达命令。

马忠华团冲出阵地，像一把尖刀，插进了徐景隆和孙文韬两个支队的结合部，把徐景隆和孙文韬的两个支队切割开来。然后，牵制住徐景隆的支队。

徐宝珍团和姜恩波的两个农垦团迅速包抄孙文韬支队……从子弹的密集程度，以及手榴弹的爆炸声里，孙文韬判断到了，向他进行反攻的绝不仅仅是一个团，至少是三个团的兵力，而且，姜恩波的两个骑兵营在抄他的后路……他知道情况不妙。

孙文韬一方面大声地命令他的步兵："顶住。"

但是，他又命令他的骑兵连，连同他身边的亲兵，乘着奉军的包围圈还没有完全形成，赶紧随他一起突围……他顾不得他的步兵，更顾不得徐景隆的第三支队了。

他逃出了奉军的包围圈。

他的步兵投降了。

四个团的兵力包围了徐景隆的支队，徐景隆的支队的阵地不断收缩，收缩在了一块小土丘子上。

马忠华命令："围而勿攻。"

他又命令旗语兵，告知马忠国的炮兵向小土丘子周边射击。炮弹在小土丘子周边的伪军的士兵中开了花，把伪军逼上小土丘子。

同时，马忠华、徐宝珍，还有姜恩波的部队，都向小土丘子周边的伪军们喊话：

"都是中国人，只要放下武器，既往不咎。"

小土丘子周边的士兵们，纷纷举手投诚，徐景隆哪里能阻止得住？

一颗炮弹落在了徐景隆和须本的身旁，徐景隆的腿和须本的胳膊都受了伤。一个卫兵赶紧把徐景隆背起来，向土丘的上方躲避。余下的卫兵和顽固的伪军簇拥着徐景隆他们，也向小土丘子的上方走去。

须本少佐和他的电报员，也只能无奈地跟随着。

他们企图据丘地而顽抗。

土丘之上，背着徐景隆的伪军，沉重的脚步却踩中了马忠华他们事先就埋设好的地雷。这是一颗连环雷，"轰隆隆"，同时有五颗地雷爆炸，威力巨大。

整个土丘子上是马忠华他们布置的一个地雷群，所以，他们才要把伪军逼上小土丘子。小土丘子上，又有几处连环雷被伪军踩响，炸飞了荒草，炸飞了树木，更炸飞了徐景隆的伪军们。

徐景隆和簇拥着他的伪军们，还有须本少佐，以及须本少佐的电报员，都被炸得粉身碎骨……其他的伪军们哪里还敢往土丘子上走？何况，他们的司令官已经被炸死了。

徐景隆的伪军们一个个地离开了土丘子，投降了。

至此，张海鹏的伪军攻占江桥的图谋，被守桥的奉军彻底地粉碎了。

铁道线西侧，周祥的营盘。

马忠国和马忠华骑着马来到了这里。马忠国说：

"徐景隆被地雷炸死了。"

周祥说："他死有余辜。"

马忠华说："你们下一步准备到哪里去？留下来跟我们一起抗战吧？"

刘宏信说："我们准备重新拉起绺子来，在辽北七星山成立抗日义勇军。"

辽北七星山，是一组火山群，又称郑家屯火山群，喷发于新生代早期，新生代距离今天有6500万年。它位于东、西辽河之间，地处松辽分水岭南侧。火山锥体在平坦的辽河冲积平原上，突然间，拔地而起，横空出世，兀立孤耸，蔚为壮观，不禁令人眼前一亮，不能不为大自然的鬼斧神工所愕然、所惊诧、所震撼。

辽北七星山包括黑虎山，黑虎山含大、小黑虎山，再以黑虎山向西推，为勃勃吐山、敖宝山、玻璃山，以及大、小吐尔各祭山，共七座火山组成，方圆数百里。

黑虎山为辽北七星山之首。

马忠国说："也好，我们也有一支绺子，早就是一支抗日义勇军。"

周祥说："在哪座山头？"

马忠华说："在二龙山。"

刘宏信说："你们说的是名震遐迩的小白龙？"

马忠国说："我们跟小白龙是亲戚。"

周祥说："小白龙可是专门杀小鬼子的，那是真正的抗日义勇军。"

刘宏信说："我们今后也像小白龙那样，专门杀小鬼子——这可是当今的第一要务。"

马忠华说："以后我们合作。"

周祥说："俘虏兵们，你们咋处理了？"

马忠国说："愿意跟我们抗战的，我们收编了；不想跟随我们的，我们进行了简短的抗战主旨的训导之后，予以遣散。"

马忠华说："我和忠国就是来看看你们，只能见个面，叙一下旧情……我们告辞了。"

周祥说："你们哥俩能来看看我们，也就够意思了，咱们后会有期。"

马忠华和马忠国上了马，回他们的桥头阵地去了。

周祥突然有所思考，说："咱们上山拉起绺子，当抗日义勇军，需要钱哪……"

"是啊。"刘宏义说。

"军需处长李余久的手里有巨款，乘着张海鹏不在洮南，咱们赶紧把他绑票了。"刘宏信说。

"我跟李余久的交谊颇深，我写封信给李余久……这可不是小事儿，你们带着咱们的骑兵连，迅速地赶往洮南城，找到李余久……咱们必须给张海鹏来个釜底抽薪。"周祥说。

"还有，别忘了留守的参谋处长哈玉良，他对我们哥俩有恩。"刘宏信说。

"哦，我们被收编在张海鹏的名下，是哈处长的主意。"刘宏义说，"我们一旦上山抗战……哈处长就可能受到牵连。"

"哈处长要是跟我们上山，我们就多个人手；他要是不跟我们上山，就告诉他，让他回避开张海鹏……哈处长是明白事理的人，跟着张海鹏干，也愧对祖宗。"周祥说，"事不宜迟，你们哥俩率领着骑兵连赶紧上路，执行任务吧。"

"是。"刘宏信和刘宏义说。

"我们在葛根庙等你们。"周祥说。

"是。"刘宏信和刘宏义说。

刘宏信和刘宏义带着骑兵连，避开泰来城，向洮南城方向，快马加鞭，疾驰而去。

1931 年 10 月 19 日，凌晨。

泰来城，位于平齐铁道线上，在洮南和齐齐哈尔的中间地域。

张海鹏的司令部。

孙文韬气喘吁吁地前来报告："不好了，徐司令和须本少佐被地雷炸死了。"

张海鹏惊讶："啊?"

孙文韬说："支队长周祥哗变。"

张海鹏简直不相信自己的耳朵，说："咋会这样呢?"

孙文韬说："周祥的下属刘宏信和刘宏义兄弟俩，借江桥守军散布的马占山的所谓《通告》的传单，进行煽动、蛊惑……周祥跟他们形同拜把子，他们说是要拉绺子上山，当啥抗日义勇军去。"

张海鹏说："这刘宏信和刘宏义原本就是土匪，是哈玉良把他们收编来的……失策啊失策，当初……"

正在这时，听到房间外面喊叫道："爹——"

张海鹏听出来了，是儿子张质明急促的声音，他回应道：

"质明，这儿呢。"

张质明进来了，说："爹，不好了。"

"别慌乱，咋就不好了。"张海鹏说。

"军需处长李余久听说江桥战役失利，带着咱们的所有的钱款跑了。"张质明说。

"账面上的钱呢?"张海鹏说。

"都让李余久给转账走了。"张质明说。

"那是一笔巨款啊，我的军费啊。"张海鹏痛惜地拍打着椅子的扶手说，然后，他无力地仰歪在座椅上，喘着粗气。

"听说李余久是在周祥的骑兵连的保护下，取走和转移了钱款，还把咱们的军械库劫掠一空……带着骑兵连来洮南城的叫刘宏信和刘宏义，是哥俩。"张质明说。

"反了、反了，刘宏信和刘宏义这两个土匪；是哈玉良收编的这两个土匪，哈玉良呢?"张海鹏说。

"哈玉良跑了，无影无踪了。"张质明说。

"他们是一伙儿土匪、窃贼，乘着我洮南城空虚……喀喀喀。"张海鹏气呼呼地说到了这里，有一口痰塞住了气管，把脸憋得煞白。

张质明见状，叫喊着："爹，你咋的啦?"

他赶紧上前，孙文韬也赶紧上前。

张质明捶背，孙文韬抚胸。捶背和抚胸，好一阵子，65岁的张海鹏才

"嗷"的一声，带有黏涎子似的喘过气儿来，随即，吐出一大口黏痰。

停顿了一会儿，张海鹏说："我三路进击，分兵之祸啊……却没有由我亲自率领三路大军，集中三路大军的兵力来攻取齐齐哈尔的咽喉要道——嫩江铁路大桥，攻占了嫩江铁路大桥就等于打开了黑龙江省会齐齐哈尔的大门，悔之晚矣。我原以为，可以平稳地进取黑龙江省……我太轻敌了啊。"

"司令，胜败乃兵家常事。"孙文韬安慰道。

"可惜啊，这黑龙江省主席——我是当不成了哟。"张海鹏叹息地说，"我拿不下黑龙江省，这黑龙江省的主席，日本人是不会让我来担任的啊。"

"爹，留有青山在，不怕没柴烧。"张质明说。

"命令我的各路人马，全部撤回洮南城。"张海鹏说。

"是。"孙文韬说。

张海鹏进取黑龙江省，前线失利，老窝洮南的钱款和军械库又被掏空，他只能撤回洮南城了，待求助于日本人，重整旗鼓，重新积蓄军力，以备重新进取黑龙江省——他对于担任黑龙江省主席，仍然野心不死。

1931 年 10 月 18 日。

嫩江铁路大桥，桥头阵地。

徐宝珍正在召开军事会议，出席会议的有马忠华、马忠国、姜恩波。徐宝珍说：

"我们已经击溃张海鹏的第一路军，并且，炸死了他的旅长徐景隆的战况，报告了马占山主席。"

马忠华说："马主席对下一步的军事部署？"

徐宝珍说："马主席预计小鬼子将纠集军力，赤膊上阵……江桥将有一场血战。"

姜恩波说："马主席的预计是正确的，小鬼子和张海鹏的伪军会疯狂反扑。"

徐宝珍说："我们的部队撤到嫩江桥桥北，同时，为阻止小鬼子和伪军北进，决定炸毁江桥的三个桥墩。"

马忠国说："炸毁桥墩的任务交给我们团。"

"好，炸毁三孔桥墩的任务，就交给你们了。"徐宝珍说，"大家分头行动，准备撤至桥北吧。"

　　徐宝珍、马忠华、马忠国三个团，还有姜恩波的两个农垦团，撤离了桥南的阵地，陆续地走过了嫩江铁路大桥，来到了江北。

　　随着马忠国的一声命令："炸桥。"

　　他的士兵点燃了放置在三孔桥墩上的炸药包的导火索，"轰轰隆隆"的三声巨响，三孔桥墩上的桥身，歪歪斜斜、扭扭曲曲地坠入了江中。

　　平齐铁道线，由嫩江的江南向嫩江的江北，进而，踏入黑龙江省的首府齐齐哈尔的大通道，就此撕裂、断绝了。

第四章

小白龙率领二龙山英雄
好汉乔装袭击北山皮子

1931 年 10 月 19 日。

太阳偏西，西北风。

连绵的丘陵山脉，山陵上铺满了吹落的枯黄的树叶子，在风中窸窸窣窣地骚动；残留在树上的枯黄的叶子，在风中摇曳，"沙沙"作响，几辆满载着货物的花轱辘大车，沿着山路向北山皮子行进着。

每台大车上，都坐着押送货物的人。

马匹的脖子上，挂着彩色的布条，显得喜庆；辕马的脖子上还挂着一串铜铃，随着马匹脚步的前行，马身的跃动，发出"丁零零"的欢快的声音，显得精神抖擞。

在几辆大车的最后面，却是一辆带棚的拉客的马车，驾辕的是一匹高傲的大洋马，车上坐着一位全副武装的留有小髭胡的年轻的日本军官。

头车的老板子，坐在前面的耳板子上，大声地吆喝着牲口，还向空中甩起鞭子，发出"啪啪"的清脆的爆音，在山谷间回响。

北山皮子的入口处，有一处窝棚，窝棚里是"全胜"绺子的岗哨。远远地听见了马铃声，又看见来了几辆满载着货物的大车，从岗哨里走出了一胖一瘦的两个匪崽子，站在了路当中，向大车摆手，示意大车停下。

"吁——"老板子向马匹发出了停车的指令，大车停了下来。

胖匪崽子问："干啥的？"

从车上跳下一位中年人，礼帽、眼镜、大褂、皮鞋，他回答："日本守备队给北山皮子送枪支弹药的，还有犒劳弟兄们的猪肉杵子和白酒。"

瘦匪崽子说："哦，这不错，我们大掌柜为枪支弹药的事儿，去了范家屯……我们的大掌柜咋没跟着回来？"

这时候，日本军官从最后的那辆马车上下来，款步走到了前面，他用日语说："他们的大掌柜呢？"

中年人说："他们说他们的大掌柜去了范家屯了？"

日本军官说："既然他们的大掌柜不在山上，我们就回去吧，等啥时候他们的大掌柜在山上，我们再来。"

中年人把日本军官的话翻译给匪崽子听，胖匪崽子一听，急了，说："别介，我们的二掌柜和三掌柜，还在山上呢。"

瘦匪崽子说："你们稍等，我这就告诉山上，让二掌柜和三掌柜下山。"

说完，他从路边的窝棚里取出了两只"二踢脚"，燃着火柴，顺次点燃了两只"二踢脚"；"二踢脚""嘭"的一声在瘦匪崽子的手下炸响了，然后，飞上了天，又"嘭"地在天上爆响了。四声爆响，在空旷的山林中回荡。

"二踢脚"，东北人对两个爆响的鞭炮的一种常用的俗称。

胖匪崽子说："我们二掌柜和三掌柜马上就从寨子里下来了。"

一行人马从山上下来了，马上的人都跳下了马，一个人说道："咋回事？"

站在这个人身边的另一个人看见了几辆满载货物的大车，说："嗬，来货了啊。"

瘦匪崽子指着几辆大车，报告说："日本人给咱们送枪支弹药来了。"他又向日本军官和中年人介绍说，"这是我们的二掌柜李世奎。"然后，又介绍李世奎身边的另一个人，"这是我们的三掌柜赵全利。"

中年人介绍道："这是佐藤少佐。"

李世奎和赵全利向佐藤少佐龇牙微笑，点头示意。

"我叫阚朝峰。"中年人自我介绍道，他又说，"佐藤少佐亲自押车，从四平街大早出发，走了大半天，来到了你们北山皮子，给你们送来枪支弹药。"

李世奎说："送来了，太好了，我们照单接收啊。"

赵全利说："不是说枪支弹药从长春送来吗？"

阚朝峰说："关东军司令部命令驻在四平街关东军满洲独立守备大队森连司令官给你们北山皮子的全胜绺子送来300支步枪和1万发子弹。"

赵全利说："四平街到我们北山皮子100多里地，咋不通过火车皮运来呢？"

阚朝峰恼了，说："这么点东西用火车运？装车、卸车，还得装上大车……你小子说这话，是他妈的要戏人呢，是不是？"

佐藤用日语对阚朝峰说："他们的大掌柜不在，我们回去吧，我们只跟他们的大掌柜赵全胜打交道，验货、收货的收据得是他们的大掌柜签收，才有效。"

阚朝峰说："刚才佐藤先生说了，我们只跟你们的大掌柜赵全胜打交道，验货、收货的收据得是你们的大掌柜签收，才有效。既然你们的大掌柜不在山寨，我们就回去了。"然后，他把手一挥，对车老板子说道，"咱们打道回府，返回四平街啊。"

"好咧。"车老板子操着鞭子，回应道。

"别介、别介，我三掌柜赵全利是大掌柜赵全胜的亲弟弟啊。"赵全利一个箭步蹿到了前面，横着双手，拦住了要去磨回车的老板子们，说，"既然都送到了山跟儿底下了，就别走了啊，不然的话，还不得再送来，费二遍事儿吗？"

"留不住你们，要是大掌柜回来，还不得怪罪我们吗？"李世奎也急了，他苦求说。

"这的确是全胜绺子所在的北山皮子吗？"佐藤说，这话竟然是用汉语说的，而不说日语，只是语音中带有明显的旅大语音的韵味。

"的确是全胜绺子所在的北山皮子。"阚朝峰确认。

"哦，我们既然已经来了，那就只好把货拉上山了……我们在山上等他们的大掌柜。"佐藤说。

听到佐藤说了这话，李世奎和赵全利才松了一口气，总之，他们不能让这几辆满载的大车返回去。

赵全利点头哈腰地把手向山上一挥，说："请。"

阚朝峰对老板子们说："走啊，把货给他们拉上山。"

"走咧。"老板子们甩响了大鞭子。

李世奎和赵全利在前面引路，几辆大车跟在后面，上了山。

北山皮子，山窝窝里的山寨。

山寨的前面是一块平整的土地，有攀缘的绳索架子、跳跃的栅板、枪支瞄准的靶子……是一块教练场。几辆大车就停在了这儿。

阚朝峰说："你们先验货吧，等你们大掌柜回来了，就进行交割。"

"好哇。"李世奎和赵全利说。

阚朝峰指着第一、二辆大车上的长条的缠绕着铁绕子的木箱子，说："这里是枪支，300条枪，纯粹的日本造。"

"哦。"李世奎说。

"你们找两个弟兄，拆开一个箱子，看看。"阚朝峰说。

赵全利一挥手，马上就有他们的两个匪崽子跳上了大车，用铁撬棍撬开了一个缠绕着铁绕子的木箱子，露出了崭新的乌洞洞枪口。

阚朝峰说："再来看下两辆大车，是一万发子弹，不过，是装在酱菜坛子里，运输起来既方便又隐蔽，打开一个坛子吧。"

赵全利又一挥手，那两个匪崽子又用铁撬棍撬开了一个密封的坛子的上盖儿，从坛子里掏出了子弹盒子，拆开子弹盒子，里面是排列得整齐的亮瓦瓦的子弹。

阚朝峰又来到了下一辆，掀开了大车的篷布，里面的货物露了出来，说道："这是20条猪的猪肉桦子，昨天特地屠宰的，是我的堂兄阚朝山犒劳弟兄们的。"

"阚旅长？"李世奎说。

"你认识我们家的堂兄？"阚朝峰说。

"见过，但是，不熟悉。"李世奎说。

阚朝峰又来到了下一辆大车，指着车上的货物说："这车上的大木箱子里装着三挺机关枪。箱子上的麻袋里装着250只白条鸡，还有榛蘑和白蘑，以及黄花菜——这些可都是家里的堂兄阚旅长犒劳弟兄们的了。"

"我跟阚旅长见过面，我当过兵啊，当到了连长，可是当得不顺……我就带着我的100号人投奔了全胜绺子。"李世奎说。

"哦，是这样……怪不得说，东北之大，兵匪一家；所以啊，咱们东北有10万胡子，横行天下。"阚朝峰说，"说起来，咱东北的张大帅当过胡子，咱们怀德的马占山当过胡子，洮辽镇守使张海鹏当过胡子，咱们梨树县出来的旅长王永清当过胡子……在咱东北，给我的感觉，好像没当过胡子的人，难能成大器。"

"你在抬举我，呵呵。"李世奎说，"阚旅长好吗？"

"我堂兄啊，他退出军界了，如今是四平街维持会的会长，他们要把四平街从梨树县独立出来，单独地立市……脱离民国而独立，日中亲善嘛。"

阚朝峰说。

"四平街军界当过旅长的还有马龙坤，听说他当了四洮铁路的督办兼任局长，当了有些个年头了吧，咋样了？"李世奎说。

"日本人占了四平街，要四洮铁路'平稳过渡'，派了两名顾问去，仍然要求马督办当局长，但是，马督办说自己的年纪大了，挂印封金，回家养老了——这使日本人深感遗憾。"阚朝峰说。

"我觉得马旅长还真是个大义凛然的人。"李世奎说。

阚朝峰附在李世奎的耳朵边，小声地说："二掌柜，你这话别让佐藤少佐听见。"

"此处不养爷，自有养爷处。"李世奎不以为然地一笑，说，"有个叫张小山的呢，他在四洮铁路当警署的警长，他原来也是我们奉军的军官啊。"

"他啊，他不当警署的署长了，他下到车辆段，拿起锤子，敲敲打打……去检修火车去了。"阚朝峰说。

"哦，他仿佛去了世外桃源，倒落得个逍遥自在……呵呵。"李世奎说。

阚朝峰又来到了下一辆大车，指着车上围栏里面摆放有序的陶瓷坛子说："这是四平街的商会会长翟书田先生犒劳你们全胜绺子的白酒，纯高粱烧，口感醇厚——这大冷的天儿，要是喝上几口，驱寒暖身，舒服。浮头儿上的几个麻袋里是宽粉条儿，抗炖着呢。"

"翟小鬼儿？"李世奎说，"四平街的商会会长不是赵翰章吗？"

"四平街的赵翰章和翟书田，都声称自己是四平街商会的会长，四平街不是分道东和道西嘛。"阚朝峰说，"梨树县还有商会呢，商会的会长是胡思楞，他是专门搞工程的，南满铁路和四洮铁路，他都承包建筑过……也是名噪一时，而且，梨树县还管着四平街呢，尽管四平街嚷嚷着要独立建市。"

"赵翰章和翟小鬼儿，都是奸商。"李世奎说，"胡思楞搞的是实业。"

"二掌柜有见地。"阚朝峰说，"我说，二掌柜，闹不好这一两天，弟兄们就要去进取怀德县城了——那干的是脑袋瓜子别在裤腰沿子上的事，你应当这就把猪肉和粉条子炖了，让弟兄们吃了猪肉炖粉条子，再美美地喝上老白干……"

"你这个主意好。"李世奎说，"这就炖。"

他叫来了匪崽子们，把酒、肉、粉条子都卸下来，送到伙房，来个猪肉炖粉条子。

"你们的大掌柜，啥时候回来啊，佐藤少佐还等着他签收枪支弹药呢……这是主要的事儿。"阚朝峰说。

"你们既然来了，就等一等吧。"李世奎说，"他带着100多个弟兄，说是去了范家屯了，催促枪支弹药……闹不准啊，他又去逛窑子去了呢，我们大掌柜色大。"

说完，他抿嘴一笑。

"哦，也就只好等了。"阚朝峰无奈地说。

"我看你是个爽快人，我愿意交你这个朋友。"李世奎说，"肚子饿了吧？我去伙房看看，猪肉炖粉条子咋样了？伙房这伙子人，干活儿麻溜儿……这猪肉伴子和宽粉条子、小鸡儿和蘑菇，开锅就烂……咱们都吃饱了喝足了，再说。"

然后，他去了伙房。

北山皮子，"全胜"匪绺子的山寨。

太阳落山了，夜幕就要降临了。

开饭了，聚义厅变成了宴会大厅。

数百名匪崽子大口地吃着四个菜——猪肉炖粉条子、小鸡炖白蘑、榛蘑炒鸡块、瘦肉黄花菜，大碗地喝着白酒，还猜拳行令。

阚朝峰说："二掌柜，外面的山头上还有岗哨吗？"

李世奎说："有啊。"

阚朝峰说："佐藤少佐命令跟随我来的人，去换你们在山上的岗哨，让他们也吃个痛快、喝个尽兴。跟我来的人，都是我的堂兄阚旅长的老部下，舞枪弄刀的都是行家里手。你放心，必保山寨的安全。"

"哦，想得周全。"李世奎说，他对站在他身边的匪崽子说，"你带领阚旅长的人，按佐藤少佐的命令执行。"

一会儿工夫，在山上站岗的匪崽子，果然，都进了宴会大厅，包括在山下路口的窝棚里的那两个胖匪崽子和瘦匪崽子。

赵全利见状，嘴里咀嚼着肉，从酒席桌上走了过来，对李世奎说："二掌柜，咋把咱们的岗哨都撤回来了？"

李世奎说："佐藤少佐的意思，让咱们全胜绺子的所有的崽子们今儿晚上，都尽兴……说不上明、后天去进取怀德县城，脑袋还在不在脖颈子上，还两说着呢……我下的命令，让阚旅长的人替代咱们的岗哨。"

赵全利说:"这行吗?"

李世奎说:"这整个东北,很快就是日本人的天下了,我们不听日本人的,还听谁的?"

赵全利说:"哦,可也是。"

他又回到了酒席桌上。

阚朝峰对李世奎说:"二掌柜,佐藤先生要对咱们全胜绺子的人,进行'大东亚共荣'和'日中亲善'的训话。"

李世奎说:"好哇。"随即,他拍手,对正在喝酒、吃肉的匪徒们静了下来,说道,"弟兄们,今天四平街的日本关东军满洲独立守备大队奉命给我们送来了300支步枪、1万发子弹、3挺机枪,由佐藤少佐和阚旅长的堂弟亲自押送,来到了我们北山皮子,对此,我们要表示感谢。"

匪崽子们鼓掌。

李世奎又说:"四平街的阚旅长和商会的翟会长给我们送来了猪肉、粉条子,还有白酒,犒劳我们……让我们再一次地表示感谢。"

匪崽子再次掌声。

李世奎继续说:"让我们请佐藤先生训话。"

佐藤用日语叽里咕噜地说了几句,阚朝峰翻译道:"佐藤先生说了,请你们看大门口,谁来了?"

果然,从宴会大厅的大门口涌进来一大群人,荷枪实弹,枪口对准了正在吃喝的匪崽子们。还没等匪崽子们醒过神儿来,阚朝峰指着站在门口的一个形象威武的人,说道:

"这位就是赫赫有名的二龙山大掌柜小白龙。"

酒席桌上,一片惊讶。

赵全利一看情势不对,他正要掏枪,但是,已经晚了,"嘭、嘭"两声枪响,两颗子弹打进了他的脑袋,他脑瓜儿迸裂,溅出脑浆,"扑通"一声,栽倒在地,死于非命。

这两枪,一枪是阚朝峰打的,另一枪却是李世奎打的。然后,阚朝峰和李世奎会意地相视一笑。

阚朝峰说:"我就知道你不想当汉奸。"

李世奎说:"我就知道你是来杀汉奸的。"

两个人的手紧紧地握在了一起。

李世奎说:"弟兄们,赵全胜和赵全利这哥俩,铁了心了要给小鬼子当奴才、当汉奸，还想要当啥怀德县的伪警署的伪署长……弟兄们，我们要是当了汉奸，岂不辱没了祖宗？今儿个正好二龙山的大掌柜小白龙来了，他早就是抗日的英雄。我们应该跟着英雄抗日，而不应该跟着赵全胜去当遗臭万年的汉奸，你们说，是不是？"

"是——"下面一片赞同声。

小白龙说："凡是愿意抗日的，跟着我小白龙走；凡是拖家带口，一时难以参加抗日队伍的，我小白龙不强留，而是发给安身的费用，让他回家；但是，有一条，绝不能去当汉奸，如果谁当了汉奸，就是我小白龙的敌人，我就毙了他。"

"说得好——"下面一片应和声。

小白龙说："弟兄们继续吃，继续喝，一定要尽兴地吃喝，来个酒足饭饱。"

"好——"下面回应说。

二龙山的几个弟兄，把赵全利的尸体拖了出去。

范家屯和北山皮子的咽喉要道处。

所谓"阚朝峰"和"佐藤少佐"骑着马，来到了这里。

"阚朝峰"一声口哨，埋伏在这里的小白龙的人马都从隐蔽处涌了出来。走在头儿里的是万国彪，他对"阚朝峰"说：

"关东豹，北山皮子的事儿，咋样了？"

"解决了。"关东豹说。

"我们埋伏在这里……这他妈的赵全胜也没回来啊。"万国彪说。

"他没回来，算他捡条命。"关东豹说。

"'佐藤少佐'，请把你的这身小鬼子的皮，扒下来吧？"万国彪说。

"嗯哪。"这位"佐藤少佐"答应着。

这位"佐藤少佐"下了马，脱下了小鬼子的军装，露出了男子的便装，又摘去了小髭胡，然后，把小鬼子的军装递给了万国彪。

这位"佐藤少佐"不是别人，正是日语流利的马忠华的妻子那淑荣。

关东豹摘去了礼帽和眼镜，说："我们俩回四平街了。"

"路上注意安全。"万国彪叮嘱道。

"知道了。"那淑荣说。

火光，燃烧的火光，映亮了远处的夜空——那淑荣和关东豹转过身，看见了身后燃烧的火焰和腾起的烟雾。他们俩知道，这是北山皮子的"全胜"匪绺子的山寨老窝儿，被小白龙他们放火烧了。

那淑荣和关东豹略微注视了一下火光，然后，跃身上马；他们俩策马奔驰，避开铁道线，拣隐蔽些的小路，返回了四平街。

1931 年 10 月 20 日，上午。

范家屯，满铁日本守备队，会议室。

"全胜"绺子的一个匪崽子走了进来，他是赵全胜的姨表弟，叫夏天雨，他对赵全胜说："大掌柜，不好了，咱们的老窝被人端了。"

"咋的，老窝被人端了？"赵全胜惊讶而急迫地说。

"是的。"夏天雨说。

"谁这么胆肥啊？"赵全胜说。

"小白龙。"夏天雨说。

"又是这个小白龙。"小路警长说。

"二哥赵全利被小白龙的人给打死了。"夏天雨说。

赵全胜一听，眼泪就下来了，说："我四周都有岗哨，山上还有五六百弟兄呢，小白龙他咋能上得了北山皮子呢？"

"小白龙的人冒充是四平街满铁独立守备大队的，说是受长春守备队的指令，给咱们'全胜'绺子送枪支弹药，还有四平街的阚旅长和翟会长犒劳咱们的猪肉梆子、白条鸡……为首的叫啥佐藤少佐，叽里咕噜说日语，就把咱们的人给蒙了。"夏天雨说。

"这纯粹是冒名顶替、无中生有，狡猾狡猾的。"寿川队长气恼地说。

"二掌柜李世奎叛变了，投靠了小白龙。"夏天雨说。

"我当时收留了他们……还给了他一个二掌柜的权位。"赵全胜说，"这个李世奎，真他妈的不够义气。"

"击毙二哥的，也有李世奎一枪，我亲眼所见。"夏天雨说。

"李世奎，我赵全胜跟你不共戴天。"赵全胜撕肝裂肺地喊叫道。

"很明显，这是内外勾结。"小路警长说。

"赵大掌柜的，你这怀德县的警署的署长是当不成了，老窝被端了，树倒猢狲散，没有实力了……还多亏你带出来 100 多人，说是来押解枪支弹药回北山皮子的，否则，你就是个光杆司令了。"马春城说。

"我重整旗鼓，招兵买马啊。"赵全胜说。

"可是，那还得些时日啊，我们是等不得了的。"马春城说。

"别以为落配的凤凰不如鸡，只要我赵全胜一声呼喊，照样能组织起千什人马来，这可不是吹。"赵全胜说。

"当不成警署的署长，还可以当保安队长嘛。保安，就是要确保地方的安稳，而且，日中亲善，更需要的就是安稳一方，"寿川说，"你现在这一百多人，你可以是保安队长；你要是召集了五六百人，你是联队长；你要是召集了八九百人，你是保安大队长；你要是召集了千什多人，你就是保安司令，而且，直属我们日本守备队。你看，这咋样？"寿川笑眯眯地说。

赵全胜的脑袋瓜儿快速地反应，如果自己这个保安司令，真的直接隶属于日本守备队，那可是给个县长都不换的美差，说："寿川队长，你说的话，可当真？"

"当真。"寿川肯定地说。

"那好，就这么定了。"赵全胜说，"我招兵买马……隶属于日本守备队，也省得吃别人的下眼食。"他后面的这句话是说给马春城听的。

马春城听了，心里很不是个滋味，有些醋意。

"还有，所有的枪械弹药，由我们日本守备队负责装备。"寿川说。

赵全胜兴奋了，发誓说："我赵全胜愿意为皇军效犬马之劳。"

"好极了。"小路警长说。

寿川说："让我们来研究一下进取怀德县城的部署吧。"

马春城说："很愿意听听寿川队长的策划。"

寿川说："进占怀德县城，分东、西两路。由我们驻范家屯的日本警察及范家屯日军守备队约50人；再加上赵全胜之一部，60余人，合力组成一队，由小路警长率领，还有刑事长大山辅助，赵全胜当向导，从怀德县城的东门进入县城。"

小路对赵全胜说："你的、我的，合力。"

赵全胜说："同仇敌忾。"

寿川说："西路，从公主岭出发，由我率领公主岭日军守备队，马春城做向导，把赵全胜之一部分划过来约300人，从怀德县城的南门，进入县城。"

小路说："占领怀德县城，小事儿一桩嘛。"

寿川说："为啥呢？"

小路说："尹泽民说，他是军人出身，他以执行命令为天职，他会执行'不抵抗'的命令，倘若我们武装进取，他会执行'不抵抗'的命令，撤出县城，以避免冲突。"

寿川说："呵呵，在皇军的巨大的威力下，他们也只能如此。"

马春城说："我在怀德县城内，已经安排了内线——民团大队长盖松林他们做策应……我马上派咱们范家屯警署分所的警士王玉启，带上我的亲笔信，联络盖松林他们。"

小路赞赏："好，里应外合。"

寿川："大家分头行动，做筹备，明天夜里出发，进占怀德县城。"

随即，他们散了会，按照寿川队长的部署，分头行动，做进占怀德县城的准备去了。

1931 年 10 月 21 日。

四平街，马龙坤宅邸。

赵翰章手拿着一份《盛京时报》，口中叫道：

"二哥，你又高就了，可喜可贺啊。"

于桂花说："哪来的可喜可贺？马占山又打胜仗了，是不是？"

赵翰章说："二嫂，我说的不是……"

于桂花说："进屋吧，你二哥在屋里呢。"

赵翰章进了屋，落座。

于桂花让家人给上了茶。

赵翰章说："二哥，我来是给你道喜的。"

马龙坤说："还是报忧吧，小鬼子占城掠地，又抢占了哪儿了？得亏有个马占山，在嫩江桥把日伪军打得蒙了圈了。"

赵翰章说："恭喜二哥当了'中满自治会'的会长了。"

马龙坤说："哪儿来的事儿，谣言。"

赵翰章抖搂了一下手中的《盛京时报》，把《盛京时报》递给了马龙坤，说："这可不是撒谎，报上登载的新闻，白纸黑字啊。"

马龙坤看到《盛京时报》的大标题写着《中满独立自治会成立 马龙坤任会长》："中满独立自治会，于 10 月 15 日在四平街万字会地址正式成立，马龙坤任中满自治会会长，并发表了就职宣言。统一管辖昌图、辽源、梨树、怀德、开原五县之一切行政。该五县原有中国之地方政府，宣告撤销。"

马龙坤皱着眉头，气愤地说："我根本就不知道有这么一码子事儿。"

赵翰章说："二哥，还有呢。"

马龙坤说："还有啥呀？"

赵翰章从怀里抽出折叠好的一份纸，展开之后，说道："这是《中满自治会布告》……在咱们四平街到处都有张贴，底下是会长的落款，名字大大的，是刻印的印章盖上去的，红色的，还是你马龙坤的大名，你想抵赖吗？"

马龙坤说："谣言一而再，再而三，多了，也就成了事实了，谣言可畏啊；小鬼子魔怔啦，居然瞪着眼睛说瞎话。"

赵翰章说："二哥，你的名望大啊，日本人是在借你的名望，给他们自己的存在合法化，制造舆论啊；你看你，你被国民政府授予过中将军衔，当过洮昌道尹，又当过四洮铁路的督办、局长……不用你的金字招牌，用谁的金字招牌？我要是日本人，我也这么干。"

马龙坤说："小鬼子是在混淆视听，蛊惑人心。"

于桂花说："那是啊。"

马龙坤沉默了一会儿，断然地说："不行，我得去找小鬼子去……"

于桂花说："是啊，咱们得证明咱们的清白，不能这么稀里糊涂的。"

马龙坤站了起来，说："夫人。"

于桂花说："夫君，我听着呢。"

马龙坤说："把我的长袍大褂找出来，穿着长袍大褂，以示庄重；把日本天皇曾经授予我的'勋功章'找出来，我要戴上，昭显中国人民在东京大地震时对日本人民无私援助的恩泽；我要告诉小鬼子，我马龙坤绝不是丧节辱国、与侵略者同流合污之人。"

于桂花说："是。"

她走了出去，按照马龙坤的嘱咐，准备去了。

四平街，日本宪兵队。

马龙坤长袍马褂，戴着眼镜，拄着文明棍，乘着马车，来到了这里。下了马车，他大摇大摆地往里走。

门口的卫兵手里端着枪，用枪交叉着，挡住了马龙坤的进路，喝阻道："站住。"

马龙坤根本不理茬儿，推开卫兵挡道的枪支，口中说道："我是马龙坤。"然后，照样往里走。

这时，正好宪兵队长平岩纳彦向外走，他看到马龙坤走了进来，赶紧向前几步，喝退卫兵，对马龙坤谦恭地向里面一挥手，说："马将军，请。"

平岩纥彦不仅是满铁四平街守备队的司令官，又兼任着四平街宪兵队的司令官，他把马龙坤让到了宪兵队的客厅。

落座，奉茶。

平岩纥彦首先看到了马龙坤戴在胸前的明晃晃的"勋功章"，他知道，那是马龙坤代表中国政府去日本东京赈济日本东京大地震时，日本天皇在皇宫亲自授予他的。

马龙坤把手中的文明棍往地上一拄，说："《盛京时报》的报纸上报道，说我是'中满独立自治会'的会长？"

平岩纥彦说："是的。"

马龙坤说："这么个事儿，征得我的同意了吗？"

平岩纥彦说："我们想了，为了日中亲善，马将军一定会同意的，所以，就没有征得马将军的意见。"

马龙坤说："没有征得我的意见，我不同意。"

平岩纥彦说："马将军，熙洽、张海鹏……都从日中亲善的大局出发，跟我们合作得很好，我想，马将军……"

马龙坤说："熙洽是熙洽，张海鹏是张海鹏……我马龙坤是马龙坤，各走各的路，不是一个道儿上跑的车。"

平岩纥彦说："马将军曾经为日中亲善作出过贡献，看你的胸前，还戴着由我们天皇陛下亲自授予的'勋功章'……这本身就代表着你的日中亲善，所以，'中满独立自治会'会长的官职，非你莫属。"

马龙坤说："那是你们日本发生了悲剧、惨剧——东京大地震，中国人民同情和可怜你们日本的老百姓遭此大灾难，我代表中国人民携带钱财、物质去慰问日本的老百姓……所以，你们日本天皇才授予我这枚'勋功章'——这是授予以慈悲为怀的中国人民的。"

平岩纥彦说："所以啊，我才说日中亲善嘛。"

"两码子事儿。"马龙坤说，"这个'中满独立自治会'的会长的官儿，我是坚决不当，你还是另请高明。"

平岩纥彦说："马将军，想当这个官儿的人太多了，但是……"

"没有但是……"马龙坤说，"你在《盛京时报》上发表声明，说我当了'中满独立自治会'的会长的事儿，是误报，并且，向我表示道歉。"

"这个……"平岩纥彦说。

"还有，把贴在四平街大街小巷的所谓《中满独立自治会布告》，给我撤下来，因为，那上面会长的签名是我'马龙坤'。"马龙坤说。

"马将军，中国人讲究中庸之道，咱们能否相互迁就一下，达成某种妥协……"平岩纨彦恳求道。

"没有妥协的余地，我马龙坤说出的话，吐口唾沫都是颗钉。"马龙坤说，"如果你不按照我说的去做……"

"是啊，我的确不想按照你说的去做啊。"平岩纨彦说。

"那我就宁可在你们宪兵队里撞墙而死……消息传出去，我死在你宪兵队的队长室里……我被你逼迫、谋害而死……你可就名扬天下了。"马龙坤说。

说着，他拄着文明棍，站起身来，瞪起了双眼，眼泪充满了怒火，作出了跃跃欲试，要撞墙的架势。

平岩纨彦知道，以马龙坤久经沙场的经历，早已把生死置之度外，而且，过了花甲之年的行伍出身的他，绝不会打诳语，他马龙坤是说得到做得到的。在满铁接管四洮铁路的时候，他们满铁仅仅派遣两名日本顾问，而没有派去四洮铁路的新局长，去代替马龙坤，其目的就是想挽留马龙坤，让马龙坤继续担任四洮铁路的局长，以达到"平稳过渡"，同时，利用马龙坤的影响力，而使日本人接收政局后的"政局平稳"……但是，无论咋劝说，马龙坤都以"年事已高"为由坚辞，最终，马龙坤还是"挂印而去"——仅这一件事儿，就可以知道，他作出的决定，就会坚定不移，即使用九头牛去拉他，也拉不回来的。

此时此刻，如果马龙坤真的死在他平岩纨彦这里，不仅舆论哗然，而且，他平岩纨彦作为宪兵队的队长，会承担啥样的后果？

——难以料想。

"别介，请马将军息怒。"平岩纨彦说道，"我的小孩子的，我的小孩子的，不懂事的，你大人有大量，不会跟我一般见识的，我有错。"

"认错就好。"马龙坤说。

"我的错误的、错误的，大大的。"平岩纨彦说。

"认错了，就得有改正的行动啊。"马龙坤说。

"按你说的办，你说咋办就咋办。"平岩纨彦说。

"那好，我就不打扰了。"马龙坤说。

说着，他拄着文明棍，迈步向外走。

平岩纨彦点头哈腰，要过来搀扶他，被马龙坤摆手示意，制止了。

马龙坤走出了宪兵队的大门口儿，于桂花和乌云琪琪格也坐了一辆马车，到了宪兵队的门前，在门前等着他呢，她们见马龙坤出来了，乌云琪琪格就喊了声：

"爹——"

马龙坤听见了喊声，见是自己的夫人和儿媳妇，就登上了马车。马车夫挥起了手中的鞭子，驱赶着马车，向马龙坤的宅邸走去。

四平街，马龙坤宅邸。

马龙坤把自己的家人都召集起来，说道：

"日本人没有征得我的同意，就说我是'中满独立自治会'的会长，而且，还以我的名义发啥《中满独立自治会布告》……我刚才找了日本宪兵队的队长平岩纨彦，他向我认了错……他说他会撤除贴得满大街的这个布告，但是，我信不着他。"

于桂花说："空口说白话，咋能信得着他们？"

马龙坤说："虽然天色已晚，但是，大家还是辛苦辛苦，把这个布告撕了。"

于桂花说："撕了这个布告，还咱们马家一个清白。"

乌云琪琪格说："咱们这就去撕。"

于桂花说："这就去撕……撕完了之后，回来吃饭，我让厨师给大家来个猪肉炖粉条子，还有烧酒，咋样？"

"好咧。"马家的家人回应道。

乌云琪琪格带头，马家的家人们出去撕布告去了。

没几天，天津《大公报》以"马龙坤触日人之怒"为题，对这件事情做了新闻报道……这件事，令日本人尴尬，但是，一时间，却成为中国老百姓津津乐道的佳话。

第五章

尹泽民巧使空城计而使
日伪军在城内遭到伏击

1931 年 10 月 21 日，夕阳残照。

怀德县政府，议事厅。

"县长。"有人推门而入，说道。

尹泽民抬头一看，是张景春，说："噢，从锦州回来了，真是速去速回啊。"

张景春说："抓住一个来县城通风报信的汉奸。"

纪义方说："咋个汉奸？"

张景春说："我在回县城的路上，正好碰上了咱们的两个情报员。他们奉命监视范家屯日本守备队和日本警署的动态……他们告诉我，日本警署的警士王玉启去了日本守备队，然后，骑着马出了范家屯，他们在后面跟踪，发现王玉启向县城方向而来……于是，在王玉启即将要进入县城东门时，我们三个快马加鞭，突然出手，将其擒住……"

纪义方说："好。"

张景春说："从王玉启的身上搜出了一封信，信是马春城给盖松林的。"说着，他掏出了这封马春城的亲笔信，递给了尹泽民。

尹泽民接过了信件，他见信上写道：

松林兄：

承允帮忙，甚感。兹定双日午刻，分两路到县，请执尹、纪献功。必要时可以将其先决。事成后，任足下为公安局长；足下之队副赵祥麟为民团大队长；商会理事长李雅忱为副县长。余各有差。

谨致

弟　春城

即日亲笔

尹泽民看完了信，把信递给了纪义方，说："马春城要求盖松林拿下咱们俩的项上人头，向小鬼子请功。"

纪义方说："想要咱们俩的人头，还真不那么容易，还是让小鬼子和汉奸们的脑袋先搬家吧，呵呵。"

尹泽民说："前天，小白龙奇袭北山皮子，毙杀赵全胜的弟弟——三掌柜的赵全利，二掌柜的李世奎起义，参加了小白龙的抗日义勇军……随即，'全胜'绺子的老窝被小白龙一把火烧了个溜溜光。"

张景春说："呵呵，大快人心。"

纪义方说："'全胜'绺子号称八百人，除了他领出了一百余人到范家屯想要押解小鬼子给他们的枪支弹药之外，剩下的五六百人，要么被小白龙收编成抗日义勇军，要么被小白龙遣散……我们怀德县城所面临的压力，骤然间减轻了一半。"

张景春说："马占山命令奉军抵御日伪军，奉军在嫩江桥把来犯的张海鹏的日伪军打得个稀里哗啦……其中的支队长周祥举起了抗日义勇军的大旗，上了七星山……听到这消息，心里边，这个痛快啊。"

纪义方说："马占山是我们怀德人的骄傲，也是我们怀德人的榜样。"

尹泽民端起了茶杯，饮了一口茶，说："哦，对了，锦州方面消息咋样?"

张景春说："不咋样。"

尹泽民说："态度没有变化?"

张景春说："我向锦州方面讲了我们要抗战，而且，做好了抗战的准备——这不但是我们，也是整个东北三千万同胞的意志……"

尹泽民说："你讲了整个东北三千万同胞的意志，他们还是'禁止抵抗'?"

张景春说："是的，他们还是'禁止抵抗'，期求与'国联'交涉……"

尹泽民听了，"啪"地把手中的茶杯摔在了地上，气愤地说：

"锦州在西边，小六子手中握有至少 15 万重兵，东边有马占山。东、西之间，有千千万万个像我们这样的具有民族气节的抗日勇士，何止是有我尹泽民、纪义方、张景春，还有小白龙、周祥、李世奎……小鬼子的关东军仅有 15000 人，虽然，正在急匆匆地增兵……乘其立足未稳，正好东、西夹击，消灭小鬼子。"

"国家兴亡，匹夫有责。"张景春说，"我等身为华夏儿女，皆有抗战救国之天职。"

尹泽民说："摆香案，祭奠为了国家利益，抵制和挤对小鬼子，而被小鬼子谋害的张大帅、吴大帅。"

香案靠墙摆上，纪义方和张景春又把张大帅和吴大帅的画像挂在了香案的上方。

尹泽民亲自划着了火柴，点燃了一炷高香，双手捧着高香，朝着张、吴二帅的画像躬身作揖，然后，把高香插在了香炉上。

纪义方和张景春也各自点燃了一炷高香，同尹泽民一样，双手捧着高香，朝着张、吴二帅的画像躬身作揖，然后，也把高香插在了香炉上。

三炷高香，香烟袅袅，徐徐升天。

尹泽民在香案前跪了下来。

纪义方和张景春在尹泽民的身边，也跪了下来。

尹泽民说：

"张大帅、吴大帅，光阴荏苒，倏忽间已经诀别三载。虽然隔世，但是，张大帅和吴大帅的音容笑貌、雄风异彩——我等心中，历历犹在。忆想当年，沙皇俄国心怀毒胎，割占我江北大好原野、山川屯寨，将我江东六十四屯之同胞肆意屠宰……又觊觎丰美、辽阔之满蒙，唆使反叛，叛魁则为乌泰。张大帅、吴大帅，迅速出兵，迎战洮南城外，喇嘛兵大败；炮轰葛根庙，乌泰的老窝被踹，叛旗倾覆，如朽木崩坏。继而倭贼，蛇蝎情籁，欲割裂锦绣、富饶之满蒙，拥搂在己怀……倭寇与巴布扎布连带，倭寇供应其枪支弹药，军事顾问也由日军指派；肃亲王充实其军资，宁可向日酋借债……巴布扎布打着'复辟大清'的招牌，由日本军官直接指挥，号称'成吉思汗的后代''蒙古独立的雄才'，从喀尔喀河边向辽河岸畔流窜而来，破瞻榆、陷突泉，气势汹涌，如乌云澎湃……张大帅急电吴大帅，剿灭巴布扎布的倒行逆施、分裂国家之兵害。吴大帅奇兵收复瞻榆，突泉鏖战，打得巴布扎布哭爷爷喊奶奶，逃窜到郭家店，喘息等待……肃亲王亲临打气，鼓起瘪腮；日本之马贼、亲日之土顽加入数百；由日本守备队护送，巴布扎布再整旗鼓，卷土重来，却在林西城下，命丧黄埃。至此，老毛子、倭寇，妄图分裂我中华版图之阴霾，均被涤荡于云天之外。"

尹泽民庄重地停顿了一下，他又说：

"张大帅带领奉军，挥师进入山海关，进驻京津，染指中原……荣膺中华民国陆海军大元帅，如日中天；吴大帅作为副帅，军事后援，镇守东北家园；张、吴二帅，璧合珠联。"

尹泽民瞻仰着挂在香案上方的张大帅和吴大帅的画像，他又说道：

"倭寇妄图侵占我东北之狼子野心，耿耿于心间。南满铁路就像一根插入东北山川、平原的吸血管，吸取东北的血浆，可谓源源不断。但是，却更加贪婪，提出了修建'满蒙新五路'的方案……就是以南满铁路为主干，以'满蒙新五路'为支干，把吸血管延伸到整个东北的山川、平原，再加上铁路附属地的侵占，整个东北就成了倭寇的家园。张大帅早就把倭寇的狼子野心看穿，用自己的人才技术，自己筹集资金，修建中国人自己的铁道线——打通铁路、奉海铁路，南北夹击南满铁路线……又有葫芦岛港口的修建，致使倭寇的南满铁路线变成了干瘪的吸血管，亏损又赔钱……不管倭寇如何贪婪、垂涎，香喷喷的肥肉就是到不了他们的嘴边。张大帅像一位出类拔萃的驯兽师，耍小鬼子像耍猴儿一般，耍得小鬼子滴溜儿溜儿地转。豺狼般的倭寇，感觉到了绝望、悲观，终于制造了'皇姑屯事件'，两位大帅都被倭寇谋害而归天，可见倭寇的阴险、凶残。"

说到这儿，尹泽民的脸上现出哀思、惆怅，眼泪在眼圈里转，他继续说道：

"两位大帅归天仅仅三年，而且，随着世界性的经济危机的蔓延，倭寇的国内也陷于经济危难，一片混乱……图穷匕首见，倭寇伪造'柳条湖事件'，以此为借口，发动九一八事变……进攻我北大营，占领奉天，整个东北，陷于危难……两位大帅的家园——东北的大好河山，将会沦陷；还有同胞三千万，将被涂炭。黑龙江省主席马占山，嫩江桥大败日伪汉奸……我等据守怀德县，虚以跟倭寇周旋，实际积极备战，并将情况报告锦州方面，本以为小六子少帅会与马占山及其我辈，东、西合击，进行抗战，收复我沦陷的大好河山。然而，小六子少帅顺从了蒋介石'先安内，后攘外'的主张——'不抵抗'，但是，借小鬼子之手，铲除了东北军的后方根据地，却是蒋介石的算盘。这等于折断了耀眼于天下的东北军的大旗杆。东北军失去了东北，就等于大树的根被挖断、河流被堵截了水源，成为浮萍漂泊在湖面，迫使东北军只能听从蒋介石的调遣，屈从于他的谋算……"

尹泽民愤懑地继续说道：

"倭寇的铁蹄践踏奉天，列队行走在大街前，我们的孩子们好奇地观看，凶残的倭寇竟然、竟然如豺狼出山，用刺刀挑死一个无辜的小孩儿，我们的孩子鲜血淋淋，多么可怜、多么凄惨，然而，倭寇们竟然、竟然嬉笑，如同嬉戏、耍玩……他们视中国人的生命如草芥一般，他们是禽兽，他们是恶魔降临在人世间。倭寇们必须遭受到良知的天谴，遭受到正义的围歼，遭受到历史的审判。"

说着说着，尹泽民语音哽咽，复又泪水潸然，继而，极为伤感地号啕大哭，哭了一会儿，他的情感似乎平稳了些，他又思念般地朗朗说道：

"张大帅、吴大帅，倘若你们没有归天，必定调动东北军30万，保卫我大好河山，痛击倭寇一万三……召集各县，扒掉南满铁道线，进击旅顺、大连，让倭寇惊恐，魂飞魄散……方显我华夏儿女，英勇雄悍，豪气如虹，立地顶天。"

尹泽民掏出了手帕，擦干了眼泪，表情毅然决然，说道：

"张大帅、吴大帅，我等决定继续书写大帅们的壮烈诗篇，反对分裂华夏图版，以鲜血和生命守土固边，抵抗倭寇的进犯……东北同胞三千万，倭寇倭人三千万；我辈坚决浴血抗战，即使牺牲了三千万，也灭了倭寇倭人三千万；我辈背后还有四万万，炎黄子孙绵绵延延，华夏江山万万年年。"

说到这儿，尹泽民说出了奔突在心中的不吐不快的祭奠悼文，他眉宇轩昂，话语如同斩钉截铁，豪情翩翩，气壮山河。

跪在尹泽民身边的纪义方和张景春，他俩复诵道：

"东北同胞三千万，倭寇倭人三千万；我辈坚决浴血抗战，即使牺牲了三千万，也灭了倭寇倭人三千万；我辈背后还有四万万，炎黄子孙绵绵延延，华夏江山万万年年。"

尹泽民慨而慷地唱诵起屈原的《国殇》：

"……出不入兮往不返，平原忽兮路超远。带长剑兮挟秦弓，首身离兮心不惩；诚既勇兮又以武，终刚强兮不可凌。身既死兮神以灵，魂魄毅兮为鬼雄。"

跪在尹泽民身边的纪义方和张景春，他俩复又激昂地唱诵道：

"身既死兮神以灵，魂魄毅兮为鬼雄。"

尹泽民说："张大帅、吴大帅，我辈们给大帅叩头了。"

言毕，他向张大帅和吴大帅的画像三叩首。跪在他身旁的纪义方和张景春也向张大帅和吴大帅的画像三叩首。

这时，尹泽民站起身形，以示祭奠完毕。纪义方和张景春也都随着站了起来。

尹泽民说："我们部署一下行动吧。"

"嗯哪。"纪义方和张景春说。

尹泽民说："一、迅速逮捕盖松林、赵祥麟及李雅忱；二、解散盖松林的商会的民团，收缴他们的武器；三、继续麻痹小鬼子和马春城，让他们以为我们奉行'不抵抗'的命令；四、设下埋伏，歼灭来犯的日伪之敌，既在县城，又在范家屯来县城的必经之路——黑林子镇。"

"是。"纪义方和张景春说。

他们又详细地讨论，做了具体分工，然后，分头行动。

尹泽民在他的祭词中所提到的"柳条湖事件"——

1931年9月18日晚，盘踞在中国东北的日本关东军按照精心策划的阴谋，由铁道"守备队"炸毁奉天柳条湖附近的南满铁路路轨，并嫁祸于中国军队——这就是所谓"柳条湖事件"。

"柳条湖事件"是日军精心策划的一次阴谋。

日本通过控制满蒙——中国的东北地区，进而，实现由来已久的侵略中国的企图。奉天，即今天的沈阳，是东北的政治、经济、文化的中心，也是东北军主力的驻地，所以，奉天成为首要目标中的首要目标。柳条湖靠近奉天城和东北军的北大营，便于嫁祸和进攻，便成为制造事件的地点。

1931年9月18日夜，22时20分左右，日本关东军虎石台独立守备队第二营第三连柳条湖分遣队队长河本末守中尉为首一个小分队，在奉天，即今天的沈阳的北面约7.5千米处的柳条湖南满铁路段上引爆小型炸药，炸毁了一小段铁路。并将三具身穿东北军士兵服装的中国人尸体放在现场，作为东北军破坏铁路的证据。

爆炸后，河本末守立刻向北大营的方向射击，并向日军独立守备队报告——"北大营的中国军队，炸毁铁路，攻击守备队"。

独立守备队又立刻报告了关东军司令部。板垣征四郎下令向中国军队开火，进攻东北军北大营和奉天城。

当时，北大营驻守的东北军第七旅毫无防备，被打得措手不及。而事前张学良曾训令东北军不得抵抗，驻守部队并未做出反击。

第七旅三个团中有两个团按指示撤走，只有王铁汉的六二○团未及时接到撤退命令，被迫自卫抵抗，最后突围撤走。

由于执行不抵抗命令，北大营逾万名守军被只有 500 多人的日军击溃。随后，奉天城及东大营驻军也是不战而退，被日军顺利占领。

"柳条湖事件"是九一八事变的开端。

日军以此为借口，突然向驻守在奉天北大营的中国军队发动进攻。由于东北军执行"不抵抗政策"，当晚日军便攻占北大营，次日占领整个奉天城。之后，日军继续向辽宁、吉林和黑龙江的广大地区进攻，短短四个多月内，128 万平方千米、相当于日本国土 3.5 倍的中国东北全部沦陷，3000 多万东北父老成了亡国奴。

从此，中国东北——成为遭受日本帝国主义铁蹄蹂躏 14 年的殖民地，但是，也使中国东北——成为中国各族人民 14 年不屈不挠、英勇顽强地抗击日本法西斯侵略的烽火燃烧的悲壮、雄浑、辉煌的战场。

以"柳条湖事件"为开端的九一八事变，揭开了日本帝国主义对中国、进而对亚洲及太平洋地区，进行全面武装侵略的序幕。

哪里有侵略，哪里就有反抗。

从此，这些地区成为世界反法西斯战争的东方战场，成为日本法西斯的埋葬地。

1931 年 10 月 21 日，晚 8 时 30 分。

怀德县政府，议事厅。

"报告。"外面说道。

"进来。"尹泽民说道。

纪义方和张景春走了进来，纪义方说道："已经把盖松林和李雅忱拘押归案。"

尹泽民说："赵祥麟呢？"

张景春说："赵祥麟拒捕，被当场击毙。"

尹泽民说："好，处理得很果断。"

纪义方对门外说："把盖松林和李雅忱带上来。"

警察把五花大绑的盖松林和李雅忱，带了进来。尹泽民说：

"你与汉奸伪县长马春城私通，妄图策应马春城占领县城……你知罪吗？"

"我也是没有办法的办法。"盖松林说。

"咋就是没有办法的办法?"尹泽民说。

"不抵抗,不就是将整个东北拱手送人吗?你们当县长和署长的可以撤走,我呢,有家有口的,走不了。你们撤走了,马春城进来了,他是县长了,我不乘机依靠他,又依靠谁?他刚好又找到了我,我不与他来往,与谁来往?所以,是没有办法的办法。"盖松林说。

"马春城任命你为县警署的署长,你的官不小啊,一步上去,就跨越了好几个台阶。"纪义方讥讽地说。

"谁说的,我咋不知道?"盖松林说。

"别装糊涂了。"尹泽民说着,从口袋里拿出了马春城给盖松林亲笔信,一抖搂,"把送信的人带上来,让我们的民团大队长盖松林见识见识。"

警察把王玉启带了上来,让盖松林见了。

"不抵抗,不等于向日伪投降,更不等于跟日伪勾结,残害同胞……"尹泽民说。

"我残害谁了?"盖松林不服气地说。

"你只是没有得手而已。"尹泽民说,"马春城在给你的信中,让你执我和纪署长请功,还赋予你生杀之权,要我和纪署长的项上人头……"

纪义方把马春城给盖松林的亲笔信从尹县长的手中接过来,让盖松林过目。盖松林看了信,不吭声了。

尹泽民说:"李雅忱。"

"有。"李雅忱回应。

"你这个商会理事长被伪县长马春城委任为伪副县长,恭喜你高升啊,你挺走运的,是不是?呵呵。"尹泽民嘲笑地说。

"这纯粹是栽赃陷害……我是商家,可是,我有中国人的良心。"李雅忱说。

"栽赃陷害?马春城的亲笔信上写着呢,你是伪副县长啊。"尹泽民说。

"我跟马春城没有任何联系啊,不信,你问盖松林啊?"李雅忱仿佛非常委屈地说,他扭过头去,向盖松林递了个求助的眼色。

"我是我……与商会李理事长无关。"盖松林说。

尹泽民权当没有看见李雅忱向盖松林递眼色,说:"既然你李雅忱不承认你跟日伪有勾结,我们也希望你能这样,这个世界上,当汉奸的人总是少数。"

"那是、那是……"李雅忱说。

"那我们就先处理王玉启和盖松林这两个要我们脑袋的人吧。"尹泽民说，"一个给人送信，要我们的脑袋；另一个接到信，就要取下我们的项上人头，让我们脑袋搬家；咋办呢？我们要是不要了你们的脑袋，你们就会要了我们的脑袋。"

"尹县长，那是马春城的纸面上的东西，是他的一厢情愿，我……"盖松林说。

还没等盖松林把话说完，尹泽民打断了他的话，说道："纪署长。"

"有。"纪义方回应。

"把盖松林和王玉启拉出去，砍了脑袋。"尹泽民严肃而郑重地说。

"是。"纪义方说。

他和几个警察把盖松林和王玉启推了出去，不一会儿，返了回来，有两个警察的手里提着盖松林和王玉启的人头，血淋淋的，让尹县长过目，以验明正身。

这情景，把李雅忱的脸都吓白了，额头冒出冷汗。

"纪署长，按照马春城在信中说的，日伪军明天午时他们就要来县城。按少帅的'不抵抗'的命令，为避免发生军事冲突，我们县政府、县警署的人员，必须在明天午时之前安全撤离县城。"尹泽民说。

"是。"纪义方说。

"还有，千万别忘了，关闭县政府的大门，把政府的窗户和门，都安上挂弦的炸雷……马春城他们要是敢进我们的县政府，就炸他个一塌糊涂。"尹泽民说。

"是。"纪义方说。

"用不了多少日子，我们还会回来的。"尹泽民说。

"知道。"纪义方说，"咋处理李雅忱呢？"

"噢，是啊。"仿佛经过纪义方的提醒，尹泽民才想起了还有个李雅忱，而且，就在一边站着呢……他说，"没有确切的证据，能够证明李雅忱跟日伪勾结……而且，马春城也没有让李雅忱来要了咱们俩的脑袋。"他看了看站在一边的李雅忱，用舌头裹了裹自己的腮帮子，仿佛很犹豫，沉默了一下，似乎无奈地说，"只能取保放人了。"

"谁能给李雅忱当保人呢？"纪义方说。

"我跟李雅忱理事长有过交往，我来当他的保人吧，咋样？"张景春说。

"也罢。"尹泽民说。

取来笔墨，张景春写了保书，签字画押。

然后，张景春把李雅忱送出了县政府的门外。

李雅忱抱拳辞别，他对张景春说："张爷，日后重谢。"

张景春淡淡一笑，说："小事一桩嘛，人这一辈子，谁都兴许遇上点事儿啥的……李理事长，你走好。"

李雅忱走了。

张景春走回到县政府门里，对着自己的三个便衣的下属嘀嘀咕咕……这三个便衣的下属，马上出了县政府的大门，跟踪着李雅忱的身影，隐秘地去了。

张景春重新回到了议事厅。

他说："尹县长，林佩臣他们已经悄悄地到了黑林子镇的指定地点设伏……那是从公主岭到咱们县城的必经之路。"

纪义方说："我马上就去，亲自指挥这场伏击战。"

尹县长说："好。"

纪义方急匆匆地出去了，然后，快马加鞭，去了黑林子镇。

张景春说："我已经部署人，跟踪和监视李雅忱了。"

尹泽民说："好，按计划行动。"

张景春也出去了。

1931 年 10 月 22 日，凌晨 4 时。

怀德县，黑林子镇，镇南。

一条由公主岭直通怀德县城的砂土路，路过这里的一片岗子地，岗子上是一大片阴阴郁郁的黑松林。

纪义方和林佩臣率领的自卫团埋伏在这里。

"来了。"林佩臣小声地说。

"嗯，看见了，百八十人的队伍。"纪义方说，"听我的命令，等他们走近了些，再打。"

"嗯哪。"林佩臣说，"走在前边的骑着高头大马呢。"

"要打，就先打骑着马的。"纪义方说。

这一行人晃晃荡荡地往坡上走，走得近了，纪义方举起了手枪，喊了一声"打"。随即，他向领头的马上的家伙就是一枪，马上的家伙从马上栽了下来。

这个家伙正是范家屯日本警署的小路警长。

"嗒嗒嗒"，机枪；"砰砰砰"，步枪；"轰轰轰"手榴弹；机枪、步枪和手榴弹的爆炸声，搅成了一片。

林佩臣喊道："我们是二龙山小白龙的抗日义勇军，中国人不打中国人，你要是中国人，就赶紧趴在地上别动，我们专打日本人——"

纪义方也喊道："中国人不打中国人。"

果然，日伪军里的一些中国人趴在了地上，不动了。

赵全胜在马上声嘶力竭地喊道："给我冲，都给我冲——"然而，他却一边喊叫着，一边赶紧从马上跳了下来，趴在了地上。

大山刑事长等日本人听不明白中国话，有的从马上射击，有的猫着腰向坡上前进……他们都成了子弹的靶子。

赵全胜看到了倒在身边的小路和大山等日本人的尸体，以及自己人的尸体。他不知道二龙山的小白龙的绺子，埋伏在这里有多少人。而且，小白龙绺子的人在坡上，占据着有利的地势。

"传我的话，撤。"他向身边的人们说，然后，他又向坡上的人们大声地喊叫着，"小白龙的人，你们别打了，日本人都叫你们给打死了，剩下的都是中国人，我们撤了。"

"撤""撤""撤"——赵全胜的人相互转告着。

纪义方命令："暂时停止射击。"

山坡上的枪声停了。

赵全胜的人，爬了起来，一步一步地猫着腰，后撤了；继而，又掉转身，撒丫子向后跑。跑了一阵子，见没有追来，方才停住了脚步，然后，他们疑神疑鬼地向东溜走了。

东方露出了曙光。

纪义方和林佩臣他们打扫战场……山坡上，横七竖八地躺着二三十具被击毙和被炸死的日伪军的尸体。

"这两个不是小鬼子小路和大山吗？"林佩臣说。

纪义方走了过来，看了之后说："是小路和大山。"

"咱们伏击的应该是从公主岭方向来的日伪军啊，咋就伏击了从范家屯方向来的日伪军呢？难道他们是绕着弯儿，特地来黑林子镇送死的吗?"林佩臣说。

纪义方说："应该是吧。"

"真是让我有点闹不明白。"林佩臣摇着脑袋说。

纪义方说："这叫歪打正着，呵呵……"

"嗯，我看也是。"林佩臣说。

纪义方说："走吧，返回县城，向尹县长报告胜利的喜讯。"

"是。"林佩臣说，"让小鬼子来收尸吧，呵呵。"

纪义方、林佩臣等一行自卫团的队伍，离开了黑林子镇，胜利而归。

1931 年 10 月 22 日，上午。

怀德县城里，隐秘的一处指挥所。

纪义方来了，他对尹泽民说："我领着警署的警察，身着警服，列队在城里转了一圈。我还让他们见到了熟识的人，就打招呼，说是我们根据省府的指示，撤离怀德县城了……特地经过李雅忱的门口。然后，从东城门出去，再在城外的树林子里换上便装，悄悄地从北城门进来，到达了指定的集合地点。"

"嗯。"尹泽民说。

林佩臣来了，说："我和县政府的职员们一起，手提公文包，像是列队又不像是列队，有秩序地走在街上，碰到认识的人就打招呼，说县政府根据省府的指示，临时转移了……还特地经过李雅忱的大门口。从西城门出去，又混在进出城的人流中，从南城门秘密地进来，到达了指定的集合地点。"

"嗯。"尹泽民说。

张景春来了，他对尹泽民说："李雅忱家的人，从昨天晚上到今天上午，大门紧闭。快要到中午了，他的内弟从他们后门出来，骑上快马，出了南城门……他本人，在他的两个家人的陪同下，去了离他家不远的他的——'永衡达'烧锅。"

"烧锅"，东北方言，即酿酒场。

"好。"尹泽民一边击掌一边说道，"李雅忱派他的内弟，去给原本要在午时进城的日伪军送信去了；午时进怀德县城受阻了，因为，他们的东路军在黑林子镇被打了个落花流水。李雅忱亲自去了自己的——'永衡达'烧锅，他是要在'永衡达'烧锅款待日伪军。李雅忱要把'永衡达'烧锅变成日伪军的临时驻地，因为，那里比较宽敞、方便……日伪军在'永衡达'烧锅场大碗地喝酒，大碗地吃肉，可以想象，真是惬意得很哪。美梦啊，李雅忱似乎在日伪的群魔乱舞的世界里，升官在即喽——"

纪义方说："尹县长说得对。"

"不过，日伪军不知道自己已经被'请君入瓮'了。"尹泽民说。

"哦，'永衡达'烧锅场真是一个挺好的大瓮……"张景春说。

"是啊，啥叫'请君入瓮'？这就叫'请君入瓮'。君者，王八也。"尹泽民说，"王八在瓮里，插翅难逃。然后，在瓮的底下烧上一把火，把瓮里的王八煮了、炖了，再加上些油、盐、酱、醋等调味品……多么鲜美的一顿晚餐啊，哈哈哈。"

张景春说："说得我都要流口水了。"

"把李雅忱的'永衡达'烧锅场作为打击的重点，秘密地包围起来……在他们开饭的时候，就给他来个步枪、机关枪、手榴弹，一起往里打……要了日伪军的命。"尹泽民果断地说，"诸位，做好战斗准备吧。"

"是。"纪义方、张景春、林佩臣说。

随即，他们去做战斗准备去了。

时间，已经到了午时三刻。

平安窑屯，距离怀德县城南门10里多地。

寿川队长和伪县长马春城到达了这里，就停住了脚步，他们不敢再继续前进了。

他们路过黑林子镇的时候，看见了他们的东路人马躺在这里的二三十具死尸，包括日本警长小路和刑事长大山。

于是，他们不能不收尸、运尸，把日本人的尸体运往公主岭火化……而把伪军的尸体就地埋葬，做了标记。自然，耽搁了许多时间。

寿川派出探子骑两匹快马，去找寻赵全胜，终于把赵全胜的人马找寻到这里来。

"黑林子镇，不是你们东路人马的行走路线，是我们西路人马的必经之路，你们东路人马咋到了黑林子？"寿川问。

"出了范家屯，黑咕隆咚的，我就想啊，我这百余人有些势单力薄，不如到黑林子镇跟你们西路合成一路，好比两个拳头并成一个拳头，更为有力。"赵全胜说。

"思路是对的。"寿川说。

"可是，你们吃了败仗。"马春城说。

"我确实是吃了败仗啊，但是，我却给你们当了盾牌了啊。"赵全胜说，"我要是不抢先一步，到了黑林子镇，遭到重创的就可能是你们……我就是死了人，也值了。"

"嗯。"寿川用鼻子哼了一声。

"你们知道，在黑林子镇伏击的是谁啊？"赵全胜说。

"谁？"马春城说。

"小白龙。"赵全胜说，"小白龙占据着二龙山，有多少年了？快10年了，奉军都奈何他不得。他有多少人马？至少有3000人马，而且，来无影去无踪。"

"赵全胜，你别长别人的志气，灭自己的威风。"马春城说，"要不是皇军来了，尹泽民就要剿灭了你……这可倒好，让小白龙端了你的老窝。"

"小白龙历来把矛头对准皇军，要不是你来找我，我归附了皇军……小白龙能来惹乎我？小白龙端了我的老窝，目标仍然是对准了皇军。"赵全胜说。

"好了，不要争论了。"寿川说，"我所关注的是眼前县城里的情况。"

"是啊，县城里应该有个信儿啊？"马春城说，"这个盖松林、赵祥麟，以及李雅忱还会有啥变故吗？"

正说着，有"全胜"绺子的人报告："城里派人送信儿来了。"

"噢，来得正好。"马春城说，"赶紧把人叫到这儿来。"

来的人正是李雅忱的内弟，也姓李，他说："盖松林和赵祥麟被尹泽民杀了……"

"啊？"马春城、赵全胜，包括寿川都很震惊。

"给民团盖团长送信儿的王玉启被尹泽民他们抓到了，从他身上搜出了信件……连我姐夫也差点被割了脑袋，多亏他们证据不足，才不得不'取保放人'。"李雅忱内弟说。

"你是咋个人？"寿川用别扭的汉语说。

"我刚才说了，李雅忱是我姐夫，我是李雅忱的内弟。"

"他是李雅忱的内弟，我认识他。"马春城说。

"这是我姐夫给你们的信。"李雅忱内弟说。

说着，他脱下了一只鞋，从鞋窠里掏出鞋垫，又把鞋垫撕开，从里面抽出了一封信，递给了马春城。

马春城接过了李雅忱的信，看了之后，把信递给了寿川，说："尹泽民的县政府、警署的人员，已经在上午都撤离了县城，县城已经成了一座空城……但是，心犹未甘的尹泽民在县政府的宅邸里放置了炸雷，只要你开门开窗……"

"我姐夫已经在他的'永衡达'烧锅场准备好了，款待你们……那里可以是你们的临时驻地。"李雅忱内弟说。

"原来放在城门边的岗哨呢?"赵全胜说。

"都撤了，成了空门。"李雅忱内弟说。

寿川看完了信件，说："东、西两路的人马并成一路，向怀德县城的南门进军。"

于是，李雅忱的内弟走在前面，后面是马春城和赵全胜，再后面是寿川率领的进军怀德县城的合并在一起的东、西两路人马，浩浩荡荡地向县城的南门开进。

怀德县城，"永衡达"烧锅场。

烧锅的大门，冲南开。

土筑的围墙，风吹雨淋，墙头起伏不平，好在有围墙围着烧锅场，所以，这个酒作坊就是一个院落。

围墙别管是土筑的还是砖砌的，平素间，自然也都是挡得住谦谦君子，难以挡得住刻意越墙闯入的人。

靠北是一溜儿的瓦房，那是造酒的作坊。连接瓦房的东、西两端，东边的瓦房，是账房和东家办事的地方；西边是土平房，是吃劳金的伙计们休息和就寝的地方。

一进大门，就可以看见两侧的几座高粱囤子，囤子里高粱是做酒的原料。再靠两边，贴近围墙，堆放着劈柴、煤炭，是烧酒的燃料。

"为迎接皇军和马县长，今天特地停工一天。"李雅忱说。

"你是日中亲善的模范。"寿川赞赏道。

李雅忱指着摆放在院子里的长条桌子，说："以好酒好肉招待皇军和马县长，早就有所准备了，酒和肉都备足了，管够造就是了，一会儿就开饭。"

"管够造"的"造"——东北方言中的广义动词，这里指可以敞开胃口大吃的意思。

在西边的土平房的前面，支起了临时棚架，棚架下是菜墩子有人切菜，有人剁肉。新筑起的灶台，灶台上有三口大锅，有人添柴，有人拉风箱。大锅里炖着肉，从锅盖的缝隙里冒出热气，溢出浓浓的香味。刮的又是西北风，满院子飘香，经过长途跋涉的日伪军们，已经饥肠辘辘，不能不垂涎欲滴。

"看来，我们的怀德县的副县长非你莫属了。"马春城说。

"马县长提携，难得马县长器重我。"李雅忱说，"请马县长和诸位皇军到我办公的房间里坐一坐吧？"

"好啊。"马春城答应，然后，他把身旁的寿川和赵全胜分别介绍给李雅忱，"这位是日本守备队的寿川队长；这位是'全胜'绺子的大掌柜赵全胜，现在是我们的保安队长。"

李雅忱向寿川和赵全胜点头哈腰，以示敬意。

他领着寿川、马春城、赵全胜等走进了他的办公室，上茶、敬烟。

寿川说："马县长，东西南北四个城门都要加强戒备，派人去了吗？"

赵全胜说："我这就派人把守，加强戒备。"

李雅忱说："还用加强戒备吗？尹泽民、纪义方他们早已望风披靡……"

马春城严肃地说："不可不提防。"

寿川说："如果有情况，要鸣枪示警。"

赵全胜说："是。"

他转身出去，布置四个城门的警戒去了。

过了一会儿，开饭了。

凉拌热炒、大鱼大肉，摆上桌来，碗里又斟满了白酒。早就凑上了桌子的日伪军们碰杯、饮酒、吃菜、夹肉。

赵全胜到了东家的办公室里，说道：

"寿川队长、马县长，今天是个喜庆的日子，弟兄们等着给你们敬酒呢，庆贺占领了怀德县城，也庆贺马县长今天走马上任。"

寿川和马春城听了，喜气洋洋。

他们款步地走了出来，端起了酒碗，来到了各个长条桌前，相互碰碗，致喜道贺……就在这个时候，枪声大作。

步枪、机枪的子弹从围墙外飞进了院子里，手榴弹也撇了进来。一些日伪军中弹倒地，长条桌上的碟子啊，大碗啊，酒瓶子啊……裂的裂、碎的碎，稀里哗啦。

日伪军有几十人在这刹那间，稀里糊涂地毙了命。

好在有高粱囤子的阻挡，有的躲进了高粱囤子的后面，更多的日伪军进到了瓦房里，然后，把枪从门口、窗子，伸了出来，进行还击。

"日伪军，你们已经被包围了。"

"伪军弟兄们，你们投降吧，投降可以保条命。"

"小鬼子，你们想占据东北，是癞蛤蟆想吃天鹅肉。"

"小鬼子，'永衡达'烧锅场就是你们的葬身之地。"

"……"

枪声里有震撼的喊声，喊声里钻出了尖厉的枪声。

瓦房里弥漫着酒糟味。

寿川说："我们掉入了陷阱。"

赵全胜眼珠儿一转，瞭了马春城一眼，然后，用眼睛瞪着李雅忱，说："这个陷阱，显然，是李雅忱给咱们挖的。"

李雅忱急了，说道："我是一片好心、一片诚心，把你们请到这里来款待啊。"

他的话里带着哭音。

赵全胜说："尹泽民毙了赵祥麟、砍了盖松林，为啥那么慈善，不杀你？说是尹泽民的县政府和县警署的人都撤离了县城，咋一下子都冒出来了？还包围了我们？"

马春城说："不要冤枉好人。"

"现在不是谈论这些的时候。"寿川说，"我们眼下最重要的是突围。"

赵全胜说："是。"

寿川说："可以投降，但是，我们必须跟尹泽民谈判，如何能保住我们的人身安全？"

赵全胜说："说得是。"

马春城说："我们还没有到弹尽粮绝的时候，还谈不上啥投降啊？"

寿川说："这得派一个人去跟尹泽民谈判，谁去好呢？"

他把眼睛盯住了李雅忱。

赵全胜说："由李雅忱去，最合适，他跟尹泽民、纪义方他们都熟悉。"

寿川说："嗯，那好，再也没有比李先生合适的人选了。"

万般无奈，李雅忱只好答应，说："我去……就我去吧。"

寿川说："首要的是让他们先停火，避免双方的牺牲。"

李雅忱说："是。"

马春城说："去吧。"

李雅忱出了门，猫着腰，冒着被枪子儿击中的可能性，快步地跑到了高粱囤子那里，仰着脸喊道："尹县长，我是李雅忱——"

"李雅忱，有屁你就放——"喊出这话的是纪义方。

"寿川队长让我来代表他们跟你们谈判，如果投降的话，如何保证他们的人身安全？"李雅忱喊叫道。

"投降是你们的唯一出路。"纪义方说。

"但是，你们得停火，避免双方的牺牲。"李雅忱喊叫道。

"可以。"纪义方答应了。

向"永衡达"烧锅场的院落里射击的枪声，停止了。

在李雅忱和纪义方对话的空当，寿川说："听到了没有，跟李雅忱对话的是谁？"

"是怀德县警署的署长纪义方。"马春城说。

寿川说："听出来这个纪义方喊话所在的位置了吗？"

"纪义方喊话的位置，在烧锅的南门那里。"赵全胜说。

"这就说明，他们的主攻方向在南门，副攻方向是东、西两侧……"寿川说，他命令道，"集中全部的兵力和火力，从出糟口冲出去，然后，炸开北部的土围墙栅栏门，撕开一个口子，突破他们对我们的包围，出县城的北门……"

他早已看到了瓦房北墙的出糟口，出糟口只有一挂门帘子，出糟的量很大，为出糟方便，出糟口并没有安上大门，而且，拉糟的车出院子，走围墙的两扇栅栏门——他在这里看到了突围的希望。

他让李雅忱去谈判，不过是诈降——缓兵之计。

"是。"赵全胜说。

在一旁的马春城听到了寿川的命令，迅速地举起了手枪，他大声地喊叫道："弟兄们，跟着我，从出糟口这里冲出去。"

马春城率先，其他的日伪军也跟着涌了出去……枪声大作。

听到了枪声大作，又瞄见瓦房里的日伪军的动态，李雅忱猫着腰向瓦房里跑，跟着他跑的还有几个躲在高粱囤子旁边的日伪军……押后的寿川见了，对赵全胜说：

"李先生是让我们掉进了陷阱的罪魁，结束他吧。"

"是。"赵全胜说。

他向南走了几步，到了南侧的窗口前，把枪口对准了李雅忱，扣动了扳机，"啪"的一声，子弹出膛。

李雅忱应声倒下，子弹击中了他的太阳穴，他死了。

"你的枪法很准。"寿川赞赏地对赵全胜说，然后，他用手枪向出糟口一指，"走。"

"是。"赵全胜说。

垫后的赵全胜和寿川，一前一后，出了出糟口，又出了北围墙上的栅栏门，跟上了日伪军的脚步。

这时，留有性命的约300个日伪军，拼死拼活，从"永衡达"烧锅场的北侧，撕裂出了一个突围的口子，边打边向县城的北城门撤走。

1931年10月23日。

怀德县政府，议事厅。

林佩臣说："打扫战场……俘虏了日伪军15人。"

尹泽民说："其中日军几人？"

林佩臣说："日军四人。"

尹泽民说："拉出去当众枪毙。"

林佩臣说："是。"

尹泽民说："其余的伪军，如果他们悔过，可以释放回家，发给路费。"

林佩臣说："是。"

尹泽民说："张警长。"

张景春说："在。"

尹泽民说："你再派人去锦州，把我们这次'引君入瓮'的战斗……向省里做报告，请求能够对日寇南北夹击……"

张景春说："我看，不起作用。"

尹泽民说："不起作用，也要请求，这是民意。"

张景春说："是。"

尹泽民说："纪署长。"

纪义方说："在。"

尹泽民说："要昼夜巡防，激励守城警民，不得懈怠。"

纪义方说："是。"

尹泽民说："还有，你和林队长召集警署和自卫团等部门的人员开会，向他们讲清目前的形势，日伪军有可能更加疯狂地反扑，战斗会更加残酷……不愿意留下来的，发给钱，发给证明，让其回乡回家；愿意抗日的，重新登记、造册、签名；明天上午9时，召开咱们怀德县警民抗日誓师大会。"

纪义方和林佩臣说："是。"

他们转身出去，按照尹县长的部署，开展工作去了。

1931年10月24日。

怀德县城，县政府门前。

经过重新登记造册，警署、自卫团有志愿抗日者300余人；机关、教师、学生、店员等有志愿抗日者100余人，总共500人。

志愿者们抗日情绪高涨。

尹泽民站在台阶上讲话："同胞们，我们通常讲，要'保家卫国'，但是，没有'国'，哪有'家'？我们又讲，'国家兴亡，匹夫有责。'现在，我们面临着日寇的侵略……正是国家兴亡的关键时刻，愿意跟国家共存亡的，你跟我喊一声，'抗日——'"

"抗日——"下面齐声回应。

"好。"尹泽民说，"现在，请同胞们举起手来，我们宣誓。"

下面的人都举起手来。

尹泽民说："我们宣誓。"

"我们宣誓。"下面的人齐声说。

尹泽民誓言三遍："抗日救国，不当亡国奴。"

"抗日救国，不当亡国奴。"下面的人也誓言三遍。

尹泽民誓言三遍："生为中国人，死为中国魂。"

"生为中国人，死为中国魂。"下面的人也誓言三遍。

……怒吼的誓言，如同霹雳，响彻在怀德县政府的门前，回荡在怀德县城的上空。

第六章

马占山亲临嫩江桥火线强悍抗战

1931 年 10 月 29 日。

齐齐哈尔，黑龙江省府接待厅。

日本驻黑龙江省领事清水八百一来见黑龙江省主席马占山。

清水八百一说："马主席，本领事代表关东军本庄繁司令官，特地来见阁下。"

马占山说："有话请讲。"

清水八百一说："嫩江铁路大桥是贵国政府用我们日本借款修筑的。现在，贵军将铁路桥的三个桥墩炸毁，使平齐铁路断绝，这与我们南满铁路有直接的利害关系。我们南满铁路准备派员修复，我今天到阁下这里，就是代表本庄繁司令官来通知阁下。"

马占山说："嫩江铁路桥虽然是借贵国的钱款修筑的，但是，主权在我方。对于这座铁路桥，修不修，啥时候修，这是我们的事情。本主席不需要麻烦满铁。"

清水八百一说："马主席其言差矣。我刚才已经代表关东军本庄繁司令官讲了，贵军将嫩江铁路桥炸毁，与我们南满铁路有直接的利害关系……我们不能坐视不管。因而，我们通知贵省政府，一、我们满铁修桥，贵省政府必须予以保障，贵军必须撤至距桥 10 千米外，在修桥任务未完成前，不得进入 10 千米之内；二、如果贵省政府不能提供保障，我方会在关东军的保障下修桥，时间从 11 月 3 日开始；三、即使贵省政府同意保障，我方为了监督起见，也要派遣我方认为必要的兵力。"

马占山说："你们的这些无理要求，我方不能答应。"

清水八百一说："倘若对我方的上述要求，贵省政府不能够答应，则视为对日军怀有敌意，我方当依法诉诸武力。"

"清水八百一先生，你以为你们日本人是个大屁股，就想拿大屁股哈人，是不是？"马占山说，"中国人的铁路，我自有主权，中国人能建筑铁路，自然也能自己维修铁路，不需要你们到这儿来，脱了裤子放屁——多此一举。"

清水八百一说："马主席说话不够雅致……"

马占山说："行伍出身，大老粗，直来直去。"

清水八百一说："本庄繁司令官出于对马主席的关照，对马主席有个利好的建议。"

马占山蔑视地瞥了他一眼，说道："有话你就说，有屁你就放。"

清水八百一说："为了黑龙江省的一方平安，马主席最好把黑龙江省主席的职务和权力，能够和平地移交给洮辽镇守使张海鹏。"

马占山说："张海鹏？张海鹏是个啥东西？一个没羞没臊、寡廉鲜耻、辱没祖宗的汉奸。"

清水八百一说："我们可以给你5万美元，你可以出国……这样，可以避免战祸，确保一方之平安。"

"5万美元？我就把黑龙江省主席的职位和权力给卖了？这还包括这个职位背后的黑龙江省的大好河山呢。省主席这个职位，不是私人之物，更不是随便可以让给哪个人的东西。你们日本人把眼睛瞪得像豆包似的，觊觎东北、觊觎黑龙江……想用仨瓜俩枣就把我给打发了，然后，你们占有了黑龙江省……做你们的东洋美梦去吧。"马占山说，"妈了个巴子的，你去告诉本庄繁，我马占山是中国人，不可能把一省的大权交给一个大汉奸……本庄繁想要黑龙江省，就让他拿命来换好啦。"

清水八百一似乎仍不死心，说："请马主席三思……"

马占山却大手一挥，说："来人哪，送客。"

省府的工作人员，把清水八百一请出了省府。

有人进来，向马占山敬礼，说道："报告。"

马占山抬头一看，是卫队团长徐宝珍，说道："有啥情况，说。"

徐宝珍说："日本关东军以修复嫩江铁路桥需要护卫为由，组成了嫩江支队，任命了第十六步兵联队长滨本喜三郎为支队长，指挥第十六步兵联队、步兵山炮队、野炮兵第二联队的第一大队、工兵第二大队的第二中队、无线电一班和空军第八中队。"

马占山说："看来，张海鹏打不赢，小鬼子要亲自出马了。"

徐宝珍说："是的。"

马占山说："日本驻齐市的领事官清水八百一刚走，他说他们要修复嫩江桥，修桥从 11 月 3 日开始，那就是说，11 月 3 日是个节点。他们拼凑的嫩江支队，至少要提前两天从长春和吉林出发，在泰来附近集结。然后，以抢修桥梁的名义，向我军发起进攻。"

徐宝珍说："肯定是这样。"

马占山说："这个清水八百一，说是以关东军本庄繁司令官的名义来通知我，他们要修复嫩江桥，他们还必须派兵保护修桥……啥他妈的通知啊，分明是他妈了个巴子的战争的最后通牒。"

徐宝珍说："部队正在构筑阵地，已经做好了战斗准备，战士们情绪高昂。"

马占山说："只要小鬼子敢于来犯，就揍他个兔崽子。"

徐宝珍说："是。"

马占山说："11 月 3 日是个节点，我要在省府召开军政会议，就定在 11 月 3 日的上午……你通知马忠华、马忠国、姜恩波等来援部队的团长以上的军官，来省府开会，共议抗击小鬼子的事情。"

徐宝珍说："是。"

然后，他转身出去了。

1931 年 11 月 3 日。

齐齐哈尔，黑龙江省政府，会议厅。

日寇兵临嫩江铁路桥的南桥头，形势严峻。

马占山召开黑龙江省军政紧急会议，研讨应对措施。

韩家麟将军报告说："以步兵联队长滨本喜三郎为支队长的日军新组成的嫩江支队，已经分别从长春、吉林出发，到达泰来集结，滨本喜太郎派遣他的第二联队的第一大队抢占了江桥南岸的有利地势，正在构筑阵地，同时，又派工兵第二大队的第二中队抵达江桥南岸准备抢修桥梁。总之，日寇已经做好了进攻的准备。"

韩家麟将军，梨树县小城子镇北和尚屯人，即今天的梨树县河山乡河山村人，时任黑龙江省政府的机要秘书，协助马占山阵前指挥。他又临危受命，被马占山委任为抗日义勇军总部的少将参议。

马占山说："面对日寇大兵压境的情势，我把我们的军政要员们请来，就是要请大家各抒己见，商议对策。"

罗镇邦说："我以为，还是执行'禁止抵抗'为好，不与日人发生摩擦，以免给日人留下纷争的口实。"

马忠国说："日寇妄图把我东北的大好山河吞并，占为己有；允许日寇进攻，却不允许我们摩擦，天下哪有这个道理？"

罗镇邦说："这可是上面的命令。"

姜恩波说："罗先生，我问你个问题，日寇占你家园，烧你的房屋，抢夺你的财产，奸淫你的姐妹，日寇正在施行这种兽行……难道你眼睁睁地看着这一切？不与日寇拼杀？罗先生，你说，你还有人味儿吗？你还是人吗？"

"这……"罗镇邦语塞，他的秃秃的额头冒出了虚汗。

谢昊天说："姜团长，你是军人，军人当以执行命令为天职，你们就应当执行。"

罗镇邦一边用手帕擦着额头的虚汗，一边附和着说："是的、是的。"

马忠华说："《孙子兵法》当是兵家之经典，其中有一句名言——将在外，君命有所不受。将受命于君，但是，将在外，却必须根据战事的具体情况，作出符合战事具体情况的决策，即使有违于君命——这样的将军才是好将军。历史上，岳飞抗金，挥军北上，节节胜利，大有直捣黄龙府之势，却接受了君命——召其回师的十二道金牌……最终，岳飞父子冤死于风波亭。这是大家都熟悉的著名的历史典故。想必谢先生知道这个历史典故吧？"

谢昊天说："知道。"

马忠华说："如果岳飞按兵家之经典——《孙子兵法》去执行，而'君命有所不受'，继续北上，直捣黄龙府……大宋江山，南北光复，版图直至黄龙府，煌煌大宋……何来南宋小朝廷的灭亡？岳飞所遵从的是岳母刺字，是吧？谢先生，记得岳母刺字是哪几个字吗？"

谢昊天说："这个……当然记得，岳母一针一针地在岳飞的后背上，刺的是四个大字：'精忠报国'。"

马忠华说："精忠，忠君、忠于朝廷，目的是'报国'。报效国家，才是根本，才是至上。遗憾啊……"

谢昊天说："何来遗憾？"

马忠华说："绍兴四年，即 1134 年秋，岳飞第一次北伐，大获全胜。8 月下旬，宋廷擢升岳飞为清远军节度使。当旌节发到鄂州，也就是今天的武昌时，全军将士欢欣鼓舞，士气大振……这一天，潇潇雨歇，江山接受了风雨的洗礼，虽显瑰丽，却仍然在乱云飞渡之中，岳飞凭栏远眺，感慨万千，他吟咏了他的流传千古的这首词——《满江红》。"

谢昊天说："是这样的。"

马忠华说："在这首词的上阕里，岳飞岳鹏举虽然雄心豪迈，壮怀激烈，战犹未酣，但是，他在雨后的风云中，却忧心忡忡……所忧的是，庙堂之内有诸如秦桧之类的主和派，或者叫投降派，还有苟安派，蛊惑圣听，在他的背后捅刀子……所以，他预见到，有可能将士们所有的浴血奋战的频频捷报，都如春花落水，付之东流……他在《满江红》的词里，唱出了内心的忧患——'三十功名尘与土，八千里路云和月。莫等闲，白了少年头，空悲切。'"

谢昊天说："哦……"

他有点不知道该如何回应为好。

马忠华说："杭州岳王庙，岳王的坐像上方，悬着一块岳王亲笔手书的巨匾：'还我河山'，苍劲、飘逸。墓阙后面西侧分列以秦桧等主和派——实为投降派的四佞臣的铸铁跪像，跪像背后墓阙之上，有楹联云：'青山有幸埋忠骨，白铁无辜铸佞臣。'四具跪像，供人唾骂，遗臭万年——千百年来，这反映的是民族大义，更是千古民意。"

听到了秦桧等名为主和而实为投降派的四佞臣……谢昊天和罗镇邦的脸上涌上了尴尬的臊红，谢昊天不得不附和道：

"马团长说得是啊……"

马忠华说："岳飞岳鹏举在关键时刻，没有理解到岳母刺字的精髓，以至于他的担忧成了现实，误己误国……最终，真的成了'空悲切'。"

谢昊天说："马团长，你说这话，我可就有点不明白了，岳飞他咋就没有理解到岳母刺字的精髓？"

马忠华说："忠君、忠于朝廷，要'精忠'；但是，'精忠'的目的应当是'报国'。'精忠'的实质，是要忠于国家、报效国家；而岳飞的耿耿忠心——到了最后，仅仅是忠于君命，却成了于国于己，都悖谬的愚忠，进而，身死国败。'报国'是根本——国家至上。联系到今天，倘若国家都不存在了，又何谈国家之将士？谢先生，不知道我说的是否有道理？"

谢昊天说："听了马团长的话后，虽然有茅塞顿开之感，但是，当今情势，以马主席之力量，独挡日军，恐怕难以抵挡得住！——这是我等所忧心的。"

罗镇邦说："谢先生言之有理啊，日军拥有轰炸机、山炮、野炮、重炮等先进武器，以及充足的作战物质。我军的枪支弹药，及其给养，较为匮乏，较为落后。中央政府距离我们黑龙江省千山万水，远水解不了近渴。应该说，我们处于孤立无援的状态，如何能抵挡源源不断的日军？"

"是啊。"在罗镇邦和谢昊天的身边，竟然出现不少的附和声。

谢昊天说："有人说张海鹏是汉奸，我觉得也不尽然……"

韩家麟说："咋个不尽然呢？"

谢昊天说："我听说日本人已经把宣统皇帝溥仪接到了旅大，日本人的意思是帮助皇帝溥仪恢复大清，张海鹏说他也是要帮助宣统皇帝复辟大清，所以，张海鹏和日本人才采取了一致的行动……大清朝是我中国的传统体制啊，张海鹏这样做，咋能说是卖国，咋能说是汉奸呢？——我是百思而不得其解哟。"

"我觉得，迎接张海鹏入省，仍然不失为一条出路……"罗镇邦说，"总之，我觉得，谢先生说得有道理哟。"

"有道理哟。"在谢昊天和罗镇邦的身边，叽叽喳喳，又是不小的附和声音。

谢昊天说："所以，我们才说——和为贵哟。"

"和为贵哟。"在谢昊天和罗镇邦的身边，叽叽喳喳，又是不小的附和声音。

马忠华说："传统的皇帝专权的体制，已经为共和体制所取代，这是历史的进步、历史的必然的发展趋势，历史不可能再走回头路。"

马忠国说："日本人觊觎满蒙已久，一旦他们以武力占领了满蒙，他们会放弃对满蒙的控制权吗？绝对不会。"

马忠华说："溥仪即使复辟做了皇帝，他也必然是在日本人的枪口下做的皇帝。日本人会是太上皇，而溥仪必定是儿皇帝。"

姜恩波说："说白了，溥仪必定是日本人的傀儡；而东北则在溥仪的名义下，成为日本人的殖民地。"

"姜团长的这个结论，下得好。"徐宝珍肯定地说，"迎接张海鹏入省，如同迎接小鬼子入省，同样是引狼入室。"

罗镇邦说："我还是觉得要执行'禁止抵抗'的命令，和为贵才好。"

谢昊天说："是啊，和为贵才好。"

"是啊，和为贵才好。"谢昊天和罗镇邦身边，还是不小的附和声。

马忠国冷笑道："啥是'和为贵'？说白了，就是要向小鬼子投降，是不是？"

马占山说："我是一省长官，守土有责。黑龙江省的一寸一分的土地，也绝不能让于外侮。我的力量固然不足，但是，小鬼子来欺负我，占我河山、掠我财产、淫我姊妹……我绝对去跟小鬼子玩儿命，拼死保护我河山、保护我财产、保护我姊妹……上面虽有'禁止抵抗'的命令，但是，我已经决意打鬼子。如果我打错了，给国家惹出了乱子，你们把我的脑袋割下来，送到中央政府去请罪。如果有罪，罪责在我，而不在诸位。"

马忠华站了起来，说道："我们坚决拥护马主席的决定，打鬼子，保家乡。"

姜恩波也站了起来，他从腰间拔出了手枪，把枪口对准了罗镇邦一伙，说："有敢再言和，而实则言降者，我就毙了他。"

罗镇邦和谢昊天等主和派，见姜团长的枪口对准了他们，吓得脸色煞白，登时蔫了，哑口无言。

韩家麟、徐宝珍等一群军官，都站了起来，齐声誓言道："跟着马主席，打鬼子，保家乡。"

马占山说："打鬼子，保家乡——还有异议吗？"

"没有异议。"罗镇邦改变了口风，机灵地打起了顺风旗，说，"如果日本人进攻我军阵地，就打。"

"好。"马占山说，"罗先生的话，就是我们今天军政会议的决议。"

出席这次黑龙江省紧急军政会议的要员们，都鼓起了热烈的掌声，一致表示赞同马主席的结论。

1931 年 11 月 4 日，拂晓。

嫩江铁路大桥。

天上，七架日军战机，盘旋在嫩江桥北岸的上空，发泄兽欲般地肆意地嚣叫着，倾泻着机舱里的炸弹，直至把机舱里的炸弹倾泻得一无所有，才疲惫而得意地离去。

地上，位于南岸的日军的 50 门野炮，炮弹齐射，轰向了北岸的奉军阵地。在嫩江桥的北岸，飞来的炮弹，触地炸裂，连声轰鸣，尘沙飞扬，硝烟弥漫。

飞机的狂轰滥炸，野炮的隔江炮轰……整个江桥北岸，密集的爆炸声，震撼天地，弹片肆虐，埃尘纷涌，火雾升腾。

飞机和野炮，轰鸣与轰炸，给日军施威壮胆。

滨本喜太郎大佐指挥嫩江支队的三个大队，以及满铁铁道守备队，渡过了嫩江，向守卫在北岸的奉军发起进攻。

进攻按照滨本喜太郎大佐的战略意图进行，两翼的进攻在于牵制奉军，而他的战略进攻的重点是中间突破——江桥正面的大兴一线，突破了奉军的中间防线，占领了奉军的中间阵地，就占领了江桥的北头堡垒，也就占领了江桥。

占领江桥，是日军整个进攻战略的核心。

日军紧绷着神经，猫着腰，一步步地逼近奉军的阵地。

奉军的阵地的周边，让飞机的轰炸和野炮的炮弹炸得到处是弹坑。奉军的阵地一片沉寂，仿佛经过飞机的轰炸和野炮的轮番轰击，奉军已经烟消云散。

日军这才放松了紧绷的神经，站起身来，快步走向奉军的阵地——那里是奉军挖掘的如同长龙般的战壕，弯弯曲曲，连连绵绵，沿着江岸延伸。日军距离奉军的阵地——绵延的战壕，120 米、90 米、70 米、50 米……甚至，日军只要跑上二三十步，就可以占据奉军的战壕了。

就在这时，突然，从奉军的战壕里伸出一支支乌洞洞的机枪、步枪的枪口，近距离地指向一个个日军。

战地指挥官姜恩波命令："对准戴钢盔的打，戴钢盔的都是小鬼子，还有，小鬼子的钢盔的正中，贴着一贴显眼的红膏药，把枪支的瞄准星对准那贴红膏药，让小鬼子一个个地爆头，脑浆迸裂，一枪致命。"

他的命令迅速地向下传达。

从乌洞洞的一支支机枪、步枪的枪口里，猛烈地射出致命的子弹，击中日军头部钢盔正中的红膏药。由于是近距离，子弹的命中率几乎是百分之百。

原来，日军当时使用的钢盔，钢盔是黄色的，前面正中有一面日本国旗太阳旗——圆圆的"小红膏药"。日军的钢盔是黄色的，也有人称其为"铜帽"，他们的衣着也是黄色的，因而，钢盔上的那贴圆圆的"小红膏药"，在黄色的衬托之下，就特别醒目、耀眼，老远就能被发现。瞄准圆圆的

"小红膏药"开枪，钢盔上的"小红膏药"成了靶心。头部中弹的日军士兵，绝大多数是头盔正中被枪弹命中，钢盔洞穿，一枪致命。

九一八事变之前，日军虽然普遍装备了钢盔，但是一直没用上；嫩江桥战役是日本军队首次在战争中真正使用钢盔；戴钢盔目的是减少伤亡，可是聪明反被聪明误的日本人，却没有想到，反倒因为钢盔上的"小红膏药"成了射击的靶心，吃了大亏。

在嫩江桥战役中，吃了大亏的日本人，后来，取消了钢盔前面的圆圆的"小红膏药"，换上了五角星。五角星构图破碎，远看有些模糊不清了，挨枪子儿的机会也就少了。

在奉军阵地的战壕前面，日军想躲避都来不及，也无处躲避——仿佛遭到的是意外打击，这让日军惊慌无措，一片混乱……日军是以低凹的河沿处向漫坡的河岸上进攻，本身就处于劣势，再加上奉军挖战壕，挖出的堆土在战壕的边沿上隆起着，可以掩蔽奉军……而且，处于掩蔽地位的奉军，射出的子弹是无情的，准确地命中日军，颗颗子弹让日军爆头。

"近距离再开枪。"奉军遵从的是马占山的命令，"因我军子弹缺乏，敌人不进入百米之内，绝对不准开枪。"

日军开始溃退。

这时，徐宝珍团长和姜恩波团长抽出插在背上的大砍刀。大砍刀的把柄上甩着红缨穗儿。大砍刀的寒光闪闪的刀刃，指向了日军。他们大叫一声：

"杀啊——"

他们俩率先冲出了战壕，扑向了日军。

两位团长的行动就是命令，战士们也勇猛地跳出了战壕，居高临下，横眉冷目地端起了雪亮的刺刀，冲向了日军，口中怒吼着：

"杀啊——"

杀声震天，响彻江岸。

奉军一个个如下山的猛虎，与日军展开了肉搏战，面对面，眼对眼，刺刀对刺刀。奉军战士面对日军兵卒，怒火满胸膛，仿佛眼睛都喷出了火。奉军战士们的牙齿，一个个咬得嘎嘣响，恨不得把日军一个个都活吞了。

两敌相逢勇者胜。

奉军战士们玩儿命了，个个使出拼死的力量、浑身的解数，把枪刺击向日军，刺刺见红，刀刀见血，要的就是日军小鬼子的命。

日军的优势是飞机、野炮，但是，在这个时候，两军胶着，日军的啥飞机、野炮……也不起作用了。

一具具喘着气儿的日军士卒，刹那间，变成了一具具面色苍白的失血的僵尸，横躺竖卧，亡命于嫩江北岸。

日军不是溃退，而是溃逃了，纷纷向岸边溃逃。

跳出战壕与日军拼杀的奉军战士，并不追赶，反而吹起了收兵的号角，奉军战士们重新跳进了战壕，返回了原来的阵地。

溃逃的日军涌向了岸边。

岸边，一片片芦苇荡，芦苇荡里却埋伏着奉军一个团，团长马忠国举起了手枪，只听得他大喊了一声："打。"

他首先向溃逃的日军，射出了第一枪，随后，埋伏在芦苇荡里的全团将士枪口对准了溃逃的日军士卒，一齐开火……又打了一个日军的冷不防，溃逃的日军，纷纷倒地。

接应溃逃日军的一股援军来了，他们上了岸，还没等站稳脚跟，却斜刺里杀出了一个团的奉军骑兵，挥舞着战刀，以迅雷不及掩耳之势，向日军的援军进行截杀。骑兵的铁蹄践踏着日军……骑兵战士们抡起的战刀，斩向日军，犹如砍菜切瓜。

——这正是马忠华率领着骑兵部队，突袭而来。

溃逃的和来援的残余的日军士卒，无路可以逃走，为了活命，只能向江水里跳，于是，岸上追杀日军的奉军准确地开枪射击，击毙的击毙，在江水里淹死的淹死……侥幸得以逃回南岸的日军士卒，寥寥无几。

战斗进行到黄昏，日寇在江北踪迹皆无。

江北岸留下来的是一片又一片血肉模糊、丑陋狰狞的日军尸体；漂流在江面上的日军尸体，顺江流而下；江湾里是黄乎乎的死鱼般的密集的日军尸体……嫩江的水面上，泛起残阳如血的冷漠的粼粼波光。

夜深沉。

11月4日，这一天是农历辛未年九月二十五，还有4天就立冬了。

夜，深沉的夜，看不到闪烁的星辰，更没有明媚的月光，有的是江面上雾糟糟的水汽，以及天空中灰蒙蒙的浮云。

日军出动20架飞机，向嫩江北岸狂轰滥炸；50门野炮向北岸倾泻着炮弹。但是，这一切轰炸和射击，都是盲目的，因为，北岸郁森森、黑茫茫的，无论用肉眼还是望远镜，也不管从天上还是南岸，都看不清北岸的任何目标。

在嫩江的南岸，可以听到飞机从北岸上空传来的轰鸣声，以及飞机抛下的炸弹，连同野炮由南岸射向北岸的炮弹，在连续地爆炸；也可以隔江看到飞机抛下的炸弹和野炮的炮弹在北岸爆炸而闪现出的一丛丛火光……至于炸的是奉军的阵地，还是人迹皆无的漫漫的江岸，连日军自己也不知道。

——因为，北岸的一切，都是郁森森、黑茫茫的。

飞机飞走了，南岸的野炮也停止了炮击……一切又恢复了平静；尤其是北岸，静谧得厉害，仿佛没有任何风吹草动，更不要说北岸有一枪一炮在向南岸还击。

嫩江支队长滨本喜太郎大佐，以他的细致观察而毅然决然地断定——奉军已经悄悄地撤离了北岸，北岸已经没有奉军防守了。

于是，日军跻身于120条船中，乘着朦胧的水雾和黑暗的夜色，拨动着嫩江水，向北岸横渡。

靠岸了，偷渡似乎是成功了，但是，就在日军要跃身下船的那一瞬间，从岸边的芦苇丛里射出机枪、步枪的疾风骤雨般的子弹，还有抛出的冰雹般的一束束手榴弹。

芦苇丛里的奉军战士，隐身在暗处。隐身在暗处，向明处射击，独具优势。何况，敌我双方，又近在咫尺。

啸叫的子弹划出曳光，爆炸的手榴弹有如闪亮的夜明灯，照耀着日军船只的位置，以及船上的日军士卒。日军的船只和士卒，都成了被近距离射击的明晃晃的靶子。

顷刻间，日军的120条船，悉数被炸毁、炸沉；船上的日军士卒，或被击毙，或者落水……江面上密集地漂浮着黄衣铜帽的日军士卒的尸体，以及散乱的船板……殷殷的血水染红了汩汩的江水。

日军自以为得计的夜间偷渡行动，以偷渡日军的全军覆灭而告终。

胆战心惊而又垂头丧气的日军嫩江支队指挥官滨本喜太郎大佐，担忧马占山会命令奉军悄然过江，乘胜追杀……因而，他们决定后撤25千米，加强警戒，以防不测。

1931 年 11 月 5 日，上午。
嫩江铁路大桥。
日军重新调配兵力，以张海鹏的四千伪军为前队，残余日军为后队督导，在 20 余架飞机和 50 门野炮的掩护下，强渡嫩江。

当日伪的船只行过了江心，快要抵达北岸时，马忠国指挥北岸的炮群，炮火齐鸣，打向江心的日伪船只，同时，隐蔽在岸边芦苇丛里的姜恩波的两个团的机枪、步枪，也向日伪船只奋起射击。

渡江的日伪军的船只，相当一部分被炸毁，而且，日伪军死伤落水的也很多。但是，督导的日军有令——只许前进，不许后退；有后退者，当场枪毙。

于是，日伪的船只冒着枪弹炮火仍然强渡……同时，日军的飞机和炮火对于北岸的轰炸，也更为猛烈了。

战事，在激烈地进行。

马占山带领他的机要秘书韩家麟将军，以及十几名卫兵，乘坐着吉普车，赶往前线阵地。数架飞机发现了马占山乘坐的吉普车，对马占山的吉普车咆哮着跟踪，追击轰炸。

韩家麟说："敌机要对我们乘坐的吉普车下毒手了。"

马占山："别理它。"

敌机排泄下的炸弹，在吉普车的前前后后、左左右右，不时地爆炸……司机左回右拐，巧妙地躲避着敌机的轰炸。吉普车的车身，被敌机的炸弹的弹片，炸伤了数个小洞。但是，马占山的吉普车仍然在前进，而且，一直开到了奉军的战壕里。

徐宝珍报告："日伪军集中兵力攻击我中段阵地，我中段阵地吃紧……阵地丢失，又夺了回来，但是，又被敌方攻陷……双方在中段战事胶着。"

韩家麟说："中段是嫩江铁路大桥北桥头阵地，是敌我双方的核心战略目标，所以，是日伪军的疯狂所在。"

马占山说："命令中段阵地的将士们，要坚决顶住……有后退者，军法处置。"

"是。"徐宝珍说，"但是，我军将士打得非常顽强，他们宁可死在阵地上，也决不后退一步。"

马占山说："嗯，好样的。"

徐宝珍说："每一位将士都与阵地共存亡。"

"这才是中华民族的英勇将士，是中国军队必胜的军魂。"马占山说，他又叫道，"韩将军。"

韩家麟说："在。"

马占山说："命令姜恩波从他指挥的两个农垦团中抽调出一个团，增援中段阵地。"

韩家麟说："是。"

马占山说："命令萨力布骑兵团从江岸左翼出击、马忠华骑兵团从江岸右翼出击，包抄这帮狗娘养的，断了他们的后路……"

韩家麟说："是。"

马占山："妈了巴子的，有滨本喜太郎和张海鹏的好瞧……我要拿他们的人肉，包顿饺子吃喽。"

韩家麟和徐宝珍笑了。

马占山的包围式的抄后路的反击，重重地打在日伪军的腰椎间盘和后腔上，令日伪军首尾不能相顾，更害怕被切断了后路……日伪军遭受了重大损失，不得不夺路后撤……奉军不仅收复和稳固了自己的中段阵地，而且，全线出击，歼灭日伪军。

午后两点，日伪军全线溃败、溃逃……至此，滨本喜太郎大佐指挥的嫩江支队，以及增援嫩江支队的高波大佐所率领的日军联队，全军覆没。

1931 年 11 月 6 日，拂晓前。

嫩江铁路大桥南岸，日军营地。

增援而来的旅团，其旅团长——村兵少将，他的身边站着关东军参谋石原，他是关东军特地派来督查嫩江铁路大桥战役的。

村兵少将已经取代连续惨败的滨本喜太郎大佐，握有嫩江铁路大桥战役的指挥权，他正在对滨本喜太郎大佐和高波大佐进行训话。

村兵少将吼道：

"连续两天的进攻，毫无进展，而且，损兵折将，把帝国军队的脸都丢尽了……你们两个居然还苟延残喘地活着，无能的东西……如果是我，早就面对天皇剖腹自裁了。"

"嗨。"滨本喜太郎大佐和高波大佐听到这儿，"啪"的一个立正，然后毕恭毕敬地说。

村兵少将走向前去，对着滨本喜太郎大佐和高波大佐，左右开弓，一人一个重重的耳光，每打一个耳光，都喊叫一声"巴嘎"。

滨本喜太郎大佐和高波大佐的脸上，登时，留下了带有五个指头的手印子。而且，滨本喜太郎大佐和高波大佐即使是感觉到了疼痛，也咬着牙，不得不强忍着，仿佛是打得好，打得应该，这是他们应该得到的惩罚。

村兵少将说："你们两个蠢货，作为战役指挥官，重复地犯着低级的错误……我们的飞机有强大的制空权，却在高空作战，而没有低空或超低空轰炸，没有发挥出应有的作战效能；相反，却大大地降低了作战效能。"

"嗨。"滨本喜太郎大佐和高波大佐听到这儿，又是"啪"的一个立正，然后毕恭毕敬地回应道。

村兵少将说："工兵营早就到了，你们却不及早利用，修建浮桥……而是认准了船渡，船渡有如水上浮萍，极易遭受打击……浮桥稳固在水面，可以行走自如……为啥不船渡和浮桥一起上？结果，遭受到沉重打击，又殆误了战机。"

"嗨。"滨本喜太郎大佐和高波大佐听到这儿，又是"啪"地一个立正，然后毕恭毕敬地回应道。

村兵少将说："石原参谋，你负责工兵营修建浮桥的任务。"

石原立正，说："是，将军。"

村兵少将说："更为愚蠢的是，昨天的战役竟然让张海鹏的部队打先锋……张海鹏的部队都是中国人，他们跟我们，在内心里是两层皮，怀揣的是两个心眼……他们作为先锋，能够拼命冲锋吗？以至于我们的部队被包围，侥幸脱逃的，却寥寥无几。"

"嗨。"滨本喜太郎大佐和高波大佐听到这儿，又是"啪"的一个立正，然后毕恭毕敬地回应道。

村兵少将说："记住，他们对我们的价值——只能是被我们所利用的傀儡，却不能成为我们的主力军。"

"嗨。"滨本喜太郎大佐和高波大佐听到这儿，又是"啪"的一个立正，然后毕恭毕敬地回应道。

村兵少将说："身为战地指挥官，一定要亲临战役的前沿，不能当缩头乌龟。这样，对于战役的进展会心知肚明，才能随机应变，以主力卡住敌人的咽喉……同时，又起到以身示范的作用，可以鼓舞士气，振奋军心。"

"嗨。"滨本喜太郎大佐和高波大佐听到这儿，又是"啪"的一个立正，然后毕恭毕敬地回应道。

村兵少将说："今天的战役，按照我的部署进行吧。"

石原参谋说："是，将军。"

拂晓，村兵少将指挥下的四千日伪军，开始向北岸进攻了。

8架日机低空对嫩江北岸的奉军阵地进行轰炸，50门野炮由南岸向北岸轰击……村兵少将率领日军士卒，率先登上了渡船……石原参谋坐镇工兵营，开始修建浮桥。

嫩江铁路大桥北岸，奉军阵地。

日机的低空盘旋、轰炸，的确极大地加重了对奉军阵地的威胁。甚至，奉军阵地上的战士都可以清楚地看到日军飞行员那蔑视地朝着地面的一瞥。

马忠华望着低空盘旋而又投下一枚枚炸弹的日军战机，他愤怒地唾了一口，说道："这日军战机也太他妈的嚣张了。"

"打掉它，狗娘养的。"连长魏奉禄说。

"敌机明显地在机枪和步枪的射程之内，哪怕是打掉它一架，也打掉了他们的嚣张气焰。"连长刘成海说。

"好。"马忠华说，"命令部队，只要敌机过来，就机枪、步枪一齐开火，向敌机射击。"

"是。"魏奉禄和刘成海说。

日军战机来轰炸了，魏俸禄和刘成海的连队的战士们，排成序列，仰天躺在阵地上，在地面形成方阵。战士们的机枪和步枪的枪口一律朝上。当一架日军战机低空飞临方阵之上时，机枪、步枪同时开火。

"轰"的一声巨响，这架日军战机的油箱起火，而且，哀鸣着，形成一溜儿迅速下滑的烟雾，继而，触地爆炸。

日军战机，在嫩江桥的北岸，机毁人亡。

目睹了日军战机机毁人亡的奉军的战士们，从阵地的地面上，一骨碌地爬起来，站立着、跳跃着。整个奉军阵地，一片欢呼声。

所有的日军战机都惊恐地接受了这一血的教训，再也不敢在奉军的阵地的上空，做低空飞行了，这大大地降低了日军战机对奉军阵地的威胁。

事后得知，这架日军轰炸机的机身共中26枪，而击中油箱导致油箱起火的子弹，是致命的。

被击落的是川崎八八式轻型轰炸机。日本川崎飞机厂从1929开始生产这种飞机。川崎八八式轻型轰炸机，双翼，单引擎，载弹200公斤，是德国道尼尔轰炸机的仿制产品，可以从小型机场起落。

这架轰炸机是从泰来五庙子机场起飞的，它隶属于日军第六航空兵联队第 107 轰炸大队第 204 中队。五庙子，即现在黑龙江省泰来县的平洋镇。

驾驶这架飞机触地阵亡的，是日军清水义友中尉。

这架飞机是日本军队侵略中国以来，被中国军人击落的第一架战机，也是日本军队历史上被击落的第一架飞机。

1931 年 10 月 15 日，在侵华日军战机的掩护下，张海鹏伪军向守卫嫩江铁路桥的中国军队发起进攻，企图进取黑龙江省，拉开了江桥抗战的序幕——这也是日军战机，第一次与中国军队作战。

嫩江铁路大桥北岸，奉军阵地，临时指挥所。

马占山用望远镜向外瞭望……他说："小鬼子肯定换将了，又有新招数了嘛，他们一边在船渡，一边在修建浮桥。"

韩家麟说："是的，昨天在前边打头来送命的，是张海鹏的伪军；今天在前边打头的，却换成日本人了。"

马占山说："命令马忠国的炮营，用几门野炮专门炮击修建浮桥的日本工兵。"

韩家麟说："是。"

奉军阵地上的炮弹射向了南岸正在修建浮桥的日本工兵……不时地炮击，使日本工兵修建浮桥的工程苦无进展。

……渡过江的日军在村兵少将的指挥下，进攻奉军阵地。

马占山说："看到没？中段阵地挺吃紧啊——日军是咬住了嫩江桥的北桥头了。"

韩家麟说："徐宝珍卫队团和姜恩波指挥的两个农垦团，已经对日军发起了三次反冲锋……刺刀见红啊。"

马占山说："只要徐团长和姜团长他们能顶住，我看啊，这一场战役，我们又是稳操胜券喽——"

韩家麟说："马主席这么有信心，说明你又有新战法了。"

马占山笑了，说："啥新战法啊，使用过的伎俩。"

韩家麟说："噢？"

马占山说："中国人啊，就喜欢一个'包'字，过年包饺子；正月十五元宵节，既包元宵，也包饺子；中秋节吃月饼，还要包饺子……包饺子，是中国人的民俗啊。"

韩家麟说："我明白了，又如昨天一样——包围式反攻。"

"说对了。"马占山说，"命令吴德霖骑兵旅的两个团，沿着江岸从左翼兜底包抄日军；命令马忠国骑兵团和萨力布骑兵团沿着江岸从右翼兜底包抄日军。"

韩家麟说："是。"

四个骑兵团从两个不同的方向以迅雷不及掩耳之势，向日军杀来，兜底包抄，切断日军的后路……日军慌乱了。

奉军阵地里的将士们见状，怒吼着，跃出战壕，勇猛地向日军杀去……日军溃逃。日军溃逃却是各自顾自己的溃逃，居然甩下了他们的师团长村兵少将……习惯于迈着方步行走的村兵少将落后了，令他想都没有想过的是——他被奉军的骑兵包围了。

奉军的骑兵把村兵少将团团地围在了垓心，而且，乌洞洞的枪口都对准了村兵少将，只要村兵少将稍稍有反抗的动作，他的身体就会被子弹打成筛子眼儿。

马忠华说："缴枪不杀。"

村兵少将小心翼翼地把手中的手枪放在了地面上，却慢悠悠地抽出了腰间的指挥刀。

萨力布说："跪下。"

村兵少将真的跪下了，面向东南，口中念叨道："天皇陛下——"

马忠华说："小鬼子，把你手中的指挥刀举过你的头顶，投降吧，你别无选择。"

村兵少将真的把他手中的指挥刀举过了头顶，但是，却是双手握着的指挥刀的刀柄，过了头顶，刀尖儿斜着向里，并且朝下，他口中说道：

"没有料到哟——小小的嫩江桥，大大的马占山。"

随着他的这一声哀鸣，他的刀尖儿猛地切向了他自己的腹部——他剖腹自杀了，一摊污浊而浓郁的鲜血，殷殷地渗进了江桥北岸的黑土地里，成了滋养野草的肥料。

时过中午，这一天的战役，以村兵少将的自裁而结束。

夜幕降临了。

遍布嫩江北岸的，是日军的尸体。

流淌着的深沉的嫩江水，水面上，已经漂着浮凌了，就要冰封了，冰封后的嫩江的江面上，既可以过人，也可以跑车……江面上的厚厚的冰层，就是并排着的浮桥。

韩家麟向马占山汇报说："今天的这一场战役，日军被击毙 2700 人，而我军伤亡 1300 人。"

马占山感叹地说："是啊。"

韩家麟说："日军连续的惨败，会把关东军司令官本庄繁逼疯了，他会下死命地调兵遣将，疯狂反扑……"

马占山说："关键是，日军的援军源源不断，而我军却无援兵而来补充……"

韩家麟说："敌众我寡……我们的工事被摧毁，我军没有弹药补充。"

马占山说："给南京发电，报告战况，请求民国中央政府，给予军事、物质等方面的支援……"

韩家麟说："是。"

马占山说："给北平发电，报告战况，并且，请求少帅从锦州方向日军发起攻击，形成东西夹击日军的态势……以缓解我黑龙江省守军的军事压力。"

韩家麟说："是。"

马占山说："打小鬼子，不是三天五天的事儿……我们必须把目光放得远一些，要保存有生力量。"

韩家麟说："是的。"

马占山说："命令各部队，相互掩护，相互照应，有序地撤出第一道防线——嫩江桥和大兴火车站一线的阵地，撤至第二道防线——三间房火车站一线的阵地。"

韩家麟说："是。"

起风了，凛冽的初冬的北风，咆哮的嫩江水，掀起了巨浪……奉军的阵地上，战士们雄赳赳、气昂昂地唱起了《嫩江桥抗战之歌》：

> 咆哮的嫩江，
> 掀起了愤怒的巨浪。
> 中国军队，
> 英勇顽强。
> 打响了坚决抵抗——
> 日本侵略者的第一枪。

神圣的抵抗，
保卫祖国
保卫家乡。

咆哮的嫩江，
掀起了愤怒的巨浪。
中国军队，
英勇顽强。
子弹朝天鸣放——
日本战机爆炸而亡。
民族的抵抗，
中国军人，
无限荣光。

咆哮的嫩江，
掀起了愤怒的巨浪。
日本侵略者，
连续吃败仗。
嫩江铁路大桥——
日本侵略者的火葬场。
胜利的抵抗，
中华民族，
屹立东方。

江桥阻击战的奉军部队，按照马占山的命令，在夜色中，开始有序地撤退至距离江桥60里的三间房火车站一线——至此，江桥抗战的第一阶段结束。

第七章

江桥抗战彪炳云天打得日寇心惊胆寒

1931 年 11 月 7 日，上午。

嫩江铁路大桥北岸。

关东军本部参谋石原，跟滨本喜太郎大佐和高波大佐商议后，命令炮兵向北岸奉军的阵地，排炮射击。

北岸奉军没有反应。

石原参谋，还有滨本喜太郎大佐和高波大佐用望远镜向北岸瞭望，发现北岸奉军阵地上见不到奉军的人影。

于是，命令小股部队试探性地渡江。小股部队竟安然地上了北岸，又小心翼翼地端着枪逼近奉军的战壕，看见战壕里从东到西，空空荡荡。

小股部队的旗语兵，站在战壕的边缘的制高点上，向南岸发出旗语告知："北岸奉军已经不见踪影。"

石原参谋，还有滨本喜太郎大佐和高波大佐听到了报告后，半信半疑，又让旗语兵确认，得到的回复仍然是："北岸奉军的确已经不见了踪影。"

他们不禁大喜过望，这才壮起胆儿来，命令日伪军，船只渡江。待日伪军的船只渡江上了北岸之后，石原命令渡过江的日伪军向前推进，构筑北岸的桥头阵地。同时，又命令工兵架设浮桥。

浮桥架设起来了，石原参谋和滨本喜太郎大佐、高波大佐，以胜利者的姿态，大摇大摆地通过浮桥，走上了北岸，在北岸设置了日军指挥所。

在日军指挥所里，石原与关东军本庄繁司令官通了电话……他报告说："嫩江支队和高波联队，几近全员玉碎。"

"哦。"本庄繁回应。

石原说："村兵旅团长玉碎，剖腹自裁。"

"噢？"本庄繁惊讶。

石原说："奉军从北岸桥头阵地撤退了。"

"噢——"本庄繁长长地呼出了一口气。

石原说："我军顺利地架设了江上浮桥。"

"好。"本庄繁说。

石原说："我军已经占领了嫩江北岸的奉军阵地，并且，向前推进了三华里，正在构筑防御阵地。"

"很好。"本庄繁说。

"……"

石原对滨本喜太郎大佐和高波大佐说："关东军本庄繁司令长官命令我们，巩固北岸的桥头阵地。"

"是。"滨本喜太郎大佐和高波大佐立正，毕恭毕敬地说。

石原说："本庄繁司令长官命令，工兵部队要不舍昼夜地迅速地修复嫩江铁路大桥。"

"是。"滨本喜太郎大佐和高波大佐立正，毕恭毕敬地说。

石原说："本庄繁司令长官下命令，多门二郎师团长，将率领他的师团，从吉林出发，前来增援，又命令长谷旅团、天野旅团……前来增援。"

"是。"滨本喜太郎大佐和高波大佐立正，毕恭毕敬地说。

石原说："多门二郎中将，将担任前线指挥官。"

"是。"滨本喜太郎大佐和高波大佐立正，毕恭毕敬地说。

石原把脸面转向了指挥所的外面，望着嫩江北岸上遍布着的数千具黄乎乎、血淋淋的日军尸体……哀戚地说：

"我们还必须抽调出相当一部分兵力，收尸吧。"

"是。"滨本喜太郎大佐和高波大佐说。

收尸，用渡船或通过浮桥，把日军的尸体运往南岸。然后，在南岸的岸边上的数十辆卡车，装载着尸体，把尸体拉到泰来……还好，已经入冬了，天气寒凉，日军的尸体虽然已经开始发出臭味儿了，但是，毕竟不是三伏天，如果是三伏天，日军的尸体会迅速地膨胀、腐烂……非得发出恼人的恶臭不可，还会招来嗡嗡地抖着翅膀的铺天盖地的绿头苍蝇，在日军尸体的腐烂的伤口上，疙疙泱泱地下蛆、乌泱乌泱地生蛆。

收尸、运尸——其中包括村兵少将的尸体，为此，相当一部分日军，戴着白口罩和白手套，忙碌了三天三夜。

1931 年 11 月 8 日，傍晚。

四平街，马龙坤宅邸。

马龙坤夫妇、儿媳乌云琪琪格，还有那淑荣、蓝芳姿也在这里。

乌云琪琪格说："这几天，江桥抗战成了舆论的焦点。"

那淑荣说："马占山江桥抗战，胜利地抗击了日本侵略军，极大地鼓舞了全国的老百姓，在全国掀起了抗日救国的高潮，无论在国内还是国外，都反响强烈。"

于桂花说："齐齐哈尔那边过来人了，说是黑龙江的老百姓杀猪宰羊，蒸馒头、烙烧饼……或者怀揣现金去前线，慰问江桥抗战的官兵。"

蓝芳姿说："马占山抗战，这一声枪响，清脆、响亮，真好像是于无声处听惊雷……全国各地、各界，寄发电报、慰问信，像雪片似的。"

乌云琪琪格说："上海的《生活周刊》发给马占山将军的专电，是这样写的：奋勇抗战，义薄云霄，全国感泣，人心振奋。"

蓝芳姿说："教育家陶行知先生还写了首《敬赠马占山主席》的诗呢。"

于桂花说："你念一下。"

乌云琪琪格说："芳姿姐，要朗诵。"

蓝芳姿朗诵道——

神武将军天上来，浩然正气系兴衰；
手抛日球归常轨，十二金牌召不回。

马龙坤说："上海南洋兄弟烟草公司更有创意，专门生产了'马占山将军'牌香烟，投放了市场，成为热销……呵呵。"

那淑荣说："我听了日本人的日语广播，前几天还扬扬得意，仿佛日本军队势如破竹……这两天，他们宣传的调门变了，日本战机被击落是因为马占山有了'新式武器'，又说马占山他们打败了日军，是因为'马占山跟苏联人秘密勾结，有苏联人参加了作战……'"

马龙坤说："小鬼子找惨败的借口，无端到了荒唐的程度。"

那淑荣说："马主席发了通电，予以驳斥。"

马龙坤说："日军虽然惨败，但是，正在紧急调遣其精锐部队，增援江桥的败军……多门二郎师团、长谷旅团、天野旅团……还有空军，又紧急从国内调遣部队……国民政府却按兵不动，马占山外无援军，兵员、枪支弹药得不到补充，形势会发生逆转——我们要有心理准备。"

蓝芳姿说："但是，我们家姜团长，还有你们家的两个团长的抗日的决心，是绝对不会逆转的——坚决抗日不动摇。"

那淑荣说："马占山在给国民政府的电文中说——'占山守土有责，一息尚存，决不使失寸尺之地，沦于异族。唯有本我初衷，誓与周旋，始终坚持，绝不屈让……恳请国民政府和全国父老，努力振作，以救危亡。'"

蓝芳姿说："他代表江桥抗战的中国军队，表达了抗战到底的决心。"

乌云琪琪格说："逆转，咋啦？我就不信，小鬼子会吞了中国？"

于桂花说："还是那句老话——蛇吞不了大象。"

马龙坤鼓掌，他看着自己的夫人于桂花，肯定而赞赏地说：

"这——就是结论。"

于桂花说："哦，瞧瞧，光顾了说话，该吃饭了不是？"

马龙坤说："今天的饭菜要有酒，以酒助兴，祝贺马占山，以及我们家的三位英勇的团长，在江桥抗战的战役中所取得的胜利。"

于桂花说："好嘞。"

她去厨房了。

一会儿，酒菜上来了，摆满了桌子。每个人面前的酒盅里都斟满了酒。

马龙坤举起了酒杯，说："江桥抗战，中国军队打出了中国人的志气，打出了中国人的威风，这就告诉小鬼子——中国人不是好惹的，来，我们为江桥抗战的胜利，干杯。"

"干杯。"桌上的人们相互碰杯，说道。

然后，桌上的人们一饮而尽。

1931 年 11 月 17 日，深夜。

嫩江铁路大桥北岸。

大兴站以北约 10 千米处，一列客运列车从泰来方向，驶过嫩江铁路大桥，停泊在这里。车厢里，是日军的嫩江桥战役指挥部。

石原参谋手里拿着一份报告，说："将军，这是给关东军司令部的关于这几天咱们嫩江前线的战况报告，请阅目。"

多门二郎中将接过了石原参谋递过来的报告，他看到：

——13 日中午，嫩江铁路大桥被我工兵部队修复，可以通车。

——13 日晚，多门二郎中将的第二师团的所余部队从长春、吉林出发，已于 15 日抵达大兴。

——16 日，我军两个步兵联队，以及旅顺重炮联队和空军一部，抵达嫩江桥前线。

——根据关东军参谋部的一百六十四号令，嫩江前线已经集结了嫩江附近的兵力，步兵 10 个大队、骑兵 2 个中队、野炮兵 6 个中队、重炮兵 2 个中队、工兵 1 个中队，总兵力达到了一万三千人。

——所有嫩江前线部队，统归多门二郎中将指挥。

——17 日拂晓，我军在飞机、铁甲车的掩护下，向三间房的奉军阵地进攻。我军发起了十余次的进攻，奉军抵抗顽强……但是，奉军的战壕被冲破，铁甲车和炮火把奉军的阵地切割成数十段，使其不能相互呼应。

——17 日下午 2 时，面对我军的强大进攻，奉军三间房的前沿阵地，被我军占领。奉军退至昂昂溪，扼守铁路顽抗。

——17 日，深夜，我军 12 架飞机和百余门大炮，将奉军的粮草储存处炸毁，奉军将无粮草可供。

多门二郎中将阅目了这份报告，说："告诉你一个信息，因战情急迫，从国内出发，预定在旅大登陆的我军第四混成旅，紧急改在朝鲜釜山登陆。"

"哦。"石原参谋说，"还有，在 14 日和 15 日两天里，张海鹏的士兵伤亡和携带枪械弹药而逃亡者，达到了 2000 多人。"

多门二郎说："张海鹏的军队根本就靠不住，他的人马都是他强迫招募来的。"

"是的。"石原参谋说。

多门二郎说："嗯，这是一份如实的战况报告，可以发给关东军司令部。"

"是。"石原说。

然后，他转身，走出了多门二郎中将的车厢。

1931 年 11 月 18 日。
昂昂溪火车站。

铁道沿线成为奉军阻击日军的主阵地。

凌晨2时，奉军嫩江战役的前线总指挥——马占山将军，抵达了这里。

"前沿阵地失守。"姜恩波报告。

"要夺回前沿阵地。"马占山说。

"小鬼子很疯狂……我们不能逞悍将之勇，要巧使兵刃，刺中小鬼子的软肋才好。"韩家麟说。

"侦察员报告，发现了日军的前沿指挥所。"马忠华说。

"确定吗?"听了马忠华的话，马占山的眼睛一亮，他说。

"确定。"马忠华说。

"是小鬼子哪个部队的前沿指挥所?"马占山说。

"是长谷旅团和天野旅团的联合指挥所。"马忠华说。

"端掉小鬼子的前沿指挥所，比打小鬼子的软肋还好，前沿指挥所是小鬼子的脑袋，小鬼子的脑袋搬家了，小鬼子的四肢再发达，也成了无头之鬼，只能死悄悄了，哈哈……"马占山说着，笑了。

"是的。"韩家麟说。

"我又要吃饺子喽……"马占山说，"不过，这回包的馅儿，不一样。"

"这回是啥馅儿?"姜恩波说。

"这回是用小鬼子的脑袋包的馅儿，等于馅儿是猪头肉的。"马占山幽默地说。

在场的将士们都被逗乐了。

"袭击小鬼子的前沿指挥所，一定要确保成功。"韩家麟说。

"我们化装成小鬼子的骑兵，然后，乘着天黑，从长谷旅团和天野旅的接合部的空当，直插过去……端掉他个狗娘养的前沿指挥所。"马忠华说。

"好，就这么干。"马占山说，"砍掉了小鬼子的脑袋，你就发个信号。"

"是。"马忠华说。

"看到马团长发出的信号……吴德霖骑兵旅和萨力布骑兵团，分别从左右两翼杀向日军……我带领部队从正面反击日军。"马占山说。

马忠华骑兵团迅速穿上了小鬼子的军装，然后，在夜色的掩映之下，从长谷旅团和天野旅的接合部的空当，直插了过去。

日军士兵们眼睁睁地看着这支骑兵队伍从他们的中间穿插过去，以为是自己的骑兵部队……竟然没有啥异常的反应，这是因为嫩江铁路大桥前线的日军来自不同区域，而且，调动频繁，对于一队全副武装的骑兵的恰似调动的行走，反而，见怪不怪。

还有一个重要原因，是他们的脑袋瓜儿，被冻得麻木了，他们的身体也被冻得有些僵硬了，因而，反应迟钝。

九一八事变之后，日本在辽宁、吉林频频得手，狂妄之心膨胀到了极点。日本人以为攻占黑龙江省城齐齐哈尔肯定是不费吹灰之力，所以，11月向黑龙江省的省会齐齐哈尔进攻时，并没有准备冬装。但是，让他们没有想到的是，日军在齐齐哈尔以南的嫩江桥，遭受到了中国军队的顽强抵抗，却久战不胜。黑龙江省的11月，已经是冰雪世界。日本兵没有冬装，因而，在凛冽的寒风中抱膀缩腿，浑身瑟瑟发抖。

更糟糕的是，11月16日这一天开始，天气骤然变冷，气温降至零下30度，日本兵身穿单薄的衣服，可是遭了殃……又有军令，不准点燃篝火取暖，以防暴露军事目标。

相形之下，奉军却是棉帽、棉衣、棉裤、棉鞋，温暖得很。

据记载，1931年是黑龙江省少有的低温年，哈尔滨的最低气温达到了零下41.4度，齐齐哈尔比哈尔滨更冷。

日军戴钢盔，钢盔中间部位正好在脑门上，贴在脑门上的钢盔中间部位的"小红膏药"，恰好成了奉军枪击的靶心……更令他们感到可怕的是，钢盔给他们带来了"冻头伤"。

当时日本钢盔的里衬太薄，在齐齐哈尔的寒冷天气里，日本兵出汗以后，很快头发就跟钢盔冻结在一起，摘不下来了，傻乎乎的鬼子兵就用热水浇钢盔，结果摘下了钢盔，头皮跟着掉了下来——这就跟东北人热水缓冻梨是一个理儿，非但缓不了冻梨，反而使冻梨的皮被热水烫烂了。

嫩江桥之战，小鬼子冻伤的能有1000多人，其中还有不少是钢盔的"冻头伤"。

早已觊觎中国满蒙地区的日本人，对东北的地理、气候进行过细致的研究，九一八事变之前，日本在黑龙江省的省会齐齐哈尔设了三个特务机关，把齐齐哈尔气温、积雪，嫩江封冻、解冻的状况都报告过了。

但是，日本是亚热带、暖温带，天又热又湿，这使日本人成为最不爱戴帽子的民族。因此，对帽子研究少了些。有一幅当时的照片，一小队戴钢盔的日本兵从嫩江桥上通过，其中就有人将钢盔提在手上，像提个篮子。日本兵最讲究军容，却把钢盔提在手上，这说明日本兵不习惯戴钢盔。

嫩江桥之战，齐齐哈尔的寒冷，狠狠地教训了日本鬼子，日本专家也下了很大的功夫，来研究如何应对东北的寒冷。臭名昭著的731部队，研究的课题之一就是——人对寒冷的承受能力。日本人管钢盔叫"铁帽"，有个日本后勤研究专家叫青木孝治，为了研究日军的钢盔，专门写了本书《陆军铁帽物语》，书里就说到嫩江桥战役与"铁帽"的事。

嫩江桥之战以后，日军对"钢盔"做了改进，同时，还给在东北的关东军，戴上了黄呢子的狗皮帽子。

马忠华率领骑兵，在侦察员的引导下，迅速穿插到了日军前沿的后部。

日军前沿指挥所，用木头杆子搭的马架子，马架子上苫着篷布，篷布之上还扔上了些许枯黄的蒿草。不知道从哪里掠略来的两个大长条桌子，简易的凳子。

长谷旅团和天野旅团的中佐以上的二十几名军官正在召开军事会议。长谷旅团长主持军事会议，他的身后是一张嫩江到齐齐哈尔的放大了的军事地图，他一边讲演即将发动的战役的军事部署——嘴里的话仿佛滔滔不绝……一边在军事地图上比比画画。看来，他对即将发动的战役胸有成竹，而且，表现得志得意满。

戴着眼镜的天野旅团长，坐在长条桌的前端，双手拄握着放在两腿间的高过膝盖的军事指挥刀，有时也插上几句话。

日军的前沿指挥所是临时的，突兀的一簇马架子立在那里，为了照明，里面点燃着马灯，半遮半掩的马架子，透亮又透风——远远地就能看到。

马忠华将手一挥，一个骑兵尖刀连立即纵马驰骋，迅猛地扑向了日军前沿指挥所。这个骑兵尖刀连所在营的其他两个连，快速跟进，起保护作用——确保歼灭日军的前沿指挥所。骑兵团的另外两个营，按照事先的部署，掩护的掩护，准备突击的准备突击……当日军有人发现"他们的骑兵"居然纵马驰骋、荷枪实弹地扑向了他们的前沿指挥所……但是，已经来不及了。

说时迟、那时快，手榴弹雨点般地投向了日军的指挥所，机枪、步枪、手枪一齐射击……霎时间，轰轰隆隆的爆炸声，弹片崩散，血肉横飞，硝烟弥漫，日军临时指挥所顿时变成了一片火海。

指挥所的所在——在攻击奉军阵地的重重围裹着日军的腰臀部，居然能被歼灭？这是日军长谷旅团长和天野旅团长连做梦也想不到的。

听到了投向日军指挥所的手榴弹的爆炸声和枪声，这就是命令，马忠华骑兵团的其他两个营，登时，枪、弹齐发，向懵懂中的日军发起了攻击。

马忠华命令信号兵："给马主席发信号，偷袭成功。"

"是。"信号兵回应，他马上向夜空中发射了三枚绿色信号弹，三枚信号弹从夜空中划过，显得格外耀眼。

马忠华的骑兵部队从后部杀进了日军阵营……日军对于来自自己后部的突然袭击，一时间手足无措，而且，他们丧失了指挥官，顿时成了无头苍蝇，乱成了一团麻，纷纷溃退、溃逃。

吴德霖和萨力布的骑兵部队按照预定的军事部署，斜刺里从两翼杀进日军，日军人仰马翻……日军的士卒刚才还是喘着气儿的，顷刻间，成了断气儿的小鬼子，仆倒了一片又一片。

马占山高举着手枪越过自己的铁道线阵地，大声地喊叫着：

"弟兄们，冲啊——"

他奋不顾身地冲了过去，冲向了日军的阵地。

"杀啊——"战士们也怒吼着，勇猛地向前冲锋。

……马占山部队，收复了失守的前沿阵地。

战斗结束后，打扫战场……日军的前沿指挥所里，正在召开军事会议的二十几名中佐以上的军官，遭到马忠华的骑兵团的偷袭，全部被歼灭，无一漏网——这正是这次战役取得胜利的关键所在。

其中，长谷和天野两名旅团长被炸死——多门二郎中将得知了这个噩耗，痛心不已；他下令，隐匿这个消息，以防动摇军心；而且，有一个村兵少将在奉军的包围下剖腹自裁，就已经够丢人现眼的了——这都是日军军史上的耻辱。

下午6时。

奉军前沿阵地上。

韩家麟说："我军的粮草储存处被日军炸毁，战士们已经一天一夜没吃饭了。"

马占山说："人是铁，饭是钢，吃不饱肚子，咋打仗？"

韩家麟说："我们的弹药已经耗去了十分之八九，而且，尚无补充。"

"是啊。"马占山说，"南京方面有回音吗？"

韩家麟说："没有任何回音。"

马占山说："情已至此，命令部队撤回省城。"

徐宝珍说："如果我们撤回省城，那么，省城势必成为战场，恐怕会殃及省城的我们众多的老百姓。"

"嗯，也是。"马占山沉思了一下，说，"徐团长，你带领你的卫队团回省城，把省政府的机关工作人员都有序地撤离省城，撤离至多伦。"

"是。"徐宝珍说。

"命令部队，相互掩护、照应，撤至多伦一线。"

"是。"韩家麟说。

奉军部队趁着朦胧的夜色，开始撤离。

至此，历时半个月的嫩江桥抗战，宣告结束。

黑龙江省主席马占山将军指挥下的嫩江桥抗战，震惊中外……这是中国军队第一次有组织地大规模地抗击日本法西斯侵略的首战，是中国人民抗击日本法西斯侵略而正式打出的第一枪，也是世界反法西斯战争在东方战场上正式打出的第一枪，更是世界反法西斯战争正式打出的第一枪。

嫩江桥抗战，是日本法西斯侵略军在侵华后，第一次遭受到沉重的打击。

从此，正式拉开了中国人民 14 年抗击日本法西斯侵略的艰苦卓绝而又壮烈辉煌的战争序幕。

同时，也正式拉开了世界反法西斯战争的伟大序幕。

嫩江桥抗战，将以其独有的雄浑的气壮山河的保家卫国的历史意义，彪炳于中华民族的光辉的史册。

第八章

五百壮士抗击日寇侵略
怀德县长英勇殉国

1931 年 12 月 10 日。

怀德县城，县政府。

县长办公室里，电话铃响了。

"有一段时间了，电话被掐了……这居然又响起来了。"尹泽民说。

"肯定是日伪方面的电话。"纪义方说。

尹泽民拿起了电话："喂——"

"是尹县长吧？"对方说。

"是我。"尹泽民说。

"我是阚朝山啊，我在四平街给你打电话呢。"对方说。

"哦，是阚旅长啊，有个两三年没有见过面儿了……阚旅长今天能打电话过来，颇感意外。"尹泽民说。

"老交情了，都曾经是奉军长官，我虽然以旅长官职退役在家……但是，仍旧关心时局。"阚朝山说，"无奈，应邀担任四平街维持会的会长，又不得不出山。"

"噢？"尹泽民故作惊讶地说。

"我啊，这几天见到了关东军满洲独立守备队的森连司令官，他跟我讲起了怀德县的事情……说是你把接收怀德县城的满铁公主岭站和范家屯站的日本守备队给打了……"阚朝山关注地说。

"是有这么回事儿，把他们都打出了县城。"尹泽民说。

"我们都是行伍出身，处理事情难免莽撞了些，这些都是可以理解的。"

阚朝山说，"但是，我们要认清大趋势啊。"

"啥大趋势啊？"尹泽民说。

"九一八事变以来，日军占奉天，吉林守军随熙洽归顺日军……日军如入无人之境，少帅下达命令——'绝对禁止抵抗'，啥叫'绝对禁止抵抗'？不就是将东北拱手让人吗？整个东北将落入日本人之手，这是必然。"阚朝山哀叹地说，"我等无回天之力啊，只能顺应这个趋势。"

"谁说东北军不抵抗，有抵抗的啊。"尹泽民说。

"谁啊？"阚朝山说。

"马占山啊。"尹泽民说。

"马占山虽然抵抗了，但是，他抵挡了日军进军的脚步了吗？日军还不是占领了黑龙江省会齐齐哈尔了吗？而马占山呢，不得不退居多伦。"阚朝山说。

"据我所知，马占山在多伦组织黑龙江省省会，伺机准备反攻……他表示，绝不投降做汉奸。"尹泽民说。

尹泽民明显地感觉到了，电话对面的阚朝山，听到了"汉奸"一词，打了一个哏，稍有沉寂，显然，他听了这个词儿，就心虚，有忌讳之嫌。

"不是当啥汉奸，据我所知，日本人把宣统皇帝接到了旅大，他们是要扶持宣统皇帝在自己的祖宗地复辟……你我都曾经是大清国的臣民嘛，是不是？"阚朝山辩解道。

"我认为，那是日本人为了给自己霸占东北找个傀儡，找个借口……日本人可是无利不起早。"尹泽民说。

"我在森连司令官的面前说了，尹县长是我的故交，也是个明智之士，我可以来劝说他顺应趋势……"阚朝山说，"森连司令官表示了，如果你能顺应趋势……过去的事情，可以既往不咎，同时，还会有重用。"

"我已决心学习马占山将军，他是我们怀德人，我如今是怀德县长，我愿与马占山将军异途同归……"尹泽民说。

"尹县长，你想了没有？你固执己见，会使怀德商民惨遭涂炭，乃是无结果之为啊，何必呢。"阚朝山说。

"我是军人出身，军人当以保家卫国为天职，绝不允许外侮侵略我疆土。"尹泽民说，"怀德县域虽小，乃弹丸之地，但是，我等决意与日寇相周旋。"

"遗憾啊，我劝不了你……"阚朝山说。

"谢谢阚旅长还想着我呢，呵呵。" 尹泽民说。

"你好自为之吧。" 阚朝山无可奈何地说。

说完，他把电话撂了。

尹泽民也撂了电话，说："阚朝山的电话，劝降的。"

"听见了……" 纪义方说，"此生与虏争价值，强于老死伴草眠。"

尹泽民说："阚朝山的电话，就是一个信号儿，日本人要动手了……我们再研究一下我们保卫县城的军事部署吧。"

尹泽民和纪义方在办公台上，展开怀德县城的军事草图，缜密地谋划着保卫怀德县城的军事部署——将警署和自卫团的五百壮士分兵据守，尹泽民据守东城门，纪义方据守南城门，张景春据守西城门，林佩臣据守北城门。

1931 年 12 月 17 日。

怀德县城。

驻四平街的日本关东军满洲守备队的部队来到了公主岭，会合公主岭的日军满铁守备队，由林清中佐率领从公主岭出发；寿川率领范家屯的日军满铁守备队，再加上 "全胜" 绺子的土匪，从范家屯出发；他们在黑林子镇会合，一共有 800 多人，向怀德县城进发。

上午，9 时 40 分。

寿川指挥日伪军，全力攻打怀德县城的东城门。

尹泽民命令机枪扫射，日伪军难以靠近，但是，子弹不足……日伪军逼近城下。守卫南城门的纪义方得知东城门吃紧，就抽调部分兵力到东城门来增援……打退了日伪军的进攻。

寿川命令两架机枪掩护日军的骑兵进攻，又命令日军猛烈地炮击东门。

面对日军的炮击，守军伤亡严重，城上又无隐身之处，尹泽民负伤。他包裹了伤口之后，率领自卫团部分战士，进入门洞扼守……但是，日军骑兵攻势凶猛，越过城壕，逼近城门……日军怕伤及自己的骑兵，停止了炮击和机枪扫射。

尹泽民命令自卫团的战士们从城上和门洞处，抛出手榴弹，炸得逼近城门的日军骑兵，人仰马翻……再一次打退了日军的进攻。

午后 2 点。

日军又进行炮击，机枪扫射……同时，日军的两架战机，飞临怀德县城的上空，为进攻怀德县城的日伪军助战，向守城的自卫团轰炸、扫射……自卫团伤亡严重，再加上弹药不足。

尹泽民知道，难以再固守，于是，他命令：

"边打边撤，撤向北城门。"

退至中街，纪义方和张景春也从南城门和西城门撤了下来，他们兵合一处，迅速向北城门撤退……当快要临近北城门时，看见林佩臣他们从北城门退了下来。

林佩臣的左手掌被炸伤，缠着绷带，说："北城门失守。"

这样，东西南北，四个城门都失守了，他们等于被围在了城内。

尹泽民果断地命令："打北门，冲出去。"

于是，他们向北门进军，集中力量攻击北门……正在这个时候，听到了机枪的扫射声和炮击北门的炮弹的轰炸声……他们远远地看见，占领了北门的城墙上的日伪军，被炸弹炸得粉身碎骨，宛若是开了花。

纪义方喜悦地喊了一嗓子，叫道："小白龙。"

这简直就是于无声处听惊雷，自卫团的战士们士气大涨，精神振奋，高喊着：

"冲啊——"

"杀啊——"

冲杀向北城门。

被日伪军关闭了的北城门，被炮弹炸倒，北城门的门扉，登时洞开。

一彪骑兵冲进了北城门，为首的正是二龙山的小白龙，他远远地看见了尹泽民，高声地喊叫着：

"尹县长——"

"我在这儿呢，哈哈哈。"尹泽民呼应着，大笑着。

自卫团的战士们和小白龙的冲进城来的骑兵，会合在了一起，小白龙说："我们听见北城门这里面有枪声，就知道你们在北城门这边呢，于是……"

"你们来得正是时候。"纪义方说，"要不，就有可能让日伪军把我们困在城里了。"

"咋整？"小白龙说。

"从北城门撤离。"尹泽民说。

"你们打一天了，人困马乏的。"小白龙说，"你们先撤，我们断后……"

小白龙他们断后，掩护着尹泽民他们出了怀德县城的北城门。

日军的骑兵为了追击自卫团，从北城门冲了出来，领头的恰恰是寿川。

小白龙命令他的迫击炮的炮手："打。"

三门迫击炮，三颗炮弹同时射出。

三颗炮弹落在了日军骑兵的马头处，寿川连人带马被炸翻，弹片炸进了寿川的前胸，钻进他的心脏，他一命呜呼——这个满铁范家屯守备队的队长，魂魄上了西天。

林清中佐见寿川被炸死，而且，天色已晚，又得知怀德县自卫团来了援军，援军来势汹汹……如果追击，恐怕中了自卫团的埋伏，他下令：

"停止追击，收兵回城。"

日军停止了脚步，眼睁睁地看着尹泽民和他们的自卫团向北撤走了。

冬日里，昼短夜长，天黑了。

两架日军战机在上空盘旋，在寻找作战目标，但是，夜色朦胧，难以看得清地面上的目标，于是，这两架日军战机盘旋了几圈，不得不嗡嗡地怪叫着，快快而去。

走出了十几里地，尹泽民他们在一片杨木林子里停下来，一边歇息，一边清点人数，随队的有230人。

五百壮士，伤亡过半。

"尹县长，还往哪疙瘩走？"小白龙说。

"向北走。"尹泽民说。

"向北走？"小白龙说，"不如跟我们回二龙山吧？"

"我们往杨大城子方向，向北走，找马占山去。"尹县长说，"他在多伦县设立了省政府，正在编练新军，整顿军备……"

"我们已经更名为'辽北抗日义勇军'，你来了，你是军长。"小白龙说，"纪署长是副军长，咋样？"

"我和纪署长事先商议了，决意去找马占山。"尹泽民笑着说道。

"是的。"纪义方说。

"那我就不再相劝和挽留了，就此告别。"小白龙抱拳说，"诸位，一路保重。"

尹泽民和纪义方跟小白龙挥手告别……小白龙率领他的队伍，离别而走，回二龙山去了。

1931 年 12 月 18 日，清晨 4 时。

怀德县，杨大城子镇。

尹泽民率领他的自卫团向镇子里走，忽然，听见从镇子的边角的岗楼子里，传出来了吆喝声：

"干啥的？站住，不站住可就开枪了。"

纪义方说："我们是从县城里来的，你们是哪一部分的？"

"我们是王永清旅的，新近驻扎在这里。"岗楼子里传出话来。

"王永清旅的，王永清是我的老长官，我跟他熟识。"林佩臣高兴地说，"我侄子林显义还在他的手下当兵呢。"

"就是抓住了郭松龄的那个王永清吧？"尹泽民说。

"是啊，不是他，还是谁？"林佩臣说。

"他也算是奉军的悍将啊，他曾经因为捉到了郭松龄，而名噪一时啊。"纪义方说。

"'郭鬼子反奉'——那还是 1925 年的事儿呢，那一年郭松龄在河北滦州反张倒戈，消息传到奉天，奉天城里人心惶惶。这事儿，把张大帅吓坏了，甚至都安排后事了。奉天的兵不多，几个军的兵力都在郭鬼子的手下控制着。张大帅见郭鬼子来势凶猛，把大帅府里值钱的东西，成箱成箱地往大连起运。张大帅准备向大连方向撤退。可是，又不甘心。一方面求日本人出兵，另一方面请吴大帅尽快发兵围剿郭松龄的叛军。那一年的 12 月 23 日傍晚，下着鹅毛大雪，吴大帅率领三个旅，果然到了沈阳。吴大帅是由洮南顺着康平、铁岭，抄近道奔袭而来的。第二天早上，吴大帅的骑兵在白旗堡把郭鬼子的火药库打着了火……当时，王永清在吴大帅的手下当骑兵团长，他在辽中县的农村，将郭松龄夫妇从菜窖里抓获……所以，一时间，都知道吴大帅吴俊升的手下，有个骑兵团长叫王永清……"尹泽民津津乐道地说。

"郭松龄反奉"，在近代东北史上是一次重大事件，是清朝灭亡之后辛亥革命以来，东北波及面最广、影响最大的一次战乱，这次战乱几乎推翻了张作霖的统治，社会各界普遍受到震动。

事件平息后，说法颇多，其中有两种声音最有代表性。

当年沈阳《盛京时报》有署名铁生的一段话："郭公为改造东三省之伟人，为民请命，奋不顾身，今不幸罹于死难，凡我同胞，同深悼惜。今敬撰挽联一副，以哭当歌。上联云：'死者不复生，唯有前仆后继，偿我公未了志愿'；下联是：'忍者夫已逝，行将众叛亲离，尽他日依样葫芦'。"这种声音代表了民众反对军阀统治的普遍心声，是对郭松龄反奉行为的肯定和无限惋惜。

另外还有一种声音，似乎更多地代表了那个时期普通民众对郭松龄为人的认识，最具代表性的就是署名"农民"登在《盛京时报》的一副对联："论权、论势、论名、论利，老张家哪点负你；不忠、不孝、不仁、不义，尔夫妻占得完全。"

尹泽民说："看来，走杨大城子还是走对了，能遇上奉军的悍将，是我们的幸运。"

纪义方说："是啊。"

尹泽民说："林队长，你联络一下，最好能直接见到王旅长……"

"嗯哪。"林佩臣说，他对岗楼子里的哨兵喊道，"我叫林佩臣，是王旅长的老部下，王旅长在吗？就说我林佩臣求见。"

"嗯，我去禀告王旅长……你稍等啊。"等了一会儿，哨兵说，"王旅长让你进来，他要见你。"

"好嘞。"林佩臣回答，他对尹县长说，"我进去啦？"

尹泽民说："去吧，快去快回，等你的消息。"

林佩臣进去了，过了好一会儿，他高高兴兴地出来了，在他的身后还跟随着王永清的两个哨兵。

尹泽民说："咋样？"

林佩臣说："我见到王旅长了，他问我咋到这儿来了？我把咱们守卫怀德县城，抗击日伪军的事情讲了，我说我们只好去找马占山……王旅长说他是马占山的部队，奉马占山的命令进驻了杨大城子……他说，他对日伪军占据了怀德县城表示愤慨；他还表示，他愿意帮助咱们夺回怀德县城，他请尹县长和纪署长进镇子里去见他商议……"

尹泽民听了，很兴奋，双手击掌，说道："太好了。"

纪义方说："林队长，没让你也跟着我们去见他吗？"

林佩臣："王旅长说，让我带着咱们的自卫团的人马进入'天德泉'烧锅场去歇息，他说那里比较宽敞。"

"哦，也好。"尹泽民说，"我和纪署长去见王旅长，你和张警长带着咱们的自卫团去'天德泉'烧锅场吧。"

"好咧。"张景春说。

于是，他们走进了杨大城子镇，王永清的一个哨兵领着尹泽民和纪义方去王永清的旅部，另一个哨兵指引着张景春和林佩臣及其自卫团的壮士们，去"天德泉"烧锅场。

杨大城子镇，"天德泉"烧锅院内。

张景春和林佩臣把自卫团的壮士们带到了这里，王永清和他的卫兵们已经等在了这里。

王永清说："我很钦佩诸位壮士，国难当头，能够挺身而出，保家卫国，抵抗日寇……虽然败走杨大城子，但是，虽败犹荣。"

自卫团的壮士们听了，很受鼓舞，鼓掌。

王永清说："我奉马占山将军的命令，新近驻守杨大城子，目的就是阻击日寇的侵略……你们投奔马占山将军，来到了杨大城子，就来对了。"

自卫团的壮士们鼓掌。

王永清说："我代表马占山将军，决定对你们进行改编，编进我们的队伍……这样，我们抗日的队伍，就又扩大了，增加了新的生力军。"

自卫团的壮士们又鼓掌。

王永清说："所以，请大家把手中的武器上缴。"

林佩臣说："王旅长，为啥要上缴武器呢?"

王永清说："把你们手中的旧武器上缴，我们再向你们颁发新武器，这样，我们旅的老兵和新兵手中的武器就一致了，我不想让人家指着我王永清的后脊梁说，我对老兵是亲娘养的，而对新兵是后娘养的。"

"嗯。"林佩臣说，"好哇。"

这时，从王永清的背后跑出一个人，呼哧带喘地喊道："叔叔——"

林佩臣一看，是自己的侄子林显义，他应道："显义——"

"王永清投奔张海鹏了，张海鹏把他从团长提拔成旅长。"林显义喊叫道。

自卫团的每一位战士都知道张海鹏已经投降了日寇，成了大汉奸；王永清投奔了张海鹏，他必然也是大汉奸了。

林佩臣迅速地掏出了手枪，向王永清射击，"砰、砰、砰"地射出三枪。这三枪，击毙了王永清身边的两名卫兵，有一枪击中了王永清的帽子，把王永清的帽子击落在地。

王永清的士兵们向林佩臣和林显义开了枪，林佩臣身中数枪，扑倒在地，倒在了血泊中，壮烈牺牲……自卫团的壮士们，也迅速地向王永清的卫兵们开了枪。

王永清的卫兵们见王永清的帽子被击落在地，而且，血液从王永清的头皮上流了下来，赶紧卫护着王永清后撤。

林显义的腿上中了一枪，跌倒在地，鲜血洇透了他的裤腿，但是，他卧在地上仍然向王永清的士兵们开枪射击……自卫团的两名壮士过去，把林显义背在了肩上，边打边后撤。

自卫团的壮士们，迅速地撤出了"天德泉"烧锅场。

林显义的突如其来，打乱了王永清的如意算盘，使情势在顷刻间发生了逆转……王永清被子弹击落了帽子，却擦破了头皮，如果子弹稍稍向下哪怕是一厘米，就会击碎他的脑壳，他也就死于非命了——他侥幸自己捡了一条命。

撤到房屋里的王永清的士兵们，忙于给王永清包扎伤口……可谓一枪惊魂，王永清惊魂未定，他也就没有来得及调动兵力，去追剿自卫团。

撤出了"天德泉"烧锅场的自卫团，在距离杨大城子东南五六里地的地方，停了下来。他们给林显义包扎伤口，还好，没有伤及筋骨，是皮肉之伤。

林显义说："谢谢乡亲们把我救了出来。"

张景春说："我们还得感谢你呢，你救了我们大家。"

林显义说："我们要撤到哪疙瘩去？"

张景春说："去二龙山，找小白龙去。"

林显义说："那么，尹县长和纪署长呢？"

张景春说："如果我们去救尹县长和纪署长，我们就有可能全军覆灭。王永清在这附近别说是有一个团，就是一个营，也会把我们歼灭……因为，我们的兵力和手中的弹药有限。"

林显义说："唉，也罢。"

张景春说："乘着曙色朦胧，我们走相对隐蔽的道路，去二龙山。"

于是，他率领着自卫团的壮士们，向二龙山进发。

怀德县，杨大城子镇。

尹泽民和纪义方被哨兵带进了一个小院，把他们让进一个房间里。

哨兵说："你们就暂时待在这里歇息，等候王旅长的接见吧。"

随即，这个哨兵出去了，然后，在这个小院里又出现了五个荷枪实弹的哨兵。

有四个哨兵走进了尹泽民和纪义方歇息的房间，一个哨兵说："请尹县长和纪署长，把你们身上携带的手枪，交给我们。"

尹泽民说："为啥？"

另一个哨兵说："现在情况复杂，鱼龙混杂，难以分辨……万一你们是日本人派来的呢？所以，我们不得不防。"

纪义方说："你们说的，在我们身上咋有可能呢？我们是民国政府的县长和署长。"

还没等他说完，哨兵已经非常麻利地把他们身上携带的手枪和子弹下了去，弄得尹县长和纪署长莫名其妙，很尴尬。

四个哨兵走出去了，其中一个回过头来说："到了我们这里，就得服从我们的规矩。"

附近传来了"汪汪汪"的狗叫声，狗叫了一阵子，不叫了，杨大城子的镇里，似乎又恢复了宁寂。

不一会儿，尹县长他们听到了纷乱的枪声，纪义方对外面的哨兵问道："咋的啦，哪儿来的枪声？"

哨兵说："不关你们的事儿，你们就老实地待着吧。"

尹泽民说："这哨兵既像是在保卫我们，又像是在监视我们……总之，我感到外面的枪声大有蹊跷。"

纪义方说："我也有同感。"

于是，尹泽民开了门，对哨兵说："我们要见王旅长。"

哨兵回答："王旅长军务忙，你们就等着吧。"

尹泽民和纪义方刚走出了门，纪义方说："不行，我们非得见王旅长不可。"

这时，院子里的六个哨兵相互一使眼色，一起涌了上来，把尹泽民和纪义方捆绑了起来，然后，把他们俩推推搡搡地推进了房屋里，又在房门的外面加上了锁。

尹泽民说："我们误入了白虎堂。"

纪义方说："你我都成了当年的林冲。"

尹泽民说："林冲尚有花和尚鲁智深搭救……"

纪义方说："你我可能没人搭救，但是，希望整个东北、整个国家，能够有人拯救。"

"说得好。"尹泽民说,"对于刚才的枪声,你有咋个判断?"

纪义方说:"我刚才听见枪声渐行渐远……估计,是我们的自卫团已经脱险了。"

尹泽民说:"但愿如此啊。"

第二天,他们俩五花大绑地被绑在了马车上,押回了怀德县城,关在了"永恒达"烧锅场的院内。

1931 年 12 月 21 日。

怀德县,"永恒达"烧锅场。

马春城和赵全胜来了,马春城说道:"尹县长,你的县长当到头了,是不是?"

尹泽民说:"可我当的是中华民国的县长,而不是汉奸县长,汉奸县长是卖国求荣,早晚会受到国人的审判……所以,我深以为能当上中华民国的县长,可是够光荣的了。"

"你当了俘虏,却还嘴硬。"马春城说,"来人哪。"

随即,过来他的两个马弁。

马春城说:"把他的上衣给我扒了。"

两个马弁扒掉了尹泽民的上衣,露出了上身的皮肉。

马春城用皮鞭猛抽尹泽民,说:"就是在这个'永恒达'烧锅场,你他妈的太狡猾了,使出了空城计,实际是做好了埋伏,我他妈的,命都险些丧失在你的手里……"

他凶狠地用皮鞭抽打着尹泽民,抽打得尹泽民皮开肉绽,口鼻出血。

尹泽民说:"杀你还不像杀个兔子似的,可惜啊,让你跑了。"

马春城说:"可惜啊,今天你却跑不了了,落在了我的手上。"

尹泽民不顾鞭子抽打的疼痛,继续大声地痛骂:

"姓马的小子,你他妈的当了汉奸,认贼作父,背叛了祖宗,你早晚要遭报应,你看历史上当了汉奸的人,有好下场吗?我尹泽民即使当了鬼,也决不会放过你;不仅是我,全中国的老百姓也决不会放过你。你他妈的绝不会有好下场……"

……尹泽民被抽打得昏死了过去。

马春城也累了,他才歇了手。

赵全胜接过他手里的鞭子,说:"纪署长,你们他妈的也太歹毒了,居然勾结二龙山的小白龙，诈称是日本皇军给我枪支弹药……端了我的老窝——北山皮子，此仇不报非君子，让我来教训教训你。"

说着，他把手中的鞭子抽向了纪义方。

纪义方说："你一个土匪，如果不是小鬼子发动了九一八事变，你他妈的早已经被我清剿了，成了我的刀下之鬼。"

赵全胜说："我承认，是日本人救了我……所以，我才投靠了日本人。"

纪义方说："小鬼子救不了你，你和小鬼子一块儿得灭亡……到时候，中国的老百姓跟你们一块儿算总账。"

赵全胜说："你的脾气挺犟啊。"

纪义方说："我是怀德县警署的署长，跟土匪打交道，脾气当然得犟。"

赵全胜说："我让你犟……"

说着，他拿起一把斧子，向纪义方的脚下剁去，剁下了纪义方两只脚的脚趾，鲜血淋漓。脚趾连心，纪义方昏死了过去。

马春城的一个马弁走了进来，马弁说："林清中佐让把尹泽民和纪义方，绑赴到烧锅场的大门口去。"

"嗯哪。"马春城答应，"用冷水把这个家伙浇醒。"

"是。"一个马弁答应着。

时至冬、腊月，冰天雪地，从外面的大井里提溜上来的井水，哪里还是冷水，其实已经就是冰水。冰水泼在了尹泽民和纪义方的身体上，把他们从昏死状态激醒了过来。

然后，由马弁拖着，把血迹斑斑的尹泽民和纪义方，拖到了"永恒达"烧锅场的大门口的街头上，引起了街头上的人们的驻足。

林清已经站在了那里，他一挥手……日本兵把从怀德县城里搜捕来的18个老百姓，也捆绑着，来到了"永恒达"烧锅场的大门口，拉开距离，一字排开。

林清说："对抗日本皇军，是没有好下场的。"

说着，他挥起手中的战刀，砍掉了站立在中间位置的两个老百姓的脑袋……脑袋落了地，身体却还挺立着，但是，两腔子的鲜血喷涌而出，地面上出现了两汪殷红的血摊。

小鬼子又上前狠心地将两具身体用脚端去，两具身体才轰然倒地。

林清号叫道："统统死啦死啦的。"

站在他两侧的小鬼子，挥舞起屠刀，将其余16名中国的老百姓的脑袋砍掉……中国老百姓的鲜血，登时，染红了半条街。

然后，日本人在"永恒达"烧锅大门口，挑起了杆子，将12颗人头挂在杆子上，其余的6颗人头悬在树枝上……其状恐怖，惨不忍睹。

林清又号叫道："尹、纪，绞轮的，死啦死啦的。"

听到了林清的这禽兽般的号叫，尹泽民和纪义方大义凛然，毫无惧色……小鬼子用绞轮——粉碎机，把尹泽民和纪义方绞死了。

然后，又灭绝人性地把尹泽民和纪义方绞碎的尸骨，扔进了日本鬼子的狼狗圈。

张景春率领怀德县自卫团的义士们到达了二龙山之后，他们得知了县长尹泽民和警察署长纪义方牺牲了，心情沉痛，林显义唱起了对叔父林佩臣，以及尹县长和纪署长的祭奠之歌《叔父，你好威武》：

　　叔父——
　　你好威武，
　　面对小鬼子的侵略、凌辱，
　　你们绝不屈服，
　　奋起保卫城垣国土。
　　巧使空城术，
　　诱敌深入；
　　伏击歼灭战，
　　围剿截堵……
　　小鬼子哟——
　　惨遭杀戮。

　　叔父——
　　你好威武，
　　面对小鬼子的侵略、凌辱，
　　你们绝不屈服，
　　奋起保卫城垣国土。
　　不惧东洋倭奴，
　　顽强抵抗；

个个恰如，

下山猛虎……

小鬼子哟——

胆战心怵。

叔父——

你好威武，

面对小鬼子的侵略、凌辱，

你们绝不屈服，

奋起保卫城垣国土。

一位叔父，

抛下头颅；

四万万龙啸凤怒，

后继前仆……

小鬼子哟——

穷途末路。

　　怀德县长尹泽民、警署署长纪义方，坚决抵抗日本侵略，壮烈殉国。

　　民国政府对于尹泽民和纪义方的牺牲，明令奖恤。民国三十二年四月十一日，行政院致函军事委员会"仁人字第八五一号"，核议：

　　"对于辽宁省怀德县抗战殉难县长尹泽民、公安局长纪义方，议定奖恤意见如下：（1）在殉难地建立纪念碑一座（军事平定后，由辽宁省政府饬办）；（2）转请国民政府题赠匾额；（3）交铨叙部从优核恤；（4）子女免费入学，分交教育部核办；（5）转请国民政府明令褒扬；（6）照专员县长、警察局长特恤标准给予尹泽民3000元、纪义方2000元；（7）入祀殉难地忠烈祠（军事平定后由辽宁省政府饬办）。"

1932年2月8日（壬申年正月初三），六九第3天。

黑龙江省多伦县，奉军驻地。

徐宝珍来到了马忠华的营房。

"听说马主席过江去见多门二郎去了，是真的吗?"马忠华疑惑地说。

"是的。"徐宝珍深沉地说。

"去干啥啊?" 马忠国说。

"谈一谈呗。" 徐宝珍说。

"谈? 谈能让小鬼子退出齐齐哈尔, 退出东北吗?" 姜恩波说。

"马主席有马主席的难处啊。" 徐宝珍说, "现时, 日寇主力尚在辽西, 多门二郎师团等遭到我们的沉重打击, 一时不敢轻举妄进, 就地防守, 以待援军……马主席认为, 战局相持只是暂时现象, 日寇援军一到, 结局不可设想。他见省城空虚, 便调部队集中于齐克路, 准备以攻其不备的突然行动, 夺回齐齐哈尔, 力争主动, 但是, 这一计划报请北平方面, 迟迟未得到答复, 所以, 按兵未动。日军正在压缩对我们的包围圈, 步步紧逼……我军孤军奋战, 处境比较困难, 但是, 马主席认为, 小鬼子是可以被击败的。"

"马主席反攻齐齐哈尔的意图, 敌人很快就能感觉到。这个时候, 据消息透露, 日军内部在对待马部问题上发生分歧, 侵略东北的关东军主张调集重兵对我们'一气呵成''予以歼灭之'……而日军的陆军部则主张'使其不战而屈服乃是上策', 要以溥仪为首的汉奸、亲日派, 在东北成立伪满洲国, 认为对拥有实力的马占山, 如能使之就范, 较张海鹏、张景惠之流更为得力。于是, 日寇在调兵遣将准备进行军事进攻的同时, 千方百计对马主席进行诱降。" 马忠华说。

"小鬼子有个毛病, 就是欺软怕硬, 你把他打惨了, 把他打得趴在地上了, 他就钦佩你……所以, 极力笼络马主席。" 姜恩波说。

"这他妈的是小鬼子的天性。" 马忠国说。

"日伪对马占山的诱降, 在咱们进行江桥抗战时就已经开始, 溥仪曾以封马主席为北段总司令做诱饵, 劝他归顺日本; 张景惠也打来劝降电话……我们退到海伦之后, 受到日伪包围威胁, 进行劝降活动的汉奸、特务更是纷至沓来。" 马忠华说, "日寇见多次对马诱降均未得逞, 便以关东军高级参谋板垣征四郎为首, 率领随从, 以及《朝日新闻》《明新闻》和英、法、德等国记者, 在汉奸赵仲仁的导引下, 不顾马占山的反对, 强行过江来会谈……当晚, 马占山首先分别接见了中、外记者团。他对记者说—— '无论日人如何前来利诱威胁, 我绝不能为降将军, 或与日方妥协。'"

"哪儿出现了高级汉奸, 哪儿就有板垣征四郎的鬼影儿——这个王八犊子。" 马忠国说。

"东铁护路军司令丁超和依兰镇守使李杜, 遭日军袭击, 被迫退至宾县, 哈尔滨为日寇占领。" 徐宝珍说, "马占山见丁、李二部失败, 苑崇谷旅前往助战，也伤亡甚重，极为震惊。马占山预感到——我们有被日军包抄的危险。他对我说——他决心找个'急救法子'，保存抗日力量。他还说——'我看不行了，非想法子不可，不缓和一下，全军有覆灭的可能。他表示——决心跟小鬼子在智力上拼一下子……"

"于是，就过江了，假投降……是不是？"马忠国说。

"应该是，依我对马占山多年的了解……他不会真投降。"马忠华说。

"无论是真投降还是假投降，我们都不投降。"姜恩波说。

"嗯哪。"马忠国说。

"我们只能不辞而别啦。"马忠华说，"徐团长，你呢？"

"我也只能不辞而别。"徐宝珍说，"你们离开多伦后，到哪疙瘩去呢？"

"我们取道西行，先到七星山，周祥他们在那里举起了'辽西抗日义勇军的大旗'……然后，转道去二龙山。"马忠华说。

"小白龙？"徐宝珍说，"这些年来，他可是专门打鬼子的，远近闻名。"

"小白龙在二龙山举起了'辽北抗日义勇军'的大旗……二龙山离着四平街比较近便，四平街又是整个东北的中心点，四平一带是东北的心脏地带，我们谋划着，准备绕着四平街和四平街的周边打鬼子。"马忠华说。

"主意不错，四平街的铁道线儿也方便着呢，四通八达。"徐宝珍说，"你要是劫了小鬼子的客车，歼灭了小鬼子，客车上的旅客来自四面八方，四面八方就都被震撼了，鼓舞了中国人的人心，又灭了小鬼子的威风；你要是劫了小鬼子的军列，歼灭了小鬼子，枪支弹药和给养又有着落了，也把小鬼子吓得白天晚上睡不着觉，惶惶不可终日；总之，这等于割裂了小鬼子的动脉血管，涉及小鬼子的运输大命脉。"

"呵呵，是啊。"马忠华说。

"这可是另辟蹊径打鬼子，是个好思路。"徐宝珍说。

"所以，我们要上二龙山呢。"马忠华说。

"我们跟小白龙是亲戚，原本就是'兵匪一家'。"马忠国调侃地说。

"留了后手，高瞻远瞩啊。"徐宝珍赞赏地说。

"徐团长，如果你离开了多伦，你去哪疙瘩？"姜恩波关心地说。

"先离开这儿，然后再说……总之，要打鬼子。"徐宝珍说。

"如果你认为有必要，我们可以在二龙山相聚。"马忠国说。

"不排除这种可能。"徐宝珍说。

"那我们就告辞了。"马忠华说。

"后会有期。"徐宝珍抱拳，他说。

马忠华和马忠国率领他们团，姜恩波率领他的农垦团，没有与马占山辞行，拔营起寨，向西行进，避开日伪军，去往了七星山。

然后，姜恩波的农垦团留在了七星山——加入了"辽西抗日义勇军"；马忠华和马忠国率领他们团，转道直接去了二龙山——"加入了辽北抗日义勇军"。

第九章

胡思楞晋见国联调查团
日寇的侵略实质被戳穿

1932 年 3 月 19 日。

四平街，马龙坤宅邸，客厅。

胡思楞和他的儿子喜和顺来了。

乌云琪琪格斟上了茶水，把茶水杯端到了胡思楞和马龙坤的面前，然后她说道："爹，喝茶。"

这既是对胡思楞，也是对马龙坤说的。

"嗯哪。"胡思楞看了一眼自己的女儿回应道。

然后，乌云琪琪格又给哥哥喜和顺，斟上了茶。

胡思楞说："阿川幸寿找我了，说是国联的调查团要来，他让我去见国联的调查团，反映'民意'……而且，还说要邀请我担任满洲国实业厅的厅长。"

马龙坤说："阿川幸寿，原本是满铁四平站的地方事务所的所长，如今成了四平街市政公所的顾问了，实际上，主宰着四平街市政公所。"

于桂花说："说是顾问，实质上，他才是四平街市政公所的真正所长。"

马龙坤说："亲家，即使是你担任了满洲国实业厅的厅长，而实权，却在担任次长的日本人的手里，厅长不过是日本人的傀儡而已，被日本人玩弄于股掌之中。"

于桂花说："建立满洲国不过是日本人玩的一个小'把戏'。"

"说得对。"马龙坤说，"溥仪和满洲国，不过是遗留下来的大清朝的一具僵尸而已，日本人是要借这么一具僵尸来还魂，还窃取满蒙之魂……这在兵法的三十六计里，叫作'借尸还魂'。"

"哦，我明白了。"于桂花说，"这跟《聊斋》里讲的'画皮'的故事一模一样，一个鬼用彩笔在一张人皮上细致地描绘美人儿图，然后，把这张人皮披在身上，刹那间，这个丑陋、狰狞的鬼，就变成了妖娆而妩媚的美女……描绘'画皮'里的那个丑陋、狰狞的鬼，就是日本鬼子；那张被画成美女的人皮，就是溥仪和满洲国。"

胡思楞笑了，说："呵呵，还是亲家母会比喻，比喻得非常恰当、生动，又富有情趣。"

乌云琪琪格说："咱们中国的国民政府要求国联派遣一个调查团来中国东北调查……去年12月10日，国联才通过了派遣调查团的决议，调查团的团长是英国的李顿爵士……李顿一行，已经在上个月的29日抵达了日本，然后，来咱们东北……"

马龙坤说："这个月的9日，成立了满洲国，已经10天了。日本人是要借李顿调查团来东北调查的机会，把成立满洲国说成是'民意'，还要大肆宣传一下满洲国的'王道'……所以，阿川幸寿才找到你，想要借你的嘴，表达他们成立满洲国是所谓'民意'……还许以你满洲国实业厅的厅长的官位做诱饵——这都是日本人策划好了的。"

于桂花说："亲家，你行啊，梨树县的商会会长，就是四平街，原本也是归梨树县管辖的啊；你承包过南满铁路的工程，掌管着四平街电灯股份有限公司，还有四平街到梨树城的客、货运输，在奉天、天津等地也有不小的买卖……你是四平街的实业家啊，所以，日本人才看中你了。"

胡思楞说："恐怕还有一个原因呢。"

于桂花说："啥啊？"

胡思楞说："我是马督办的亲家啊，马督办不归附日本人，但是，他的亲家归附了日本人，不也是有影响力的吗？"

"哦，你是蒙古族，还能代表蒙古族民众呢……是不是？"于桂花说，"嗨，小鬼子的如意算盘，打得倒是不错。"

喜和顺说："小鬼子宣传满洲国的民族结构的时候，把所谓日本人的'大和民族'列在了第一位；然后，才是满族和朝鲜族，后面又加上了一个'等'字，把蒙古族和汉族都放在了'等'字里面了；我就纳了闷儿了，所谓日本人的'大和民族'，在咱们东北算是哪一碟小菜啊？小鬼子闭着眼睛说瞎话，却非要强加上去不可，真是无耻啊。"

乌云琪琪格说："更有甚者，为了把东北变成日本的殖民地，还把日语列为满洲国的常用语言的第一位，无耻至极。"

"国联早在去年的 10 月 24 日，就做出了限期让日本撤兵的决议，但是，这个决议成了一纸空文。"马龙坤说，"虽然如此，但是，针对当前国联的李顿调查团，所展开的却是一场政治大角力啊，也是在世界范围内的舆论战……我们打太极拳，讲究借力打力。我看，我们不妨借力打力，借小鬼子让胡爷表达所谓'民意'的时候，反过来，戳穿小鬼子以武力制造溥仪这么个皇帝傀儡……控诉日本人的侵略，讲明真相；这可是国民政府和所有中国的国民都关心的大问题。"

胡思楞说："好啊。"

马龙坤说："这就需要认真地搜集资料。"

乌云琪琪格说："我的同学遍布全省，我秘密地联络他们，让他们提供资料。"

喜和顺说："我在铁路上，秘密地联络各地的爱国同事，让他们帮助我们搜集材料，提供证据。"

"前几天，忠廷从日本捎来信儿了，说是要回国了……他还说，他回来了，会给家里人一个惊喜。"于桂花说，"要是忠廷回来了啊，他在奉天城里读书的时候，可是结识了一大群同学，遍布东北各地……他要是搜集材料和证据，可是把好手。"

喜和顺说："就是啊，忠廷在日本待了这些年了，也该回来了。"

马龙坤说："我们做的这件事，好比是打一场斗智斗勇的战役，我们都要下力气，认真去做……证据要确凿，材料要充分。"

"是。"乌云琪琪格和喜和顺说。

马龙坤说："为了把这件事情做好，咱们每隔几天就要碰一下头儿，拢一下情况。"

"嗯哪。"胡思楞说。

然后，大家分头行动去了。

1932 年 3 月 26 日。

四平街，马龙坤宅邸，客厅。

马龙坤说："搜集材料的情况咋样？"

胡思楞说："搜集材料的工作，比较顺利。"

喜和顺说:"从本庄繁进占沈阳的第一号布告起,凡是日军侵占各地,以武力胁迫,并且,伪造民意为借口,成立满洲国的真实材料,搜集得相当丰富。"

乌云琪琪格说:"这些材料,来自不同的地方、角落,而且,都拍了照片,体现了材料的真实性。"

那淑荣说:"这些真实的材料,装订成了一册,精致的封面,很美观。"

马龙坤说:"负责调查的是英国的李顿爵士,所以,我们要设法跟英国在咱们东北的机构联系上,通过他们把这一册材料转交到李顿爵士的手里,而且,要确保万无一失。"

"我跟在奉天的英国的盛京施医院的大夫们关系很好,他们都对日本人侵略东北,表示厌恶……我这里的有些材料,就是他们帮助搜集的。"乌云琪琪格说,"我想,可以通过他们转交给李顿爵士。"

马龙坤说:"嗯,这个渠道很好。"

于桂花说:"可靠。"

奉天城的英国的盛京施医院,是英国人创办的医科大学的附属医院,这个医院的大夫全是该大学的毕业生。所说的英国大夫,是该大学的各科的教授。

胡思楞说:"待李顿爵士到达了奉天,最好是由施医院的英国大夫安排李顿爵士来我奉天的家里聚餐,我在家等候与李顿爵士会谈……可以亲自呈上我们搜集的资料和我们书写的报告。"

"不妥。"马龙坤说,"李顿爵士一旦踏上了东北的土地,小鬼子就会把李顿一行都监视起来,控制起来,并且,按照小鬼子的安排去进行……想要跟李顿爵士在家里私自会晤,可能性极小。"

胡思楞说:"嗯,也是。"

马龙坤说:"请英国大夫跟李顿爵士联系,先把我们的资料、报告转交给李顿爵士,这些资料、报告要由胡爷亲自署名、签章……至于会晤、会谈,要根据可能发生的各种情况,缜密考虑,筹思对策。"

胡思楞说:"嗯,这样,比较稳妥。"

马龙坤说:"这项工作由那淑荣配合乌云琪琪格来完成。"

"是。"乌云琪琪格和那淑荣说。

马龙坤说:"喜和顺。"

"在。"喜和顺说。

马龙坤说："这一段时间，铁路上的工作，你就淡出吧，你要代替你爹料理买卖上的事情，你也该接你爹班儿了……让你爹腾出身子来，经理这件国家大事。"

"是。"喜和顺说。

于桂花说："开饭喽——"

大家坐下来吃饭，边吃边谈，落实这件涉及国家大事的具体的细节。

之后，乌云琪琪格、喜和顺、那淑荣则让他们的同事、同学等写信，说明——不承认满洲国，满洲国皇帝溥仪是日本的傀儡，日本以武力相胁迫，正在把东北打造成自己的殖民地……由她们把信件收集起来，然后，通过盛京施医院的英国大夫，转交给李顿，达数千件之多。

1932 年 4 月 29 日。

奉天城，火车站前的大和旅馆，日本随李顿调查团的大使办公处。

胡思楞接到了阿川幸寿的电话，把他叫到了这里，说是李顿调查团邀请他去会见。

阿川幸寿递给了胡思楞一份陈情书，他态度严厉地说："这份陈情书，代表着实业界的意思，你要当面交给调查团。"

阿川幸寿的身边还站着身穿便服的林清中佐，两只眼睛盯着胡思楞，虎视眈眈。

胡思楞打开一看，不外乎是满洲国成立了，如何注重实业界的发展，以及实业界是如何对于满洲国的成立，一致表示欢迎……所谓制造民意，让他有了切身体验。

但是，他又必须敷衍……他说："嗯。"

他们来到了调查团的候客室。

过来了一位服务生，服务生说："来这里，做啥?"

胡思楞说："我要面见调查团，也是调查团邀请我来这里的，我叫胡思楞。"

服务生说："从哪疙瘩来的?"

胡思楞说："从四平街来的，是梨树县实业界的代表，向调查团的李顿爵士递交我们梨树县实业界的陈情书。"

服务生说："哦，请稍候。"

说完，这位服务生转身离开了。

林清说："胡先生，你知道这位服务生是谁吗？"

胡思楞说："不知道啊。"

林清说："他是我们满铁奉天站前警署的署长……"

胡思楞点头，说："噢。"

他没有想到，连服务生都是日本署长化装充任，可见其安排是多么缜密。马龙坤说，一旦国联的调查团到了东北，日本人就会将其监视、控制起来……果不其然。

他也从盛京施医院的英国大夫那里了解到，李顿调查团到达了奉天之后，由日本人把李顿调查团安排在了南满站的大和旅馆，并且，警告李顿调查团的成员，如果他们逾越了南满铁路附属地的范围，他们的安全就不会得到保障。

这时，从房间里走出来一位黄头发、白皮肤的洋人，他用汉语说："哪位是胡先生？"

胡思楞站了起来，说："我是。"

这位洋人说："胡先生，请进来吧。"

胡思楞往房间里走，林清中佐跟在他的身后也往房间里走，洋人拦住了林清中佐，洋人说："你是……"

林清中佐说："我是胡先生的翻译。"

洋人说："对不起，我们跟胡先生直接用汉语对话，用不着翻译，请你留步。"

胡思楞心里明白，这是英国大夫的有意安排，心里登时感到舒畅……林清中佐无奈，只好留在了房间的门外。

胡思楞走进了房间，房间内灯饰、沙发、地毯……很豪华。

房间内，又有内间，从内间里走出了另一位洋人，他径直地走向了胡思楞，说："是胡先生吧？"

胡思楞说："是我。"

说着，他掏出了自己的名片，递给了这位洋人。

"我叫威尔逊，是位牧师。"这位洋人说。

"哦，威尔逊先生，你好。"胡思楞说，他伸出了右手，与威尔逊先生握手。

两个人的手，友好地握在了一起。

"请胡先生到内间来。"威尔逊说。

胡思楞随他走进了内间。

"李顿爵士呢?"胡思楞说。

"李顿爵士今天的事情实在是特别忙,所以,特地派我来跟胡先生见面、会谈……我是李顿爵士的秘书,我会把我们会谈的内容,如实地向李顿爵士转达。"威尔逊说,"请胡先生放心,为了胡先生的安全,我们对于会谈的内容会绝对保密的。"

胡思楞看出了威尔逊先生的真诚,内心很激动,想到了灾难中的家乡,眼泪在自己的眼圈里转悠。他说:

"我们呈送的资料,你们是否看到了?"

"你们送来的资料、照片,连同那些信件……我们都收到了,这些资料、照片和信件,都很重要,我们很珍视地放在了我们领事馆的保密柜里边了。"威尔逊说。

刚走进这个套间时,胡思楞还曾经想过,在日本人安排的这个套间里,会不会安上了窃听器?日本人是啥事情都干得出来的。但是,不管日本人是否安装了窃听器,现在,他啥也顾不得了。为了自己的家乡东北和自己的祖国,他必须豁出去了,把日本人侵略的实情向国联的李顿调查团讲出来。他说:

"日军发动的九一八事变,是有预谋的,他们并非起于自卫……"

"在你们的材料里,很充分地说明了这一点。"威尔逊说。

"日本人成立了满洲国,采取的是灭亡朝鲜的办法,他们是故技重演……他们先要使东北来个所谓'独立',然后,再吞并。"胡思楞说。

"前车之鉴啊。"威尔逊说。

"满洲国及其满洲国的皇帝,实际上,是日本人用暴力制造的傀儡……完全由日本人进行统治和支配,在每一个机关里,都有日本人做顾问、做次长,实则是机关的真正首脑。"胡思楞说。

"我们注意到了。"威尔逊说。

"满洲人民是中国人,他们绝对忠诚于国民政府,绝不愿意也绝不接受成立满洲国。"胡思楞说。

"是啊,在你们转来的数千名中国的东北民众的数千封署名、签字的信件中,体现出了这一点。"威尔逊说,"但是,我们绝对会为他们所表达的意愿保密,也请他们放心。"

"这是在我手里的所谓代表实业界的陈情书，是日本人事先就写好的，然后，逼迫我来呈送给李顿爵士。"胡思楞说，"我不知道还有没有其他业界的人，在日本人的逼迫下，来呈送所谓陈情书。"

说着，他把阿川幸寿给他的所谓陈情书递给了威尔逊。

"我们会辨别真伪的。"威尔逊说。

"刚才，有位所谓我的翻译要跟我进来……被你们挡在门外了，这位翻译实际上是我们四平街的满铁守备队的中佐，他的名字叫林清。"胡思楞说道。

"我们预料到了。"威尔逊说。

"日本人为了在东北实行殖民统治，在各个学校里都派有日本教员，把原本英文的课程都改成了日文，并且，篡改中国的历史教科书……教育界和实业界等，都坚决反对……更坚决反对所谓满洲国。"胡思楞说。

"我们知道，这是东北的民心啊。"威尔逊说。

"我们诚恳地请求李顿爵士主持正义，严厉地制裁日本人……还我东北，中国人会铭记和感谢李顿爵士主持的国联调查团。"胡思楞说。

"你们送来的资料、报告，以及你今天的陈述……是我们来到现实事件的发生地，直接获取的真实的情况，这极为宝贵。我们不会辜负你们的希望，我们一定会主持正义的。"威尔逊说，"我重申，为了你们的生命安全，我们绝对保守秘密，请你们放心。"

"谢谢。"胡思楞说。

他站起身来，与威尔逊先生再次握手，相互说"再见"。

1932 年 5 月 1 日。

四平街，马龙坤宅邸。

胡思楞向马龙坤讲述了在奉天晋见国联的李顿调查团，以及跟李顿爵士的秘书谈话的具体内容。

马龙坤说："你讲的话，不但真诚、感人，而且，很有力度，说出了我们中国人想要说的心里话。"

胡思楞说："我走出了李顿调查团的房间，看见阿川幸寿还在外面等我，而且，神色很尴尬……他见我出来了，把我引导到日本警署，有一警官昂然上坐，声色俱厉，如同审讯犯人一样，调查团都问你啥了？你都说了啥了？我这般年纪了，处变不惊，回答从容。我就按照他们给我的陈情书的大概意思，编排了一套问答之词……这个警官旁边还有记录员呢，我边说，他边记。"

马龙坤说："小鬼子心里没底儿啊。"

胡思楞说："阿川幸寿又引导我去了随李顿调查团的大使办公处，又审问了我一次，旁边仍然有人记录，我重新叙述了一遍。"

马龙坤说："呵呵，典型的做贼心虚。"

胡思楞说："然后，阿川幸寿引导我到了一间休息室，让我在这个休息室里等他。等了很长时间，他才回来。他对我说，'咱们走吧。'"

马龙坤说："又去哪疙瘩了？"

胡思楞说："出了火车站前日本人的大和旅馆，坐上了小车，我还以为去奉天城里的实业厅呢，一拐弯儿，我忽然看见了关东军司令部的大招牌，心里不禁一颤……小车已经进了关东军司令部的大门，下了小车。在传达室里等了能有10分钟，阿川幸寿把我领到了一个大厅里。关东军的一个军官坐在里面，我跟这个军官面对面，阿川幸寿在这个军官面前也没有座位，而且，阿川幸寿显得极为恭谨。而我呢，简直就是地地道道的阶下囚一样。这个军官开始审问了，还是那两个问题，调查团问你啥了？你都说了啥了？旁边也是有记录员。我都说了两遍了，再次重复就是了。"

马龙坤说："谎话说了三遍了，大概也就成了真话了，呵呵。"

胡思楞说："这个军官出去了，等了有好一阵子，他才回来，而且，面带微笑。他对我说，满洲国建立伊始，实业是国家的支柱，你要好好地办实业，为国出力……然后，他让阿川幸寿领我回去。出了关东军司令部的大门，已经是掌灯时分了。"

马龙坤说："胡爷主演了一场出生入死的多么精彩的爱国戏剧。"

胡思楞说："演戏是虚的，但是，我这可真个是出生入死啊，呵呵。"

"不管小鬼子在李顿调查团的房间里是否安置了窃听器，你都必须离开奉天，离开四平街，到天津去，躲避风头……防止国联的李顿调查团作出的结论对小鬼子不利，而猜忌和怀疑你……对你下毒手。"马龙坤说，"还有，一旦小鬼子再找到你，让你担任满洲国的实业厅长，你当还是不当？"

胡思楞断然地说："当然不能当。"

"当了，你就是汉奸了。"马龙坤说，"不当，小鬼子必然就会猜忌和怀疑你了……你说是不是？"

胡思楞说："是啊。"

"反正喜和顺已经接手你家的买卖了，而且，管理得还不错。"马龙坤说，"你就以料理天津的买卖为由，离开关外，去天津吧。"

胡思楞说："嗯哪。"

"为庆贺你晋见国联调查团的成功，咱们哥俩举杯庆贺一番。"马龙坤说，他叫道，"桂花——"

"哎——"于桂花答应。

"备酒菜，我跟亲家公喝两杯。"马龙坤说，"亲家公这几天在奉天，单刀赴会，跟小鬼子斗智斗勇，打了个关乎国家命运的大胜仗，大英雄也。"

"好嘞。"于桂花说。

马龙坤说："亲家公面对大节，而节气如虹；其志侠义豪壮，而其侠义豪壮之志，即使是遭逢魔鬼亦不可夺也。"

胡思楞说："这是一个堂堂的中国人，起码的气节。"

不一会儿，酒菜上来了，马龙坤和胡思楞碰杯，对饮。

1932 年 5 月 4 日。

四平街，马龙坤宅邸。

一家人吃完了晚饭，在一起聊天。

马龙坤对乌云琪琪格和喜和顺说："你爹走了吗？"

喜和顺说："走了，来了电报，已经安然抵达天津。"

乌云琪琪格说："走的四洮铁路，先是到了郑家屯，然后，走通辽、打虎山……是我给买的火车票。"

马龙坤说："嗯，安然地抵达了天津就好。"

那淑荣说："马占山通电反正，在黑河重新举起了抗日的大旗，震动很大。"

马龙坤说："马占山不愧是张大帅的徒弟，玩儿的就是小鬼子，会玩儿啊，出其不意地给了小鬼子一个回马枪。"

于桂花说："原来咱们就判断马占山玩儿的是假投降，果然如此。"

"说起来，是个传奇。"喜和顺说，"4 月 1 日的清晨，马占山携带全省的盐款 1400 万元，呼海铁路借款金票 700 万元，收税款 300 万元，调集军用车辆 13 辆，重要物质和军马 300 匹，率领第三旅 200 名官兵，两署关防印信、重要的文件……消失在迷茫的晨雾中。等日军弄清了情况，马占山已经通电反正了，呵呵。"

乌云琪琪格说："马占山派人赴哈尔滨，面见了国联调查团，揭发了日寇的阴谋。调查团团长李顿爵士，对马占山的报告非常重视，他秘密地派遣了美国的新闻记者海斯，以及一位瑞士记者，到海伦西乡三门谢家与马占山会晤。"

喜和顺说："马占山把小鬼子制造满洲国的详细情况、自己反正的经过、继续抗战的决心……同李顿爵士派去的记者，整整谈了三天。"

那淑荣说："在上个月12日，马占山就致电日内瓦的联合国的调查团，揭露满洲国的黑幕……他说，'日本假借民众自决的名义，用绑票的手段，劫持溥仪，又威胁利诱东三省的官吏，演成一幕滑稽剧。'"

这时，有人敲门。

于桂花说："谁啊？"

"二嫂，我啊。"门外的人说。

于桂花说："哦，翰章啊，进来吧。"

赵翰章推门走了进来，他见房间里坐着这么些个人，说："嘿嘿，二哥家里还挺热闹的啊。"

马龙坤说："饭后闲聊。"

乌云琪琪格、那淑荣、喜和顺见赵翰章来了，是老辈儿的人，他们是晚辈，也不便掺和，就跟赵翰章礼貌地打了个招呼，出去了。

于桂花说："翰章，啥风儿把你吹来了？"

赵翰章说："听风儿，听风儿就有雨，风和雨把我鼓动来了。"

马龙坤说："听到了啥风儿啊，把你鼓动来了？"

赵翰章说："听说二哥的亲家公——胡爷，要当满洲国实业厅的厅长了？可喜可贺啊。所以，我就来了。"

马龙坤故作糊涂地说："我咋不知道？"

"二哥，这么大的事儿，你都不知道？"赵翰章说，"你可是在家里待的……消息太闭塞了。"

马龙坤说："我现在，在家里是——'两耳不闻天下事，一心只读圣贤书'啊。"

"你二哥赋闲在家，三个饱，一个倒。"于桂花说，"俺家的亲家公，当不当满洲国实业厅的厅长，看把你关心的……"

赵翰章说："这关乎我的利益啊。"

于桂花说："关乎你的啥利益？"

赵翰章说："常言说得好——'朝中有人好做官，官商勾结好赚钱'啊。"

于桂花说："你的买卖做得够大的了，还想要多赚钱，真是人心不足蛇吞象啊。"

"二嫂，做买卖就是为了赚钱，钱是愈多愈善。"赵翰章说，"有谁听说，钱多了，怕钱咬手啊？"

于桂花说："你听谁说，俺们亲家公要当满洲国实业厅的厅长了？"

"日本人阿川幸寿说的。"赵翰章说，"他说，胡爷在奉天城里去见国联的调查团去了，代表满洲国的实业界向国联的调查团，递交了陈情书……深得日本人的赏识。"

马龙坤说："嗯，是这样。"

赵翰章说："我们也向国联调查团请愿啦。"

马龙坤说："前天的事吧？"

赵翰章说："是啊，5月2日嘛。"

马龙坤说："你说说，咋个情况？"

赵翰章说："上个月，阿川幸寿就组织翟书田、阚朝山，还有我……十几个人呢，在道东三马路增源号的楼上搞训练，准备在国联调查团的专列路过四平街的时候，以四平街请愿团的名义，拦车'请愿'……"

马龙坤说："拦车'请愿'的情景如何？你说说。"

赵翰章说："翟书田、阚朝山，还有我，一共有十多个人组成的'四平街民众请愿团'，在日本军警重重保护和假意拦阻之下，冲进火车站，进了站台，向停在站台上的国联调查团的专列呈送'请愿书'……"

马龙坤说："你们的'请愿书'，写的是啥意思？"

赵翰章说："'请愿书'的意思是——我们满洲的四平街的民众，受尽了张作霖父子的军阀主义的压榨，苦不堪言……幸赖日本皇军把我们从水深火热之中拯救于衽席之上……"

马龙坤说："所以呢？"

赵翰章说："所以，我们满洲要自由……是我们把日本皇军请来支援满洲的。"

马龙坤说："还有呢？"

赵翰章说："创立满洲国，是我们东北三千万满蒙民众的意愿啊。"

于桂花说："你们表达的请愿，就是这个意思啊？"

赵翰章说："是啊。"

于桂花说："你老家在哪疙瘩?"

赵翰章说："在乐亭啊。"

于桂花说："你祖宗是哪国人?"

赵翰章说："中国人啊。"

于桂花说："那你咋替日本人说话?"

"我不替日本人说话，不行啊。"赵翰章说，"我在咱们四平街，还有东北各地，有一大摊子的买卖啊……"

于桂花说："所以，你就当汉奸。"

赵翰章说："二嫂，我咋是汉奸呢? 说得这么难听。"

于桂花说："日本人制造满洲国，是为了侵吞中国的大东北……你让日本人拿你当枪使，你不是汉奸，又是啥?"

赵翰章说："二嫂，我是不得已而为之。"

"别叫我'二嫂'，我从今而后，不是你'二嫂'。以前，你在我家吃的喝的，权当是我喂狗了。"于桂花说，"赵翰章，你给我滚出去，滚——"

赵翰章不解地说："二嫂，咋的了? 咋突然向我发火呢?"

于桂花说："滚，要不然，我可拿笤帚疙瘩打你了。"

说着，她气愤地抄起了笤帚疙瘩，就要朝着赵翰章打……马龙坤阴沉个脸，他摆着手，示意赵翰章，让他走开，离开马家。

赵翰章一边向外走，一边嘟囔道："你亲家向国联递交陈情书，可以;我们向国联递交请愿书，就不行，就是汉奸。莫名其妙。"

他被迫，不得不离开了马家的宅邸，可谓——兴奋而来，沮丧而去。

1932 年 5 月 11 日。

四平街，马龙坤宅邸。

乌云琪琪格喊叫道："爹，妈，忠廷回来啦——"

马龙坤和于桂花都高兴地从屋里乐颠颠地走了出来，来见自己在日本留学多年的儿子，终于回家了。

"爹，妈——"马忠廷喊叫道。

他身边还有一位身穿日本和服，已经明显地看出怀了孕的女子;跟着他进来的，还有一位年轻人，戴着一副金丝眼镜，30 岁出头的样子，礼帽、马褂、皮鞋、手表，穿戴体面，而且绅士。

"屋里边坐吧。"于桂花说。

进了屋，乌云琪琪格给大家伙儿沏茶、倒茶，说道："忠廷啊，爹和妈，老惦记你啊，时常地叨念你……"

"哦，我忘记介绍了。"马忠廷指着戴着金丝眼镜，而且，具有绅士派头的年轻人说，"这位是我在日本留学的同窗好友，他叫陈冠兴。"

陈冠兴站起身来，他摘下礼帽，托在手里，然后，向于桂花和马龙坤鞠躬，他问候说："姑妈、姑父大人好。"

"噢，叫我姑妈？"于桂花有些迷惑不解地说。

"是啊，我太太叫于德芬，她是你的亲侄女啊。"陈冠兴说。

"陈冠兴……哦，原来，你是我们的侄女女婿啊，想起来了，想起来了……"于桂花说，"岁数大了，记性也不好了。"

"那年你们结婚，我的公事忙，你姑夫家里的事情啊，唉……脱不开身，所以，就没参加你们的婚礼。"马龙坤说。

"但是，我当姑妈的礼金可是捎过去了啊。"于桂花说，"对啦，永良说了，女婿是日本留学的……哦，我那侄女德芬可好？"

"好着呢。"陈冠兴说，"于德川也在我那疙瘩呢。"

"小宝子也在你那疙瘩？"于桂花说，"他在你那疙瘩干啥呢？"

小宝子是于德川的小名，他是于桂花的哥哥于永春的儿子。

"妈，冠兴今年初就回国履新了。"马忠廷高兴地说，"他现在是咱们辽源县的县长，坐镇在郑家屯。"

"于德川在我的手下当县自卫大队的大队长，很得力。"陈冠兴说。

自卫队是群众武装，由县里统一领导，县设大队，区设小队，任务是打土匪，保卫乡屯的安全。参加自卫队的人，大多是破产的农民，每月发一些粮饷。

"我出的钱，于德川结婚，又在你们辽源县的于家窝堡、张家窝堡一带买了地，守着辽河河边儿，那土地啊，肥沃着呢……一晃儿，几年了，他连个信儿也不给我捎来……有了老婆、孩子，就忘了他姑妈喽——"于桂花说。

"哪儿呢，我这大舅哥，可是没忘了你和姑父的恩情，时常地叨念着你和姑父呢。"陈冠兴说。

"那就好，也没算我白疼他，呵呵。"于桂花笑了，她说，"不过，你回去给我捎个信儿，这是乱巴地的时候，我不大喜欢他当啥自卫队的大队长……于家的人，是中国人……还是本分地务农为好。"

"姑妈的意思……我会转告他的。"陈冠兴说。

马忠廷站起身来，笑么滋儿地介绍他身边的身穿日本和服的女子，说："这是我的太太山口枝子，她已经怀了咱们马家的孩子了。"

"啥？你太太……我还以为是你在日本的同学、朋友啥的呢。"于桂花疑惑不解地说。

"我和枝子在日本结婚了，没有跟家里人打招呼。"马忠廷说。

"哟，中国人可是讲究个媒妁之言，父母做主啊……"于桂花说。

"儿大不由娘，现在的年轻人，讲究的是——自由恋爱、自由结婚，是不是？"乌云琪琪格说。

"是的。"马忠廷说。

"拜见公公、婆婆。"山口枝子站起身来，向马龙坤和于桂花鞠躬，礼貌地说。

"忠廷，你从日本学成归国，准备做点啥啊？"马龙坤说。

"爹，我已经找好工作了。"马忠廷说。

"做啥？"马忠廷说。

"日本关东军满洲独立守备大队已经由奉天迁移至四平街，并且，驻扎在四平街，我决定在关东军满洲独立守备大队，任翻译官。"马忠廷说。

"你说啥？"于桂花简直不敢相信自己的耳朵，她站起身，认真地问。

"在关东军满洲独立守备大队出任翻译官。"马忠廷说。

"你……"听了马忠廷的话，于桂花简直像泄了气儿的皮球，一下子无力地瘫坐在了椅子上，啥话也说不出来了。

"不可以换个工作吗？换个工作可能更适合你。"马龙坤说。

"在关东军满洲独立守备大队担任翻译官，这份工作最适合我。"马忠廷说，"山口枝子也有适合她的工作了。"

"啥工作？"于桂花说。

"在四平街市政公所，担任顾问长官的机要秘书。"马忠廷说。

"给阿川幸寿当机要秘书？"于桂花说。

"是的。"马忠廷说。

"你……"于桂花更是说不出话来了，她登时觉得眼前一抹黑，迷迷瞪瞪的，失望地闭上了自己的眼睛。

马忠廷见状，叫了一声："妈。"

于桂花睁开了眼睛，说："忠廷，你记得你是中国人吗？"

"忠廷弟弟哪能不记得他是中国人呢？"乌云琪琪格说。

于桂花呵斥道："你给我闭嘴，没有你插话的地方。"

乌云琪琪格还从来没有听见过自己的婆婆呵斥过自己，她不好意思地伸了一下自己的舌头，表示歉意。

"我是中国人，我记着呢。"马忠廷一脸正经地说。

"但愿如此啊。"马龙坤说。

"你爹让你出国去留学，目的是让你学成归来，知识救国……"于桂花说。

"是的，我铭刻在心呢。"马忠廷说。

"那就不能换份体面的工作？比如，干实业、当教师……"于桂花说。

"我和山口枝子选择的，是非常适合我们的工作。"马忠廷肯定地回答。

"气死我了，咋说也不进盐酱儿……"于桂花摆摆手，向外轰自己的儿子，她说，"马忠廷，你走吧，我权当没有你这个儿子。"

马忠廷站起身来，说："爹、妈，那我们就走啦。"

"走吧，从此以后，你就别进这个家门了，你来了，反而给我们添孽糟。"马龙坤无奈地说，"我马龙坤笑话人，反而不如人啊，培养来培养去，培养出你这么一个孽种，这是我人生的一大失败啊。"

山口枝子也站起身来，说："公公、婆婆，我和忠廷告辞了。"

陈冠兴也站起身来，说："姑妈，我也告辞了。"

马忠廷和山口枝子依依不舍地向外走，尤其是作为儿子的马忠廷，多年未归故乡，而一旦归乡，回到了自己的家里，看望自己的父母，居然是这样的尴尬场面，他无奈地心酸了……他的泪珠儿，在眼圈儿里打转转儿。

马龙坤和于桂花一脸的恼怒，他们的身子在椅子上，连动都没有动，更别说是抬起身子……乌云琪琪格把马忠廷和山口枝子，还有陈冠兴，送出了自家的宅邸。

第十章

于德川大土山放"义匪"骆驼岭伏击伪军

1932 年 6 月 19 日，中午。

辽源县，雁翎区，雁翎窝堡。

于德川在这里的操场上，正在操练自卫队的队员们。这时，有人喊他："于队长，客人们来了。"

于德川一看，是王子煌在喊他，在王子煌的身后，还有单继德和潘清泰。这是他约好了到他这里来喝酒的朋友。

酒菜是早已订好了的，送来摆在了桌子上，饮的酒是当地的烈酒——"辽河大曲"。酒过三巡，于德川说：

"我之所以把弟兄们找来喝酒，是因为这心里郁闷啊。"

"饮酒解闷，不吐不快，是不是？"潘清泰说，"我是大刀队的队长，你的郁闷在哪疙瘩？我对于你的郁闷，砍上他几刀……咋样？"

"当上了县自卫队的大队长了，还说自己心里不痛快，像我们这当区队长的，大概就更憋屈了，是不是？"单继德说。

"是啊，对德川哥的郁闷，我理解。"王子煌说。

"你理解他啥啊，你说说？"单继德说。

"国土沦落，屈身在小鬼子的眼皮子底下，所见所闻……都是欺负中国人的事儿，这心里能不郁闷吗？"王子煌说。

"你的话，是中国人的良心话。"于德川说。

"小鬼子以莫须有的罪名把中国人抓去，轻则灌凉水、辣椒水，严刑拷打；重则枪毙、活埋；喂日本狼狗。"单继德说。

"活埋中国人，还让中国人自己挖坑……"潘清泰说，"有的被绑上，扔进狼狗圈里，让狼狗活活地咬死……小鬼子看到这血腥的情景，居然还在外边取乐呢。"

"小鬼子，一群畜生。"王子煌说。

"每逢遇到这种情况，我这心里就怒火中烧，恨之入骨……你们说，我这心里咋能不郁闷呢？"于德川说，"小鬼子还让我去剿匪呢……"

"他们是要用中国人去打中国人。"单继德说，"小鬼子阴险着呢。"

"所谓'匪'——绝大多数都是抗日的。"潘清泰说。

"说起来，我当这个自卫队的大队长，愧对祖宗啊。"于德川说。

"咋呢？"单继德说。

"他爷老于河，他爹于永春，在于家沟抗俄，壮烈牺牲……那是抗击外侮啊，把老毛子打得屁滚尿流、落花流水……"王子煌说。

"在于家沟抗俄的，还有他们王家人，子煌是王家的后人。"于德川说，"要不，我们在郑家屯碰了面，咋能一见如故呢？"

"世交啊，子一辈，父一辈啊。"王子煌说。

"当下，我们咋办呢？"于德川说。

"组织起义勇军，抗日。"王子煌坚决地说。

"我看行。"潘清泰说。

"谁也不愿意做亡国奴啊。"单继德说。

"组织抗日义勇军，我们不能孤军奋战。"潘清泰说。

"我想了，我们要联络辽西抗日义勇军，辽西抗日义勇军的司令是姜恩波和周祥，以七星山为根据地，姜恩波的媳妇，是我姑父、姑妈的干闺女，我知道姜军长，姜军长也肯定知道我……辽北抗日义勇军的司令是我表哥马忠华、马忠国，还有小白龙……他们的驻地是二龙山。"于德川说，"我写信，我们可以去派人联络。"

"这事儿，要悄悄地进行，方为稳妥。"单继德说。

"嗯哪。"于德川说。

"众人拾柴火焰高。"潘清泰说，"听了德川哥的这番话，我这心里就更有底气了。"

"嘭、嘭"，有人敲门。

"谁？"单继德问。

"我，张林。"门外的人说。

"进来吧。"于德川说。

张林走了进来，说："河野正直在郑家屯的市政公所等着你去呢，找你有任务。"

"河野正直是郑家屯的市政公所的所长，实际上，是县长的太上皇，大事儿都由他拍板说了算，呵呵。"王子煌冷笑道。

"你去回复一声，说我马上就到。"于德川说。

"嗯哪。"张林说。

然后，他转身走了出去，骑着快马，去往郑家屯，回禀河野正直去了。

1932 年 7 月 19 日，下午。

辽源县的县城郑家屯，市政公所，所长办公室。

于德川来到了这里，说："河野所长找我？"

站在河野正直身边的小野中尉说："你来得正好，有剿匪的任务啊。"

于德川说："是哪个匪绺子？"

"是'南侠'和'六合'两个匪绺子。"河野正直说，"据说，这两个匪绺子投奔了辽西抗日义勇军……"

于德川说："河野所长，我提出的辞呈，你看过了吗？"

"看过了，这是根本不能批准的事情啊。"河野正直说，"日中亲善、共存共荣，需要像你这样有号召力的勇士啊。"

"不批准我的辞呈……"于德川面露难色，说："河野所长，你这个剿匪任务，我接手不了。"

小野中尉惊讶，说："为啥？"

"我这个自卫队啊，人倒是不少，但是，就那么几支破枪……让我们去剿匪，那不就是送死去吗？"于德川说，"辽西抗日义勇军，我听说了，司令是姜恩波和周祥他们，他们都是从嫩江铁路大桥的战场上撤下来的，要枪有枪，要马有马，要炮有炮……嫩江桥战役，你们皇军死了多少人哪？才总算是过江了。"

小野中尉说："噢？"

"没枪没炮的……我不干。"于德川说，"我们去送死……于你们的脸面也不好，说河野正直所长的手下，都是一群酒囊饭袋。"

河野正直说："你提出的问题，可以商议嘛。"

"那就好。"于德川说，"据我所知，张海鹏张大麻子进军黑龙江省，去打嫩江铁路大桥……就是日本皇军给了他几个车皮的新式的枪支弹药，是紧急从奉天调运的。"

他心里想，这是你需要我……我就得借机揩你的油儿，揩出的油儿越多越好，然后，我用你们的枪支弹药，把我的自卫队很好地武装起来，掉过屁股，我就揍你们这帮凶恶的日本小鬼子。

河野正直说："新近从旅大进来的武器弹药呢？"

小野说："那是武装咱们铁路守备队的。"

河野正直说："先把这批武器给了自卫队，然后，我们再请示调配。"

小野立正，说："嗨。"

他表示从命。

河野正直说："这次是你们跟靖安军的孙司令联合作战……剿灭'南侠'和'六合'两股匪绺子。"

于德川说："孙司令，孙文韬吗？孙文韬是个孬种。我听说了，嫩江铁路大桥那场战役，周祥的下属有反叛之意，孙文韬却当和事佬……结果呢，徐景隆被地雷炸死，他孙文韬逃之夭夭；而周祥一伙人，临阵叛逃，当了辽西抗日义勇军……遗祸到今天。"

"你说的事情，我们都知道……"小野似乎不以为意，他强调，"这次是你们自卫大队跟靖安军，联合作战。"

"要是我从属于他，我绝对不干。"于德川说，"如果是平等的，还勉强可以……要不然啊，他可能把我们给卖了。"

河野正直说："我们来研究一下这次剿匪战役的作战部署吧。"

说着，他在他的桌面上，铺开了地图，小野在地图上指指点点……与于德川一起，研究具体的作战方案。

1932 年 7 月 22 日，傍晚。

勃勃吐山是郑家屯火山群——七星山之一。

勃勃吐山，系蒙语，也称博古吐山，汉语俗称——大土山，山高为海拔195.8 米，位于新开河与西辽河汇合点的东侧卧虎屯镇的境内，距离辽源县首府郑家屯东北约 12 里。

这里是古战场。

古时候，勃勃吐山叫金山。

明朝初年，郑家屯一带的大草原，天苍苍，草茫茫，风吹草低见牛羊。

发生在明朝同北元之间的著名的金山战役的古战场，就在这里。传说元朝末年朱元璋攻下北京城后，迅速派麾下大将军冯胜进军东北开原——今天的辽宁省开原市，然后挥师北上，一举消灭了盘踞在金山的元朝残余势力。

至今，在勃勃吐山一带，还时有古战场的遗物出土。

如果在漆黑夜晚的朦朦胧胧之中，似乎还能听到、感觉到这里往昔的——金戈铁马、人喊马嘶、金鼓齐鸣的鏖战之声。

四洮铁路穿越勃勃吐山，从隆起的勃勃吐山的西麓通过，在勃勃吐山的西麓切成了一个凹槽，使勃勃吐山被切割成了东大、西小的两个部分。

孙司令指挥他的靖安军，于德川指挥他的自卫团，分别把"南侠"和"天合"两个匪绺子从卧虎屯方向，撵到了勃勃吐山。

勃勃吐山，榆树、杨树、柳树……树木茂盛；柳树驼子、槐树驼子——这是因为附近的农民，常来砍编筐编篓的条子，而形成的，墩墩树驼子的枝条，反而更加密集地伸展着；树木稀疏的地方，却遍布着过人高的森郁的蒿草。

"南侠"和"天合"两个匪绺子分别占据了勃勃吐山的东、西两个山包的制高点，来与清剿他们的敌人顽抗。

包围了勃勃吐山东部山包的，是于德川的自卫军；山包之上，是"南侠"匪绺子。

于德川说："这股'南侠'匪绺子边打边撤，从容不迫……然后，占据了山包子——制高点，跟你顽抗。"

王子煌说："他们机动、灵活，熟悉这里的地形、地貌，这土山上树木葱茏，易守难攻，可以以一当十，而且，他们的枪法也准……要是真正攻打的话，咱们就是攻打到天亮，也攻不上去，别看咱们的兵力数倍于他们。"

于德川说："看来，他们是固守待援啊。"

单继德说："他们可能早就派人去辽西抗日义勇军那里报信儿去了，一旦辽西抗日义勇军来了，把我们包了饺子，他们两个匪绺子反而是中心开花，给我们来个内外夹击。"

于德川说："呵呵，小鸡儿不撒尿儿，总是有个道儿啊。"

潘清泰说："也是啊。"

于德川说："传我的命令，各个分队，轮换着对空中打枪。"

他的自卫团的战士们，按照他的命令，噼里啪啦地轮换交替地对空射击，子弹在山包上的树梢头上不停地哨叫。

于德川说："子煌，你说过，你认识'南侠'绺子的大掌柜、二掌柜的?"

王子煌说:"'南侠'绺子的大掌柜的叫常青柏,二掌柜的叫郑天鸿,我们何止是认识啊,是朋友。"

于德川调侃道:"好小子,你通匪……"

王子煌说:"自古道,兵匪一家,尤其在咱们东北。张作霖张大帅当过土匪,马占山马主席当过土匪……汉奸张海鹏张大麻子当过土匪,汉奸王永清当过土匪……我今天是你于海川的兵,说不上我明天就是'南侠'绺子的三掌柜的,当了土匪了,呵呵。"

于德川说:"你到土山上走一趟吧。"

王子煌说:"干啥?"

单继德和潘清泰都抿嘴笑,于德川说:"报个信儿啊,咱们是一家人哪,你都快成'南侠'匪绺子的三掌柜的了,我们也都弄个四掌柜的、五掌柜的当当啊。"

单继德和潘清泰都呵呵地笑。

王子煌也笑了,说:"好咧,我王子煌不辱使命。"

说着,他向山上爬去,边爬边叫道:"我是王子煌,我要见你们的大掌柜的常青柏和二掌柜的郑天鸿——"

直到山上"南侠"匪绺子的阵地上有了回声,他才停止了喊叫。

一会儿工夫,王子煌把常青柏和郑天鸿都领到了山下,来见于德川。于德川抱拳,说:"常大掌柜和郑二掌柜,幸会,幸会。"

常青柏也抱拳应道:"困军之将,谢于大队长高抬贵手。"

"一家人不用说两家话。"于德川说,"听说你们已加入了辽西抗日义勇军?"

"是的,不光是我们这个绺子,还有'天合'呢,都加入了辽西抗日义勇军。"郑天鸿说,"背靠大树好乘凉嘛。"

于德川说:"你们认识姜恩波不?"

"当然认识,他是我们辽西抗日义勇军的军长。"常青柏和郑天鸿说。

"我干姐姐蓝天姿是他的太太,他是我的干姐夫。"于德川说。

"那咱们就更是一家人了。"常青柏说。

于德川说:"刚才还听到西山上稀里哗啦的枪声,咋听不到西山上的枪声啦?这阵子孙司令进攻西山咋样啦?"

单继德说:"是啊。"

于德川说："你快去联系一下孙文韬。"

单继德说："是。"

说完，他转身跨过铁道，向西山那边走去。

一会儿工夫，他又急匆匆地跑了回来，说："报告大队长，西山上的'天合'绺子的大掌柜褚友朋和二掌柜郭运合都被孙文韬给逮起来了。"

于德川皱起来眉头，说："这么快就把山头给拿下来了，咋可能呢？"

单继德说："西山的山头被拿下……孙文韬逮捕了褚友朋和郭运合，这可是真的。"

"走，跟我过去看看。"于德川说，他转过头来对常青柏和郑天鸿嘱咐道，"你们在原地别动，等我去看个究竟，然后，咱们再动作……"

"嗯哪。"常青柏和郑天鸿答应。

单继德和潘清泰紧跟着于德川，越过了铁道线，去了西山，见到了孙文韬。

于德川抱拳，说："恭喜孙司令，神兵英勇，一举拿下了西山。"

孙文韬没有回礼，而是蔑视地看了看于德川，说："于大队长的战果如何呀？"

于德川说："跟孙司令相比，我于德川惭愧啊。"

孙文韬说："于大队长何言惭愧？"

于德川说："我追剿的这股匪绺子，明明看见他们上了山，可是，团团围住之后，向上进攻……匪绺子却踪影皆无了。"

孙文韬说："呵呵，匪绺子土遁了？"

于德川说："他们并没有驻留在山上，而是狡猾地越过了东山，钻进了高粱地里去了……闹得我们围住之后，却扑了个空。"

孙文韬说："嘁，让你们把这股子'南侠'匪绺子放跑了吧？"

单继德说："我们打的这股子匪绺子像兔子似的，胆小如鼠，他们哪敢跟我们打一仗？非得把他们整个匪绺子统统消灭不可。"

孙文韬是："你的意思是，我打的这股'天合'匪绺子凶猛、顽固呗？"

"那当然。"单继德说，"单凭你们这靖安军的五百勇士，去攻西山，说心里话，你们就是打到明天早上也打不下来，而且，还得伤亡惨重。"

"嘿嘿，还真让你说着了，我们在'天合'匪绺子里安了两个眼线儿，他们引导我们走了一条上山的小道儿，我们才顺利地占领了山顶……于是，褚友朋和郭运合成了我的俘虏。"孙文韬骄傲地说，"兵不在多，而在于精；

精干、精明。"

单继德说："这两个眼线儿，可是英雄，他们为我们新兴的满洲国，立了新功啊。"

孙文韬说："嗯，那是啊。"

于德川说："你孙司令的运气这么好？可以让我目睹一下这两位英雄的风采吗？"

"可以。"孙文韬说，"刘耀财、庄宦臣。"

"有。"刘耀财和庄宦臣应道。

孙文韬说："站出来，让于大队长目睹一下你们的风采。"

"是，司令。"刘耀财和庄宦臣应答着，然后，从靖安军的队伍中闪身出列，挺胸昂头地站在了孙文韬的身旁。

单继德看着刘耀财和庄宦臣，说："钦佩。"

于德川说："孙司令，你抓到的俘虏，准备咋个处理法？"

孙文韬说："押到太平川去。"

于德川说："这里到太平川，有 200 里地了吧，路途太远了。"

孙文韬说："依于大队长的意思呢？"

于德川说："莫如交给我，让我把他们押回郑家屯，路途只有区区的 12 里地……路途短，安全啊。"

孙文韬摇了摇头，淡淡地一笑，说："孙大队长围攻东山，一无所获，想要借此抢我们的功劳吧？"

于德川说："我不过是给孙司令提个小建议，采纳不采纳由你……'天合'匪绺子是辽西抗日义勇军的一个小分队，辽西抗日义勇军的军长姜恩波和周祥如果知道了褚友朋和郭运合被你抓获了，他们能不出兵相救吗？所以，你带着百余名俘虏回太平川，不仅行走不便，而且，你仅仅是五百士兵，黑灯瞎火的，风险很大。"

"谢谢于大队长的提醒，我们就此告辞。"孙文韬说，他把脑袋转向自己的靖安军，"传我的命令，押解着俘虏，回太平川。"

"是。"站在他旁边的传令兵回应。

孙司令率领的靖安军押解着俘虏，在漆黑的夜色中向北开拔。

于德川朝靖安军看了看，然后，他呵呵地笑了笑，说道："继德啊，咱们过铁道线儿，回去吧……"

单继德跟着于德川过了铁道线儿，他们回到了自己的队伍里。

"咋样？"常青柏关切地问。

于德川把情况说了一遍。

"这咋办？我们'南侠'绺子跟'天合'绺子，亲如弟兄啊，我们不能不救他们啊。"郑天鸿急切地说。

于德川说："王子煌。"

"有。"王子煌说。

于德川说："咱们这是千人的队伍，我只带百八十人回郑家屯……其余的弟兄都由你和单继德带领，连同常大掌柜的百余人，赶在孙文韬的前面，在骆驼岭伏击孙文韬……走了大半夜，孙文韬走到骆驼岭，他们也就人困马乏了。"

"是。"王子煌和单继德说。

于德川说："把小野发给咱们的三门迫击炮也带着，用炮轰他个孙司令……也试试小鬼子的迫击炮，好用不好用？"

"是。"王子煌和单继德说。

于德川说："子煌，我记得你有几套奉军的军装来着，带着了吗？"

"带着呢。"王子煌说。

"我们在卧虎屯还藏着百余套奉军的军装呢，那是姜军长给发的。"常青柏说。

于德川说："打孙文韬时，你们能换上奉军军装的，都换上……你瞧孙文韬逮住了'天合'绺子的弟兄们的那个得意的汉奸样儿，妈了个巴子的，揍他个狗娘养的。"

然后，他附在王子煌和常青柏的耳边，说了自己的战役构想……王子煌和常青柏都笑了。然后，王子煌和常青柏率领着弟兄们急行军，经由卧虎屯，向骆驼岭迅速进发。

辽源县，骆驼岭。

骆驼岭，在卧虎屯和玻璃山之间。

靖安军的孙司令率领着队伍，骑着高头大马，雄赳赳、气昂昂地走在前面。在他周围的，是他的十几名亲兵，也都骑着高头大马，簇拥着他。

他的身后，他的士兵们押解着百余名"天合"匪绺子的匪徒，而且，是夜行军，因而，走的速度比较慢。

走在勃勃吐山和卧虎屯之间的时候，孙司令的五百靖安军，他们的精神头儿还是挺足兴的，但是，过了卧虎屯，已经是后半夜了，这精神头儿，就有些不济了。有些人的眼皮儿耷拉着，昏昏欲睡的样子，三天来，扛着大枪，追逐着匪绺子，哪里曾经睡过一个好觉？平常人哪里知道当兵打仗，吃的苦？

孙司令在自己的坐骑上，他在回忆在勃勃吐山的那一幕……如果不是他事先就派人收买了"天合"匪绺子里的刘耀财和庄宦臣，还真如于德川和单继德他们所说，小小的勃勃吐山，树木茂密……藏在树木和丛草之间，又居高临下，占据有利地势，以一当十……他的五百靖安军，咋能迅速拿下"天合"匪绺子？真是天算，不如他孙司令的人算啊。

在刘耀财和庄宦臣的秘密带领下，他的部队居然迅速地神秘地上了山头……出奇制胜地制伏了"天合"匪绺子。

——想到这里，他的心里很得意。

孙司令想起了于德川对他的提议，让他把这百余人的匪绺子俘虏，交给他于德川带到郑家屯去……又说，他去太平川可能会遇到辽西抗日义勇军的截击——用这样的话来吓唬他，以为他孙司令是三岁两岁的小孩儿呢？这个于德川啊，乳臭未干，耍这种小聪明，岂不是关公面前耍大刀？嘁。

——他鄙夷地用嘴巴吐出了个"嘁"字，以示对于德川的轻蔑。

"报告司令，前面就要上骆驼岭了。"亲兵报告。

"哦，不知不觉就上骆驼岭了？"孙文韬感到了紧张，因为，于德川的话言犹在耳，过骆驼岭不比走平道……

他刚刚想到了这里……"砰砰"，响起了枪声。

又听到埋伏在夜色中的骆驼岭上的人，高声地喊道：

"'天合'绺子的弟兄们，卧倒啊——"

被俘虏的"天合"绺子的弟兄们，本来就松散地走着，一听到这喊声，马上机灵地滚倒在地，滚向道边的蒿草丛生的壕沟里……还有的趁靖安军的士兵在愣怔之时，夺下靖安军手中的枪支，然后，伏在地上向靖安军射击。

夜色里的伏兵，手枪、步枪、机关枪，一齐向道路上的靖安军开了火……靖安军被这突如其来的密集的射击，打得蒙了圈、乱了套。

从密集的枪声里，孙文韬就可以听出伏击他孙司令的靖安军有千余人，而且，伏兵占据着有利的地形、地势……孙文韬感觉到，这伙子伏击的匪绺子们完全是有备而来。

他立即不祥地感到——自己被包围了。

现在，他顾不得自己的士兵了，更顾不得俘虏来的要拿这些俘虏请功的"天合"匪绺子的匪徒了。

他命令自己身边的骑马的亲兵："要不顾一切地向西南方向冲出去。"

"是，司令。"他身边的亲兵应答。

十几匹马不顾一切地斜刺地向西南方向冲击，尽管有亲兵及亲兵的马匹被子弹击中而亲兵落马，但是，孙文韬还是冲出了包围圈。

他们的马匹的脚步缓和了下来，但是，令他没有想到的是，几枚迫击炮弹呼啸着飞了过来，落在了他的马队里，爆炸了……孙文韬拿枪的右胳膊被弹片炸伤，手枪落地，他从马身上滚了下来……他的坐骑马匹也仆倒在地，马脖子被弹片割裂了半边，流出了浓浓的鲜血，并且，流血过多而死。

还好，孙司令幸免于难。

他的残存的几名亲兵赶紧过来，扶起了他，也顾不得捡起他落在地上的手枪了，把他搀扶到一个亲兵的马匹上，然后，那名亲兵跟另一名亲兵共同骑上一匹马，落荒而逃。

"缴枪不杀。"

"缴枪不杀。"

"我们是辽西抗日义勇军，中国人不杀中国人。"

"我们是辽西抗日义勇军，中国人不杀中国人。"

"……"

——伏击的战士们高声地喊叫着。

反抗只能是死路一条，孙司令已经逃命去了，被包围的靖安军投降了。

穿着奉军军官服装的王子煌，扶了扶戴着的金丝眼镜，手里挥动着手枪，然后，用手枪一指，说："'天合'绺子的弟兄们，我'姜恩波'命令你们，站在这边。"

"天合"绺子的弟兄们按照他的手枪的指向，站在了这边。

王子煌正了正歪戴着的奉军的军帽，又挥动了一下手枪，把手枪一指，说："靖安军的弟兄们，我'姜恩波'命令你们，站在那边。"

靖安军的弟兄们立刻按照他的手枪的指向，站在了那边。

这时，"南侠"绺子的大掌柜常青柏走上前来，向王子煌立正、敬礼，说："请辽西抗日义勇军'姜军长'训话。"

然后，他又转过身去，向众人喊道："请大家注意，现在，请辽西抗日义勇军'姜军长'给我们训话。"

"是——"自卫队的战士们和"南侠"绺子的战士们都大声地呼应道。

王子煌正了正自己的军官服,他向前走了两步,说:"作为军队啊,必须赏罚分明才是。"

"是的。"常青柏回应。

王子煌说:"'天合'绺子,是我的辽西抗日义勇军的一个分队,本来占据了勃勃吐山的西山,占据着天时、地利、人和……小小的孙文韬孙司令,他咋就能把我的'天合'小分队给俘虏了呢?真他妈的怪了事儿了。"

"'姜军长',是有人被孙文韬给买通了……"郑天鸿说。

王子煌说:"不对。"

"'姜司令',咋个不对?"郑天鸿说。

王子煌说:"险些毁了我100余名抗日的弟兄,这是多大的事儿呀……当兵的出事儿,当官的是要负责任啊。"

"哦,也是。"郑天鸿说。

王子煌叫道:"来人哪。"

"'姜军长',你有何命令?"身穿着奉军军官服装的单继德,闪身出列,他说。

王子煌说:"把'天合'绺子的大掌柜褚友朋和二掌柜郭运合,给我绑起来。"

早已经有"南侠"绺子的战士,按照事先的吩咐,悄悄地站在了褚友朋和郭运合的身后,不由分说地把褚友朋和郭运合绑了起来。

王子煌说:"临阵被俘,还有脸活着?咋办?"

单继德说:"当死。"

"'姜军长',还是留着他们俩,戴罪立功吧。"常青柏和郑天鸿像是很认真地替褚友朋和郭运合说情。

王子煌说:"令行禁止,军法必严。"

单继德说:"'姜军长',我赞成。"

王子煌仿佛感叹地说:"枪毙吧,浪费我的子弹,咋办好?"

单继德说:"活埋。"

"嗯,这个主意好。"王子煌说,"不过嘛,挖坑费点事儿。"

单继德说:"'姜司令',你请人挖啊。"

"嗯,这个主意更好。"王子煌说,他叫道,"刘耀财、庄宦臣。"

"有。"刘耀财和庄宦臣表情尴尬地从靖安军的队列里走了出来。

王子煌说："有劳你们二位，给褚友朋和郭运合挖了个坑，把他们俩活埋了。"

"这……"刘耀财和庄宦臣面露难色。

王子煌把眼睛一立，脸一沉，说："咋的？要对抗本军长的命令吗？"

"不敢。"刘耀财和庄宦臣恭维地说。

常青柏把两把铁锹扔在了刘耀财和庄宦臣的面前。

王子煌命令道："就在这路边的壕沟里挖。"

"是。"刘耀财和庄宦臣说。

他们拿起了铁锹，走到了壕沟里，在众目睽睽之下开始挖坑。

天蒙蒙地亮了。

王子煌故意地问道："喂，二位，埋人的土坑，挖得咋样了？"

"差不多了。"刘耀财和庄宦臣说。

王子煌说："好，你们俩把铁锹扔上来。"

刘耀财和庄宦臣把铁锹从坑里扔了上来，然后，他们俩就要往坑外爬。

"你们俩别动、别动……是啊，我看现在要是埋了你们俩，正合适。"王子煌说着，举起了手枪，对着刘耀财和庄宦臣一人一枪，都打在了他们的大腿上，鲜血从他们的大腿上流了出来。然后，王子煌说，"给诸大掌柜和郭二掌柜的松绑吧。"

站在褚友朋和郭运合身边的人，给褚友朋和郭运合松了绑。

"活埋这两个汉奸，就是你们俩的事情了。"王子煌说，"诸大掌柜和郭二掌柜的，还有诸大掌柜和郭二掌柜的部下——刘耀财和庄宦臣，跟你们共同演一场好玩的戏，嘿嘿。"

褚友朋和郭运合操起铁锹，往刘耀财和庄宦臣的身上扬土……"天合"绺子的弟兄们则搬起路上的、路边的土疙瘩、石头块子砸向了刘耀财和庄宦臣。

不一会儿工夫，就将刘耀财和庄宦臣活埋了。

王子煌对靖安军的弟兄们说："看着没？这就是汉奸的下场。"

"看着了。"靖安军的弟兄们回答。

"我们说了，中国人不杀中国人，但是，绝不是不杀坑害中国人的汉奸，这两个叫刘耀财和庄宦臣的下场，就是明鉴。"王子煌说，"在你们面前，有三条出路：一是家里有老有小，回家种地去吧；二是跟着我们辽西抗日义勇军去打鬼子，做个民族英雄；三是放了你们之后，你们却仍然去当靖安军，当汉奸，为日本鬼子效力——别让我再抓到你们，抓到了你们，我'姜军长'就他妈的毙了你们。"

于是，这400多个靖安军，一多半回了家，一少半留了下来，随着"南侠"和"天合"绺子，参加了辽西抗日义勇军。

天亮了。

王子煌抱拳，说："各位，我要告辞了。"

"谢谢'姜军长'的搭救之恩。"褚友朋和郭运合说，抱拳回礼。

"我说了，演场戏……让二位受惊了，嘻嘻。"王子煌说，"这都是我们于大队长安排的，挺好玩的，是不?"

"姜军长，我们都认识。"褚友朋说，"看你不是姜军长，但是，有常大掌柜和郑二掌柜的态态和和地站在你身边，我们的心哪，稳当着呢，看着你演戏呗……嘿嘿。"

王子煌说："好，告辞。"

于是，王子煌带着自卫队向南走，回郑家屯；"南侠"和"天合"绺子向西北方向走了，去了辽西抗日义勇军的七星山根据地。

1932年7月23日，下午。

郑家屯，市政公所，所长办公室。

于德川向河野正直和小野讲了在勃勃吐山剿匪的经过……河野正直说："你们跟靖安军就这样地分手了?"

于德川说："我说，把匪绺子的俘虏让我带到郑家屯来，以防万一……结果呢，这个孙司令怕我抢了他们的功劳。"

小野说："你们即使是把匪绺子打得屁滚尿流，逃之夭夭了，也是个不小的胜利。"

"报告。"有人敲门，在外面说道，"于队长在吗? 有情况要报告。"

"进来。"河野正直说。

进来的是王子煌，说："孙司令所抓去的俘虏，在骆驼岭一带，被辽西义勇军给截救了……孙司令跑了。"

"你咋知道?"于德川说。

"我们在卧虎屯和玻璃山的情报员来向咱们报告的，这消息绝对准确。"王子煌说。

　　于德川眼睛看着河野正直和小野说："瞧瞧，让我说着了，孙司令他们太大意了。"

　　"你们的这次行动，还算成功。"河野正直说。

　　"谢谢肯定。"于德川说，"我告辞了。"

　　"好的。"河野正直说。

　　于德川和王子煌磨转身，离开了市政公所。

第十一章

于德川抗日义勇军举义旗攻陷郑家屯

1932 年 9 月 18 日。

辽源县，张家窝堡。

于德川主持军事会议，参加军事会议的有，于德川抗日义勇军的分团长——王子煌、单继德、潘清泰、张林，辽西抗日义勇军的姜恩波，辽北抗日义勇军的马忠国和小白龙，还有，被于德川特地邀请来参加军事会议的属于辽西抗日义勇军的"南侠"绺子的常青柏和郑天鸿、"天合"绺子的褚友朋和郭运合。

于德川说："众位，今天是国耻日，去年的今天，小鬼子发动九一八事变，占领了奉天，进而，使东北沦陷……但是，咱们东北的老百姓从来就没有屈服，到处燃烧着抗日的烽火……我于德川也是个血性的汉子，也必须举起抗日义勇军的大旗——打鬼子，保家乡。我把大家请来，就是要跟大家研究攻打郑家屯的事儿。"

常青柏说："于司令，你是条汉子，把我们围在了东土山，然后，把我们放下山，跟你的部队一起去堵截敌伪军，打得孙文韬屁滚尿流地逃跑了……救下了'天合'绺子的弟兄们，有义气，有勇气。"

褚友朋说："我听说于司令为了抗日，把自家的房子和地都卖了，买枪买子弹……舍去自家的家业，投身于抗日救国的大业，令我钦佩。"

姜恩波说："按照于司令的意图，攻打郑家屯，如果攻陷郑家屯，对于整个东北，震撼不小。"

郑家屯，辽源县首府，是西满的政治、经济、文化、军事重镇，尤其在军事上占据着特殊的战略位置。

因此，日本军队早在 1916 年就借野操为名派兵进驻郑家屯，并且，强行设立领事馆、警察署等机构。

马忠国说："于司令，我认为，我们攻打郑家屯的时机已经成熟；我来助攻，帮你攻打郑家屯，尽管你本身人强马壮。"

常青柏说："日本人在郑家屯的监狱里，还关押着我们'南侠'绺子的人呢，我主动请求来助攻郑家屯。"

褚友朋说："我们跟常大掌柜的一样，在日本人郑家屯的监狱里，也有我们的人呢，我们'天合'绺子也请求来助攻郑家屯。"

姜恩波说："我们辽西抗日义勇军，在于司令攻打郑家屯时，由我们来截击从北部洮南和太平川来增援郑家屯日本守备队的敌伪军队。"

小白龙说："我也听明白了，我们辽北抗日义勇军的任务，是截击从四平街方向来援助郑家屯日本守备队的敌伪军队。"

于德川说："好啊，辽西和辽北两支义勇军主动请缨……'南侠'和'天合'两个绺子分队也确定了主攻方向，我们从明天开始先扫清郑家屯的外围山场屯、白市……控制了郑家屯的外围村镇，后天正式攻打郑家屯。"

小白龙说："好咧，我明天就控制了金宝屯，在金宝屯以南部署狙击部队，打击从四平街方向的来犯之敌；在控制金宝屯的同时，扒掉铁路，割断电线杆子……瘫痪四洮铁路。"

姜恩波说："我们的任务跟小白龙兄弟一样，他控制金宝屯；我呢，控制卧虎屯，狙击太平川和洮南方向的来犯之敌，扒掉铁路，割断电线杆子，瘫痪郑家屯以北的四洮铁路交通。"

于德川说："我们在明天控制了郑家屯的周边之后，后天就包围郑家屯，攻陷郑家屯，具体的战役设想是……"

在于德川的背后，挂着"洮辽"地域的大地图，地图上标注着红、蓝箭头，红色箭头代表着攻击的方向，蓝色箭头代表着敌伪的守御和来援的方向……其实，"洮辽"地域的地图，可以说，早就在这些人的心里了；因为，都是土生土长，所以，了如指掌。

于德川在听了众人的意见之后，把原有的攻击方案，进行了调整、修改……最后，形成了进攻郑家屯的总体作战方案。

1932 年 9 月 21 日。

辽源县首府，郑家屯。

郑家屯的东、西、南、北四个方向，已经被于德川的抗日义勇军包围。

于德川命令："发三颗红色信号弹，开始总攻。"

站在于德川身边的马忠国，转达他的命令："发三颗红色信号弹，开始总攻。"

"是。"站在马忠国身边的信号兵回应。

"砰、砰、砰"，三颗红色信号弹器叫着升上了天空，在空穹中显得格外耀眼。看到了三颗红色信号弹，于德川的抗日义勇军的战士们，在四个方向的城门，同一时间，枪声骤起，发起了进攻。

于德川率领的义勇军主攻东门。

于德川率领的抗日义勇军，包括已经融合在于德川抗日义勇军里面的马忠国的奉军将士们，他们一边打枪，一边向城门方向运动，快要接近城门了，他们却各自找好隐蔽物，隐蔽起来，然后，伸出枪口，不断地向守城的日军射击，吸引着守城日军的火力。

东门的城内，埋伏在城门附近的抗日义勇军的战士们从人家的院落和房屋里钻了出来，为首的正是王子煌，他们突然出现在守城日军的身后，给了日军一个冷不防，守在城门旁边的 8 个日军，都被撂倒……王子煌命令："打开城门。"

他手下的义勇军战士，吱吱嘎嘎地把城门打开了。

与此同时，在东门城楼上的警署的警察，却突然掉转枪口，把枪口对准了自己身旁的日军，向日军发起了攻击……十几名日军腹背受敌。

负责指挥东门的日军指挥官是权亢集，他本身是参事官，却来到了这里指挥东门的守卫。似乎是大材小用的，由此可见，日本在郑家屯的所谓文职人员都是军人出身。

权亢集对于警察的嬗变感到惊讶，还没有来得及想出如何应对这突如其来的情况……横空飞来的一颗近距离的子弹，已经击中了他的脑袋，他想要动脑筋应付突变的情况，也已经来不及了。

王子煌带领着城门下的抗日义勇军，冲上了城楼，帮助警署的警察，全歼了东门城楼上的日军，然后，他们在东门城楼上插上"于德川抗日义勇军"的大旗。

于德川率领他的抗日义勇军的战士们冲进了东城。

战士们奋勇冲锋，从靖公馆一直打到了吴俊升的大帅府，所向披靡……于德川暂时驻扎在大帅府，指挥战斗。潘清泰派人来向于德川报告：

"报告于司令，我们大刀会的战士们已经占领了火车站和机关库，炸毁了郑通铁路的大桥，以及烧毁了石油仓库……"

于德川站在大帅府的院子里，向火车站方向望去，只见大火冲天，炽烈燃烧，浓烟滚滚，遮掩了半边天……他拍手大笑道：

"好——"

常青柏前来报告："报告于司令，我们'南侠'和'天合'两个分队，密切配合，已经攻进了小鬼子的'模范监狱'，释放了所有的囚徒……这些囚徒中的相当一部分人，也拿起了武器，参加了我们的抗日义勇军，打击小鬼子。"

于德川说："敢于拿起武器的中国人，都是有种的中国人哪，哪个愿意当亡国奴？"

接着，有人来报告："报告于司令，北门、西门，被我们攻破。"

又接着，单继德报告："余下的小鬼子，纷纷逃向了南大营，而且，在南大营顽抗。"

于德川说："张林攻打南门，难道还没有破门？"

马忠国说："还没有接到他的报告……看来，南大营是小鬼子顽抗的最后堡垒。"

于德川说："单继德。"

单继德说："有。"

于德川说："你给我在城内各个旮旯、胡同，清剿小鬼子，一个也别放过，统统给我枪毙，他们的手上都沾满了我们中国人的鲜血。"

单继德说："是。"

他转身走出了大帅府，执行于司令交给他的任务去了。

于德川命令："走，进攻南大营。"

于是，他的部队纷纷向南大营进发……

郑家屯，南大营。

于德川率领他的部队来到了这里。

这时，张林向于德川报告："报告于司令，我们刚刚攻破了南城门。"

于德川说："张林，咋搞的？你们的进展最迟缓。"

张林辩解道："南城门的小鬼子守城守得太顽强。"

"哪个城门的小鬼子会把城门拱手让出来？"于德川说，然后，他又说，

"命令部队包围南大营，不要走了小鬼子，小鬼子已经是瓮中之鳖。"

王子煌说："是。"

于德川的抗日义勇军迅速地包围了南大营。

他发现，南大营的四面新近还筑起了堡垒，从墙壁上添加了对外的枪眼……他说："我就纳了闷儿了，难道我们进攻郑家屯的消息，有人走漏了?"

马忠国说："很有可能。"

于德川说："看来，对南大营不能强攻。"

马忠国说："用炮轰，撕开他一个大口子……就攻进去了。"

于德川说："嗯哪，看来只能如此了。"

马忠国说："把迫击炮、野炮都摆在前面来。"

"是。"他手下的炮队队长说。

马忠国说："对准南大营，集中火力，给我猛轰……炸得它墙倒屋塌，撕开它几条口子，然后，掩护部队进攻。"

"是。"他手下的炮队队长说。

迫击炮、野炮的炮弹，像雨点般地落向了小鬼子占据的南大营……南大营真可谓炮火燃烧，硝烟弥漫，脊落屋塌，一片狼藉。

于德川命令："进攻。"

他的抗日义勇军从墙倒屋塌之处攻了进去……枪声平息，小鬼子占据的最后堡垒——南大营，被抗日义勇军占领。

王子煌报告："没有发现河野正直和小野的尸体。"

于德川说："土遁了?"

王子煌说："不可能。"

单继德说："城内的小鬼子都被我们抗日义勇军扫荡一空，在北门发现了日本参事官富永景三郎的尸体。"

马忠国说："他显然是北门的临时守门指挥官，跟权允集是东门的临时守门指挥官一样，他们都是日军的退役大尉。"

于德川说："发现河野正直和小野的尸体了吗?"

单继德说："没有。"

郑天鸿说："有人发现，有几个鬼子像是从南门被放跑了。"

于德川说："从这个南大营跑的?"

郑天鸿说："很可能啊，这里是他们的最后的堡垒啊。"

于德川说："把守南门的张林给我叫来。"

"是。"于德川的亲兵，不一会儿的工夫，把分队长张林叫来了。

"于司令找我？"张林说。

于德川说："南大营的南墙角和郑家屯的南城门，都是你守卫吧？"

"是啊。"张林说。

于德川说："你放走了日本鬼子？"

"没有啊。"张林否认道。

于德川说："河野正直和小野呢？"

"我哪里知道啊？"张林说。

于德川说："搜他的腰包。"

他的两名亲兵上来，搜了张林的腰包，从张林的腰包里搜出了10根金条……张林见从他身上搜出了金条，他的脸色变得煞白。

亲兵把金条亮在了众人的面前。

于德川上前扇了张林两个耳光，说："这金条，是咋回事？"

"这、这是我把房子卖了，还跟亲、亲戚朋友们借了钱……这是为了给咱们抗日义勇军买枪买马呀，跟你学习的啊。"张林结巴地说。

于德川叫道："潘富泰。"

"有。"潘富泰说。

"你接替张林的分队长的职务，我先把他的职务撤了。"于德川说，"张林，我恨的就是汉奸。来人哪，把他捆起来，拉出去，给我毙了——你个里通小鬼子的汉奸。"

两个亲兵把他捆了起来。

"冤枉啊。"张林喊叫道。

于德川说："你挺聪明啊……"

"我咋个聪明了？"张林说。

于德川说："我在围住勃勃吐山东麓之后，给'南侠'绺子的兄弟们留了个口子……你学得挺像啊，是不是？"

"我哪敢啊。"张林说，他简直就是哭腔。

于德川再次命令："毙了。"

"大哥，我冤枉啊。"张林再次喊叫道。

于德川说："你这个时候想起咱们拜把子，我是你大哥来了，你放走河野正直和小野……给敌人报信的时候呢？"

"大哥，我实在是冤枉哪。"张林给于德川跪了下来，他哭着喊叫道，

"你们有何证据啊，这是挑拨我们弟兄的关系啊。"

郑天鸿一想，自己刚才所说的话语……他也知道于德川和张林是拜把子弟兄，于是，他又出面劝解道："于司令，暂且放了他，他也跑不了……待把事情查实之后，再做处理也不迟的，是不是？"

"天合"绺子的大掌柜褚友朋和二掌柜郭运合也过来说情……于德川对张林说："那好，就暂且放了你，如果事情查实，定斩不饶。"

两名亲兵给张林松了绑。

张林跪在地上，先给于德川磕了头，然后，又给郑天鸿、褚友朋和郭运合磕了头，方才站起身来，战战兢兢地闪在了一边。

于德川豪情满怀地说："小鬼子占据的郑家屯，轻而易举地就让咱们抗日义勇军给攻陷了，这要是把奉天城让咱们抗日义勇军给攻陷了……该他妈的有多痛快、多提气啊，啊？"

马忠国说："一定会有那么一天的。"

于德川仰面朝天，哈哈哈地大笑了起来；众人也跟着哈哈地大笑，笑声一片。

1932 年 9 月 22 日，后半夜。

郑家屯以北 12 里，勃勃吐山。

辽西抗日义勇军的军长姜恩波和副军长周祥，正在这里做好了伏击来援郑家屯日军的准备……眼前是扒了铁轨的铁路，还有被割断了的电线杆子，横躺竖卧在铁道线上。

从郑家屯城里来的哨探报告：

"于德川抗日义勇军已经攻克了日军退守的最后据点——南大营，整个郑家屯已经控制在我们抗日义勇军的手里。"

姜恩波和周祥听了相视一笑。

刘宏信派人来报告："报告军长，卧虎屯一带没有敌伪军的动向。"

周祥说："哦，知道了。"

刘宏义派人来报告："报告军长，玻璃山一带没有敌伪军的动向。"

"知道了。"姜恩波说，"郑家屯都打了一天了，驻守在洮南的张大麻子和他驻守在太平川的孙文韬的靖安军，居然都没有动静。难道他们都没有接到日军让他们援助郑家屯的命令？"

"他们知道我们会围城打援……他们狡猾着呢，即使是接到了援助的命令，也故意贻误军机……目的是保存自己的实力，而且，他们上次围剿'南侠'和'天合'绺子，还吃了大亏……他们不能不谨慎啊。"周祥说。

"你分析得对啊。"姜恩波幽默地说，"玻璃山和勃勃吐山，我们都放了兵，原准备包顿饺子吃……这个张大麻子和孙文韬却偏偏不愿意做我们包饺子的肉馅……不够意思。"

"这个时候没有动静，也就没有动静了。"周祥说，"但是，我们仍然是坚守待命。"

"是的。"姜恩波说，"听郑家屯方面的动态，再定……"

"只能如此啊。"周祥说。

伏兵们仍然提高警惕，随时准备消灭来自北部的增援郑家屯的敌伪军。

1932 年 9 月 22 日，清晨。

四洮铁路线上，金宝屯。

四辆铁路装甲车从四平街站出发，轰轰隆隆地来到了这里，发现前面的铁轨已经被拆除了，不得不停了下来。

从最前面的那辆装甲车里走下了几个日本小鬼子，他们来查看情况……突然，子弹像雨点般地射击过来，几个日本小鬼子全部中弹身亡。

原来，在铁道两旁已经被辽北抗日义勇军构筑了伏击的阵地，子弹是从伏击的阵地里发射出来的。

接着，就听到了刺刺啦啦的导火索的燃烧的声音……轰轰隆隆的数声爆炸，前面的两辆铁道装甲车被地雷和炸药包给炸毁了，掀翻了，滚躺在了铁道线儿的下面……在第三辆铁道装甲车的里面，有驻四平街的日本关东军满洲独立守备队的司令官森连，还有郑家屯市政公所的所长河野正直。

森连说："遭到伏击，是意料之中的事情……但是，却没有料到义勇军是如此的军事布局，火力是如此的凶猛，我的两辆铁道装甲车……"

河野正直说："如果我不是用 10 根金条买通了……我和小野就根本到不了四平街，来请你们……可见，于德川的抗日义勇军……"

正在这时，最后一辆铁道装甲车上响起电话铃声，森连司令官接了电话，他说：

"喂——"

"报告司令官，在我们车后不算远的地方，用望远镜瞭望，发现……"林清中佐说。

· 167 ·

"发现啥啊?"森连似乎感觉到了啥,他急切地问。

"发现一些人正在破坏铁道线。"林清中佐说。

"巴嘎,他们要断了我们的归路。"森连说,"要把我们困死,或者炸死在这里。"

"咋办?"林清中佐说。

"这还用说吗,赶紧撤离……一边撤离,一边向那些要破坏铁道线的匪徒们开枪……事不宜迟,动作要快。"森连命令道。

森连的铁道装甲车开始向后倒退,一边倒退,一边盲目地向四面开火……河野正直说:"森连司令官,我们不去救助郑家屯了?"

"我现在需要的是,谁来救我?"森连说。

"下一步咋办?"河野正直说。

"只能向奉天的关东军司令部报告……听从他们的命令。"森连说,"要么,让奉天出兵,要么,让奉天派飞机……单纯依靠我本身的军力,是难以完成使命的,我收复不了被你们丢失的郑家屯。"

"哦。"河野正直说。

铁道装甲车快要退到了八面城,森连才大大地松了一口气。他命令:

"拨通奉天的关东军司令部的电话。"

电话拨通了,他操起电话,说道:

"喂,值班参谋吗?我是驻四平街的满洲独立守备队的司令官森连……郑家屯已经被于德川的抗日义勇军攻陷,我在援救郑家屯的路途中……我请求……"

森连司令官跟奉天的关东军司令部的值班参谋,双方交谈了很长时间。

1932 年 9 月 22 日。

于德川抗日义勇军攻陷西满重镇——郑家屯的消息,立刻引起了各方面媒体的关注,包括奉天、新京等各地伪政权的报纸,都在显著位置上,进行了报道。

对这些报道日本国内的报刊,又纷纷转载。

这使得于德川抗日义勇军攻陷有日本驻军的西满重镇——郑家屯的战役,震惊中外。

日本媒体把于德川抗日义勇军说成是辽西、内蒙古抗日义勇军的一部分……使日本军国主义者们感到,中国民众所蕴含的抗日的烽火,一旦燃烧起来，就会成为汪洋的火海，把他们烧得焦头烂额，使他们死无葬身之地。

1932 年 9 月 23 日。

郑家屯，吴俊升大帅府。

于德川主持军事会议，研究事态的发展。于德川说：

"我接到了一份情报，说是奉天的关东军司令部决定要派飞机来轰炸郑家屯……而且，他们已经从奉天出兵了，来收复郑家屯。"

周祥说："消息咋来的？"

于德川说："我妹夫陈冠兴的报务员将一份电报给了他，他一看，得知奉天要派飞机来轰炸郑家屯……我妹夫就把这消息告诉了我妹妹于德芬，他知道我妹妹于德芬会把这个消息转告给我。"

马忠国说："对于这个消息，我们这里，还有佐证。"

小白龙说："我们辽北抗日义勇军在四平街的情报点得到情报，也是说奉天的关东军司令部决定要派飞机来轰炸郑家屯……奉天的日军向郑家屯出兵了。"

马忠国说："这个情报来得很蹊跷，一把飞刀带着一帕红布，扎在我们情报点的里院的窗子上，红布上的字块是用剪裁的报纸粘连起来的……这把飞刀的打造的样式，是我们马家所独有的……至于到底是谁向我们传递的情报？还是个未解的谜。"

小白龙说："我们宁可信其有，不可信其无。"

马忠国说："我们攻陷了郑家屯……其意义，无论在政治上，还是军事上，都达到了目的，所以，退出去，是我们见好就收。"

姜恩波说："这样，可以使郑家屯免遭日军的轰炸，也使得众多百姓，免遭战火的涂炭……我们也可以保存自己军事实力。"

于德川说："我的意见是，撤离郑家屯。"

"同意。"马忠国、小白龙、姜恩波、周祥等人回应。

于德川说："那就这么决定了。"

这样，于德川的抗日义勇军有序地撤离了郑家屯。

于德川的抗日义勇军虽然已经撤离了，但是，在郑家屯的四座城门楼上，依然高高地飘扬着——"于德川抗日义勇军"的战旗。

与此同时，在卧虎屯被扒掉的铁路上，插着"辽西抗日义勇军"的战旗；在金宝屯被炸毁的铁道装甲车的残骸上，插着"辽北抗日义勇军"的战旗。

郑家屯郊外。

于德川说："子煌，你带着弟兄们随着姜军长他们去七星山……"

王子煌说："你呢？"

于德川说："我到康平走一趟。"

姜恩波说："你到康平干啥？"

于德川说："高萌洲的抗日义勇军活跃在康平一带，我去联络他们……可以联合起来，协同起来，对日作战。"

周祥说："这是个好想法，如何保证你的安全？"

于德川说："我带二十几个弟兄走……"

姜恩波说："潘富泰。"

"有。"潘富泰说。

"你和二十几个弟兄，随同于司令……目的是保证于司令的安全。"姜恩波说，"一旦发生意外的事情，要快马通知我们，同时，也要派人通知二龙山的马忠国他们。"

"是。"潘富泰说。

于是，于德川带着二十几个人，骑着马，向康平方向进发。

第十二章

马忠国率领骑兵乔装解救遇险的于德川

1932 年 9 月 24 日，下午。

郑家屯南，大蒿子屯，属内蒙古地界。

于德川等人从郑家屯出发，向南行走，去往康平。走出了几十里地，就路过这个大蒿子屯。他们走进了屯子，将穿过屯子，继续上路。

于德川等人扮成商人的样子，分成三个组合，于德川居中，前后各有一组合，距离于德川不远不近，目视可及，照应居中的于司令。

于德川进入了屯子的中心，见一豪门大宅，大宅四周是青砖砌成的高高的围墙，围墙的四角是凸出的碉楼，碉楼之上铺着琉璃瓦。

门庭轩昂，七级台阶走上去，朱漆的三扇大门，正中的中门是双扇门，两旁是单扇的偏门。门楣之上有匾额，正中的双扇门的上方的匾额中间用汉文，汉文之上用满文，汉文之下用蒙文，图写着"统领府第"；偏门也仿效这种文字形式，分别写着"尚武定国""崇文安邦"。大门的两旁有四尊黑色的石头狮子，一看就可以知道，这石狮的石料来自七星山之一的黑虎山。石阶旁的两尊石狮较大，有两米五高，眉目凶狠，仿佛张牙舞爪，而且，龇牙咧嘴，嘴里都含着一个可以滚动的石球，石球是自然地雕刻在嘴巴里面的，可谓巧夺天工；偏门旁边的两尊石狮略小，有半人高，向内的前爪踩球，似乎温顺些，但是，与门阶旁的大石狮相衬比，却有小狮借大狮之威猛、凶恶之势。

于德川一看就知道，这家人家至少做过蒙兵的统领，这是他的统领宅邸，而且，看来比较张扬和炫耀。

门前站着一行人，为首的那位，头戴蒙人礼帽，身穿蒙服，腰扎缎带，足蹬牛皮靴，他见到了于德川，手捧哈达，躬身俯首，说道：

"于司令大驾府邸门前，使我包善家门楣生辉。"

见到如此礼仪，于德川不得不下马，礼貌地接过了包善手中的哈达，说："包先生何以知道我于德川？"

包善说："于司令，举义旗，兴除倭之天兵，联合四方豪杰，攻陷郑家屯……威震遐迩，即使是三尺之孩童，也崇拜于司令之爱国风范。"

于德川笑了笑，说："包先生过誉了，我出于民族大义，只是做了我该做的事情。"

包善说："包善不才，请于司令进寒舍，暖茶一叙，小饮一杯，不知可否赏个面子？以使蓬荜生辉。"

于德川说："包先生的盛情，我于德川领了，但是，赶路要紧，就不打扰包先生了，请包先生海涵。"

"于司令赶路前行，云游四方……"包善说，"我想，无非是为抗日救国之大计，广揽天下英才……我包善不才，却也家业殷实，名望一方，难道不可以为于司令高举义旗，仗义疏财，或牵马坠镫……除倭安国？"

于德川听了，心中不禁一动，他不得不对包善另眼相看，权且改变了敷衍之意，他说：

"噢？"

"安邦兴国，抵御外侮——即使是华夏一匹夫，也人人有责。"包善说，"况我额父，做过朝廷统领……我也是一介武夫，却是热血男儿，安能无视倭寇沦丧我满蒙？"

听了这话，于德川更是为之所动，仿佛找到了又一个知音，说："愿与包先生畅谈，高举抗日救国之大旗。"

包善把手向府邸的门里一挥，说："于司令，请。"

跟随在于德川身边的，有七名亲兵。

三名亲兵牵着马匹，在门外等候，于德川带领着随身的四名亲兵，跟着躬身恳请的包善，走进了四面有围墙、四角有碉楼的包善府邸的大门。

大蒿子屯，统领府第。

于德川和他的四名亲兵进了大门，身后的大门却突然"吱嘎"一声被关上了。与此同时，数十支隐藏在院落里的枪口，都指向了于德川和他的四名亲兵。

躬身在于德川身旁的包善也将手枪的枪口，顶在了于德川的腰间，并且，伸直了腰板。包善的蒙兵过来，把于德川身上的手枪搜去，连同于德川随身的四名亲兵的枪支也被院子里的蒙兵下了去。

然后，把于德川和他的四名亲兵，五花大绑地绑了起来。

于德川说："你们要干啥？"

包善嘿嘿地笑了笑，说："把你这个大大的于司令献给日本人，请功领赏啊。"

于德川说："你个卑鄙的小人。"

包善说："逮住你的手段，似乎卑鄙了点，但是，我却未必是小人。"

于德川冷笑道："难道还光明正大？"

包善说："我的额父，身为统领，跟随巴布扎布起事，却在突泉战役中牺牲……但是，我们家却一直与巴布扎布家族的子女，特别是甘珠尔扎布和正珠尔扎布，以及日本军人，有着密切的联系……你于司令路过这里，正好给了我一个为新兴的满洲国建功立业的机会，我岂能放过？嘿嘿。"

"瞧你那副小人得志的样子，让人恶心。"于德川蔑视地说，"被日本人绑架的满洲国必定灭亡。"

"到底是你灭亡，还是满洲国灭亡，那就要看天意了。"包善说，"你也知道，大清国可是洋洋洒洒二百年……"

在于德川和他的四名亲兵在大门里面被绑架了之后，站在门外的蒙兵也亲近似的，悄悄地接近了门外的于德川的三名牵着马匹的亲兵，冷不防地出手，以三个对付一个，将门外的于德川的三名亲兵也捆绑了起来，然后，塞进了"统领府第"的偏门。

至此，包善不费一枪一弹，却利落地解决了于德川整个中间行走的八人小组合。

"好啊——"一声日语的赞叹，小野从门房里面走了出来，跟在他身后的是于德川的把兄弟张林。

于德川看明白了，出卖他的是张林。

张林拱手，说："对不起了，大哥。"

于德川轻蔑地说："喊，汉奸。"

张林说："我这也是无奈之举。"

于德川说："我在攻陷南大营之后……就应该毙了你。"

张林说："大哥，这个世界上，没有卖后悔药的……你要起事，是我暗中禀告了河野正直所长和小野君的，使他们有所准备……你攻破了南大营，是我放了河野正直所长和小野君的，'天合'绺子的郑天鸿他们没有看走眼……可惜啊，你没毙了我，你可是命在旦夕喽……人生一世，草木一秋啊，大哥，走到了今天，你到寿了啊……谁让你放着好好的县自卫队的大队长不当，却非得当啥'于德川抗日义勇军'的于司令呢？"

于德川说："大丈夫不成功，便成仁，死又何憾？"

张林说："还有一个可惜啊，我那10根金条，被你搜去了……那可是我让出了一条活路，河野正直所长和小野君赏赐给我的啊。"

于德川说："你是鬼迷心窍、财迷心窍，你不会有好下场。"

小野说："于司令，别听张林先生说，好像我们会杀了你。"

于德川瞪着小野，说："看来，小鬼子开善心了……你们退出我们的满蒙，滚回你们的日本老家去啊。"

小野说："你为啥要打我们日本人呢？日中亲善嘛。"

于德川说："你们为啥要侵略我们中国的满蒙呢？你们日本侵略者是我们中国人的敌人嘛……这还用问吗？"

"你的双手沾满了我们日本人的鲜血。"小野说，"那你可要掉脑袋了。"

于德川说："脑袋掉了，碗大个疤；二十年后，还是一条汉子。"

"你可以不掉脑袋嘛。"小野说，"只要悔过自新，签署一个声明……"

于德川对此嗤之以鼻，说："小野先生，你就别做美梦了。"

小野说："冥顽不化，死路一条啊。"

于德川说："别废话了，你就朝老子开枪好了。"

小野说："哪有那么容易，我们还要向世人展示，你于司令反满抗日，被我们抓到了……我们要公开处决，以警示世人，杀一儆百嘛。"

包善叫道："来人啊。"

"有。"他的蒙兵答应。

包善说："把这些个反满抗日分子，给我们关押起来……"

"是。"他的蒙兵答应。

随即，他的蒙兵把于德川等人关押到了一个草棚屋子里。

包善说："小野君，酒菜已经准备好了，咱们小酌几杯，以示庆贺吧？"

"好的。"小野说。

"请。"包善躬身挥手，请小野和张林走向上房。

"今天就关押在这里，待明天，把他们这几个反满抗日分子，由我亲自押送，送往四平街的大牢……"小野边走边说。

"是。"包善说。

他们进了上房，款款落座，推杯换盏，饮酒作乐，以示庆贺。

在于德川进了"统领府第"之后，他在门外的三名亲兵被绑架进了偏门——这一切，都被潘富泰看在了眼里，他没有命令他的组合采取动作，因为，他知道，以余下的他们十几个人，是难以救助于司令的。

潘富泰使了手势，他们来到了屯子外的小树林里。

他说："小王，你带领一个弟兄，两人四匹马，轮换着骑，快马加鞭，前往二龙山报信儿……于司令和咱们的几个弟兄，肯定是陷入虎口了，很危险。"

"是。"小王回答。

潘富泰说："小李，你也带领一个弟兄，也是四匹马，轮换着骑，快马加鞭，前往七星山报信儿……"

"是。"小李回答。

潘富泰说："事不宜迟，你们马上就出发吧。"

"是。"小王和小李回答。

小王和小李出发了。

潘富泰说："其余的人跟随我，分兵把守，监视屯子里的'统领府第'中的动态。"

"是。"余者回答。

于是，他们跟屯子保持不远不近的距离，监视屯子里的动态。

第二天上午。

小野骑着高头大马，亲自率领着包善派出的 40 名蒙兵，押解着于德川等八名"反满抗日"分子，得意扬扬地出了大蒿子屯。

他们径直地向东走，去往三江口，那里是四洮铁路的站点，也是属于日本守备队的控制范围，在那里也可以搭乘火车，去往四平街。

突然，前面烟尘腾起。

小野用望远镜一看，来了一大队他们日本的皇军骑兵，正是向他所在的位置而来。他心想，难道这是来接他的？不对啊，他没有把这个消息向上司报告啊……心中未免疑惑。但是，不管咋说，来的毕竟是皇军——自己人。

两方的队伍仿佛不期而遇。

小野看了，来的皇军骑兵有四五百人，为首的是位中佐，他身边的是位少佐，其军衔都比他高。

小野用日语说："你们是哪部分的？"

少佐长着大眼睛，面色红润，可谓天庭饱满、地阁方圆，而且，留有一副小髭胡，不客气地用日语反问道："我们还要问你呢？"

"我是郑家屯铁道守备队的小野中尉，我们押解着'反满抗日'分子，去往四平街。"小野说，"请问，你们呢？"

"我们是驻四平街的关东军满洲独立守备大队，奉命前往郑家屯增援……"少佐说，他又话头一转，"你是小野中尉？"

"是啊。"小野说。

"你临阵脱逃，致使郑家屯沦陷，按照我们的军人法则……勿得胜，毋庸死。"少佐的面色严厉，突然改用了汉语，好像是故意说给蒙兵们听的，"把小野拿下，送军法处。"

"嗨。"有四名日本骑兵过去，将小野绑了起来。

这时，四五百名日本骑兵已经把40名蒙兵包围了起来，少佐用汉语说："把这几个'反满抗日'分子押过来，由我们来审查。"

"嗨。"随着十几名日本骑兵的答应，并且过去，在蒙兵的队伍里，把于德川等八人带到了这伙子日本骑兵的后部。

少佐对蒙兵们说："你们，啥的干活的？"

"我们是统领包善家的蒙兵，押解'反满抗日'分子，并且，护送小野先生到四平街。"蒙兵们回答。

少佐说："小野违反军纪，会受到军法处置……你们到底是啥的干活，也要审查……交出你们的武器。"

数百支枪口一下子指向了蒙兵们，蒙兵们不得不交出武器。

少佐的手向蒙兵们一指，说道："把这些蒙兵们绑起来。"

蒙兵们懵里懵懂地被捆绑了起来。

一直未开口的中佐开口了，他用汉语说："把这些蒙兵，都押解到前面的小树林子里去吧。"

蒙兵们一听，都跪了下来，说道："别杀我们哪，我们都是在包统领家混口饭吃而已啊，皇军大人，饶命啊。"

中佐说："瞧你们这个德行，我只是让你们到小树林儿里边去凉快凉快……没有杀了你们的意思。"

听了中佐的话，蒙兵们才似乎放心了。

40名蒙兵被押解到了小树林儿里，手被反绑在树干上，脚也被捆在了树根部位上，用他们的衣服向上掀起了，露出肚腹……蒙住他们的头部，然后，再加上一道绳子。这样，他们就动弹不得。

9月下旬，已经下霜了，再加上寒冷的北风……看来，40名蒙兵，是要受到点风寒之苦喽。

少佐是那淑荣，中佐是马忠国。

这四五百日本皇军的骑兵是二龙山的辽北抗日义勇军乔装打扮的。

"表弟，受惊了?"马忠国说。

"受点惊恐，也是难免的。"于德川说吗，"我认出了你，还有小王……我这心里别提有多高兴了，再造之恩哪。"

"互相救助，应该的。"马忠国说。

"这回，我明白了，啥叫姑舅亲，打折了骨头连着筋!"于德川说。

说完，他呵呵地笑了。

"我星夜赶往二龙山，二龙山的弟兄们一听……急了，马上就派出了骑兵……还带来了小炮呢。"小王说，"这个包善真是可恨。"

"传我的命令，快速赶往大蒿子屯，进入包善的'统领府第'，杀他个片甲不留。"马忠国说。

"对，杀他个回马枪，报仇雪恨。"于德川说。

乔装的骑兵队伍，迅速向前行进，突然，路边的树毛子里，有人喊叫：

"于司令——"

又有人喊叫：

"小王——"

正在行进的骑兵队伍停了下来，

路旁的树毛子里，传出喜出望外的哈哈哈的笑声，十几个人从树毛子里走了出来，为首的正是潘富泰。潘富泰对于德川说：

"我们就跟在你们和蒙兵们的后面……心急如焚哪。"

说着，他呜呜地哭了起来，他的其他的十几名弟兄也跟着落了泪。

"你是我的好兄弟，别哭了，咱们不是脱险了嘛。"于德川拍拍潘富泰的肩膀，说，"你们跟上咱们的队伍，咱们杀他包善这个大汉奸一个凶狠的回马枪，来而不往非礼也，报仇雪恨哪。"

潘富泰说："我就纳了闷儿了，谁出卖了你？"

"张林。"于德川说，"他可能还在包善的府上呢。"

潘清泰说："小野呢？"

"已经把他给宰了。"于德川说，"跟着小野押送我们的蒙兵都被绑在那边的小树林儿里了，待他们返回二龙山的时候，再处置。"

潘富泰用袖头子抹干了眼泪，用手向前一挥：

"走，报仇去。"

战马蹽起了马蹄子，向大蒿子屯疾速进发。

大蒿子屯。

马蹄声急，速度飞快，转瞬间，就到了这个屯子。

乔装的日本骑兵部队冲进了屯子，包围了"统领府第"，中佐和少佐率兵进了"统领府第"。"统领府第"的蒙兵们一见来势汹汹的日本骑兵部队，哪个敢拦截？又哪个敢怠慢？蒙兵们，一边向里边内宅跑去，向主人包善报告……一边敞开双扇的正门，躬身迎请，欢迎中佐和少佐率兵进入"统领府第"。

进了府第的大门，乔装的中佐马忠国把战刀向里面一挥，"皇军"们按照事先的部署，进去搜索的搜索……上包家碉楼的上碉楼，然后，把碉楼上的蒙兵缴械，带下来。

蒙兵们和包善的家眷们被驱赶着……在院落里，不得不老老实实地站成了一群。

包善用急匆匆的碎步从内宅跑了出来，见了乔装的中佐马忠国，说："不知皇军驾到，有失远迎，敬请恕罪。"

马忠国说："不知者，不怪。"

"是的、是的。"包善说，"皇军有何吩咐，小的我，愿意效犬马之劳。"

马忠国说："于德川呢？"

包善诌媚地说："这个'反满抗日'分子，在上午的时分，已经由小野先生押解，前往四平街的大牢啦，呵呵。"

"噢，是这样？"马忠国说，"谁说的？不还在你这院落里吗？"

"不，不可能。"包善说，"的确由你们的小野先生押往四平街了……我还派了40名我们蒙兵护送了呢。"

"包善，你还认识我吗？"于德川闪身走了出来，站在了包善的面前，他说。

包善以为自己的眼睛花了，他又眯缝着眼睛，认真地看……的确是于德川，不禁愕然，他说：

"你……"

"天不灭我。"于德川说。

包善做梦也想不到，于德川真的就在他的院落里，而且，真真切切地就在他的眼前……他仿佛急中生智，"扑通"跪在了于德川的面前，他说：

"于司令，你饶了我吧，是我一时糊涂，做了傻事儿。"

"你不是说，连你爹都是日本人的走狗吗？"于德川说。

"我这是被日本人逼的呀……不得已啊。"包善说。

"日本人还逼我投降呢，可是，我还是要做堂堂正正的中国人。"于德川说，"你有啥委屈，到阴间跟阎王爷去述说吧。"

说着，他把手枪对准了包善的脑袋，"砰"的就是一枪，子弹准确地击中了包善的脑袋。包善白眼一翻，登时仆倒在地，一汪鲜血从包善的脑袋里淌了出来。

潘富泰伙同两个弟兄，把张林推到了于德川的面前，潘富泰说："这小子躲在偏房里边了……于大哥，宰了这个叛徒、汉奸。"

张林早已吓得脸上苍白，连尿都尿到裤裆里边了，他祈求地说："大哥，念我们多年的拜把子的弟兄的情意，请大哥高抬贵手，饶恕我吧。"

于德川说："我们起事，你向鬼子通风报信儿，这是一死；在南大营，你网开一面，放走了小鬼子河野正直和小野等人，又是一死；在这个大蒿子屯，又是你通风报信，让小野和包善定计，使我等八个弟兄陷入虎口……你再是一死；张林，你都该死过三次了，你明白不明白？"

张林说："我们毕竟是结义弟兄，还是请于大哥饶命。"

于德川冷笑了一声，说："为国家、为民族……我岂能饶你？"

潘富泰抽出了一把大刀，说："大哥，给你……"

于德川接过了大刀，不由分说，抡起了大刀，就向张林的脖颈处砍去……张林的脑袋瓜儿，登时搬了家，叽里咕噜地滚向了一边，停下来的脑袋瓜儿沾满了地上的泥污……张林腔子里的鲜血，从割断了脖颈处，喷吐了出来，沾染在了地上，顷刻间，变成了酱紫色。

这时，于德川抗日义勇军的小李子跑进来了，说："于司令，姜军长和王子煌他们的部队来了。"

于德川说:"请他们进来。"

姜恩波和王子煌他们来了,姜恩波说:"我们在大蒿子村去往郑家屯的路上堵截,没有发现踪影,就匆匆地赶来了。"

马忠国说:"你们来得正好,你们用包善的车马,把包善的财产,能拉走的都拉走,拉往七星山……绝不给汉奸留下资产。"

"好咧。"王子煌答应。

他指挥着他们辽西抗日义勇军的战士们做这件事情去了,搬的搬,扛的扛……能装上车的都装上了车,然后,拉走。

马忠国宣布:"全体将士,撤离包善的'统领府第'。"

随着他的命令,辽北抗日义勇军和辽西抗日义勇军都撤出了包善的府第……但是,王子煌又组织了他的战士们,把包善的府第放了火……火势蔓延,整个包善的"统领府第"成了一片汪洋火海。

辽北抗日义勇军和辽西抗日义勇军的将士们,退出了大蒿子屯,就在马忠国和姜恩波他们即将分手时,又听到"轰轰隆隆"的四声巨响……原来,是潘富泰把包善家的四个碉楼,都放上了炸药包,点燃了导火索……四个碉楼都被炸得飞上了天。

焚烧、爆炸,使整个包善的府第被夷为平地,成了废墟。

马忠国率领乔装的日本皇军的骑兵部队,回二龙山去了;于德川他们一行,随着姜恩波的队伍,回七星山去了。

1932 年 9 月 27 日,下午。

伊通县城以西,北岭子。

"全胜"匪绺子的一彪人马,原本应该按照现任二掌柜的夏天雨的命令,从伊通县城直接撤回到公主岭,但是他们贪欲未足,故意拖拖拉拉地落在后边,然后,偏离了大股的匪绺子的队伍,拐向西行——这一彪人马,正是被赵全胜收编进自己"全胜"匪绺子的原来是"南山皮子"的那股匪绺子。

"砰、砰",突然间,响起了枪声。

子弹射向的是正在行走中的"南山皮子"的匪绺子……"南山皮子"的匪绺子中,登时有十几个匪徒,被击倒在地。

"南山皮子"的匪绺子大掌柜的叫韩振先、二掌柜的叫任有才,赶紧命令他的匪绺子的匪徒们散开、映身,然后,进行还击。

　　向"南山皮子"的匪绺子射击的是"磐石工农义勇军"的两个连队，两个连的连长分别是刘成海和魏俸禄——他们原本是奉军警备第五旅三十三团二营的五连和八连，本属于吉林省防军管辖的地方部队。

　　双方打得似乎势均力敌，但是，"磐石工农义勇军"的两个连队居高临下，占据着地形的优势，也就占据着上风。

　　"南山皮子"的匪绺子位于岭下，想要攻山，谈何容易？攻山，进攻了一阵子，不仅毫无进展，而且，又有了伤亡。

　　韩振先说："咱们虽然在'全胜'绺子里，是后妈生的，但是，这个时候还得请后妈出来，应付局面。"

　　任有才说："派快马去给夏二掌柜的报信儿吧，我们被这股子野匪给拖住了，想要脱身，也没那么容易。"

　　韩振先说："我们跟夏二掌柜咋说？"

　　任有才说："就说我们发现了'反满抗日'的义勇军……然后，我们跟踪而来，在北山岭发生的交火……义勇军的势力很强，我们正拖着他们呢，请夏二掌柜的支援……总不能说，我们是来这里，想要来发财吧。"

　　韩振先说："嗯哪。"

　　于是，他们派出了两名匪崽子，骑着快马，追赶夏二掌柜的队伍，去报信儿。

　　说起来，这个"南山皮子"的匪绺子，他们现在已经属于赵全胜的"伪保安大队"——"全胜"匪绺子。

　　"南山皮子""北山皮子"，原本是两股匪绺子。

　　赵全胜匪绺子，占据着"北山皮子"；大掌柜叫韩振先、二掌柜叫任有才的匪绺子占据着"南山皮子"。

　　两个匪绺子原本有仇隙，但是，赵全胜的"北山皮子"的匪绺子势力，比"南山皮子"的势力要大得多，所以，"南山皮子"的匪绺子不得不对"北山皮子"的匪绺子有所畏惧。

　　由于汉奸马春城的及时拉拢……"北山皮子"的匪绺子，抢占了投靠日本铁道守备队的先机。无奈，"南山皮子"匪绺子只好附会于"北山皮子"的匪绺子，挂名在赵全胜的"伪保安大队"的名下——赵全胜也需要"南山皮子"的匪绺子，来臃肿地壮大自己的势力。

　　"全胜"匪绺子千余人，在9月6日——这一天也是农历壬申年八月初六，再一次包围了伊通县城，在9月8日再一次攻破县城。

具有戏剧性的是，驻守县城里的是伪县长张柳桥，他的伪军、伪警察抵挡不住"伪保安大队"的攻击……城池被攻破，张柳桥不得不带着细软和印信，逃出了伊通县城，辗转去向上司报告。

耐人寻味的是——赵全胜的"伪保安大队"，攻击并且占据，由伪县长张柳桥占据的伊通县城？这岂不是自相残杀？

——其实，这是利益所致。

利益——劫掠——这都是难移的匪性，也就是说，在习俗与习惯中自然形成的匪性，是难以悔改的；反过来说，匪徒出自匪性，无论是杀人、绑票、强抢、劫掠——都是为了财富的利益。中国有句俗话——"无利不起早"，不仅符合商人们的性体，而且，更符合匪徒们的本质。

彼时彼刻，国难当头。

按理说，匪绺子应当讲究的是"忠""义"。

在当时，大多数的所谓"匪绺子"——绿林好汉们，都举起了爱国的"反满抗日"的义勇军的战旗，燃起抗日的烽火，打击日本侵略者。

但是，当匪绺子丧失了民族的爱国的"忠"，也就泯灭了信誉的豪侠的"义"，成为地地道道的"恶匪"——"全胜"匪绺子中的"北山皮子"和"南山皮子"的匪徒们……都是这样的"恶匪"。

赵全胜的"保安大队"——"全胜"匪绺子，他们在去年——1931年11月4日，就曾经乘伊通县城的空虚，攻打伊通县城。仅仅用了两个多小时，就攻进了伊通县城，打开监狱，放走被监押的40多名犯人——其中有十数名是"北山皮子"和"南山皮子"落入狱中的匪崽子，他们纵火焚烧了县政府，抢掠商号和富家……然后，扬长而去。

他们吃到了攻进伊通县城的甜头……所以，又在第二年——今年的9月6日，故技重演，又攻占了伊通县城，占据了伪政府。

匪性难移的"全胜"匪绺子，他们是日本铁道守备队辖下的"保安大队"，攻打的却是满洲国辖下的伪政权——可见，他们毫无信誉可言，有的只是恶匪的匪性。

在这次占领伊通县城的长达半个多月的时间里，二掌柜夏天雨只让"南山皮子"的匪绺子定点守卫，却放纵"北山皮子"的匪绺子的匪徒们……这种有亲有疏的行为，令"南山皮子"的匪绺子的大掌柜韩振先和二掌柜任有才，虽然嘴上没说，但是，心里却非常不满，而且，"南山皮子"匪绺子中的一些人，忍不住也去抢掠……跟"北山皮子"匪绺子的人，发生了争执，爆发了枪战……"北山皮子"匪绺子的人，依仗人多势众，把"南山皮子"的人，打死了有二三十人——这更令"南山皮子"的匪绺子的大掌柜韩振先和二掌柜任有才，耿耿于怀。

所以，在撤离伊通县城的路上，"南山皮子"匪绺子就从路上游离了出来，他们要单独去劫掠……因而，他们走向了北岭山，要去伊通县城西部的几个镇子去劫掠财富，以满足他们难以满足的欲壑。

但是，令他们没有想到的是，遇到了刘成海和魏俸禄两个连队的伏击。

岭上——

见到岭下"南山皮子"匪绺子的两匹快马，向来时的方向疾驰而去……刘成海说："看着没？他们搬兵求援去了。"

魏俸禄说："看来，这场仗，要大打了。"

刘成海说："我也是这么看的。"

魏俸禄说："咱们咋办？"

"如果仅仅是这股'南山皮子'的匪绺子，咱们还能对付，但是，如果他们把撤离伊通县城的'全胜'匪绺子都搬过来，千余人哪，咱们对付起来就吃力啦。"刘成海说，"咱们也求援，搬兵吧。"

魏俸禄说："呵呵，以其道还治其人之身啊。"

刘成海说："嗯哪。"

魏俸禄向自己的连队叫道："通讯员。"

"有。"八连的通讯员回应。

魏俸禄说："你迅速去咱们'磐石工农义勇军'的总部，向李红光司令官禀告咱们的情况……请求他来支援我们打汉奸。"

"是。"八连的通讯员回应，然后，他骑马下岭了，去往磐石方向。

刘成海向自己连队叫道："通讯员。"

"有。"五连的通讯员回应。

刘成海说："你迅速去往二龙山，向'辽北抗日义勇军'的司令官马忠华报告我们的情况……请求他来支援我们消灭汉奸。"

"咱们属于'磐石工农义勇军'……'辽北抗日义勇军'，咱们搬得动吗？"五连的通讯员说。

刘成海说："我和魏连长，都曾经是'辽北抗日义勇军'司令官马忠华的部下，说他是我们俩的长官，其实，跟亲兄弟一样。"

魏俸禄说："不久前才得到消息，马司令从嫩江桥抗战战场撤下来，到了二龙山……你拿着有我和刘连长签名的信件，去见马司令，他肯定会派来援兵的。"

"是。"五连的通信员回答。

魏俸禄掏出了钢笔，写了信，刘成海也签上了名，然后，把信件交给了五连的通讯员。五连的通讯员接过了信件，转身骑上了快马，下了岭，去往二龙山。

岭下——

过了一个多时辰，夏天雨带着他的匪绺子的千余名匪徒们匆匆地赶来了，说："咋搞的，遇上野匪了？"

韩振先说："咱们向公主岭撤离，我们走在最后……崽子们向我报告，说是北岭子这里有一伙子野匪活动猖獗……我一想，咱们'保安大队'的一项重要任务，就是清匪啊，于是，我就转向了，带领弟兄们向北岭子进发，跟野匪们遭遇了……野匪们很凶悍，我就派人向你报告……"

夏天雨说："没听说过这北岭子驻有野匪啊，这股子野匪是哪个绺子的呢？"

韩振先说："是啊，我也纳闷呢。"

夏天雨说："如果有可能，咱们可以收编他们啊，壮大咱们的势力嘛。"

任有才说："我问问他们，到底是哪个绺子的。"

于是，他向上走了几步，把身子闪了出来，对着岭上，大声地喊叫道："喂，我们是'全胜'绺子的，你们是哪个绺子的？咱们可以合作……"

"哒、哒——"机枪点射，随着机枪子弹的哨叫，一颗子弹，正中任有才的眉心；这位二掌柜的一个四仰八叉，又折了一个跟头，四脚拉胯地倒在了岭坡上，脑袋又撞在了一块山石上，他的脑袋成了一颗血葫芦。殷红的鲜血，从山石上离离拉拉地流了下来。

韩振先捥过了任有才的尸身，然后，趴在任有才的尸身上，号啕大哭，一把鼻涕一把泪，他边哭边叨咕："夏二掌柜的啊，你可要给我的有才大兄弟报仇啊，我们是多年的生死弟兄啊，呜、呜——"

夏天雨火了，说："传我的命令，围住这个北岭子……绝不让这股子野匪逃脱。"

"全胜"绺子按照夏二掌柜的命令，迅速地包围了北岭子。

夏天雨说："天色已晚，我们只能围而不打，困住这股子野匪……如果要是攻山，他们在暗处，我们在明处，我们非吃亏不可。"

韩振先抹了抹脸上的眼泪和鼻涕，恨恨地说："这股子野匪在岭上，没得吃、没得喝，喝西北风吧……困也把他们困死了。"

夏天雨说："岭上有榛子棵，他们可以嗑榛子吃……但是，岭上却没有水喝。"

韩振先说："啥时候攻山？"

"明天，天亮之后攻山。"夏天雨说，"这股野匪随身所带的弹药肯定很有限，是经不起咱们的打击的。"

韩振先说："二大掌柜的，听你的。"

夏天雨说："让弟兄们拢起篝火，烧水造饭。"

韩振先说："馋死这股子野匪。"

夏天雨说："但是，要警惕岭上的野匪们乘着夜色突围……"

韩振先说："是。"

岭下，一堆堆篝火，围绕着北岭子，点燃了起来，烧水造饭。

岭上——

刘成海说："看到没？敌伪军的'全胜'匪绺子对我们将是围而不打，先困住我们……然后，等天亮了，再攻山。"

魏俸禄说："敌伪军的行动，正合乎我们的意愿，到那时候，我们会跟'磐石工农义勇军'和'辽北抗日义勇军'里应外合……汉奸们，你们的末日到了，呵呵。"

刘成海说："通知弟兄们，放出几个警戒哨儿，其他的弟兄们睡觉，养足了精神……明天一早，吃饱了干粮，打汉奸。"

于是，在山林隐映的夜色中，两个连队的弟兄们，在岭上的阵地里，抱着枪支，相互依偎着，眯缝着眼睛……以逸待劳。

天亮了。

在岭上，刘成海和魏俸禄的两个连队，吃了随身所带的干粮，喝了水，严阵以待。

岭下的"全胜"匪绺子的二大掌柜的夏天雨，下达了攻击的命令……但是，惜命的匪徒们虽然是鸣放着枪，一步一步地向上爬，却是极其注意自身的隐蔽性，因而，进攻的速度像蜗牛爬动一样，极为缓慢。

突然，在山岭的南部响起了激烈的枪声，南部"全胜"匪绺子的阵脚乱了套了，他们不是面向上，而是转身向下了……镇守东南方向的刘成海，见了这种状况，高兴地说：

"呵呵，弟兄们，我们的'磐石工农义勇军'来啦，李红光司令来啦。"

与此同时，在山岭西部脚下，也响起了激烈的枪声，还有喊杀声，西部"全胜"匪绺子的阵脚也乱了套，他们不是向上爬，也是转身向下……镇守西北方向的魏俸禄，看到了这种情况，兴奋地说：

"哈哈，二龙山的'辽北抗日义勇军'来啦，我的老团长马忠华来啦。"

刘成海和魏俸禄在不同的方向，同时喊叫道："弟兄们，冲啊——"

两个连的战士们冲出了阵地，向"全胜"匪绺子杀去……在这个战场上，谁是"全胜"匪绺子？很好辨认。那是因为，"全胜"匪绺子的匪徒们，都穿着日伪"保安大队"的独有的服装，戴着独有的帽子。

这个日伪"保安大队"，被"磐石工农义勇军""辽北抗日义勇军"，以及刘成海和魏俸禄的两个连队，上下夹击，打得死的死、亡的亡、伤的伤……夏天雨和韩振先他们，仓皇地向北逃亡。

山岭上，撇下了100多具"全胜"匪绺子——日伪"保安大队"的尸体。

"磐石工农义勇军""辽北抗日义勇军"，以及刘成海和魏俸禄的两个连队，三股强劲的抗日力量，在岭下会师了。

刘成海指着李红光，向马忠华介绍道："这是我们'磐石工农义勇军'的李司令。"

李红光向前一步，伸出手来，说："我叫李红光。"

"听说了，磐石暴动了'高丽胡子'——李红光，但是，没想到李司令是如此年轻、潇洒，而且，气度非凡。"马忠华也伸出手来，两个人的手握在了一起，说，"我叫马忠华，驻扎在二龙山。"

李红光说："二龙山的小白龙，绿林好汉，专打日本鬼子；这又增添了你马司令，如虎添翼啊。"

马忠华说："我的部队从嫩江桥战场上撤下来……壮大了小白龙绿林好汉的'辽北抗日义勇军'。"

魏俸禄说："呵呵，李司令、马司令，你们两位这是一见如故啊。"

刘成海说："李司令、马司令，你们二位跟着我进北岭子屯，再畅谈，好不好？"

"好啊。"李红光和马忠华说。

"那好，咱们的队伍进屯子。"刘成海说。

"我在屯子里有亲戚，咱们进了屯子，我就让我的亲戚张罗着，杀猪宰羊，咱们要隆重地庆贺一番。"魏俸禄说，"当然，按照纪律，是我出钱……"

抗日义勇军的将士们，在刘成海和魏俸禄的引导下，排列着整齐的队伍，雄赳赳、气昂昂地开进了北岭子屯。

北岭子屯，魏俸禄的亲戚家。

屋里大炕，炕洞走火，炕席上摆桌子，桌上放碗，倒满茶水；诸位义士，围着炕桌，盘腿大坐，边喝茶水边说话。

马忠华说："刘成海、魏俸禄，你们两个咋就认识了李司令了呢？"

刘成海说："马司令，别提了，当时啊，我们是想认识也得认识，不想认识也得认识，情势逼的。"

马忠华说："噢？"

魏俸禄说："我和刘成海，两个连队，驻守伊通县城……去年发生了九一八事变，说心里话啊，真想打日本鬼子啊，但是，没有上级的命令，咋动手去打？"

刘成海说："重要的是，没人组织去打啊。"

"去年9月21日，吉林省代理主席、督军署参谋长熙洽投降日寇，他迎接日军进入了省城吉林市，然后，他当上了日伪的吉林省长官公署的长官，日寇没费一枪一弹占领了吉林省的省会——这消息一传来，我们这心里啊，这个纠结。"魏俸禄说，"我们是熙洽的属下啊，如果我们随着他走，我们岂不也成了汉奸？"

"我们是伊通的驻军啊，我们去找县长张柳桥，问他，我们该咋办？"刘成海说，"他说他随大溜儿……"

"他县长张柳桥随大溜儿，不就是跟着熙洽走嘛，当汉奸嘛……当然，这县政权也就成了伪政权，我们还保卫他干啥？"魏俸禄说，"保卫他张柳桥，不就成了保卫伪政权了吗？这不行。"

刘成海说："张柳桥拿出了熙洽以'中华民国'的年号和'吉林省长官公署'名义下发的命令——'我奉电令避免冲突，中日事件由外交解决。''日军侵占，东北我军应万分容忍，幸勿端自我开。'……奉天都让小鬼子占了，吉林省随着熙洽的叛变，也成了小鬼子的天地了……我和魏俸禄看了这些个电文，心里边这个气啊，肺都要气炸了。"

魏俸禄说："咱们的长官投敌当汉奸了，咱们俩呢？绝不能随大溜儿当汉奸啊。"

刘成海说："逼上梁山，当一伙子绿林好汉吧。"

"我们俩没有办法，只能狠下心来，当土匪了。"魏俸禄说，"我们这二三百人，又显得有点单薄……必须靠上大股的匪绺子。"

刘成海说："当时还想要投靠咱们今天打的'全胜'匪绺子了呢，但是，派人一打听，赵全胜投靠了日本鬼子。"

魏俸禄说："我听部下说，磐石起了'高丽胡子'……而且，这个'高丽胡子'叫李红光，是咱们伊通的溜沙嘴子屯的人，我就派部下去了解。"

李红光说："我们溜沙嘴子屯，位于伊通、磐石、双阳三县交界的地方，也是个三不管的地方，是山林地带。"

魏俸禄说："我的部下了解了情况，说这些个'高丽胡子'叫'磐石工农义勇军'，喊出的口号是'打倒日本鬼子，不当亡国奴'。——这个口号，听着舒服。"

刘成海说："还有啊，他叫'工农义勇军'，我们都是农民出身啊，显然，是一家人哪，于是，我们就跟李司令联络上了……成了李司令的部伍，呵呵。"

魏俸禄说："于是，我们就甩了县长张柳桥，拉出队伍，上了山。"

刘成海说："我们一走，县城空虚了……张柳桥联系上了熙洽，成了伪县长，但是，'全胜'匪绺子也没放过他，去年就乘虚而入，打进县城，焚烧了县政府……去年尝到了甜头，这不，今年又攻占了伊通县城，张柳桥的警察、保安队、商团，不堪一击……'全胜'匪绺子的匪徒们抢劫烧掠，无恶不作……老百姓对'全胜'绺子的匪徒们，恨之入骨。"

魏俸禄说："我们尾随撤离伊通县城的'全胜'匪绺子……还真是给我们机遇，'南山皮子'的匪绺子离开了他们撤离的队伍了，我们就急行军，抢在他们的前面，在北岭子伏击了他们……夏天雨率领'全胜'匪绺子都来啦，我们就派人向你们求援啦。"

李红光说："伊通县城远离铁道线和省城，地域相对偏僻……日本人武力侵占的重点是沿铁道线的重要城镇……所以，对于伊通县城，尚无暇顾及……这就给'全胜'匪绺子肆意妄为，留下了余地。"

马忠华笑了，说："于是，就有了咱们今天的三山聚义，呵呵。"

李红光说："马司令，你是哪疙瘩的人？"

马忠华说："我是四平街条子河屯儿的人，在那里出生，在那里长大。"

李红光说："哦，都是本乡本土的。"

马忠华说："李司令，老百姓传说中的磐石起'高丽胡子'了，也就是你搞的磐石暴动，到底是咋回事儿？"

李红光说："马司令，你想听吗？"

马忠华说："嗯哪呗。"

李红光说："那我就给你们讲讲……"

马忠华说："我洗耳恭听。"

于是，李红光就讲起了他们在磐石县组织的工农暴动的故事……

第十三章

李红光领导工农暴动毁铁路炸桥梁

首先，李红光介绍他自己——

他是在 1925 年随父母迁至中国吉林省磐石县的，1926 年定居在伊通县溜沙嘴子屯，当时家境贫寒，弟弟和妹妹年幼，他就帮助父母种田，维持着一家人的生活。

他祖父是个很有学问又兼通汉学的老人，经常给他讲古今人物的爱国事迹，教他学习汉语。在祖父的熏陶下，他孜孜不倦地学习，虽然只读了几年书，但是，在学识上却大有长进。他不仅会朝语，日语也很流利，还会讲汉语，而且，能诵读汉文，用汉语写文章。

他从小饱尝了日本帝国主义的民族压迫，10 岁时目睹了朝鲜"三一"反日运动，受到了民族民主革命思想的影响，养成了对国内、国际大事的研究和探索的精神。由于他的多知广识，吸引了许多青年人在他的周围，遇到大事小情也请他解难……他礼让、谦恭，而且，沉着、练达，赢得了乡亲们的赞誉。

他在 1927 年加入了朝鲜共产党领导的农民同盟。

1930 年根据中共满洲省委按照共产国际"一国一党"的原则，以及中共中央的决议："韩国党员应经一定手续加入中国共产党，按中国党章成立支部。"

8 月间，磐石一带成立了中共磐石县委，领导磐石、伊通、双阳等县党组织的革命斗争，他在伊通县三道沟参加了中国共产党。

县委组织了"劳农赤卫队"，他任队长。

磐石县的地理位置独具优势，县城处在吉海铁路线上，在吉林市以南，辉发江以北，是长白山西麓的重要城镇，又是汉、满、蒙、朝等民族杂居地区。磐石县地域比较广阔，地形复杂，境内多是高山峻岭，森林密集，一望无际。磐石县的周边，与之接壤的是双阳、永吉、桦甸、辉南、海龙、东丰、伊通诸县。

所以，"磐石县劳农赤卫队"活动的区域，相当广阔。

1931年春天，李红光被选为伊通特支组织委员；4月，又被选为磐石县的县委委员。根据革命工作的需要，他把家迁移到了革命斗争比较活跃的磐石县蛤蟆河子的五间房居住……九一八事变之后，吉林省代主席熙洽投降日寇，磐石作为吉林至海龙铁道线上的重镇，日寇虽然没有派兵进驻，但是，却在磐石设立了日本警察署，培植走狗，建立走狗组织"保民会"，属下"保安队"，也叫"大排档"。

针对这种变化了的形势，李红光成立了"反日会"，并且，改原来的"磐石县劳农赤卫队"，为"磐石县工农义勇军"，把枪口指向了日伪军。

"磐石县工农义勇军"是中国共产党在东北建立的第一支抗日武装部队。九一八事变之后，东北大地上烽火遍地燃烧，风起云涌的"义勇军"——他们的枪口都是指向日本侵略者的。

接着，李红光讲述道——

1932年1月4日。

蛤蟆河子，五间房屯，"磐石工农义勇军"军部。

李红光叨咕道："杨政委来了有些日子了，他手头没有武器，总不能让杨政委成天扛着大枪吧？"

他所说的杨政委叫杨君武，他原来在满洲省委的北满特委搞兵运工作，组织上派他来磐石，担任"磐石工农义勇军"的政委，帮助李红光发展"磐石工农义勇军"。

"是啊。"小许说。

"我把我的手枪给杨政委，给了几次，他就是不要。"李红光说。

"从日伪军的手里夺嘛。"小崔说。

"呵呵，小崔有主意了。"小许说。

"有啥主意，说说？"李红光说。

"离呼兰镇西南20里有个李家屯，你们知道不知道？"小崔说。

"知道啊。"小许说。

"李家屯有个远近闻名的人物……"小崔说。

"这个远近闻名的人物就是李二阎王，他是咱们磐石县'保民会'的副会长，又是县'保安大队'的副大队长兼呼兰镇那一带的保安分团的分团长。"李红光说。

"哼，汉奸一个。"小许说。

"他有一个堂弟，绰号叫李小鬼儿，他在李二阎王的手下当保安分团的小队长……"小崔说，"他手里有一支德国造的小手枪，李小鬼儿常把手枪拿出来嘚瑟，以显摆他是保安分团的小队长。"

"如何夺下这支手枪？"李红光说。

"李小鬼儿有个姘头叫蒋三寡妇，两个人都是李家屯的人，从小就关系暧昧……后来，蒋三寡妇嫁给了蒋三……谁知道，蒋三抽大烟，又得了痨病，年轻轻的就一命归西了。"小崔说，"蒋三寡妇有几分姿色，年轻轻的哪里能够耐得住寂寞？旧情难忘，就跟李小鬼儿勾搭上了……"

"勾搭上，就勾搭上呗，跟咱们夺枪有啥关系？"小许说。

"这个蒋三寡妇，就在咱们蛤蟆河子住……"小崔说。

"是吗？天赐良机。"小许说。

"李小鬼儿和蒋三寡妇相会，一个月三次，逢九必会。"小崔说。

"肯定吗？"李红光说。

"肯定。"小崔说。

"色迷心窍，没个整……"小许说，"这个世界上，啥都好劝，就是搞破鞋劝不了，不是有一句话吗——劝赌不劝嫖，劝嫖两不交。"

"这么一说，咱们只要在蒋三寡妇的门前截住李小鬼儿，夺他的手枪就是了……"李红光屈指一算，果断地说，"今天是农历辛未年冬月二十七，后天是小寒节气，是冬月二十九，咱们就在后天采取夺枪行动。"

"是。"小许说。

"李二阎王在李家屯的'保安队'有30多人，全是李二阎王新购买的嘎巴新的新枪，我们应该把这30多支新枪也夺来。"小崔说。

"一件事儿、一件事儿地办……"李红光说，"先为杨政委夺下李小鬼儿的手枪。"

"是。"小崔说。

为了把李小鬼儿手中的手枪夺到手，他们开始做相应的准备。

接着，李红光讲述道——

1932 年 1 月 6 日，傍晚。

磐石县，蛤蟆河子屯，蒋三寡妇门前。

一个卖糖葫芦的，在这儿不住地吆喝道："买大糖葫芦喽，谁买大糖葫芦了——"

看到李小鬼儿骑着马过来了，这个卖糖葫芦的，走向前去，挡住了李小鬼儿前行的去路，说："先生，买一串大糖葫芦吧？"

"去、去，没闲心搭理你。"李小鬼儿在马上说。

"买一串吧，权当发善心啦……半天没开张啦。"这个卖糖葫芦的缠着李小鬼儿，就是挡在马头里，不让开道路。

李小鬼儿用手中的马鞭子指着卖糖葫芦的，说道："你要是不赶快走开，小心我用马鞭子抽你。"

仿佛是李小鬼儿的马鞭子抽到了这个卖糖葫芦的似的，这个卖糖葫芦的把扛在肩上的糖葫芦往马匹的前蹄处一扔，然后，他揪住了马匹的缰绳，他说：

"你把我的糖葫芦给撞翻了，你赔我。"

不得已，李小鬼儿从马上下来，说："你讹人哪，是不是？"

站在旁边仿佛是看热闹的两个人走过来，突然发力，按住了李小鬼儿的两个膀子，那个卖糖葫芦的在李小鬼儿的腰间搜出了一支锃亮的手枪。

与此同时，李红光把自己的手枪顶在了李小鬼儿的后腰上，又从李小鬼儿的腰间，搜出了 50 发手枪的子弹。

听到了外边的动静，蒋三寡妇从家里走了出来，看到李小鬼儿被三个汉子绑架，她说："哎、哎，咋的了？这是我家孩子他舅……"

"我看他在咱们屯子来来往往的，不像好人似的。"小崔说。

"哎哟，这不是崔家大兄弟吗？本屯儿本土的，你可别大水冲了龙王庙啊……"蒋三寡妇说。

"蒋三嫂，我们没有别的意思，就是要借他的手枪用一用。"扮作卖糖葫芦的小崔说。

"借枪干啥啊？"蒋三寡妇说。

"打日本鬼子和汉奸哪。"小崔说。

李小鬼儿知道手枪被搜去了，也难以收回来了，于是，他大方地说："不就是一支手枪嘛，想要，就直接跟我说就是了，何必巧用机关呢？还、还扮作啥卖糖葫芦的？得，这手枪归你们了，好不好？"

蒋三寡妇担心李小鬼儿遭到伤害，或者被绑架走……她说："小崔大兄弟，你们走你们的吧，权当没有这档子事儿。"

"哦。"小崔说，"谢谢蒋三嫂子深明大义啊。"

蒋三寡妇拉着李小鬼儿说："走吧，他大舅，咱们回家吧。"

李小鬼儿识趣，他牵着马匹，跟着蒋三寡妇进了蒋家的院子。

李红光、小崔、小许，离开了蛤蟆河子屯儿，回到了五间房屯儿，把从李小鬼儿身上夺来的锃明瓦亮的手枪，给了杨政委。

接着，李红光讲述道——

1932 年 1 月 30 日，夜里。

这一天也是农历辛未年腊月二十三，小年。

磐石县，呼兰镇西南 20 里地的李家屯，保安分团的团部。

这里看似保安分团的团部，但是，一到了晚上，就成了热热闹闹、吆五喝六的赌场。

司令李红光和政委杨君武，率领百余名"磐石工农义勇军"的战士，悄悄地包围了这个保安分团的团部，并且，用机枪封住了保安分团团部的大门。

李红光和六名战士，装扮成赌徒的模样，混进了这个闹哄哄的赌场。赌徒们的眼睛都死死地盯着海碗里的骰子……掷出的骰子在海碗里滴溜溜地转着。站在四周的赌徒们，瞪大了眼睛，按照自己的希冀，吼叫着不同的数字。

"磐石工农义勇军"的战士占据了房间的四角，李红光掏出手枪，一声断喝："不许动，举起手来。"

突如其来的断喝，使保安队的队员们惊呆了，看到李红光和他的战士们手中的乌洞洞的枪口，都乖乖地举起手来。

又有几名"磐石工农义勇军"的战士冲了进来，把挂在墙上的 30 多支崭新的长、短枪，迅速地收缴了。

李红光说："我们是'磐石县工农义勇军'，是抗日的队伍，今天来跟你们借些枪，为的是打日本鬼子，我们无意要你们的性命，因为，你们也是中国人。"

"是、是。"保安队的队员们连连地说。

李红光说："今后，你们再不要欺压老百姓，更不要为日本人效力了……如果你们再为非作歹，被我们抓住了，绝不轻饶。"

"是、是。"保安队的队员们连连地说。

李红光对自己的战士们说："咱们撤出吧。"

"磐石工农义勇军"的战士们跟着李红光，警觉而有次序地撤出了这个保安分团的团部。他们勇敢突袭，没费一枪一弹，就干净、利落地缴获了30多条崭新的长、短枪支，胜利地凯旋了。

这次行动，对磐石县的日伪势力，产生了极大的震撼……同时，也大大地扩展了"磐石工农义勇军"在群众中的影响。

接着，李红光讲述道——

1932 年 3 月 30 日。

蛤蟆河子，五间房屯，"磐石工农义勇军"军部。

杨政委和小许走了进来，杨政委对李红光说："小崔被人杀害了。"

李红光惊讶，他简直不相信自己的耳朵，说："啥？"

小许说："小崔的尸体被抛在了呼兰河里，脖子上有被绳子勒过的痕迹……显然，他是被绑架到了呼兰河……然后，被杀害了。"

李红光说："这是李二阎王干的。"

小许说："谣言传出来了，说小崔是朝鲜族，他'是被汉人杀害的'，还说，'这就是当胡子的报应'。"

杨政委说："这是李二阎王他们在煽动民族情绪，挑拨离间，制造民族分裂，目的是使汉、朝两族统一的'反日会'，发生猜忌和纠纷……这是日伪的'保民会'和保安队的阴谋。"

小许说："咋办？"

李红光说："逮捕李二阎王。"

杨政委说："然后，召开公审李二阎王的群众大会，揭露李二阎王的真面目，向群众公布事实真相。"

于是，"磐石工农义勇军"对李二阎王实施了抓捕行动，在李家屯，逮捕了李二阎王。然后，把李二阎王押解到了五间房屯。

接着，李红光继续讲述道——

1932 年 4 月 3 日。

蛤蟆河子，五间房屯。

经过三四天的筹备和宣传，公审李二阎王的群众大会，在这里召开了。参加公审会的群众，不仅有磐石县的，还有从伊通县和双阳县特地赶来的，有千余名群众。

杨政委历数了李二阎王杀害"反日会员"小崔等罪行……会场上，汉、朝两族群众高喊口号：

"各民族劳苦大众联合起来。"

"打到日本帝国主义。"

"消灭日本走狗。"

"……"

李红光宣布："处决李二阎王。"

群众高举着红旗，四处张贴标语，押解着李二阎王游行，浩浩荡荡地向河套边儿进发。在河套边儿，处决了李二阎王……河套边儿，有吉海铁路的铁道线儿。

参加公审大会的，还有一些铁路工人，他们喊起了一个口号：

"中国铁路不允许日本人窃取。"

"中国铁路不准日本鬼子运兵。"

"……"

于是，情绪激愤的群众，扛着锹镐，拿着棍棒，掀翻了铁轨，把铁轨推入了河道之中；抽出了枕木，放火烧掉；锯倒电线杆子，割断电线；还轰轰隆隆地炸毁了两座桥梁。

看到千余群众高涨的抗日热情，又看到吉海铁道线被破毁后的一片狼藉的景象……李红光高兴地说：

"这就是《孙子兵法》所说的——'出其不意，攻其不备'；我们就是要使日本侵略者防不胜防，呵呵。"

吉海铁道线的铁路交通，中断了。

——这就是由李红光领导的磐石工农义勇军举行的"蛤蟆河子大暴动"，这次大暴动，威震遐迩；袭毁吉海铁路，击中了日伪统治者的要害处，使日伪统治者惊恐万分。

接着，李红光继续讲述道——

袭毁吉海铁路后的第四天。

埋伏在铁道线儿两侧密林里的磐石工农义勇军，远远地看到了从吉林方向来的日伪军，姗姗而至。

日军一个中队，伪军两个连队。

前边，有一个连的伪军探路前行；后边，有一个连的伪军断后收尾；走在中间的是日军的一个中队。伪军的两个连队和日军的一个中队，他们之间还拉开了一定的距离。

李红光对身边的旗语兵说："你告诉对面山坡上的刘成海和魏俸禄他们，对日军采取猛烈的军事攻势，对伪军主要采取瓦解的政治攻势……调整我们的策略。"

"是。"旗语兵说。

然后，他站起身来，挥动着手中的小旗，把李红光的命令，告诉给铁道线对面的山坡上的刘成海和魏俸禄。

日伪军进入了埋伏圈，随着李红光的一声枪响，埋伏在铁道线两侧密林里的义勇军战士们一齐开了火，机枪、步枪、手榴弹，射向了日军……对于前、后的伪军，进行政治喊话：

"中国人不打中国人。"

"掉转枪口打日本鬼子啊。"

"中国人坚决不做亡国奴。"

"……"

在强大的政治喊话的攻势之下，伪军乱了，变得缩头缩脑、躲躲闪闪……失去了战斗力。日军失去了前、后两翼的保护，立刻变成了孤军奋战，他们像疯狗似的向山坡上爬……义勇军战士们的强大火力，集中地打向日军……日军的尸体遍布在义勇军的阵地前。

李红光和杨君武举起了手枪，高叫着：

"弟兄们，冲啊——"

他们俩跳出了阵地，向着日伪军冲了过去；战士们也跃出阵地，冲向了日伪军。

与此同时，对面山坡上的刘成海和魏俸禄，也举起了手枪，喊叫道：

"冲啊，杀死日本鬼子啊——"

随着他们俩的喊叫声，对面山坡上的战士们，也冲出了阵地，如猛虎下山般地向山坡下的日伪军扑去。

一个中队的日军被全部歼灭。

伪军的武器，被全部缴获，然后，列队的伪军，经过杨政委的爱国主义的训导之后，予以遣散。

又过了三天。

李红光得到准确情报，日军的一个联队要前来清剿破袭铁道线的抗日义勇军。

他说："敌众我寡，不能硬拼，应该按照《孙子兵法》'强而避之，佚而劳之'的法则，我们先回避他。"

杨君武说："我同意李司令的意见。"

李红光说："那好，咱们就撤。"

于是，磐石工农义勇军迅速地撤离了袭毁铁路的现场。

当日军的一个联队和他们率领的伪军，来到了被袭毁的铁路现场时，磐石工农义勇军已经无影无踪。

日军迅速地占据被袭毁的铁道线的附近的山头，以保护来修复铁道线的工程队……经过昼夜不停地修复，终于又通车了。

但是，吉海线铁路，已经中断了20多天。

此后，磐石工农义勇军跟铁路工人结合在一起，多次袭毁吉海线铁路，造成了火车多次脱轨……搞得日伪统治者焦头烂额，惶恐不安。

北岭子屯，魏俸禄的亲戚家。

李红光和马忠华谈论得正酣畅……魏俸禄说：

"李司令、马司令，吃饭喽——"

随之，大碗的红烧肉，土豆炖豆腐，肉炒干豆腐，酸菜氽白肉……热气腾腾地端上了桌子。高粱烧制的白酒，倒满了每位面前的酒碗。

马忠华说："李司令，我们之间，可要常联系哟。"

李红光说："我们磐石工农义勇军和你们辽北抗日义勇军本是一家人嘛，当然要常联系……必要时，要协同作战。"

马忠华说："李司令的话，说到我心里去了。"

"来，喝酒。"李红光说，"庆贺我们打击日伪军的胜利。"

他端起了酒碗。

马忠华、杨君武、刘成海、魏俸禄都端起了酒碗，齐声回应道：

"庆贺——"

他们相互间酒碗的碗沿，轻轻相碰，然后，大口地饮进白酒。白酒是温过的，东北酒坊酿造的高粱白酒，一般都在 60 度以上，属于烈性酒，饮进一口，进到胃腑之中，立刻就会有一股热乎乎的暖流迅速地涌遍全身。这暖流，即是热血上涌，会驱散体内的寒气，有抵御外部寒冷的作用——在相对寒冷的东北大地，尤为如此；但是，更有壮怀与雄发的作用，正所谓——"酒壮英雄胆。"

大量的食肉，可以增加体内的脂肪，也起着增加抵御外部寒冷的作用，同时，又增强了莽大的体力——使东北汉子有"东北大汉"之称谓。

在辽阔的中华大地，能够有"大汉"称谓的只有两个地域，一个是"东北大汉"，另一个是"山东大汉"。

相对寒冷的东北地域，使东北的汉子们，养成了"大碗儿地喝酒，大块儿地吃肉"的豪爽性格。

从饮酒人的面相也可以看得出来，饮酒之后，一般来说，饮酒人的面相登时变得红扑扑的；如果饮酒人饮酒之后，虽然一股暖流涌遍了全身，但是，面色相反而变白，往往说明此人的酒量高深莫测，或许，此人城府较深。

宴饮时，众人相互碰杯，各自饮上一口酒，然后，再吃着香喷喷的菜肴……整个宴饮的气氛，会显现得融洽、和谐而热络。

第十四章

伪军官被集体枪毙　伪司令死不瞑目

1932 年 9 月 23 日，傍晚。

在太平川驻守的"靖安军"大队司令官孙文韬，接到了日军军部的命令，命令他迅速赶赴伊通县，"清剿土匪，靖安伊通"。

接到了这纸命令，孙司令并没有命令他的部队马上动身，而是稳稳地、酣酣地睡了一觉，在第二天的下午，才命令他下属的四个支队，共计一千四五百人的队伍，集合起来，开始向伊通县进发。

同时，他连续地派出哨探，去往伊通县……让他的哨探飞马快报，及时地向他报告有关伊通方面的信息。

9 月 26 日，哨探来报："'北山皮绺子'，即怀德县的保安大队，由夏天雨率领，还滞留在伊通县城，但是，早已把伊通县城的商号，洗劫一空……县长张柳桥弃城逃走。"

9 月 28 日，哨探来报："夏天雨率领怀德县的保安大队，即'北山皮绺子'，离开了伊通县城，但是，在撤离县城返回公主岭的路上，跟磐石工农义勇军和辽北抗日义勇军在北岭子打了遭遇战，上千人的'北山皮绺子'本来困住了义勇军……却遭到了前后夹击，被打得落花流水，残部逃往了公主岭。"

10 月 2 日，哨探来报："辽北抗日义勇军已经返回了二龙山……但是，磐石工农义勇军还滞留在伊通县城附近……"

孙文韬命令："走长岭到公主岭，减速缓行，行军路上要以逸待劳……到了公主岭之后，再做何时向伊通县城进发的决定。"

他的部队行进得本来就慢，于是，就更加慢了下来。

他心里明白，一直以来，日本人都不敢插手伊通的县政……日本人委任的日籍参事官，以及警务署的指导官，迟迟不敢履任；而且，连公主岭的日本守备队也不敢轻易出兵；所以，怀德县的保安大队，也就是"北山皮绺子"才敢胆大妄为，前后两次以武力攻进伊通县城，打砸商号，抢劫和掠夺有钱人家的财物……焚毁伪政府，吓得伪县长张柳桥，逃之夭夭。

——这一切，都是因为伊通周边农村，"匪患猖獗"，也就是抗日义勇军非常活跃。

——正因为如此，更吓阻了日军武装侵占伊通的步伐。

所以，他孙司令进军伊通县城，也得小心翼翼，谨慎行事，绝对不可以冒进，以防遭到磐石工农义勇军和辽北抗日义勇军的联袂打击，怀德县保安大队——"北山皮绺子"被打得落花流水，就是前车之鉴。

11月17日，哨探来报："伊通县城附近的匪患已经销声匿迹，伊通县长张柳桥已经回到县城三天了，城内的社会秩序已经恢复正常……"

滞留在公主岭的靖安军的孙司令，屈指一算，这一天是农历辛未年的十月初八，明天是农历辛未年的十月初九，他下达了命令：

"三、六、九，往出走；明天一早，向伊通县城进发。"

他又派人骑着快马，向伊通县长张柳桥通报，说他的靖安军，奉命进驻伊通县……于是，孙司令的靖安军在第二天——11月18日，即农历辛未年的十月初九，大摇大摆地进驻了伊通城，并且，在城门之处，受到了县长张柳桥等一行人的热情欢迎。

但是，孙司令进驻伊通县城的这一天，距离日军军部向他下达进驻伊通的命令，已经过去了25天。

1932年11月25日。

伊通县城，伊通河大酒楼。

楼外，透过窗子可以望见伊通河，以及白雪皑皑的连绵的山岭。

孙文韬在这里宴请伊通县的头面人物，县长张柳桥、保安总队队长郑秀峰、绅商马鸣九和田鸣三等。

孙文韬说："孙某自率领靖安军进驻伊通县以来，在贵县的保安总队的配合之下，连续地派出一支支部队到各乡各屯去靖安剿匪……匪绺子闻风丧胆，一时间，纷纷从伊通县域流窜出去……伊通县域成了太平世界，令人喜慰。"

说完，他给了保安总队的队长郑秀峰一个微笑。

郑秀峰点头，站起身来，说：

"我们保安总队有幸得以配合孙司令的靖安军，靖安军军威所致，山匪潜遁，乡屯得以平安……孙司令其功莫大焉。"

张柳桥说："孙司令奉命进驻伊通，为确保伊通靖安，派部队深入乡野……震慑匪绺，抚慰民心，使伊通得以太平矣，我心甚慰。"

孙文韬说："张县长对于我们靖安军的肯定，使我深受鼓舞。"

张柳桥说："我多么希望孙司令的靖安军能够久驻伊通，倘若如此，则伊通幸甚。"

孙文韬说："我将电告我的上峰——伊通已经靖安。"

张柳桥说："我也将在宴会之后，立刻向省里报告——靖安军到，伊通靖安；伊通已经成为新兴的满洲帝国的王道乐土。"

孙文韬端起了酒杯，站起身来，说："来，让我们庆贺伊通的靖安，并且，为新兴的日中亲善的满洲帝国王道乐土的长治久安而干杯。"

"干杯。"张柳桥等都站起身来，齐声回应道。

相互碰杯，然后，饮酒。

1932 年 11 月 28 日，晚上。

伊通县城，伊通河大酒楼，楼上雅室。

驻四平街的关东军满洲独立守备大队的林清中佐、翻译官马忠廷，准备在这个大酒楼，宴请靖安军司令孙文韬。

驻四平街的关东军满洲独立守备大队的 200 多名日军，在林清中佐和翻译官马忠廷的率领下，会同公主岭铁道守备队队长小川大尉带领的几十名日军，分乘三辆装甲车和九辆卡车，携带着轻重武器……在今天的中午，进驻了伊通县城。

跟随日军的装甲车和卡车，来到伊通县城的，还有履任伊通县公署的日籍参事官岗上和伊通县警察局的日籍指导官仓内善藏。

林清中佐和马忠廷翻译官在等待着所请客人的到来，他们俩正在用日语交谈。

"你了解这位孙司令吧？"马忠廷说。

"了解一些……"林清说。

"他随同进取黑龙江的张海鹏的先锋部队，攻打嫩江铁路大桥，如果占领了嫩江铁路大桥，就等于打开了黑龙江省会齐齐哈尔的门户……由于马占山向张海鹏的部队展开了政治宣传攻势，支队长周祥包庇他手下的反满抗日分子刘宏义和刘宏信……这个孙司令面对反满抗日分子却在先锋部队的司令官徐景隆的面前'和稀泥'，放过了周祥和他属下的反满抗日分子，导致周祥反叛，进攻嫩江铁路大桥的先锋部队的陷于分裂……进而导致司令官徐景隆败退在一个小高地上，踩上了地雷，被炸而死……周祥溜之大吉，而周祥他们脱离了战场，去了七星山，打起了'辽西抗日义勇军'的旗帜，遗患至今啊……"马忠廷说。

"哦，知道。"林清说。

"在勃勃吐山围歼'南侠'和'天合'两股匪绺子，孙司令把他抓获的'天合'绺子的百余名匪徒不是就近送往郑家屯，而是故意把'天合'绺子的匪徒们，带往太平川……说是在骆驼岭遇到了辽西抗日义勇军，遭到了'辽西抗日义勇军'的劫持——因为这两股匪绺子都是'辽西抗日义勇军'的小分队，是真的遭到了劫持，还是通匪，故意放的？他本来就跟周祥有千丝万缕的联系。"马忠廷说。

"哦，知道。"林清说。

"于德川谋反，进攻郑家屯……周祥在太平川掌握着千余名靖安军，却按兵不动，以致郑家屯沦陷。"马忠廷气愤地说。

"是的。"林清说。

"我们命令他孙司令的靖安军，迅速进驻伊通剿匪……太平川距离伊通，不算远啊，也就三四百里地，他却走了25天，25天啊；张县长他们政府部门都正常地办公，已经三四天了，他才率领靖安军，姗姗地开进了伊通县城——这叫军队吗？"马忠廷恨恨地说，他的两只眼睛里，仿佛放出了恼怒的压抑已久的火光。

"森连司令官在我们出发之前，对我做了交代……我将执行森连司令官的密令。"林清仿佛也恼怒了，他咬牙切齿、一字一板地说。

说到这里，陪请的公主岭铁道守备队队长小川大尉，以及履任伊通县公署的日籍参事官岗上和警察局日籍指导官仓内善藏，推开雅室的门扉，进来了。

接着，县长张柳桥、保安总队队长郑秀峰等人到了；接踵而至的是被宴请的主角——靖安军的孙司令，他款款而至；孙司令应笑容可掬的林清中佐的邀请，坐在了林清的身边。

人员到齐了，宴会开始。

林清中佐站了起来，他用日语说话，然后，马忠廷也站了起来，把林清的日语翻译成中国话：

"我们大家，日满亲善，一心一德，共同建设满洲国的王道乐土……孙司令率领靖安军，进驻伊通县，与当地政要相协调，下乡进屯，积极剿匪，抚慰乡民，靖安一方，业绩突出，功不可没。"

孙司令站起了身子，谦恭地说："之所以业绩突出，全凭皇军栽培、栽培。"

林清说："为伊通成为满洲国的王道乐土，干杯。"

"干杯。"在座的都站了起来说道，然后，碰杯。

酒过三巡，自由交谈。

林清对孙文韬说："靖安军发放棉军服了吗？"

孙文韬说："都已经下雪了，棉军服却迟迟没有下发……"

林清说："我将督促……迅速下发，士兵们挨冻呢，这不行啊。"

孙文韬说："你如此关心……我由衷地感谢。"

林清说："弹药和其他的军用物品呢？"

孙文韬说："不够充足。"

"没有足够的弹药和军用物品，如何能够打仗？"林清说，"难道能让靖安军的士兵们，空着两只手去打仗吗？"

孙文韬说："还是你理解我们……"

"这个由我在四天内来给予解决。"林清言之凿凿地说，他又关心地问，"满洲国的各部队开始定军阶了，然后，按照军阶发薪。"

"听说了。"孙文韬说，"我们靖安军马上就要开始了。"

林清说："靖安军的军官队伍，关系到满洲国的长治久安……该正式任命或即将提拔的要及时地正式任命或提拔，一定要赶在军阶确定之前，这关系到部队骨干力量的情绪，更关系到靖安军部队的战斗力。"

孙文韬说："是啊。"

林清说："你确定好需要正式任命或即将提拔的军官的名单了吗？"

孙文韬说："正在酝酿。"

"看来，你已经心中有数了。"林清说，"后天上午，你把这个正式任命或即将提拔的军官的名单提供给我……后天下午，我宴请这些要正式任命或即将提拔的军官，并且，宣布对他们的正式任命，他们军阶问题也就随之得到解决与确认，因为，这些人是靖安军的骨干、脊梁，必须器重。"

孙文韬说："嗯哪。"

寒暄与叙谈……宴会在伊通日、满的军界和政界的要员间，非常友好与亲善的气氛中，结束了。

1932 年 11 月 30 日，下午。

伊通县城，伊通河大酒楼，楼下宴饮大厅。

林清中佐设宴招待靖安军即将正式任命或即将提拔的军官们，孙司令所提供的即将正式任命或即将提拔的名单中的人物，悉数到场。

到场的还有马忠廷翻译官、小川队长。

人员座次，都是事先安排好的。按照孙司令所提供的提拔任命的名单，除孙司令之外，以下 19 人。共安排了 7 桌，名单上的人员每 3 人在一桌，陪同的有日军人员 9 人，这样，每桌为 12 人。名单上的人员被日军人员陪同在了中间。其中，孙司令跟林清中佐、马忠廷翻译官、小川大尉等一桌，在宴饮大厅的最前首。

林清中佐站起身来讲话，由马忠廷做翻译：

"靖安军是我们皇军的好朋友，多次参战，屡立战功，为新兴的满洲国作出了卓越的贡献。你们来到了伊通，靖安一方，使伊通成为日中亲善的王道乐土……在座的，是靖安军的正式任命的骨干，下面，宣布一下名单。"

马忠廷宣读正式任命和提拔的名单……每宣布一位姓名、军阶，下面就有一位起立，大声地回应说："有。"

然后，是一片祝贺的掌声。

宣读之后，饮酒、吃菜，大家都很放松，无拘无束地大谈"日中亲善""王道乐土"……兴高采烈。

突然，小川站了起来，他由刚才笑眯眯的面容，霎时间，变得非常狰狞，仿佛整个脸部都走形了，而且，他抽出了寒光闪闪的战刀，愤怒地喊了一句：

"巴嘎。"

这仿佛是下了一道命令，各个宴席桌上的日军人员都忽地站起身来，捉肩拧胳膊地把身边已经宣布正式任命或提拔了的靖安军的军官们都擒伏住，然后，掏出事先准备好的绳子，把懵懵懂懂、惶惶惑惑的靖安军的军官们，捆绑了起来，包括坐在首桌的孙司令。

小川把手向酒楼之外一挥，又喊了一声：

"巴嘎。"

日军人员把除了孙司令以外的 19 名靖安军的军官们都推出了"伊通河大酒楼",来到了伊通河的河滩上。

河滩上,又跑步来了一队全副武装的日军。

透过大酒楼的玻璃窗子,可以看见小川正在指挥日军……先是 9 名靖安军军官在河滩上站成一排;站成一列的日军,把枪口对准了这些靖安军军官。

小川高喊了一声:"射击。"

显然,小川是行刑队长。

日军的子弹准确地穿透了靖安军军官的身体,9 名靖安军军官仆倒在地。接着,又以同样的方式,对剩余的 10 名靖安军的军官行刑,剩余的靖安军的 10 名军官也仆倒在地。

小川回转身走回了宴饮大厅,虎视眈眈地盯着孙司令。

林清中佐看着孙司令,用鼻子"哼"了一声,三名日军推着孙司令就向外走……孙司令心里不服,他带着哭腔地高喊道:

"这是为啥,这是为啥啊?滥杀无辜,冤枉啊……我就是死,也死不瞑目啊。"

林清掏出了一纸密件,给了马忠廷。

马忠廷接过了密件之后,对推着孙司令向外走的日军说道:

"停一下。"

推着孙司令向外走的日军停下了脚步,把孙司令的身子扭转过来,孙司令的眼睛直勾勾地看着马忠廷,仿佛期待着一线希望。

马忠廷看着密件,密件是用日文书写的,但是,他把密件上的日文,直接翻译成了汉语来宣读:

> 查靖安军大队长孙文韬,在洮辽军队攻取嫩江铁路大桥的战场上,面对周祥等反满抗日分子,不是当即逮捕、镇压周祥等反满抗日分子,而是纵容……导致徐景隆司令身亡,洮辽军队攻取嫩江铁路大桥的部队,全线溃退……周祥等流窜,成为"辽西抗日义勇军",遗患至今。
>
> 孙文韬纵容反满抗日分子——按战地律法,当斩。
>
> 在勃勃吐山清剿"辽西抗日义勇军"的分队——"南侠"和"天合"匪绺子的战役中,拥兵自重的孙文韬,将所擒获的"天

合"匪绺子的匪徒，假称在骆驼岭遇到了劫持，而实际上乘着夜色将百余匪徒放走，为自己留有后路……与新兴满洲国离心离德。

孙文韬私自放走反满抗日分子——按战地律法，当斩。

反满抗日分子于德川勾结"辽西抗日义勇军"和"辽北抗日义勇军"，向郑家屯发起了攻击……面对如此之匪患，驻扎在太平川的孙文韬的靖安军，却按兵不动，导致辽西重镇郑家屯沦陷。

面对肆虐的匪患，故意按兵不动——按战地律法，当斩。

孙文韬接到了去伊通剿除匪患的命令，仅仅三四百里地的路程，却迟迟地走了25天……贻误了剿匪的战机。

此乃怠军之罪——按战地律法，当斩。

另外，经查孙文韬靖安军之骨干军官，同孙文韬一样，暗中通匪。

以通匪罪——按战地律法，当斩。

此密令，责令由驻四平街关东军满洲独立守备大队林清中佐和马忠廷翻译官在伊通秘密执行。

驻四平街关东军满洲独立守备大队司令官 森连
昭和七年十一月二十六日

宣读完了密令，孙司令喊叫道："这都是莫须有的罪名。"

马忠廷把手向外一挥，说："按照森连司令官的命令，执行吧。"

小川等把孙司令押到伊通河的河滩上，行刑队的10名日军枪口全部对准了孙司令，小川下达了命令：

"行刑。"

10支枪口射出了10颗子弹，全部击中了孙司令，孙司令倒在了血泊之中。

小川亲自去对河滩上的靖安军的军官骨干的尸首进行验尸，然后，他命令行刑的日军再补枪。

之后，他转身走进了宴饮厅，向林清中佐报告："孙文韬的尸体被翻转过来之后，眼睛却是瞪着的，眼皮没有合上。"

马忠廷说："噢？我去看看。"

他走出了宴饮厅，来到了伊通河的河滩上，他看到了孙司令被翻转过来

· 207 ·

那仰面朝天的尸体，10颗子弹射穿的伤口，还在往出渗血……孙司令的脸上，从嘴里流出的黏稠的鲜血像涎水，从鼻子里淌出的黏稠的鲜血像鼻涕，只不过这涎水和鼻涕是紫红的。

的确，孙司令的两只眼睛的眼皮，没有合上。他的眼睛是睁着的、停滞的、呆板的、毂觫的，像两只死鱼的眼睛。他已经死了的眼睛是瞪着的，眼皮的确没有合上，要么，他面对被枪毙而带来的死亡，他感到了恐惧；要么，他感到冤枉，因而，死不瞑目。

马忠廷掏出了手枪，照着孙司令的两只依旧瞪着的眼睛，"砰、砰"就是两枪……现在，不管孙司令是因为恐惧而合不上眼睛，还是由于自身觉得冤枉而死不瞑目，他都得合上眼皮死而瞑目了，因为，他的两只眼睛已经被马忠廷的两枪打成了两个血窟窿。

孙司令的尸体，加上19名靖安军军官的尸体，一共20具尸体，陈列在伊通河的河滩上；他们从体内喷出来、溅出来、淌出来的鲜血，染红了河滩上的洁白的雪地，仿佛雪地上突然间绽放了艳丽夺目的殷红色的罂粟花。

伊通河封冻了，但是，还没有全部封固，河流中间流水淙淙，向寒冷的河流的上空，飘逸出蒙蒙的水雾。

靠近两岸是浮起的冰层，冰层上是半尺厚的白雪。河套的中间，欢欣地流淌着奔放的河水，河水的情绪仿佛不屑于受到孙司令及其19名靖安军军官的死亡的感染，照样畅快地流淌着，还发出叮叮咚咚的声音，像是在唱着曼妙的佛、道两家的因果报应之歌。

千余名孙司令的靖安军，要么，遣送回家；要么，可以安置在四平街保安队或公主岭保安队。多数同意被遣送回家，少数同意安置到四平街保安队或公主岭保安队，仍然去当兵。

"匪患猖獗"，因此，驻四平街的关东军满洲独立守备大队和公主岭铁道守备队，很快就撤离了伊通县。

伊通县各村镇的伪政权，迟迟未能，也不敢去组建……

1933年3月15日。
二龙山，聚义厅。
这里正在召开军事会议。
军事会议由马忠华主持，参加会议的主要有马忠国、小白龙、周祥、于德川等。

马忠华说："情报获悉，日军军官从奉天、四平街、长春等地向郑家屯集中，然后，乘军列去洮南，召开军事会议，并且，培训……军列上，还运输着军事物质。"

周祥说："情报的来源，可靠吗？"

关东豹说："我们同时得到了两份情报，一份来自四平街的电话局，是我们的可靠的内线，在电话里监听到的……另一份来自我家的窗楣上。"

他没有说出四平街电话局内线人的名字，马忠国心里明白，这个人就是自己的妻子乌云琪琪格。

周祥说："来自你家的窗楣上？"

"是的。"关东豹说，"情报是块红布，红布上的字句是用剪裁的报纸上的字块拼连而成的，用一把飞刀扎在了我们家的窗楣上。只听得窗楣上'嘭'的一声，这情报就扎在窗楣之上了……"

马忠华说："这飞刀的款式，是我们马家所独有的，但是，却难以判定传送情报的这个人是谁。"

于德川说："这红布上的情报是准确的，去年我们攻陷了郑家屯之后，日军要派飞机轰炸郑家屯，并且，从奉天出兵……这块红布上的情报，就是我们获知的情报之一。事实证明，情报可靠。"

周祥说："可靠就好。"

"袭击这个军列，打他个狗娘养的。"马忠华说，"但是，袭击的地点呢？"

说完话后，他把眼睛盯住了于德川，朝着于德川微笑；他知道，于德川最熟悉郑家屯一带的地形、地貌。

于德川说："在大土山袭击日军军列……"

马忠国说："为啥要选择在大土山袭击日军军列？"

于德川说："大土山那里是个拐弯处，大土山阻挡了火车司机弯道之后的视线……即使是司机发现了道轨被毁，他想要刹车……也来不及了，军列非倾覆不可。"

"那好，我们就把地点定在郑家屯以北十几里地的大土山。"马忠华说，"我们来研究一下袭击日军军列的战役部署吧。"

于是，大家围拢过来，马忠华在桌子上面的一张大白纸上，勾勒出大土山的地形、大土山的铁道线……部署着"辽北抗日义勇军"与"辽西抗日义勇军"各自分担的战斗任务。

第十五章

义勇军大土山扒铁轨
日军军列追尾爆燃焚毁

1933 年 3 月 16 日，深夜。

大土山——汉语通俗的称谓，即勃勃吐山——郑家屯火山群的七星山之一。

在坦坦荡荡、悠悠远远的松辽大平原上，突兀而起的大土山，不禁令人眼前一亮、心头一震，实在是大自然的一个雄伟的奇观。

铁道线走到了这里，面对耸立而起的大土山，不得不采取绕行的措施。这一绕行，就形成了一个有角度的大拐弯儿。这个角度，大大地缩短了司机瞭望前方的视线。

而且，拐过来之后，火车道线儿的两侧，仍然是隆起的大土山；只不过，铁道线儿铺在了人工开挖的沟壑里；这个沟壑，虽然挖在了大土山下坡的尾部，但是，沟壑里的铁道线儿对于两侧的石崖来说，必然相对较低。

——在这里，对想要疾行却疾行不了的弯道上的列车进行袭击、伏击，真是绝佳的地址。

四洮铁路，后土山铁路工区的工房。

一个人影出现了，这个人影靠近了工房，然后，他敲了几下工房的门。门开了，工房里的马忠民探出了头，一看，是马忠国，他说：

"人都来了吗？"

"来了。"马忠国说。

"你进来吧。"马忠民说。

马忠国进了工房，工房里还有一些人。

"这些人都是我们四洮铁路'同仁协进会'的弟兄，他们都是来帮我们破袭铁路的。"工房里的另一个人张小山说。

"同仁协进会"，是铁路工人们组织的反帝爱国组织，成立于1929年5月26日。成立不到几天，就有四五百人加入，其成员遍布四洮铁路的四平街、郑家屯、通辽、太平川、洮南等各个站段。各站段设分会，总会设在四平街。九一八事变之后，日本侵略者妄图将"同仁协进会"一网打尽……"同仁协进会"随即转入了地下，坚持与日本侵略者进行斗争。

"哦，知道这是一个反帝的爱国组织。"马忠国热情地向"同仁协进会"的成员们点头示意，他说。

"还有一些工具呢，让你们的人赶快进屋来拿工具吧。"张小山对马忠国说道。

马忠国推开工房的门，他向门外吹了一声口哨：

"吱——"

在工房外的黑暗处，立时站起来一群手持枪械的义勇军的战士，他们过来拿起铁锹、撬棍、镐头、木锯等工具，来到了大土山的弯道处。

在"同仁协进会"的工人师傅们的亲自示范与指导下，很快就将铁道上的钢轨，连续地撬开了三节……马忠民领着一拨人，锯断了铁路旁边的三棵电线杆子，割断了电线。

然后，张小山和马忠民对撬开的铁轨，前前后后地分别看了之后，他们俩都郑重地对马忠国说道：

"可以了。"

于是，马忠国下达了命令：

"弟兄们，离开铁道线，迅速进入两侧石崖子上的阵地。"

义勇军的战士们，连同"同仁协进会"的工人们，都迅速地离开了铁道线，进入了铁道线两侧的石崖子上，做好了战斗准备，等待着日本军列的到来。

1933年3月17日，凌晨1点30分。

"哞——"，远远地就可以听到火车汽笛的嚣叫，它以雷霆万钧之力，在无限伸展的铁轨上疾驰，呼啸而至；它的嚣叫，还有它那钢铁的巨轮与铁轨接缝处的撞击，所产生的叽里咣啷的声响，仿佛在向这个世界昭示：

"我来了，我是霸主，在我的面前，一切都不可阻挡。"

　　这就是由郑家屯开往洮南的第十九次客车——日本鬼子的军列。连着火车头的前四节车厢是闷罐车，除了前面的闷罐车，后面的车厢都亮着灯，只不过车窗羞羞答答地都拉上了窗帘，而且，拉得严严实实，从外边根本就难以看得到车厢里边……仿佛是车厢里有啥微妙玄机，担忧随着灯光而外泄。

　　是的，火车的身躯悠长而庞大，用它那钢铁的巨轮滚动着跑起路来，即使是厚重而无垠的大地，也要发生震颤。

　　火车头前的大灯，明亮而耀眼，照耀在百八十米远的轨道上，轨道上的一切似乎都能看得一清二楚，尤其是在这漆黑的夜晚，越是漆黑，灯光越是显得明亮。

　　它悠长而庞大的黑乎乎的身躯，贴近大土山西行，继而，呼啸着拐过来了，迂回着再向北行驶……仍然摆在铁道上的铁轨，已经不是原来用道钉固定在枕木上的铁轨，铁轨已经游离了原来的位置……火车头底下的钢铁的巨轮，失去了既定的轨道，滑落在枕木与碎石上，立刻就发生了偏离……脱轨的火车头疾速地倾斜，然后，轰轰隆隆而又吭吭哧哧、歪歪扭扭地卧在了路边。

　　火车头动弹不得了，整个列车失去了轨道，更失去了动力，也就扭曲地裹足不前了，尽管车头前的大灯，还是那么明亮、耀眼。

　　分别在两侧土崖上的马忠华和姜恩波命令道："射击。"

　　子弹射向了这个军列……打了一阵子，军列却没有反应。马忠华说："咋搞的，小鬼子军官们咋不还击？难度这趟列车不是小鬼子军官的军列。"

　　"我带领几个弟兄，上车去搜。"小白龙说。

　　他带着数名弟兄，上了中间的车厢。

　　于德川也带着数名上了中间的车厢。

　　小白龙说："于司令，你从中间往前搜，我从中间往后搜。"

　　"嗯哪。"于德川答应着，带着他的数名弟兄向前边的车厢搜去。

　　车厢里空空荡荡，没有人。

　　于德川他们简直就是跑步向前搜……前面的一节车厢是行李车，单继德见一个人趴在行李堆的后面，但是，却露出了两只脚，单继德过去，踢了他一脚，说道：

　　"啥人？出来。"

　　"我是中国人，不是日本人。"趴在车座下的人说。

　　"你是中国人怕啥玩意儿？赶快出来。"于德川说。

那人拱了拱，爬了出来，然后，站起了身子，说道："我是行李员，听到轰隆一声……知道出事了，又听到了密集的枪声……我就钻到行李堆里去了。"

于德川说："前面的那几节车厢是啥?"

"是日本人的军用物资，所以，才把我的行李车挤到后面来了。"行李员说。

于德川说："小鬼子的军官们呢?"

"小鬼子的军官们都在最后一节车厢……"行李员神秘地小声地说。

于德川说："小鬼子军官，有多少人?"

"有个百八十人。"行李员说。

于德川对单继德说："你赶紧向后边跑，告诉小白龙，小鬼子军官都在最后一节车厢呢，有百八十个人。"

"是。"单继德答应着，向后部的车厢跑去。

于德川对王子煌说："你快去告诉马司令，小鬼子军官们都在最后一节车厢。"

"是。"王子煌说，他立刻下了车。

于德川对其他人说："走，咱们去支援小白龙……"

他们向后面的车厢大步流星地走去。

后面的车厢，小白龙听到了单继德的报告……他们进入了倒数第二节车厢，小白龙说："大家要小心啊。"

林显义打开了这节车厢的门，要去打开最后那节车厢的门，这时，从最后的那节车厢里射出了子弹。"砰"的一声枪响，林显义的腿部中弹，他倒在了地上。

万国彪和关东青等赶紧向最后那节车厢射击，掩护林显义……两节车厢隔着车门子相互对射。

林显义艰难地爬了过来，在车厢的地板上，留下了一条鲜红的血痕。张景春给林显义包扎腿上的伤口，还好，没伤着骨头。

小白龙说："小鬼子的军官们狡猾、狡猾得啊，戒急用忍，终于忍不住了……开了枪了，也把他们暴露出来了。"

张小山来了，他对小白龙和于德川说："赶紧命令弟兄们下车，由郑家屯始发的第三十九次列车，再有几分钟就要来了，有可能从后面撞上这次军列……"

小白龙说:"万国彪、关东青,你们完成既定的任务。"

"是。"万国彪和关东青说。

他们俩在后端的座位上放上了两个炸药包,然后扯上了导火索,把拉线儿拴在了虚掩的车门子上,只要这节车厢的车门子一摆动,就会拉火点燃了导火索……小白龙一挥手,命令道:

"撤出车厢。"

他们撤出了车厢,重新上了道旁的石崖子。

夜色,还是那么深沉。

"哞——"火车汽笛的嚣叫。

接着,是轰轰隆隆而又叽里咣啷的火车轮子与轨道的撞击声——从郑家屯发出的第三十九次客车开来了。

当第三十九次客车拐过弯儿来,看到了挡在前面的第十九次客车,疾速地拉闸刹车,但是,一切都已经来不及了,列车的巨大的惯性,已经使列车身不由己。

机智的司机赶紧跳车逃命……火车却仍然向前冲进。

第三十九次客车的火车头,撞击在了第十九次客车的尾部,把第十九次客车的最后一节车厢撬了起来、顶了起来,然后,第三十九次客车的火车头钻进了第十九次客车的最后一节车厢的底盘下。

第十九次客车的最后一节车厢,骑在了第三十九次客车火车头的脑袋上,可谓"横空出世"了。

就在这时,第十九次客车的最后一节车厢与倒数第二节车厢的连接处,发生了大爆炸,"轰轰隆隆"的爆炸声震天动地。

然后,这"横空出世"的第十九次客车的最后一节车厢,随着爆炸声被点燃了起来,像一支高耸的巨型的天灯,熊熊燃烧,火光冲天,映红了半边天。

第十九次客车的最后一节车厢成了火葬场,里面的百八十个小鬼子的军官们,有了葬身之地,无一幸免。

小鬼子的军官们别想有一个能够漏网,因为,"辽北抗日义勇军"和"辽西抗日义勇军"的手枪、步枪、机枪的枪口,都对准了这节车厢。

在第十九次客车的前部,在姜恩波的指挥下,打开了闷罐车,把闷罐车里面的军用物资往出搬,搬到早已经等在那里的花轱辘大车上、勒勒车上,以及雪爬犁上……然后，鞭哨一响，骝马齐动，大车、小车扬长而去。

马忠华在第三十九次客车的下面燃起了篝火，让已经灭了火的第三十九次客车上的旅客们下来烤火……万国彪前来报告：

"车上发现了日本人。"

"都是啥人？"马忠华说。

"有两名是日本军人。"万国彪说。

"毙了。"马忠华说。

"还有三名是日本商人。"万国彪说。

"把这三名日本商人绑在这大土山的树上，让他们享受一下凛冽的寒风，也让他们知道——中国的东北大地，不是日本人幻想中的热土。"马忠华说。

"还有几名日本的妇孺。"万国彪说。

"让他们跟着那些中国旅客一起烤火去吧。"马忠华说。

"是。"万国彪说。

然后，他去执行马忠华的命令去了。

一堆堆篝火，如同一盏盏灯，在地上的白雪的映照下，使漆黑的夜显现了光明，马忠华用卷起的话筒，对烤火的旅客进行了喊话：

"旅客们、同胞们：我们是'辽北抗日义勇军'和'辽西抗日义勇军'，我们是打鬼子的队伍。日本帝国主义悍然发动了九一八事变，占我奉天、占我长春、占我齐齐哈尔……一句话，占我东北——这是我们中国人绝对不能答应的。不愿意做亡国奴的中国人，组织起抗日义勇军，在东北大地到处都燃起了抗日的烽火，打击日本侵略者。直到把小鬼子赶出中国，赶回东洋去……否则，决不罢休。"

接着，旅客们跟着马忠华一起喊口号，口号声波澜起伏：

"打倒日本帝国主义。"

"绝不做亡国奴。"

"把日本侵略者赶出东北。"

"……"

东方出现了淡淡的曙光，马忠华命令部队：

"撤离大土山。"

同时，他也派出快马，告知在大土山以南阻击从郑家屯方向可能来犯之敌的马忠国部队，以及在大土山以北的卧虎屯阻击可能从太平川方向来犯之敌的周祥部队，迅速撤离。

按照马忠华的命令，"辽北抗日义勇军"和"辽西抗日义勇军"撤离了第十九次军列颠覆和第三十九次客车追尾的大土山现场。

"辽北抗日义勇军"在返回二龙山的路上，渡过东辽河，绕行四平街，马忠华、马忠国和将士们斗志昂扬、气势恢宏地唱起了《我的大辽河，我的四平街》：

一

我的大辽河，
我的四平街，
背倚长白山苍松翠柏，
牵手松花江黑土沃野。

努尔哈赤的黄龙旗，
——威风猎猎；
成吉思汗射大雕，
——弯弓如满月；
胸前佩饰着，
红山的图腾玉琢，
——"天下第一龙"，
南进黄河流域的黄帝部落；
融汇了六千年华夏文明，
——辉煌的大中国。

（道白:）
（大辽河，黑土地。）
（棒打狍子瓢舀鱼，）
（野鸡飞进汤锅里。）
（大豆高粱加玉米，）
（旱涝保收很富裕。）

我的大辽河，我的母亲河；
我的四平街，伟岸的亲爹爹。
源远流长的大辽河，
亲吻着四平街。
四平街是关东的心窝窝，
烽火浓烈、铁马金戈、凤舞龙跃，
——英雄有气魄。
敌人胆敢来侵略，就把它坚决消灭。

黑土地上的关东的女儿哟，
端庄秀丽，激情似火，
敢恨敢爱，英武巾帼。
不怕寒冬的狂风暴雪，
为了美好的新生活，
追逐着春花烂漫的融冰绿野，
收获秋天的和平与强盛的硕果。

啊——
我的英雄壮美的四平街，
我的源远流长的大辽河，
我的辉煌的大中国地灵人杰。

二

我的大辽河，
我的四平街，
背倚长白山苍松翠柏，
牵手松花江黑土沃野。

努尔哈赤的黄龙旗，
——威风猎猎；
成吉思汗射大雕，

——弯弓如满月；
胸前佩饰着，
红山的图腾玉琢，
——"天下第一龙"，
南进黄河流域的黄帝部落；
融汇了六千年华夏文明，
——辉煌的大中国。

（道白：）
（关东物产真富饶。）
（人道关东有三宝，）
（人参貂皮乌拉草。）
（金银铜铁矿脉好，）
（铁道纵横林广袤。）

我的大辽河，我的母亲河；
我的四平街，伟岸的亲爹爹。
源远流长的大辽河，
亲吻着四平街。
四平街是关东的要塞哟，
烽火浓烈、铁马金戈、凤舞龙跃，
——英雄有气魄。
敌人胆敢来侵略，就把它坚决消灭。

黑土地上的关东的大汉哟，
豪迈矫捷，胸怀壮阔，
强悍如铁，保家卫国。
不怕寒冬的狂风暴雪，
为了美好的新生活，
追逐着春花烂漫的融冰绿野，
收获秋天的和平与强盛的硕果。

哦——

我的英雄壮美的四平街，

我的源远流长的大辽河，

我的辉煌的大中国地灵人杰。

或许是瞭望到了黑夜里在大土山熊熊燃烧的"天灯"，或许是听到了密集的枪声和爆炸声，从郑家屯再次发出的第三十次列车、第二十次列车、第二十四次列车、第二十三次列车，由大土山一带退回了郑家屯。

天亮了。

河野正直率郑家屯自卫团的一个中队去往大土山勘察……中途，他停了下来，他说：

"张云，你带两个人，穿着便服，骑上快马，先到大土山那里去看看……然后，把情况告诉我们，我们再采取下一步的行动，这样做比较稳妥。"

这个张云正是汉奸张林的堂弟，他当上了新组建的自卫团的中队长。

"好的。"张云说。

于是，他带着两个人，骑上快马，去了大土山……过了一会儿，他们三个人回来了。

张云说："土匪们都跑了，只剩下颠覆的和追尾的两列列车了。"

听到了这里，河野正直忐忑的心才算平稳了，他命令：

"迅速赶往大土山……"

当他们来到了大土山时，看到的是颠覆的第十九次军列的尾车燃烧得只剩下了残骸，前面的四节闷罐车的车门子被打开，里面已经空空如也。

追尾的第三十九次客车的外边还有个别旅客滞留在那里……在这列客车的尾车上插着一面红旗——"辽北抗日义勇军"。

在颠覆的第十九次军列的火车头上，也插着一面红旗——"辽西抗日义勇军"。

日本军列遭到抗日义勇军的扒轨袭击……使日军头目深感震惊，据日本驻大连铁道事务所编印的《时局重要日志》记载：

"关于四洮铁路卧虎屯一线第十九次列车事故，禁止报界采访、刊登。"

他们唯恐此事声扬出去，会造成侵华日军的内部混乱，影响其部队的作战能力，所以，对这一消息，在内部和外部严加管控。

　　但是，义勇军扒轨袭击日寇列车的消息，还是像长了翅膀一样，飞遍了松辽大地……鼓舞着不愿做亡国奴的中国人民，投入抗日救国的洪流中去。

　　1933 年 3 月 29 日。

　　四平街，马龙坤宅邸。

　　一家人吃过了晚饭，儿媳乌云琪琪格给公公马龙坤沏上了茶。

　　马龙坤饮了一口茶，说：“辽北抗日义勇军和辽西抗日义勇军相互配合，在大土山扒铁轨袭军列，搞得小鬼子心惊肉跳，惶惶不可终日……哈哈，痛快啊。”

　　那淑荣说：“听说德川弟弟也参与了。”

　　马龙坤说：“他在大蒿子屯遇险……躲过了一劫。”

　　于桂花说：“打鬼子就得敢于冒风险，就不能怕死。”

　　那淑荣说：“婶子，你说得对。”

　　于桂花说：“打鬼子不怕死——这才是我们于家沟的人，才是我的亲大侄子，我也算没有白疼他一回。”

　　乌云琪琪格说：“听说跟着德川弟弟干的还有一个于家沟的后人呢，叫王子煌。”

　　于桂花说：“我们于家沟人，骨子里就有抗击外国侵略者的传统。”

　　乌云琪琪格说：“嗯哪呗。”

　　马龙坤说：“乌云，你爹在天津可好？”

　　乌云琪琪格说：“挺好的，前几天还通了电话。”

　　马龙坤说：“你爹上疏国联的‘李顿调查团’……有了结果。”

　　乌云琪琪格笑着说：“肯定是小鬼子在道义上失败了。”

　　“你说对了。”马龙坤又饮了一口茶，说，“今年 2 月 21 日，国联进行表决，以 41 票对 1 票，通过了要求日本从东北撤军的决议案；那唯一的一张反对票，是日本代表松冈洋右投的，然后，日本代表松冈洋右在表决后皮笑肉不笑地、尴尬地退了场……”

　　乌云琪琪格说：“说明了日本在国际上很孤立。”

　　马龙坤说：“就在前天——3 月 27 日，日本政府指责国联采取‘不公正’的态度，并且，声明日本自即日起正式退出国联——这实际上是无可奈何的焦躁之举，呵呵。”

那淑荣说："我看了这两天的日文报纸，日本国内的舆论一致盛赞松冈洋右'干得好''有骨气'……而且，为日本退出国联喝彩。日本国内呈现出一片狂热的情绪，尤其是军人的狂热。"

乌云琪琪格说："日本人疯啦，是不是？"

那淑荣说："还是那句老话说得好——要使其灭亡，先使其疯狂。"

马龙坤说："如果一个人由愚蠢到了疯狂的程度，甚至是一群人由愚蠢到了疯狂的程度，他和他们所造成的社会灾难，还是有限的；但是，如果一个民族或者一个国家，也由愚蠢到了疯狂的程度，那就太可怕了，不仅会给人类社会带来巨大的灾难，而且，归根结底，还会给他们自己带来毁灭性的灾难——这就叫'自作孽，不可活'。"

"嘁，小鬼子别高兴得太早了……"于桂花说，"一条毒蛇，把一只大象当成了自己的猎物，因为，大象看起来憨厚、老实，又肉墩墩的。它吞下了大象的尾巴，它很高兴。然后，它又把血盆大口张开到了极度，它吞下了大象的一条大腿和半拉屁股……它已经感到了腹部的胀满了。但是，贪欲驱使它要吞进大象的另一条大腿和半拉屁股，它知道，如果能把大象的另一条大腿和半拉屁股吞进去，也许就能把整个大象都吞进去了……于是，它尽力地吞。这时，它的腹部由胀满而感觉到了疼痛……它不想吞了。因为，它吞进去了大象的两条腿和整个屁股，大象还有大半拉身子呢……所以，它才不想再吞了，而且，想要把已经吞进去的也吐出来。可是，已经不可能了。大象是活的，它感到了不舒服，就扭动起肥大的屁股，又慢悠悠地蹬跶起两条粗壮的后腿……这么慢悠悠地一蹬跶，就蹬破了毒蛇的肠胃，又蹬破了毒蛇的肚皮……这就要了毒蛇的命，毒蛇死了。大象继续蹬跶蹬跶，蹬脱了毒蛇的血盆大口之后，又踩碎了毒蛇的脑袋。结果呢，毒蛇闹个被戳穿肚皮，粉身碎骨。"

马龙坤说："我的夫人，讲了一篇警示人心而又多么生动的寓言故事。"

于桂花说："说的就是小鬼子，小鬼子就是这条毒蛇，到时候再瞧吧，小鬼子该哭啦，他得号啕大哭……但是，也已经来不及了。"

那淑荣说："婶子，你挺会讲寓言故事的啊。"

"哎哟，淑荣啊，这都是跟你婆婆——李大善人家的李大小姐学的，跟你婆婆比，我还差得远呢，呵呵。"于桂花说，"你婆婆要是讲起故事来啊，妙语连珠，魅力大着呢……但是，你要求她给你讲个故事啊，她非得借机拿捏得你骨头不疼肉疼。"

那淑荣说："还真不知道我家孩子他奶奶有这么大的本事。"

马龙坤说："咱们把话又说回来，国联的一纸决议，小鬼子拿了，只当是揩屁股纸。"

于桂花说："说到家，对于小鬼子，就是得狠狠地揍他个狗娘养的……把他打趴下，让他满嘴流血、满地找牙，他才能舒服。"

马龙坤说："小鬼子占了东北，跟美、苏等国的利益，发生了根本性的冲突……而且，小鬼子的胃口极大，他不仅想侵吞中国，而且，想当世界的霸主……小鬼子跟美、苏也难免一战，那将是小鬼子败亡的转折点。"

"喂，诸位，我缓在盆子里的冻秋子梨和冻柿子，已经缓好了，大伙儿吃冻秋子梨和冻柿子吧。"乌云琪琪格说，"要是再不吃，可就没了。"

说着，她把盆子端过来，从盆子的凉水中，拣出了已经缓好了的冻秋子梨和冻柿子，放在了几个盘子里，又把盘子送给大家……已经缓好了的冻秋子梨和冻柿子，外皮儿上包裹着一层透明的冰甲，那冰甲是冻秋子梨和冻柿子从内里释放出的冰冷与盆子的凉水融合的结晶，剥去了附在外皮儿上的冰甲，才能吃梨和柿子。

3月末了，屋外的气温还在零摄氏度以下，大地里依然有冰有雪，储存在院落里大缸中的冻秋子梨和冻柿子，依然冻得像石头块子似的。但是，再过些许日子，春风呼呼啦啦地一刮，辽河大平原恐怕就要大面积地开化了，冻秋子梨和冻柿子也就难以继续保存了。

四平街的冬季，到了隆冬季节，平平常常零下二三十摄氏度，新鲜的水果难以保存，就只好采取这种冷冻的办法，把山海关一带或者河北产的新鲜的秋梨和新摘下的磨盘柿子，放在院落中的大缸里面，自然地冰冻起来……想吃的时候，就从缸里取出来，放在盆子里用凉水"缓"，或者说是用凉水"拔"，把冻结在梨和柿子里的冰冷，一点一点地给"缓"出来、"拔"出来……冻得像石头块子似的冻梨和冻柿子在凉水里，也就逐渐变得温凉和软乎了。

秋梨和磨盘柿子，经过这么一冻一化，秋梨的皮儿由黄绿色变成了黑里透红的颜色，磨盘柿子由橙黄色变成了橘红色，反而转化和清除了秋梨的酸性和磨盘柿子的涩性，使之成为甜美可口的水果。

一方水土养一方人，一方气候造就一方人的饮食和生活习俗——天南地北，东土西域，各有千秋。

马家人吃着由乌云琪琪格缓好了的冻梨和冻柿子。

黑里透红的梨皮儿，瓤儿却是皎白的，一口咬下去，溢出甜汁儿……撕破了薄薄的柿子皮儿，用小勺儿挖食，或者裹吸软软的红瓤心儿，甘饴如蜜。

屋子里烧有火炉，火炉上的铁皮炉筒子蜿蜒地插进了墙壁的烟道里，烟火通过铁皮炉筒子向外走的过程中，释放出热量，给室内以温暖。

春风迟度山海关，在这披着绿装的春姑娘婀娜作态、扭扭捏捏、姗姗未至的季节里，马家人守着火炉，在温暖的屋子里，吃得津津有味。

第十六章

二龙山上周保中会见英雄
好汉讲述三打宁安城

1934 年 3 月 9 日，上午。

黄龙岭，进岭的山门处，一座窝棚似的卡子。

"报告。"一个崽子在窝棚的门外喊道。

"进来。"正在值班的关东青，在窝棚里说。

那个崽子推门走了进来，半掩着门扉，探进脑袋来，说："二当家的。"

"啥事儿？"关东青正在下棋呢，他头也不抬地说。

"抓住一个日本探子。"那个崽子神秘地说。

"啥？日本探子？"关东青的眼睛虽然还在注视着棋盘，但是，语气中有了惊愕，他顺口说道，"这还用问吗？毙了。"

"是。"那个崽子说。

正在他转回身时，那个被抓来的"日本探子"，听到了关东青的说话，"日本探子"在窝棚的门口大声地喊叫道："哎、哎，别冤枉人啊，我就是路过这里，到这一带来找'辽北抗日义勇军'，专门来投奔'辽北抗日义勇军'的。"

这时，关东青才抬起了屁股，到了门口，看了看这个被捆绑着的"日本探子"……他对押解着这个"日本探子"的崽子们说：

"你看看，你们咋说他是日本探子呢？他说他是专门来投奔咱们'辽北抗日义勇军'的……"关东青说，"好悬哪，差一点把他给毙了。"

"他在前边的岔路口向我们打听道儿……我们听他说话大舌头啷叽的，像鸭子叫，也听不太清，就以为他是日本探子，把他给绑起来了……"那

· 224 ·

个崽子说。

"嘿呀，你们真是少见识，他是个'南方蛮子'，'南方蛮子'说话就是这个说法，大舌头嘟叽的，像鸭子叫。"关东青说，然后，他转过头来，"喂，'南方蛮子'，我们就是'辽北抗日义勇军'，你来找谁？"

"我是广西人，从南方来……"南方蛮子说，"这里是啥地方呀？是黄龙岭吗？"

"是黄龙岭。"关东青说。

"那我找马司令马忠国。"南方蛮子说。

"哎、哎，你这个南方蛮子啊，连我们马司令马忠国坐镇黄龙岭居然都知道。"那个崽子说。

关东青重新审视了一下这个南方蛮子，说："走吧，把他送到冯大掌柜的那里，再做定夺。"

于是，关东青和几个崽子押着南方蛮子，上了山岭，去了"聚义厅"。

黄龙岭，聚义厅。

关东青见了冯大掌柜，说：

"大掌柜，崽子们抓了个'日本探子'，一问，还是个'南方蛮子'……他说他是来投奔咱们'辽北抗日义勇军'的。"

这时，崽子们把南方蛮子带了进来。

关东青指着南方蛮子说："就是他，他知道了咱们这里是黄龙岭……他张口就要找马司令马忠国。"

"找你也行，黄龙岭的冯大掌柜的——冯大吉。"南方蛮子说。

"你知道我？"冯大吉惊讶，他瞪着眼睛说。

"当然知道。"南方蛮子说，"冯大掌柜的，落草黄龙岭，绿林好汉，行侠仗义……方圆几百里，谁个不晓，哪个不知？"

"哟呵，你个南方蛮子，还挺会说话的呢。"冯大吉说。

"冯大掌柜的，义让寨主……没想到却让给了认日贼作父的恶匪左宪章，冯大掌柜的恼怒在心，杀了个回马枪，击毙了左宪章的帮凶刘大疤瘌，又协助二龙山的二掌柜的小凤凰，伏击了左宪章……重举'替天行道'的义旗，跟二龙山的小白龙结下金兰，成了拜把子弟兄。"南方蛮子说。

"这已经是多年前的事情喽——"冯大吉感慨地说。

"远的不说，咱说近的。日本鬼子发动的九一八事变，侵占我东北。冯大掌柜的义愤填膺，协同马司令马忠国，在金宝屯，阻击日军，炸毁驻四平街关东军满洲独立守备大队的铁道装甲车……使于德川义勇军攻陷了郑家屯。大土山扒轨道，日军军列脱轨颠覆……冯大掌柜的在土崖上，枪扫日军军列。冯大掌柜的，义士也，民族英杰也。"南方蛮子说。

冯大吉笑了，说："你的嘴儿挺巧，呵呵，我爱听。"

"谁为中华民族做了好事儿，老百姓在心里边都记着呢。"南方蛮子说。

"你要见马司令马忠国？"冯大吉说。

"是的。"南方蛮子说。

"他今天去了二龙山了。"冯大吉说。

"不巧啊。"南方蛮子说。

"二掌柜的。"冯大吉说。

"有。"关东青说。

"你套上车，带两个崽子，把这个南方蛮子送到二龙山去吧，咋样？"冯大吉说。

"嗯哪。"关东青说。

"听这个南方蛮子说话，是个好人；但是，的确是没有办法核实他的身份……"冯大吉说，"这个南方蛮子的身上有枪吗？"

"没有枪支，搜过身了。"那个崽子说。

"你们看，还有必要绑着他去吗？"冯大吉说。

"没必要。"关东青说，"瞧他南方蛮子的小体格儿，我一脚能踹他俩跟头……"

南方蛮子听了，反而笑了笑。

"松绑。"冯大吉说。

崽子们给南方蛮子松了绑绳。

冯大吉脱下身上的羊皮大衣，说："坐在大车上，身子不活动，冷啊；把我这件羊皮大衣给他披上吧，南方蛮子不抗冻啊。"

关东青接过了冯大吉的羊皮大衣，然后，又直接把这件大衣，递给了南方蛮子。

南方蛮子接过了羊皮大衣，披在了身上，当然大了些，但是，很保暖，他说：

"冯大掌柜的，谢谢啦。"

关东青带了两个崽子，套上了花轱辘大车，他坐在了车沿子上，抡响了手中的鞭子，驱赶着辕马，拉着身披羊皮大衣的南方蛮子，下了黄龙岭，去往二龙山。

山野中，轻雾淡淡。蓝白色的天穹上，若有若无地悬着薄云。日头在轻雾与薄云的掩翳下，露出羞涩而迷蒙的脸庞。

漫山遍野的林子，林海浩瀚；漫山遍野的白雪，雪野茫茫。冰雪笼罩着的山野，一个字：冷。阳光微露，没有风儿——干冷；阳光隐没，没有风儿——阴冷。

林海雪岭，逶迤地向远方伸展着，渐次地隐没在薄云轻雾之中。

辕马的四只蹄子踏在冻结的雪窝子里，花轱辘的大车的车轮碾压在雪层下的冰碴上，发出"嘎嘎巴巴"的声音。

赶车的挥动着手中的鞭子，偶然间甩起在空中，突然地一抖动——"嘎""巴"地响着。"嘎"——是爆响，是鞭子的鞭哨儿与干冷的空气，由于剧烈的摩擦而发出的脆响；"巴"——是回响，山野间悠荡的回响。

一句话，山野里"嘎巴"地冷。

过午。

二龙山，聚义厅。

关东青进了聚义厅，带进来一股子寒气，他一抱拳，他说：

"各位长官、掌柜的，我们在黄龙岭抓了个'日本探子'，一问，是个南方蛮子；他说，他是投奔咱们'辽北抗日义勇军'来抗日的……"

聚义厅里的马忠华、马忠国、小白龙，相视一笑。

马忠华说："带进来。"

关东青转身出去，把南方蛮子带了进来，又是一股子寒气扑了进来；他们跟押解他进来的人一样，脸蛋被冻得红扑扑的；胡子茬儿上、眉毛上、帽檐儿上……全是由呼吸而结晶成的一层霜花。

南方蛮子进来之后，见了马忠华等人，脱掉了羊皮大衣，然后，"啪"地一个立正，挥手一个军礼，口中用南方话一字一板地说道：

"向诸位抗日英雄致敬。"

在聚义厅里的马忠华、马忠国，还有曾经的奉军的将士们，都惊愕了；因为，这位南方蛮子的军礼，敬得太标准、太标致了，非有军旅生涯，是绝对敬不出这样标准、标致的军礼的；就连小白龙这样的草莽绿林好汉也看出来了，这个南方蛮子绝非一般。

的确，南方蛮子的这个军礼，所展现出的气度、威仪，超凡脱俗——俗话说得好，窥一斑而知全豹。

马忠华和马忠国立刻还了个军礼。马忠华说：

"如果我没有猜错的话，你应当是，当过兵，进过军校……"

"你的眼力不错，我参加过北伐，进过云南讲武堂。"南方蛮子说。

马忠国看了一下马忠华，说道："我和他，还有马占山，都进过奉天讲武堂。"

"你从哪里来？"马忠华说。

"我原本是从关里来关外抗日的。"南方蛮子说。

"加入哪支抗日义勇军的队伍里了？"马忠华说。

"我原本要到嫩江铁路大桥去，参加马占山的部队，但是，嫩江桥战役却结束了，于是，我到了吉东，到了磐石……"南方蛮子说，"李红光介绍我到这里来看看。"

马忠华笑了，说："我知道你是谁了。"

"我也知道你们都是谁了。"南方蛮子说。

"你是周保中将军。"马忠华说。

"是我。"南方蛮子说，"你是马忠华将军，他是马忠国将军——你们都是从嫩江铁路大桥的战场上撤下来的；那位绿林好汉，是专门打鬼子的二龙山的大掌柜的小白龙大将军。"周保中说。

"看座。"小白龙说。

关东青搬来了一把椅子，让周保中坐下。

马忠华说："前些日子，我特地去了磐石，见到了磐石工农义勇军的司令李红光，谈到抗日打鬼子，他跟我讲起了你……你参加过北伐战争，那个时候就历任副团长、师长。"

周保中说："呵呵，惺惺相惜。"

马忠国说："你是共产党？"

"是的，我跟李红光一样，都是共产党。"周保中说，"我是1927年在蒋介石'四一二'大肆屠杀共产党人和进步人士之后，于7月份加入共产党的。"

马忠国说："哦，在共产党的危难当头，你却加入了共产党？有性格。明知山有虎，偏往虎山行。"

马忠华说："李司令跟我讲到了你，跟今儿个一样……也是说，你被李杜、王德林他们的抗日义勇军，当成了'日本探子'，绑上了山……呵呵，居然用一条绳子给李杜、王德林他们的抗日义勇军绑来个总参谋长。"

周保中说："呵呵，历史的经历，有时就是这么重复地上演，但是，每一次重复，都是一次升华。"

马忠华说："你巧用兵，以少击多，攻克了东京城，又三打宁安……不亚于诸葛亮出隆中啊。"

小白龙说："听马司令这么一说啊，你就留在我们二龙山，给我们'辽北抗日义勇军'，也当个总参谋长吧。"

马忠国说："这个主意不错，我赞成。"

"周将军就是想走也走不了了。"马忠华说，叫道，"关东青。"

"有。"关东青说。

"你去告诉伙房，说有重要客人来了，让他们准备好酒肉饭菜，我们今天要好好地款待请都请不来而又不请自来的周将军。虽然过午了，我们也都没吃饭呢。"马忠华说，"周将军来得正好，昨天打了两只狍子，狍子肉今天上午肯定炆好了——大概就是等着周将军来吃狍子肉呢。"

"好嘞。"关东青说。

他说完，就出了聚义厅，到伙房去了。

不一会儿，酒、肉都摆上了桌，还真有一条炆得烂烂乎乎的狍子腿。

马忠华说："咱们边喝酒、边吃肉、边聊。"

周保中说："哦。"

马忠华说："周将军，我们都听你聊，你就聊你巧用兵马，攻克东京城，又三打宁安城的战例……我们从中学习谋略和战术。"

周保中说："你们要愿意听，我就讲。"

马忠国说："当然愿意听。"

小白龙说："讲。"

周保中说："那好，我就讲了。"

于是，他讲起了巧用兵攻克东京城，以及三打宁安……

周保中讲了——

前年的这个时候，他先是到了李杜的抗日义勇军总部工作。李杜佩服周保中的胆识与才能，却不肯重用他。李杜的抗日义勇军大部分都是奉军的正规军，其上层对南京政府抱有幻想，等待南京政府出兵抗日……担忧周保中是共产党，怕招来南京方面的麻烦。

的确，周保中是中共满洲省委书记罗登贤派到吉东地区开展兵运工作的，时任中共满洲省委委员、军委书记。

他是在 1928 年底，中共中央派他到莫斯科国际列宁学院学习……九一八事变后，中共派他到东北参加对东北抗日战争的领导。

4 月的时候，吉林的抗日义勇军分三路反攻哈尔滨，节节胜利。

日军村井各规旅团和是村音吉联队却沿着松花江分两路包抄吉林义勇军的后方总部和补给基地依兰。

日军的第十师团也全体出动……义勇军各部于 5 月初退向中东路以北、乌苏里江以西的下江地区，即松花江下游地区——这些区域当时都属吉林省管辖。

5 月 20 日，下江重镇汤原、佳木斯失守，李杜部继续向东败退……不久，周保中所在的宣传部解散。

7 月，周保中经李延禄介绍，来到了王德林的抗日义勇军。王德林对周保中的才干早有耳闻，两人相见之后，一见如故。

王德林任命周保中为总参议，在自己身边运筹帷幄。

不久后，李杜、王德林、丁超，三股抗日义勇军成立联合的抗日义勇军，李杜任联军总司令，王德林力荐周保中为联军总参谋长。

这个时候，王德林部队的压力骤然增大，他有些忧心忡忡，如何应对当前的情势？一时间，他又拿不出啥好办法来。

周保中指着军用地图，向王德林进言：

"司令，请看，包括宁安、东宁、绥芬河在内的整个绥宁地区位于长白山的中段，山高林密，老爷岭绵延其间，西有镜泊湖原始森林，东有中苏边境，北靠中东路，南接东满六县。若出兵西南，过敦化，可直下南满，西出吉林、长春；兵出西北，可直下舒兰、五常、珠河，威逼哈尔滨；若大军北上，过中东路可直进三江沃野，控制牡丹江流域和整个下江地区；若径直南下，东满六县尽在掌握之中。"

"嗯。"王德林看着地图，感到周保中说得有道理。

周保中说："所谓进可攻，退可守，万一失利，还可以向东退入苏联境内。咱们的义勇军应当把绥宁地区作为根本来经营。当今之计，是要迅速扫除宁安境内的敌伪势力，站稳脚跟。然后，乘势向四周发展。"

王德林说："我听你讲，好比刘玄德在隆中听诸葛亮讲三分天下……你的战略谋划，我佩服。"

周保中说："周某不才，愿意带领一支部队，先打宁安南部的重镇东京城，然后，再集中兵力打宁安。"

王德林说："我给你一个营的兵力，由你指挥去攻打东京城。"

周保中说："可以。"

王德林说："一个营的兵力，才几百人，是否单薄了些?"

周保中说："兵不在多少，而在于咋用兵。"

王德林说："你这个总参谋长，讲起军事谋略来，不愧为军师，头头是道儿，但是，真正打起仗来……可不那么容易。"

周保中笑了笑，信心满满地说："司令，你给我的这点部队，足够我拿下东京城的，你尽管放心。"

王德林对卫兵说："你去把一营长孟昭德叫来。"

"是。"卫兵应道。

然后，转身出去了，叫来了孟营长。

孟昭德走了进来，向王司令和周参谋长敬礼，说道："一营营长孟昭德前来报到。"

王德林说："从现在开始，你一营归周参谋长指挥。"

孟昭德说："是。"

周保中过来，拍了拍一营长孟昭德的肩膀，说："来，咱们俩坐下来，仔细研究一下攻取东京城的战役部署。"

于是，他们俩坐了下来，周保中在地图上比画着，向孟昭德简单地讲了攻取东京城的战役构想……王德林坐在一旁，静静地听着。

1932 年 7 月 6 日。

东京城，是宁安第一大镇，地处宁安县城至敦化的公路线上，日军正在修筑的图宁铁路也经过这里。

周保中和孟昭德挑着两只土筐，手里拿着一把铁锹，筐里还有点干粪便，像是在农闲季节来东京城捡粪的。他们俩在东京城里东瞅瞅、西逛逛，大街小巷，瞧了个遍。然后，出了南城门，在距离南城门外 100 多米的路边上，有一棵大榆树，他们俩在大榆树的阴凉下坐了下来。

尾随他们俩走出南城门的是东京城的中共地下党的负责人郑连胜，他也在大榆树的阴凉下坐了下来。

周保中说："东京城里有多少日伪军?"

郑连胜说："日伪军有三四百人。"

孟昭德说："我们营也就三四百人；几乎是一对一。"

周保中说："我们只能智取，不能强攻，何况，日伪军的武器装备还优于我们。"

孟昭德说："的确如此。"

周保中说："连胜，你们要帮助我们打探城里的日伪军的驻防情况，以及每天的动向……一旦遇到日伪军倾巢出城去'讨伐'，火速向我们报告。"

郑连胜说："嗯哪。"

周保中说："孟营长，你派一个侦察小组在这东京城外蹲守，摸清日伪军出城走哪条路，回城走哪条路，总结出日伪军的行动规律。"

孟昭德说："是。"

周保中说："走，咱们再在东京城的四周好好逛逛，踏勘地形，研究和选择阵地……做好智取东京城的战前准备。"

孟昭德说："是。"

"连胜，你回城去吧。"周保中说，"记住，日伪军一旦倾巢出动，务必火速向我报告，我就急等着你的报告呢。"

郑连胜说："是。"

说完，他回城里了，执行周保中交给他的任务去了。

周保中和孟昭德环绕着东京城，踏勘地形……东京城地处东京城盆地中，四面环山，三面绕水，"远山为屏，近水成堑，山河险固"。

东京城，又称"忽汗城"，清代称"东京城"，是渤海国都城——上京龙泉府故城的遗址。东京城作为渤海国的都城长达 160 余年。

在唐朝最为强盛的时期，东北出现了一个强大的渤海国，渤海国的范围包括现在东北北部、俄罗斯外兴安岭以南，共有东京龙原府、西京鸭渌府、南京南海府、中京显德府、上京龙泉府五个都城。

公元 755 年，渤海国从中京显德府迁都至上京龙泉府。

渤海国上京龙泉府是当时赫赫有名的大都市，这座都城完全是依照长安城建设的，由外城、内城和宫城组成，面积约 16 平方千米，为长安城的五分之一。

公元 926 年 2 月 23 日，夜里，契丹人耶律阿保机率领铁骑兵分两路，翻越长白山，经过六天六夜的疾驰到达上京城，包围了这座都城。上京城被围三天，渤海人突围无策，渤海王被迫身穿孝服，举起素幡，到阿保机马前投降。

3月5日，阿保机遣近侍康末恒等13人进城索取兵器，却被愤怒的渤海士兵所杀。阿保机大怒，从东、西、南三面攻城，上京失陷。

至此，历时200多年的渤海国就此灭亡。

渤海国全境纳入契丹人版图，在原渤海国故地建立了东丹国，上京城则改名为"天福城"，成为东丹国都。

公元929年，即天显四年，东丹国南迁，这座都城被毁弃。

周保中和孟昭德在山坡上，看着山环水绕、风景秀美的古都——东京城……如今，又沦陷在日本侵略者的手中，心中深感痛惜。

在对东京城的周边仔细地勘察之后，他们俩返回了营地。

1932年7月13日，天亮前。

周保中率领部队，连夜急行军，已经到达了东京城的城外。

他在昨天晚上，接到了郑连胜送来的情报——东京城日伪军的主力，将在今天的早上进山"讨伐"……城内空虚，速来袭击。

情报上，还报告了日军司令部在东京城的位置、留守的兵力部署等。

太阳出山了，日伪军才懒洋洋地出城——周保中放过了他们；一直到中午了，估计日伪军已经远远地进山了。

周保中说："孟营长，你的部属当中，有这东京城本地的战士吧？"

孟昭德说："有啊。"

周保中说："让他装扮成一个本地的老百姓，让守城的日伪军，把城门打开。"

孟昭德说："是。"

他转身布置这项任务去了。

东京城的城门前，扮成本地老百姓的战士，向城门上边喊道："喂，开门哪，我得回家呀，大白天的关啥城门哪。"

除了这名战士，还有几个老老少少的站在那里，要进城。

"你等着啊，我去给你们开城门，放下吊桥。"守城的伪军哨兵说。

也许正因为是大白天，守城的伪军哨兵没有任何怀疑，他从城门楼上走了下来，打开了城门，放下了吊桥。

那名战士一个箭步，蹿了上去，用手枪顶住了伪军哨兵的前胸，说道：

"我们是抗日义勇军，你要是敢吱声，就毙了你。"

"兄弟，我当伪军纯粹是来混饭吃的，我绝对不吱声。"伪军哨兵说。

"嗯，看你还像个中国人。"那名战士说。

说着，他把伪军哨兵手中的枪支，拿在了自己的手中。

周保中看得清楚，他一挥手，战士们从隐蔽的山林里迅速地冲了出去，首先占领了城门，把守城门的一个班的伪军缴了械。

整个部队进了东京城。

"立即进攻日军司令部。"周保中命令。

"弟兄们，跟我来。"孟昭德喊道。

他率领一个连的战士，杀向了城中心的日军司令部……激烈的枪声过后，留守的二十几名日军，全部被歼灭。东京城里的日军司令部，被义勇军的战士们攻占了。

留守的一个连的伪军，对于突如其来的攻击，惊慌失措，弃城而逃……义勇军的战士们经过不到一个小时的战斗，占领了东京城全城。

在这场智取东京城的战役中，周保中指挥得当，义勇军战士们打得干脆、利落，又无一伤亡。

东京城外的山谷。

山谷两侧，埋伏着周保中这支部队，战士们在构筑阵地。

周保中说："东京城的四座城门，都封闭了吗？"

孟昭德说："有一个排的战士在东京城封闭了四座城门，不允许任何一个人外出……以防走漏风声。"

周保中说："这就对了。"

孟昭德说："他们还按照你的命令，在城头上多树旗帜，以布疑兵之阵，整个一个'空城计'……而你呢，周总参谋长却率领大部队出了城，在这个山谷里布下了'口袋阵'。"

周保中说："这里是出外'讨伐'的小鬼子，回城救援东京城的必经之路啊。"

孟昭德说："周总参谋长，你算准了日军肯定会回救东京城？"

周保中淡淡一笑，说："小鬼子肯定得回救东京城，东京城的地理位置、军事意义很重要，小鬼子不可能让我们轻易地占领了东京城，让我们得到补给……所以，小鬼子必然回救东京城。"

孟昭德说："是啊，如你所说，逃跑的伪军肯定会把东京城被义勇军攻占的消息，告诉给出去'讨伐'的日军，日军急了，就会迫不及待地回攻……"

"我们就耐心地等待吧。"周保中说，"这叫袭城打援——用不了几个小时，好戏马上就要上演了。"

过了几个小时，侦察员前来报告：

"来了一拨日军，200多人，进了山谷。"

孟昭德说："沉住气，等敌人全部进了我们的埋伏圈，听周总参谋长下达了射击命令，再打。"

"是。"通讯员说。

然后，他去各连，传达营长的命令。

200多小鬼子，全部进入了埋伏圈。

周保中清楚地看见领头的一个小鬼子军官，是个大佐，于是，他从一位战士的手中拿过来一支步枪，瞄准了小鬼子的那个大佐就是一枪，那个大佐应声倒地。

周保中的枪法极准，子弹打在了那个大佐的脑壳上，将其一枪爆头，血浆、脑浆登时迸了出来，然后，他高声地喊道：

"打——"

机枪、步枪、手枪，一齐开火，子弹像雨点般地从山坡上射向了山谷里的小鬼子，还有居高临下抛向小鬼子们的手榴弹，在小鬼子的人堆里爆炸……日军失去了指挥，一会儿前进，一会儿后退，不知所措。

7月的山林葱葱茏茏，丛草繁茂。

山坡上的义勇军战士们隐蔽在林木和草丛中，可以清晰地看见小鬼子们，而小鬼子们却难以寻觅到义勇军战士们的身影。这就好比义勇军的战士们耳聪目明，而小鬼子们却是"瞪眼瞎"。耳聪目明的义勇军战士们，打"瞪眼瞎"的小鬼子们……小鬼子们真就得"蒙瞪"又"蒙圈"了。

周保中安排在山谷的沟口两端的机枪，无情地向小鬼子扫射着，小鬼子无论前进或者后退，所面对的，都是包扎在口袋里的愤怒的子弹。

天还没黑呢，200多小鬼子被歼灭了。

有一路伪军回到了东京城下，看见树立在城头上的抗日义勇军的旗帜，在风中招展，又仿佛人影绰约，再又听说回救东京城的日军中了埋伏……他们害怕了，哪里还敢攻城？

——这一路伪军们退却了，退往宁安城方向了。

周保中初显身手，就巧用奇兵，智取了东京城；又设了个埋伏，打了急匆匆回救东京城的日本鬼子们一个漂亮的"口袋战"；连环取胜，使义勇军的将士们，不得不对这个"南方蛮子"刮目相看。

1932 年 8 月 16 日。

宁安，距离吉东重镇牡丹江以南不到百里，是日寇统治吉东地区及兴凯湖以南的中苏边境上的中心据点之一。

秋风紧，秋意浓。

义勇军将士们在向宁安城运动。

王德林命令吴义成为前方指挥部的司令长官，同时，命令他伺机夺回宁安，巩固义勇军抗日的区域。

吴义成在 8 月初，曾经亲率三个团的义勇军出击宁安城，路过陈家岭时，与敦化增援的日军骑兵队遭遇。他立即命令各团迂回包围日军骑兵，将日军骑兵包围在陈家岭的西坡……双方交战达两个小时，白刃相接，刀光剑影，奋力拼杀……日军骑兵丢下了百余具尸体，逃回了宁安。但是，义勇军也阵亡了 70 余人。

之后，吴义成曾经约集姚振山部，汇集两万兵马进攻安图城。他临机决断，任命周保中为战地总指挥……结果，安图城一举而克。

现在，吴义成兵分五路，五路各有分工，攻取宁安城，同时，还组成了三个别动队，周保中为第二别动队队长。

朦胧的夜色下，宁安城北关城头上，伪军哨兵斜背着大枪，来回巡视着。他看见黑暗中闪出一彪人马，立刻拉动了枪栓，厉声问道：

"谁，口令？"

"亲善。"下面的人答道。

"你们都是哪部分的，干啥啊？"哨兵盘问。

"我们出城剿匪刚回来，你瞎咋呼啥呀？"下面的人说。

哨兵听见下面的人，口令回答得正确，认为真是自己人回来了，就放进了这一彪人马……当这一彪人马从他的身旁经过时，他感觉到了不对劲儿，就连忙鸣枪报警。报警的凄厉的枪声划破了夜空。随即，这个伪军哨兵，被义勇军战士击毙。

城门上的敌人被惊动，吵吵嚷嚷，胡乱鸣枪……义勇军将士们乘势杀进了城内，向各自既定的战斗目标冲去。

吴司令指挥进攻。

第一路军的姚振山旅长派来人员，向吴司令报告："西关的日军负隅顽抗，第一路军的进攻受阻，进展迟缓。"

第二路军的李照东旅长派来人员，向吴司令报告："北火磨的日军，集中了兵力和火力，疯狂抵抗……伺图反扑。"

周保中的第二别动队来人员，向吴司令报告：

"周队长率领第二别动队，同时，他又兼任了第三、第四路军的指挥，在城里的东北方向，纵横捭阖，协同作战，一举攻进了原镇守使署，毙杀了日军小岛少佐……目前，周队长正带领一支'敢死队'向日寇的军火库迂回……"

正说着，忽然间，听到了霹雳般的炸响，接着，是轰轰隆隆的连续的爆炸声，顺着爆炸声的方向望去，只见宁安城的东北方向，浓烟骤起，火光冲天……在黑沉沉的夜空里，烧红了宁安城的半边天。

吴司令兴奋地叫道："好个周保中，把小鬼子的军火库给炸了。"

天，渐渐地亮了。

姚振山亲自来找吴义成，他说：

"吴司令，咱们的各部队失去了夜色的掩护，各部队之间失去了联系，各自为战，打得很艰苦，弹药也快打光了……日军的几个据点，一时间又难以攻克。"

吴司令沉思了片刻，然后，果断地说："命令各部队，边打边撤，徐徐退出宁安城。"

姚振山说："是。"

义勇军将士们按照吴司令的命令，逐次地有序地撤出了宁安城。

这一次战役虽然没有彻底攻克宁安城，但是，却给了义勇军将士们一个大大的鼓舞，振奋了义勇军将士们的士气，将士们摩拳擦掌，纷纷请战，要求再打宁安城。

1932 年 10 月 17 日，深夜。

宁安城。

周保中率领义勇军 3000 余人，红枪会的"八大队"1000 余人，还有吉东党组织领导下的抗日游击队 400 余人，由东向西渡过还没有封冻的牡丹江，来到了这里。

他们来个大突袭，再打宁安城。

这次再打宁安，王德林认为吴义成上次指挥失误，所以，他这次干脆任命周保中为攻城总指挥。

午夜，11时。

攻城的战斗，打响了。

城外，攻城的义勇军攻城勇猛……城内，潜藏的吉东党组织的抗日游击队从大街小巷呐喊着杀了出来，在几处放起火来，搅扰得守城的日伪军慌了神儿。

然后，城内的吉东党组织的抗日游击队，直扑城门处……内外夹击，破了城门。义勇军将士一拥而入，进了城。

守城的日伪军，一见大势已去，纷纷溃散出逃。

此时，夜色沉郁，尚未黎明。

义勇军缴获了大批的武器弹药和军用物资……周保中站在了宁安城的城头上。

侦察员前来报告："败退出城的日军，集结了残兵败将，向宁安城反扑过来。"

"哦，看到了。"周保中说。

又有侦察员前来报告："牡丹江的日军已经大举出动，来援助宁安城的日军。"

"命令战士们带着缴获的战利品，迅速出城。"周保中说，"我留下来，指挥红枪会的战士们来反击日军。"

"是。"红枪会"八大队"的朱队长说。

这时，一发飞弹击中了周保中的左腿，弹头夹在了两块腿骨之间，鲜血流了出来……他紧咬着牙关，一声不吭，指挥红枪会的"八大队"，打击反扑来的日军。

反扑而来的日军被击溃了……又看到，义勇军的将士们带着缴获的大批的战利品，已经顺利地出城了，周保中说道：

"命令红枪会'八大队'的弟兄们，撤退。"

"是。"红枪会"八大队"的朱队长说。

周保中要走动，但是，却几乎跌倒……战士们这时才发现，他们的指挥官的腿部，已经负伤了，腿上流着鲜血，于是，给他包扎，然后，把他背了起来，下了城头。

他随着红枪会"八大队"的将士们，走在最后，撤出了宁安城。

宁安城外，一片树林子里。

背着周保中的战士把周保中放了下来，周保中坐在了一块方石上。

这时，朱队长喊来了军医，说："周司令的腿负伤了，子弹头在腿骨间呢，你赶紧把子弹头取出来。"

军医撕开周保中的裤脚儿，看到血肉模糊的腿，他自己倒先哆嗦了起来，说："没有麻醉药和手术刀啊，咋手术啊？"

看到军医这个样子，朱队长火了，说："瞧你这个熊样儿，还军医呢，纯粹是个草包……我要知道咋手术，还把你找来干啥？"

周保中说："朱队长，你去找来一把刺刀。"

朱队长说："好的。"

说着，他从一名红枪会的战士那里，找来一把锋利的刺刀，然后，递给了周保中。

周保中接过了这把锋利的刺刀，他把刺刀递给了军医，说："别怕，就用这把刺刀手术，咋样？"

军医说："周司令，没有麻药，可是疼啊。"

"来吧，动手，没事儿的。"周保中说，"想当年关云长，刮骨疗毒……今儿个，你不过是帮我把一个小小的子弹头挖出来，算个啥呀？"

军医说："那我可真就动手啦。"

周保中说："动手吧。"

说着，他把自己的脸转到了一边去，然后，二拇手指头和中指手指头一夹一夹的，向朱队长示意。

朱队长明白了，这是在向他要烟抽……他赶紧从口袋里掏出烟来，点燃了，吸了一口，冒烟了，才把手中的烟卷儿给了周保中，他说：

"周司令，请吸烟。"

周保中笑了笑，接过了烟卷儿，若无其事地抽了起来。

军医搜集了一些柴草，堆成了一小堆儿，点燃了柴草，把刺刀的刀尖儿放在火中燎了燎，权当是消了毒。然后，他在周保中的腿上，割破一条两寸长的口子，把弹头剜了出来，之后，再把周保中的伤口，包扎了起来。

周保中忍着疼痛，面色铁青，豆大的汗珠从额头上滚下来……从刺刀的刀尖儿割破皮肉，到子弹头被剜出来，他没有吭一声——泰然自若。

尽管，连在一旁看着的战士们，看到这样的手术……都紧张地闭上了眼睛，仿佛都疼痛得几乎要叫出来。

军医做完了手术，说："周司令，你不愧是周司令，你就是关公再世。"

一位战士还编了个顺口溜儿：

抗日名将周保中，指挥攻克宁安城；

刮骨取弹真英雄，胜过三国关圣公。

1932 年 10 月 27 日，入夜。

宁安城外，各部队都按照部署，进入了指定位置。

城东南的山坡上，攻城指挥部。

姚振山说："周司令，咱们这是三打宁安城了，你又是总指挥。"

周保中说："这次非得把日伪军打得稀里哗啦不可，才能不负众望。"

李照东说："周司令，你腿上的伤，还没有痊愈呢。"

周保中说："一上战场，脑子里一门心思地要打胜仗，就啥都给忘了，呵呵。"

姚振山说："你是个铁人啊。"

周保中说："这次，我们吸取了前两次打宁安的经验、教训。战前，我们加强侦察，又对咱们义勇军的各个部队进行了整顿，强调了统一指挥，严明了纪律。只要战役部署，贯彻到位，宁安城就攥在我们的手心里。"

"周司令，你放心，我们是一切行动听你的指挥。" 姚振山说。

"我也是。" 李照东说。

周保中看了看怀表，说："已经是凌晨 1 点了。"

姚振山说："咋样？开始吧？"

周保中说："开始。"

姚振山对站在自己身边的通讯员说："命令咱们部队，开炮。"

他一声令下，轰轰隆隆，十几发炮弹连续地炸向敌人的城防工事，而且，把城墙的东南角轰出了一个豁口——两门野炮，发挥了关键的效应。

周保中命令："骑兵出击。"

"是。" 已经骑在了战马上的李照东，大声地回应。

他策动战马，一举战刀，高声喊道：

"冲啊，弟兄们，精忠报国的时候到啦——"

骑兵们黑压压地冲了出去，如同猛虎下山，扑向了城墙东南角硝烟弥漫的豁口……机枪、步枪，配合着骑兵们的冲锋。

步兵疾速地跟进。

与此同时，听到了炮声，潜伏在城里的吉东党组织的游击队员们，又在城里来了个中心开花，对城里的日伪军来了个内外夹击。

经过三个小时的激战，守卫宁安城的千余名日伪军，全部被歼灭……义勇军三打宁安城，这一次，取得了彻底的胜利。

至此，周保中将军在抗日义勇军将士们的心中，声望鹊起；他在抗日义勇军将士们的心中，成为最可信赖的战场指挥官。

第十七章

日本共产党员给二龙山送子弹
揭露日军"731部队"的凶残

1934年9月26日。

二龙山，聚义厅。

马忠华从桦甸县八道河子回来了，跟他一起来的还有姜恩波；他们去参加"抗日军联合参谋部"的各抗日义勇军的首领会议，回来了。

姜恩波路过这里，打个站儿，然后，再回七星山。

马忠国说："会议开得咋样?"

姜恩波说："会议开得挺好的，就是大家联合起来、团结起来打鬼子。"

马忠华说："杨靖宇为'抗日军联参谋部'的总指挥，李红光为参谋长；周保中将军也参加了会议……"

姜恩波说："李红光的部队打得不错啊。"

小白龙说："打得咋个不错，说说?"

姜恩波说："磐石县东部重镇呼兰镇，成了大汉奸大地主高希甲为首的日伪军警、保安队控制的大本营。但是，呼兰镇周围40余里地的范围之内，全被李红光的磐石工农义勇军控制，日伪军的武装龟缩在呼兰镇内，据险防守。去年的8月13日，李红光下达了进攻的命令，枪炮齐发，喊杀声惊天动地……但是，守敌顽抗。打了三天三夜也没有攻下呼兰镇。磐石县的200多日军前来增援，镇内的守敌，乘机反扑……高希甲仰仗日军的到来，得意忘形，大摇大摆地走了出来……还高喊道：'看见没有，我高老爷出来了，看老爷的手提式……'他的喊声未落，'嘭'的一声枪响，他被义勇军战士一枪击毙，顿时，日伪军大乱……李红光审时度势，命令部队撤出战斗。这个战役，虽然没有攻下呼兰镇，但是，击毙了作恶多端的大汉奸、大地主高希甲，以及日军军官中岛……磐石工农义勇军威名大振。许多青年找到李红光，要求参军，尤其是朝鲜族青年。"

小白龙说："哦，不错。"

马忠华说："李红光决定攻打柳河县的三源浦镇，这个镇是东边道中部地区的一个重镇。去年11月24日的晚上，李红光一声令下，工农义勇军的战士们，从南、北、东三个方向同时发起了进攻。李红光率领一个排首先攻入了三源浦镇的南门。紧接着，工农义勇军又攻破了北门。工农义勇军迅速地占领了全镇。砸毁了警察署和拘留所，释放了政治犯，除了击毙了数名日伪军外，抓捕了20余名日伪军，处死了日本驻通化领事馆的总稽查和三名臭名昭彰的日伪走狗。这个战役，缴获了大批的军用物资，解决了工农义勇军的冬需装备。他们向人民群众宣传抗日救国的道理，张贴反日标语，同时，他们军纪严明，对居民、商户秋毫无犯，受到了老百姓的热烈欢迎。部队撤退后，老百姓争相送食物给工农义勇军的战士们。所谓工农义勇军是'高丽胡子'的谣言，彻底破产了。"

马忠国说："好哇。"

姜恩波说："为了争取、团结在清原、兴京、桓仁一带的抗日义勇军共同抗日，今年夏天，李红光率三团随杨靖宇进入了辽东地区，工农义勇军的一队战士们化装成日本守备队，开进了东昌台。站岗的伪军见来了'皇军'，开门迎接。李红光进了东昌台后，立即占领两个山头阵地，接着，一个连的战士就冲进了东昌台的村子里，敌人弄明白情况后，我们的战士已经冲到了炮楼子的底下，伪军企图抵抗，但是，警察署的后墙已经被推倒……敌人见大势已去，纷纷投降。7月底的时候，在桓仁大青沟战斗中，为摆脱敌军追击，杨靖宇突然折回北上，8月回师通化。李红光率三团在通化至山城镇的公路上，伏击日军汽车队，击毙日军铁板大佐等28人，缴获了机枪1挺、步枪5支，还有日军调查抗日武装的机密情报一份。这个月初，李红光和杨靖宇再次率领部队南下桓仁，在八宝沟与伪军交战，打死打伤伪军22名，俘虏8名，缴获枪支15支。"

小白龙说："嗯，好啊，出其不意，攻其不备。"

马忠华说："李红光他们师的人员很多，不便于经常在一起行动，于是，他们就采取时而分散、时而集中的战术。李红光得到了情报，伪通化县长徐桂儒乘车出行……他决定在驼腰岭打伏击。今年3月14日，他率领

200 余人连夜出发，赶到了预定地点设伏。上午 10 时左右，敌人的汽车开了过来，李红光一声命令，机枪、步枪、手榴弹一齐开火……敌人的两辆汽车被击毁，活捉了伪县长和日本参事官，俘虏了伪警察十几名，缴获了十几支枪。"

马忠国说："情报，情报很重要。"

姜恩波说："我们跟李红光、周保中、杨靖宇……很谈得来，也谈得很深入。"

马忠华说："李红光和周保中，让我们俩加入共产党。"

马忠国说："你们加入了？"

姜恩波说："李红光、周保中、杨靖宇……他们都是抗日的好汉，就冲着这一点，我们俩加入了。"

马忠国说："你们俩加入了，我也加入。"

马忠华说："小白龙，你呢？"

小白龙说："我早就加入了。"

马忠华说："你加入了，我咋没听说？"

"我加入的是抗日党，而且，也是人多势众。"小白龙说，"整个东北至少是 25 万抗日义勇军啊，组建的步兵有 54 路，骑兵 6 路，辽东的抗日义勇军有 19 路，另有 27 个独立支队；战斗在四平街、郑家屯、昌图、公主岭、梨树城等地的抗日义勇军，包括咱们的辽北抗日义勇军、辽西抗日义勇军，就有三四万人，你们说说，我的这个党，还小吗？大着呢，呵呵。"

"你是把东北的 30 万抗日义勇军，当作了一个党……"马忠国说，"你到底是加入还是不加入共产党啊？"

"我在十几年前就上了二龙山，加入了抗日党，也就行了。"小白龙说，"别的……我都不咋信，嘿嘿。"

马忠华说："这都是志愿的事儿，不可勉强。"

姜恩波说："是的。"

马忠华说："周保中和李红光说，我们应当对日伪军除了军事攻势之外，还要加强政治攻势，瓦解日伪军的心理防线。"

姜恩波说："我当时就觉得，我们在这方面的确存在不足。"

小白龙说："政治攻势，咋开展？"

马忠华说："起码可以向日伪军撒传单嘛。"

姜恩波说："这让我想起来了，嫩江铁路大桥保卫战的时候，马占山把揭露汉奸张海鹏真面目的传单，撒在了战场上……还真起了作用，瓦解了张海鹏的伪军队伍；周祥、刘宏义、刘宏信他们都在战场上起义了，撒出了战场，到了七星山……组织了辽西抗日义勇军；如今，我和他们融为一体，成了亲密的战友。"

马忠国说："这项工作，我来落实。"

小白龙说："咋个落实法？"

马忠国说："日军守备队几乎天天都巡查铁道线儿，我们就在铁道线上像布雷似的布上花花绿绿的传单，正面是日文，背面是中文；铁道的碎石下边压着、铁道旁边的树木上钉着、铁道线旁边的石头底下还压着……只要有一个日军看了，这精神上的地雷就炸开了花。"

小白龙说："还要设法把这些传单，撒送到日军的兵营里边去……"

马忠华说："这项任务，不仅是在驻四平街的关东军满洲独立守备大队、四平站日军守备队，还有日军公主岭站守备队、昌图站守备队、郑家屯站守备队、洮南站守备队、通辽站守备队……一定要让这精神上的地雷，遍地开花。"

"是。"马忠国、姜恩波、小白龙说。

他们兴致勃勃地谈论着……研究着如何具体落实。

1934 年 11 月 27 日。

四平街，日军独立守备大队营地。

夜半时分，森连司令官和林清中佐一起查哨，陪同他们俩的还有翻译官马忠廷。

他们发现岗哨上的哨兵用手遮掩着手电筒的光，正在聚精会神地看啥东西？他们悄悄地走过去，看见哨兵阅读的正是"辽北抗日义勇军"散发的用日文和中文书写的传单。

森连司令官一把将传单从哨兵的手里夺了过来，他看到，传单上写着：

"日本帝国主义是中日两国人民的敌人。"

"你们的孩子盼你们活着回去。"

"……"

还有，是一些日本兵写给妻子、母亲的信，内容充满着对战争的厌倦和内心的悲伤……显然，日军官兵见了这些传单，触动了怨绪愁肠，就把传单保存了下来，相互传阅。

森连司令官上去就给这个哨兵一个耳光，骂道：

"巴嘎。"

这位日军哨兵挨了打，还对着森连司令官，来了个立正，道了一声：

"嗨。"

森连司令官对林清中佐说："把他关起来。"

"是。"林清中佐说。

森连司令官又说："你再去我们的小队里，检查一下，是否还有类似的传单。"

"是。"林清中佐说。

然后，他进了军营，去检查。

不一会儿，他回来了，手里拿着数张类似的传单，交给了森连司令官，森连司令官说："把藏有这些传单的士兵都关起来，听候处理。"

"是。"林清中佐说。

"这些传单是谁发的？"森连司令官说。

"传单上的落款都写着呢——'辽北抗日义勇军'。"林清中佐说。

"噢？把我都气糊涂了。"森连司令官说，他又恨得咬牙切齿地说，"二龙山上的这些个土匪……"

"是的。"林清中佐说。

"马翻译官。"森连司令官说。

"有。"马翻译官说。

"你给我写一份'战表'，给二龙山的土匪，又叫啥'辽北抗日义勇军'的——告诉他们，他们协助'反满抗日分子'于德川攻陷郑家屯，在大土山扒铁轨袭击军列……都是偷偷摸摸的干活；如果他们是光明正大的英雄豪杰，就选一个地点，正式开战，并且，决一死战；如果我败了，那么，我从此退却归国，如果他们败了，就进行谈判，共同保卫'日满一体的大东亚新秩序'……"森连司令官说。

"是，我这就拟写。"马翻译官说。

"然后，由林清中佐打发人送到二龙山去。"森连司令官说。

"是。"林清中佐说。

森连司令官已经没有心情继续查哨了，说："回司令部。"

"是。"林清中佐和马翻译官说。

他们回到了关东军满洲独立守备队的司令部，森连司令官心绪焦躁，他命令林清对独立守备队的全体官兵进行认真清查，结果，查出了二十几名日军士兵藏有传单……恼怒的森连司令官果断地下令——以通敌罪论处，统统枪毙。

这二十几名日军士兵因为藏有"辽北抗日义勇军"的传单，被执行了枪决。

1934 年 12 月 1 日。

二龙山，聚义厅。

万国彪前来报告："马司令，四平街日军独立守备大队的森连司令官，他派人给咱们送来了一封信。"

说着，他把这封信递给了马忠华。

马忠华拆开了信件，阅读。

小白龙说："小鬼子说了啥？"

"这封信，是用汉语写的。"马忠华说，"小鬼子，你倒是用日文写啊，以为我们不懂日文呢，是不是？"

小白龙笑了，说："是啊，我们马司令的夫人懂日文，我们马司令跟夫人一个被窝睡觉，睡了这么些年，耳闻目染……殊不知，我们马司令早就精通日文了。"

万国彪听了，也嘿嘿地笑。

"严肃点啊。"马忠华故意瞪了小白龙和万国彪一眼，他说道。

"是。"小白龙和万国彪假意地收敛了笑容，说道。

"我的日文谈不上精通，但是，也过得去——还真是跟你嫂子学的，嘿嘿……"马忠华说道，"你们看啊，这哪里是给我们的信件啊，这是以驻四平街的关东军满洲独立守备大队的森连司令官的名义，向我们二龙山的'辽北抗日义勇军'下的'战表'。"

小白龙说："想要跟我们打仗，好啊，就等着他们呢。"

马忠华说："他要求我们选择一个地点，跟他决一死战……如果他败了，他退却回国；如果我们败了，让我们与他共保日满一体的'大东亚新秩序'。"

小白龙说："嘿嘿，想得美啊。"

万国彪说："咋回复他？"

"我们给他回个信儿，告诉他们——这些日本侵略者。"马忠华说，"满洲是中国的满洲，只要日本侵略者在我们的东北存在一天，我们的部队就要战斗一天。不是在某一个地点与某一个或某一伙儿日本强盗'开战'，而是要在东北的辽阔的土地上，同所有日本侵略者进行战斗……直到把日本侵略者全部赶出中国。"

小白龙说："回复得好。"

这时，他们突然听到了三声枪响，接着，又是一声枪响。

小白龙说："咋回事儿？"

聚义厅外，传来了马蹄声，李世奎跑进了聚义厅，说："报告马司令和小白龙大掌柜的，山下闯进来一辆卡车，车上装的全是子弹……开车的日本士兵先是向天上开了三枪，然后，对着自己一枪，自杀了……我让弟兄们保护好现场，我就骑着马跑上山来报告了。"

马司令说："有这样的事儿？"

小白龙说："赶快去看看。"

于是，他们出了聚义厅，前往山下去看看情况。

二龙山，山下。

马忠华、小白龙、万国彪、李世奎等人来到了现场，他们看到了装着满满一卡车子弹箱子，在青枝掩映的松林里。

在这片松林之外，躺着一位自杀了的日本士兵，他身旁的一块石头上，压着一张写着日文的纸张。

李世奎把这张写着日文的纸张拿了起来，递给了马忠华。

小白龙说："纸上都写着啥？"

马忠华动情地念道——

亲爱的中国游击队的同志们：

我看到了你们分撒的宣传单，知道你们是共产党领导的游击队。你们是爱国者，也是国际主义者。我很想跟你们见面，一同去打倒共同的敌人，但是，我被法西斯野兽们包围着，走投无路。

我决心自杀了。

我把我运来的 10 万发子弹，赠送给贵军。装有 10 万发子弹的卡车，就在你们能看得到的这片松林里。

请你们瞄准日本法西斯军队射击。

我虽身死，但革命精神长存。

祝神圣的共产主义事业早日成功。

关东军日本辎重队

共产党员　伊田正男

一九三四年十一月三十日于四平街

马忠华念完了伊田正男的遗书，他脱下了帽子，向伊田正男——这位日本共产党员的遗体，深深地鞠了一躬。

在场的其他"辽北抗日义勇军"的将士们也都脱帽，向这位日本共产党员鞠躬致敬。

马忠华说："看看这位日本烈士的身上，还带着啥没有？"

李世奎上前，摸了摸伊田正男的衣服，说："衣袋里好像还有东西。"

小白龙说："拿出来。"

李世奎把伊田正男衣袋里的东西拿了出来，是一个硬皮的本子，他把这个本子交给了马忠华。

马忠华接过了这个本子。本子里夹着一张纸条，纸条上的字，是伊田正男写的。马忠华把纸条上的日文翻译了过来，他念道：

亲爱的中国游击队的同志们：

我到了四平街，去见我熟悉的一位日本宪兵渡边泰长，偶然间发现了他所写的日志，记录了四平街存在着一个残害中国人的"魔窟"，同时，这份日志也是日本法西斯军队的野兽们所犯下的罪行的一份罪证。

于是，我把这本日志带给你们。

祝神圣的共产主义事业早日成功。

共产党员　伊田正男

一九三四年十一月二十九日于四平街

小白龙说："这个日本宪兵渡边泰长在日志里，都记了个啥？"

于是，马忠华翻开了本子，他念了起来……

马忠华念道——

1934 年 11 月 10 日，日本陆军直辖的陆军化学实验所满洲派遣队在四平驻扎，对外伪称"关东军防疫供水部"，是石井细菌部队的前身。实际上是用中国人进行毒气和高压电流杀戮试验的场所，地址为一所强占的交通中学，位于四平西郊 1 千米处。

试验场四周有多层高压电网，并有日本宪兵把守着。

一天，我们分乘两辆汽车，穿过车站前的广场到货物仓库去。在仓库前，一节有盖的铁罐车停在黑暗之中，二十几名警卫在周围警戒。守备队运输指挥官和田中商量些什么之后，一名士兵拧断了门上的铁丝，门咣当一声拉开了。门口出现了一个接一个的中国人，他们双手被麻绳反绑着，我叫了一声寺内上等兵，然后抓住中国人的手和脚，像装木头似的一个一个地扔进卡车。他们的肚子和脸碰到了卡车车厢上，不时地发出"哎哟"的叫声，有的被摔得昏死过去，高尾伍长上到车上，把这些中国人像装木材似的交叉码起来。

"嗯，一共 15 根。"我点头确认后，盖上苫布，一屁股坐在上面，汽车开动了。

两辆卡车向西驶去，到试验场时，开始下起小雪来。

寒冷使堆放在卡车上的中国人苏醒过来，临时建成的拘留所阴冷潮湿，我们把这些居然还活着的人像装行李似的硬塞进房间。

第二天早饭后，我见两个穿白大褂的人正站在走廊和田中说话，一个年近 50，驼背，是试验场场长安达，另一个是所谓副官军医。

谈话结束后，田中走到我跟前，小声地命令道："拖出一根来。"

我打开拘留所的门，被监禁的人们有些胆怯地向后退，相互挤在了一起。右边一个人动了动，我伸手抓住那个中国人的衣领往外边拖。

"起来。"我用脚踢他的腰。

他忍着痛无声地站起来，满腔怒火地大声说："喂，小鬼子，你要把我怎么样？"声音在拘留所里回荡。

"放什么屁！"我从侧面抬腿朝他腿肚子上就狠狠地踢了一脚。

"哎哟！"那个中国人踉跄了几步，差点跌倒了走廊里。

"快走！"我像野兽般地扑了过去，用白布蒙住他的眼睛，从后面推着他的腰，跟着军医走去。

我们走进了一座大建筑物——交通中学的礼堂，上面挂有一块写有"第一试验场"的小牌。这里站着几个军医，不一会儿，在驼背安达的指挥下，这些军医都站到了各自的位置上。

"喂，宪兵，快把那个家伙绑到帐篷里去！"驼背安达发出充满杀气的声音。

于是，我在两名军医的协助下，把这个中国人硬推进设在礼堂中央有 5 米见方的双层帐篷中。帐篷中间埋有一根直径约 15 厘米的圆木桩，上面散乱地放着一根崭新的麻绳。我同军医一起把这个中国人绑到木桩上，然后，取下遮眼的白布走了出去，帐篷的门立即关上了。

帐篷的入口处有一根充满毒气的铁管，一名军医的手放在这根铁管的开关上，准备随时开启，其他军医手里拿着怀表和笔记本。

"行啦！"驼背安达说。

负责放毒气的军医手不停地转动，铁管里的毒气犹如一条毒蛇，通过不断地摇动的橡皮管，响着令人可怕的"咝咝"的声音，冲入帐篷。

一分、两分……军医们通过玻璃窗观察这个绑在木桩上的中国人，只见他双目紧闭，在毒气充满帐篷的一瞬间，他痛苦地拼命挣扎，绑着他的大木桩像要断裂似的。

不知毒气从帐篷的什么地方泄漏出来，我不觉"啊"的一声闭上了眼睛，原来这是一股催泪毒气。

帐篷中隐隐约约传来了悲惨的叫声，5 分 30 秒，他的头终于无力地垂在胸前。

安达命令关上毒气。军医关上毒气后，随手打开了抽风机，不到 5 秒钟，帐篷里的毒气就排除干净。

耷拉着头的中国人还在微弱地呼吸，麻绳已勒进手腕和腿部的肌肉，鲜血淋漓，怎么也解不开，当我最后解开时，他吧嗒一声倒在地上，我将他倒拖着拉出帐篷。

这时，军医们像一群嗜血成性的饿狼围了过来，用手电筒在他的眼、鼻、口上乱照，用听诊器在胸前听，忙乱了一阵后，军医长看看自己的记录，然后对驼背悄声说了什么，之后，军医给那个中国人做人工呼吸，尽管三个人轮流做了半天，他仍然没有苏醒过来。

这时，安达又喊叫起来："第二试验！"

于是，又把这个濒于死亡的中国人放回帐篷中，进行另一种毒气试验。

这个"第二试验"用的是另一种窒息性毒气，这次不到两分钟便夺去了他的生命。

"你们还那儿磨蹭什么，还不快抬到解剖室去！"驼背安达又嚷了起来。

于是，军医们把尸体弄到担架上，由两人从后门抬走了。

这种试验每天上、下午各进行一次，一共持续了10天。

马忠华又念道——

"第二试验"即将结束时，又用卡车从四平火车站运来30名中国人，不久，试验又开始了。

场内停放着20个长1.5米、宽1米、高0.7米的大铁箱，每个箱中都仰放着一个中国人，用铁链锁着，身子一动也不能动。

几个军医用一种针头很粗的注射器在他们身上乱刺。

"哎哟！疼死我了，狗日的日本鬼子，你们要杀便杀！"一声声惨叫令人心碎，铁箱在痛苦挣扎中晃动。

过了一段时间，军医们打开箱盖，开始对注射部位进行检查，犹如熟石榴似的皮肤剥落下来，肌肉绽出，脸也变了形，躯体的肌肉很快开始腐烂。两三天或一个星期，这些铁箱中好端端的中国人的躯体就完全腐烂了。

当解剖室的军医去吃饭之时，我推开门走了进去。只见粗木板做成的手术台上用麻绳捆着一个昏死过去的中国人，他注射的肌肉被用斧头砍了下来，或者用锯割下来。这里完全成了血海，肉、骨头飞溅得到处都是，手、脚、头散乱成一地。在房间的右角，有一个铁皮箱，里面装满了人肉。

里边的手术台上传来了呻吟声，这是刚运来的另一名中国人。

这样的试验进行了两个星期。

马忠华继续念道——

在解剖室的后面腾出了一个小院。这里停放着两辆各装有一台发电机的卡车，从旁边拉出来多根高压线，装有数10个大小不同的开关。

上午8时，柳泽和高尾推着一个反绑着双手、双眼被蒙上白布的中国人走过来。

驼背安达首先指示田中严密警戒，他有些沉不住气了，手中的听诊器换成了小型手枪，惊慌失措地指挥着这次杀人试验。

驼背安达说："喂，佐藤上等兵，开始了。"

　　我们接过柳泽和高尾送来的中国人，推搡着他向前走去。前面 30 米是一道 5000 伏电流的电网，两边浅浅的土层中埋着通有不同电压的铁板。

　　驼背安达说："喂，一直往前走!"

　　一步、两步……离铁丝网只有 5 米了，他突然"啊"的一声坐在了地上。从铁丝网的一端呼呼地闪着电火花，电流流过铁丝网发出嗡嗡的响声。

　　我大声吼叫着往他的腰部踢了一脚，并拿棍子没头没脑地往他身上乱打一气。

　　"往前走!"驼背安达用手枪指指前面。

　　只差一米了，我和佐藤放开他退了回来，一步、两步……还有半步。

　　就在他左脚刚刚抬起的一瞬间，身子不由自主地往前倒去，5000 伏高压电流通过他的身体，右脚后跟处的地面闪着呼啦、呼啦的电火花。

　　"停!"身后传来驼背安达的喊声，电流切断了。

　　这个中国人扑通一声倒下，后脑勺重重地摔在地上，"哎哟!"他发出最后一声惨叫，口吐白沫。

　　数名军医围上去检查，有的按脉，有的用听诊器听，有的用手电照双眼。忙了一阵后，驼背安达又挥动着手枪喊："第一试验结束!"

　　"喂，宪兵，把他抬到火葬场去!"军医向我命令道。

　　自那天傍晚开始，试验场每天散发着焚烧人体的臭味。用这种惨无人道的方法夺去 20 名中国平民的生命。

　　这里的火葬设备都是从东京特地运来的，砖砌的炉体，铁制的烟囱，可以随意移动。在这里工作的是一个 50 多岁如同白痴的日本人军属。

　　我们把绑在担架上仍在呻吟的两个还活着的人体，连同担架，一起推入火葬炉中，盖好盖子。

　　炉中传出痛苦挣扎的悲吟声。炉旁的大型圆桶里装有小型电动机，军属的手放在开关上，圆桶里的重油就喷入炉中，响起了怪怪的声音。

　　我靠在炉边的小洞旁往里瞧，看到炉中拼命挣扎的受害者的惨状，在油雾充满的一瞬间，军属划着火柴，点着了火，炉中留下的是对这些杀人魔鬼充满愤怒和憎恨的惨叫声。眼看着人变成了一个火球，破棉衣转瞬间被烧透，火又从皮肤烧到肌肉，随着重油雾浓度的增加，火穿过肉体烧向骨头，两个人体很快就烧透了。

　　我由于过分冲动而发抖，烧两个活人只需几分钟，真是人间地狱。

马忠华念读的声音刚落，在场的义勇军将士们听了这篇记录着事实的血淋淋的日志，早已按捺不住愤怒的情绪，勾起了他们的新仇旧恨……他们激奋地喊起了口号：

"打倒人间恶魔日本军国主义。"

"血债要用血来还。"

"还我东北，还我河山。"

"中国人不当亡国奴。"

"誓死把日本鬼子赶出中国去。"

"……"

马忠华说："四平街的日军独立守备大队的司令官森连给我们送来了'战表'，日本鬼子就要来进攻我们二龙山了，我们咋办？"

"坚决消灭日本鬼子。"义勇军将士们齐声喊叫道。

马忠华说："我们先来安葬这位给我们送来了 10 万发子弹的日本共产党的党员烈士，然后，我们再部署消灭前来进攻我们二龙山的日本鬼子。"

"好。"义勇军将士们回答。

在旁边的这片针叶青青、郁郁苍苍的松树林子里，他们安葬了这位日本共产党的党员伊田正男烈士，然后，庄重地脱帽、敬礼，肃穆地鸣枪致敬。

他们还在伊田正男的墓前立了一块石碑，碑上镌刻着铭文："日本共产党员伊田正男烈士之墓。"

战后，日本宪兵渡边泰长撰写了回忆录，如实地记述了日军在四平设立杀害中国人的"魔窟"试验场的这段史实，并且，将这段罪恶史实，刊登在日本出版的《三光》上。

1934 年，日本陆军省直辖的陆军化学试验所满洲派遣队，秘密在四平驻扎，实际上是用中国人进行毒气、化学制剂和高压电流等搞活体试验，是一个残酷地虐杀中国人的血腥的罪恶场所。

这个场所，对外伪称"关东军防疫供水部"——是臭名昭著、罪恶昭彰的石井四郎的 731 细菌部队的前身；后来，石井四郎的 731 部队的对外名称，也叫"关东军防疫给水部"，建在中国东北哈尔滨附近。

一些研究者认为，超过 1 万名中国人、朝鲜人，以及联军战俘，在 731 部队的试验中被害。

另外，据日本作家森村诚一在《恶魔的饱食》中称，通过"特别输送"

进入 731 部队的"马路大"需要进行编号，而从 1939 年以后，进行了两轮的编号，每一轮编号极限为 1500，于是在抗战结束时，共计有 3000 人死于此。

尽管对于数量的多少还存在争议。

日本投降前夕，731 部队匆忙撤退，为毁灭罪证将工厂炸毁，大批带菌动物逃出，给当地人民带来了巨大灾难。

731 部队是日军陆军产下的恶魔部队，他们把活生生的人体作为"马路大"——试验材料，转用生物学和医学为武器，并且，实施国际法上禁止的细菌战。

第十八章

赵全胜设毒计逼迫李世奎下山救母

1934 年 12 月 3 日。

公主岭，保安总队的队部。

小川队长说："森连司令官下达了命令，10 天内，剿平二龙山……关东军司令部批准了这次军事行动。"

赵全胜说："二龙山这窝土匪，早就该清剿，留着他们就是祸害。"

马春城说："说起来，二龙山这窝土匪可是跟你有仇哇，他们在咱们的关键时刻，伙同你们北山皮子的二掌柜的李世奎，杀死了你保安总队队长的亲弟弟，这仇还小吗？"

已身为保安总队队长的赵全胜说："提起这事儿，恨得我牙根儿疼……这个李世奎带走了他手下的一批人，分裂了我的北山皮子……那个时候，恰逢我不在山上，跟你在范家屯呢，当时正是我们需要扩充的时候……还是夏天雨来向我们报告的呢，我心痛啊。"

小山队长说："强攻二龙山，不如瓦解二龙山。"

马春城说："这话，说得好。"

赵全胜也灵机一动，说："那就卡住李世奎的脖子，逼着他下山，然后，在他的脖子上拴上一根绳子，牵着他跟我们走……"

"这个主意不错。"马春城说，"可是，咋样才能让他乖乖地就范？"

"这个容易。"赵全胜说，"我知道，李世奎是个大孝子，我派人把他母亲和妻儿请来，就是了。"

马春城说："嘿嘿，'请'？说得多么客气。"

赵全胜说："先礼后兵嘛。"

小川队长说："可以。"

赵全胜对门外喊道："把夏大队长请进来。"

不一会儿，夏天雨来了，他先是向小川队长和已经是怀德县长了的马春城点头致意，然后，他对赵全胜说："总队长，有何吩咐？"

赵全胜说："你亲自带人去黑林子，把李世奎的娘和他的妻子、儿子，还有他弟弟，都给我带到这里来，我自有发落。"

"是。"夏天雨说。

"路途也不远，骑上马，套上车去……快去快回。"赵全胜说，"还有啊，不许动粗……尽管我们跟李世奎有仇。"

"是。"夏天雨说。

赵全胜说："去吧。"

"是。"夏天雨说。

说完，他走了出去，执行任务去了。

然后，赵全胜让伙房端上酒肉菜肴，与小川队长和马春城一起喝酒，等待着执行任务的夏天雨等人回来。

中午时分，夏天雨回来了，说："向总队长交差，我已经把李世奎的老婆、孩子，还有他妈妈和他弟弟，都请来了。"

赵全胜说："没伤着他们吧？"

夏天雨说："绝对没有。"

"哦，那就好。"赵全胜说，"把他弟弟请来。"

"是。"夏天雨说。

一会儿，夏天雨把李世奎的弟弟带来了。

赵全胜说："你叫啥名啊？"

"我叫李世明。"李世奎弟弟说，他看了看赵全胜，又看了看站在赵全胜身边的马春城，以及身穿日本军装的小川。

赵全胜说："你认识我吗？"

"不认识。"李世明说。

赵全胜说："我是赵全胜赵大掌柜的。"

"哦，我知道了，听人说过。"李世明说。

赵全胜说："知道让你们来，是啥意思吗？"

"不知道。"李世明说。

赵全胜说："知道你哥哥李世奎在哪儿吗？"

"我哥哥他不是跟你在一起吗？"李世明故作糊涂地说。

赵全胜说："现在，他在二龙山。"

"哦，是啊，好长时间跟我哥哥就没有联系了。"李世明又是故作糊涂地说。

赵全胜说："拜托你一件事儿。"

"啥事儿？"李世明说。

赵全胜说："你去一趟二龙山，告诉你哥哥李世奎，你母亲，还有你嫂子和他的儿子，在我这儿呢……"

"啥意思？"李世明说。

赵全胜说："你哥哥不识时务，仍然在当土匪，而且，集聚在二龙山，反满抗日……我们把你母亲和你嫂子、侄子都请来，目的是劝劝你哥哥，走下二龙山，不要反满抗日，而是弃暗投明，日中亲善，复兴满洲。"

"哦，我明白了。"李世明说，"就是让我哥哥从二龙山下来，或者回家务农，或者继续跟着你赵大掌柜的……是不是？"

马春城说："嗯，就是这个意思。"

"我前些日子听谁说了？说是你跟我哥哥闹得不愉快……你不会是要把我哥哥骗来，报复我们全家吧？"李世明说。

小川队长说："你告诉你哥哥，只要他下山来，我们既往不咎。"

"这位皇军说的话，我相信。"李世明说，"要是赵大掌柜的说的……呵呵，我只能是半信半疑。"

马春城说："为啥呢？"

"赵大掌柜的有点反复无常。"李世明直截了当地说。

"你……"赵全胜想要怒斥，但是，还是忍住了。

马春城听了，只是眯眯地笑。

小川队长说："相信我说的话，就对了，日中亲善嘛。"

"好，那我就去一趟二龙山，让我哥哥下山来……但是，你们可不能我哥哥下山了，就连我哥哥也扣起来……"李世明说。

小川队长说："绝对不能。"

"我觉得也不能，如果你们说话不讲信用，以后，就没有人听你们的话，再从二龙山上走下来了。"李世明说，他又郑重地叮嘱道，"不过，我妈和我嫂子他们在你们这儿，你们可要善待啊。"

赵全胜说："这个你放心。"

"那好，那我就去见我哥哥去了。"李世明说，他又对赵全胜说，"赵大掌柜的，你得借我一匹快马。"

赵全胜说："可以。"

说完，他就向外走。赵全胜让他的部下牵来了一匹快马，借给了他。他骑上这匹快马，策马加鞭，一溜烟儿似的，直奔二龙山。

过午，二龙山。

李世奎的防地——泉水沟的山坡上。

引导李世明来到这里的哨兵叫道："李队长，你弟弟来找你了。"

李世奎听到了叫喊声，从山坡上隐蔽的窝棚里走了出来，陪同他走出来的还有他的副队长丁少武和裴景海，他说：

"弟，你咋来了？"

李世明哭了，说："咱妈，还有嫂子和侄子，都被赵全胜这个犊子从家里硬带出来，然后，用车拉到了公主岭，给扣起来了。"

"啥？"李世奎惊讶。

"他们让你下山，才肯放了妈和嫂子他们。"李世明说。

"赵全胜是啥意思？"李世奎说。

"听他们的意思，就是让你离开二龙山，别再反满抗日了……没有别的意思。"李世明说，"我还说，要加害我哥哥吗？那个叫小川的日本守备队的小鬼子说，绝对没有加害的意思——其实，我认识那个小川。"

"既然如此，我就下山走一趟。"李世奎说。

"赵全胜那小子心狠手辣啊。"丁少武说。

"我不惧他……"李世奎说。

"小鬼子要清剿二龙山……这肯定是小鬼子设置的陷阱啊。"裴景海说。

"别说是陷阱，就是刀山火海，我也得跳啊。"李世奎说，"为了救我妈，还有你们的嫂子和侄子呢。"

"你去吧，我和几个弟兄，远远地跟着你……听消息。"丁少武说，"咱们是拜把子兄弟，就是死，也死在一起。"

李世奎的眼圈红了，他用手拍了拍丁少武的肩膀，然后，他又说道：

"景海兄弟，你去跟马司令和小白龙大掌柜的禀告一声，说我下山了……无论出现啥情况，我就是死，也不会出卖咱们自己的兄弟。"

"我们大家都信得过你。"裴景海说，"我去向马司令和小白龙大掌柜的，禀告一声，就是了。”

“还有，泉水沟是咱们警戒的阵地，也是二龙山的一扇大门，小鬼子就要来清剿了……我走之后，你们一定要加强警戒，白天、晚上，明哨、暗哨，盯紧了。”李世奎说。

“是。”裴景海说。

“还有，少武。”李世奎说。

“你说。”丁少武说。

“你派人到我家，把我家外边的土围墙给炸两个豁口，还有，见我回到了家，晚上要用机枪射击，放空枪……表示二龙山对我私自下山的不满和威胁……”李世奎说，“话又说回来，黑林子这个地方，我家肯定待不了了，如果待下去，就会落进日伪军的老虎嘴里，成为他们吞噬的目标。”

“是的。”丁少武说。

“那我就深入虎穴……去公主岭了。”李世奎说。

说完，他牵过来一匹马，跟他弟弟一起，下了山坡，朝着公主岭的方向，扬鞭催马，飞奔而去。

马匹扬蹄飞奔，马上的李世奎的脑海里也泛起了波浪，忆想起自己跟丁少武和裴景海之间的情义……

6年前的5月9日。

怀德县，朝阳坡，颜家大院。

颜家大院，青砖青瓦，东院西院，尽属颜家。高墙围绕，碉楼四角。前门后门，外加角门。悬檐雕柱，前门轩昂。正门偏门，拴马石桩。七级台阶，步步向上。护门石狮，伶牙俐齿，面向路人，怒目而视。

东院住着爹——颜金海，西院住着儿子——颜如君。

颜家在怀德县和梨树县有这么几处院落，所以，当爹的颜金海时来时去；儿子颜如君却常住在这里。

颜如君是颜金海的长子。

如此的气势，显现的是财势和权势。

颜金海跟王永清是姑表亲的表兄弟，当年王永清当土匪，其匪绺子的名号是“天下好”，颜金海作为表弟就跟随着王永清……后来，王永清第二次被奉军收编，他就把手头的金银、票子等，交付给了表弟颜金海，让颜金海急流勇退，离开匪界、军界，变身为乡绅，在怀德县和梨树县肥沃的东辽河两岸，广置土地，盖造庄园，留有退身之地，也使手头堆积的黑钱——票子、金银等，变成可以增值的实有的资产。

颜金海既然是表哥王永清的代理人，必然，也从中分得不小的一杯羹。他的财气，加上原有的匪气，再加上王永清给他的底气，使他颜金海变得很牛气。

院落西北角的碉楼上，护院的炮头李世奎和两个护院的家丁——丁少武和裴景海，正在闲聊。

李世奎说："老家伙颜金海又走了。"

丁少武说："老家伙'色'大，又他妈的逛窑子去了，是不是？"

"有几处家院、几房太太呢，轮流使劲儿。"裴景海说，"他那大腿间的老家巴什儿，能受得了吗？"

"听说当年包公断案，女子告发一个老头奸淫她……老头不认罪；包公也犯难了，这老头这么个岁数了，都咬不动黄瓜了，他那两条大腿间的家巴事儿，还中用吗？……包公的嫂娘看出了包公的难处，她把头发上的簪子拔下来，然后，往簪子的盒子里一放，就走出去了……包公是何等聪明，马上就领悟到，人除非死了，否则，人那大腿间的家巴事儿，都有可能由于奸淫之心而是硬的……"丁少武说，"呵呵，必要的时候，可以吃性药啊。"

李世奎说："老颜家，老的是淫棍，小的也是淫棍，一辈儿传一辈儿。"

裴景海说："这个颜如君是明抢暗夺啊，白天在街上、集上，看中了女子，甭问是大姑娘、小媳妇，只要是长得俊俏的，他就派人暗中跟着，到了偏僻的地方，就突然间以蒙面土匪的方式下手了，蒙头、堵嘴、捆绑、套上麻袋或者布袋子……然后，塞进车棚子里，带回家来……"

丁少武说："要不，颜如君咋唱唱咧咧的呢，你听他唱的词儿……"

裴景海说："你唱唱。"

于是，丁少武在碉楼里，摇头尾巴晃，学着颜如君淫荡的样子，扭扭搭搭、哼哼咧咧地唱了起来：

家有万贯财啊，公子我抱新娘哟嗷；
欲火在燃烧啊，俏媳我出手抢哟嗷；
新娘轮流换啊，好比我换新装哟嗷；
天天度蜜月啊，时时我入洞房哟嗷；
金枪坚如钢啊，公子我似虎狼哟嗷；

宁做花下鬼啊，死了我也风光哟嗷。

哎嗨嗨伊尔哟……

李世奎说："外表看，这个颜如君倒像个谦谦君子……可是，他内心龌龊，男盗女娼，是个真正的恶匪色魔。"

丁少武说："他一连抢了 6 个女子了，这 6 个女子家的骨肉至亲，不知道女子的踪影，天涯茫茫无寻处，不知道咋着急呢。"

裴景海说："我要是梁山泊的好汉宋江，我就派林冲和李逵带领一支人马，把这个颜家的贼窝给端了。"

李世奎说："我要是大宋朝的包拯，我就派王朝、马汉领着衙役把颜如君抓起来，然后，宣布强抢民女的罪状，用狗头铡把他给铡了，让他脑袋搬家。"

"你们俩说得都对。"丁少武说，"你们俩要是包拯和宋江，我就是那王朝、马汉和林冲、李逵，把这个颜如君抓起来……呵呵。"

李世奎说："问题是，咱们还是他们的家丁，碉楼值班，拿枪站岗，保护着他们呢，耻辱啊，违心啊。"

裴景海苦味地说："是啊。"

丁少武说："人这一辈子，要讲究个'忠''义'二字，要么像包拯，'忠'于朝廷和国家；要么像宋江，'义'字当头，哨集山林，'替天行道'。"

裴景海说："宋江等人，可都是逼上梁山。"

李世奎说："我爹是奉军的连长，在吴大帅的麾下，死在跟分裂国家的巴布扎布战斗的突泉战场……也算为国家尽'忠'了。"

丁少武说："巴布扎布的背后是日本人，他的蒙军部队的战场指挥官，都是日本人。"

"是的，那时候，我还小……"李世奎说，"我爹牺牲的时候，我妈妈也还年轻，她守寡这么多年，带着我们……不容易啊，我要不是需要守在我妈身边，孝敬我妈妈，我早就投军了……这可好，反而在这个贼窝里给颜家守家护院，当他娘的炮头。"

说完，他似乎无奈而又苦涩地笑了笑。

这时，只听得"咣啷"一声，西北角儿的角门开了，正在向外边瞭望的丁少武说："你们看啊，这个颜如君可是又作孽了。"

李世奎和裴景海顺着声音望去，西北角儿的角门外面，停着一辆带棚盖儿的马车。颜如君抃着腰站在一边，见四个家丁从马车上拉扯下一个被布袋子套着的人。被布袋子套着的人发出哼唧的声音，是女子的鼻音，显然，她的嘴已经被塞住了。布袋子套住了这个女子的上身，腿脚却还露在外面，可以走动。

四个家丁推搡着这个女子，进了角门。

看见这个女子露出的裤子，以及鞋子，还有显露的腰身……裴景海说："我咋有感觉，好像熟悉这个女子呢？"

丁少武开玩笑地说："有感应，这个女子说不准就是你家的亲戚呢。"

李世奎说："别乱开玩笑。"

丁少武说："这可是第七个被颜如君祸害的女子了。"

李世奎说："颜如君这小子做得事，断子绝孙啊。"

裴景海说："不知道咋的，我心里难受似的。"

李世奎说："是啊，我也有为虎作伥、助纣为虐的感觉……这颜家待着，我们好像也在犯罪似的。"

过了一会儿，有人招呼裴景海，说是外边有人找他，他出去了……又过了一会儿，他回来了，他满面的愤懑，说：

"……让我感应到了。"

丁少武说："果然是你家亲戚？"

"是的。"裴景海说，他的声音哀婉而恼怒，"是我远房叔叔家的闺女，叫裴景兰，小兰子……他们是暗中悄悄地跟踪到了这儿，我的远房叔叔知道我在颜家当家丁，就让人把我找出去……我让他们等着我的消息。"

丁少武说："咋办？"

李世奎说："咋办？咱们刚才不是说了吗，要么当包拯，要么当宋江……我们早就该替天行道啦。"

裴景海听了，说："谢谢二位兄弟。"

丁少武说："咱们啥时候动手？"

李世奎说："今晚上，要不然，裴家妹子就让颜如君这小子给祸害了。"

丁少武说："就咱们三个人吗？"

"串联一下嘛。"李世奎说，"这院落里，痛恨颜如君这小子的人，恐怕不止七八个人吧。"

"嗯哪。"丁少武说。

于是，他们三个人就在碉楼上，研究串联谁？如何串联起来？如何整治颜如君，解救裴景海的妹妹小兰子？然后……

6年前的5月9日，按农历的节气，已经立夏了。

天气变暖了，冻结的土地渐渐地向土层的深处融解、融化，因为，冻结的土层在1.5米以下。

俗话说"立夏鹅毛住"，但是，在关外的东北大地，照样刮着暖洋洋的西南风，催促着草木的萌发，以及庄稼地里的秧苗拱出地面，并且，向深处扎根……这是植物发芽生长和动物情欲勃发的季节——躁动的春天、躁动的春情。

按照节气，即便是入夏了，东北大地还徜徉在春天的脚步里。

怀德县，朝阳坡，颜家大院的西院。

入夜，天气还是清凉的，颜如君新布置的洞房里，火炕烧得比较热，暖了炕面，也暖了屋子。

颜如君打扮得比较时新，而且，是便服，以方便……他特地洗了头，梳理了头发，还抹了头油，又刮了胡子，以使自己显得面鲜、面嫩，增加男性的性感。

他看见裴景兰蜷腿在炕被上，上身还被捆绑着，嘴里还被破布堵塞着。粉嫩而白皙的脸蛋，浓密的蚕眉下面，是一双水灵灵的大眼睛，戳辣地正望着他。

她秀挺的鼻峰，红润的嘴唇，丰美的下颏……肉感的酥肩，弧线的腰身，浑圆的臀部，蜷曲的美腿……透示着诱人的性感。

这一切都让颜如君艳羡、垂涎……像一条凶残的灰狼，见到了一只年轻貌美的梅花鹿；又像一条狡猾的狐狸，贪婪地望着距离不远而又似乎能够唾手可得的翎羽华丽的雉鸟。

颜如君说："姑娘，我的美人儿，你叫啥名啊？"

"哼、哼……"小兰子的回应。

颜如君说："你瞧瞧，我还没有把塞进你嘴里的破布拿掉呢，你咋能回答呢？"

说着，他上了炕，跪着探过身去，拿掉了小兰子嘴里的破布。他还想凑身向前，但是，小兰子却猛地踹了他一脚，这一脚踹在了他的腿上，如果他不是跪着向前，而是坐姿，那么，这一脚踹在他的两腿之间的命根子上，就可能要了他的命。

"你是谁？竟敢在光天化日之下抢人？"小兰子质问。

颜如君说："我能把你抢到我家里来，这是你的福气啊。"

"胡说八道。"小兰子说。

颜如君说："你就顺从了我吧，我有钱财……我会让你过上珠光宝气的日子。"

"你有钱，你可以花钱逛窑子去啊，何必绑架良家儿女。"小兰子说，"一个绑架人的强盗，还说那些花里胡哨的漂亮话，有啥用？"

"美人儿，看你把话说得这么难听。"颜如君说，"我不过是爱上你了，要跟你光巴出溜儿地睡在一起，共同享受天伦之乐。"

"你要不是强盗，你放了我啊。"小兰子说，"你也可以派媒人到我家去……对我八抬大轿，明媒正娶啊。"

颜如君说："美人儿，你家在哪疙瘩啊？"

"放了我，就告诉你……"小兰子说。

颜如君说："我可警告你，我的耐心可是有限度的，不要敬酒不吃，吃罚酒。"

"我就是死，也不会从了你。"小兰子刚烈地说。

"人们不是常说吗，骑马要骑烈性马，骑上烈性马才有滋味……我今天还就非得干了你不可。"颜如君说，"我这个人就是这么个犟脾气。"

"你做美梦吧。"小兰子说。

"在你之前，我已经干了几个了，还没有敢硬气霸道地不顺从我的……制伏你，还不容易？"颜如君说，"我只要把你干上……你就乖乖地服从了，哼。"

"让人恶心的淫棍。"小兰子斥责说。

"别看你现在这么硬气，一会儿，你就柔顺了，你还得死乞白赖地求着我跟你干呢……嘿嘿。"颜如君说，他向候在门外的婆子叫道，"把催情的药汤子端进来。"

"嗯哪。"门外的婆子回应道。

催情的药汤子，由数味中药配成，给性成熟的女子喝下去，立刻浑身燥热，血液沸腾，性器官勃起……会火烧火燎地寻求异性的刺激。

这还是他爹颜金海告诉他的方子，而且，他爹用过的，屡试不爽……颜如君今天也要用一用这个方子……他是做了事前的准备的。

婆子把药汤子端了进来，颜如君接过了盛着药汤子的瓷碗，他对婆子说："你上炕，捏住这个美人的鼻子……我往她嘴里灌。"

正在这时，只见外面火光冲天，有人喊叫道：

"柴禾堆起火啦，快来救火啊。"

"起火啦，救火吧？"婆子说。

"着火了，算啥啊，不就是损失几个钱儿吗？再说了，火烧旺运嘛。"颜如君满不在乎地说，"还是我洞房里的喜事儿要紧啊。"

"嗯哪。"婆子说。

"灌……"颜如君下令。

婆子正要去捏小兰子的鼻子，以便给小兰子灌下性药汤子……突然，门开了，进来了四个手持枪械的蒙面人，上了炕，把颜如君像拎小鸡儿似的拎下了炕，捆绑了起来，然后，顺手捡起堵小兰子的嘴而用过的破布，又塞进了颜如君的嘴，把颜如君又拎到了院子里。

婆子惊慌，吓得要喊叫。

一个蒙面人对婆子："你蹲在地上的旮旯里去，你要是再敢出声，就宰了你。"

婆子吓得乖乖地佝偻在了地上的墙旮旯里，不敢动弹，也不敢吱声。

面对小兰子的惊讶，一个蒙面人在小兰子的耳边说道："兰子，我是你哥景海，我们是来救你的，你跟我们走。"

这个蒙面人是裴景海，然后，他给小兰子解了绑绳。

"嗯哪。"小兰子答应。

裴景海说："还有 6 个姑娘，跟你一样，被颜如君绑了来，我们一起去救她们……"

"嗯哪。"小兰子答应。

他们俩也从这个所谓洞房里走了出去。

6 年前的 5 月 9 日的夜里。

颜家西院的院落里。

在所谓洞房的门前，放着一把铡刀。

"把这小子的脑袋瓜子蒙上。"说话的蒙面人是李世奎。

另两个蒙面人用一块破旧的毯子，蒙住了颜如君的脑袋。

李世奎说："查颜家大公子颜如君，抢劫民女，霸占人妻……连续作案

7 次，目无人伦纲纪，实属罪大恶极。我等替天行道，代包拯包青天，铡了这个作孽多端的狗日的颜如君，以绝后患，以平民愤。"

"说得好。"另两个蒙面人回应道。

李世奎学着戏剧里的包拯的腔调，他喊叫道：

"王朝、马汉，狗头铡抬来了没有？"

"狗头铡已经抬到了大堂之上。"另两个蒙面人呼应道。

李世奎义愤填膺地颤声地喊叫道："张龙、赵虎，你们开铡啊——"

"得令。"另两个蒙面人呼应道。

这两个蒙面人把颜如君的脑袋放在了铡刀上，然后，一声呼喊：

"开铡啦——"

说着，就把本来是切草的锋利的铡刀，使劲地往下一按，切掉了颜如君的脑袋，让颜如君的脑袋和身子分了家。

"噗"的一声，颜如君脖腔里的鲜血喷了出来，喷出了数尺之远，他的腿脚蠕动了几下，就再也不动了。

"解气啊，哈哈哈……"李世奎见状，狂笑了起来。

这时，丁少武来了，说："颜家枪械库里的二十几支大小枪械，连同弹药，都已经装上车了。"

"好啊。"李世奎说。

"还有，他家的金银细软，也让弟兄们装上车了。"丁少武说。

"好——"李世奎说。

正说着，裴景海来了，说："我妹妹，连同那 6 位女子，都已经从角门出去，上了预先备好的车了。"

"要把你兰子妹妹，连同那 6 位女子，都要悄悄地安全地送到家，交给她们的家人。"李世奎说。

"是。"裴景海说，"那我就去了，然后，到指定的地方去集合。"

说完，他出去了。

李世奎对丁少武说："咱们也撤离吧。"

"好嘞。"丁少武说。

然后，他们出了后门，早已有数位弟兄等在那里，两辆大车上拉着枪械弹药，以及颜家的金银细软。

他们都上了马，随着两辆大车，离开了颜家的院落……从此，开始了落草山林，走上了绿林好汉的生涯。

后来，李世奎聚集了几百人的队伍，赵全胜为了扩大自己的势力，他让李世奎与自己合伙，加入北山皮子……李世奎提出合伙须奉行"忠""义"的原则，赵全胜一口答应，并且，让李世奎当了北山皮子的二掌柜的。

黄昏时分，公主岭。

保安总队，队部。

李世奎来到了这里，他见到了赵全胜的第一句话就是："我妈呢？"

"老太太很好，在我这儿呢。"赵全胜说，"我就知道你能来，你是个大孝子啊。"

"你说好与不好，那是你说的，我得亲眼见才是。"李世奎说。

赵全胜说："把李家老太太，连同他家的媳妇、儿子一并请到这儿来。"

一会儿工夫，夏天雨把李家老太太和李世奎的媳妇和儿子，都带到了这里，让李世奎跟他的家人相见。

李世奎见了自己的亲妈，说："妈，赵全胜这小子没有把你们咋的吧？"

"没有。"李世奎妈说。

"哦，那就好。"李世奎说，"如果他赵全胜伤到你们，他也就太不够意思了。"

"你可是真的不够意思啊。"赵全胜说，"我一直是以德报怨。"

"我听不明白，这话是咋说的呢？"李世奎说。

"你在北山皮子向我弟弟开了黑枪……打死了我弟弟赵全利。"赵全胜眼皮一抹搭，黑着脸，严正地说。

"这完全是造谣，无中生有的事儿。"李世奎断然否认。

"我有人证。"赵全胜说。

"不就是你的姨表弟夏天雨嘛，他瞪着眼睛说瞎话，张嘴就撒谎……你也不是不知道。"李世奎说。

"你李世奎才是张嘴就撒谎呢。"夏天雨反驳。

"你带领大队人马，两度进取伊通县城，烧杀抢掠，无恶不作……伊通县城是谁在主政？是熙洽的满洲国的官员在掌握政权啊。"李世奎说，"你为啥两次下毒手，自相残杀？你的部队还在伊通县城之外的北岭子，遭到了磐石工农义勇军的伏击，被打得狼狈逃窜……这是有据可查的啊，你们可以问一问伊通县长张柳桥嘛。"

"这……"夏天雨张口结舌。

"这样自我残杀的混账东西，啥事儿干不出来，啥话说不出来？"李世奎说，"我至今对夏天雨的用意难以理解。我就纳了闷了，是我反满抗日，还是他夏天雨反满抗日？"

小川队长和马春城都瞪着眼睛，看着夏天雨。

"你别所答非所问，我在问你，我弟弟被你射杀的事儿。"赵全胜把话头岔了过来。

但是，小川队长和马春城的心里却起了疑惑，尤其是赵全胜把话头岔开了，这加重了他们的疑惑，面部表情凝重而阴郁，用眼睛斜睨着赵全胜……虽然嘴巴上未说啥。

"完全是推卸责任的诬告。"李世奎说。

他想，在这个场合，绝不能承认自己曾经向赵全利射出了一颗子弹，承认就麻烦了……何况，赵全胜当时也没在场。

"噢？"赵全胜说，"你可是神枪手……"

"提起这事儿，就说起来了。"李世奎说，"当年二龙山的人，化装成日本守备队，说是给咱们北山皮子送枪械弹药来了。他们说要亲自把这些枪械和弹药交给你，否则，他们就转身回走。我说赵大掌柜的不在山上。但是，你弟弟——三掌柜的，却说他可以代表你……他是让枪械弹药迷惑了眼睛，以致死在二龙山的人的枪口之下……我归附二龙山是被迫的，如果我不表示归附，我的命也没了。小白龙他们上千人把北山皮子围住了，而且，突袭进了聚义大厅。事后知道，这一切，都是他们事先缜密地侦察和筹划好的。"

"你能从二龙山下来，这就好……身为县长，我心甚慰。"马春城说，"这有个示范作用，可以有效地分化、瓦解反满抗日的二龙山的匪众们。"

"我弟弟对我说了，只要我下山回来，你们对我的过去……既往不咎。"李世奎说，"我可以带着我的老妈和妻子、儿子回家了吗？"

小川队长说："你在二龙山，对二龙山的军事部署、地形地貌……一定很熟悉，是吧？"

"是啊。"李世奎说。

小川队长说："你可以给我们带路，去攻取二龙山吗？"

"不能。"李世奎说。

"为啥？"马春城说。

"山有山规，匪有匪纪。"李世奎说，"二龙山有规矩，有出卖弟兄的，一律斩首，并且，灭了他全家。"

"噢。"马春城说。

"我下了二龙山,是为了我的老妈和妻子、儿子……"李世奎说,"但是,我给你们领路去攻取二龙山……没有不透风的墙,一旦他们知道了,就会不惜一切地追杀我的全家,杀鸡给猴看……我岂不是跳出了一个水坑,又跳进了另一个火坑?"

小川队长说:"嗯,可以理解……"

"我下了二龙山,我怕他们阻拦,就没有告知小白龙他们。"李世奎说,"这必然会引起他们的不满和疑惑……"

小川队长说:"你可以带着你的家人走了。"

"谢谢。"李世奎说。

小川队长说:"不过,我还是请你考虑一下,你带我们去清剿二龙山的事儿。"

"倘若要是如此,我就得把我的老妈和妻子、儿子安顿好。"李世奎说,"……让我考虑考虑吧。"

小川队长说:"好吧。"

"那我就走了。"李世奎说。

马春城说:"天气寒冷,用车子送一送。"

天黑了,黑云厚重。

下雪了,大朵大朵的雪花,从空中飘落……保安总队的兵丁扬起了鞭子,吆喝着马匹,用花轱辘大车,把李世奎一家人,送回了黑林子的家里。

黑林子,李世奎的家里。

到了家,就烧火做饭。

吃了饭,火炕烧热了,一家人坐在了炕上,又端上了火盆。李世奎的媳妇烧开了水,沏上了大碗茶,边喝茶,边唠嗑。

"你咋回来了?"世奎妈说。

"世明去了二龙山,告诉我,你们都被小鬼子和赵全胜他们扣起来了,我能不回来吗?"李世奎说。

"你知道你爹是咋死的吗?"世奎妈说。

"这我能不知道吗?"李世奎笑了,说,"我爹是在跟巴布扎布的蒙军在突泉战役中牺牲的。"

"巴布扎布是个啥玩意儿?"世奎妈说。

"巴布扎布是要搞满蒙独立，分裂国家……我爹是吴大帅的兵，当然要镇压他们。"李世奎说。

"这么一说，你爹的死，是为国尽忠了？"世奎妈。

"是的。"李世奎说。

"你因为我被小鬼子和赵全胜他们扣起来，而走下了二龙山……你是尽孝了？"世奎妈说道。

"当儿子的，尽孝心是应该的。"李世奎说。

"不过，儿啊，自古道，忠孝难以两全啊。"世奎妈说，"'忠'是为了大家，即国家；'孝'是为了小家，即家族；舍小家而顾大家，才是大忠大义，你知道吧？"

"为儿的，知道了。"李世奎说。

"你爹是大忠大义的大英雄，你知道吗？"世奎妈说。

"知道。"李世奎说。

"当初你杀了颜如君，上山当了绿林好汉，你是大仁大义，替天行道，当妈的没有对你有怨言……后来，你摈弃了赵全胜而上了二龙山，抗日救国，你是大忠大义，当妈的支持你。"世奎妈说。

"难得当妈的能够理解儿子。"李世奎说。

"颜金海的姑表哥哥王永清，如今投靠了张海鹏张大麻子，当了汉奸……如果那个颜如君活到了今天，他肯定也是个汉奸，你们是为民除害、为国除害。"世奎妈说，"你们二龙山有个马司令马忠华吧？"

"妈，马司令——你也知道？"李世奎说。

"我咋不知道，马忠华是你爹的顶头上司，突泉战役时，你爹是连长，他是营长。"世奎妈说，"听说他参加了嫩江桥抗战，然后，落草在二龙山……你爹和马司令是生死弟兄，你知道吗？"

"噢？是这样啊，妈你要是不说，我真就不知道。"李世奎说。

"唉，你走下了二龙山，是为娘的拖累了你啊。"世奎妈说。

"妈，你这话，说到哪儿去了……"李世奎说。

"砰、砰"，院子的外面数声枪响，枪声清脆，接着，又听到了机枪的对空扫射……在屋里的炕头上，就可以清晰地听到密集的子弹划破长空的哨叫。

"谁在打枪？"世奎妈说。

"我安排的。"李世奎说。

"咱们回来看到，咱们家外边的围墙是谁给炸了两个豁口？赵全胜？"世奎妈说。

"也是我安排丁少武干的，目的是我私自下山，引起了小白龙他们的不满……以防引起小鬼子和赵全胜他们的怀疑。"李世奎说。

"我明白了，我儿还是一条抗日的好汉……这，为娘的就知足了。"世奎妈兴奋地说，"所以啊，我为自己的丈夫而骄傲，我为自己的儿子而自豪，畅快啊，呵呵。"

说完，她端起了大碗茶，咕嘟咕嘟地喝了三口，仿佛是痛饮了三杯酒。

"今儿个，我看出来了，咱们一家人团聚了，妈高兴啊。"李世奎说。

"睡吧，都劳顿了一天了。"世奎妈说，"我和孙子在这东屋睡，你和你媳妇在西屋睡去吧——久别如新婚嘛，当妈的理解。"

李世奎和他媳妇去了西屋，世奎妈把被褥铺巴铺巴，又把睡在炕席上的孙子挪到了褥子上，然后，给孙子盖上了被，才吹灭了油灯，躺下了。

第十九章

李世奎把日本兵带进泉水沟陷入绝境

第二天，清晨。

雪，旧雪上面又添加了新雪，茫茫的大地银装素裹。

风，清冷的西北风，在雪地上卷起一条条滚动的雪蟒，在银装素裹的茫茫的大地上游曳、漫舞。

黑林子，李世奎家。

"世奎，不好啦——"世奎媳妇在屋外喊叫道。

"咋啦？"听到媳妇的喊叫，正在洗脸的李世奎，从屋里走出来说道。

"妈在仓房里上吊了……"世奎媳妇指着仓房说。

李世奎过去，往仓房一看，果然，自己的老妈吊在了仓房的檩子上。他赶紧跑过去，把自己的老妈抱下来，但是，老妈的身体已经僵硬了。他把自己的老妈平放在了地上，不禁号啕大哭起来。

此时此刻，他骤然间想起了昨天晚上老妈对他说的话，而且，老妈的话在他的脑畔反复地萦绕着：

——"唉，你走下了二龙山，是为娘的拖累了你啊。"

——"'忠'是为了大家，即国家；'孝'是为了小家，即家族；舍小家而顾大家，才是大忠大义，你知道吧？"

他马上就停止了哭泣，对媳妇说："你去北院，把世明叫来。"

"嗯哪。"世奎媳妇说。

她去了北院，把世明叫了来，世明见老妈死了，也是一阵大哭。

"别哭了，妈是为我死的。"李世奎说，"世明，你去买来上好的棺材，再请来吹鼓班子，咱们披麻戴孝……操办一下。"

"嗯哪。"世明答应。

不到一个时辰，棺材送来了，给世奎的老妈入殓，在棺材前的乌盆里烧纸，往阴间给世奎老妈送金钱……吹鼓班子的吹鼓手们鼓乐齐鸣，奏鸣声震动遐迩……李世奎等家人披麻戴孝。乡亲们闻讯，纷纷前来吊唁、慰问，送来纸钱。

三位骑马者奔驰而来，他们把马匹拴在了院外的树上，然后，有一位进了院子，跪倒在棺材前，哭泣着向棺材三叩首——李世奎见是丁少武来了。

李世奎把丁少武让进了里屋，丁少武说："马司令和小白龙让我给你送钱来了，都在这个包袱里。"

说完，他把斜挎在肩头上的装有银洋的沉甸甸的包袱，拿了下来，递给了李世奎。

李世奎说："昨天，见了赵全胜、马春城，小鬼子要让我给他们带路，去清剿二龙山……我没有立刻答应。"

丁少武说："马司令说，清剿二龙山是小鬼子的蓄谋已久的一次大规模的军事行动，一定要挫败他们。"

李世奎说："我今天就答应他们，把他们领到咱们的泉水沟……"

丁少武说："你给小鬼子带路……你的家人咋办？"

"我让家人护送我母亲的棺材去郑家屯，跟我爹合葬……我爹的坟在郑家屯那疙瘩呢。"李世奎说，"这样，家人就都名正言顺地离开了黑林子，躲出去了。"

"也好。"丁少武说，"那我走了。"

李世奎说："走吧。"

丁少武出了院子，又上了马，与跟他同来的两人一起飞马而去。

过了一会儿，又来了一彪人马，是马春城和赵全胜等人。马春城和赵全胜进了院子，烧纸、进香，以示哀悼。

李世奎把马春城和赵全胜让进了屋子里，马春城说："咋搞的？昨天老太太还好好的，今天咋就去世了呢？"

李世奎泣声地说："你们看到院子的土围墙了吗？"

赵全胜说："看到了。"

李世奎说："被小白龙派人炸了两个大豁口，他们二龙山的人还在屯子里散布言论，说我叛逃，小心灭了我全家……我妈看到了这些，又听说了这些，她觉得没有活路了，就寻了短见。"

说完，他号啕大哭起来。

马春城安慰他说："唉，节哀顺变吧。"

李世奎愤恨地说："小白龙一伙害死了我妈，我岂能跟他们善罢甘休？"说着，他对于老妈的死，又号啕大哭起来，嘴里还骂骂咧咧道，"他们是要执行二龙山的山规啊，威胁我，要灭了我全家啊……呜呜。"

赵全胜说："咋办？你躲一躲吧。"

"躲？我往哪儿躲？我才不躲呢。"李世奎抹去了眼泪，咬牙切齿地说，"不等二龙山灭了我，我先灭了二龙山。"

马春城说："你咋灭？"

李世奎说："昨天小川队长让我带路去清剿二龙山，我没答应……现在，我答应了。我带路，引导日本守备队去偷袭二龙山。我就是死，也要给自己的老妈报仇。"

马春城说："嗯，这才是条汉子。"

"我把家里的事情，都料理好了。"李世奎说，"傍后晌吧，我骑快马，去公主岭，会见小川队长……"

马春城说："这很好，我们在保安总队的队部，等着你。"

李世奎哭泣着说："一言为定。"

马春城和赵全胜等人出了院子，上了马，回公主岭了。

过午，李世奎把自己媳妇和弟弟叫到了屋里，他指着包袱说："这是二龙山大掌柜的给的钱，你们都拿着，以给咱妈和咱爹合葬的名义，拉着妈的棺材，离开这里……然后，到三江口舅舅家落脚。"

"知道了。"世奎媳妇和世明说。

乡亲们帮着把棺材抬上了大车，李世明打着灵幡，坐在了前首。世奎媳妇和儿子，还有世明家人，都披麻戴孝地坐上了另一辆大车。李氏一家人，顶着凛冽的寒风，哭哭啼啼地离开了黑林子。

然后，李世奎骑上了快马，直奔公主岭保安总队的队部。

1934 年 12 月 4 日，傍晚。

公主岭，保安总队的队部。

李世奎来到了，小川队长和马春城、赵全胜早已经等在了这里。

小川见了李世奎，笑眯眯地说："听说你考虑好了，要给我们带路，去偷袭二龙山，清剿二龙山？"

李世奎说："小白龙为了稳定匪众，他就必须执行山规，以儆效尤，向我下了最后通牒，要灭了我全家……以致使我母亲感到没有活路了……我就不得不反击。"

"好。"马春城赞许道。

"所以，我同意给你们带路，剿灭二龙山。"李世奎说。

"嗯。"小川队长也是赞许。

"但是，我有个条件。"李世奎说。

"噢？啥条件？"小川队长有些不解。

"我只给日本守备队带路，却不给赵全胜的部队带路。"李世奎说。

"为啥呢？"小川队长说。

"小白龙威胁我，要向我下毒手……因为我违背了他的山规，私自下山了。"李世奎说，"赵总队长呢，他认为他跟我有仇隙，至少他认为他亲弟弟是我给杀的……我要是跟他一起走，他会不会向我下黑手、打黑枪呢？他向我打黑枪，我死了，我都不知道咋死的，这岂不是个悲哀吗？所以，我愿意给日本守备队带路，去偷袭二龙山，却不能给赵总队长带路。"

"可是，我们总要跟保安总队协同作战啊。"小川队长说，"北山皮子的人可以不跟我们同路，而是作为第二梯队嘛。"

"那我就退一步，保安总队来自不同的山头，但是，我们所在的第一梯队，不能有来自北山皮子的人，要是有来自北山皮子的人，我就说啥也不带路了……"李世奎说，"再说了，北山皮子的人，我也认识。"

"嗯，你的这个条件，我答应了。"小川队长说。

"那我就带路，去偷袭二龙山，剿灭二龙山。"李世奎说。

"森连司令官将集中四平街的关东军满洲独立守备大队以及四平街站、昌图站、郑家屯站的日军守备队、保安队的大队人马，随即出发，清剿二龙山。"小川队长说，"我们呢，今晚就出发，抢先一步，偷袭二龙山……"

"小川队长精明。"李世奎说，"我也认为夜长梦多，事不宜迟。"

小川队长说："传我的命令，集合部队，向二龙山进军。"

"是。"马春城和赵全胜说。

半夜时分了，进剿二龙山的第一梯队的队伍才集结完毕，300多日军，来自公主岭和范家屯的日本守备队；还有300多保安总队的兵丁。

李世奎故意查看了300多保安总队的兵丁，看到的确没有他认识的北山皮子的人，他才显露出放心的样子。

　　这700名日伪军上了十数辆卡车，还有四辆胶轮铁甲车跟随。卡车的胶皮轮子，按理说，可以在冰封的大地上纵横驰骋，但是，此时此刻，卡车走的是山野乡间的土路，积雪凝冰，疙疙瘩瘩，令行驶的卡车颠颠簸簸，哧哧滑滑，再加上山野乡间的土路狭窄，想要快速行驶，也快速不起来。

　　卡车和铁甲车的目标太大，不利于偷袭，所以，在距离二龙山有二三十里的地方，这700名日伪军下了卡车。卡车上还拉着数匹战马，战马也下了卡车，日伪军把重机枪、小钢炮、掷弹筒等重武器，放在了战马的身上，让战马驮着。

　　卡车返回去再接运第二梯队的日伪军；胶轮铁甲车则缓缓前行，作为后援。

　　小川队长和李世奎也骑上了战马，走在前面，引导着这700日伪军的队伍，队伍的前、后是伪军，中间是日军。骑马的李世奎和小川队长把握着行军的速度，因为，必须照应着步行的日伪军。

　　李世奎望着天上的星斗，判定着时间，引导着日伪军，迂回地行军，奔赴二龙山的泉水沟。日伪军到达二龙山泉水沟的时候，天已经亮了。

　　二龙山，泉水沟。
　　山岭上隐蔽的窝棚里。
　　丁少武快马上山，急忙上前报告："马司令，日伪军已经快要到泉水沟的沟口了。"

　　马忠华说："日伪军来了多少人？"

　　丁少武说："日军由公主岭铁道守备队的队长小川率领，300多人；伪军也有300多人；加在一起700人左右。"

　　马忠华说："来的少了点，要是来多了，正好一锅炖……"

　　"这只是来偷袭二龙山的第一梯队，第二梯队也将后续来到。"丁少武说，"日伪军在离咱们泉水沟20里地的地方，从卡车上下来，步行……卡车又返回去了，大概是怕目标太大，影响偷袭；还有四辆铁甲车呢，也在向咱们这里缓缓驶来。"

　　马忠华说："二龙山山高林密，铁甲车到了这里不顶用，只能是一堆废铁，也就起个吓唬人的作用。"

　　丁少武说："他们还有数匹马，驮着重武器呢，重机枪、迫击炮、小钢炮……"

"进了泉水沟，重载的马匹就得摔跟头，看着表面上是白雪，白雪下面是哧溜滑的冰，马蹄子上是马蹄铁，踩不住冰的……小鬼子真够意思，给我们送重武器的装备来了，可是呢，咱们还不领情，非要歼灭了小鬼子不可。"马忠华说，"你马上带上一队人马，在铁甲车来的路上埋上地雷，炸毁它们。"

"是。"丁少武说，"嘿嘿，现在地雷也好埋，埋在雪窝里，然后用雪一盖，就成了。"

"嗯，老天爷成全你嘛，呵呵。"马忠华说，随后又叫道，"裴景海。"

"有。"裴景海回答。

"命令部队马上进入阵地，子弹上膛，炮弹装上，揍小鬼子这些个狗娘养的……"马忠华说，"老野猪炮，也给我一字排开地使上。"

"是。"裴景海回答。

马忠华说："这可是咱们二龙山反击小鬼子清剿二龙山的第一仗，一定要打好，让小鬼子一听二龙山就发怵，一进二龙山就腿发颤……我们要打出二龙山的威风来。"

"是。"裴景海和丁少武回答。

马忠华说："执行命令吧。"

"是。"裴景海和丁少武回答。

然后，他们俩走出了窝棚。

马忠华也随着他们走出了窝棚，他居高临下，望着清晨的泉水沟。

他所在之处，峭壁陡然而生，是泉水沟的尽头。峭壁之下，一沟白雪，晶晶莹莹，漫漫延延，迤迤逦逦，顺山势向下行，有2里多地。

山沟的两侧是密林，松树的针叶上浮着白白的雪朵，在白雪的映衬下，越发显得苍绿；柞树的黄叶缠绵在枝干上，托着些许残雪，依然故我；落光了叶子的白桦树，在雪坡上，亭亭玉立，越发地姣美……山沟里的寒冷，能渗透进人的骨髓，用东北话说，那叫贼啦啦地冷、嘎巴地冷。

转瞬间，马忠华的呼吸，已经使他的眉毛上、胡须上，还有帽檐上、帽脸上，都凝结了一层霜花。

他走进了战士们的阵地，来到了列成一排的野猪炮的炮手们身边，他要以野猪炮的轰鸣，作为战役发起的命令。

一场反击日寇清剿二龙山的战役，就要打响了。

日伪军来到了泉水沟的沟口了。

跟着李世奎走在前面的小川队长，看到泉水沟里白雪铺盖，一片宁肃，万籁俱寂。他站在沟口，就可以对泉水沟一览无余，而且，泉水沟显得坡缓路平。

沟两旁密集的林木扎根雪坡，枝干上又托举着积雪，那些积雪在枝干上，仿佛悬悬欲坠，却又不坠，给泉水沟增添了生动的氛围。

突然，"扑簌簌"的声响，吓了小川队长一跳。他抬头一看，是一群麻雀扇动着翅膀，"叽叽喳喳"地叫着，腾空而起，仿佛是对日伪军的到来感到诧异。麻雀群在小川他们的头顶盘旋了一圈儿，然后，集结着，仿佛又不屑一顾地扬长而去。

显然，是小川他们的兵马的到来，惊扰了树上的麻雀。麻雀扇动翅膀的腾飞，扑落了树枝上的落雪，雪朵如白色的鲜花，纷纷从枝头飘飘然地散落而下，仿佛是天女散花。

林海雪坡的寒冷，却又带来了空气的清新、甘洌。

小川队长呼吸着这山林里的清新、甘洌的空气，感到心清气爽，心旷神怡……泉水沟的寂静、宁肃，恰恰表明自己的敌人毫无准备，倒是自己的兵马的到来，惊扰了山林间的麻雀群。起码，这预示着自己的兵马偷袭二龙山的成功。他明白，二龙山是日军心头的大患。战役的胜利，说难也难，但是，说易也易；他感到，此时此刻，二龙山仿佛就是握在他手心里的一只麻雀，他的手掌只要轻轻一攥，就可以攥死这只麻雀，或者，他的大拇指和二拇指只要合力一掐，就可以轻易地掐断这只麻雀的小脑袋。他偷袭成功了，铲平了二龙山，他就立下了清剿二龙山的首功，功勋、军功章、晋军阶……经典的偷袭成功的战例，会在日军中传播……迎面而来的是军人的荣誉，在军界不断上升的地位……更是让他感到心清气爽，心旷神怡。

他骑着战马，在马背上陶醉在胜利的遐想中……让战马信马由缰地在泉水沟里向前走着，突然，马失前蹄，战马跌倒了，他也从马背上摔了下来。

小川队长挣扎着从雪窝里爬了起来，但是，又一个趔趄，他再次摔倒了……旁边的伪军赶紧过来，把他扶起来。他扑打着他身上的雪沫，但是，他看到，后边的日军纷纷滑倒，滑倒了一片……尤其是走在中间的驮着重型武器的马匹，连连跌倒，几乎寸步难行。

摔疼了日军，嘴里边"吱吱呀呀"地叫唤。还有，为让战马站起来，带马的日军也大声地吆喝着。

李世奎知道，泉水沟，在这山谷里，至少有几眼不冻的泉水，在向外喷涌，形成溪流，蜿蜒、迤逦地流往二龙湖，在这零下30多摄氏度的严寒里，随流随冻，随冻随流，一层又一层，整个山沟，就是一瀑冰川。冰川上又覆盖着积雪，踏上去，滑溜加滑溜，别说是人哪，就是熊瞎子、狍子、梅花鹿……也是要跌跟头的。

他明白，日军的战马，马蹄下有铁掌，铁掌在冰川上行走，只有不断滑倒的分儿……日军的脚下，穿着皮靴，皮靴下钉着铁掌，铁掌在冰川上行走，还是只有不断滑倒的分儿。因为，日军连同他们的战马，都是在冰川上难以行走的"铁蹄"。

他明白，一旦开战，头戴钢盔，脚下穿着"铁蹄"靴子的日军，在积雪覆盖的冰面上想跑都跑不了，越要跑，越滑跤……除非像乌龟似的爬行，尚可蠕动。而且，光天化日之下，日军头上的钢盔，是义勇军准确射击的显著目标。

他懂得，山谷里雪掩着冰川，山谷加冰川——绝对就是兵家所说的"绝地""死地"，在这里打伏击，必将是小鬼子们的葬身之地。

小川队长对早已经下马步行的李世奎说：

"这么难行走啊？"

李世奎说："如果是好行走的话，二龙山就会设防……谁也别想偷袭，正因为举步维艰，所以，才不设防。"

小川队长说："咋办？"

李世奎说："缓步前进。"

小川队长说："马匹驮着的重型武器呢？"

李世奎说："留在沟口吧，轻装进军。"

小川队长说："不走这里，靠近山坡走，不行吗？"

李世奎说："不行。"

小川队长说："为啥？"

李世奎说："山坡上布置了机关，叫'惹不起'。"

小川队长说："啥叫'惹不起'？"

李世奎说："'惹不起'，就是在细鱼弦上密密地多拴鱼钩，外加马铃铛，拉在树丛里，一来了人，那东西就像是无形的鬼，伸出了无形的手，钩挂在衣服上，人越动，钩挂得越紧，钩挂得也越多，等到这人想要脱去鱼钩，用手撸摘时，马铃铛响动——报警的声音响了，让人家发现了……这成了匪绺子们防止偷袭的秘密机关。"

小川队长说："哦——"

李世奎说："这种叫'惹不起'的机关，是东北匪绺子用于防止偷袭的看山绝招。日军曾经把这种机关当作一种新式武器来研究……小川队长，你听说过吗？"

小川队长说："哦，还真的听说过。"

李世奎说："山坡上除了这种'惹不起'之外，还有窝弓、踩夹子、触弦儿的地雷……碰上了哪一样儿，别说是人哪，就是熊瞎子、老虎，都让你非伤即亡……所以，难走的路途，恰恰是安全的路途。"

小川队长说："哦，也是。"

李世奎说："我们只要继续前行 300 米，就不会再滑跤了，因为，脚底下就走过了冰冻的水溜子了。"

小川队长说："好的。"

李世奎说："还有，让你的士兵，不许叫嚷，以免惊动了二龙山上的匪徒们。"

小川队长说："好的。"

于是，小川队长采纳了李世奎的建议，把驮载着重型武器的马匹，留在了沟口，并且，命令士兵们，不许出声，否则，军法处置……然后，在覆盖着积雪的山沟的冰川上，以六列纵队，继续以三个梯次——伪军、日军、伪军，向前行进。

山坡上，老母猪炮的阵地里。

马忠华看见日军已经全部进入了伏击圈儿，他小声地对老母猪炮的炮手们说：

"准备开炮。"

老母猪炮，本是农村防土匪的武器。

这种炮，就是将一截粗粗的老榆树中间挖空，用油浸透，腹中装上火药、破犁片、缸碴子、洋钉子之类的具有杀伤力的东西。炮身虽然短粗，内存却极大，所以，形象地称之为"老母猪炮"。

这种炮，药量多，口径大，从覆盖面上来讲，没有啥炮能够超过它。当然，也有缺点，一是只能放一炮，放一炮就废了；二是射程短，打不多远。

但是，把老母猪炮的这种特点，用在泉水沟近距离的伏击战，缺欠的短处也变成了优越的长处。作为压制型的武器，老母猪炮是最好不过的了。

"准备完毕。"老母猪炮的炮手们轻声回答。

马忠华命令："开炮。"

老母猪炮响了，炮膛里的炮弹——火药、破犁片、缸碴子、洋钉子之类的具有杀伤力的东西，一股脑儿地发射了出去，射向了走在中间的日军……十几门老母猪炮，轰轰隆隆，连续地发射，简直就像倾盆的暴雨，射击到了日军的身上，击打在了日军的钢盔上，叮叮当当；扎进了日军的脸颊、脖子、臂膀、胸前、后背、屁股、腿股……老母猪炮膛里众多炮弹的爆发，如同呼啸的飓风，排山倒海般地向日军扑来，想逃都来不及……如果想逃，反而会滑倒在地，横躺竖卧，正好被纷纷扬扬的老母猪炮的炮弹击中，扎进肉体……炸得日军扑倒了一片，哭爹喊娘。

"嗒嗒嗒"，机枪扫射，像狂风；步枪瞄准日军的钢盔，准确点射，枪枪见血。

听到了第一声老母猪炮的爆响，牵着马走在前面的李世奎，看准了端着枪前行的身边的伪军，在伪军看见了老母猪炮的爆射，一时手足无措的时候，他眼疾手快地夺过了伪军手中的枪，然后，一个翻滚，对准了小川队长就是一枪。这一枪，击中小川队长的腹部，小川队长脚下一滑，来了个四仰八叉，摔倒在地……

李世奎对伪军们喊道："二龙山打的是日军，你们还不卧倒？"

听李世奎这么喊，伪军们才醒过腔来，赶紧趴下，然后叽里咕噜地闪身到了一边，躲避枪林弹雨。

与此同时，裴景海率领一支分队，来到了沟口，向踟蹰在那里守护着驮着重型武器的马匹的数名日军，发起了突然攻击，击毙了这数名日军，然后，控制了停滞在沟口驮着重型武器的马匹，卸载下这些武器，向日军射击……堵住了日伪军的退路。

马忠华举起了手枪，带头冲出了阵地，他喊道：

"冲啊——"

"杀啊——"

战士们也怒吼着：

"冲啊——"

"杀啊——"

上千名义勇军从两侧的山坡上包抄着，如猛虎下山般地冲了下来……伪军们纷纷放下武器，举手投降。

这时，从远处呼啸着飞来了三架气势汹汹的日本战机，他们在泉水沟的上空瞪大了眼睛想要分辨地面上的人群，哪里是日伪军？哪里是二龙山的抗日义勇军？但是，大概是瞪圆了眼睛，对于地面上胶着的交战双方，也实在是难以看清、难以分辨，而且，不但有密林郁郁苍苍的松针叶，松针的枝叶上还覆盖着雪朵，遮挡视线，还有淡淡的雾霭……日本战机盘旋了三圈，只好无奈地飞走了。

义勇军战士们打扫战场，看见有的日军装死，就缴了械，捅上一刺刀，然后，摘下他们的钢盔，扒下他们的军大衣、棉袄、棉裤、皮靴……这正是二龙山义勇军们需要解决的军需，日本鬼子们送上门来了。

李世奎看见小川蠕动着，一手捂着出血的腹部，另一只手扒着雪地向前爬，要去够——离他身边有两米远的他掉在雪地上的手枪……李世奎疾步走过去，把那只手枪捡了起来，握在手中。让小川队长失望的是，李世奎并不理睬他，而是离开了他，扬长而去。

小川队长眼睁睁地看着李世奎把他的手枪握在手中了，却无力夺回……一名义勇军战士过来，撕扯着他，把他的呢子面料的军大衣、军帽、棉袄、棉裤，还有军靴，都脱了下来，然后，也是扬长而去。

小川队长的腹部流着鲜血，几乎赤裸的小川队长在积雪覆盖的冰面上，他感到了寒冷，但是，寒冷很快就过去，他看见自己的面前有一个大大的火盆，在烘烤着他，他反而感到了温暖，身体在冰天雪地里感到了燃烧般的火热。

他居然挣扎着站了起来，趔趄地向火盆走去，刚走了几步，就扑向了火盆——这是人在冻死前产生的幻象，他扑向的是一棵高大的柞木，他抱住了那棵高大的柞木，然后，慢慢地萎靡下来，像一摊没有骨头的肉似的，堆在了树根底下，他死了。然后，零下三十几度的严寒，把他冻成了硬邦邦的僵尸。

即使是那些受伤未死的被剥去了棉衣的几乎赤裸的日军，在严寒中，也会同他有一样的感受……然后，在燃烧着温暖的幻象中缓缓地死去，在冰天雪地里很快地冻结成僵尸。

马忠华看见了李世奎，他跑了过去，握着李世奎的手说：

"二龙山反日寇清剿，你立了第一功。"

李世奎说："是日伪军太聪明，反而，害了他们的性命。"

马忠华说:"听说你家里的老母亲过世了。"

李世奎说:"我母亲的过世,使我的妻儿和弟弟一家,能够顺利脱身,而且,也使日伪军深信我背叛了二龙山。"

"一位深明大义的母亲啊。"马忠华感慨地说,"中华民族正是有了千千万万这样的母亲,才昂然地屹立于天下。"

说完,两个人都含着泪花,紧紧地拥抱在了一起。

在通往二龙山的路上,日寇的四辆胶轮铁甲车正在缓缓前行。

丁少武已经在胶轮铁甲车前行的路上的雪窝子里,埋下了地雷,当四辆胶轮铁甲车进入了地雷区域后,他一声令下,义勇军战士拉响了地雷。

"轰轰隆隆"的爆炸,把铁甲车炸得登时就掀翻了、瘫痪了,油箱燃起了大火……地雷爆炸的硝烟未散,埋伏在道路两边丛林里的义勇军战士们一跃而起,冲了上去……歼灭了尚未死亡的日军。

铁甲车躺在了路上,或者路边,成了四堆废铁。

第二十章

陈保长聚义反抗日寇蛮横的"归大屯"

1934 年 12 月 5 日。

泉水沟的沟外，义勇军把俘虏了的伪军的保安队员们集中到了这里，马忠华正在给这些保安队员训话：

"保安队的弟兄们，我作为辽北抗日义勇军的司令官，我想问你们一句话——你们是不是中国人？"

"我们是中国人。"保安队员们回答。

马忠华说："既然是中国人，你们愿意当亡国奴吗？"

"不愿意。"保安队员们回答。

"既然不愿意当亡国奴，你们还是当了为日本鬼子效力的保安队员，可见，你们有你们的苦衷……但是，日本鬼子把你们当人了吗？没有啊。"马忠华说，"日本鬼子清剿二龙山，却把你们的队伍分别放在了前锋和后卫，而他们呢，却在队伍的中间，不仅对前锋和后卫进行指挥，而且，你们充当了啥啊？充当了日本鬼子的挡箭牌，给日本鬼子充当了炮灰……你们说，日本鬼子把你们当人了吗？"

"没有。"保安队员们说。

正在这时，关东青来了，打断了马忠华的训话，说道："马司令，下三台来人了，他们那里发生了一些情况，情势很严重……"

"噢？把这人请过来，我听一下情况。"马忠华说。

关东青向站在不远处的人打着招呼："倪广源老弟，你过来，马司令叫你呢。"

倪广源走到了马忠华的跟前儿，他跟马忠华打招呼："马司令。"

马忠华说:"你从下三台来?"

倪广源说:"是的,是我们下三台的保长陈起贵大哥派我来的。"

马忠华说:"哦,我知道,他曾经派人联系过关东青……"

倪广源说:"小鬼子来了一个小队的宪兵,小队长叫北原都治,在下三台硬逼着'归大屯',目的是断了我们山民们跟你们抗日武装的联系,配合他们清剿二龙山。山民们不愿意'归大屯'。他们就说山民们'通匪',还杀了人……陈起贵大哥一看情势不好,就请求小鬼子的宪兵队长北原都治,宽限三天……起初,北原都治没答应,但是,站在他旁边的从奉天来的石原,看到山民们愠怒的脸色,他向北原都治使了一个眼色,北原都治才答应了。"

马忠华说:"谁?关东军参谋部的石原?"

倪广源说:"正是他。"

马忠华说:"这小子在嫩江桥战役时,就驻扎在前线,上传下达关东军的命令,起到督办的作用……他来到了下三台,阵势不小啊。"

倪广源说:"如果三天后,山民们不'归大屯',小鬼子就会杀人烧房子……陈起贵大哥已经联系了二三百愿意抗击小鬼子的山民,报号'占中华',决心要歼灭驻下三台的小鬼子,所以,派我来联络你们,请求你们的援助。"

"你来得正是时候,我们刚刚歼灭了从公主岭方向来清剿二龙山的日伪军……战士们士气大振。"马忠华说,"下三台是四平街进入吉东山岭的重要通道,小鬼子在下三台'归大屯',建立堡垒,其目的就是要建立清剿我们辽北抗日义勇军的前沿阵地,封锁辽北抗日义勇军……我们绝不能让小鬼子的阴谋得逞。石原亲自来到下三台督办……石原可是只不小的肥鱼,我这个人是只大馋猫,非乘机吞下这只不小的肥鱼不可,呵呵。"

倪广源说:"我们也是被小鬼子逼得实在是无路可走了,只能造反了。"

"嗯,造反就对了。"马忠华说,"裴景海。"

"有。"裴景海回应。

马忠华说:"集结我们整个二龙山的主力部队,向下三台进发……吃肥鱼去。"

"那么,咱们二龙山的留守呢?"裴景海说。

"山上的坛坛罐罐即使被小鬼子砸碎了也不要紧,重要的是歼灭日伪军的有生力量,打掉了下三台日伪军的堡垒,也就打掉了小鬼子'归大屯'

的图谋，就会打破日伪军对二龙山的封锁，也是粉碎日伪军对二龙山的清剿的重要一步……然后，我们进取四平街，光复四平街——是我们的目标。"马忠华说，"再说了，我们在二龙山的通道上，埋了那么多的炸雷，还有'惹不起'的勾死鬼儿……小鬼子想要攻取二龙山，他们必须得付出惨重的代价。"

"是。"裴景海说。

马忠华说："还有，把我们在泉水沟缴获日伪军的武器，让战士们带着，援助陈起贵的队伍。"

"是。"裴景海说。

倪广源说："谢谢马司令。"

关东青说："报号'占中华'的陈起贵的队伍啊，他们的武器能是猎枪啥的，也就算不错了，我们给他们配备刚刚缴获来的武器，可谓雪中送炭了。"

倪广源说："山民们手中的猎枪，小鬼子早就下令收缴了，藏匿起来的猎枪，也没有几支啊，有的倒是大刀和扎枪……原始的武器。"

马忠华说："山民的乡亲们宁可以原始的武器来对付小鬼子，可见山民乡亲们抗日的决心之大啊。"

李世奎说："马司令，这些俘虏来的伪军咋办？"

马忠华向俘虏来的伪军们瞭了一眼，他严肃地说："听了我的训话之后，凡是表示痛改前非，不再为小鬼子效力的，一律释放；凡是表示还要为小鬼子效力的，一律枪毙。"

"是。"李世奎说。

马忠华的谈话，被那些俘虏的伪军听见了，哪还有表示要为小鬼子效力而被枪毙的？即使有，也得隐匿真实的心态，因而，都纷纷表示痛改前非，不再为小鬼子效力，而期图得到释放……所以，这些被俘虏来的伪军都得到了释放。

马忠华也知道，他跟倪广源和裴景海的仿佛不经意的谈话，也必然会通过个别的伪军的嘴，传到清剿二龙山的日伪军的决策层里……这也正是他想要的效果。

马忠华说："命令部队，向下三台进发。"

"是。"裴景海说。

于是，在二龙山上的辽北抗日义勇军的主力部队，集合起队伍，向下三台进发了。

在向下三台进发的路上，倪广源的脑海里，浮现出了他在自己的好哥们儿、下三台的保长陈起贵家的情景——

他听说陈起贵的儿子陈晓光从四平街回来了，他就过去看望陈晓光。他知道，陈晓光前些日子被日本警察给打了，而且，被打得很重，住院了……现在，回家来了，他必须去看看陈家的大侄子陈晓光。

一进陈家的门，是外屋地，起贵媳妇正在灶台前拉风匣，烧水、做饭，倪广源说："大嫂，听说大侄子回来了。"

"回来了，在炕头躺着呢。"起贵媳妇说。

倪广源说："我哥哥呢？"

"也在炕头陪他儿子呢。"起贵媳妇说。

倪广源说："哦。"

然后，他推门进了东屋。

陈起贵见倪广源来了，对儿子陈晓光说："你倪叔来看你来了，你住院了，你倪叔可是惦记着你。"

"倪叔，你来了。"陈晓光说。

倪广源说："晓光，咋样啊？痊愈了吧？"

"就算痊愈了，恢复好了。"陈晓光说。

起贵媳妇进来了，在炕沿上摆了两个大碗，然后，把沏好茶的茶壶也放在了炕沿上。陈起贵把两个大碗都倒上了茶水，把其中的一个茶碗推到了倪广源的身边，对倪广源说："喝茶吧。"

倪广源端起了茶碗，小饮了一口，说："妈了巴子的，这小鬼子警察可真是够狠的了。"

起贵媳妇说："脊椎、胸椎，都受了重伤，腰椎的第二、三节也被小鬼子警察马靴上的马刺针给踢断了，要不是治红伤的大夫给接上了，晓光这辈子就残废了。"

陈起贵说："医生说了，得好好地养上个一年二载的，不能干活，以后就没事了。"

倪广源说："这小鬼子警察，可是损了八辈儿德了。"

陈晓光说："话说起来了，我们到植丰旅馆去干木匠活儿，因为缺木料，我就骑着自行车去取木料。我沿着中央路西行，拐弯儿到了六道街，往北转。刚一转弯儿，我骑的自行车的轱辘，就轧在了新修的砂石路面上。这时，从对面就走过来一个日本警察，耀武扬威地对我大喊大叫。把我吓得赶忙下了自行车，连连后退。这个日本警察走到我的面前，不容分说，左右脚，又踢又踹。他的两只脚，脚脚不离我的后脊梁……踢得我啥也不知道了。三天三夜不省人事儿……醒了之后，才知道自己住在医院里呢。"

倪广源说："你咋进的医院呢？"

起贵媳妇说："唉，恰好遇到了两个好心人呗。"

倪广源说："知道这好心人是谁吗？"

陈起贵说："说起这家人来，你能知道？"

倪广源说："哪家的，谁呢？"

陈起贵说："原来的四洮铁路局的局长，民国的将军马龙坤。"

倪广源说："知道啊，马龙坤在四平街，那可是大名鼎鼎啊。"

陈起贵说："这两个好心人啊，都是天主教堂英文商业中学的学生，一个是马龙坤的亲孙子，叫马德原；一个是马龙坤的侄孙子，叫马德平。"

陈晓光说："他们俩把我背到了医院，还替我垫付了医疗费……我不省人事儿，他们俩就在晚上轮番地护理我，像我的亲弟弟一样。"

陈起贵说："直到晓光醒了，我们家里人才知道。"

起贵媳妇说："家里人以为，他在四平街好好的呢；干活的那里，还以为他骑着自行车回下三台看望家里人来了呢。"

陈起贵说："住了三个月的医院哪……我们当然得好好的感谢人家马家的人。"

倪广源说："晓光，这个小鬼子警察，长得啥人模狗样的？"

陈晓光说："长得古怪着呢，赤红面子，蛤蟆眼睛，留着八字胡儿，大嘴巴，脚穿马靴……我要是见到他，我一眼就能认出他，就是扒了他的皮儿，我也能认出他的瓢儿。"

倪广源说："这个家伙，是他妈的招人恨啊。"

陈晓光说："前些天，我能走动了，马德平和马德原还领着我在道里的六道街附近蹚摸这家伙呢，他们俩要替我报仇。"

"晓光，不可以一时冲动啊，弄不好，可能连累了马家的人……"陈起贵说，"老话说得好，小不忍，则乱大谋。"

倪广源说："晓光，还是你爹说得对，啥事儿要从长计议……"

陈晓光说："嗯哪。"

起贵媳妇说："你们唠吧，我去给你们做饭。"

说完，她从里屋走出去了。

倪广源说："要是说起小鬼子，够恨人的了，前些日子，我去老四平街我叔他们的屯子……小鬼子在我叔他们屯子制造了杀人惨案，说起来，挺恐怖的。"

陈晓光说："倪叔，咋回事儿？你说说。"

于是，倪广源就说起了日本鬼子在老四平街他叔的屯子，制造杀人惨案的事情。

倪广源的叔叔家在昌图县老四平街邢家窝棚刘家屯，他叔叔是村长。小鬼子侵占了东北，并没有给东北带来太平，相反，匪患四起，农村更加不得安宁。

深秋时节，农民一方面忙于抢收，另一方面还要防范土匪。因为，青纱帐还没有完全撂倒，农户人家又忙于收割，土匪还是有机可乘……为了防范土匪，倪广源的叔叔组织了"村民自卫队"，土匪来了打土匪，土匪跑了就收割庄稼。

庄稼越收获越少，土匪也就少了藏身之处。但是，土匪仿佛是垂死挣扎，三天两头就来犯刘家屯。

这一天，屯子里来了四个家伙，身穿保安队的制服，大摇大摆地进了村子。生人进了村子，必然很扎眼，所以，有屯子里的"村民自卫队"的队员，暗中监视着。

果然，这四个家伙从屯子的西头走到了东头的老于家，贼眉鼠眼地向四处张望了一下，就闯了进去，进了门就翻箱倒柜……暗中监视的"村民自卫队"的队员见状，就敲起了带在身上的小镗锣，并且，喊叫道：

"快来人哪，老于家进了土匪啦——"

倪村长和"村民自卫队"的队员们闻声而扑向老于家，他们的手里拿着大刀、长矛。

这四个家伙听到了镗锣的响声，知道被发现了，就吓得跑出了于家，然后，向屯子外边逃窜。倪村长跟还有三个骑马的"自卫队员"就在后面追，在他们的后面，还有没有骑马的"自卫队员"，也在呐喊着追赶。

追到了四洮铁路的铁道线附近的谷地里边——坟圈子那疙瘩，倪村长他们四个骑马的圈住了其中两个跑得比较慢的家伙，并且，把这两个家伙抓住了。

于是，在铁道线附近的谷地里边——坟圈子那疙瘩，倪村长问被他们抓住的两个家伙："你们是哪个绺子的？"

"我们不是哪个绺子的。"一个家伙说。

倪村长说："不是哪个绺子，又是哪个绺子的？说。"

"我们是保安队的，总队长是赵全胜。"另一个家伙说。

倪村长说："哦，原来你们是北山皮子的土匪，跟着赵全胜当了保安队，却不改土匪习气，仍旧为非作歹。"

"是的。"一个家伙不得不承认说。

"你们放了我们吧，我们是头一次到你们刘家屯来……我们是以侦察有没有抗日的匪情的名义，溜达到了这里来的。"另一个家伙说。

"不管你们以啥名义出来的……闯进老百姓家，进行打家劫舍，就不行。"倪村长说，"现在，是谁管着你们？还是赵全胜？"

"是赵全胜，但是，他的上头是驻四平街的关东军满洲独立守备队的森连司令官。"一个家伙说。

倪村长说："你们不用拿赵全胜和那个啥森连司令官来吓唬我们……抓住了你们这两个土匪，我们就得把你们两个送到老四平街的警署去……"

正说到这儿，一辆铁道装甲车从铁道线上轰轰隆隆地开了过来，而且，装甲车上的机枪向倪村长他们所在的坟圈子这疙瘩，嗒嗒嗒地开了枪。

子弹从倪村长他们的头顶上飞过，倪村长他们一看，情况不对，就扔下了被抓住的两个家伙，跳上了马，赶紧跑离了坟圈子，逃出了谷地……全副武装的日本兵从铁道装甲车上下来了，来到了谷地中的坟圈子处。

原来，倪村长他们抓住了两个家伙，另两个家伙沿着铁道线向前跑，正好遇上了日军驻四平街的铁道守备队，以及铁路警察乘坐的铁道装甲车。铁道装甲车沿着四洮铁路的泉沟至平安堡这一段铁路进行巡查，于是，另两个家伙就拦住了这辆铁道装甲车，称他们是保安总队的，一共四个人，奉命到刘家屯这里来侦察抗日匪情的……正好遇到了二龙山的辽北抗日义勇军的人，于是，发生了冲突……他们的两个弟兄被抓住了，他们两个跑出了辽北抗日义勇军的合围，恰好遇到了铁道装甲车……小鬼子看到他们身穿保安队的制服，相信他们是自己人，于是，铁道装甲车就向前行驶，然后，向谷地的坟圈子这里开了枪。

倪村长他们四匹马跑得快，但是，又有四名腿脚跑得快的"护村队"的队员，跑得接近了谷地里的坟圈子……他们见倪村长他们骑着马跑了，他们也回头想跑，却来不及了，只好藏身在谷地里。

日本铁道守备队和铁路警察乘坐的铁道装甲车上的日本鬼子，发现了这四名"护村队"的队员，包抄了谷地，搜出了这四名"护村队"的队员。

他们把这四个"护村队"的队员带到了马家大坑，一顿殴打……然后，不分青红皂白，用刺刀挑死了这四名"护村队"的队员。

这四名"护村队"的队员，有刘家屯里老于家的两位，还有老江家的两位……事后，正赶上倪广源到刘家屯看望他叔叔倪村长，路过于家大门洞时，看到了停放在那里的于老三和于老四兄弟俩的尸体，血肉模糊，遍体鳞伤。

于老三和于老四的媳妇，哭得死去活来。于家的小弟弟，正为于老三，缝合着被小鬼子挑开的胸腹部。

站在旁边的村民，都对小鬼子的暴行和赵全胜的保安队的丑恶行径，骂不绝口。

看到于老三的惨状，倪广源也流下了眼泪，他不忍心再看下去，就加快了脚步，向他叔叔家走去。

他在去他叔叔倪村长家的路上，又真真切切地听到了住在屯子西头的老江家的哀痛的哭叫声……令他心酸。

在陈起贵家，他们还议论小鬼子逼着乡亲们"归大屯"的事情——

倪广源说："我说哥哥，我来你这儿，除了看看晓光，还有，这小鬼子逼着要'归大屯'可咋办？"

陈起贵说："咋办？乡亲们不都是搪塞着呢吗？"

倪广源说："能搪塞得过去吗？"

陈起贵说："唉，看来，是难以搪塞得过去。"

"大屯"是日寇在南满推行"集团部落"政策，目的是切断老百姓与活跃在山林里的抗日义勇军的血肉联系。为了达到这个目的，日寇冥思苦想，终于从蒋介石进攻江西苏区时，实行"堡垒政策"中得到了启发，于是，推行"集团部落"，老百姓管日寇的这个政策叫"归大屯"。

日寇强迫分散居住在山里和山边的老百姓，搬迁到日寇能够控制的地方——自建的"大屯"里去居住。

这个"大屯"驻有日寇的军队或者伪军、伪警察。"大屯"的四周挖有深沟，沟内建有高墙，墙上建有碉楼，24小时都有警卫，居民出入要检查证件，客人来往也要经过严格的检查。

倪广源说："进了'大屯'，不就等于进了监狱了吗？"

陈起贵说："哼，那是当然，让大家伙儿都进了监狱，而且，这个监狱还得是你们大家伙儿自己修建的，日本鬼子够他妈的灭绝人性的了。"

倪广源说："日本鬼子放出风来了，如果不搬进'大屯'里居住，就以'通匪'论罪，还要被枪毙，房屋、家产、粮食……都要烧光。"

陈起贵说："日本鬼子在柳河县，几天之内，就烧毁了房屋1600余间。日本鬼子得了'妄想抑郁症'，怀疑所有的中国人都'通匪'……看到人影就开枪，不管是抓住老人还是孩子，一律用刺刀捅死，用战刀劈死……所以，日军'清剿'讨伐之后，出现了一座座'无人村'和一片片的'无人区'。"

倪广源说："日本鬼子在柳河，比在磐石更狠；现在到我们下三台了。"

陈起贵说："日本鬼子这两天要清剿二龙山，声称十天内把二龙山的'匪众'清剿干净。日本鬼子所说的'匪众'，不仅包括二龙山的抗日义勇军，还包括咱们这些生活在抗日游击区里的老百姓。"

倪广源说："咱们山民除了种植蔬菜、粮食，还世世代代以打猎为生，日本鬼子却收缴我们的猎枪……"

陈起贵说："唉，我这个当保长的，敷衍呗，交上去几支破枪、烂枪……好猎枪，谁交给他们啊？"

倪广源说："四平街的日本宪兵队的小队长北原都治，带领着他的宪兵队的人马，已经来了些日子了……住在新修建的'大屯'的碉楼里。"

陈起贵说："他们来这里的目的是，催促咱们的山民'归大屯'。"

倪广源说："我刚才到你家来，见到来了日本鬼子的两辆汽车，一辆小汽车和一辆大卡车，从小汽车里下来的一个日本鬼子的军官，像是个大官儿，因为，北原都治亲自出来笑脸相迎嘛。"

"噢，又来了一个凶神恶煞，不是个好征兆啊。"陈起贵说，"日本鬼子搞'保甲连坐'，十户为一牌，如果某一牌中出现'扰乱治安'的'犯罪人'，其他各户负有责任，一并治罪……这么一连坐，说不上哪一天，你我都得被连坐上，说你有罪你就有罪，然后，被抄家，被刺刀捅死……二龙山的人，你联络了吗？"

倪广源说："我联络了关东青，他说我随时可以找他，他会帮助我去见他们的马司令。"

陈起贵说：“我暗中联络了 200 多人了，如果小鬼子不给咱们活路，咱们也绝不让小鬼子有活路。”

倪广源说：“我们都是这么想的。”

这时，起贵媳妇小跑着，“咣当”地推门进来，脸都不是色儿了，她急匆匆地说：“起贵，不好了……”

陈起贵说：“咋的啦？”

起贵媳妇说：“小鬼子催促‘归大屯’，在屯子东头老鲍家呢，说是不搬进大屯，就杀了他们全家。”

倪广源说：“这是要杀鸡给猴看哪。”

陈起贵赶紧下炕，跟倪广源说：“咱们赶紧去看看。”

于是，他们出了自家的院门，径直地跑向了屯子东头的老鲍家……

屯子东头，老鲍家的门前。

四平街的日本宪兵小队长北原都治命令警署的齐警长带领警察把鲍家人，吵吵巴火地从家里拉了出来。

鲍家的家里，有老鲍头和老鲍太太，还有他们的小孙子，其他子女都没在家。外面的天太冷，但是，由于鲍家人是从家里硬性地被拉出来的，所以，老鲍头和鲍家的小孙子都没有戴帽子，而且，老鲍头披着棉袄，敞着怀，老鲍太太也没有戴围巾。

这么个吵闹声，屯子里的山民们也都聚拢而来。

北原都治对齐警长用嘴一努，齐警长说：“老鲍头，皇军命令你家马上搬进‘大屯’子里去，你听到了吗？”

老鲍头说：“搬，可以啊。”

齐警长说：“既然可以，那就搬吧。”

老鲍头说：“‘大屯’子的房子，是你们逼着我们在秋头子的时候盖的，虽然说是盖好了，但是，还漏风呢，再说了，这大冷的冬天，又大雪泡天的，整间的土坯的房子，土坯都还没干呢，就跺上墙了，湿漉漉的，非得冻死人不可，咋住啊？你齐警长也是人，你说说。”

齐警长说：“那也得搬进去啊，这是皇军的命令。”

“没准备啊，要是早说冬天住人儿，起码也得用柴禾烧烧炕，烘烘房子啊。”老鲍头说，“你们冷不丁地就让搬进去，又是家巴事儿，又是水缸啥的……也得有车啊，车呢，上哪儿求人儿去啊。”

齐警长说："这些，我管不着，搬家却是死命令。"

老鲍头说："我活这么大岁数了，也不怕你们不愿意听，那个啥'大屯'？又是深沟，又是高墙的，还有碉楼……不是个'人圈'，也是个'狗圈'，倒像个监牢狱，不是大东亚共荣吗？哪是共荣啊，这是把中国人当狗、当牲口待吧？"

齐警长看了看已经有些恼怒了的宪兵小队长北原都治，北原都治用戴着白色手套的双手拄着他的战地指挥刀。

齐警长说："我也跟你明说了吧，这是为了在十天内剿平二龙山的匪众，皇军采取的紧急行动……你一个山民，一天稀里糊涂的，咋能理解？"

北原都治说："你不搬进'大屯'，就是通匪的干活……"

老鲍头说："通匪的干活？呵呵，我岁数太大了啊，要是年轻时还可能……所以，我现在就是有那个心，也没有那个力了啊。"

北原都治说："你搬的，不搬？"

老鲍头说："眼下，是搬不了啊。"

北原都治说："不搬进'大屯'，就是通匪，死了死了的。"

北原都说完话，把脑袋向他的日本宪兵一撇，日本宪兵马上上去五六个，刺刀挑向了老鲍头和老鲍太太，还有他们的小孙子……鲍家三口人倒在了血泊里。

北原都治挥舞起了他的指挥刀，比画着，他对在场的山民们说："你们，通通的，搬的不搬？"

这时，急匆匆地跑来了保长陈起贵，他惊讶地看到了血腥的杀人场面，但是，他表情严肃地对山民们说："你们都要听北原队长的，否则，死了死了的。"

山民们都紧蹙着眉头，瞪着眼睛，眼睛里喷着愤怒的火焰。

"我是保长，我来晚了，我有罪的。"陈起贵马上换了一副笑脸，对北原都治和齐警长说，他又指着站在北原都治身边的日本军官，"这位皇军长官是……"

北原都治说："是从我们奉天关东军司令部参谋部来的石原将军，特地来督查归'大屯'的专项行动的。"

"哦，是这样啊，'归大屯'——原来没有引起我们的足够重视，现在，石原将军亲自来过问这件事情，我们才认识到归'大屯'的重要性了。"陈起贵说，“这么的吧，三天，给我三天时间，保证让乡亲们都搬进‘大屯’里去……咋样？”

石原说：“嗯，你的能保证？”

陈起贵说：“我要是不在三天内，说服乡亲们……让乡亲们都搬进‘大屯’里边去，你们就砍了我的脑袋。”

说完，他歪歪着伸长了脑袋，露出了脖颈子……然后，又把自己的手掌横在脖颈子上，作出了好像要让皇军用刀砍他的头的样子。

北原都治说：“你说的，不行的，不行的，这是紧急行动的。”

齐警长说：“陈保长的话是可信的，他在山民中的威望很高很高。”

石原沉思了一下，说：“嗯，听陈保长的干活。”

陈起贵马上向石原鞠了一躬，说：“谢谢石原将军对我的信任，给我三天的时限，我一定不辱使命。”

北原都治见石原将军吐口了，他对齐警长说：“咱们撤吧。”

然后，他向日本兵一挥手，齐警长向伪警察一挥手，日本兵和伪警察就都排列着队伍，凶煞煞地撤走了。

望着日本兵和伪警察远去的背影，陈起贵对倪广源说：“你赶紧去找关东青，务必让二龙山的马司令带着队伍来咱们下三台……”

倪广源说：“是。”

陈起贵又对自己的媳妇说：“你留下来，帮助鲍家处理后事，血债必定要用血来还。”

起贵媳妇说：“嗯哪。”

陈起贵说：“我呢，马上联络咱们的人马起事……我们不杀了日本鬼子，日本鬼子就要杀了我们……反也得反，不反也得反了。”

倪广源说：“事不宜迟，那我就去找关东青去了。”

陈起贵说：“快去吧。”

倪广源从家里牵出了马匹，踏着雪，上路了。路上，他听到了寂静的山林里，“嘁嚓咔嚓”地掰树上的干枝子的声音，那是山民用绳子套在干枝子上，然后，一捩绳子，干枝子就裂了、断了……山民们打柴禾，用来烧炕、烧水、烧饭，过寒冬。

他又清晰地听到了那山民在唱歌，唱的是《马莲草，马莲花》：

（一）

马莲草，马莲花，
一丛丛，潇洒洒，
远古秋冬今春夏，
辽水白山她的家。
繁繁衍衍又荣华，
漫山遍野都有她。
根坚韧，密如麻，
盘根错节深土扎。

马莲草，马莲花，
不炫耀，不浮夸，
蓝色小花素而雅。

我爱马莲草，
我爱马莲花。

（二）

马莲草，马莲花，
叶如韭，韧而狭，
不怕兽蹄来踩踏，
踩踏之后仍挺拔。
不怕割，割复发，
风雪严寒她不怕。
烽火狼烟烧不尽，
春风吹来又发芽。

马莲草，马莲花，
质朴朴，倔哒哒，
气节刚毅如豪侠。

　　　　我爱马莲草，

　　　　我爱马莲花。

　　马莲，草本植物，每一株都是拥抱着的一篷，狭长的条叶相互簇拥，并且，根系发达、盘根错节，在地上形成一个隆起的土墩子。

　　这种马莲草，遍布在东北的山野和平原。马莲花，在那一墩子马莲草中间，拔茎而起，盛开着一朵朵小花，像小油灯燃烧着的蓝色火苗儿。

　　马莲，一墩子一墩子的，普普通通，但是，又很有实用价值。马莲的叶子，柔韧性好，可以做编织品；平常老百姓又往往用它代替麻绳，提溜物品，或者包扎东西。马莲的根，既坚挺且柔长、细韧，可以结扎起来，做各式各样的刷子等，那些年，是东北外运和出口的大宗商品之一。

　　傍晚时分，四平街东边的远郊，下三台。

　　马忠华率领的二龙山的兵马，还有陈起贵报号"占中华"的兵马，在山林里会合在了一处……天黑了下来，他们包围了日伪军逼迫下修筑的"大屯"。

　　建有碉楼的"大屯"里的里面，驻扎着的是日伪军，还有从奉天刚来的关东军司令部参谋部的石原将军。

　　石原将军的小汽车和随他而来的日军的大卡车，还停在"大屯"的大门口。

　　马忠华说："我们暂时是围住而不攻打，没到攻打的时候……到了时候再攻打，明白吗？"

　　"明白。"陈起贵和李世奎等人回答。

　　马忠华说："外部通往日伪军碉楼的电话线割断了吗？"

　　"我马上派人去办。"陈起贵说。

　　马忠华说："要是能把停在'大屯'门口的汽车给炸掉了，可是不错。"

　　倪广源说："我去。"

　　裴景海说："我也去。"

　　马忠华说："你们两个悄悄地摸过去，只要是能把手榴弹扔到汽车那疙瘩，把汽车炸毁了，就是立了功。"

　　"是。"倪广源和裴景海说。

　　马忠华说："听到了你们扔手榴弹，炸汽车的爆炸声，就是命令，我们就向敌人的碉楼开始射击……"

"是。"陈起贵和李世奎说。

马忠华说:"好,执行命令吧。"

倪广源和裴景海借助林木,向着"大屯"门口停放的汽车处悄悄地摸了过去……接近了,两个人就一人一辆汽车,把手榴弹拉了弦儿,然后,撇了过去。

"轰、轰、轰",数声手榴弹的爆炸声,两辆汽车被炸毁了,燃烧了。

埋伏在"大屯"四周的战士们向"大屯"的碉楼发起了射击……碉楼里的日伪军向外边盲目地回击着。

打了一阵子,马忠华命令:"传我的命令,停止射击。"

命令一下,对"大屯"碉楼的射击,戛然而止。

马忠华说:"没有我的命令,暂时不要射击,注意观察敌人的动态。"

"是。"陈起贵和李世奎说。

过了前半夜,后半夜的凌晨时分。

从"大屯"的大门里贼眉鼠眼地走出了一个人,向外窥探,手里还牵着一匹马……陈起贵说:"马司令,这个人是齐警长。"

马忠华说:"传我的命令,放他走。"

"是。"陈起贵和李世奎说。

他们看见,出了"大屯"的大门,齐警长迅速地跳上了马匹,就向外面飞奔而去……马忠华笑了,他说:

"看到没?这个齐警长帮我们报信去了……森连司令官所牵挂的,必然是石原将军的性命……否则,他不好交代,呵呵。"马忠华说,"石原将军在这里,他是条肥鱼,我们要把这条肥鱼当诱饵,再来钓其他的鱼,然后,来个红焖肥鱼。"

"明白了。"陈起贵和李世奎也都笑了,他们说。

马忠华说:"我们刚才是敲山震虎,现在,我们要放出四匹探马,在四平街和二龙湖两个方向,及时向我们报告敌人的动向。"

"是。"李世奎说。

然后,他找来了四名义勇军战士,向两个方向派出了四匹探马。

马忠华望着四匹探马渐渐远去的身影,一拍脑袋,说道:"还有呢,塔子山的山口,也需要有人去瞭望。"

"我去。"耿立仁说,"这一带的情况我都熟悉。"

"忠华大哥，我也去。"马忠安说。

"还有我曲明智呢，我也去。"曲明智说。

"好吧，你们三个去塔子山的山口处，去瞭望……防止日寇从侧后袭击我们。"马忠华说，"武器弹药要带充足了。"

"我有歪把子机枪，子弹也充足。"耿立仁说。

"我有长枪、短枪、手榴弹。"马忠安说。

"我也是。"曲明智说，"我还有地雷和炸药包呢。"

"好。"马忠华说，"你们出发吧。"

"是。"耿立仁、马忠安、曲明智回应，并且，一齐向马忠华敬了个军礼。然后，他们三个上马，向塔子山的山口处奔驰而去。

马忠华望着耿立仁、马忠安、曲明智远去的背影，说："咱们要继续向敌人射击，而且，停停打打。"

于是，义勇军的战士们，又向"大屯"里的日伪军，发起了新的一轮射击。

第二十一章

抗日义勇军攻进四平街
奇袭日军"731部队"的魔窟

1934 年 12 月 6 日。

四平街的西郊，靠近四洮铁路，原本是四洮铁路的交通中学。

这里，四周用三层高压电网围栏起来，成为日本关东军占据的营盘，电网之内还有高高的围墙，围墙之上还有一层高压电网。

营盘门前的两侧，各有一个木制的小岗楼；每个木制岗楼的前边，有一名日本宪兵持枪站岗。

门旁右侧的墙垛子上砌砖时留下了长条的缩进去约一寸的空档，空档处用白灰抹平。这个白灰空档上，黑字楷书，书写着："关东军防疫供水部。"

三辆军用卡车，卡车的车头前方的车轮子上方，飘扬着一面尺把大小的太阳旗，沿着开辟好的砂石路，向"关东军防疫供水部"缓缓驶来。

三辆军用卡车在"关东军防疫供水部"的门口停了下来，从驾驶室里走下来三个日本戎装的军人，显而易见，一名司机，一名大佐，还有跟在大佐身后的卫兵。他们仿佛是有点疲倦了，那名大佐下车后，还伸了伸懒腰，打了个哈欠。

"干啥的？"站岗的宪兵问。

"送'马路大'的。"司机回答。

"哦，是说了，今天有送'马路大'的……"另一名站岗的宪兵说，"有证件吗？"

"有，拿给你看看。"司机说，"渴了，你的水壶里有水吗？"

说着，司机向站岗的宪兵不紧不慢地走去。

"我也有点渴了，有水吗?"卫兵说。

他向另一个站岗的宪兵也是不紧不慢地走去。

"说是'供水部'，哪里是啥'防疫供水'啊? 呵呵。"站岗的宪兵说。

"哦，那就抽支香烟吧……"司机说。

他似乎去自己的衣袋里去掏证件，又像是去掏香烟，但是，从衣袋里抽出的却是一把匕首，冷不丁地直接刺进了站岗的日本宪兵的胸膛……与此同时，那名卫兵也凌厉地刺死了另一名站岗的日本宪兵。

然后，司机、卫兵、大佐都迅速地上了车，这位大佐打扮的人正是姜恩波，司机和卫兵分别是刘守信和刘守义装扮的。

三辆卡车开进了"关东军防疫供水部"的大门里边，停了下来，从三辆卡车上跳下来日本兵打扮的诸多义勇军战士，按照他们事先分好的战斗组合，向既定的战斗目标，犹如猎豹似的疾速地冲了过去。

刘守义带领十几名义勇军战士冲进了在门旁里侧的宪兵警备队的值班室，里面八九名日本宪兵正在叽里呱啦地闲聊，猛然间，他们发现进来了十几名同他们一样戎装的凶煞煞的日本皇军，不禁愣怔了……当他们清醒过来时，已经来不及了，十几条枪尖上的刺刀已经扎进了他们的胸膛，他们都在刹那间成了义勇军战士的刀下之鬼。

刘守义和战士们确认这里的小鬼子全部死亡之后，他命令道:"继续搜寻小鬼子，全部歼灭。"

他们出了日本宪兵的警备室，继续搜寻……

一座大建筑物，这是原交通中学的礼堂，门口挂着"第一试验场"的方形小牌子。

50岁左右的安达，穿着一身日本关东军的黄呢子的军官制服，他正指挥着他手下的几个"恶魔"般的军医在做试验。驼背的安达阴沉个脸，眼睛里冒出凶光，他低声地命令日本宪兵道:

"喂，把带进来的'马路大'绑到帐篷里去。"

两名日本宪兵按照他的命令把一位用白布遮着眼睛的壮实的中国汉子，推推搡搡地推进了有五米见方的双层的帐篷里，帐篷位于这个礼堂的中央。然后，两名日本宪兵把用白布遮着眼睛的壮实的中国汉子，紧紧地绑在了里面的一棵木桩上。两名日本宪兵取下壮实的中国汉子遮在眼睛上的白布，从帐篷里走了出来，帐篷的门立刻严严实实地关上了。

驼背安达看了看他手下的一名军医，向那名军医点了点头，然后，他命令道：

"开始吧。"

那名军医走到了帐篷的入口处，那里有一条铁管子，铁管子上有一个开关。铁管子是毒气的通道，只要打开这个开关，毒气就会通过这条铁管子释放进帐篷里……他的手伸向了毒气管道的开关，但是，就在这一刹那，"嘭"的一声，他的手腕子上挨了一枪，鲜血从手腕子上淌了出来。

由褚友朋和郭运合率领的一支义勇军小分队，冲了进来。手疾眼快的褚友朋挥手就是一枪，子弹准确地命中了把手伸向毒气管道开关的日本军医的手腕子。义勇军战士们乌洞洞的枪口对准了驼背安达和他们的军医们，以及几名日本宪兵。

驼背安达和他们的军医们、宪兵们以为这里是他们进行恶魔试验的血腥的乐园，所以，在试验时，他们随身并没有携带枪支，何况，门前挂着的招牌的"关东军防疫供水部"，还有日本宪兵站岗警卫。

义勇军的突然到来，有如天降，令恶魔驼背安达感到极其意外，因而，面对全身都是日本戎装的义勇军小分队的到来，目瞪口呆，手足无措。

褚友朋命令道："把手举起来。"

驼背安达和他的军医们、宪兵们，都乖乖地举起手来。义勇军战士上前，对他们搜身……然后，脱下他们的军装，再把他们的手脚捆绑起来。

郭运合带着两名战士，走进了帐篷，用匕首把捆绑着壮实的中国汉子的绳子割开，郭运合说："我的好弟兄，你得救了。"

壮实汉子说："你们是……"

郭运合说："我们是辽西抗日义勇军。"

壮实汉子说："哦，你们是姜恩波和周祥的部队？"

郭运合说："是的。"

壮实汉子说："我是徐宝珍队伍上的，也是抗日义勇军。"

郭运合握住了他的手，说："咱们是一家人。"

壮实的汉子说："阴冷、潮湿的拘押室里，还有咱们的人呢。"

郭运合说："知道，你放心……"

然后，郭运合跟壮实汉子，及其两名义勇军战士，走出了帐篷。

褚友朋命令道："把这些个恶魔小鬼子，拖到帐篷里去。"

"是。"义勇军战士答应着。

他们把恶魔驼背安达和他的军医、宪兵，一个个都拖进了帐篷里，然后，紧紧地关上了帐篷的门。

褚友朋命令道："释放毒气。"

一名义勇军战士走到了帐篷的门口，打开了毒气管道的开关。毒气管道在帐篷里释放毒气时，如同被激怒的游曳的毒蛇，发出器叫——"咝咝"的哨音。

帐篷里，被毒气窒息的恶魔驼背安达和他的军医、宪兵们，尽管腿脚被绑缚着，但是，他们还是抽搐着身体，痛苦地挣扎着，垂死地挣扎着，甚至，还有垂死的惨叫声……但是，已经无济于事了，义勇军战士们以牙还牙，以其人之道，还治其人之身。

恶魔驼背安达和他的军医们、宪兵们，他们即刻到来的结局，只能是一个——瞬时间的死亡，他们别无选择。

1分47秒，魔鬼驼背安达和他的军医们、宪兵们，不挣扎也不惨叫了，连呻吟的声音也没有了，躯体一动也不动了，他们终于彻底地安稳了，死去了……尽管由于窒息而产生的抽搐，面部都扭曲了、变形了，显得异常狰狞、魔鬼般的狰狞——他们还原了他们本来的面目。

门口挂着方形的小牌子"第二试验场"。

这是通开的两个教室，合并在一起了，作为一个试验场……学校的教室，原本是劝人进学至善的园地。

这个试验场停放着20个长1.5米、宽1米，高0.7米的大铁箱子。每个箱子中都仰放着一个中国人，用铁链锁着，身子一动也不能动。

大铁箱子里是新进来的用于试验的"马路大"。

五名日本军医正在整理他们的针头很粗的注射器，吸进毒液，他们要给仰放在大铁箱子里的中国人注射这种毒液。

在这个试验场里，还有为这五名日本军医服务的两名日本宪兵高松征二和武藤一郎。

毒液一旦注射进人的肌肤之内，皮肤就会剥落下来，肌肉绽出并且腐烂，脸也会变形……每隔几个小时，日本军医们就会打开箱盖，检查皮肤剥落的程度，肌肉腐烂的深度……两三天之后，这些被注射了毒液的躯体就会完全腐烂。

领头的日本军医看了看手腕上的手表，试验单上记录了即将注射毒液的时间，然后，他下令：

"试验开始，注射。"

其他四名日本军医遵从命令，抬脚走向大铁箱子……正在这时，常青柏和郑天鸿率领着义勇军小分队冲了进来。

常青柏喊道："举起手来，我们是抗日义勇军。"

义勇军战士们的枪口，冷冰冰地突如其来地指向了日本军医。

日本宪兵高松征二和武藤一郎见状，他们俩绝望地向常青柏冲来，并且，把手伸向自己的腰间，去掏枪，但是，高松征二和武藤一郎的手还没等到摸到自己的佩枪……常青柏和郑天鸿同时向高松征二和武藤一郎这两个日本宪兵开了火，子弹击中了高松征二和武藤一郎这两个日本宪兵的胳膊和大腿。

高松征二和武藤一郎两个日本宪兵，都踉跄地仆倒在地，鲜血从他们俩的胳膊和腿部流了出来，他们俩在地上痛苦地号叫着……常青柏和郑天鸿迅速上去，缴了他们腰间的枪械。

常青柏命令日本军医："把你们手中的毒针放回原处。"

5名日本军医不得不把手中的毒针放回了原处，并且，举起手来。

常青柏命令："把日本军医和日本宪兵的军装都扒下来。"

义勇军战士上去，把5名日本军医的军装，连同日本宪兵高松征二和武藤一郎的军装，都扒了下来。然后，用绳子捆了起来。

常青柏命令："弟兄们，把咱们在大铁箱子里的遭受苦难的弟兄，都解救出来。"

郑天鸿找出了钥匙，把一个个大铁箱子里锁着的铁链子打开……义勇军战士们从大铁箱子里把仰放着的中国人都扶起来，搀出大铁箱子。

常青柏命令："把这7个小鬼子，锁进他们的大铁箱子里。"

"是。"义勇军战士们应答。

然后，他们把捆绑着的扒去了日本军装的5名日本军医和宪兵高松征二和武藤一郎，仰身地锁进了大铁箱子。

常青柏命令："快把小鬼子给咱们中国人注射的毒液，注射到他们的肌肉里。"

郑天鸿和6名义勇军战士各自拿起了两支注射器，然后，走到了大铁箱子的前面，向已经被扒去了外衣的5名日本军医，以及日本宪兵高松征二和武藤一郎注射毒液。

5名日本军医和日本宪兵高松征二、武藤一郎知道毒液的厉害，他们嗷嗷地叫着，挣扎着，想要抗拒……尽管锁在他们身上的铁链子稀里哗啦地扭动着，但是，他们无法拒绝，因为，他们的躯体被铁链子锁着，而且，窄狭的大铁箱子限制着他们的挣扎的空间。

郑天鸿和六名义勇军战士给五名日本军医和日本宪兵高松征二、武藤一郎，各自注射了两支毒液。这是加倍的剂量，日本军医和日本宪兵将皮肤脱落和肌肉腐烂，直至死亡……他们不得不享受由自己制造的痛不欲生的残忍的苦难。

常青柏对解救出来的人们说："你们受苦了。"

说着，他把自己身上的皮大衣脱了下来，披在一位所谓"马路大"的身上。

义勇军战士们把扒下来的日本军装，披在了几近裸体的所谓"马路大"的身上，这七套日本军装不够，郑天鸿和12名义勇军战士宁可自己挨冻，脱下自己身上的棉大衣，披在了另外12名近乎裸体的所谓"马路大"的身上。

"常掌柜的，这里有扇小门，门里全是被肢解的尸体，太血腥了。"一名义勇军战士惊叫着。

常青柏和郑天鸿走了过去，他们看到，这里是解剖室，解剖室里人肉、人骨头飞溅得到处都是，人手、人脚、人头发……散乱一地。

解剖室里还有两个铁皮罐，铁皮罐里是腐烂的人肉。日本军医为了获取数据，检验注射毒液之后的腐烂到啥程度，他们会把活人"马路大"被注射部位的肌肉，用斧头砍下来，或者用钢锯把注射部位锯下来……血腥和残忍，令人发指。

常青柏和郑天鸿他们的心，像被数支钢针，针刺了似的，痛苦极了……他们不忍心再看下去了，常青柏含着眼泪，心情悲痛地说：

"这就是当了亡国奴的中国人，被日本鬼子蹂躏、屠宰、虐杀的铁证。"

"把门关上吧。"郑天鸿的语气沉重而缓慢，恨恨地说，"日本鬼子欠下的血债，终究是要用血来还的。"

血腥的解剖室的门，被轻轻地关上了。

原本的教室，门口却挂着小牌子："第三试验室"。

这个试验室里，日本宪兵柳泽和高尾正押着一个反剪着双手被捆绑着的

"马路大"，等待着驼背安达来进行高压电的电击人体的试验。

刘守信率领着一个小分队冲了进来，见有日本宪兵柳泽和高尾在这里，他们就向柳泽和高尾开了枪，并且，齐声地喊着：

"我们是抗日义勇军。"

枪声和喊声，雄浑地咆哮在一起，把偌大的空间震得嗡嗡响。

日本宪兵柳泽和高尾应声倒地，他们俩的胸部几乎被打成了筛子眼儿，鲜血从胸部的枪眼里汩汩地冒了出来。

义勇军战士给反剪着双手捆绑着的"马路大"松了绑，这位"马路大"说："我也是抗日义勇军，我是黄显声部队的。"

刘守信把他搂在了怀里，说道："你自由了。"

这位"马路大"说："谢谢你们救了我。"

刘守信说："咱们是一家人。"

这位已经被日本鬼子把他的身体折腾得很虚弱的"马路大"，坚强地说："我也参加战斗，作为义勇军战士，只要一息尚存，就要跟小鬼子战斗到底。"

他走过去，从柳泽身上抽出了手枪，拿在了自己的手里。

拘押室，原本是隶属于四洮铁路交通中学的水房。

单继德和潘清泰打开了这座牢房的门，里面的被捆绑着的11名"马路大"，见到开了门之后的穿着军装的"日本鬼子"，本能地向后躲避着……单继德说：

"弟兄们，不要怕，我们是抗日义勇军，解救你们来了。"

听到了熟悉的中国话，里面的11名"马路大"才露出了欣慰的面容，从拘押的牢房里走了出来。

正值隆冬，作为拘押室的水房地面，是冰冷和潮湿的水泥地面，没有任何取暖的设施，而且，男、女羁押在同一牢房……在这11名"马路大"里面，不但有两名苏联人，而且，还有两名妇女，其中的一名妇女还是怀了孕的。

义勇军战士们给被解救出来的"马路大"们，解去了绑绳。

单继德问两名苏联人："你们是?"

两名苏联人，都懂得汉语，其中的一位用流利的汉语说："我们是被日军作为间谍，逮捕的。"

潘清泰问两名妇女："你们是?"

怀孕的妇女说："我是李延禄抗日义勇军战士的家属。"

另一位妇女说："我是杨靖宇部队的。"

"我是李红光的磐石工农义勇军的战士。"还有一位"马路大"说——从他用汉语说话的声音中,可以听得出来,他是朝鲜族。

单继德对潘清泰说："你把这些弟兄和姊妹们,带到温暖的房间里去,让他们暖和暖和……我领战士们继续搜索。"

"是。"潘清泰回应,然后,他对被解救出来的"马路大"们说,"你们跟我走。"

11名被解救出来的"马路大",在他的带领下,走进了一个有取暖设施的温暖的房间,临时休憩。

大门口,身穿日军大佐军服的姜恩波手里握着手枪,站在那里。

"报告姜司令,这个营盘里的日军全部被击毙。"刘守义说。

"嗯,知道了。"姜恩波说。

"报告姜司令,在日本军医的办公室里,发现了一份通知书,说是今天要有'马路大'进货。"刘守信说。

"是的,知道了,我们已经派人去解救了。"姜恩波说。

这时,一辆日本军用卡车开了过来,在大门口停了下来,王子煌从卡车的驾驶楼里下来,来到了姜恩波面前,立正,敬礼,然后,他说:

"报告姜司令,我们在张小山等铁路'同仁协进会'的会员们的帮助下,在铁路货场的闷罐车里,成功地解救出15名日军作为'马路大'的我们的中国同胞。"

"好。"姜恩波说,"于德川呢?"

"于德川跟着张小山,还有张小山他们的几个'同仁协进会'的会员,去了另一个闷罐车,解救另一个闷罐车里的同胞去了……随后就到。"王子煌说。

"嗯,知道了。"姜恩波说,随后叫道,"刘守义。"

"有。"刘守义说。

"你去安装炸药包吧。"姜恩波命令道,"我们撤离的时候,要把这个魔窟炸成废墟。"

"是。"刘守义说。

他率领他的小分队，从卡车上搬下多个炸药包，走进了大门，安装炸药包去了……这时，他们听到了来自远处的枪声和炮声。

枪声和炮声来自道东。

道东，北一马路西侧，是日本关东军满洲独立守备队司令部的营地。这个营地，介于中央路和北一纬路之间，砖墙围拢，砖墙之上盘绕着铁丝网。营地的四角，筑有钢筋水泥的双层碉堡，碉堡的上与下，有数个枪眼射孔，可以朝着各个方向进行射击……这个营地有四个营门，东侧有两个营门，西侧有两个营门。

现时，这座营地已经是一座空虚的营地，除了少部分留守的士兵之外，绝大部分守备队的官兵，已经被森连司令官拉出去进剿二龙山的抗日义勇军去了。

马忠国的抗日义勇军正是乘虚而进入四平街，他们已经隐蔽地把日本关东军满洲独立守备队司令部的营地包围了，马忠国说："命令部队向敌人的营地射击。"

"是。"冯大吉回应。

于是，义勇军战士们向日本独立守备大队的营地里开始射击。

大白天，日本独立守备大队的营地，就遭到了来自四面八方的射击，留守的日本兵士们有些惶恐，正是因为他们的主力已经出发了，进剿二龙山的抗日义勇军去了。

所以，他们只好龟缩在钢筋水泥的碉堡里，盲目地向外射击。

听到了枪声，马路上过往的行人和车辆，早就躲避了、逃窜了，所以，马路上清清冷冷，没有车马和人影。

马忠国又命令道："轰它几炮。"

"是。"冯大吉回应。

于是，几门迫击炮和野炮向着日本关东军独立守备队的营地，射出了几发炮弹。

炮弹炸向了碉堡，炸向了围墙，炸向了日本关东军独立守备队营地里房舍……爆炸声声，硝烟弥漫。

但是，马忠国并不命令他的战士们向日本关东军满洲独立守备队的营地发动进攻……而是枪弹的射击与炮弹的轰炸，轮番地威慑。

而且，马忠国还让他的炮队不断地调换位置、方向，肆意地对日本独立守备大队的营地进行炮轰。

日本关东军满洲独立守备队营地里留守的兵士们，陷于紧张、惊恐和惶惑之中，他们负责留守的军官，不得不连续地打电话给关东军司令部，报告他们被义勇军包围了，而且，遭到了枪弹的扫射，并且，不断地遭到炮轰……

四平街火车站。

在火车站的旁边，是日本警署。

身穿日本军装、手持枪支的一小队士兵，由一位少佐军衔的日本军官带领，雄赳赳地踏进了日本警署。

警署里的日本警察见到走进来一小队的日军士兵，他们不知其所以然，似乎感到茫然、惊愕，正要问询为首的那位少佐……但是，走进来的这一小队日本士兵，却不由分说地冲进各个房间，向里面的日本警员们开了枪，将他们全部击毙。

为首的那位少佐正是二龙山的万国彪。

与此同时，身穿便衣的小白龙等人仿佛是旅客，与他的战斗分队的队员们，进入了火车站的候车室。

候车室里有两名正在执勤的日本警员，小白龙抬手就是"砰、砰"两枪，将两名日本警员击毙。

一时间，候车室里旅客大乱……小白龙抬手向天花板上放了一枪，他喊道："诸位旅客不要慌乱，我们是二龙山的抗日义勇军。"

旅客们稳定了下来。

小白龙说："父老乡亲、兄弟姐妹们：日本鬼子发动的九一八事变，侵占我满蒙，然后，扶植了一个傀儡皇帝，而实际上掌握政权的却是日本鬼子……日本鬼子霸占我们的山河、土地，屠杀我们的同胞……有良心的中国人，绝不能做亡国奴，我们一定要驱除倭寇，光复我满蒙……"

这时，下面有人喊道："中国人绝不做亡国奴。"

旅客们也齐声高呼："中国人绝不做亡国奴。"

小白龙高呼道："驱除倭寇，光复我满蒙。"

旅客们群情激愤，齐声高呼："驱除倭寇，光复我满蒙。"

小白龙又高呼道："打倒日本帝国主义。"

旅客们也高呼道："打倒日本帝国主义。"

"……"

义勇军战士们向每位旅客，散发了《驱除倭寇，光复我满蒙》的传单。

这时，不仅听到了道东的炮击的声音，又听到了不远处"轰隆"一声炸响，之后，有人惊讶地叫道：

"哎呀，停电啦，门子上面旋转的广告灯不转啦。"

旅客们一看，门子上面本来旋转的广告灯，果然不转了。

又有人惊讶地喊叫道："哎呀，你们看外边哪，铁道线上的红绿灯也不亮啦。"

旅客们的目光，又转向了车站窗子外的铁道线。

小白龙知道，这是马忠民和他们的"同仁协进会"的成员，带领着他们二龙山的一支小分队，炸毁了四平街满铁的变电所，不仅车站用电和铁道上的红绿灯，断电了，而且，所有的四平街满铁的铁路上的用电，都断电了。

这样，南满铁路和四洮铁路的四平街区段的铁路运输，被迫中断了。

南满铁路的十家堡火车站，四平街以北15千米。

在马忠国围攻四平街的日本关东军满洲独立守备队营地的同时，张景春和林显义率领的一支近百名战士的义勇军战斗分队，接近了十家堡火车站。

张景春说："显义，你带领30名战士，在距离十家堡火车站以北500米开外的地方，扒铁路……剩下的，跟我去袭击十家堡火车站。"

"是。"林显义说。

"扒铁道，别忘了，要在相当的距离内，布置哨兵。"张景春说，"我事先在郭家店，还有公主岭，以及靠近四平街的杨木林子那疙瘩，都布置上了探马。"

"知道。"林显义说。

于是，战斗分队一分为二，林显义带领30名战士带着镐头、撬杠等工具，顺着铁道线向北去了。

张景春等人身穿棉大衣，把枪支掖在大衣里边，仿佛是旅客的样子。

十家堡火车站的前边有一个碉堡，他们在事前侦察的时候，碉堡里面并没有日伪军的值守，但是，现在呢？为了谨慎起见，张景春对身边的战士小何说道：

"你带领几名战士先过去，看一下那个碉堡……然后，我们再过去。"

"是。"小何回应。

然后,小何和几名战士走了过去,他们看到碉堡里面并无人值守,便向张景春打了个手势,张景春他们才放心地向火车站走了过去。

十家堡火车站,售票处跟候车室在一起,在候车室的北边,还有一幢工房子。张景春对小何说:"你带几个弟兄,去那个工房子看看,如果有日本人,就消灭他们。"

"是。"小何说。

他带着十几个弟兄,过去了。

他们到了工房子,从带着霜花的门玻璃上,影影绰绰地看见有一些人在里面,吵吵巴火的……于是,就端门而入,把枪口指向了里面的人们,小何叫道:

"不许动,举起手来。"

工房子里面的人,正在打麻将,耍钱……一听到小何的叫声,马上炸了锅似的,惊恐万分,有的就要往外跑,但是,义勇军战士们早已经涌了进来,并且,把门堵住了。

小何说:"不用怕,我们是抗日义勇军。"

"我们是南满铁路上的中国人。"一个人说道。

"是中国人就不要怕。"小何说,"你们这屋里有日本人吗?"

"我们这屋里没有。"那个人回答,"哦,有个日本人东野善作,是这里的站长,他在候车室的里间呢。"

小何说:"哦,那你们就不要动,待在这里……如果出去,子弹可是不长眼睛的。"

他不能让这些人出去,否则,会暴露目标、走漏风声,所以,他对这些人发出了警告,稳住这些人。

张景春带领着战士们冲进了候车室,直接就进入里间。

里间的小鬼子站长东野善作,正坐在办公桌旁边的椅子上办公呢,他桌子里面靠墙的地方放着一杆枪。

日本鬼子站长东野善作看见有人闯进了他的办公室,而且,来者不善,他马上就机警地去拿枪,但是,他的手还没有摸到枪,张景春已经向他开了一枪。

日本鬼子站长东野善作中弹之后,从所坐着的椅子上瘫软到了紫檀色的地板上,毙命了,子弹正打在他的额头上。

战士们发现，日本鬼子站长东野善作的办公室还放着一张床，床底下露出了两条颤抖的大腿，一名战士过去踢了一下颤抖的大腿，说道：

"啥人，滚出来。"

露出大腿的人，在床底下惶恐地说哀求道："别开枪啊，我是中国人，饶命啊。"

张景春说："我们是抗日义勇军，既然你是中国人还怕啥的？出来吧。"

床底下的人战战兢兢地爬了出来，举起了双手。

张景春说："你是啥人？"

"我是售票的。"那人说，又指着被击毙了的家伙，"他是站长东野善作，日本人。"

"哦。"张景春说，又叫道，"弟兄们。"

"有。"战士们回应。

张景春说："把这里的桌椅板凳，还有床，床上的行李……凡是能烧的东西，都集中在一起，放把火，来个火烧十家堡火车站。"

"是。"战士们回应。

张景春说："还有呢，在外面的墙上，给我贴上'反满抗日'的标语。"

"早就准备好了。"几个战士回应。

张景春命令："立即行动。"

"是。"战士们回应。

于是，义勇军战士们在火车站的外墙上，贴标语的贴标语……在站长室里，有一大沓子报纸和其他的办公的纸张，塞进了堆起来的桌椅板凳里，用来点火。

南满铁路上的火车站，包括十家堡火车站，是俄国工程师设计的。

青砖青瓦，青砖青瓦是泥坯，由炭火烧制，在烧到相当的火候的时候，加水汽，焖到一定的程度，发生了化学反应，泥坯由红色转为青色，增加了砖瓦的瓷性，因而，提高了砖瓦的坚硬度和光泽度。

房子的墙体是三臂的，也就是其厚度，是用顺长相接连的三块砖，加上白灰砂浆灌进缝隙，黏结砌成；这样，冬天的冷风吹不透，保温暖；夏天的太阳晒不透，保清凉。

房顶是红松方子的三角人字架结构，三角人字架上梁后，两端搭在厚实的墙壁上，底部是平的，钉上小木方，又在小木方上挨排地钉上灰条子，然后，抹上掺加了麻刀的白灰，形成了水平的白色的灰棚；三角人字架的上方是两个斜边，在斜边上先钉上连接各个三角人字架的木棱，木棱之上再钉着房薄板，房薄板上再钉上瓦条子，然后，以一块压一块相连接的方式，铺上青瓦和脊瓦。

候车室是水磨石的地面。

但是，职员们的办公室和售票室里的地面，是紫檀色的木地板，当然，所有的门窗，都是红松做成的。

人字架、木棱方、房薄板、瓦条子、小木方、灰条子、木门窗、木地板……所有这些木料，都是易燃的，都是可以充分燃烧的燃料；还有，包裹着电线和电缆的外皮子。

在寒冷的冬天里，十家堡火车站噼里啪啦地燃烧起来了，炽烈的火焰裹挟着外部涌进来的冷空气，形成了旋涡般的对流，火势骤起，烽火狼烟，滚滚升腾，直上云空。

距离十家堡火车站以北500米之外的林显义他们正在扒铁道，他们看到了十家堡火车站升腾起来的浓烟，为之欢呼雀跃，但是，他们扒铁道的进展实在是太慢了，而且，他们的动作很笨拙……此时此刻，林显义后悔了，当初在研究袭击十家堡火车站的时候，马忠华司令就提出可以请铁路的"同仁协进会"的会员们来协助，但是，被他委婉地拒绝了，因为，他们参加过在郑家屯外的大土山的扒毁铁道的战斗，以为自己可以了，实践证明，他们没有学到扒毁铁道的真功夫。

放哨的来报告："从郭家店方向来了十几个日本守备队的小鬼子。"

林显义马上命令："停止扒铁路，准备战斗。"

他看了一下地形，向北几十米是一片杨树林，而且，地势稍高一些，他向那片杨树林一指，又命令道：

"进入杨树林隐蔽，打他个日本鬼子。"

战士们进入了杨树林，杨树林前面视野十分开阔，因为这里的铁路修在平原上。

巡视铁路的日本守备队的小鬼子们，果然，越来越近，他们是看到了在十家堡火车站方向升腾起了浓烟，意识到十家堡火车站可能发生了啥不测才匆匆赶来的。

冬天，雪野映照，蒿草枯萎，树木叶落，可以清晰地瞄准目标。

日本鬼子沿着铁道，走近了。

林显义下令："射击。"

他首先开了枪。

三十几支枪的枪膛里的子弹，射向了走在铁道上的小鬼子，当场就有八九个小鬼子被撂倒；剩下的小鬼子返身回逃，又有两三个小鬼子中弹，踉跄跌倒；有那么两三个小鬼子逃出了子弹的射击范围，终于逃脱了，逃向了郭家店。

林显义没有让战士们去追赶逃跑的小鬼子，而是命令战士们返回十家堡火车站，去与张景春他们会合了。

探马来报："从公主岭方向驶来了很多辆卡车，已经到了郭家店，卡车上是全副武装的日伪军……"

张景春一听，看了看已经被烧成了废墟的十家堡火车站，笑了笑，他手臂向外一挥，果断地命令道："弟兄们，撤退。"

于是，他率领着近百名义勇军战士，撤离了十家堡火车站。

从公主岭驶来的日军的步兵联队，以及保安部队，坐着日军的卡车，前面有摩托车开道，来到了十家堡火车站。

他们眼睁睁地看到，十家堡火车站已经被焚烧得落架了，成了一片废墟，而且，余火还在燃烧，青烟袅袅。

这个步兵联队隶属于关东军的"独立混合第一旅团"，这个"第一旅团"是日本帝国唯一的机械化兵团，刚刚从辽阳调来，驻进了新修建的公主岭的营地。

率领日军的是联队长寺仓正三，因而，这个联队也叫"寺仓部队"，随日军而来的保安部队由总队长赵全胜亲自带领。

他们本来是从公主岭出发清剿二龙山的第二梯队，但是，小川的第一梯队偷袭二龙山的失利，随行于第一梯队的四辆铁甲车，也被义勇军炸毁……使得清剿二龙山的第二梯队不得不望而却步。

四平街的打着"关东军防疫供水部"旗号的魔窟，被抗日义勇军摧毁；关东军四平街独立守备大队的营地被包围，被炮轰；四平街火车站涌进了抗日义勇军……于是，关东军司令部命令寺仓正三驰援四平街……又恰恰遇上了十家堡火车站被抗日义勇军袭击，而且，十家堡火车站被抗日义勇军焚烧了。

十家堡火车站被焚烧的现场，一片狼藉。

房子虽然被焚烧得落架了，但是，墙壁还陡立着。陡立的外墙上，抗日义勇军粉刷的标语还历历在目：

"驱除倭寇，还我满蒙。"

"打倒日本帝国主义。"

"消灭小鬼子，光复四平街。"

"……"

赵全胜向寺内正三报告："在距离车站以北 500 米处，发现了这些反满的匪众企图扒毁铁路的工具。"

寺内正三说："这些匪众的目的是破坏铁路……我们的到来，打破了匪众的图谋，使匪众仓皇逃窜。"

赵全胜说："寺内大佐英明，分析得极为正确。"

这时候，一个日军少佐走过来，在寺内正三大佐面前，一个立正，说道："报告大佐，关东军总部来电。"

寺内正三说："电文，念。"

少佐念电文："据情报，二龙山匪众的主力部队，集结在下三台，围攻'大屯'的堡垒，石原将军组织我军正在抵抗二龙山匪众的主力部队，兹命令你部奔赴下三台，与森连的清剿部队合击二龙山匪众的主力部队。"

寺内正三说："回电，我部执行命令，立即开赴下三台。"

"是。"少佐回应。

然后，转身离开了。

"我们都开赴下三台了，如果二龙山的匪众回转身来扒毁铁路可咋办？"赵全胜说。

"嗯，是的……"寺内正三说。赵全胜的提示，让他马上思考到，铁路运输是满洲帝国的生命线，没有被匪众扒毁的铁路，匪众们会不会再来破坏？不仅仅是十家堡火车站，还有郭家店呢？而且，四平街火车站正在吃紧。他的联队下属有两个大队，于是，他说，"第一大队长阿野安理少佐。"

"有。"阿野安理少佐回应。

寺内正三命令道："你的大队，镇守十家堡火车站、郭家店火车站一线，防止二龙山的匪众破坏铁路……"

"是。"阿野安理少佐回应。

寺内正三说："第二大队长成富政一少佐。"

"有。"成富政一少佐回应。

寺内正三命令道："你的大队，随我奔赴下三台，消灭二龙山匪众的主力部队。"

"是。"成富政一少佐回应。

"我们保安总队的人呢?"赵全胜说。

寺内正三说:"你的,分成两部分,一部分镇守十家堡火车站和郭家店火车站,听从阿野安理少佐的指挥,另一部分跟着我去下三台。"

"是。"赵全胜回应,然后,他对夏天雨说,"你跟着寺内大佐去下三台吧,我留下来。"

"是。"夏天雨回应。

寺内正三听了,马上进行纠正,他指着赵全胜说:"不,你的,跟着我去下三台。"他又指着夏天雨说,"他的,留下来。"

"是。"赵全胜和夏天雨回应。

寺内正三联队,下属两个大队,共有 1400 人,除去在公主岭驻地留守的,来了 900 人,这样一拆分,奔赴下三台的有 450 人;赵全胜的保安总队跟随来 600 人,这样一拆分,奔赴下三台的有 300 人。

于是,寺内正三率领着日伪军乘坐着卡车,由摩托车开道,气势汹汹地往东部山岭的下三台方向,疾速地驶去。

四平街东边的远郊,下三台。

丁少武飞马跑来,向马忠华报告:

"马司令,探马来报,驰援四平街的日军寺内联队,到了十家堡火车站后,一部分留守铁道线,另一部分由他亲自带领,转而奔赴咱们这里。"

马忠华说:"森连部队的动向呢?"

丁少武说:"森连部队从二龙湖转而西进,估计也是向咱们这里运动,但是,要几个小时之后才能到达,因为,他们步行,走的又是山道,而寺内联队是坐着卡车行驶来的,走的是平道。"

"哦,正好打个时间差。"马忠华说,"原本是要用围住石原这条鱼为诱饵,钓来森连部队,想不到却钓来了寺内联队。"

丁少武笑了,说:"歪打正着。"

马忠华说:"传我的命令,部队迅速进入埋伏圈,在这山沟里,只要把小鬼子车队的前车和后车一炸毁,他们想跑都跑不了。"

丁少武说:"是。"

马忠华说:"裴景海。"

裴景海说："有。"

马忠华说："还有二十几门'老母猪炮'吧？"

裴景海说："嗯哪。"

马忠华说："把'老母猪炮'和野炮，都预备好了，轰他个狗娘养的小鬼子，打他个蒙头转向。"

裴景海说："是。"

二龙山的义勇军的将士们，按照马司令的命令，进入了伏击寺内联队的阵地。

寺内联队的卡车进了山岭里，山沟里道路狭窄，并且，冰雪覆盖，道路也滑。卡车缓慢行进，渐渐地进入了义勇军的埋伏圈。

开路的摩托车前行，却走不了了，因为，放倒的树木堆积在道路上，堵塞了道路。与此同时，卡车身后的道路也被树木堆积，堵塞了。

摩托车停下来，车上的日军士兵下来，要搬动堵塞道路的树木……但是，就在这个时候，"轰轰隆隆"——"老母猪炮"和野炮一齐吼叫，炮口对准了山沟里的日军车队，炮弹由天而降，铺天盖地……步枪射击，机枪扫射，子弹像狂风骤雨……手榴弹密集地投掷下去，犹如冰雹。

日伪军乘坐的卡车被炸瘫了，着火了。

还没来得及下车，日伪军就死的死，伤的伤，鬼哭狼嚎……残余的日伪军，想要抵抗，除了瘫痪起火的卡车，却找不到别的掩体；想要躲避，也没有隐蔽处，只能暴露在光天化日之下挨枪子儿，或者，干脆趴在雪地上装死。

作为联队指挥官的寺内正三，在驾驶楼子里，还没等下车，就中弹身亡了；成了瓮中之鳖的七八百名日伪军，在炮火的打击下，失去了战斗力。

"冲啊——"

"杀啊——"

义勇军将士们呐喊着，勇猛地跳出了阵地，如猛虎下山般地向山沟里的日伪军发起了冲锋，又如秋风扫落叶般地扫荡着日伪军。

紧接着，李世奎和陈起贵他们向被围住的"大屯"的碉楼发起炮击，摧毁了四角的碉楼，碉楼是砖砌的，只是外皮儿抹了层水泥。然后，又将"大屯"的围墙轰塌了几个口子。

李世奎的二龙山的义勇军和陈起贵"占中华"的义勇军攻进了"大屯"，歼灭了"大屯"里的日伪军。

　　打扫战场时，发现日军小队长北原都治，以及到这里来督查"归大屯"的关东军参谋部的石原将军已经被炮弹炸死了。

　　山沟里，27辆卡车、6辆摩托车，还在燃烧着，冒着黑乎乎的狼烟；再加上停放在"大屯"门前的卡车和小汽车；如果不算摩托车的话，共有29辆日本军车被摧毁。

　　抗日义勇军的将士们，缴获了大批的武器弹药。

　　这时，丁少武又跑了过来，他向马忠华报告："探马来报，森连部队距离这里，大约还有20里地的山路。"

　　马忠华笑了，说："你看看，森连司令官来迟了一步，否则，他跟寺内联队可以对二龙山的主力，来个两面夹击……"

　　丁少武说："呵呵，关东军的美梦做得不错。"

　　马忠华说："兵书上说，咱们这叫'围点打援'，但是，这个点上必须有敌军非要救援不可的大鱼，这条大鱼就是石原将军，他来得真是时候，给我们锦上添花啦，我们应该授予石原将军一枚勋章。"

　　丁少武说："石原将军只能在地狱里接受这枚勋章了……马司令，我们还做埋伏，打森连部队吗？"

　　马忠华说："命令部队撤离战场，让森连司令官来收尸吧。"

　　"是。"李世奎、丁少武，还有陈起贵，一齐回应。

　　马忠华的二龙山的抗日义勇军和陈起贵的"占中华"抗日义勇军，迅速地撤离了伏击日军的战场，离开了下三台。

第二十二章

义勇军三勇士塔子山口
拼死阻击日本宪兵队

1934 年 12 月 6 日。

四平街，日本宪兵队。

办公桌上的电话铃响了。

宪兵队长平岩纨彦拿起了电话，对方说："我是岩佐陆郎。"

"嗨。"平岩纨彦听了，严肃起来，他双脚并拢——立正，并且，郑重地回应道。

岩佐陆郎，关东军宪兵司令部的司令，日军少将军衔，是平岩纨彦的顶头上司。

日本关东军宪兵队于 1932 年 6 月，进行了改编，正式设立了关东军宪兵司令部。初设时，宪兵司令部在奉天（沈阳）。之后，日本关东军宪兵司令部于 1935 年由奉天迁驻伪满洲国的首都"新京"（长春）。

"石原将军在你们四平的下三台视察'归大屯'的情况，却遭到了反满抗日的二龙山匪众的包围和攻击，情况危急。"岩佐陆郎说，"我们是军事警察，我们不仅仅是收集情报，更重要的任务就是镇压反满抗日的匪众们。"

"嗨。"平岩纨彦回应，然后，说道，"我们的日军守备队的军营，遭到了匪众的炮火的攻击，情况告急啊。"

"寺仓正三大佐带领他的联队本来是要驰援四平街的……但是，你说的军营，那是座空营了。所以，寺仓正三大佐在十家堡火车站改变了方向，率领他的联队向下三台迅速进军，营救石原将军……但是，却因为遭到了二龙山匪众的伏击而遇阻……"岩佐陆郎说，"森连司令官正带领部队返身进军下三台，剿灭二龙山反满抗日的匪众。"

"嗨。"平岩纨彦回应。

"我命令。"岩佐陆郎说。

"嗨。"平岩纨彦回应。

"你们四平街宪兵队出征下三台，解下三台营垒之围。"岩佐陆郎说。

"嗨。"平岩纨彦回应。

"我已经命令昌图、郑家屯、公主岭宪兵队立即出动，疾驰到你们四平街的平东车站，与你们会合，然后，从平东车站出发，进入塔子山山口，西向围剿二龙山匪众。"岩佐陆郎说，"这样，就对下三台的二龙山的匪众，形成三面夹击的局面，坚决歼灭二龙山的匪众于下三台。"

"嗨。"平岩纨彦回应。

"这次行动，统一由你全权指挥。"岩佐陆郎说。

"嗨。"平岩纨彦回应。

岩佐陆郎下达完了命令之后，放下了电话。平岩纨彦也随之放下了电话，然后，把宪兵队的宪兵们集结起来，坐上了军用卡车，开赴平东站。

平东火车站。

平岩纨彦挎着军用指挥刀，站在平东火车站的小广场上。

"报告，昌图宪兵队队长渡边率领 30 名宪兵，向平岩纨彦指挥官报到。"渡边说。

"哟西——"平岩纨彦回应。

"报告，郑家屯宪兵队长加藤率领 40 名宪兵，向平岩纨彦指挥官报到。"加藤说。

"哟西——"平岩纨彦回应。

"报告，公主岭宪兵队长黑井化吉率领 40 名宪兵，向平岩纨彦指挥官报到。"黑井化吉说。

"哟西——"平岩纨彦回应，然后，平岩纨彦把手中的指挥刀向塔子山的方向一指，下达命令，"全体宪兵，向塔子山山口进发。"

一共 150 名日军宪兵，在平岩纨彦的率领下，乘坐马达轰鸣的 6 辆军用卡车，由平东火车站向塔子山的山口进发了。

塔子山的山口。

山口中间是一座不高不矮的土石山，山高有四五十米，正好卡在山口处，一条砂石路在下边，进入山口往山里走，只能走这条砂石路。

天蒙蒙亮。

耿立仁、马忠安、曲明智，三个人策马来到了这个山包上，他们看到这座土石山上长满了树木，松树、柏树、柞树、榆树……还有裸露的岩石。

耿立仁说："这些树木，还有这些裸露的岩石，本身就是个很好的掩体——天然形成的工事，小鬼子要是走这里，休想进山去。"

马忠安说："可以说，一夫当关，万夫莫开。"

曲明智说："不管日本鬼子来不来，咱们都得做日本鬼子来的准备。"

耿立仁说："这话说得有道理。"

马忠安说："咱们怎么做准备？"

曲明智说："下边的砂石路，日本鬼子要是来了，是他们的必经之路，我带来了地雷，咱们先布上地雷阵，咋样？"

耿立仁说："我同意。"

马忠安说："这大雪封地，挖坑埋地雷，可是不好挖坑啊。"

曲明智说："把地雷埋在雪里嘛。"

马忠安说："嗯，这是好主意。"

"说干就干，乘着天还没有大亮，埋地雷啊。"曲明智说，"日本鬼子要是不来，咱们再把地雷起出来，也不损失啥。"

"好。"耿立仁和马忠安回应。

于是，他们来到了土石山下的砂石路上，砂石路上有厚厚的积雪，他们就把地雷埋在了雪里，每个雪窝里两颗地雷，地雷之间又拉开了一定的距离，又用雪掩饰好，然后，他们撤到了山根下的树木后面，并且，三个人分散开，每个人手中牵着两条线，两条线儿又牵动着两颗地雷。

天已经大亮了，还是没有啥动静。

"我去站在这土山上的岩石上望一望……"马忠安说，说完，他向山上爬去。

忽然，耿立仁和曲明智隐隐约约地听到了汽车马达的轰鸣声，这时，去瞭望的马忠安从山上跑了下来，说："日本鬼子还真的来了，一共是六辆军用卡车，正朝着咱们这儿驶来。"

曲明智说："马司令真是料事如神啊。"

耿立仁说："炸完了日本鬼子的卡车，咱们就向山上边打边撤，总之，咱们居高临下，占有优势。"

"咱们打日本鬼子，还要不时地变换地方进行射击，让日本鬼子不知道咱们有多少人。"马忠安说，"绝不让日本鬼子进了山口。"

"好咧。"曲明智说。

于是，他们手握地雷的牵线儿，眼睛盯着砂石路。

日本宪兵的六辆军用卡车开过来了。

前三辆军用卡车正好走在三处埋了地雷的地方，耿立仁立即说道："拉线儿。"

耿立仁、马忠安、曲明智，三个人一齐拉线儿，随着拉线儿的动作，"轰轰隆隆"，六颗地雷一齐爆响……硝烟弥漫。

第一辆军用卡车的车头被拱了起来，然后，又歪歪扭扭地落在了砂石路上，起火燃烧了；第二辆军用卡车，被地雷的爆炸力掀了起来，打了个滚儿，横卧在了路边；第三辆军用卡车也是被爆炸力掀翻，然后，扣在了砂石路上。

耿立仁的机枪"嘎嘎嘎"地叫了起来，子弹扫向了公路……马忠安和曲明智的手榴弹向公路上甩了出去……

坐在第四辆军用卡车上的平岩纨彦下令："迅速后撤。"

随着第四辆军用卡车疾速地掉头，第五辆和第六辆卡车也疾速地向后掉头，然后，开足马力后撤。

直到跑出了有五里地之遥，才停了下来。

平岩纨彦走下了军用卡车，加藤也走了过来。

"渡边队长和黑井化吉队长呢?"平岩纨彦说。

"渡边队长坐这里第一辆军用卡车上，恐怕性命不保。"加藤说，"走着走着，我看见黑井化吉队长在仓促间的一个急刹车，给甩出车外去了，甩到路边了。"

"哦，咱们就在这儿等一等吧。"惊魂未定的平岩纨彦说。

日本宪兵们下了军用卡车，在卡车的周边休息。

耿立仁、马忠安、曲明智，一边向砂石路上射击，一边向砂石路上抛掷手榴弹……听听砂石路上没有啥动静了，于是，他们三个冲上了砂石路。

他们收缴战利品，日本鬼子的枪支、子弹、手榴弹……对于尚且喘着气儿的日本鬼子宪兵，他们三个则给补上一枪，让其毙命。

然后，耿立仁吹了个口哨，他们三个的三匹马跑了过来，三匹马的马背上，驮上了丰盛的战利品。

耿立仁、马忠安、曲明智，各自牵着自己的马匹，乐乐呵呵地走上了土石山。

歇息着的加藤，看到黑井化吉一瘸一拐地走过来了。

他说："平岩纨彦队长，你看，一瘸一拐地走过来的是黑井化吉队长。"

平岩纨彦把手遮在眼眉上，向前方望去……他说："果然是黑井化吉队长，我们上前去迎一迎他。"

平岩纨彦和加藤走上前去。

"伤着了吗?"平岩纨彦说。

"腿挫了一下，不要紧的。"黑井化吉说。

"哦，无大碍，那就好。"加藤说。

"怎么突然间后撤了?"黑井化吉说。

"机枪、步枪、手榴弹……我断定匪众能有一个连队，我们也就相当于一个连队的兵力，再加上前三辆车的伤亡，他们又占据着土石山，居高临下。"平岩纨彦说，"我一看，情势不妙，于是，就下命令后撤了。"

"我从车上被甩了下来，我就滚到了树后边了，然后，趴在树后面进行观望。"黑井化吉说，"我看到了，统共只有三个土匪。"

"何以见得?"平岩纨彦说。

"从路边的树林子里走出来三个土匪，来到了砂石路上收缴战利品……然后，把战利品都驮在了他们的战马上，这三个土匪就牵着战马，又上了土石山。"黑井化吉说。

"你确定只有三个土匪?"加藤说。

"确定。"黑井化吉说。

"巴嘎——"平岩纨彦把手中的洋刀向前方一挥，气哼哼地说，"消灭这三个凶恶的土匪，进军——"

日本宪兵们又上了军用卡车，这三辆军用卡车重新发动了，掉转了车头，又向土石山方向徐徐地驶去。

在距离土石山还有一里多地的砂石路上，平岩纨彦命令:

"停车。"

三辆军用卡车停了下来，平岩纨彦走下了军用卡车，车上的日本宪兵也随之从军用卡车上跳了下来。

平岩纨彦说："黑井化吉队长，你带着一部分宪兵迂回到南侧，进攻土石山。"

"是。"黑井化吉回应。

平岩纨彦说："加藤队长，你带着一部分宪兵迂回到北侧，进攻土石山。"

"是。"加藤队长回应。

"我带领一部分宪兵，从正面，也就是从西向东进攻土石山。"平岩纨彦说，"咱们从三个方向进攻土石山，务必歼灭三个顽匪。"

"是。"黑井化吉和加藤回应。

平岩纨彦说："行动吧。"

"是。"黑井化吉和加藤回应。

日本宪兵们分成三队，离开了军用卡车，开始行动了。

在土石山上的耿立仁、马忠安、曲明智看见了日本宪兵们兵分三路，从三个方向向他们逼近。

这座土石山并不算高，土石山的山坡上长满了树木，但是，山顶上却少有树木，而使山顶显得浑圆，浑圆的山顶突兀地立着几处怪石。

一尺多厚的白雪，覆盖着这浑圆的山顶，也覆盖着整个土石山的山林。

"浑圆的山顶，使得眼前是一片白雪覆盖的开阔地，我们又居高临下，这便于我们消灭日本鬼子，真是个好地方。"耿立仁说。

"呵呵，耸立的怪石，天然的好掩体。"曲明智说。

"今天，咱们就在这土石山上，跟日本鬼子来个决一死战。"马忠安坚定地说。

"把战马身上的弹药和手榴弹都卸下来，咱们用。"耿立仁说，"这匹战马呢？"

"战马啊，放生了吧，咋样？"马忠安说。

"对，放生了。"曲明智说，"战马识途，这战马自己就能回二龙山了。"

于是，他们把驮在战马身上的弹药和手榴弹卸了下来，几十支三八大盖长枪和数支短枪仍然留在马背上。

曲明智吹了个口哨，然后，三个人各自拍了拍战马的臀部，耿立仁向东边的方向一指，马通人性，三匹战马嘶鸣着，向东跑下了山。

"准备战斗。"耿立仁说。

三个人寻找到了掩体，分别对着日本宪兵们来进攻的三个方向。

日本宪兵们一点一点地向土石山的山顶逼近。

西面，耿立仁的机枪"嗒嗒嗒"地射击着；北面，曲明智向着日本宪兵们抛掷出手榴弹；南面，马忠安的枪支射出的子弹，准确地击中着日本宪兵。

时间，一分一秒地逝去，逝去得很快；转瞬间，三个小时过去了。

但是，日本宪兵们面对居高临下的三个义勇军的战士，及其难以隐身的开阔地，他们的进攻却苦无进展。

西面，耿立仁面对平岩纨彦领队的日本宪兵们的进攻。他的机枪发挥着杀伤的威力，日本宪兵们一个个倒下了，机枪的子弹眼看要打光了。

耿立仁打得兴起，居然从岩石后面忘我地站起身形来，直接面对日本宪兵们进行扫射……但是，在日本宪兵们中弹倒下的同时，他也中弹了，然后，像一棵参天的大树般地轰然倒下了。

北面，曲明智面对的是加藤领队的日本宪兵们的进攻。他隐身在两棵树桩子的后面，树桩子的前面是两棵不知道被谁放倒了的，压在了一起的粗壮的松树。他的子弹和手榴弹都打光了。他的左肩已经负伤了，鲜血殷殷。

日本宪兵们的机枪与三八大盖长枪的子弹向他射击着，打到了他隐身的树桩上，"嘭、嘭、嘭"地作响，而且，树桩上的雪花受到了震动而飞溅了起来。

曲明智想，不能坐以待毙啊。

他看见前面一具日本宪兵的尸体上还挂着两颗手雷，并且，尸体的旁边还有一支三八大盖长枪。于是，他向日本宪兵的那具尸体爬去。

子弹从曲明智的头顶上，以及他的身边两侧"嗖嗖"地飞过，他全然不在乎。终于，他爬到了那具尸体的那里，摘下了手雷，向日本宪兵的机枪手那里掷去，随着他掷出的手雷的爆炸，日本宪兵的机枪哑巴了……但是，日本宪兵的一颗手雷也在他的身边炸响了，在他身边炸响的手雷的纷飞的弹片击中了他。

曲明智趴在那里，一动也不动了；他鲜红的热血流淌出来了，染红了、融化了身下的白雪，点点滴滴地渗进了岩石的缝隙里。

南面，马忠安面对的是黑井化吉领队的日本宪兵们的进攻。他隐身在一座怪石的后面，这座怪石中间有一个小孔，使他可以望见外面的日本宪兵们的动作，可以准确地射击日本宪兵们。

打着打着，子弹打光了。

他脱下了棉袄，又脱下了贴身的白褂子，然后，用一根树棍挑起了白褂子，权当是一面白旗。他向日本宪兵们喊道：

"我投降。"

"投降的好，大大的好。"黑井化吉说，他又继续命令道，"把你的枪支扔出来。"

马忠安把身边的三八大盖长枪和短枪都扔了出去。

"你站出来。"黑井化吉又命令道。

马忠安赤裸着上身，在"嘎巴"冷的冰天雪地里站了起来，举着双手，举着的左手上拿着树棍子，树棍子上面挑着的昭示着投降的代表着白旗的白褂子。

他的脚下是一堆雪和乱草叶子。

黑井化吉和他的日本宪兵们向马忠安聚拢了过来，并且把他包围在垓心。黑井化吉对他身边的一个日本宪兵说：

"把他绑起来。"

这个日本宪兵过来，要把马忠安绑起来。

当这个日本宪兵走到马忠安的身边时，马忠安向侧旁一滚身，拉响了埋伏在脚下雪堆和乱草叶子里的集束手榴弹的火线，"轰隆"一声巨响，在马忠安身边的十几个日本宪兵，包括黑井化吉队长在内，随着集束手榴弹的爆炸声，同时毙命。

马忠安与十几个日本宪兵，同归于尽。

平岩纨彦站在了土石山的山头上，哀痛地看着横尸遍野的日本宪兵们的尸体。

"我们还向下三台进军吗？"加藤请求道。

"进军个屁。"平岩纨彦斥责渡边，说，"我们还剩下几个宪兵了？"

清点人数，残兵败将只剩下了26人——其中还有数人负伤，其余的124名日本宪兵全部战死。

平岩纨彦悲戚地下令："收尸吧。"

于是，剩下的这 26 个日本宪兵遵照平岩纨彦队长的命令，把停在不远处的三辆军用卡车开了过来，然后，把尸体一具一具地抬上了军用卡车。

起风了，西北风吹动着树林子，发出了抖动的声响，仿佛是义勇军战士们的笑声，更仿佛是耿立仁、马忠安、曲明智三个人御风踏云，站在蓝天上，俯瞰着收尸的日本宪兵们，而在开心地朗声大笑。

四平街东边的远郊，下三台。

森连司令官带领着他的日本关东军满洲独立守备队和四平街的保安部队的人马，急匆匆地赶到了下三台，看到的是焚烧成了铁架子的卡车和摩托车……横七竖八的日伪军的尸体，被炸成了废墟的"大屯"及其碉楼……特别是看到了石原将军和寺内正三大佐的尸体，令他心寒。

所有的日伪军带着的武器弹药，都被抗日义勇军掠略一空。然而，抗日义勇军却已经无影无踪。

译电员说："四平街来电。"

森连说："念。"

译电员说：" '关东军防疫供水部'被炸成了废墟，匪众炮击了独立守备大队的驻防营地，四平街火车站被匪众占据，进行反满抗日的宣传……由于匪众炸毁了满铁变电所，南满铁路和四洮铁路四平街区段停运。"

森连叹了一口气，说道：

"还有呢，从公主岭出发清剿二龙山的我们日军和满洲的保安军队组成的第一梯队，去偷袭二龙山的匪众，但是，在泉水沟却全军覆灭；夹击下三台的寺内联队及其满洲的保安部队，又在下三台遭到了伏击……"

马忠廷翻译官说："司令，不要叹气，中国有句老话——失败乃成功之母，总结经验，以利再战，必定会成功。"

森连说："话是这么说，可是，我从心里愧对关东军对我的信任，愧对天皇陛下啊。"

马忠廷说："伤感是可以理解的，但是，中国还有句老话，叫作——化悲痛为力量。"

这时，在两名负伤的保安队员的搀扶下，一个人走到了森连的面前，毕恭毕敬地说道："森连司令官。"

森连一看，是保安总队的总队长赵全胜，赵全胜的面部有血，是一瘸一拐地走到自己面前的，森连说："哦，赵总队长，你负伤了?"

"匪众们的炮火和枪弹，太猛烈……我负伤了，我要不是趴在雪窝子里装死，早就没命了。"赵全胜说。

森连说："哦，你跟我们到四平街的满铁医院去医治，养伤吧。"

"谢谢森连司令官的恩典。"赵全胜说。

森连说："传我的命令——撤回四平街。但是，要把战死者的遗体收集起来，全部拉回四平街；还要救助负伤者，送这些负伤者到四平街的满铁医院。"

马忠廷说："是。"

森连部队立即开始执行司令官的命令，收集遗体，救助负伤者……

四平街，日本关东军满洲独立守备队司令部。

森连坐在地板上的榻榻米上，留声机放送着日本哀婉的音乐，边听边饮着日本的清酒，他亮开了嗓门儿，随着日本哀婉的音乐在凄凉地哼唱着。

马忠廷走了进来，他看到森连袒胸露腹，身边还放着长长的作战指挥刀……他说："司令官，你应该从清剿二龙山的伤感中解脱出来了。"

森连郁闷地说："难啊。"

马忠廷："身为司令官，首先一条就是必胜的信心，绝不能让一时的情感，冲撞了必胜的信心。"

森连说："给关东军司令部和满洲国军部打报告，报告清剿二龙山的战况了吗？"

马忠廷说："正在起草。"

森连说："作为司令官，我必须对清剿二龙山的失败负全部责任。"

马忠廷说："由你来负全部责任？"

森连流泪了，说道："是的……因而，我准备剖腹自杀，以谢天皇。"

马忠廷认真地说道："司令官，这次清剿二龙山的失败，其责任不在你啊。"

森连说："不在我，在谁？"

马忠廷说："在于我们的清剿部队内部出了内奸，而且，这个内奸不在我们四平街的独立守备大队。"

森连说："噢？"

马忠廷说："从公主岭出发的清剿二龙山匪众的第一梯队，被李世奎带进了泉水沟的伏击圈……带路人李世奎是保安总队的总队长赵全胜当年在北山皮子的二掌柜。在公主岭，提出要扣押李世奎家人，逼迫李世奎走下二龙山降服的——正是赵全胜。要知道，哪个山头的匪绺子的大掌柜、二掌柜，都是拜把子，情同兄弟——这是起码的常识啊。"

森连说："哦，继续说。"

"值得注意的是一个细节。"马忠廷说，"寺内联队接到命令，转而驰援下三台……寺内大佐要在十家堡和郭家店火车站留守一部分战力。在这个时刻，赵全胜让他的表弟夏天雨去下三台，而他留守——作为战地指挥官，哪有不亲临前线的？当然，他的用意，遭到了寺内大佐的否决。下三台遭到了伏击，二龙山匪众清理战场，匪众们是绝不会放过任何一个敌人的，尤其是像赵全胜这样的大名鼎鼎的人物。二龙山匪众当中，有多少个李世奎和在北山皮子混过的匪徒啊，不认识他赵全胜？而他呢，居然能以轻伤来装死，蒙混过关，太离谱了吧。"

森连说："哦，还有呢。"

马忠廷说："当年，他带领北山皮子的匪众投靠皇军的时候，他的二掌柜却投靠了二龙山……公主岭和范家屯守备队第一次攻取怀德县城，就遭到伏击，又陷入包围……奇了怪了，咋只要是有赵全胜的参与，就没有一次取得战斗的胜利？"

森连说："哦，明白了。"

马忠廷说："所以，清剿二龙山匪众的失败，在于出了内奸，而这不是战地指挥官能够掌控的，所以，也不是战地司令官的责任。"

森连说："哦，还是中国的那句老话——听君一席话，胜读十年书啊；你的分析使我茅塞顿开，我在精神上得到了解脱。"

他把摆在面前的日本清酒的瓶子和酒杯，"啪、啪"地摔在了墙上，瓶子和酒杯被摔得粉碎，满屋子都弥漫着清酒的味道。然后，他站起身来，伸了伸自己的腰肢，又关闭了正在放送哀婉的日本音乐的留声机。

马忠廷说："我们给关东军司令部和满洲国军部的战况报告，必须强调这一要害问题……这是血的教训啊。"

森连说："送赵全胜升天吧。"

马忠廷说："这个命令，由我到满铁医院去执行。"

森连把手一挥，断然地说："立即执行。"

马忠廷说："是。"

他转身出去，坐着小汽车，来到了满铁医院，对值班的日本医生下达了森连司令官的命令。日本医生给病房里养伤的赵全胜，静静地注射了毒针。

日本医生对赵全胜的死，给出了结论：他的伤口细菌感染，病情为破伤风，发热发烧……病状骤然恶化，心脏停止了跳动。

三个月后。

塔子山口的土石山上，立起了一座方尖碑。

方尖碑的底座有两米多高，是用当地的石头加混凝土筑成，底座上的方尖碑高十米。碑为灰白色花岗石，像是三方形，但是，实际是四方形。

镌刻上的碑文是日本关东军司令部的少将司令官岩佐陆郎亲笔书写的——"支那三勇士之碑"。

碑文的落款上明确地写着——"关东军宪兵司令部岩佐陆郎书"。

四平街日本宪兵队为这座方尖碑的落成，举行了揭幕仪式，日本关东军司令部的少将司令官岩佐陆郎出席。当把蒙盖在方尖碑上的白色绸缎徐徐地揭开时，日本宪兵们鸣枪向三勇士致敬。

这名义上是日本宪兵们在向三勇士致敬，是的，他们的传统思想内涵里崇敬勇士；其实，这也是向日本的宪兵们宣扬日本的武士道精神——效忠天皇的拼死的硬汉子精神。

每逢雨后斜阳，血红的阳光照耀在方尖碑上，向方尖碑远远望去，方尖碑都会映烁出熠熠的光彩。

这座屹立在塔子山山口处的土石山上的方尖碑，在"文革"前，还高高地耸立着，但是，在"文革"当中被摧毁了。

第二十三章

姬兴周引导马家少年
到苏联接受特工训练

1935 年 7 月 5 日，星期五。

四平街，道东。

天主教堂英文商业中学，其坐标方位，在一马路和二马路、南三纬路和南四纬路之间。院内的北侧，是青砖青瓦、木门窗的两层的教学楼，坐北朝南。学生教室的楼梯在楼里，教师的教研室的楼梯在楼外。教室和教研室里都是水磨石的地面。

天主教堂的这所商业中学的大门设在二马路，大门向东而开。

午后，下了一场大雨。

天放晴了，也到了放学的时候。

马德平和马德原从学校刚走出校门，忽然，他们看见校门口聚集着人群在观看一名日本警察殴打一个中国小孩儿，马德平问旁边的一位同学：

"咋的啦?"

"这个小孩在咱们学校门口卖甜杆儿，日本警察过去拿了两根甜杆儿不给钱，小孩要钱，这个日本警察就对这个小孩连踢带打，把小孩儿打倒在了水沟里了……几分钱都不肯给，这个日本警察太野蛮了。"这个同学说。

"我认出来了。"马德原说。

"认出啥啦?"马德平说。

"这个日本警察就是高大巴掌，名字叫高桥，去年把下三台的陈晓光的骨头打折了，住了医院的……就是他，想不到他又到咱们学校门口来为非作歹了。"马德原说。

"别打了，再打就把小孩儿给打死了。"有人急迫地大声地叫道。

但是，高大巴掌仿佛根本就没听见似的，还在对水沟里的小孩儿连踢带打，小孩儿浑身都是泥水，高大巴掌打的仿佛不是一个小孩儿、一个人，而是一只小猫儿、小狗儿……起初，小孩儿还挣扎着仿佛要起来，但是，穿着马靴的高大巴掌又连踢了两脚，小孩儿在水沟里就不挣扎了。

小孩儿在水沟里已经成了泥人，口、眼难辨，小孩儿的脑袋在水里冒泡儿，高大巴掌居然还用脚去踩小孩儿的脑袋。

在马德平和马德原身边的一个人说："这个高大巴掌在检查卫生时，打了一名孕妇两个大巴掌，当时，就把孕妇给打流产了，真够狠的啦。"

马德平和马德原义愤填膺。

马家少年这哥俩长得人高又壮实，马德平冲上前去，朝着高大巴掌的脸上，冷不丁地就是一拳，正打在高大巴掌的鼻梁骨上，打得高大巴掌眼前一黑，金星乱迸，眼前顿时迷茫，啥也看不见了。

"好——"观看的人群不由自主地喊叫道。

这一拳打在高大巴掌的脸上，可以说，打得准、打得狠，出手之快捷，简直是迅雷不及掩耳。

高大巴掌已经无暇他顾，赶忙用自己的双手捂着自己的脸，极度的酸痛，酸痛得鼻涕、眼泪都涌出来了，他的眼帘上真个是模糊一片……在他的心目中，他们日本人在满蒙地区是上等民族、上等人，尤其是，他还穿着日本警察的一身皮，可以为所欲为，哪个中国人敢痛击他？他咋也没想到，他会被一个中国的中学生痛击了一拳，尽管他还不知道痛击了他一拳的，是一个中国的中学生。

这时，又出现了另一个日本警察，有人惊叫道：

"程大扁头来了。"

高大巴掌和程大扁头，都是在四平街出了名的粗暴而残忍的日本警察。

程大扁头一把抓住了马德平的胳膊，说："你竟然敢打高桥警长？吃了豹子胆了吧？走，跟我到警署去，看我咋收拾你？"

不仅马德平和马德原，凡是这座英文商业中学的学生，也都是学习了日语的，当然知道程大扁头都叽咕了一些啥。

马德平说："走就走，怕你个啥？"

程大扁头拉着马德平走，马德原在后边跟着。马德原向马德平递了个眼色，马德平明白，就是两人伺机行动……摆脱程大扁头。

正走着，迎面来了个人，出手捏住了程大扁头的手腕子，一耸程大扁头的胳膊，然后，又用脚尖一点程大扁头的后腿弯儿，程大扁头就来了个狗抢屎，嘴巴向前扑在了地上，这人踩着了程大扁头的胯骨，用手押了一下程大扁头的腿脚，程大扁头"哎哟哟"地叫唤着，趴在地上不动了。

这人对马德平和马德原笑了笑，说道：

"跟我走，小伙子。"

马德原说："这位大哥哥，这个程大扁头不会爬起来，追赶咱们来吗？"

这人又笑了笑，说："不会的，他的一只胳膊和一条大腿，都脱臼了，想要动，也动不了的。"

马德原说："哦，妙哉。"

马德平和马德原跟着这人向东走去……来到了一个偏僻处，这人说："马德平，你的胆子也太肥了，连日本警察，你也敢打？"

"太熊人了，实在是看不过眼儿去了。"马德平说。

这人说："马德原，马德平被带走，你紧紧地跟在日本警察的后面，要打劫是不是？"

"当然要拔刀相助了。"马德原说。

"咦，你咋知道我们俩的名字？"马德平说。

这人说："你们俩的名字，不就是让人叫的吗，我咋就不能知道？而且，你们家就是四平街西郊的条子河村的人。"

"怪了，你咋啥都知道？"马德原说。

"那，你叫啥名字啊？"马德平说。

这人说："我叫姬兴周，伊通人。"

"哦，你这人倒是爽快。"马德平说。

"你出手那两下子，真利索。"马德原说。

"这叫擒拿术，想不想学？"姬兴周说。

"想。"马德平和马德原说。

"咱们交个朋友吧？"姬兴周说。

"好哇。"马德平和马德原说。

"那咱们就来个约会吧？"姬兴周说。

"可以啊。"马德平和马德原说。

"后天是星期天，咱们在满铁公园见面，好吗？"姬兴周说。

"一言为定。"马德平和马德原说。

"拉钩。"姬兴周说。

说着，他主动地伸出右手的小拇指来。

马德平和马德原也都伸出了右手的小拇指。他们三个都把小拇指，弯曲了起来，拉钩在了一起，以示其言必行。

1935 年 7 月 7 日，星期日，上午。

四平街，道西，满铁公园。

马德平和马德原来了，他们俩看见姬兴周已经等在了那里。

"大哥哥，让你久等了，不好意思。"马德原说。

"我家从条子河村搬到道东居住了，来这里，耽搁在路上了，所以，来得晚了一些；德原家在道西，他在家等我来着。"马德平。

"你们都很守时，我也是刚来。"姬兴周说。

他们在公园里边的树林深处，拣一个树荫风凉处，坐了下来。

马德原说："我想起来了，一个礼拜之前，我们在学校旁边去买山楂糕，你也过去买了山楂糕，还说，'你们俩不用买了，我买得多，给你们俩分一分，好吗？'"

马德平说："不过，你穿的衣服，不是今天穿的这件衣服，也不是前天穿的那件。"

姬兴周说："我就是想跟你俩交个朋友嘛。"

马德原说："那就是说，你在我们俩身边……不是一天两天的了。"

"嗯哪。"姬兴周说，"呵呵，你们俩很机警啊。"

马德平说："姬大哥，你在我们身边逛游，想要了解我们啥呢？"

姬兴周笑了，说："你们学校都上啥课程？"

马德平说："学校设有商业课，商业簿记、商事要项、商业法规、珠算、打字……"

马德原说："还有文化课呢，国语，分满语和日语，日语由日本人上课；英语，由外国神甫、修士上课；还有物理、化学、生物、国民道德。"

姬兴周说："你们俩的英语和日语，学得咋样？"

马德原说："在学校也是名列前茅。"

马德平说："学校里，教育的目标是'养成忠良之国民'。讲啥'日满亲善''一德一心''王道乐土'啊……"

马德原说："学校里的师生，每天早晨到校和晚上离校的时候，都要站在校门前，向供着'天照大神'像的校长室，行弯腰90度的深度鞠躬礼。"

马德平说："每天上课前、放学前，都要在操场举行早会和晚会，操场的前面的旗杆上，悬挂着满洲国旗和日本国旗，在满洲国旗和日本国旗的上边用一根横木结成三角形，升旗和降旗时，师生都要敬礼。早会时，要向'东京皇室'和'新京帝宫'遥拜；还要一齐读'国民训'。每周一的早会，还要听校长宣读'皇帝即位诏书'或'回銮训民诏书'……"

马德原说："我爷爷说了，'不要信他们的那一套，这是日本人的奴化教育……要记住，我们永远是说中国话的中国人。'"

姬兴周说："你爷爷，马龙坤老将军说的？"

马德原说："嗯哪呗。"

姬兴周说："你们听马龙坤老将军的话吗？"

"当然听。"马德平和马德原说。

马德平说："学校开始搞基建了，要在咱们道东的北六马路盖有温水采暖设备的三层的教学楼，然后，从现在的天主教堂的院内，搬到新校址去，说是要改名叫作'私立四平街晓东中学'……"

姬兴周说："德平，你咋提不起精神来的样子？"

马德平沉痛地说："你知道吗？前天被日本警察高大巴掌殴打的那个卖甜杆儿的小孩儿，他被打死了。"

姬兴周惊讶，说："噢？"

马德平说："前天，我们走了之后，又来了两个警察，领着两个人，用一条旧麻袋，把那个卖甜杆儿的十几岁的小孩的尸体，抬进了派驻所的后院……我懊悔，我再早一点出手就好了，或许，我能救这个小孩儿一命。"

马德原攥着拳头，恨恨地说："可恶的小鬼子。"

"唉，你们已经尽责了。"姬兴周说，"你救了这个卖甜杆儿的小孩儿，可是，在咱们东北，还有千千万万个像这个卖甜杆儿的小孩儿一样的小孩儿，需要你们来救助啊，你们说是不是？"

"是的。"马德平和马德原说。

姬兴周说："这就必须驱逐日本鬼子，光复我满蒙。"

"是的。"马德平和马德原说。

姬兴周说："现在，活跃在整个东北的抗日联军，是共产党领导的，包括二龙山的辽北抗日义勇军，也包括辽北抗日义勇军的两个马司令——马忠华和马忠国，他们是从嫩江桥抗击日本侵略者的阵地上，转移到了二龙山，继续抗击日本侵略者。"

"马忠华是我爹。"马德平说。

"马忠国是我爹。"马德原说。

姬兴周说："这说明，你们都是将门之子。"

"我们的太爷是大清朝御赐的'振威将军'……"马德平和马德原说。

"这还说明，马家世代忠良。"姬兴周赞赏，说道，"光复我满蒙之后，还要把我们大中国建设成为一个没有欺压、没有剥削、人人平等、民主自由、共同富裕、文明而强大的新中国——这就是要在中国实现美好的共产主义社会。"

"那当然好。"马德平和马德原说。

姬兴周说："只有共产党才能领导中国人民实现这一个美好的愿望。"

"我们能加入共产党吗？"马德平和马德原说。

姬兴周说："你们都有这个意愿吗？"

"有。"马德平和马德原坚决地说。

姬兴周说："你们俩今年十几岁了？"

"我们俩都是 1917 年生人，18 岁了。"马德平说。

姬兴周说："实现共产主义是一场革命，这可需要流血牺牲啊。"

"不怕。"马德平和马德原坚定地说。

姬兴周说："我是一名共产党员，但是，你们要求入党的事情，我一个人做不了主，需要请示组织……咱们下一个星期天在这里相见，好吗？"

"好。"马德平和马德原肯定地说。

姬兴周说："拉钩。"

他们仨伸出了右手，弯曲出小拇指，拉钩了在一起，然后才分手。

1935 年 7 月 12 日，星期日，上午。

四平街，道西，满铁公园。

姬兴周说："我高兴啊，咱们又见面了。"

马德平和马德原呵呵地笑。

姬兴周说："我随便问你们一个问题。"

"问吧。"马德平和马德原说。

姬兴周说："你们咋看南京政府？"

马德平说："南京政府无视全国民众要求抗战的激情，实行'不抵抗'

的政策，至今还是不抵抗……致使东北的大好河山，以及三千万同胞，沦陷于敌手。他们在南京、上海苟欢。至于上海的高层的文人们，多是玩弄爱国的辞藻，其言壮烈，而少有实际行动。"

马德原说："现在，东北的抗日义勇军有几十万人，再加上民众的爱国爱乡的热忱，还有四万万中国人做后盾……小鬼子残暴至极，是很难站住脚的。"

马德平说："说起来，如果南京政府对日宣战，就不会有东三省的沦陷，马占山的嫩江桥抗战，抵挡住了日军，期望东、西夹击……南京政府却依然望而却步，令国人大为失望，转而为愤慨。"

马德原说："共产党领导的东北抗日联军，是东北抗日的中坚力量，他们是光复东北的希望。"

马德平说："南京政府越是'不抵抗'，越是示弱，日寇越是猖獗，会步步进逼……"

马德原说："逼得南京政府走投无路了，到时候，南京政府想抵抗也得抵抗，不想抵抗也得抵抗。"

姬兴周说："这是你的看法？"

马德原说："我爷爷跟我说的。"

姬兴周说："马老将军说的？"

"是的。"马德原说，"我也是这个看法。"

"咱们的看法，大体上一致。"姬兴周说，"上周，你们俩提出加入党组织的申请，有了回复了。"

"是吗，咋样？"马德平和马德原说。

姬兴周说："经过请示，组织上已经批准你们加入党组织的申请，从现在起，你们俩就是中国共产党的党员了……当然，还要补个手续。"

"哇噻——"马德平和马德原欢呼雀跃。

姬兴周说："既然你们俩是党的人了，就要服从党组织的安排。"

"当然。"马德平和马德原说。

姬兴周说："我还告诉你们，我在你们身边的这些天，实际上，是党组织安排我来四平街，考察你们俩……"

马德平和马德原笑了。

姬兴周说："我本人是中共满洲省委派遣到国际反帝同盟的情报工作人员，组织上送我到莫斯科远郊的苏联红军参谋部军事训练班受训。你们不是问我擒拿技术吗？我就是在那里学到的。此外，还学习政治、无线电、燃烧、爆破、射击、游击、汽车驾驶、密写技术……你们已经学通了英语和日语，当然，在莫斯科还得学俄语，俄语是必修课。"

"噢，那么多门类的实战技能啊。"马德平说。

"我也想把这些技能学习到手，用来打日本鬼子。"马德原说。

姬兴周笑了，说："你们跟组织上想到一块儿去了。"

"去莫斯科？"马德平和马德原问。

"是的，这是组织决定。"

"我们服从命令。"马德平高兴地说。

"啥时候动身？"马德原急迫地说。

姬兴周说："定在下一个星期天，咱们还在这里会面，组织上会派人，把你们安全地护送到莫斯科……你们要做好精神上的准备。"

"是。"马德平说。

"去苏联训练的事儿，跟家里人讲吗？"马德原说。

姬兴周说："组织上会告知二龙山的两位马司令的。"

又是一个星期天，他们如约会面……中共满洲省委派人，护送马德平和马德原从东宁出境，进入苏联。

1935 年 10 月 11 日。

二龙山，辽北抗日义勇军军部。

磐石工农义勇军的刘成海和魏俸禄来了，他们是来见他们在奉军时的老长官马忠华和马忠国来了。

马忠华和马忠国，还有小白龙，他们张罗着酒肉佳肴，招待自己的抗联战友刘成海和魏俸禄。

他们边吃边聊，马忠华说："你们磐石抗日义勇军今年的战况，咋样？"

刘成海说："战况不错啊。"

马忠国说："给我们讲讲嘛，我们向你们学习。"

刘成海说："魏俸禄去了咱们抗联的王德泰的部队——第二军的一团。"

魏俸禄说："仅仅一团，这个部队的战果，就够辉煌的了。"

小白龙说："噢，听说了一些，但是，很想再仔细听听。"

马忠华说："听说李红光同志牺牲了，知道了之后，我们都很痛心。"

马忠国说："但是，李红光同志牺牲的具体情况，我们不太清楚。"

小白龙说："你们俩来了，把你们知道的咱们抗日义勇军的情况，都讲一讲，我还是那句话——向兄弟部队学习嘛。"

刘成海说："好，那我们就讲讲……不过，咱们先干这杯酒。"

"好啊。"马忠华、马忠国、小白龙回应道。

他们端起碗，碗沿相碰，把碗中的酒，一饮而尽，然后，用筷子夹起大碗里的炖得烂烂乎乎的狍子肉、山蘑菇炖野鸡肉、肉炒黄花菜、浇汁的二龙湖大鲤鱼……咀嚼起来。

刘成海讲了磐石工农义勇军今年的战事……魏俸禄讲起了王德泰的第二军一团的今年的战事……

刘成海讲起了磐石工农义勇军今年的战事——

李红光率领一军的一师，采取时而集中、时而分散的战术。

他率领的五团和少年连在柳河一带行动时，得到了情报——通化的伪县长徐伟儒乘车出行……李红光当即决定，在驼腰岭打徐伟儒的伏击，他率领200余人连夜出发，赶到了预定地点。

3月14日上午10时，徐伟儒的汽车驶来了。

李红光一声命令："打。"

机枪、步枪一齐开火，手榴弹连续地投掷了出去……徐伟儒的两辆汽车被炸毁。这场战斗，活捉了伪县长徐伟儒、日本参事官，还有伪警察十几名，缴获枪支十几支。

战斗结束后，部队撤退到了五道沟，将俘虏的伪警察经过教育后释放了；日本参事官乘着天黑逃跑了；于是，义勇军把认贼作父、作恶多端的伪县长徐伟儒枪毙了。

当天夜间，日伪军赶来援救，但是，赶到现场，只能收尸了。

刘成海讲起了李红光牺牲的经过——

5月初，李红光率部进驻兴京县的哈塘沟游击区，向群众进行抗日宣传……他要配合一军司令部开创游击根据地。

到了徒岭蒿子沟，见到一个毁于战火的住房废墟，想到了去年部队来到这里，受到了主人的热情接待……今天，却已经满目苍凉。

看到这种情景，将士们就想到了有多少群众被日寇糟蹋得家破人亡，有多少抗日战士为驱逐日寇流血牺牲。

　　为缅怀死难的战友和群众，就在这个毁于战火成为废墟的房场处，开了一个纪念大会。李红光回顾了抗日武装由小到大的战斗历程……他说："在抗日战场上有多少革命先烈献出了宝贵的生命，我们活着的人，一定要继承他们的遗志，把抗日的红旗扛到底。"

　　会后，部队沿着崎岖的山路，向老秃顶子进发，准备到橙厂宿营。

　　当部队越过老道岭来到嘎叭寨上边的老岭沟时，突然，从橙厂方面开来200多名日本守备队和伪警察，在沟腰不期而遇。

　　由于山高林密，当双方发现时，只差几十米远的距离。

　　日伪军先开火。

　　我军指战员听到了枪声，迅速散开，各找掩体，就地反击，与日伪军展开激战……从下午4时，一直打到天黑。

　　师长李红光在一个小山岗上指挥战斗，由于日伪军以密集的机枪火力，压住了我军的火力，他举起望远镜寻找有利地形……一颗子弹打进了他的右胸，鲜血染红了他的旧军衣。

　　4名警卫员立即把他抬下了阵地，翻过东岗送到了桓仁县的海青伙洛游击根据地。但是，由于伤势太重，抢救无效，于第二天不幸牺牲。

　　李红光师长，时年25岁。

　　魏俸禄讲起了王德泰的第二军一团今年的战事——

　　4月末，一团主力要由安图车厂子山林里的临时驻地出发，西征敦化、额穆、蛟河、舒兰，开辟新区，这样，能够与哈东地区赵尚志领导的第三军打通联系。

　　尚未出发，安图境内就出现了战机。

　　一个营的伪军去延吉运送给养回返，要路经一道山谷——这正好给了我军设置埋伏的机会。于是，一团和二团合兵一处，布置好了"口袋阵"。

　　中午，伪军一点戒备也没有，松松懈懈地走进了山谷。

　　埋伏在两侧山腰里的指战员们一阵猛烈射击，然后，冲下山去，与伪军展开了肉搏……两个伪军连长被击毙，死伤了50多名伪军，余下的掉头逃跑。

　　一团尚未西征，先获捷报。

　　稍事休息，一团斗志饱满地踏上了征途。

　　5月1日，进入了哈尔巴岭和大石头车站之间的山林里。团长安凤学见地形有利，决定在这里颠覆敌人的列车，打响西征的第一枪。

这个任务交给了五连，五连联系了活跃在当地的"平日军""天良军"两支义勇军，在夜间拆毁了一段铁轨，然后，埋伏在两侧，做好了袭击敌人列车的战斗准备。

次日清晨，一列客车高速驶来，听得"轰轰隆隆"的声音，接着，这列客车冲出了轨道，翻倒了……五连指战员和义勇军战士们呐喊着，杀了上去，将30多名押车的日伪军，全部消灭；还有，十几名日伪的军政人员，被活捉。

五连和"平日军""天良军"的义勇军，缴获了一大批战利品。

通过审讯俘虏，才知道他们颠覆的是从朝鲜会宁开往长春的二〇二次"国际列车"，车上不仅有日本人、朝鲜人，还有不少西方国家的记者。

附近的日伪军闻讯而来，但是，这三支抗日义勇军已经无影无踪了——长春的日伪报刊哀叹，二〇二次国际列车的颠覆，是所谓"京图线"开车以来发生的最大惨事。

关东军司令植田谦吉深感震惊，驻吉林的日军司令从吉林、长春、安图、延吉调集日军开进敦化，企图合围"一团"。

因为增援敦化而日伪兵力空虚的安图，一团将主力带回安图；但是，团长安凤学却留下一支精兵在敦化于敌人周旋——这支精兵小部队正是在西征中颠覆"国际列车"的五连。

5月19日，五连与义勇军"海龙"部联起手来，在长图铁路南沟至亮兵台之间，刨开了铁路……颠覆了从长春开往朝鲜的二九一次货车，使车头及九节车厢脱轨，而且，燃烧……五连和义勇军"海龙"部，缴获了大批的粮食、烟草、棉布。

但是，这两支部队并没有撤走，第二天，又在这里颠覆了日军的两节装甲列车。

9月23日凌晨，这支小部队又联系了另一支"压东洋"抗日义勇军部队，在威虎岭西的二道河至黄松甸之间，颠覆了一列从长春开往朝鲜清津的"国际列车"，又连续地颠覆了另两列货车。

这一天，五连斗争昂奋，又顺路袭击了敦化县伪"国道局工程处"，毙敌八名。

长图线是日寇通往朝鲜和日本本土的交通大动脉，客、货车连续地出轨、翻车……再加上，二军在东满的连续的胜利，使伪"满洲国"的所谓

"京畿重地"的吉林、长春直接地受到了严重威胁，并且，严重地破坏了日寇"经营"东北的整体战略。

1936 年 11 月。

莫斯科郊区，苏联红军总参谋部军事情报培训班。

中国东北发生九一八事变之后，苏联红军总参谋部在莫斯科郊区开设了军事情报培训班，参加的军事情报培训班的有中国、朝鲜、德国、蒙古、日本、波兰等国学员，但是，培训班里主要是培训中国特工，这些成员来自中国沦陷区。

结业后，他们被派往各地专门从事放火、破坏日军军事与军需设施等活动。

马德平和马德原在这里接受军事情报的学习和训练。除了室内授课之外，注重实地操练，以单兵教练来进行。授课的要求很严格。

军事情报训练班的教员，都是苏联或者德国人在红军中的现役军官。

莫斯科的冬天非常寒冷，在滴水成冰的气候下，对于马德平和马德原更是一种考验。但是，他们俩非常顽强，在训练中，精神饱满，行动敏捷……学习的每门成绩都是优秀。

苏军少将托莫内恩找他们俩谈话，他们俩一身的苏军的戎装，将军赞赏地说：

"瓦尼亚同志、舒拉同志，你们俩的成绩在训练班里是最好的。"

瓦尼亚是马德平在苏联的化名，舒拉是马德原在苏联的化名。

"谢谢将军同志的鼓励，每当我们在训练的时候，我们的脑海里都会浮起日寇侵占我国领土，给我国东北同胞带来的苦难……我们就怒火中烧，热血沸腾，因而，就恨不得把训练的技能一下子学到手。"马德平说。

"将军同志，我们是把训练场当成跟日本鬼子厮杀的战场……"马德原说道。

托莫内恩将军说："祝贺你们，你们以优异的成绩毕业了。"

"谢谢训练班的教官同志们，感谢他们对我们的严格要求和培养。"马德平说。

托莫内恩将军说："你们通过学习军事理论，知道了战争打的是经济实力，后勤供应是战争的支柱；没有后勤的物质供应来支持的战争，是支撑不下去的战争；这个，你们已经很清楚了，是不是？"

"是的，将军同志。"马德原说，"中国有句军事古训，叫作'两军交战，粮草为先'，说的就是这个意思。"

马德平说："中国有著名的军事论著《孙子兵法》，孙子说——'军无辎重则亡'，说的还是这个意思。"

"你们都懂得后勤的物质供应在战争中的重要性了，非常好。"托莫内恩将军说，"你们俩再来明确一下我们训练班的宗旨与任务吧？"

"将军同志，训练班的宗旨与任务是，为防止日本法西斯对苏联的进攻，或者一旦日本法西斯进攻苏联时，我们做好后方策应，破坏日寇在满洲的战略设施……"马德平说。

"或者切断日寇后勤的物质供应，使日寇的战争成为无源之水。"马德原说。

"很好。"托莫内恩将军说，"你们俩即将被委派回国。"

"请将军同志下达作战命令。"马德平说。

马德平和马德原都以军人的姿态站了起来。

托莫内恩将军说："你们的具体作战任务是，参加苏联红军参谋总部领导的'对日谋略纵火团'，以大连、奉天、安东……甚至朝鲜等日本法西斯的战略基地，作为破坏重点，打击日本法西斯。"

"是。"马德平和马德原说。

托莫内恩将军说："这个'对日谋略纵火团'的主要负责人是姬兴周同志，你们回国后，接受姬兴周同志的领导。"

"是。"马德平和马德原说。

托莫内恩将军说："瓦尼亚同志、舒拉同志，你们'对日谋略纵火团'是一支对日作战的特种部队，应当像一把尖刀似的插入侵华日军的心脏……祝你们取得胜利。"

"打倒日本法西斯，坚决完成战斗任务。"马德平和马德原说。

然后，托莫内恩将军跟身穿苏联红军戎装的马德平和马德原握手，告别。

第二十四章

日寇血洗张家局子
二龙山勇士愤怒复仇

1937 年 2 月 2 日（农历丙子年腊月二十一）。

梨树县，张家局子屯。

张家局子屯，在四平街西北方向，有百八十里地。

正值年前，小白龙一行十几人，骑着战马，带着一些礼品，代表二龙山的辽北抗日义勇军，去了七星山，慰问辽西抗日义勇军，并且，拜会了辽西抗日义勇军的众位首领姜恩波、周祥、于德川等人……他们在回返二龙山的路上，路过张家局子屯。

小白龙说："我的姨表哥就在这个屯，中午了，咱们在我姨表哥家打个站儿，咋样？"

"好哇，人累了，歇歇脚儿，喝点水儿，马也乏了，给马喂点草料，饮点水……"万国彪和张景春说。

小白龙说："那好，咱们进屯儿。"

"是喽。"万国彪和张景春说。

小白龙说："万国彪。"

"有。"万国彪说。

小白龙说："屯子四角，给我放四个岗哨。"

"是。"万国彪说。

"就这么个十几户人家的小屯子，还用放四个岗哨吗？"张景春说。

小白龙说："没事儿防备有事儿，谨慎为妙。"

"也是。"张景春说。

说话间，他们进了屯子，来到了小白龙的表哥张典武家的院门前，把马匹拴在了门前的榆树上，然后，进了院子。

张典武听到了院里和院外的动静，从屋里出来，一看是小白龙，就说道："哟呵——哪股风把大掌柜的给刮来了？"

小白龙笑着说："还有两天就立春了，春风。"

"你都几年没来了，早就把你哥、你嫂子忘了吧？"典武嫂子开玩笑说。

小白龙说："哪敢啊，这不就来了吗？"

"叔，你来了？"张典武的儿子张小方说。

小白龙说："哦，小方啊，你还认识我呢？"

"认识，你那年来，还给我压岁钱了呢。"张小方高兴地说。

小白龙说："后天就是小年了，叔叔今儿个就给你压岁钱。"

说着，他从衣兜里掏出了五块大洋，在手里掂了掂，然后，给了张小方，张小方仿佛是怕让他爹看见，立刻利索地塞进了自己的衣兜里。

"谢谢叔叔。"张小方小声地说。

小白龙说："小方，你今年几岁了？"

"8岁了。"张小方说。

小白龙说："等你长大了，就好啦。"

"为啥呢？"张小方说。

小白龙说："那个时候，我们就把小鬼子打跑了。"

"哦。"张小方说。

"喂，让你的弟兄们也都进屋吧，屋里暖和。"张典武说。

小白龙说："哦，弟兄们，进屋吧。"

"你们都进屋暖和暖和，我喂喂牲口……"张景春说。

"把马都牵进院子里，有马槽子，又有水井……"张典武说。

"好咧。"张景春说。

弟兄们进了屋，典武嫂子烧水，小方拉风匣，大锅里的水，开得也快，沏了茶，给大家。大家喝茶。典武嫂子说：

"我说表弟啊，你都40岁的人了吧，你比我们家典武就小几个月，我们家仁小子俩丫头，你呢，这么些年了，还是光棍一条，连媳妇还没娶呢。你就是个山大王，也得有个压寨夫人哪——你可是让嫂子我惦记了。"

小白龙说："打小鬼子，出生入死的，娶个媳妇，可能害了人家。"

万国彪说："嫂子说得对，我们也劝过他……我们二龙山还真就缺个压寨夫人。"

"啥时候娶压寨夫人，我们都等着喝喜酒呢。"弟兄们插嘴说。

小白龙说："等把小鬼子打回东洋去的时候。"

典武嫂子说："我说二龙山的大掌柜的，你应当是打鬼子、娶媳妇，两不误啊，是不是？你就是一条龙，也得留下个龙种啊，弟兄们，我说的是不是？"

"是啊。"众弟兄应和道。

典武嫂子说："后天就是腊月二十三，既是小年，又是立春，我现在就给你们大家伙儿烙春饼……再把肉丝、蒜苗、绿豆芽子炒好，然后，一卷春饼……好吃着呢。"

小白龙说："有劳嫂子费心了。"

典武嫂子说："一家人，谁跟谁啊？"

正说着，哨兵进来报告："大掌柜的，有一队日伪军从南边过来了。"

张典武说："这儿这阵子常来小鬼子的'讨伐队'，说是讨伐土匪。"

小白龙说："日伪军来了多少人？"

哨兵说："前边是骑马的，六匹马，后边半里地远，跟着有一辆汽车，估计能有二十几名日伪军。"

小白龙说："弟兄们，准备战斗。"

"是。"众弟兄回应。

弟兄们子弹上膛，迅速地出了屋子。

小白龙和他的弟兄们在院墙处向外看，果然，有六匹马走在前头，后面跟着一辆汽车，由于道路疙疙瘩瘩的，走得落了后。

在屯子外头，六匹马停了下来，对屯子指指点点，大概是等着后边行走缓慢的汽车；汽车接近了六匹马，这六匹马才又缓缓前行。

小白龙说："谁去对付后边的汽车？"

万国彪说："我去。"

小白龙说："你带着十个弟兄，反穿皮袄，顺着柴禾垛，再进入树毛子，埋伏在树毛子里，目的是接近那辆汽车……听到了我们的枪声，就往汽车上一顿手榴弹，炸他个狗娘养的，日伪军连下车也甭下车，就去见阎王爷去吧。"

万国彪说："是。"

小白龙说："其他几个弟兄，家活什儿准备好了没有？"

"准备好了。"弟兄们回答。

弟兄们的手里，都是一把盒子炮和一把长枪。

小白龙说："把枪给我瞄准6匹马，尤其是走在头里，腰挎东洋刀和手枪的那个日本军官，咱们就看谁的枪法准了。"

"是。"弟兄们回答。

小白龙见6匹马接近了，而且，那辆汽车也走进了万国彪他们的投掷范围之内，他就举起双枪，喊了一声："打。"

弟兄们枪膛里的子弹，朝着6匹马直飞而去。

走在头里的那名日本军官应声落马……与此同时，手榴弹投向了那辆汽车……这个"讨伐队"，说是讨伐，但是，对于这突如其来的打击，却根本没有准备，被打了个措手不及。

6匹马中的其他几匹掉过马头，仓皇逃窜……但是，开车的一看情势不好，赶紧打舵，掉转方向，冲进了道旁的大漫地里，地是冻结的，覆盖着雪层，虽然颠颠簸簸，而且还挨了炸，毕竟驶出了手榴弹的投掷范围。

汽车上的日伪军"吱吱哇哇"地惨叫着，不知是被炸得伤痛，还是颠簸得受不了？子弹在追赶，汽车轮子在逃跑，终于逃出了子弹的射程之外。

日伪军溃逃了，留下了三具尸体。一具是腰挎东洋刀的日军军官，另两具尸体是从汽车上滚落下来的，一具是日军士兵，另一具是伪军。

义勇军战士们走了过去，从日军军官的衣兜里掏出了军官证，张景春看了，说："这个日本军官，叫'大平'，是日军大尉。"

有人又从日军和伪军的衣兜里，掏出了他们的证件，递给了张景春。

张景春翻看了证件，说道："这两个家伙，一个是四平街日本守备队的，另一个是四平街保安队的。"

万国彪说："总之，都是日伪军组成的'讨伐队'的。"

"把这三具尸体都拖到树毛子里去，用雪埋上，等着让日伪军来收尸吧。"小白龙说，"走，弟兄们，吃了饭再走，小鬼子就是想要杀个回马枪，半天时间也回不来。"

"是。"弟兄们回答。

于是，他们在张典武家吃了饭，然后，返回了二龙山。

四平街，道东宪兵队。

傍晚时分，宪兵队长马春城召集紧急会议，研讨张家局子屯的情势。

满洲国时期的宪兵，分为"日系"和"满系"两部分。这两部分宪兵尽管隶属于不同系统，但是，目的却是一个，执行军事警察任务。宪兵的主要任务，实际上是地方防卫，即搜集抗日军民的情报，追杀反满抗日军民，配合关东军、伪国军，对抗日武装作战。

"日系"宪兵，是日本关东军系统的关东军宪兵队。

"满系"宪兵，是随着满洲国所谓"国军"的"建军"，而组建的一支执行军事警察任务的部队，也是日本在东北法西斯殖民统治的重要工具。

"满系"宪兵和"日系"宪兵，常常采取联合行动。

马春城知道了满洲国政府决定今年成立"四平街市"，而且，还有要建立"四平省"的风声，于是，他找到了他在"新京"——"长春"的叔叔马宏图，让他叔叔在四平街给他谋个差事，以备水涨船高，官升油水涨——他如愿以偿，来到了四平街，当了"满系"宪兵的宪兵队长。

马春城说："我派人暗中去了张家局子屯，大平大尉和另两位牺牲者，被匪徒们拖到了雪地里，用雪埋了。"

"噢，埋了……知道了准确的地点了，这大大的好。"日本守备队的黑泽大尉说。

马春城说："金翻译官，你的伤势咋样？"

"伤在肩膀上，还好，没伤着骨头。"肩膀上缠着绷带的金翻译说，他是走在前头的六匹马其中逃脱了的一个。

马春城说："去张家局子屯一带讨伐土匪……这个主张是保安大队的分队长王队长提出来的，结果呢，造成了牺牲。"

"张家局子屯那一带，是个啥地方？众所周知，四平街的人都管那地方叫'北荒'，是土匪经常出没的地方——这次讨伐行动虽然遭到了伏击……但是，却证明了，我的提议，没错啊。"保安大队的分队长王大山东子说。

他虽然有姓有名，但是，人们都管他叫"王大山东子"，他从小随父母来到了关东，口音却没有咋改，还是一口的山东腔。

马春城说："有土匪，的确有土匪，但是，我们却牺牲了两位皇军，还有一位保安队的弟兄。"

"张家局子屯那一带，说白了吧，那是个土匪窝啊。"王大山东子说，"我就是那一带土生土长的人，我还不知道吗？"

马春城知道，王大山东子把话已经说白了，他本身就是土匪出身，四平街成立保安大队，需要笼络人马，王大山东子的匪绺子就被收编进来了。

"张家局子的，土匪窝的干活？"黑泽说。

"是的，张家局子屯的那一带，都是土匪窝，没有好人。"王大山东子断定地说。

"土匪窝的，死啦死啦的。"黑泽大尉站起身来，满脸的愤恨，他恼怒地说。

马春城说："由我们宪兵队跟保安队联手，去张家局子屯讨伐土匪……再把大平大尉等人的尸体接回来吧。"

"不，由我亲自带领日本守备队再去……"黑泽说，他又指着王大山东子，"你的，也要再次地去……带路的干活。"

"是。"王大山东子说。

"我也去，去报一枪之仇。"金翻译自告奋勇地说。

"好的。"黑泽说，"明天上午就出发。"

马春城说："预祝你们讨伐成功。"

散会了，各自做明天去张家局子屯讨伐土匪的准备去了。

1937 年 2 月 3 日（农历丙子年腊月二十二），中午。

梨树县，张家局子屯。

两辆卡车，后面是马队，由日伪军组成的讨伐队包围了张家局子屯。

黑泽叫喊着："把屯子里的人，统统都赶出来。"

王大山东子也跟着叫喊："黑泽太君命令，把屯子里的人，统统都赶出来，从屯子东头往西头赶。"

日本兵在屯子的东头放起火来，开始烧房子……听到的是女人的号啕大哭和孩子的叫声……有的男人砸碎了窗棂，跳出去，想逃跑……讨伐队就鸣枪恫吓。

金翻译进了杨家，对杨家的女主人说："渴了，我得喝点水。"

杨家的女主人就从水缸里舀了一瓢水给他，他没有马上接过来，而是说："你先喝几口，然后，我再喝。"

杨家的女主人喝了几口，金翻译才接过了水瓢，喝水。

金翻译对杨家的女主人说："这次日本人气坏了，饶不了你们的。"

然后，他匆匆地走了。

杨家的女主人姓张，张小方管她叫"大姐"，是张家的本家，而且，两家的关系很好。所以，小方的这位大姐对自己的丈夫说：

"你赶快到小方家去，让他们家的人赶紧跑，刚才来喝水的那人，我认识他，他是日本人的翻译，姓金；他说了，这次日本人来了，轻饶不了咱们屯子的人。"

"嗯哪，我这就去。"这位小方的杨家姐夫说。

说完，他从后窗户钻了出去，到了小方家。

杨家姐夫说："赶紧跑吧，这次小鬼子是要对咱们屯子下狠手的。"

小方妈说："咋能跑啊，这家咋办？"

杨家姐夫说："你是顾家还是顾命啊？我求求你们啦，快点跑吧。"

小方妈说："时冬腊月的，天这么冷，咋走啊？别把孩子都冻坏了。"

张典武一时也没了主意，说："是啊，咋跑啊？这家……"

杨家姐夫急了，说："你们家的人咋这么不进盐酱儿呢，小鬼子心狠手辣，杀人如麻啊，啥也别顾了，顾命吧。"

杨家姐夫见张典武和小方妈都很犹豫，一副木讷的样子，气得一跺脚，"唉"地叹了一口气，离开了小方家。

杨家姐夫前脚走，王大山东子就来到小方家，笑嘻嘻地对张典武说：

"快过年了，日本皇军让乡亲们都到屯子东头去开会，日本皇军会给大家伙儿发钱，还会给小孩儿发糖……"

小方爹冷冷地一笑，说："发钱，发糖？哪儿来的菩萨？"

王大山东子拉着小方爹说："你出来帮着招呼招呼，让屯子里的人们都到屯子东头去，皇军要给乡亲们开会。"

张典武吱吱扭扭地被王大山东子拽走了。

小方家的门前闹哄哄的，东边又响起了枪声。

几个日本兵端着枪，闯进了小方家的院子，小方家的大黄狗扑了过去，日本兵"砰"的一枪，打在了大黄狗的脑门上，大黄狗惨叫了一声，直挺挺地死在了院子的门口。

小方蹲在炕旮旯里，身上蒙着棉花套子，搂着弟弟，一动也不敢动。

日本兵踢开了里屋的门，王大山东子又来了，说："你们家里的人，赶快到屯子的东头去，皇军要训话。"

他拿着个棒子，推搡着小方妈。

小方妈紧紧地搂着小方的小妹妹。

日本兵用刺刀挑起了门帘子，赶着小方妈往外走，小方妈走出了大门外。这时，小方搂着的弟弟却突然间又哭又叫。日本兵一听，又折返回来。小方怕日本兵打他和他的弟弟，就背着弟弟撵了出来。

小方紧紧跟在妈妈的身后。小方的弟弟光着屁股，两个小脚丫子冻得红赤赤的。

日本兵比画着，让他们向南走，去西树趟子。西树趟子那里一个大坑，西树趟子的边上，架着三挺机枪。

小方刚走到大坑边上，就见到坑里边的死人，横躺竖卧的……王大山东子叫喊着："你们都他妈的跪下。"

小方妈放下了小方的妹妹，脱下破布衫把小方的弟弟的腿和脚包了起来，然后，又把小方妹妹紧紧地搂在怀里，她沉稳地对身边小方说："你跑吧，或许有救……找你小白龙叔叔，给全家人报仇。"

小鬼子的机枪响了，疯狂地扫射着……小方妈倒在了血泊中，小方看到妈妈的心口窝处冒血了，但是，还紧紧地搂着小方的妹妹，小方的弟弟满脸都是血。

机枪还在扫射着，小方记住了妈妈的话，突然间，来了一股子激劲，爬起来就向西猛跑，像一只要摆脱毒蛇吞噬的惊恐而又机敏的小兔子，他一边奔跑，一边喊着、叫着、哭着……在他的身后的冰天雪地上，留下了一串清晰的赤裸着脚的脚丫子的印迹。

日本兵发现了，嗷嗷地叫着，喊他站住，并且，让北边的日本兵截住他，于是，他又向西北方向跑。

日本兵向小方开枪，子弹在他的身前身后、身左身右，嗖嗖地嚣叫着，溅起一蓬蓬雪花……小方不顾一切地奔跑，跑到了大道上，那里有一堵场院的墙，还有柴禾垛，挡着日本兵的视线……日本兵一看，枪弹打不着，就追赶他。

日本兵追赶到了岗子上，但是，小方像一只脱兔，一下扎进了柳树毛子里……日本兵看不见小方的身影了，只好撤回去了。

小方一直向双山子屯跑去。

梨树县，双山子屯。

小方跑到了姑姑家，一句话也说不出来，放声大哭。

姑姑把他抱在了炕上，见他脸上有血，用温水给他擦拭，却见他的耳朵上有枪弹打穿的弹孔；小方在雪地上拼命逃窜的过程中，他的耳朵被子弹射穿，他竟然没有感觉到。

他哭着向姑姑讲述了爹爹、妈妈、弟弟、妹妹，被日本兵打死了……姑姑听了，也哭成了个泪人。

小方这时候才感到了腿脚好像冻得没有知觉了，他说：

"姑姑，我的腿脚……"

看着小方冻得赤红的脚板和腿上，还残留着雪渍……姑姑去外屋间，用盆子端来了一盆凉水，放在了坑上，然后，她说："腿冻成了这个样子，只能用凉水拔，把冰冷拔出来……否则的话，腿脚就会烂掉的。"

说着，她把小方的腿浸进了凉水盆子里，然后，她用手在小方冰冷的腿脚上不断地撩水，又不断地揉搓……稍过了一会儿，她问：

"腿脚上，感觉到暖意了吗？"

小方说："有点了。"

姑姑说："那就是说，冰冷之气被拔出来了，血液开始流通了。"

她继续在凉水里摩挲小方的腿脚，一直到她也感觉到了小方的腿脚变得温暖了，她才把小方的腿脚从水盆子里挪出来，把他腿脚上的水擦干，然后，捂在被子里。

小方说："我妈说了，让我找小白龙叔叔，给我们屯子的人报仇。"

姑姑说："你不说这话，我还真就不知道咋办好了。"

这时，小方的姑父进屋了，说："小方来了呀……张家局子出事了。"

姑姑说："小方说了，他们屯子的人都被小鬼子用枪给'突突'了，太惨啦。"

姑父说："我听到张家局子的机枪扫射的声音了，还惦记着呢。"

"嫂子说，让把这事去跟小白龙讲了……让小白龙给他们屯子的人报仇。"姑姑说，"你赶紧跑一趟二龙山吧。"

姑父说："我这就去。"

说完，他就磨转身，到了院子里，解开了黑马的缰绳，片身上了黑马，然后，一声"驾"，黑马撩开四蹄，蹄下生起雪烟，直奔二龙山而去。

1937 年 2 月 4 日（农历丙子年腊月二十三），小年。

梨树县，张家局子屯。

小白龙带着二龙山的弟兄们骑着快马，来到了这里，他们站在了西树趟子的大坑前，看见了躺在坑沿上的 26 具尸体。

日伪军的讨伐队血洗了张家局子屯，但却没有掩埋被他们杀死的老少妇孺。

小白龙说："是谁领着来这里屠戮的？"

杨家姐姐说："我认识的，有四平街日本守备队的朝鲜族的金翻译，还有保安队的王大山东子，是他们领着日本人来的。"

杨家姐夫说："王大山东子原本是这一带的土匪，日本人来了，他就投靠了日本人；这个人在这一带名声恶劣，家里的小孩儿哭了，一说'王大山东子来了'，小孩儿吓得立马就不敢哭了。"

万国彪说："大掌柜的，这是被日本人杀死的张家局子屯的老少妇孺的名单。"

小白龙接过了名单，名单上写着被害人：

> 张典武：男，四十岁，张小方之父。
>
> 张于氏：女，四十岁，张小方之母。
>
> 张大丫：女，十四岁，张小方的姐姐。
>
> 张小丫：女，两岁，张小方的妹妹。
>
> 张小三：男，六岁，张小方的弟弟。
>
> 张小四：男，四岁，张小方的弟弟。
>
> 张王氏：女，四十五岁，张小方的大娘。
>
> 张大柱：男，十岁，张王氏之子。
>
> 张曲子：男，八岁，张王氏之子。
>
> 张眨子：女，五岁，张王氏之女。
>
> 张孙氏：女，三十五岁，张小方的老婶。
>
> 张小芬：男，六岁，张孙氏之子。
>
> 张小丫：女，三岁，张孙氏之女。
>
> 张李氏：女，三十五岁，张二发之妻。
>
> 张洪喜：男，九岁，张二发之子。
>
> 张大丫：女，七岁，张二发长女。
>
> 张二丫：女，三岁，张二发次女。
>
> 杨占春：男，四十岁，杨秀兰之父。
>
> 老王头：男，六十岁，绰号"王晃头"。
>
> 老王头妻：女，六十岁。

李老八：男，五十五岁，张二发的岳父。

刘克剑：男，四十五岁。

刘克剑妻：女，四十五岁。

小君子：女，七岁，刘克剑之女。

老董头：男，五十岁。

老董头儿子：男，十三岁。

小白龙看过了被害人的名单，心痛至极。

在这被血洗的26位名单里，有12名是年龄没有超过10岁的幼年娃娃，还有两位是年龄没有超过15岁的稚嫩童年，他们占去了这26位被屠杀者的一半以上……他心里恨恨地咒骂道：日本鬼子，你们这些灭绝人性的畜生。

他忍着悲痛地说："买棺材了吗?"

张景春说："派人去买了。"

小白龙说："把他们好生地盛敛了，记住这血海深仇。"

张景春说："是。"

"叔叔，报仇啊。"张小方稚嫩的声音。

小白龙把小方抱在了怀里，他落泪了，说："被屠杀的都是无辜的老少妇孺啊，小鬼子和汉奸们实在是太残忍了……我不报此仇，誓不为人。"

义勇军将士们都高高地举起了枪支，他们发出了誓言，愤怒地吼叫着："不报此仇，誓不为人。"

铮铮的誓言，愤怒的吼声，震撼大地，响彻长空。

1937年2月7日（农历丙子年腊月二十六）。

天黑了，路灯亮了。

四平街道东，金翻译家门口。

金翻译从马车上下来，脚步迈上了马路的台阶，就在这个时候，他的嘴被一块破布捂上了，他的胳膊被拧在了背后，他的脑袋被套上了袋子，然后，一根绳子把他捆了起来，他被挟持着上了一辆早就停在那里的马车。

马蹄嗒嗒，驰出了四平街，奔向了下三台的方向，进了山。

在山里，马车停了下来，把金翻译押下了车，取下了套头的袋子，又掏出了塞进他嘴里的破布。

张景春从金翻译的身后的腿弯处踹上一脚，金翻译跪在了雪地上。

小白龙说："你就是金翻译？"

金翻译连连点头，说："我是、我是，各位大爷，要钱的话，我的有。"

小白龙说："不要你的钱。"

金翻译说："不要我的钱，可也别要了我的命，我吃这碗饭，给日本人当翻译，也是迫不得已。"

小白龙说："我只是问你点事儿。"

金翻译说："哦，你说、你说，我知道的，统统回答。"

小白龙说："腊月二十二，你去张家局子屯了？"

金翻译说："去了。"

小白龙说："张家局子屯，讨伐队杀了那么多老少妇孺，你知道？"

金翻译说："我在场。"

小白龙说："谁决定的？"

金翻译说："头一天，讨伐队的大平大尉他们被击毙……晚上，在宪兵队马春城那里开会，王大山东子说张家局子屯地处'北荒'，那一带是土匪窝，没好人……黑泽大尉恼火地说，他要亲自领兵去……就这样，血洗了张家局子屯。"

小白龙说："黑泽大尉现在的任务是干啥？"

金翻译说："主管讨伐行动……"

小白龙说："有啥规律？"

金翻译说："每三天，向北面出动一次，重点是张家局子屯一带，路线是过条子河，走小红咀子……"

小白龙说："小红咀子是必经之路？"

金翻译说："嗯哪。"

小白龙说："王大山东子在干啥？"

金翻译说："他跟着黑泽出去讨伐……因为，他熟悉北面那一带的情况。"

小白龙说："哦，你们在张家局子屯杀了那么多的无辜，该如何处置你？"

金翻译听了，磕头又作揖，说："诸位大爷，饶了我吧，我跟着去张家局子屯，完全是迫不得已啊……"

还没有等他说完，万国彪已经向他开了枪，击中了他的脑袋，他登时就没了命，然后，割下了他的人头，把他的没有人头的尸身拖进了旁边的一个岩洞里。

那个岩洞，成了他尸身的永久的坟墓。

1937 年 4 月 23 日，傍晚。

四平街西郊，条子河河口。

春风送暖，冰雪融化了之后的黑土地，湿润润的，蒿草的稚嫩的叶苗从去年枯萎的残枝败叶中钻了出来。

大地开始耕种了。

河口处往往河面宽阔，岸坡平缓，而且，条子河口是沙坡土岸，常年走车，牛车、驴车、马车，还有冬天走爬犁，因而，更显得宽阔而平缓。

河边的柳树毛子，密集的枝条在春风中摇曳着，已经泛白发青，芽孢鼓鼓溜溜的，新叶似乎就要一夜绽放。

黑泽大尉率领的讨伐队，讨伐归来。

他们乘坐着三辆卡车，在小红咀子那边出现了，明显的标志就是卡车的大灯，六条直勾勾的明晃晃的光柱，照耀着前方，驶向条子河口。过了条子河口，再走个三里五里的，就进了四平街了。

到了条子河口，卡车减速，一辆跟着一辆地缓慢下坡，头一辆过了河在爬向东岸，中间一辆驶入了条子河的流水中，后一辆下了西岸……就在这个时候，卡车的胶皮轱辘的下边爆响了地雷，与此同时，柳树毛子里的机枪、步枪、手枪，还有手榴弹，都暴风骤雨般地扑向了三辆卡车，卡车起了火。

黑咕隆咚的天儿，突然的袭击，日伪军讨伐队乘坐着卡车又是在凹陷的河道里，百八十人的日伪军讨伐队，来不及反击，就死的死，伤的伤，伤亡过半。

小白龙高喊着："弟兄们，为张家局子的死难同胞报仇啊，杀啊——"

他挥舞着双枪，向日伪军冲去。

"为张家局子的死难同胞报仇啊，杀啊——"战士们呼应着。

他们冲向了日伪军……日伪军被歼灭了，战士们打扫战场。

万国彪前来报告："黑泽被打死了。"

"好。"小白龙说，"割下他的首级。"

万国彪说："他的首级已经在我的手里了。"

小白龙向下一看，万国彪的左手上果然提溜着一颗血淋淋的人头，小白龙说："汉奸王大山东子呢?"

张景春说："没发现他的身影。"

小白龙说："问了保安队的了?"

"问了。"张景春说，"这次行动，他没来。"

小白龙说："这小子有啥特征、标记?"

张景春说："他左侧腮帮子上有一小块半拉铜钱大的粉红色的斑痣。"

小白龙说："了解他的行踪了吗?"

"了解了。"张景春说，"最近，王大山东子恋上了'悦乐园'的妓女小红宝，三天两头去小红宝那里……"

小白龙说："嗯，能扑到他的影儿就行，跑不了他。"

万国彪说："死的已经死了，活口的咋处理?"

小白龙说："对日本兵，不留活口。"

万国彪说："是。"

张景春说："保安队的伪军呢?"

小白龙说："审问一下，凡是腊月二十二去了张家局子屯的，一律枪毙；那一天没去张家局子屯的，训话之后，放他一马。"

张景春说："是。"

然后，张景春和万国彪分别执行小白龙的命令去了。

1937 年 4 月 25 日，下午。

四平街道东，北市场，悦乐楼。

王大山东子大摇大摆地走在前，身后是穿着保安队员制服的他的四个保镖。王大山东子推门进了悦乐楼。他的四个保镖在门前留步，斜挎盒子炮，警觉地站在了楼门的两边。

在悦乐楼的斜对面，有个卖香烟的，肩头上挎着个皮制的钱袋子，确认了王大山东子左侧脸蛋子上的粉红色的斑痣，又见王大山东子进了悦乐楼，他也站起身来，扔下自己的烟摊，也走进了悦乐楼。这个盯在这里卖香烟的，正是二龙山的大掌柜的小白龙。

老鸨子见小白龙进来了，马上高声地喊道："姑娘们，见客——"

花枝招展的姑娘们应声，从各自的房间里扭扭搭搭地走了出来……小白龙说："我只要小桃红姑娘。"

"噢，原来在我们悦乐楼早有相好的啊，那妈妈我就成全了你们。"老鸨子说，随后叫道，"小桃红——"

小桃红过来牵住了小白龙的手，拥在了他的怀里，娇媚地说道："先生，跟我来，咱们上二楼……"

小白龙笑呵呵的，说："你真柔媚，招人稀罕。"

说着，从自己的皮制的钱袋子里掏出了一把银洋，一块一块地丢进了小桃红的手里，一共 10 块。

小桃红说："这是……"

小白龙说："一见你就欢喜，额外的体恤钱儿，呵呵。"

小桃红说："先生大方，我一定好生地伺候你……"

小白龙和小桃红相拥着，上了二楼。

他之所以叫出了小桃红的名字，是因为他们侦察到小桃红的房间在小红宝的隔壁，因而，他一进来就点出了小桃红的名字。

进了小桃红的房间，小桃红娇滴滴地说："先生，我给你宽衣，咱们上炕吧，被窝是热乎的。"

虽然是即将进入 5 月了，但是，东北的天气，还是有些寒凉，需要烧炕取暖。

小白龙却在椅子上坐了下来，他从皮袋子里取出一根金条，递给了小桃红，小桃红接了过来，满脸堆笑，感到确实遇到了爽快的财主。

小白龙说："你切不可惊讶。"

小桃红说："你是这么高雅的贵客，我惊讶啥啊？"

小白龙却从皮袋子里拿出了一把手枪和一把斧头，小桃红登时没了笑容，满脸的愕然，却又不敢吱声。小白龙说：

"你在屋里待着，不要走出这个屋门，否则，会溅你一身血。"

小桃红连连点头。

小白龙闪身出去，一脚踹开了隔壁小红宝的房门，已经把赤裸裸的小红宝搂在温暖的被窝里的王大山东子，听到踹门的动静，从枕头上震惊地抬起身来，一只手支撑身子，抬起脑袋，想看个究竟。另一只手却伸进了枕头底下，摸枪……就这一刹那间，小白龙挥手就照着王大山东子，"砰、砰"地连发了两枪。

两枪的子弹，一枪击中了王大山东子的脑袋，另一枪击中了王大山东子的胸部，他立马沉下了身子，耷拉下了他的脑袋，浓浓的鲜血从脑部、胸部冒了出来……小红宝吓得惊叫起来，顾不得身体的赤裸，缩身到了墙角，瑟瑟发抖。

小白龙走到了炕边，用斧子砍下了王大山东子的脑袋，用被单子一裹，塞进了皮袋子里，然后，走出小红宝的房门，看见了听到枪声而涌进悦乐楼来的王大山东子的保镖，正要上楼……小白龙抬手又是两枪，跑在前头的两个保镖，仆倒在地。

小白龙打开了楼梯旁边的窗子，纵身跳出了窗外，窗外是胡同，他拐个弯儿，向南奔跑。他的身后，是喊叫声：

"杀人啦，抓住凶手啊。"

"包围这一片啊，别让他跑喽。"

"……"

喊叫声、笛哨声、枪声，闹哄哄的，一片混乱。

奔跑着的小白龙，听到了追赶着的纷至沓来的脚步声……他身旁是院落的院墙，贴着院墙长着一棵大柳树，他用手一搭树干，蹿上了柳树，然后，跃身过墙，跳进了院子里。

院子里有位女子，正在侍弄院子里的花草。

她看见跳进了院子里的人，马上叫道："小白龙大哥，你咋来了?"

小白龙见了，说："噢，难得莲花妹子一眼就认出了我……这是莲花妹子家啊?"

"是啊。"白莲花说，"你可是救我跳出火坑的恩人哪，我咋能不铭刻在心呢。"

白莲花当年是四平街铁西的怡红苑里的妓女，她把一个经济信息告诉了赵翰章，赵翰章答应——这个经济信息一旦得到了证实，就把她赎出妓院……果然，靠这条经济信息，赵翰章大赚了一笔，他践行前言，要把白莲花赎出来，但是，怡红苑的老龟头却因为白莲花是当红妓女，任凭赵翰章愿意付出多少钱也不准。

无奈，赵翰章请求二龙山的大掌柜小白龙帮助，小白龙绑架了怡红苑的老龟头，怡红苑被迫把白莲花送上了二龙山……白莲花才得以从妓院里赎出，得以跳出妓院这个火坑，弃娼从良，成为赵翰章的姨太太。

因而，白莲花对二龙山的大掌柜的小白龙印象深刻，虽然，时光已经过去九年了。

小白龙说："哦，这可真是巧了。"

白莲花说:"你的皮袋子里是啥呀,鼓鼓囊囊的,还洇出了血渍?"

小白龙说:"是人头。"

白莲花说:"小白龙哥哥,别吓唬我啊。"

"真是人头,我刚才在悦乐楼杀了保安队的分队长王大山东子,割下了他的人头,用来祭奠张家局子屯的乡亲们。"小白龙说,"日伪军讨伐队血洗了张家局子屯……你听说了吗?"

白莲花说:"那么凄惨的事儿,远近闻名,咋不知道啊?心痛啊。"

小白龙说:"王大山东子就是制造这场惨案的主谋、刽子手,他原本还是张家局子屯的那一带的人呢。"

白莲花恨恨地说道:"这个王大山东子,就是个畜生,应该是人人得而诛之。"

院外杂沓的脚步声,挨家挨户的叫门声,纷乱的喊叫声……小白龙说:"这是日伪军、保安队来搜索我来了。"

白莲花说:"来,到屋子里暂时避一避吧。"

她领着小白龙进了屋,按动一个机关,墙皮旋转,露出了一条地下通道,通道下是一个地下室,亮着灯光。

小白龙走了下去,然后,白莲花又按动机关,旋转的墙皮又归回了原位,一切如初,天衣无缝,毫无破绽。

白莲花又来到了院子里,听见有人在"嘭嘭嘭"地敲击外边院套的院门。她打开了里院的院门,又出去,让家人打开了外边院套的院门。

涌进来的是杀气腾腾的宪兵,然后,队长马春城走了进来。

"凶手就在这附近消失了。"一个宪兵说。

"凶手,哪里来的凶手啊?"白莲花笑呵呵地说,笑容中凸显了她的脸蛋上的两个美丽而生动的小酒窝。

"队长,很可能就进了这个院落。"另一个宪兵对马春城说。

"我们的一个弟兄,在悦乐楼被枪杀,还被砍去了脑袋……然后,凶手跳窗逃匿了,我们正在全力搜捕。"马春城说。

"杀了人,还砍去了脑袋,看来这是仇杀了。"白莲花说,"你们可以调查死者都有哪些仇家啊,然后,就找出凶手了啊。"

白莲花说话,款款道来,不紧不慢,莺声燕语。

马春城向眼前的女子看去,他立马怔住了。

站在眼前的女子,足踏大红的绒绣鞋,鞋面上绣着绿叶白莲花。

这女子身穿淡蓝色的旗袍，旗袍透显着女子的曼妙的性感的身段，旗袍左侧的乳峰的峰顶也绣着一朵由绿叶衬托的白莲花，仿佛是真品嵌上去的，圣洁而又优雅。

大波浪的发型，如行云流水，新颖而时尚。耳坠是金镶玉，玉石的造型还是白莲花，白莲花由绿叶映衬，绿叶是镶上去的荧光闪烁的翡翠，使得摆曳的耳坠，熠熠生辉。

她略施粉黛的面容，如透露着粉色的一朵白莲花。她的脸皮儿细腻、温润。她宽额头，双眼皮；浓眉大眼，眼睛亮泽而有如秋水涟漪。秀挺的鼻峰，淡雅的鼻息，仿佛馨香缭绕。红润的嘴唇，大方而庄重；碎玉般的牙齿，整齐而晶莹。

她落落大方，雍容而华贵。

她粉腮上的酒窝，尽显着她可以晕眩异性的性感的魅力；尤其是她那波光闪烁的大眼睛，仿佛是一泓情海，海面似乎平静，但是，海面之下仿佛有荡漾的旋涡、吸附的磁力，可以裹挟和引荡一切尚有春心的异性，使其趋之若鹜。

马春城仿佛从来也没有见到过这样貌美而有风度的女子，他被她的貌美、她的风度震撼了，令他心旌摇曳，他的肝颤了、他的脾软了、他的肺沁了、他的肾壮了、他的胆酥了……他错愕了、惊呆了，心中不禁赞叹道："好一朵'蝴蝶迷'啊。"

"队长，我们是搜，还是不搜？"一个宪兵说。

马春城仿佛没有听到他的属下的宪兵的请示，直到这个宪兵以为他自己说话声音太小，又大声地重复了第二遍，马春城才从怔忡和迷幻中苏醒过来。他说：

"哦、哦……这家的主人是谁啊？"

"赵翰章。"白莲花说。

"您呢？"马春城说。

"白莲花。"

"你是赵先生的太太？"马春城说。

"是的，姨太太。"白莲花说。

"赵翰章先生，我听说过，大财主啊。"马春城说。

他心中却对赵翰章又妒又羡，心中暗暗地嘀咕道：赵翰章——你个老家伙，你好艳福啊，拥有这么个绝色美人儿，你他妈的就是死了，也值了啊。

"不过是有几个小钱儿，四平街的商会会长，不足挂齿。"白莲花说。

"四平街的名人哪。"马春城说。

"哎呀，混社会呗，啥翟书田翟小鬼儿啊，阚朝山阚旅长啊……都是他的朋友。"白莲花说，"还有……"

"还有谁呀？"马春城说。

"还有马龙坤马老将军，算是他的拜把子。"白莲花说，"从打一起修筑南满铁路的时候，就相识相知。"

"马龙坤老爷子可是不得了，国民政府的中将、四洮铁路的局长……日本人屈尊地请他出山，都请不动他。"马春城说。

"唉，岁数大了，修身养性，吃斋念佛，行善论道……要成仙成佛了。"白莲花说。

"队长，咱们是搜，还是不搜？"宪兵当啷地插了一嘴。

"放肆，有你这么对长官说话的吗？"马春城呵斥道，"你知道这是谁家吗？这是四平街商会的赵会长的家。"

这个宪兵蔫了，不敢吭声了。

"这位宪兵兄弟说得对，你们就搜一搜这个院落，你们这也是执行公务……尤其是杀人的案子，人命关天啊。"白莲花说。

"不的啦，都是社会上的头面人物，咋会窝藏杀人凶手呢？"马春城对白莲花说，然后，又对宪兵们下了命令，"咱们退出这个院子。"

"是。"宪兵们说。

马春城转身走出门外，宪兵们也跟着走出去了。

站在白莲花家的门口，马春城命令道："继续搜查，然后，在这一片布置兵力，严密监视……没有我的命令，不准撤回。"

"是。"宪兵们回答。

马春城说："我就不信，这个杀人凶手能长了翅膀？"

"是。"宪兵们回答。

宪兵们继续挨家挨户地搜查，又在这一片加强了兵力，严密监视。

小白龙走进了地下室。

在灯光的映耀下，他看到地下室里，有桌椅板凳，桌椅上有箱匣，箱匣的盖子敞开着，显然，白莲花短时间内进来过……箱匣里是金银首饰、珠宝翡翠、金银元宝、精美玉雕、唐彩宋瓷，琳琅满目。

还有卷轴——他猜测是名人字画。

他看到还有一张小床，床上铺着白色的羊毛毡子，他放下了皮袋子，然后，躺在了床上，闭目合眼……眯瞪了一小觉儿。

间壁墙转动的时候，发出些微声响，他机灵地坐了起来，见白莲花走进来了，笑着说："我到了你这儿，像是到了家似的，迷迷糊糊地睡着了。"

白莲花说："小白龙哥哥，你这就对了，我到了二龙山也是一样啊。"

小白龙说："要是从马司令那边论，你们家的，跟马龙坤老爷子是一辈的，你还是我的长辈呢。"

白莲花淡淡一笑："我比你年龄小，咱们各论各叫，最好。"

"也罢。"小白龙说，"巧了，闯进了你家的院宅。"

"这是缘分。"白莲花说，"我家的院宅有几处，这是其中的一处，专门是我休闲的时候过来，图个清静……偏偏你来了。"

小白龙说："这是上天的安排啊，苍天佑我啊。"

白莲花说："宪兵们进了院子，声言要搜捕凶手，他们的队长姓马……唠了几句，我让他们搜……他们却不搜了，退了出去。"

小白龙笑了，说："他们见了你，仿佛见到了观世音大士，给吓退了。"

白莲花摆出武将的架势，横眉冷目地说："他们见了我，仿佛是见到了匹马站在长板桥头，手持丈八长矛的猛张飞，我一声断喝，如同霹雳，吼断河水水倒行，喝退曹营百万兵……呵呵。"

小白龙说："你那句'吼断河水水倒行，喝退曹营百万兵'，前面应加上——我是'大宋穆桂英，帅旗之下显雄风'。"

白莲花说："小白龙哥哥，你真能调侃我——那大宋朝的穆桂英，跟曹营百万兵，根本就挨不上啊，呵呵。"

小白龙也笑了，正儿八经地说："莲花妹子，你还别说，我不是调侃，你的确透露着那么一股子英气、豪气。"

白莲花娇嗔地说："就你小白龙哥哥夸我……"

小白龙说："我可以走了吗？"

白莲花说："我在门口，给你备了一匹快马，你出了门，骑上快马……"

小白龙说："谢谢莲花妹子搭救我。"

白莲花说："你把话，说到哪儿去了？想当年，是你小白龙哥哥见义勇为，把我从火坑里搭救出来，我白莲花知恩图报，就是豁出性命，也要为你排忧解难。"

"豪爽，我由衷地敬佩。"小白龙抱拳，说，"日后，你有啥需要排忧解难的，我小白龙就是赴汤蹈火，也在所不辞。"

白莲花说："小白龙哥哥，你说的话，我深信不疑；这才是我的亲哥哥说的话，我记在心里头了。"

小白龙抱拳，再一次致谢，说道："告辞了，莲花妹子，后会有期。"

他把皮袋子又背在了身上，跟着她走出了地下室。

天色，欲黑未黑，懵懵懂懂。

白莲花开了外院的大门，向周边看了看，没发现宪兵和保安队员啥可疑的目标……她解下拴马桩子的马缰绳，说道：

"小白龙哥哥，你可以走了。"

小白龙接过了缰绳，飞身上马，进了胡同，策马扬鞭，向东而去。

小白龙策马扬鞭，向东奔跑。

躲在暗处的宪兵看到了小白龙骑马奔跑，急起而追，鸣枪射击，并且，大声地呼叫："凶手跑了。"

小白龙回手一枪，将这个喊叫着的宪兵撂倒在地，随后，他听到了纷乱的呐喊声。他则策马前冲，冲出了城区。

他的背后传来的枪声，还有子弹疾速滑翔在空气中的哨音……他回首，看到了有七八宪兵纵马追赶着他，边追边向他射击。

他策马跑上了东山，东山上有一片小树林子，他越过了小树林子。

突然，他听到了连发的异样的枪声——这声音既有别于机枪，又有别于步枪，他还听到了中弹者的惨叫声，而且，他感觉到了——追赶他的马蹄声戛然而止……他再回首，看到追赶他的宪兵落马了四五个，其他的宪兵正返身向城区方向回窜。

于是，他策马回返，看见两个小伙子，手持枪身短、弹夹长的新式武器，正向他走来。到了近前，两个小伙子叫道：

"小白龙叔叔。"

小白龙瞪大眼睛，仔细一看，乐了，说道："嘿嘿，德平、德原，是你们两个小兔崽子啊，我寻思是谁呢？"

"小白龙叔叔，干啥啊，落荒而走，还让宪兵追赶？"马德平说。

小白龙说："我去四平街的悦乐楼，拿了王大山东子的项上人头……这个王大山东子是制造张家局子屯惨案的元凶之一。"

"小白龙叔叔不愧是敢于深入虎穴的孤胆英雄啊。"马德原说。

小白龙说："啥英雄不英雄的，我就是想要给张家局子屯的死难者报仇……你们干啥去了，这么巧，遇上了我？"

"平梅线去年通车了，小鬼子在这平东站建了军火库、服装库、建材库……我们来看看，环视一下情况，做到心中有数。"马德平说。

平梅线，四平街到梅河口的铁道干线。平梅、四洮，再加上南满铁路，四平街更成了东北铁路交通的重要枢纽。

小白龙说："你们手里，哪儿来的连发的新武器，嘎嘎新又嘎嘎响？"

"苏式的新型冲锋枪。"马德原说。

小白龙说："哦，好样的。"

"小白龙叔叔，我们送你一程吧。"马德平说。

"送我一程，可以。"小白龙说，"但是，这被你们打死了的宪兵的武器和马匹……我不能不要。"

他纵马前去，打扫刚才的战场……然后，上了马，对马德平和马德原一挥手；马德平和马德原也上了马，他们俩护送小白龙到了下三台，分手道别；然后，小白龙单骑策马，向二龙山奔驰而去。

1937 年 4 月 27 日（农历丁丑年三月十七），深夜。

淡云遮月，若明若暗。

正是春风劲吹时，这一夜却风平、静寂。

张家局子屯，西树趟子大坑。

大坑的周边，种植了 26 棵柳树，每一棵柳树之下点燃着一盏油灯，26 盏油灯的灯火，辉光熠熠。

大坑的南沿，一条长方形的香案，香案上一座香炉，香炉里插着燃烧着的 26 支高香，高香缭绕，袅袅升腾，直达天庭。

香案之上，还摆放着一排大盘子，大盘子里是用白面蒸制的瓜果梨桃、鸡鸭牛羊。

香案前面的地上，有三个用柳条编织的笼子，笼子里是丑陋、狰狞的人头，这三颗人头分别是王大山东子、黑泽、金翻译。

午夜，大坑的周边响起了清脆的枪声，一枪一枪地鸣放，一共鸣放了 26 枪，枪声啸叫着划破夜空，在静寂的夜空中越发地显得愤懑与昂扬。

三天后，香案前的柳条笼子连同笼子里的人头，不见了，说是让野狗叼走了；也有的说，让野狼叼走了。

　　民间艺人"毕壕溜子""髑髅红"，把日寇血洗张家局子屯的惨案编成了唱词，在民间演唱：

　　　　头一出戏啊，
　　　　唱的是——
　　　　四平街以北八十里，
　　　　有个屯子张家局。

　　　　那一日，
　　　　二龙山的义勇军，
　　　　路过此地来休息，
　　　　与日伪讨伐队正相遇。

　　　　义勇军枪法真神奇，
　　　　日本官大平大尉被击毙，
　　　　头冲东脚冲西，
　　　　不信你就看看去。
　　　　日伪讨伐队撒丫子逃啊，
　　　　逃到了四平街才喘口气。

　　　　日伪报复起杀机，
　　　　王山东子出主意，
　　　　日本官黑泽大尉亲自去，
　　　　屁股后面跟着个金翻译。

　　　　可怜啊张家局，
　　　　日伪军兽性起，
　　　　烧房子抢东西，
　　　　妇孺老少遭血洗，
　　　　二十六名死得屈。

二龙山的义勇军，
得到了这个消息，
宰了汉奸金翻译；
条子河畔打伏击，
黑泽大尉命归西。

王山东子去嫖妓，
挨枪死在了被窝里，
肥乎乎脑袋被砍去，
剩下了无头的尸体。

张家局子死者祭，
二十六响震天地，
二十六盏灯熠熠，
二十六炷香缕缕，
祭桌前摆着仨首级，
黑泽王山东金翻译。

唱到这儿啊算一集，
子孙后代要铭记，
把日寇赶回东洋去，
中国人啊要自立，
强我中华好天地。

第二十五章

辽北抗日义勇军在沙河子
大桥颠覆日寇军列

1937 年 7 月 19 日。

二龙山，聚义厅。

马忠华说："7 月 7 日，爆发了'卢沟桥事变'，日本帝国主义发动了全面侵华的战争，有全面侵略就必然有全面反抗，中华民族开始全面抗战。"

马忠国说："日军挑起了 1931 年的九一八事变，占领了咱们东北，炮制了'满洲国'。但是，他们的野心并没有因此而止步，将魔爪伸向了华北，阴谋策划'华北自治'……去年 6 月，日本天皇批准了新的《帝国国防方针》及《用兵纲领》，公然宣称要实现控制东亚大陆和西太平洋，最后是要称霸世界。去年 8 月 7 日，日本五相会议通过了《国策基准》，具体地规定了侵略中国，进犯苏联，待机南进的战略方案……"

马忠华说："在'卢沟桥事变'的第二天，中国共产党中央委员会就通电全国，呼吁，'全中国的同胞们，平津危急！华北危急！中华民族危急！只有全民族实行抗战，才是我们的出路！'并且提出了'不让日本帝国主义占领中国寸土！''为保卫国土流最后一滴血！'的响亮口号。"

马忠国说："7 月 17 日，国民政府主席蒋介石在庐山发表谈话，他说'卢沟桥事变已到了退让的最后关头'，'再没有妥协的机会，如果放弃尺寸土地与主权，便是中华民族的千古罪人。'"

冯大吉说："'卢沟桥事变'的当时，蒋介石的方针是'不屈服，不扩大'和'不求战，必抗战'——你们听听他的话，模棱两可，又自相矛盾，整个中华民族都到了最危急的时刻了，他的方针还有'退让'的味道呢。"

李世奎说："'卢沟桥事变'，日军的进攻遭到了中国军队的顽强抵抗。"

张景春说："9日、11日、19日，日本华北驻屯军与冀察当局三次达成的协议，都被卢沟桥时断时续的炮声所证明，是一纸空文。"

马忠华说："这是日军玩弄的'现地谈判'的阴谋，一方面想借谈判压中国方面就范，另一方面则借谈判之机，为他们调兵遣将，增兵华北，争取时间……因为，日军全面侵华的方针是既定的。"

这时，万国彪推开门走了进来了，说："关东豹上山来了，带来了一份重要情报。"

小白龙说："快请他来。"

正说着，关东豹进来了，他把一张纸条交给了马忠华，纸条上的字是由报纸上剪下的字块，拼接而成的。

马忠华说："情报告知我们——日军的酒井兵团，将乘坐明天从长春始发的第十六次急行列车，增兵华北。"

关东豹说："'酒井兵团'是直属于关东军司令部的'独立混合第一旅团'，1934年移驻公主岭，那时候'酒井兵团'是关东军唯一的一个机械化兵团，这个兵团的旅团长是酒井镐次少将，所以，叫'酒井兵团'。"

马忠国说："知道'酒井兵团'增援华北的兵力吗？"

关东豹说："奉调的有独立步兵第三联队、坦克第四大队、野炮第一大队、工兵第一中队……目的地是张家口，由酒井镐次亲自带队增兵华北。"

小白龙说："情报的来源可靠吗？"

关东豹从怀中掏出一把小飞刀，说："这把飞刀，带着一帕红布，裹挟着情报，'嘡'的一声，就扎在了我们家里院居室的窗户上……这个就是见证。"

马忠国说："这飞刀的样式跟我们马家独有的样式一模一样，不知道是谁仿照的？当年，日军要轰炸郑家屯的情报，还有，从郑家屯始发的载有日军军官们第十九次列车的情报，也有这个情报来源。"

小白龙说："这说明，这个情报来源是可靠的。"

马忠华一拍桌子，断然地说："我们绝不能让增兵华北的酒井兵团向南进入山海关……要坚决地最大限度地消灭他们。"

小白龙说："时间紧迫，选择哪个地点来颠覆这趟军列，才能最大限度地消灭增兵华北的'酒井兵团'？这确实需要认真地斟酌。"

林显义说："上次日伪军清剿二龙山，我们负责袭击十家堡火车站，我带人去破袭铁轨……结果呢，由于不专业，笨拙而迟滞……耽误事。"

冯大吉说："大土山颠覆日军的军列，是个很成功的战例，所以，我们要跟铁路的'同仁协进会'联系，请他们帮助和指导我们破袭铁路……才能事半功倍。"

马忠华说："这个建议很好，我们一定要做到万无一失。"

关东豹说："我来联系他们。"

马忠华说："来，咱们具体地研究一下颠覆日军军列的作战计划吧。"

于是，他们仔细地研究作战计划，哪怕是一种可能、一个细节，都认真地考虑到，作出积极的应对方略。

1937 年 7 月 20 日，入夜。

四平街，满系宪兵队。

翻译尤俊才走进了队长马春城的办公室，马春城正在值班，尤俊才说："日本铁道守备队来电话。"

马春城说："啥情况？"

尤俊才说："四洮铁路老四平火车站以南 1 千米处，发现铁路上被放上了三棵大杨树，显然，是有人故意拖上去的。"

赵春城说："需要我们出兵吗？"

尤俊才说："分队长陈久香已经带人去了。"

赵春城说："哦，我知道了。"

赵春城知道，这个陈久香别看刚来不久，但是，表现得很主动、很积极，因为，他想当这个宪兵队的副队长。

陈久香是泉头人，原本是伊通的营城子警署的署长。日本人之所以把他从伊通的营城子警署调到了四平街的满系宪兵队，当了分队长，因为，他破案有功。

去年，陈久香曾经把小杂木沟分所搜捕的两名中共地下党员，送交给了日本宪兵队，使日本宪兵队破坏了伊通的中共的地下党、团组织……所以，他深受日本人的赏识，通令嘉奖他，给他颁发了奖金。

尤俊才转身走了出去，没过半个小时，他又回来了，说："日本铁道守备队又来电话，向我们通报情况。"

马春城说："啥情况？"

尤俊才说："四梅铁路的平东站的军服库，还有旁边的煤垛着火了，大火烧得很旺……正在扑灭。"

马春城说:"我就纳了闷儿了,这是雨季,煤垛咋能着火了呢?"

尤俊才说:"显然,是有人故意引燃的,那煤是从西安煤矿用火车拉来的优质煤,用于在四平街油化厂提炼石油的。"

彼时的西安,即今天的辽源市;而彼时的辽源,则是今天的双辽市。

马春城知道,以煤炭做为原料,生产人造石油——这是一项创新的工业项目。

1935 年,日本九洲大学的井千代吉博士,在八幡制钢厂的研究室里,用中国的西安煤矿的煤为原料,进行低温干馏及加气试制人造石油,获得成功。这一成功,受到了日本的重视。石油是进行战争的重要的燃料。为了战争的需要,日本政府决定,由日本石油会社、满洲石油会社和西安煤矿,共同投资,创建满洲人造石油的四平街油化厂。

从 1936 年起,在四平街道东二马路占地 1.5 平方千米,开始建设油化厂,总投资为 250 万日元。员工 1700 人。设计能力为每日 24 小时生产汽油 50 吨。

此时,正在试生产,这些西安煤是必需的原料。

马春城说:"需要我们出兵吗?"

尤俊才说:"铁道守备队已经出兵了……但是,还需要我们出兵。"

马春城说:"哦,把分队长齐魁峰叫来。"

尤俊才说:"是。"

他出去了,把分队长齐魁峰叫来了。齐魁峰说:"队长,有任务?"

马春城说:"平东站的西安煤的煤垛着火了,那是炼制战备石油的原材料……你带些人去平东火车站,协助日本铁道守备队处理一下。"

齐魁峰说:"是,队长。"

说完,他带着一些宪兵,开着汽车,出去了。

尤俊才也出去了,过了大约一个小时,他又回到了队长室,说:"报告队长,铁道守备队又来电话了……"

马春城说:"又咋的啦?"

尤俊才说:"东洋火磨的粮食垛起火了。"

马春城知道,"东洋火磨"是日本垄断财团"三井株式会社"在今年开始兴建的,这些粮食是准备用于试生产的,日产面粉 70~80 吨,三分之二运往日本国,四分之一供日本关东军做军粮;余下的是黑面,分销给市内的饭馆，麦麸子喂日本军马。面粉的原料——小麦，主要来源于齐齐哈尔、陶赖昭、扶余、讷河等地。

马春城说："东洋火磨的粮食垛，就在铁道线的旁边啊，这铁道线上，今天咋净出事呢？不是在铁道上放树木轱辘，就是着火，蹊跷啊。"

尤俊才说："日本铁道守备队，都不用忙别的了，就到事故现场去处理这几起案子，就会手忙脚乱的了……他们的铁道装甲车原本是要沿着南满铁路，南巡至昌图火车站，北巡至公主岭火车站，这下子，只能西巡至四洮线的老四平火车站，东巡至四梅线的平东火车站了……所以，让我们的人，也过去。"

马春城说："既然如此，咱们就亲自到东洋火磨小麦垛的现场去吧。"

尤俊才说："是。"

他们带领着宪兵们，乘坐着汽车，去了东洋火磨的小麦垛的着火现场。

1937 年 7 月 20 日，深夜。

南满铁路，沙河子大桥，北岸。

马忠华率领辽北抗日义勇军趁着天黑，来到了这里。

倪广源快马来报：

"马司令，陈起贵的队伍已经在老四平火车站的铁轨上，横躺竖卧地放置了数棵大树；在平东火车站燃烧了小鬼子的军服仓库，还有他们的西安煤的煤垛；东洋火磨的小麦仓垛也被点着了火……都在铁道线上，小鬼子的铁道守备队脚打后脑勺子地去忙吧，呵呵。"

马忠华说："好，这就叫'声东击西'。"

李世奎说："我们已经在距离沙河子大桥南、北两边十几里地，放出了流动哨儿。"

马忠华说："好。"

张景春说："我们可以行动了吗？"

马忠华说："可以了。"

张景春对林显义说："咱们走。"

他们带着三十几个义勇军战士来到了铁路旁边的一处工房子，林显义学了三声猫叫。工房子的门打开了，出来的人正是马忠民和张小山，也学了三声猫叫。义勇军战士从隐蔽处出现了，进了工房子，拿了破坏铁路的工具。工房子里边还有十几个"同仁协进会"的会员，也操起了工具，跟着义勇军战士们迅速地上了铁道线。

张景春和林显义的义勇军战士们，在马忠民和张小山的"同仁协进会"的会员们的协助下，在沙河子大桥靠近北岸的地方，动作熟练而麻利地卸下铁轨之间的夹板，拔下道钉……他们早已经算计好了在这里拆卸……再加上列车前进的巨大惯性，可以使列车倾覆在距离水面十几米深的沙河子的河道里，同时，正是雨季，沙河子的河水也有数米之深。

马忠民和他们的"同仁协进会"的几个会员，检查了拆卸的铁轨……然后，马忠民对张小山说："可以了。"

张小山看了一下手中的怀表，对张景春说："撤离铁道线吧。"

张景春命令义勇军战士们："撤离铁道线。"

他们迅速地撤离了铁道线儿，归了队。

马忠华看了看自己的怀表，时间已经是 7 月 21 日零点 28 分，他听到了远处的列车行驶的轰轰隆隆的声音，接着，远远地看到了日军第十六次急行军列的车头上的大灯，喷射着直筒筒的强烈的光柱，在黑茫茫的地平线上显得格外扎眼。

日军的第十六次急行军列由北向南，以雷霆万钧之力，咆哮着疾速行进，离沙河子大桥越来越近，可以看到车厢的车窗泛出的灯光了，但是，每个车厢的车窗的窗帘都遮盖着，遮盖得严严实实……日军第十六次急行军列，越来越逼近沙河子大桥了……已经爬上沙河子大桥的桥头了，骤然间，车头和他牵引的车厢失去了轨道，带着他牵引的车厢，窜滚着，一头栽进了悬空十几米的沙河子的河道里边去了……是的，日军第十六次急行军列栽进了正是雨季的滚滚滔滔的幽深的河水里去了。

看到了这个惨烈的情景，马忠华的脸上露出了胜利的微笑，他又看了看自己的怀表，时间是 7 月 21 日零点 30 分，他对身边的马忠国和小白龙说：

"咱们可以撤离了。"

马忠国和小白龙击掌相庆，然后，他俩说："是。"

二龙山的抗日义勇军圆满地完成了颠覆日军第十六次急行军列的战斗任务，撤离了沙河子大桥日军第十六次急行军列倾覆进河涧的现场，在夜色的掩映下凯旋了。

走在了回返二龙山的山路上，眼望着东方的连绵起伏的山峦，天渐渐地放亮了，呈现出鱼肚白，没放一枪一弹而打了大胜仗的战士们，欢快而高声地唱起了《义勇军凯旋之歌》：

东方的山峦露出曙光，
那里即将升起太阳。
松辽平原长白山岗，
那是我们可爱的家乡。
小鬼子是豺狼，
决不让它逞凶狂。
郑家屯北那一仗，
拔道钉啊毁铁道，
打伏击啊灭豺狼，
颠覆的军列又被后车撞。
小鬼子惨哟，
伤的伤啊亡的亡，
哭爹又喊娘。

东方的山峦露出曙光，
那里即将升起太阳。
松辽平原长白山岗，
那是我们可爱的家乡。
小鬼子是豺狼，
决不让它逞凶狂。
沙河子大桥这一仗，
拔道钉啊毁铁道，
日寇军列滚下桥梁，
扎进河床拧成了麻花糖。
小鬼子惨哟，
伤的伤啊亡的亡，
魂飞又胆丧。

东方的山峦露出曙光，
那里即将升起太阳。
松辽平原长白山岗，
那是我们可爱的家乡。

1937 年 7 月 21 日。

天亮了。

南满铁路，沙河子大桥。

四平街满系宪兵队队长马春城，他的翻译尤俊才，还有他的分队长陈久香、齐魁峰也都跟着他来到沙河子铁路大桥的北桥头。

原本马春城在去了"东洋火磨"的火灾现场之后……回到了宪兵队，已经是过半夜了，他疲乏而且有些困窘了，就趴在桌子上想眯瞪一会儿。

但是，急促的电话铃声唤醒了他。

他睁开惺忪的眼皮接了电话，电话是四平街的日本铁道守备队打来的，让他们宪兵队的人，迅速去火车站。半夜出警，处理案件，也是常事。他叫上了翻译尤俊才和分队长陈久香、齐魁峰，一起乘坐汽车，来到了火车站。

到了火车站，他们被安排稍事休息，然后，上了一辆从公主岭方向开来的烧清油的小火车，上了小火车，他们心头不禁一震，因为，他们看到车上坐着"新京"宪兵司令部特高课的武藤喜一郎，伊通县警务科的日本首席指导官村上义一，以及伊通警察署特务系的警官李剑锋等人。

马春城等人知道发生了大事情，但是，谁也不敢询问。

他们上了小火车，小火车就启动了，向南驶去，过了牤牛哨、毛家店、双庙子，到了泉头站，小火车才缓缓地停了下来。

泉头警察署的署长张致远已经等在那里，武藤喜一郎、村上义一、马春城、李剑锋等人下了小火车之后，张致远领着这一行人，到了满井警察分所，满井警察分所的分所长张肇让又领着他们沿着铁道线走了大约 2 里地，来到了沙河子铁路大桥。

到了桥头，所看见的情景……让马春城等人大吃一惊。

一列客车倾覆在沙河子铁路大桥之下，客车从十几米高的桥面上翻滚到了河水里，车头扎进了数米之深河水里有，连同七八节车厢，都泡在了河水里，还有滚倒在北岸坡下的四节车厢。

现场已经被封锁。

在铁路的两侧有三层封锁线，头一层是铁道警护队，第二层是宪兵，第三层是警察。他们都是从南满铁路线上的警护队，以及四平、昌图、开原、铁岭等地的宪兵队和警察署，紧急调去了几百人，封锁和维护现场。

马春城等人还看到，从四平街等地开来不少救护车，把在河水里捞上来的伤亡的日本军人一批又一批地拉走；还有，铁路员工正在用嘎斯火分割机车的衔接处……从四平街开来了一辆重型机车，带有一个重型车厢，上边还有一台长臂吊车，把机车吊在了车厢上，就往四平街开去了。

翻译尤俊才把手附在马春城的耳朵边上，小声地说："这是开往关内的军列，车上的军人都是酒井兵团的，兵团长酒井镐次少将，还有数名大佐、中佐，都摔下了沙河子大桥，淹死了……活下来的没有几个。"

马春城轻声回应："嗯。"

尤俊才又说："日本人非常恼火。"

马春城点了点头，说："知道了。"

武藤喜一郎说："我们来勘察一下肇事现场吧。"

尤俊才马上充当了武藤喜一郎的翻译，说："武藤先生命令，勘察肇事现场。"

于是，他们勘察肇事现场。

沙河子铁路大桥的北桥头，两条铁轨的衔接处，衔接铁轨的铁夹板的螺丝被拧掉了，把铁轨固定在枕木上的道钉也被拔掉了，铁轨完全失去了控制，导致军列脱轨、倾覆，滚落到了距离桥面十几米深的河涧里……武藤喜一郎点名说：

"张致远、张肇让，你们掌握破案的线索了吗?"

身为泉头警署的署长张致远和满井警察分所长的张肇让，他们俩一脸的窘相，张肇让摇了摇头，张致远说：

"还没有掌握到破案的线索，我们马上就分头去搜集情报，尽快破案。"

武藤喜一郎说："这个案件由四平街宪兵队的马队长具体负责，限期破案……如果不能在限期内破案，军法处置。"

尤俊才立刻把武藤喜一郎的话，翻译了一遍。

马春城看了看眼前的这位"新京"宪兵队的特高课的武藤喜一郎，小个子，但是，长相很凶，满脸的杀气。

马春城双脚立正，来了个敬礼，马上保证地说："请上司放心，我身为宪兵队长，绝对会在限期内破案。"

武藤喜一郎用手指着村上义一、李剑锋、张致远、张肇让等人说："你们伊通的，统统配合四平街的马队长的干活。"

"是。"村上义一、李剑锋、张致远、张肇让等人毕恭毕敬地回答。

沙河子东、西流向，是一条界河，河的南岸归昌图县管辖，河的北岸归伊通县管辖；日军第十六次急行军列的倾覆事件，正是发生在北岸。

1937 年 7 月 21 日，上午。

满井警察分所。

马春城说："'新京'宪兵司令部，把破案的任务交给了我们，而且，要求我们限期破案，我深感责任重大。"

"事故发生在我们伊通县的管辖地域，身为伊通警务科的首席指导官，我的深感痛心、愧疚。"伊通县警务科的日本首席指导官村上义一说。

马春城说："肇事现场，我们已经勘察过了。造成事故的原因，是有人破坏了铁路轨道，用板子拧去了连接铁轨之间的夹板的螺丝，又撬下了道钉……而且，从肇事现场来看，作案手法很老练、很专业，说明铁路员工的内部有鬼。而且，是内外勾结。"

"马队长对于案情的分析，很有道理。"泉头警署的署长张致远说。

"我们一定全力配合马队长。"满井警察分所的分所长张肇让说。

"我们将全力寻找破案的线索，搜集情报，配合马队长侦破案件。"伊通警察署特务系的警官李剑锋说。

马春城说："满井的铁路员工当晚值班的，有多少人?"

张肇让说："有 13 人。"

马春城说："全部拘捕。"

"是。"张肇让说。

马春城说："这些人拘捕之后，带到四平街宪兵队去审查。"

"是。"陈久香和齐魁峰说。

马春城说："擒贼要拿赃，不但要拘捕满井当晚值班的铁路员工，还要到他们的家里搜查，拿赃——作案工具、道钉等。"

"是。"张致远说。

马春城说："大家迅速行动吧。"

这时，尤俊才走了进来，向马春城报告："昌图、开原和铁岭的宪兵队的队长、警署的署长，都来了，表示奉命配合破案。"

马春城说："我已然部署完了，请他们进来吧。"

"是。"尤俊才说。

他转身出去了。

西沙河子屯。

在铁路东侧，距离出事地点，只有 1 千米。

马春城被他的分队长陈久香请来，给他引路，来到了这里。

张肇让说："我和陈队长到这屯子里的王东山家搜捕，王东山是昨天夜里值班的满井的铁路员工。我就对王东山的老婆威胁说，你们要是交不出道钉，就把你们带走。我们翻箱倒柜，连一个道钉也没翻出来，但是，翻出了一把铁扳子，铁扳子也是作案工具啊……我和陈队长就把王东山带走了。"

陈久香说："一听要把王东山带走，这王东山的老婆抱着她的三岁的儿子，哭天抢地的，揿住王东山的衣裳就不放，让我踢了两脚，把她踢倒在地，这才把王东山带走了，我们走了，王东山的老婆还在哭号呢。"

张致远说："王东山的老婆显然知道王东山的作案底细，畏罪自杀了。"

马春城他们来到了王东山家的院子的门口，院门外围着人群。警察们叫嚷着，叫门口围观的人群让开门口，马春城他们进了王东山家的院子。

他们看到的是王东山老婆和她的儿子早已经气绝身亡的尸体，尸体还是她们母子自杀死亡时候的样子，没有移动现场。

大概是王东山的老婆觉得没有活路了，她走到摇车杆子跟前，先把儿子吊在摇车绳的一端，自己吊在了另一端。王东山的老婆被勒得双目凸出，眼角流血，脸色发紫，舌头长长地伸了出来，嘴角上血渍斑斑；王东山的儿子张着小嘴，嘴里边含着被勒出来的黄瓜和小米水饭——外边围观的人群见了，唏嘘不已，抽泣声一片。

王东山的老婆 20 岁，儿子仅仅 3 岁。

马春城听到了外边围观人群的唏嘘声和抽泣声，不禁烦躁，命令道："把院子外边围观的人，都给我赶走。"

"是。"张肇让说。

于是，院子外边围观的人群，被悉数驱离。

陈久香对马春城说："队长，知道我为啥请你到这个屯子来吗？"

马春城说："是啊，不会仅仅是让我看这娘俩畏罪自杀现场吧？"

陈久香说："王东山——这些个作案分子被拘捕了，作案的工具也可以搜到……但是，是谁唆使他们作案的？是谁组织和调动他们作案的？必然得有主谋。"

"你的话，说到我心里起来，也说到了要害处。"马春城说，"这么大个案子，要是没有主谋，就不称其为个案子。"

陈久香说："我知道主谋是谁了。"

"上峰要求，限期破案……我心里的压力不小啊。"马春城说，"我知道，老弟你能帮我解除压力。"

陈久香说："我是泉头这地方的人，马队长，你是知道的。"

"知道。"马春城说，"所以，你最熟悉这一带的情况。"

陈久香说："马队长，'西安事变'，你知道吧?"

马春城说："当然知道，张学良和杨虎城在去年12月12日，发动'西安事变'，扣押蒋介石，其目的就是反对蒋介石内战，要求举国一致对外抗日。"

"张学良身为当年的少帅，还是有号召力的，尤其是对原来的奉系军人。"陈久香说，"日本人对他很恼怒。"

马春城说："嗯哪。"

陈久香说："别小瞧了这个西沙河子屯，这是个藏龙卧虎之地。"

马春城说："噢?"

陈久香说："张学良的老婆于凤至的两个亲舅舅——钱丰泰和钱富泰，就住在这西沙河子屯。"

马春城说："我说呢，这沙河子水，没有大鱼，兴不起大浪嘛。"

陈久香说："而且，钱丰泰在九一八事变前，出任奉军的旅长，九一八事变之后，在这个西沙河子屯里隐匿着。"

马春城说："很明显，是张学良的两个妻舅公，及其他们钱家的人，唆使满井的铁路员工王东山他们……对张学良的抗日主张，在东北遥相呼应，于是就……险恶啊。"

陈久香说："马队长，我就钦佩你，说出的话，一针见血。"

马春城叫道："张署长、张所长。"

"有。"张致远和张肇让回应。

马春城说："立即索拿和搜捕这个西沙河子屯的钱丰泰和钱富泰两家子人，一个也不得漏网。"

"是。"张致远和张肇让回应。

马春城又说："陈队长，关键时刻，你、我都参加索拿和搜捕行动。"

"是。"陈久香说。

马春城说："然后，将嫌疑犯一干人等，押解到四平街宪兵队进行审讯……"

"是。"陈久香说。

于是，警察和宪兵迅速行动，包围了西沙河子屯，搜查和缉拿钱丰泰和钱富泰两家子人的老老少少，一个也不放过。

1937 年 7 月 23 日。

四平街，宪兵队。

在西沙河子屯，钱姓人家及其亲友被逮捕了 9 人，满井铁路员工被逮捕了 13 人，一共逮捕了 22 人。他们全部被押解到了宪兵队。

陈久香和齐魁峰走进了马春城的办公室。

马春城说："咋样，都招供了吗？"

齐魁峰说："还有钱丰泰和钱富泰，以及王东山没有招供。"

陈久香说："这三个人很顽固。"

马春城说："大刑伺候嘛。"

齐魁峰说："灌汽油、灌辣椒水、坐电椅……这些酷刑，都用过了，他们三个就是把牙关咬得紧紧的。"

陈久香说："这三个人都很明智啊，他们知道，一旦招供，就是死罪。"

齐魁峰说："所以，他们才会硬抗到底。"

马春城说："他们就是招也得招啊，不想招，还是得招。"

陈久香说："我一看，多数人都受刑不过，招供了，只有这三个人没有招……于是，我就在事先书写好的供词上，拿起他们三个的大拇指，蘸着印泥，然后，把他们的手印按在了供词上……这样，就结案了。"

马春城说："好，就得快刀斩乱麻。"

尤俊才说："队长，我已经向'新京'宪兵司令部禀报了我们已经破案了的消息。"

马春城说："'新京'宪兵司令部咋个态度？"

尤俊才说："'新京'宪兵司令部对我们在这么短的时间之内，就破案了……深感欣慰，要通令嘉奖我们呢。"

马春城说："很明白，'新京'宪兵司令部就是期望我们快速破案，尽早地镇压'反满抗日'分子，以起到震慑的作用。"

尤俊才说："队长真是头脑灵光，'新京'宪兵司令部还命令我们，要尽快处决罪犯。"

马春城巴不得要尽快地处决……他立刻下令："明天就把这些'反满抗日'分子绑赴刑场，进行处决。"

"是。"陈久香和齐魁峰说。

然后，马春城部署了第二天处决的刑场事宜。

1937 年 7 月 24 日，午后。

天空布满了阴云。

刑场，满铁公园西侧的荒草地。

日本宪兵队、四平街的日本铁道守备队，以及警察署的警察们，还有满系的马春城的宪兵队的全部人马，都如临大敌似的，在这里警戒。

这里早已经挖好了大坑，钱家九人，钱家亲友和满井铁路员工 13 人，都用卡车运载到了这里。

这 22 个人是用铁索连在一起的。

各种残酷的刑罚，已经把他们折磨得四肢难以动弹，所以，强行地把他们拖下了卡车，一字排开，跪在大坑的前沿。

这 22 个人，有老头、老太太、中年男人，有穿着制服的学生，还有抱着小孩的妇女，他们全部用黑布蒙着眼睛和嘴巴。

日本宪兵队和马春城的满系宪兵队的刽子手，拔出战刀，先是在草地上挥舞试刀。然后，喊着"杀"声，像发疯了野兽，用战刀砍向这 22 个人，把这 22 个人砍倒在大坑的边沿上，鲜血四溅。

他们再用脚把这 22 个人的尸体踢进大坑里。

随即，进行了掩埋。

第二十六章

马家少年爆燃日军军需仓库

1938 年 4 月 3 日。

天津，胡思楞客栈。

马德平和马德原约会姬兴周在这里见面。

姬兴周手里提溜着两盒子点心礼品盒，笑呵呵地来了。马德平和马德原把姬兴周让进了客栈里一个单独的房间里。

"姬大哥，这是我姥爷家开的客栈。"马德原把沏好的茶叶水倒了一杯，送到了姬兴周的面前，他说。

"噢，是个安全的地点。"姬兴周品了一口茶，欣然地说。

"姬大哥，交代任务吧，我们会认真地去完成。"马德平说。

姬兴周指着放在房间里桌子上的点心礼品盒子，说："你们俩的任务，就是把这两提溜儿点心礼品盒子，送到大连去。"

马德平看了一下马德原，说："大连这个地方好哇，是日本法西斯当年侵华的桥头堡，又是日本法西斯现今侵华的战略基地。一句话，是侵华的日本法西斯与日本本土战略物资相互中转的最重要的枢纽。"

"是的。"马德原说。

姬兴周说："你们俩很有眼力。"

自 1905 年日本在日俄战争取得胜利之后，日本在辽东半岛的大连已经殖民统治了 30 余年。日本对辽东半岛的侵占，比此后的九一八事变侵占东三省更加嚣张，他们连遮羞的傀儡政权都不用，直接把北纬 39 度以南的辽东半岛地区，划归日本版图，称之为"关东州"。

在侵华战争中，罪恶昭彰的"日本关东军"，正是因此而得名。

大连，因其辐射东北、拱卫京津的独特地理位置和良好的港口条件，成为日本侵华的最大战略基地和物资中转站。

东北大量的资源通过大连运往日本，日本又把无数的枪炮弹药运到大连，中转到侵华日军的手里，而且，出于战略需要，日本在大连建设了数目众多的工厂和仓库。

姬兴周说："我们在大连的纵火团战友们，这几年连续地纵火焚烧……我们谋略纵火团取得了辉煌的战果，把日本鬼子焚烧得焦头烂额……振奋人心啊。"

马德原说："我们俩的任务，如果我没有猜错的话，就是给大连的纵火团的战友们送纵火的引火装置——'爆燃器'。"

马德平说："制作'爆燃器'这种引火装置的材料，在大连难以取得，所以，需要我们给他们送去。"

姬兴周说："呵呵，你们两个小家伙，倒是挺聪明的。"

马德平和马德原他们在莫斯科郊外接受苏军教官培训的时候，训练过这个课目，他们亲手操练过引火装置——"爆燃器"的制作。

正如姬兴周所说的，这几年连续地纵火焚烧日寇的重要目标，而且，使谋略纵火团取得了辉煌的战果，把小鬼子焚烧得焦头烂额……没有给小鬼子留下可供追查的线索，奥妙就在于引火装置——"爆燃器"。

引火装置——"爆燃器"，是肥皂大小的一块，中间挖个洞，弄个小药瓶放在洞里，小药瓶里装的是镪水，外面再盖一层药。镪水就是硫酸，硫酸与其他几种化学物质混合，几样东西混在一起就会引发剧烈燃烧。

至于定时装置，是利用了硫酸的腐蚀性，装硫酸的小药瓶或者瓶塞慢慢被腐蚀，硫酸流到外面，与其他几种化学物质发生化学反应燃烧，周围再辅以助燃物质，骤然间，就会引发大火。

这个过程或许需要几个或十几个小时，可以说，想让它几时着火，就能几时着火。

这样，纵火团的特工成员，只要把这个装置偷偷放在目标的易燃位置，就可以了。待到大火爆燃而起时，纵火的特工成员早就已远离火场，无处可查了。

可见，要神不知鬼不觉地对日寇的军需目标纵火，引火装置需要有几个特性：一、要完全燃烧，事后不留痕迹；二、要燃烧剧烈，一旦燃起就难以扑灭；三、这是最重要的一点，要能够延时或者定时引燃。

纵火团在大连行动的初期，搞到制作引火装置的原料也特别不容易，因为，这种化学物品普通人家很少使用，出售的地方就更少了，一旦有闪失，极易被追查。

所以，在大连的姬兴周谋略纵火团的特工们，所需要的引火装置——"爆燃器"，或者自行制作"爆燃器"所需要的原材料，主要是从天津秘密输送到大连。

马德原说："我们啥时候出发？"

姬兴周说："你们可以在天津休息一天，逛荡逛荡，然后，再去大连。"

马德原说："是。"

马德平说："我们跟大连纵火团的战友们一起参加纵火行动？"

"可以。"姬兴周说，"但是，参加了纵火行动之后，要回到天津，还有其他战斗任务等待你们去完成呢。"

"是。"马德平和马德原说。

接着，姬兴周向他们俩讲了大连的接头地点和接头方式。

1938 年 4 月 6 日。

大连，甘井子地区。

甘井子码头外的街头，马德平和马德原手里拿着《天津时报》，蹲在那里看报，旁边放着礼品盒子，仿佛是来看亲戚的。

一个女人过来，说道："两位先生看的是《天津时报》吗？"

马德平和马德原抬起头来，说道："是啊，我们是从天津来会亲戚的。"

那女人说："亲戚姓邹，是吧？"

马德原说："不，姓鲍。"

女人笑了，说："我就是。"

马德平和马德原也笑着站起身来，马德平说："哦，鲍大姐。"

鲍大姐说："跟我走，到家吧。"

"嗯哪。"马德平和马德原回应。

然后，两人哈腰，每人提溜起一个礼品盒子，跟着鲍大姐来到了她家。

鲍大姐家。

鲍大姐推开了家门，说："客人到了。"

"欢迎、欢迎。"一个汉子也迎了过来，说道。

鲍大姐指着这个汉子说："这是俺孩子他爹。"

"哦，邹大哥。"马德平说。

"哦，我叫邹东旭。"

"知道，姬先生说了。"马德原说。

他知道，邹大哥是姬兴周在大连发展的第一位谋略纵火团的特工，是第一行动小组的领导人。

马德平把提溜在手中的礼品盒子抬了抬，说："这是姬先生特地让我们从天津给你捎来的礼品。"

"谢谢姬先生。"邹东旭接过了礼品盒子，说，"屋里坐吧。"

"嗯哪。"马德平和德原应答着。

然后，他们进了屋。

屋里还坐着两个人，邹东旭介绍说："这位是'满油'的，叫高士绅。"

高士绅站起身来，向马德平和马德原点了点头，他说："我在'满油'做工。"

"满油"，即位于甘井子的日本满洲石油株式会社。

邹东旭又介绍另一位，说："这位是'满铁'的，叫孙成禹。"

孙成禹站起身来，向马德平和马德原点了点头，他说："我在'满铁'的甘井子码头仓库工作，扛大包的搬运工。"

"满铁"，即日本"南满洲铁道株式会社"控制的南满铁路，其南端的终点在大连，铁轨直接伸向海岸边的码头，吞吐货物。

马德平和马德原知道，甘井子地区 ——大连港的所在地，大连港的甘井子码头可停泊两万吨级的油轮。

所以，日寇在大连的工业建设主要集中在这一地区，日本人的"满洲石油株式会社大连制油所（满石）""满洲化学工业株式会社（满化）"等战略资源类工厂，以及众多的关东军仓库，都修建在甘井子地区。

邹东旭说："他们俩都是我的山东老乡，咱们现在都是同志了，呵呵。"

马德平说："我姓董，叫董一华。"又指着马德原说，"他姓舒，叫舒嘉。"

大家相互握手。

马德原说："我们请示了姬先生，经过他的允许，我们可以参加你们的纵火行动，并且，听从邹大哥的指挥。"

邹东旭笑了笑，说："这次，我们计划要烧两把火。"他指着高士绅说，"一个是他所在的'满油'。"他又指着孙成禹说，"另一个是他所在的'满铁'码头仓库。"

马德平说："选择目标选择得太好了，都是日寇军需的战略要害之处。"

邹东旭说："你们俩想要参加我们的行动，必须得是'卯子工'的样子……瞧你们俩，文绉绉的，倒像是两个白白净净的学生。"

"卯子工"，苦力短工。

鲍大姐说："我这儿有你邹大哥的两身做苦力的衣服，脏了点，也旧了点，你们就将就着穿吧。"

"嗯哪。" 马德平和马德原说。

邹东旭说："好了，咱们研究一下这两处的纵火的具体纵火点，以及时间上的安排吧。"

于是，他们研究纵火的具体可行性方案。

1938 年 4 月 9 日，星期六。

大连甘井子，日本满洲石油株式会社，仓库。

马德平和马德原身穿鲍大姐给的脏兮兮的苦力的衣服，而且，他们的脸上，也抹了灰似的，乌漆麻黑的。

他们俩走在高士绅的身后，来到了大门口，向把门的日本宪兵出示了"劳动票"。

日本宪兵对他们俩进行了搜身，没有发现啥异常，就把头一歪，示意他们俩可以进去了。他们俩就继续跟着高士绅走了进去。

这几年连续发生的火警，使"关东洲"警察部心惊肉跳，惶恐不安。

"关东州"警察部成立了一个名为"关东州劳务协会"的组织，其主要职能就是监控工人。"关东州劳务协会"规定，在大连做工的每一个中国人都必须到"关东州劳务协会"登记，领取"劳动票"。没有"劳动票"即视为无业游民，由警察署收押。而领取"劳动票"时，工人还要像犯人一样在警察署按手印，留下指纹，以便日后监视、追查。

在大连的日本工厂、仓库也纷纷增设了"防谍委员会""防卫系"，加强了防范措施。重要的设施则由日本宪兵队把守，对进出的中国工人搜身检查。

中午，给劳工们送饭的伙夫挑着篮子来了，高士绅过去，从篮子里拿出了三个饭盒，自己一个，然后，把另外两盒递给了马德平和马德原。

引火装置——爆燃器，就在饭盒里。

14 号库。

汽油桶上垛，摆好第一层之后，搭上跳板，然后，一桶一桶地滚动上跳板，在第一层上再摆第二层，这样，一层一层地摆放，就摆好了油桶垛位，再在油桶的垛位之上覆盖好防雨的雨布。

马德平和马德原把汽油桶顺着跳板滚动上了垛位，马德平把手中的爆燃器塞给了高士绅。高士绅乘着扭动汽油桶的过程中，把这个汽油桶压在了已经放置了爆燃器的汽油桶之上。底下的汽油桶的桶盖儿已经被他快速地拧了下来，然后，把爆燃器放了进去，浮在了汽油的层面上。

汽油桶垛，垛好了之后，马德平、马德原，还有高士绅，他们这些"卯子工"们撤出了这个仓库。

库保员来了，他在库里转了一圈，然后，关上了库门，给库门加上了大铁锁。

接着，34 号库。

他们又在这里垛汽油桶，高士绅把马德平给他的那只爆燃器，以同样的方法，放置在了这个库的汽油桶的垛位里。

又是垛好了汽油桶的垛，马德平、马德原，还有高士绅，他们这些"卯子工"撤出了这个仓库。

库保员来了，他同样在库里转了一圈，然后，关上了这个库的库门，又给这个仓库加上了大铁锁。

马德原在库外移动汽油桶的时候，好像是撒尿，他来到了对面的石蜡垛，把手中的爆燃器塞进了石蜡垛位的中间部位。

下班了，马德平和马德原跟着高士绅，若无其事地走出了日本满洲石油株式会社仓库的大门。

第二天，星期天，休息日。

鲍大姐家。

风，西南风，呼啸的西南风。

邹东旭跟高士绅，还有马德平、马德原，正在屋里包饺子，但是，在他们心里，翘首以盼的，恰恰是爆燃的时刻。

鲍大姐坐在门外，眼望着日本满洲石油株式会社的仓库的方向……爆燃器爆燃的时间，就定位在这个休息日的晚间，休息日没有人上班，而且，到了晚上，除了值班员之外，更没有人员在仓库里。

突然，一股子红彤彤的火光猛然窜起，直上夜空；接着，又一股子火光又窜上了夜空，骤然间，跟前一股子火光在夜空里汇合了。

火借风势，风借火威。

燃烧引起汽油桶的爆炸，连续的爆炸，震天动地；火势极为凶悍，黑烟弥漫，映红了半边天。

鲍大姐走进了屋子，对他们说："大火烧起来了。"

"是吗？"马德平和马德原说。

他们俩走到了屋外，观看大火。

邹东旭出来招呼他们俩："董一华、舒嘉，进屋吃饺子吧，饺子已经煮好了。"

马德平和马德原才高兴地进了屋，吃饺子；邹东旭和高士绅端起了酒杯，饺子酒，碰杯相庆。

大连的甘井子地区，日本满洲石油株式会社，仓库重地。

大火在熊熊燃烧，油桶的爆炸声仍然持续。

整个大连的救火车都急驰而来，把水箱里的存水抛洒完之后，又急驰而去注水，再匆匆跑来……闪烁红灯的救火车发出凄厉而狂躁的嚣叫声，与呼啸的西南风混杂在一起，弥散在大连湾的夜空中。

弥漫燃烧的大火，把"关东洲"的日本要员们都调动来了，洲厅长官三浦、检查官石井、警察部长大和田、宪兵队长加藤，以及警察署主任和各机构的人员，都驰赴现场。

但是，他们只能在逆风处以躲避大火的势头，距离大火至少百米，甚至更远，因为，他们受不了大火高温的辐射、炙烤。

喷水、抢救……一切都无济于事，6 万桶汽油加上石蜡的炽烈燃烧，成了一片汪洋的火海，所喷进去的水柱，进了火海，顷刻间就被汽化，反而起着助燃的作用。

三浦说："这几年火灾频频。"

大和田把一张表递给了三浦，他说："这是去年发生火灾的列表。"

三浦看着这张表：

1937 年 1 月，"日清制油株式会社"失火；

4 月 6 日，"满洲石油株式会社"失火；

4月13日，位于大连码头的"满铁"仓库失火；

4月19日，日本关东军仓库第207号被服仓库失火；

5月12日，日本关东军第78号危险品仓库失火；

……

他心里知道，还有呢，去年7月到8月间，日本军需企业天德制材厂、鸭绿江制材公司、吾妻驿仓库等地也接连燃起大火……一时间万众瞩目，反响极大。

作为洲厅长官，在他的心里不能不惊恐——火灾像幽灵一样纠缠着他们，接二连三地燃烧起来。因为，这扰乱了因"七七事变"而下令防空的大连市，不要说防空了，就是地面上，由于火灾频发也得不到些许安宁。

他说："找到原委了吗？"

大和田说："没有找到人为纵火的证据，所以，以自然失火或漏电失火，惩治了一批有关人员。"

三浦说："重要的军需物资的储存处，不断地起火，这不能不引起我们的警觉，摆在我们面前的这一次大火，更是敲起了警钟啊。"

大和田说："是、是，我们警方正在深入调查……"

石井说："以火灾发生的密集程度，还有失火的地点，都明确指向我们的军事或准军事设施，从这个特点来推断，人为纵火的可能性极大。"

大和田说："若是人为的，总会留下些蛛丝马迹的，可是，这几次大火，都是在夜半无人时毫无征兆地发生了火灾，而且，我们事后找遍火场，连半点人为纵火的痕迹都没有找到。我们还从咱们国内找来了消防专家，勘察火场，最终还是一无所获。"

加藤说："去年8月，我们在哈尔滨破获了一个'北满国际情报组'，得知了一个被他们称之为'对日谋略放火破坏团'的国际特工组织，然而，除此之外，我们对'对日谋略放火破坏团'一无所知，还是无从查起……这个'对日谋略放火破坏团'在大连是不是有分支？仍然是个谜。"

三浦说："一定要下大气力来彻查。"

"是。"大和田和加藤说。

大火在燃烧，久保、中村等5名日本职员被烧伤。

这场大火足足焚烧了16个小时。仓库的房架子坍塌了，大跨度的房架子是用槽钢焊接而制成的，居然被烧得融化了、扭曲了；至于扣在房架子上的屋顶的铁皮盖子，不是被爆炸的汽油桶崩成碎片，飘落到了很远的地方，就是在大火焚烧的高温中融化了……仓库里的6万桶汽油以及存贮的石蜡等化工原料，这些军需物质折合日币在700万元以上，全部化为灰烬。

1938年6月14日。

大连，甘井子码头。

马德平和马德原来这里做"卯子工"已经十几天了。

上班了，他们俩穿着油渍和灰土的衣裤，各自提溜着一个破布连接缝成的灰土土的布兜子，来到了码头的大门口。

孙成禹刚刚走了进去。

马德平和马德原向把守大门的宪兵亮出了"劳动票"，日本宪兵看过了"劳动票"之后，对他们俩进行了搜身，然后，又要看他们手中的布兜子。他们俩主动地从布兜子里掏出饭盒，布兜子就是空的了，然后，打开了饭盒盖儿。饭盒里都是高粱米饭，还都有两块臭豆腐。

马德原好像没有吃早饭，他的一只手里攥着煎饼卷大葱，放在嘴里用坚硬的牙齿咯吱吱地咬下了一块，嘴里蠕动着、咀嚼着煎饼卷大葱，又冲着日本宪兵伸懒腰、打哈欠。打哈欠的气流，流向了守门的日本宪兵。

日本宪兵闻到了臭豆腐的臭味，还有辣豪豪的大葱味，他用手在鼻孔前扇动着，然后，又一只手捏住了鼻孔，另一只手向码头里摆动着，示意他们俩赶紧离开他。

马德平和马德原合上了饭盒盖儿，马德平的爆燃器就藏匿在饭盒里，而马德原的爆燃器藏匿在煎饼卷大葱的煎饼卷子里。

马德原说："哎哟，臭豆腐，闻着臭，吃起来却是香得很哪。"

他们俩走进了码头的大门。

孙成禹向1号仓库搬运茶叶箱子，他顺势把爆燃器放在了茶叶箱子垛位的底部的缝隙里，这个仓库的另一边是罐头箱子的垛位。

马德平向105号仓库搬运一个个大包，大包里是毛衣、布匹、毛毯，上垛时，他把爆燃器塞进了大包的皱褶里。

马德原向202库搬运木头箱子，他从箱子的外部的喷涂日文认知到，这些木头箱子里是电信器材，他把爆燃器放置在了这些木头箱子的垛堆里；他向仓库里的另一货堆看去，那一货堆是军用器械。

他从202库走出来，看见斜对面的垛堆是橡胶轮胎，他又看到海风正是吹向斜对面的橡胶轮胎的垛堆的；于是，他从裤兜里掏出满洲国的一元钱的纸币，他似乎不经意地一松手，海风把这张一元钱的纸币，吹向了斜对面……他一边喊叫着：

"哎哟，我的吃饭钱啊——"

一边撒腿去追那张纸币。

橡胶轮胎的垛堆挡住了被海风吹跑了的纸币，他仿佛是终于追上了纸币，哈腰去捡那张纸币，同时，他在哈腰的一瞬间，把爆燃器放在了橡胶轮胎垛堆的轮胎里。

下班了，马德平、马德原和孙成禹，都若无其事地走出了码头的大门。

当天夜里9时，1号仓库起火了，焚烧的是茶叶和罐头。

救火车声嘶力竭地号叫着奔跑来了，扯出了胶皮水龙头喷水救火……警察部长大和田，以及宪兵队长加藤来了，指挥救火，但是，火势已经迅速地蔓延到了其他库房。

海风，白天还显得似乎平稳一些，但是，到了晚间，陆地与海洋由于温差较大，就会产生强烈的对流，往往就会呈现出狂烈的风势；结果呢，又是火借风势，从海面上直接扑过来的大风，对燃烧起来的大火，推波助澜，因而，火势极为凶猛，并且，凶猛的火势得以疾速地蔓延。

凌晨时分，1号仓库这边的大火，还没有扑灭，105号仓库的大火突然间爆燃起来，火焰腾空而起……于是，又分散消防的力量救助105号仓库的大火。

得到了甘井子码头仓库又连续着火消息，作为"关东洲"的洲厅长官三浦来了，紧接着，检查官石井也来了。

天亮了，无法扑灭的大火，已经燃烧的就只能燃烧了……消防的救火车只能对还没有燃烧的仓库起到防范的作用。

6月15日的白昼里，忙活了一夜的消防救火人员，都疲惫、困怠了。

夜幕降临了，存贮着电信器材的202号仓库又突然间爆燃……而且，借着风势，连续燃着了4座军用仓库，还有一座储存着3000吨大豆的仓库。

不仅如此，到了6月16日的清晨4时，橡皮轮胎的垛堆又爆燃起大火，燃烧橡胶的刺鼻的臭味，在空气里弥漫……橡胶轮胎的垛堆崩塌了，滚到了旁边的铁轨上，旁边的铁轨上停着来不及用车头拖走的十几节火车皮，火车皮里装载的是军马草，军马草也疾速地燃烧起来，熊熊的大火把铁轨都烧得弯曲了。

大火燃烧了三天三夜。

洲厅长官三浦、检察官石井、警察部长大和田、宪兵队长加藤，及其以下的警察署长、各种有关机构的人员，在码头肆虐的大火的面前，眼睁睁地看着焚烧的火海，翻滚咆哮……如同煎熬了三天三夜。

浩瀚的海面，在炽烈的火焰的映照之下，也变成了火红的汪洋，仿佛大海也在燃烧。

毛衣、毛毯、布匹、糖茶、罐头、大豆，还有橡胶轮胎、军事通信器材、军事器械、军马草……价值数百万，在三天三夜的焚烧中，付之一炬。

在消防救火车的反反复复的哀叫之中，马德平和马德原登上了北上的列车，离开了大连，去完成苏联远东情报局中国地区实际领导人——姬兴周所交付的新的战斗任务。

大火在日本侵略者的工厂、仓库，接二连三地频频地神秘地燃烧起来……没有人能够知道起火的原因。民间就把这一场场大火，称作"天火"。于是，具有民间神话色彩的流言，在民间广泛传播：

"火神爷来惩罚日本鬼子了……"

1938 年 6 月 30 日，星期四。

"关东洲"洲厅长官公署，三浦办公室。

三浦叫来了宪兵队长加藤和警察部长大和田。三浦对加藤说：

"码头由你们宪兵队监守，你们发现啥情况了吗？"

加藤说："还没有发现啥异常。"

三浦上去就扇了加藤一个耳光，怒斥道："巴嘎。"

"嗨。"加藤挨了一个耳光，还得忍着疼痛，毕恭毕敬地回应道。

三浦说："码头发生这么大的火灾，不是第一次，已经是第四次了，你们是咋监守的，难道连大门都看不好、看不住吗？显然是混进去了坏人。"

"我的失职……要更加严密地监守。"加藤说。

三浦又指着大和田，说："你的，抓到了纵火的犯人了吗？"

"还没有。"大和田说。

三浦又扇了大和田一个耳光，怒斥道："巴嘎。"

"嗨。"大和田挨了耳光，也是忍着疼痛，毕恭毕敬地回应道。

三浦说："没有抓到坏人，找到线索了吗？"

"我们派人到了哈尔滨，亲自审讯了那个受苏联红军总参谋部领导的'北满国际情报组'的成员，他只是供认在大连也有一个国际情报组织在活动；可以确信的是，我们大连的大火是一个针对我们的军事和军需的目标，进行破坏活动的国际特工组织所为……但是，这个在大连的国际特工组织的具体情况，那个'北满国际情报组'的成员却一无所知……"大和田无奈地说。

三浦说："分析起来，能够进入码头可能作案的，还是那些中国苦力的干活……在他们中间隐藏着特工，这是最值得怀疑的。"

"我们警察部下令各个警署成立了'搜索班'，拿出两千警力，专门侦办纵火案件。同时，还在中国的苦力劳工中雇用'白片密探'，暗中搜集情报。"大和田说。

"白片密探"，是日本警署秘密雇用的特务。所谓"白片"，是日本警察的名片，如果发现火灾的线索，就按照名片上的电话随时报告，给以奖赏。

三浦用鼻子回应，算是肯定："嗯。"

"我们的赏金是 500 日元。"大和田说。

一日元，在当时，可以买 3 公斤大米。

三浦说："我们被已经被大火吞噬了上千万日元的军需物质，你们的赏金 500 日元，太少了，要加码的。"

"嗨。"大和田回应，表示会遵从……他又说道，"我们盘问了近万名中国劳工，其中，拘留、拷问、审讯了 1000 多人……"

三浦对大和田的行为心知肚明，他直言道：

"看到了你们给我送来的几次书面报告，要么是'劳工吸烟造成的火灾'，要么是'由于地下瓦斯或大豆发酵产生自然发火'，但是，你们终于得出'或人为放火'这样模棱两可的结论。现今，又说是抓到了纵火者……其实，是你们刑讯逼供，屈打成招……你们以此来糊弄上司，纯粹是自欺欺人；如果你真的破获了……就不会有后来的这些纵火的案件了。"

"嗨。"大和田回应。

三浦命令道："宪兵要严密监守，警署要尽快破案。"

"嗨。"加藤和大和田回应。

然后，他们俩转身，离开了三浦的办公室。

第二十七章

马春城痴迷上了白莲花恫吓逼娶

1939 年 9 月 27 日（农历己卯年八月十五），傍晚。

四平街，赵翰章宅邸。

赵翰章还在这里拨拉着算盘，作为东家，计算着他这个月在四平街的七处买卖的盈利，因为，这是在他身边的买卖……这七处买卖每天都有日记表，他每天都亲自检查，来往信件也是要亲自过目，当然，他还随时检查业务工作。

掌管四平街买卖的孙一夫来了，他说："东家，这一批苏绣的货，进来了，每个进货是 8 毛，卖多少钱？"

赵翰章这才停止了拨拉算盘，抬起头来，他说："每个苏绣的卖价 15 元，这样，我们的毛利是 14.2 元。"

孙一夫笑了，说："会不会有人说咱们这是暴利？"

赵翰章说："买苏绣的都是有钱人，贵人买贵物，花钱不在乎；再说，开买卖就是要挣有钱人的钱，才好赚钱。"

孙一夫说："咱们义和厚在福建各地，逐个地包下茶山，然后，运往各地，高价销售，效益不错。"

赵翰章说："做买卖要活，从产地运往销售地来个直通、直销，减少了诸多中间环节，也就减少了被层层扒皮儿；最大化地降低成本，才能达到利润的最大化……所以，我不能让别的商家在我的身上揩油水儿。有句话应当是经商的座右铭，这就是：坐商变行商，财源达三江。"

孙一夫说："所以，我们的货价，又高又低。"

赵翰章说："说对了，卖给有钱的贵人的，价格高；卖给大众的，价格要比别的商家低一码。"

孙一夫说："东家，四平街东亚鞋厂的那三个技术骨干，我已经派人安排在天津新建的鞋厂了，他们很满意。"

"有啥不满意的？我给他们三个的，是他们原来在四平街的东亚鞋厂的三倍的薪俸，还有身份股。"赵翰章说，"聘请技术骨干，我赵翰章不怕出高薪、大价钱，技术骨干是厂子的骨架。有了骨架，厂子才能站立起来。"

孙一夫说："东亚鞋厂的鞋，在咱们四平街可是盛极一时啊。"

赵翰章说："我要让我的鞋厂在天津盛极一时……天津那是多大的都市，小小四平街跟天津相比，那是绝对不可同日而语的。"

孙一夫说："东亚鞋厂的这三个技术骨干，让咱们这么一撬……大概离倒闭的时日，也就不远了。"

赵翰章说："竞争嘛，你死我活。"

孙一夫说："出于战争的需要，日本人对经济的管治日益加深……我预测，纺织品的价格要大涨。"

赵翰章说："嗯，你明天就派人，沿着哈大铁路，将较大城镇的丝织品、毛织品一概购光，这就叫'囤积居奇'，待这些货物奇缺时，高价抛售，赢取暴利，呵呵。"

孙一夫说："东家，咱们柜里的伙计小周两个礼拜没上班了，病了。"

赵翰章说："辞退，我这儿不养闲人、病人。"

孙一夫说："是。"

他知道，店员有病不能上班，不仅不负责医疗，还要辞退；无家可归的独身店员死了，东家连口棺材都不肯给买的。

赵翰章说："过中秋节了，柜伙们觉得咋样啊？"

孙一夫说："柜伙们说咱们的买卖相继扩大了，盈利也增加了，分红的比例要是再增加点就好了。"

赵翰章淡淡地一笑，说："跟着我姓赵的做生意，虽然劈厘少，但是，我的买卖利润多，若论实得，还是比别人强。"

孙一夫说："那是、那是。"

他知道，1934 年以后，赵翰章买卖的规模相继扩大，获利增加了，每股分红也随之增加……赵翰章使用手段，软硬兼施，逼迫原来在开办粮米铺时身份股较大的股东出号，并且，重新规定了身份股的比例。

当时，各商号的东家与掌柜的身份股的比例，虽然，各自有差别，一般来说，规定"五五""四六"，最低为"七五·二五"；唯有赵翰章的规定为"八三四·一六六"，而且，"一六六"中，赵翰章身为东家兼总掌柜占九厘，只有七厘六由有身份股的柜伙分劈。所以，在赵翰章商号的身份股，一般都不超过厘，只有几毫厘。

他也知道，赵翰章的企业虽然获利多，但是，店员的待遇并不算高，一年的徒工仅有二至四元，两年的徒工三至五元；店员的时间长，从日出到日落；平时的伙食，吃的是三等高粱米、豆腐、咸菜，每月改善两次伙食。

赵翰章说："今天是中秋节，我让你给军政警宪和政府要员送的礼匣子，都送去了吗？"

孙一夫说："全都按照你的要求在礼品匣子里装上钱币，挨家挨户地给送去了。"

赵翰章说："他们都是显要人物，没事儿防有事儿，日后好有个照应。"

孙一夫说："那是、那是。"

赵翰章说："宪兵队的马队长呢？"

孙一夫说："按照你的要求，我亲自送去的。"

赵翰章说："明年开始，满洲国将施行《物价及物资统制法》，粮谷不再随便买卖了，而是粮栈按照统一的价格，给粮谷会社代理收购……"

孙一夫说："粮食成为日本人大东亚圣战的军需物质了，在农村实行'粮谷出荷'，在城镇推行'统制''配给'，越发地管制得紧了。"

赵翰章说："由谁代理来收购粮谷——这个定点，是要由满洲国的兴农部来批准决定的。宪兵队的马春城队长的叔叔马宏图，在新京的满洲国政府里的兴农部担任要职，我们肯定是得求着他的。马春城来四平街当满洲国系的宪兵队长，没两年儿；他的到来，仿佛是特地来为给我们铺设一条重要的财路而来的……前些天，我跟他提了这个事儿，他有点拿拿捏捏的……所以，他礼品匣子里票子，我就多加了三成，让他别以为我们小气。"

孙一夫说："他亲自收了礼品匣子，还打开了礼品匣子，看见了里面的'大绵羊票'，很高兴。"

日军占领了东北后，《大满洲帝国中央银行》发行了纸币和硬币，纸币为主币，面值为一元、五元、十元、百元，百元票即为"大绵羊票"。

赵翰章说："没有人不见钱眼开的。"

孙一夫说："他说他过个两三天，要来回拜你呢。"

赵翰章说："他要是来了，咱们就在咱们的'四平饭店'单设的雅间，好生地招待他。"

孙一夫说:"那是啊,必须的。"

这时,他的姨太太白莲花来了,她说:"总掌柜的,全家人都等着你吃中秋节的团圆饭呢,你可倒好,在这儿跟孙掌柜嘞嘞起来,没个完了。"

赵翰章说:"哦,这就来。"

然后,他站起身来,跟着白莲花走了。

1939 年 9 月 30 日(农历己卯年八月十八),下午。

四平街,四平饭店,雅间。

马春城得了赵翰章的礼品匣子,要回拜赵翰章;赵翰章让孙一夫把马春城请到了这里,款待马春城。

寒暄之后,酒过三巡。

赵翰章说:"我从内心感谢马队长能够来看我,所以,我才把马队长请到了这里……"

马春城说:"中秋节,你装在礼品匣子的'大绵羊票'子,它让我很感动……我已经不是第一次接受你的礼品匣子了,我总是有点无功受禄的感觉。"

赵翰章说:"明年,在整个满洲国,就要施行《物价及物资统制法》,在农村对粮谷的出荷进行'统制',在城镇对粮谷发放和出售进行'配给',并且,只允许经过兴农部批准的定点企业代购代销,马队长的叔叔马宏图先生在新京的兴农部很有威望,而且,就掌握着批准代购代销定点企业的权力……我是想啊,想请马队长跟马宏图先生通融通融……我赵翰章是情义中人,事成之后,还有重谢的。"

马春城说:"代购代销,看起来这个利很薄,但是,粮谷的代购和代销,这个数量可是巨大啊。"

赵翰章笑了,说:"这个,我知道。"

马春城把手中的一份清单,递给了孙一夫,他说:"孙掌柜的,你我都知道,四平街的周边是东北的大粮仓,你看这周边粮谷'出荷'的数量。"

孙一夫接过了那份清单,他清楚地看到——

　　昌图县每年粮谷出荷为 3800 个火车皮;

　　梨树县粮谷出荷为 3200 个火车皮;

　　辽源县粮谷出荷为 2600 个火车皮；

　　四平街粮谷出荷为 700 个火车皮；

　　……

　　他也知道，每个火车皮是 30 吨。

　　他看完了，又把这个清单递给了赵翰章。赵翰章把这份清单接在手里，并没有看，因为，他心里很清楚周边各个县的出荷数量。

　　赵翰章说："嗯哪，绝对是个巨量。"

　　马春城说："但是，依赵家的经济状况，可以说，赵家'四面八方进财，日有斗金进户'……这些粮谷出荷的所得，也未必是赵家的必需，所以，何必去新京通融呢，是不是?"

　　赵翰章说："如果没有粮谷出荷的代购权，和粮谷统配的代销权，给赵家带来的只能是经济实力的萎缩，这很可怕啊。"

　　马春城说："赵家的经济实力，四平街的老百姓都变成了顺口溜，你们听我给你们念叨念叨。"

　　于是，马春城拍着巴掌，有节奏地念叨道——

　　四平街，赵老翰，

　　商货栈，通北南；

　　宅子上千马上万，

　　金银元宝堆成山；

　　土地广袤放眼看，

　　无边又无沿……

　　赵翰章淡淡一笑，说："这是在调侃我。"

　　马春城说："我这可不是调侃，你家在关内和关外的买卖，我这儿也有一份清单，而且，还是不完全的统计，你们看看吧。"

　　说着，他把这份清单直接递给了赵翰章。

　　赵翰章看了这份清单——

　　四平街：义和顺粮栈一处，平济当一处，义和厚百货商店一处……中央大剧院一处。

昌图县：义和顺粮栈六处，义和厚商店一处。

辽源县：义和顺粮栈两处。

靖安县：义和顺粮栈一处。

天津市：义聚新代理店一处，大陆制油厂一处，绵织厂一处。

通辽和泰来各有义和顺粮栈一处。

乐亭县有义和昌杂货店及人和源钱庄各一处。

在农村有土地三万五千亩：昌图、奉化有窝堡六十余处，耕地两万五千亩；泰来有水田八千余亩；乐亭有耕地五百余亩。

在四平、昌图等地有街基地一千余亩，拥有房屋两千余间：其中四平六百余间，天津六百六十间，通辽一百余间，北京十五间，辽源三十间，泰来五十余间，乐亭六十一间。此外，各地的窝堡还有土房、砖房三百余间。

各个粮栈和商店的流动资金，尚不在此列出。

赵翰章看了深感震惊，他究竟有多少家产，他是不外露的，就是他的亲信，也只能了解一个方面的情况；这些，只有他本人心中有数。

他感到了，身为宪兵队长的马春城，对他调查得如此之翔实、缜密，必然有图谋——他心中不禁打了个寒战，尽管在表面的态度上依然平和。

他在心中画了个大大的问号——这个宪兵队的马队长，到底要干啥呢?

马春城亲切地叫了一声："赵哥哥。"

赵翰章也亲昵地回应道："马老弟。"

马春城说："赵哥哥的事业做得如此之恢宏，这说明赵哥哥是个精明之人啊。"

赵翰章谦谨地说："哪里、哪里。"

马春城说："你的发达、恢宏，势必会引起庸人的嫉妒……"

赵翰章点头表示同意，说："必然的。"

马春城说："最近，就有人到我们宪兵队去举报你……"

赵翰章的心里又是一惊，连忙问道："举报我啥啊?"

马春城说："举报你通匪……我根本就不信，这咋可能呢? 可是，举报人却言之凿凿地出了证明——令我惊恐。"

赵翰章立刻现出一副委屈的样子，说："这咋可能呢? 纯粹是诬陷。"

马春城说："说你通匪啊，与二龙山沆瀣一气……"

赵翰章断然否认："这简直就是胡说八道。"

马春城说："果真如此，我一看啊，我的赵哥哥，那是黑、白两道，通吃啊。"

赵翰章说："我这个人事业干得大了些，得罪的人也多了些，不过，我相信马老弟会明断秋毫的。"

马春城说："我绝对不相信这些举报……我今天把举报的证据都拿来了，给我的赵哥哥过目。"

说着，他把举证拿给赵翰章看。

赵翰章一看，落款是房丽珍——他想起来了，这正是当年"怡红苑"的老鸨子，他听说这个老鸨子姓"房"，他把这个举证放在了饭桌上，似乎不屑一顾地说："这个老鸨子的话，怎么能够相信吗？一派谎言。"

马春城说："看到举证了吧？她说你当年勾结二龙山，绑票老龟头任玉堂，又强逼任玉堂同意赎出红妓白莲花，成了你的姨太太……然后，为了灭口，又暗杀了任玉堂……"

赵翰章说："这个老鸨子房丽珍，真是歹毒啊。"

但是，他心中不得不佩服，这个马队长对于他，真是下了功夫，来四平街这么两年，把他的这个底细，居然都搜索出来了。

他嘴里头说是老鸨子方丽珍"歹毒"，又何尝不是在心里咒骂着这个宪兵队的马队长"歹毒"呢？

马春城从兜里掏出火柴，然后，又漫不经心似的从饭桌上拿过来房丽珍的那张举证，划着火柴，把房丽珍的那张举证点燃，化成飞灰。

他说："赵哥哥，这样的举证，我马某人根本就不相信。"

赵翰章马上赞美地说："马老弟的为人，就是仗义。"

但是，他在心里却知道，马春城在他面前烧了这一张，可能还有另外的一张或者两张备存着呢，而且，只要老鸨子房丽珍还活着，他马春城想要多少张举证，就有多少张白纸黑字的举证。

他心里更加明晰了，马春城在讹诈他……他揣摩着马春城的底牌。

马春城说："赵哥哥，你的马老弟仗义，你赵哥哥肯定也不能不仗义，是不是？"

赵翰章说："那是、那是。"

马春城说："赵哥哥好有艳福啊。"

赵翰章说："艳福？咋说呢？"

马春城说："有好几个姨太太……"

赵翰章说："你不也是吗？"

马春城说："呵呵，烂杏一筐，不如仙桃一个。"

赵翰章说："品味仙桃啊，我给马老弟出银子啊。"

马春城说："赵哥哥肯为我品味仙桃出血、出银子？"

赵翰章说："当然，君子一言，驷马难追。"

马春城说："那赵哥哥可就真的要出血、出银子了。"

赵翰章说："是啊，你说……"

马春城说："这个酒桌上，除了孙掌柜，也没有外人……赵哥哥，我要是坦诚了心里话，你可不要见怪啊。"

赵翰章说："都是自家人，有啥可见外的？"

马春城说："赵哥哥，那我就说了……"

赵翰章说："你说。"

马春城说："我说的这颗仙桃，就是你们家的姨太太白莲花，她可真是个'蝴蝶迷'啊，让我昼思夜想……你把她让给我，我把她八抬大轿娶到家……"

"这……"赵翰章一时间怔住了，马春城的话令他出乎意料，也匪夷所思……他不知道该如何回答。

俗话说："宁穿朋友衣，不占朋友妻。"这是朋友之间交往的约定俗成的规则。无疑，眼前的这个马春城真个是神经病，说出的话也太出格了。

但是，他真真地感觉到了——这肯定是马春城梦寐以求……而且，为了这个美梦，马春城在私下，也下了大功夫。

马春城说："瞧瞧，刚才还说咱们哥俩是自家人呢，我的请求一说出口，赵哥哥就难以割舍了不是？"

赵翰章说："马老弟，你不了解白莲花，她是个性子刚烈的女子。"

马春城说："但是，又柔情似水——我就稀罕这样的美女。"

赵翰章说："贱内白莲花年逾三十，已经是半老徐娘……马老弟啊，你遍选美貌处女，哥哥我出钱……"

马春城说："我喜欢像白莲花这样的中年美女，简直是杨贵妃再世，千娇百媚，风流倜傥；丰腴婀娜，落落大方；风韵醇郁，酽久迷香；勾魂衔魄，仙域独享。"

赵翰章知道劝解不了他了，但是，如何拒绝？他拿出的"举证"，就是要卡住自己的"七寸"，逼自己就范……于是，说道：

"马老弟，此事非同小可，虽然我赵翰章出于兄弟情谊，可以出让……但是，岂知贱内意下如何？所以，要与贱内白莲花商议之后，才能禀复。"

马春城醉眼惺忪地说："多么艳丽鲜香的一朵白莲花，在我的眼前盛开绽放……她的靓丽，在我的眼前……我挥之不去，哎哟喂，迷死我了。"

说着，他吧嗒着嘴，站起身来。

赵翰章说："你走……"

醉态的马春城说："赵哥哥，我走了，我知道你乐善好施，不会辜负了我，我等你的好消息……你们家的'蝴蝶迷'，迷死我了，我是志在必娶。"

赵翰章也站起身来，说："马老弟，你喝多了吧？慢走。"

马春城说："我、我，没喝多呀。"

说完，摇摇晃晃地往外走，孙一夫过来搀扶着他。

赵翰章把马春城送出了饭店的大门之外，随后叫了一辆马车，把马春城送回家。然后，赵翰章觉得自己的头脑也晕晕乎乎的，由孙一夫扶着他，回家了。

四平街，赵翰章宅邸。

赵翰章进了家门，来到了白莲花的屋里。

白莲花见他喝得晕晕乎乎的，就给沏了杯浓茶，让他坐在茶桌旁喝茶。白莲花说："你可是奇了怪了，你的酒量不小啊，今儿个咋喝得这般样子？"

赵翰章喝了口浓茶，说："喝得心情郁闷。"

白莲花说："喝酒喝得就是个心情，所谓'酒逢知己千杯少'，就是因为对心情，喝酒喝得舒畅，所以，才千杯不醉；心情郁闷，三杯就醉。"

赵翰章说："我今天晚上是跟一个王八犊子在一起喝了酒。"

白莲花说："我听说了，你是跟宪兵队的马队长在一起喝酒。"

赵翰章说："你知道？"

白莲花说："你不就是跟马队长套近乎，让他在兴农部的他叔父马宏图那里通融通融，明年满洲国粮谷出荷要按照《物价及物资统制法》，施行'统制'和'配给'……求着他了，钱也送了，他要是给办就办，不愿意给办就不办，条条大路通罗马……他他妈的用不着拿五作六的，他原来在范家屯就是个小警察，不就是仗着他叔马宏图才到了咱们四平街当了满系的宪兵队长嘛。"

赵翰章说:"别小瞧了这个马队长,他阴着呢。"

白莲花说:"咋个阴法?"

赵翰章说:"他居然说要娶你为妻。"

白莲花说:"放他妈了个驴臭屁,他一个臭汉奸,我白莲花名如其人,我能嫁给他?他是癞蛤蟆想吃天鹅肉。"

赵翰章说:"他说他迷上你了。"

白莲花说:"嗷,一个色鬼、淫魔。"

赵翰章说:"我说,这么大的事儿,得跟你商议。"

白莲花说:"为啥不一口拒绝他?"

赵翰章说:"我只能先敷衍一下……"

白莲花说:"你为了取得收购出荷粮谷的利益,所以,不想拒绝?"

赵翰章说:"这也是一种考虑,因为,我的家业干到了这个地步,来之不易。"

白莲花说:"你的家业到了今天这个地步,是谁使你发了家的?别忘了,是我白莲花帮助你赚了第一桶金,才有你日后的发达……当年,你买卖不兴,已经衰颓了、落魄了……是我白莲花在你的关键时刻,助你兴旺发达……请你赵翰章拍拍良心,在吃水时候不要忘了帮助你打井的人。"

赵翰章说:"说实在话,经济上的事情,都好办;不好办的事儿,是他想要往死里整我……我跟他有点纠缠不起。"

白莲花说:"你有钱有势,想办法宰了他啊,他是个啥呀?他不就是个铁杆的汉奸吗?你要是宰了他,那是个大快人心的事情……可惜啊,你都不如我这个娘们儿。你想要跟他来个妥协,是不是?"

赵翰章说:"如果不妥协,他可能以反满抗日的'通匪罪'来纠缠我、整治我……"

白莲花说:"'通匪罪',哪里来的'通匪罪'?"

赵翰章说:"他把所谓举证的证词给我看了,是'怡红苑'的老鸨子房丽珍给出的证明,说是当年,我串通二龙山,绑票了任玉堂,逼迫他给你赎身……如今二龙山是反满抗日的义勇军的聚集地……日本人清剿二龙山,落了个失败的下场——日本对二龙山的义勇军恨得咬牙切齿。"

白莲花说:"你妥协,可是,我却不会妥协;嫁给了你,我今天都后悔了;遥想当年,我认为你血气方刚,是条汉子,才向你透露了奉天银行要收购大豆的信息,让你狠赚了一大笔钱……我要是知道你后来的熊样,我才不结交你呢。"

赵翰章说："我咋个熊样了？"

白莲花说："马春城是个汉奸，你也不是个好东西。日本人占了东北，你巴结日本人，当了四平街的自治会的副会长；'国联'的李顿调查团来了，你跟翟小鬼儿他们跑到车站去拦车'请愿'，说'我们满洲要自治'，还说'我们满洲四平街的民众受尽了张氏军阀的压榨，是我们把日本皇军请来支援满洲的'……你也是个汉奸。"

赵翰章说："你别把话说得那么难听，我赵翰章是帮助日本人杀害同胞了？还是帮助日本人放火了？我也不过就是为了保证我的买卖，不得不妥协而已。"

白莲花说："听你的话，你决意要把我转手卖给马春城了，是不是？"

赵翰章说："唉，我也是被逼得没有办法的办法。"

白莲花听了，顿时大哭起来，说："你个没良心的赵翰章，我当初嫁给你，以为你是可以让我把终身托付给你的男子汉，没想到，你贪财贪利贪得花了眼，花了心，不怪说'商人重利轻别离'，你连自己的老婆也拿出来卖了，换取利益……你辜负了我的一片痴心，你个禽兽……呜呜。"

赵翰章说："我是被逼无奈啊。"

说着，他也掉下了眼泪。

白莲花说："你别装样子，掉眼泪，你那是鳄鱼的眼泪。既然你赵翰章无情无义，我白莲花瞎了眼了，找了你这么个财迷心窍的窝囊废……呜呜，我不活了，我死去。"

说着，她哭叫着向门外走，而且，出了赵家宅邸的大门。赵翰章赶紧跟上去，走到门口，正好遇到了孙一夫，孙一夫说："嫂子咋哭着跑出去了？"

赵翰章说："你赶紧跟着你嫂子……别让她寻短见。"

孙一夫说："好咧，东家你放心，我这就追过去。"

说着，他追了上去。

赵翰章此时此刻腿脚有些瘫软，他一屁股坐在了宅邸大门的门槛上。

不一会儿，孙一夫回来了，赵翰章赶紧问："你嫂子去哪儿了？"

孙一夫说："去了马二爷马龙坤家了。"

赵翰章这才感到宽心，说："哦——"

又过了一会儿，马家的家人来了，说道："赵爷，我家马二爷、马二奶奶，请你过去呢，说是有话对你讲……"

赵翰章说："劳你回禀马二爷、马二奶奶，说我赵翰章马上就去。"

马家的家人走了，回去禀复。

四平街，马龙坤宅邸。

赵翰章走进了马家的会客厅，他看见白莲花坐在那里，正呜呜地哭泣。他看到马家的二爷马龙坤和二奶奶于桂花，都对他横眉冷目。

于桂花见赵翰章进来了，指着白莲花，劈头就问："这是咋回事？"

"我……"赵翰章说。

"你要把老婆当礼品，拱手送人，是不是？"于桂花说，"从打修筑南满铁路，你跟你二哥就是朋友，我们一直是把你当自家人来看待啊。你落魄，我们帮你渡过难关；你发达，我们高兴。但是，咋也没有想到你今天竟然如此混账……白莲花是谁？她是你们赵家的恩人。没有白莲花就没有你们赵家的今天……你还是人吗？你个畜生。"

说着，她挥手就扇了赵翰章两个耳光。

赵翰章的脸被打得火辣辣的，说："二嫂，我没答应那个马春城，我只是说这个事情，得跟莲花商议。"

于桂花说："商议个屁，他这是要让你当王八。杀夫之仇，夺妻之恨——仇恨比天高。你就应该当场回绝他，扇他两个耳光，骂他是个牲口。"

赵翰章说："马春城为了从我的手中夺去莲花，他是做了充分准备的，他调查了我的所有资产，列出清单，敲打我……然后，拿出举证，说我勾结二龙山，绑票任玉堂……他使出了这些手段，最终的目的是要把莲花夺到他的手中……他的招数可是够阴辣的。"

于桂花怒火填膺，骂道："马春城这个狗汉奸。"

赵翰章说："如果我当场拒绝了马春城，他就会举证我、纠缠我、整治我，诸多麻烦……我一时间也是心中焦虑、忐忑，不知道如何应对……他把我逼到死角上了，没有退路，要么听从他的——这是他的愿望，要么跟他决斗——他给你列出了你的庞大资产的清单，就是为了瓦解你决斗的意志，所以，我说了个囫囵话。"

于桂花说："马春城啊，这个王八犊子，他是'机关算尽太聪明'，必然是——'反害了卿卿性命'。喊！"

马龙坤说："这个马春城，死到临头了。"

于桂花说："我看也是。"

马龙坤说："九一八事变，马春城在范家屯不过是个小警察，借着他叔叔马宏图的亲日势力，就野心勃勃、蠢蠢欲动，要对怀德县长尹泽民夺权，意欲取而代之，并且，置尹泽民他们于死地而后快……他放出风儿来，明年满洲国要成立四平省，他想水涨船高，当四平省的满系宪兵队的总队长，狂妄啊……沙河子大桥日本军列颠覆了，乃是义勇军所为，但是，马春城为了向日本人邀功，却嫁祸给少帅张学良的夫人于凤至的舅舅家——钱家……制造了'钱家惨案'，冤杀了22口子人……恶有恶报，他应该有个报应了。"

白莲花说："二哥，你说得太对了。"

马龙坤说："翰章啊。"

赵翰章回应："二哥。"

马龙坤说："咱们后发制人，你先答应马春城。"

赵翰章说："我听二哥的。"

马龙坤说："你写一纸休书，要让外人知道……从此以后，莲花的所作所为，就跟你赵翰章没有关系了。"

赵翰章说："嗯哪。"

马龙坤说："但是，这之前，跟马春城提出条件，第一，他要负责把你定点代理收购出荷粮谷的事情，给办理下来；第二，莲花再嫁，对你赵翰章也很伤心，羞于在四平街待下去，所以，再婚的地点在四平街外有景致的地方，以使自己的心情能够宁静、舒缓一些；第三，婚礼要办得隆重，要让莲花的面子过得去，不能委屈了莲花。"

赵翰章说："我听二哥的。"

马龙坤说："莲花，你先在二哥、二嫂这疙瘩住下来。"

白莲花说："嗯哪。"

马龙坤说："翰章，时间也不早了，你回去吧，按我说的去办吧。"

"嗯哪。"赵翰章说，"二哥，那我就走了。"

说完，他离开了马家宅邸，回家去了。

第二十八章

白莲花阴差阳错与小白龙
成夫妻出征断魔壁

1939 年 9 月 30 日（农历己卯年八月十八），晚上。

四平街，马春城宅邸。

孙一夫来到了这里，马春城把他让到了客厅。马春城的家人奉上茶水，然后，出去了。客厅里只有孙一夫和马春城。

马春城说："今天的农历八月十八，是个吉祥的日子，你来了，就是贵人来了，必定会给我带来好消息。"

孙一夫笑了，说："马队长真是心有灵犀一点通啊，诚如你的预见。"

马春城说："我就知道。"

孙一夫说："那天在饭店雅间里吃了饭之后，我们东家就向姨太太白莲花透露了你的心思，白莲花起初有些为难，他与我们东家毕竟是十几年的夫妻了，有些难以割舍……"

马春城说："难割舍的，是你们东家——赵大掌柜的，他要同意了，这件美事，就势必成全了。"

孙一夫说："还有，白莲花的思想里，还有一女不嫁二夫的旧的意识。"

马春城说："咳，这种思想是多余的，她当过窑姐，而且，还是当红的窑姐，后来是赵翰章给她赎身……我根本就不在乎，她还在乎啥啊？她所在乎的是赵翰章的钱财比我厚实吧，是不是？"

孙一夫说："我们东家说了，她再嫁，会给她一笔钱财的，而且，数目不菲。"

马春城说："你们东家跟白莲花分手，他应当把白莲花当亲妹子对待才是，他就是应当慷慨些嘛……我听说，你们东家当年快要落魄了，是白莲花让他发的家。"

孙一夫说："嗯哪呗。"

马春城说："这个白莲花美如天仙，而且，长的是旺夫相啊，旺夫啊。"

孙一夫说："马队长有艳福啊，白莲花的确长的是旺夫相，一旦娶了她，你的官阶会是芝麻开花——节节高。"

马春城说："借你的吉言，日后升腾，我请你喝酒，呵呵。"

孙一夫说："白莲花为这事，思考了两三天啊，才同意……她背后跟我说，你长得比我们东家受端详，而且，年轻。"

马春城说："说得在理儿啊，赵翰章已经年届花甲了吧，那人根恐怕都不好使了，要不，白莲花咋到现在还没开怀儿呢？"

"那是、那是啊，嫁给了你，兴许就能生个大胖小子……"孙一夫说，"不过，我们东家也提出了三个小条件。"

马春城说："啥条件，你说、你说，我都答应。"

孙一夫说："第一，你要负责把定点代理收购出荷粮谷的事情，给办理下来。"

马春城说："行，这是手拿把掐的事儿。"

孙一夫说："第二，莲花再嫁……她对赵翰章也很伤心，羞于在四平街待下去，所以，再婚的地点，选在四平街外有景致的地方，以使自己的心情宁静、舒缓一些。"

马春城说："我在半拉山门附近买套房子，有山有水的……不然的话，跟我的那几个姨太太在一起，还不得掐起来？"

孙一夫说："第三，婚礼要办得隆重，要让莲花的面子过得去，不能委屈了莲花——这是我们东家提出来的，也算是怜香惜玉吧。"

马春城说："这是必须的，非得隆重不可，我马春城能委屈着莲花吗？"

"既然如此，我来的意思就算表达了。"孙一夫说，"这是我们东家给白莲花写的休书，你过目。"

说着，他拿出了一纸休书，让马春城看。

马春城接过来，看了，上边有赵翰章的签名和摁上去的鲜红的手印。看过之后，他又把这纸休书，还给了孙一夫。他说：

"我是美梦成真啊，妙极了。"

孙一夫说："事情都说明白了，我就回去了，禀复我们东家去……如果还有啥需要我跑腿的，我再来。"

马春城说："谢了，孙掌柜的。"

孙一夫说："一家人，甭谢。"

他站起身来，向外走。马春城把他送到门外。

孙一夫走了之后，马春城的心里感到得快意、舒坦。

今天是个好日子，农历的"八月十八"——谐音是"发了又发"，寓含着吉祥如意的"发达"，果然如此。

秋高气爽，皓月当空。

此时此刻，松辽大地的庄稼的收割，已经到了尾声，家家农户都忙着往自家的仓院里拉庄稼……他也一样，如果白莲花是他要收割的庄稼的话，那么，仿佛他的庄稼也拉到了仓院里了，只要经过打场、晾晒，就可以颗粒归仓了。

他感到，他所有的努力都奏效了，为了把白莲花搂到自己的被窝里，他是煞费了一番心机的……终于，使赵翰章这只难以驯服的狡黠的老狐狸，在他铺设的缜密的网罗和亮出的寒光闪烁的利剑面前，不得不驯服了——不得不忍痛割爱，把白莲花让给他。

白莲花啊，这是哪个怀春的男子见了都会魂魄摇曳、春心荡漾的"蝴蝶迷"哟。

是的，他如愿以偿，美梦就要成真了。

为了庆贺，他让家人给他炒了四个菜，又买了只烧鸡，他拿出了一瓶"四平街大曲"，自得其乐地自斟自饮起来——这是难以让他人跟自己分享的快乐。

人逢喜事精神爽，他居然一个人把这一瓶子 60 度的"四平街大曲"都喝了下去，家人给他泡了一大缸子浓郁的红茶水，他在酒后大口地饮用。

他饮用着热乎乎的红茶水，既缓解着酒劲儿，但是，又使酒劲儿在全身周流、发酵，因而，又使得酒意渐浓，进入了舒服的醉态。

他感到身子发热，他的眼蒙眬了，他困怠了。他上了炕，扯起了被褥，索性脱光了衣服，钻进了被窝。

在蒙眬中，他的身体飘了起来，轻悠悠地升腾着。

忽然，他听见了仙乐声声，一群仙界的童男童女簇拥着一位雍容华贵的仙女。那位仙女，似乎远远地望见了他，现出开心的微笑，那位仙女竟然脱离了童男童女们的簇拥，款款地向他踏云而来……仙女的身姿飘飘逸逸、袅袅娜娜。

仙女走近了他，他拂眼一看，不是别人，正是他朝思暮想的迷恋中的白莲花。

——他大喜过望。

他说："莲花，你咋在仙界啊？"

白莲花说："郎君，你有所不知，我本是仙界的花魁，知你前来会我，就迎了出来，前来接驾。"

她的声音莺声燕语，煞是动听。

他一看自己的穿着，已然是蟒袍玉带，方知自己也是上天仙界之神。

"郎君，你要娶我，乃是天作地合，前世姻缘。"白莲花说，她说话时，扭捏作态，婀娜性感，魅力四射，动人心魄。

他说："所以，你们提出的三个条件，我都非常痛快地答应了……我只要娶你，让你在我的怀抱里。"

说着，他迫不及待地上前去拉扯她……她闪身，然后，环顾左右，她说："郎君，这些个童男童女还在一旁，岂不让娘子我感到羞涩？"

他说："自从上次在你的宅院，见过了你之后，我就像丢了魂魄似的，恍恍惚惚，如浮上仙域的雾都花乡，又如坠入界地的情海迷浪……无论是上天还是坠地，眼前都是你的倩姿丽影……相思之苦，苦煞我也。"

"难得郎君一片痴情。"她说着，牵动着他的袖子，轻盈地迈开她的脚步，把那些个童男童女甩在了身后，又脉脉含情地说，"郎君，闭上眼睛，随我来……"

这正合了他的心意，他闭上眼睛，顺她而行，驾云踏雾，耳旁是呼呼风声，脑海里又觉得忽忽悠悠，飘然而下落……她说：

"郎君，可以睁开眼睛了。"

他睁开眼睛一看，恰是自家的炕头，他不知道她和他是咋样开的门，进的屋子。他想了，她是仙女，自己刚才已经羽化成仙，如清风般地顺着门窗的缝隙出出进进，应当不是问题……他把手伸进了被窝一摸，捂在炕上的被窝还很温暖。

他说："娘子，你我既然是前世姻缘，又天作地合……此时此刻，何不天地合一？"

她以袖掩面，羞涩地说："郎君，你我还没有举行婚礼大典，也没有由伴娘把我送入洞房，如果你我就天地合一了，岂不是违背了规矩，成了野合？日后郎君岂不会笑我白莲花是水性杨花？岂敢啊岂敢。"

他说："你早已经见过了不止一个男人，还羞涩啥啊？"他把手向炕上的被子一指，"你看到了吧，蓝色的绸缎的被子上绣的是鸳鸯戏水，我们要是钻进了被窝，咱们俩更是一对欢欢喜喜的戏水鸳鸯。"

她仿佛更加羞涩，娇滴滴地叫了一声："郎君……"

他会意了，他给她解带宽衣……她半推半就，他把她脱得一丝不挂，赤裸裸的她站在他的眼前，他的眼睛亮了，他的热血激荡，他的欲望上扬……眼前是一幅裸女美人图——妖媚的面庞，秀挺的脖颈，丰腴的酥肩，隆起的乳峰，曲曼的腰身，宽阔的美臀，漂亮的腿股……所有的这一切，都透露着女性诱人的性感。

他赶紧褪下自己的衣衫，也同她一样，赤裸裸的，一丝不挂……但是，他的丑陋的人根，却硬挺挺地倔强起来了。他忍耐着爆发起来的欲望之火，他轻轻地抱起了她，把他放进了被窝里。

随之，他亲昵地吻她，吻她的妖媚的脸蛋、吻她的秀挺的脖颈、吻她的丰腴的酥肩、吻她的隆起的乳峰、吻她的曲曼的腰身、吻她的宽阔的美臀、吻她的漂亮的腿股……他上上下下地舒缓地亲吻着，进而，是暴风骤雨般的狂吻……他以这样的亲吻，是在召唤着她的生理上的欲望和渴望。

她躺在被窝里，闭上了自己的眼睛，任由他来亲昵和抚爱……仿佛酥软了，酥软得像一摊泥；仿佛是舒服了，舒服得像一朵在荡漾的春风中盛开的鲜花。

在这个过程中，他的血液在他的血管里燃烧、在沸腾，沸腾得像奔突的岩浆，岩浆在寻找着爆发的突破口，要喷射出来……他迫不及待地爬上了她曼妙的身体，一开始是轻拂涟漪，仿佛是一叶扁舟徜徉在湖泊上；进而，颠鸾倒凤，如同鸾凤自由地翱翔在万里长空中；再进而，像劲风吹动着巫山云雨，像大浪冲击着礁石峭壁；最后，有如奔突的岩浆拱出了火山口，顷刻间，山摇地动，火山爆发了……

他感到极度的愉悦和快感，他舒坦极了……他沉浸在人伦的享受之中。

——他突然间，感到了身下有些凉丝丝的腻乎乎的不适的感觉，他醒了……他睁开眼睛，屋子里的电灯泡还昏黄地亮着，蒙眬中看到了房屋的天花板；他又一摸自己的身边，却空空如也，哪里有仙女般的美人儿陪伴他……这才知道，刚才不过是南柯一梦。

身下咋有凉丝丝的腻乎乎的不适的感觉？他抬起身子一看，是自己在幻美的梦境中与梦境中仙女愉悦交媾，他情不自禁地射精了——他的褥子上，铺陈着一大摊他倾泻出来的精液，就是明证。

日有所思，夜有所梦。

——如此而已。

1940 年 1 月 30 日（农历己卯年腊月二十二）。

四平街东郊，龙王屯。

这是马春城订下的大婚的日子，无论阳历和阴历，都是双日子，成双成对；而且，第二天就是农历小年，娶了白莲花，添人进口，喜上加喜；接着就是小年连着大年，马春城认为自家人就会过上个团圆年。

龙王屯，在东山里，几十户人家。

屯子前面有小河流水，屯子背后是山岭，这地方有山有水。

这个时候，数九寒天，冰天雪地，小河的表层被冻结了，河水在冰层之下潺潺地流淌；背后的山岭，山高林密，积雪覆盖。

马春城信守承诺，特地在龙王屯买下了一处宅子，粉刷一新。

白莲花在头一天住进了邻屯的一个表亲家。

第二天早上，马春城身穿新郎服装，骑着高头大马，吹吹打打地去了邻屯，用马车把白莲花再吹吹打打地接到了自己的宅子里，就可以举行新婚典礼了。

是的，马春城也正是这么做的，早上把蒙着红盖头的白莲花从邻屯接了过来，在自家宅子的院落里举行婚礼。

属于马家的客人，从新京来的马春城的叔叔马宏图，还有他的满系宪兵队的属下尤俊才、陈久香、齐魁峰……还有小鬼子派出的几名贺喜的代表；属于白家的娘家客人，来得也挺多；再加上正值农闲，屯子里的老老少少，都来看热闹，熙熙攘攘的。

大概知道龙王屯办喜事，又逢过年，来这里凑热闹的真的多，卖糖葫芦的、卖对联挂签的、卖切糕、卖冻梨冻柿子的、卖芝麻脆管儿糖的、吹糖人的……还有衣衫褴褛的乞丐，唱着"莲花落"而来贺喜的。

天上潇潇洒洒地飘落下雪花，如天女撒下的朵朵梨花瓣儿，瑞雪兆丰年，反而更增添了喜庆的气氛。

婚礼由孙一夫做司仪主持。

孙一夫对新郎和新娘呼喊出第一句："一拜天地——"

新郎、新娘拜天拜地。

孙一夫又呼喊出第二句："二拜高堂——"

新郎、新娘向双方的父母礼拜。

接着，孙一夫再呼喊第三句："夫妻对拜——"

夫妻相互跪拜。

孙一夫继续呼喊出第四句："将新娘送入洞房，婚宴开始，请各位来宾吃好喝好。"

婚礼的程序——简洁而完整，娘家来的伴娘，搀扶着白莲花，款款地进到了屋里，入了洞房。

宅院的一角，搭起了棚子，棚子里有肉案、菜案，上边放着一些个肉盆、菜盆，还筑起了灶台，热气升腾的灶台上，有几口烧着火的大锅，炖着鱼、肉，炒着菜肴，散逸出诱人脾胃的芳香。

冬天寒冷，不比夏天，可以在院落里宴席，所以，不管是婆家客还是娘家客，都对应地安排在家宅里和邻居家。

马家宅里和邻居家，都是南北大炕，饭桌摆在炕上。碗里倒上"四平街大曲"，举碗、碰碗，喝了再添；鸡鸭鱼肉，羊尾牛肝；清蒸熊掌，红烧鹿鞭；糖熘白果，酥脆甘甜；酸菜白肉，开胃香酸；糖醋肉段，锅煲肉片；蘑菇黄花，炒肉味鲜；干豆腐皮，白菜丝儿，绿豆芽子，混合凉拌；干豆角儿，土豆块儿，十茄子丝，浑炖三鲜……七碟八碗，菜肴可谓丰美盛全。

马春城照应着客人的餐饮。

这时，伴娘来了，说："新姑爷，新娘让你去给她揭盖头，然后，新娘陪着新姑爷来给客人们敬酒。"

马春城听了，喜不自禁，说："这就去。"

伴娘说："新姑爷请随我来。"

说着，他跟着伴娘进了洞房，来到了洞房的炕前，高兴地说："娘子啊，为夫我来给你揭盖头。"

伴娘把一根用红绸子裹着的竹棍递给了马春城。

马春城用竹棍撩起了蒙在白莲花头部和脸部的红盖头，他仿佛看到了白莲花妩媚而生动的真容，他兴奋地说：

"我终于如愿以偿了，咱们夫妻今晚便是春宵一夜值千金啊。"

但是，马春城揭去了白莲花的红盖头，他所看到的却是冷峻的白莲花，白莲花横眉冷目地说："马春城，你夺人妻室，还做着美梦呢。"

马春城不高兴，说："此言差矣，赵翰章对你已然有了休书，我是明媒正娶，咋能说我是夺人妻室，简直是无稽之谈。"

这时，白莲花已经把攥在手中乌洞洞的枪口，对准了他。白莲花说道："钱家惨案的 22 名冤魂，让我替他们报仇。"

面对白莲花乌洞洞的枪口，一时间，马春城处于惊愕与懵懂的状态；当他从惊愕与懵懂的状态迅速地缓过神儿来，习惯性地去腰中掏枪……他根本就没有把手枪携带在身上；因为，这个冷峻的局面是他所没有料想到的。

说时迟，那时快，白莲花话音一出，等于宣布了对汉奸马春城的判决词；话音未落，白莲花已经扣动了手枪的扳机，"当、当、当"就是三枪，贴身的近距离的这三枪，全部打在马春城的胸部，把马春城撂倒在地。

听到了枪声，马春城的伴郎——马春城手下的年轻的宪兵，嘴里喊着"咋回事？"边喊叫着，边跑了进来……伴娘抬手一枪，击中了这个年轻的宪兵的眉心，这个年轻的宪兵顿时仆倒在地。

原来，这个伴娘不是别人，正是"小凤凰"张凤珍。

枪声就是命令，在各个餐桌上的娘家客，都向自己早已瞄中的目标迅速地开了枪……把马春城的婆家客，打了个措手不及。

外边卖糖葫芦的、卖对联挂签的、卖切糕、卖冻梨冻柿子的、卖芝麻脆管儿糖的、吹糖人的……还有衣衫褴褛的乞丐，唱着"莲花落"的来贺喜的——他们都是二龙山义勇军乔装打扮的，听到了枪声，立刻抽枪策应……

袭击马春城婚礼的战斗，很快就结束了。

清点战场，马春城、马宏图、尤俊才、陈久香、齐魁峰，以及马春城属下来参加婚礼的满系宪兵们，还有小鬼子派出的几名贺喜的代表，统统被击毙，无一漏网。

义勇军战士们返回二龙山，在返回二龙山的路上，小凤凰唱起了《阿姨，你好靓丽》：

（一）

阿姨——
你好靓丽。
你是一朵白莲花，

尽管出自淤泥，
长茎梗直叶大气；
高贵雅致，
芬芳飘逸，
沁人心脾。

阿姨——
鬼子和汉奸，
——你愤恨在心里；
联系抗日义勇军，
设下歼敌美人计……

阿姨——
你心中有大义，
民族气节，
顶立天地，
你是当世的——
巾帼英雄梁红玉。

（二）

阿姨——
你好靓丽。
男性见了你，
顿起情海涟漪；
生命之歌，
为你而赞誉；
倾国倾城啊，
好一朵"蝴蝶迷"。

鬼子和汉奸，
——你愤恨在心里；

洞房宴席假婚礼，
鬼子汉奸被击毙……

阿姨——
你心中有大义，
民族气节，
顶立天地，
你是当世的——
巾帼英雄梁红玉。

二龙山，聚义厅。

小白龙说："莲花妹子，你在我们二龙山暂住些日子，再走吧？"

白莲花说："我不走了，我就在二龙山跟着你们打鬼子了。"

小凤凰说："阿姨不走了，我也在二龙山小住几天，陪一陪阿姨……我已经有些年没有回二龙山了，但是，我的心里还是惦记着二龙山。"

白莲花说："提起当年的你这个小凤凰，小鬼子就胆战心惊。"

小凤凰说："阿姨，你咋知道我是当年的小凤凰？"

白莲花说："你表哥小白龙说的啊，他让你当我的伴娘，护着我。"

"这是秘密，我表哥尽是在真人面前说大实话……呵呵。"小凤凰说，"如今的'蝴蝶迷'也不得了，巧设婚礼美人计，汉奸小鬼子悉数被击毙。"

白莲花说："你的枪打得太准了，一枪就击中了那个汉奸的脑门儿，不愧是神枪手啊。"

"阿姨，我来训练你打枪，你肯定也是个神枪手。"小凤凰说，"还有，要跟着我，练习骑马。"

白莲花说："这些技能，我都想想学。"

小凤凰说："好哇，我这就教你。"

小白龙说："你们去外面练习打枪和骑马去吧，吃饭的时候，我派人去招呼你们。"

白莲花跟着小凤凰出了聚义厅的门，到山岭的深处，练习打枪和骑马去了。有人说，枪法打得准，一是天赋，二是子弹喂出来的；马上的功夫，也是练出来的。

1940 年 4 月 2 日（农历庚辰年二月二十五，龙年）。

西南风，到了晚上，风势减弱了许多，因而，风不大。

天气变得温暖了，但是，在山岭的北坡见不到阳光的地方，还留有没有融化的残雪。土豆，可以说是栽种得最早的，即使是在阳光普照的广袤的黑土地上，顶着冰碴儿种土豆，至少还得十天。

天气阴沉，没有月光，没有星辰。

小白龙带领一行十几骑义勇军战士，带着爆破装置，快马扬鞭，行走在去往郭家店及其以南的铁路沿线的路途上。

小白龙说："此番出击，定将把南满铁路线炸它个桥涵崩塌，铁轨曲弯，火车抽搐不敢向前，呵呵。"

万国彪说："咱们就得把小鬼子炸得心惊肉跳，惶恐不安。"

小白龙说："咱们这十几个人，就像一把尖刀。"

万国彪说："直插小鬼子的心脏。"

小白龙笑了："呵呵。"

走在前边的林显义，圈回马头，说："大掌柜的，前边好像有杂沓的马蹄声。"

他们停下了脚步，仔细倾听，果然听到了远处有杂沓的马蹄声，小白龙判断道："这是日伪军的马队。"

林显义说："大掌柜的咋办？"

小白龙说："咱们先稳住神儿，看看动向？"

远处的杂沓的马蹄声，越来越近，大概是对方听到了他们的动静，所以，才纵马向他们跑来，而且，还高声地喊叫道："你们是哪部分的？"

小白龙说："听动静，敌人比我们多得多，而且，这里是平原，光秃秃的地表，没遮没挡……真要是打起来，我们会吃亏的。"

林显义说："打还是不打，请大掌柜的决断。"

小白龙说："打不赢，咱们就撤。"

万国彪说："嗯哪，撤。"

于是，义勇军战士们掉转马头，纵马回撤。

对方的马队追来，还高喊着："前边逃跑的肯定是'反满抗日'的土匪，见到了我们讨伐队，吓得抱头鼠窜了。"

另一个声音："抓住了'反满抗日'的土匪，皇军大大地有赏啊。"

又有杂乱的声音："追啊。"

日伪讨伐队的马队，边追赶，边喊叫，边放枪。

义勇军跑上了一座小山岗，小白龙说："万国彪，把机枪给我。"

万国彪把机枪和弹夹子给了小白龙。

小白龙说："你们走岔道儿，我在这个岗地上抵挡住敌人，然后，我再沿着咱们原来的路径奔跑，把敌人引开……"

林显义说："大掌柜的，狙击日伪军的事儿，我来……二龙山不能没有一山之主。"

说着，他上来抢小白龙手中的机枪……只见小白龙眼睛一瞪，说道："这是命令，执行命令。"

"是。"林显义无奈地说。

小白龙下了马，掩蔽好自己，待讨伐队快要追到近前了，就搬动机枪的扳机，子弹向刮风似的射向日伪军……追在前面的日伪军纷纷落马。

日伪军不得不后撤，然后，对着山岗还击……随即，又改变了战术，用一部分兵力向山岗的两侧迂回……小白龙看到了日伪军的动向，是要迂回到山岗的两侧，然后，包围他……他看到万国彪和林显义他们已经向岔道的另一个方向跑得消失了，于是，他拎着机枪上了马，纵马飞奔。

小白龙一边纵马飞奔，一边转身向日伪军射击……日伪军号叫着追赶、射击。

前面是东辽河，河面上的冰层融解了，河水汩汩而流，但是，河岸阴坡的边沿处，还残余着萎缩的冰凌。

到了河边上，小白龙下了马，把机枪缠在战马的马鞍上，然后，他一拍自己战马的屁股，灵性的战马通人意，独自疾速地向前奔跑，消失在茫茫黑夜里。

他纵身跳进了深沉的东辽河，然后，潜入河水之中，又顺着水流向下方一些游去……追到了岸边的日伪军，向河水里密集地射击着，子弹击打在河面上，掀起随起随落的水泡，发出"噗、噗、噗"的声音。

小白龙爬上了对岸，钻进了树毛子里，冰冷的河水消耗了他身体内的热量，夜晚的寒气袭人，他被冻得浑身颤抖，牙关也在打战……身上的棉袄、棉裤浸透了河水，滴答滴答地顺着裤脚滴在了地面上。

枪声，他这侧的岸边有人向着对岸开火了——他断定，这是接应他的义勇军的战友们，听到了枪声后，向这里奔驰而来，并且，与对岸的讨伐队交上了火。

两岸在黑暗中对射。

讨伐队跟义勇军隔着一条大河，又不知道对岸有多少义勇军，于是，撤离了。枪声逐渐稀疏，进而，停止了。

"大掌柜的——"

"大掌柜的——"

……

喊叫他的，正是来接应他的二龙山的李世奎的分队。

他听到了这熟悉的声音，想张开喉咙回应，但是，上下牙打战的嘴巴，不听使唤，他只好抬起手来，向夜空中放了一枪。

听到了枪声，寻找他的义勇军战友们汇聚而来，找到了他，见他已经冻得面色煞白，手脚有些不听使唤了，就赶紧脱下自己的棉衣、棉裤，换下他身上水涝涝、凉丝丝的棉衣、棉裤，然后，李世奎把他抱上马，搂着他，众马奔驰，返回二龙山。

二龙山，小白龙的居室。

小白龙躺在炕上，面色苍白，牙关紧闭，已经被冻得不省人事。

义勇军的将领们都很着急，李世奎说："他是冻的，不能把他放在炕头，炕头太热，反而不利于他的苏醒。"

裴景海说："放在炕梢儿也不行，炕梢儿恐怕太凉。"

李世奎说："必须使他体内的寒气被温暖的热流逼出来，然后，使他全身的血液周流了，他才能缓过来。"

裴景海说："给他按摩呢？"

李世奎说："不行，按摩这么一动，别把他体内的元气给动没了，人也就没了。"

马忠华说："他已经被冻僵了，这该如何是好？"

正在大家七言八语地想辙，又不知道如何是好的时候，白莲花进来了，她看了看躺在炕上不省人事的小白龙，说：

"这么下去不行，要么他可能僵死过去，要么，他即使苏醒过来，也可能身体落了个瘫痪或者残疾……"

李世奎说："是啊，这正是我们大家所担忧的。"

白莲花说："你们都出去吧。"

马忠华说："你……"

白莲花说："为了大掌柜的，我自有办法。"

说着，她解开自己衣衫的纽扣……马忠华见状，给大家伙使了个眼色，义勇军将士们都走出了小白龙的居室。

白莲花脱光了自己身上所有的衣衫，一丝不挂，然后，她上了炕，又脱光了小白龙身上所有的衣裳，也是一丝不挂。

她躺在了小白龙的身边，把被子给自己和小白龙盖严，然后，她把凉丝丝小白龙，紧紧地抱在了自己温暖的怀中，以她自身肉体的绵柔和恒温，来暖释和驱离小白龙体内的寒气。

小白龙的肉体，寒气袭人，她仿佛是抱着一块冰凌，针扎似的……但是，她以她的坚强的意志和顽强的毅力，挺住……她像一只大袋鼠把小袋鼠放进了自己的育婴袋里，给小袋鼠以温暖，并且，进行哺育；她更像一位慈祥的母亲，赤身裸体地抱着自己的同样也是赤身裸体的熟睡的婴儿。

她的脸贴着他的脸，她感受着他的微弱的气息；她的隆起的酥软的胸，贴着他的刚强的结实的胸；她的坦荡的肚腹贴着他的坦露的肚腹；她的丰腴而曼美的腿股，贴着他的肌腱发达的腿股……她一只手搂着他，另一只手，轻轻地摩挲着他的后背。

渐渐地，她感觉到了，他的身体不是那么寒凉了，有了丝丝暖意……她把耳朵贴在了他的耳边，轻声地呼唤着他，像妹妹在呼唤哥哥：

"小白龙，小白龙——"

"小白龙，你醒一醒，你是个血性的东北汉子，万恶的日本鬼子，还等着你率领义勇军的战士们，去消灭他们呢。"

"小白龙，你醒一醒，把小鬼子赶走了，这美好的家园还等着我们去建设呢。"

"……"

渐渐地，她又感觉到了，他的身体回暖了，他的血液的流动在缓慢地加速……她继续像妹妹呼唤哥哥那样呼唤着他。

他终于长吁了一口气，慢慢地睁开了眼睛，蒙眬中看到了俊美的白莲花，他简直不相信自己的眼睛，说：

"这是哪儿？梦境吗？"

白莲花说："小白龙哥哥，你醒过来了，这就好。"

小白龙睁大了眼睛，他体感到了白莲花的细腻的肌肤，他明白了……他说："谢谢你，莲花妹子。"

"小白龙哥哥，不用谢，这是我应该的……"白莲花说，"你暂时不要动，我再焐你一会儿，你就恢复了。"

小白龙体虚，没有动，让她继续搂抱着他。

过了一会儿，她说："小白龙哥哥，你感觉咋样？"

小白龙说："好多了。"

白莲花说："你躺着吧，那我就起身了。"

说着，她起身坐了起来，穿上了衣服，系好了纽扣。

马忠华和李世奎一直在小白龙居室的门口坐着，见白莲花平静地走了出来，站起身来，关切地问："大掌柜的，咋样了？"

白莲花说："苏醒过来了，但是，还是体虚。"

"哦。"马忠华和李世奎说。

白莲花说："你们进屋里去吧……我给他熬碗粥喝吧。"

"嗯哪。"马忠华和李世奎说。

马忠华和李世奎走进了小白龙的居室……白莲花去厨房间，给小白龙熬粥去了。

1940 年 4 月 9 日。

二龙山，聚义厅。

白莲花正在跟马忠华和万国彪、李世奎等人在闲聊。

白莲花说："这马也真是通人气啊，小白龙哥哥的那匹战马，驮着机关枪，就自己走回了咱们二龙山。"

李世奎说："老马识途嘛。"

万国彪说："那天遭遇了日伪军，大掌柜的为了掩护我们，他独自阻击日伪军……为吸引日伪军，纵身跳进了东辽河……"

马忠华说："这就是义勇军的'义'字精神的体现。"

已经完全恢复了身体的小白龙，走了进来，他来到了白莲花的面前，"扑通"地跪在了白莲花的面前。

白莲花惊讶，说："小白龙哥哥，你这是……"

小白龙说："感谢你再次搭救我之恩。"

白莲花说："我都说过了，这是我应该做的。"

小白龙说："莲花妹子，我有一个请求，当着众位将领的面，我提出来，不知莲花妹子能否答应？"

白莲花说："你说。"

小白龙说："莲花妹子，我要娶你为妻。"

白莲花说："小白龙哥哥，我们做兄妹不也是很好的嘛，你这是从何说起的呢？"

小白龙说："我已经 40 多岁了，尚未娶妻，并不是我不想娶妻，而是我怕跟小鬼子在战斗中，我会牺牲……会耽误了人家好家儿女，所以，我才至今还是光棍……"

白莲花说："这个，我理解。"

小白龙说："赵翰章已经给了你一纸休书，你是独立的女人了，你又两次搭救我……又斩杀汉奸马春城，显示了你巾帼英雄的英姿和帅气，如今，你上了二龙山……这是缘分，是天赐我妻，我非娶你不可。"

白莲花说："我……"

小白龙说："我小白龙是讲义气之人，莲花妹子，你要是不答应我，我就跪着不起来，直到你答应为止。"

说着，在白莲花的面前，揪下自己的头，匍匐在地。

白莲花笑了，说："看来，当着众位将领的面儿，我是答应也得答应，不答应也得答应，只好答应了。"

她把小白龙搀扶了起来。

在场的众位将领鼓掌，并且高声地喊道："我们有了压寨夫人喽——"

马忠华说："众位将领，传我的命令，马上就张灯结彩，为大掌柜的举行结婚庆典，山门挂红灯笼，窗前贴喜字，敲锣打鼓，鞭炮齐鸣，大摆筵席……今晚就是洞房花烛夜——良宵一夜值千金啊。"

"嗷——"众将士们欢呼。

二龙山的将士们按照马忠华的命令，立马就装饰聚义厅，既简约而又隆重，给小白龙和白莲花举办了婚礼大典……然后，把小白龙和白莲花送入了洞房。

1940 年 5 月 2 日。

从二龙山下山了两支兵马，一支由马忠华率领，另一支由小白龙率领。

小白龙带 500 余人的义勇军将士去黄龙岭，与黄龙岭的兵马会合，然后，执行一项战斗任务，但是，路上遭遇了讨伐队，双方激战，敌众我寡，小白龙退守孤山岭，讨伐队将孤山岭团团围住。

　　二龙山得到了消息，兵分两路，前去救援。其目的是将围住孤山岭的日伪军撕破一个口子，使小白龙他们能冲出包围圈。

　　一路下山的兵马，本该由陈起贵带队，但是，白莲花则自告奋勇，要求带队出征，于是，马忠华答应了白莲花的请求，暗中嘱咐陈起贵、倪光源等，要有所照应。

　　风，西南大风，刮得山岭上的干燥的树木的枝条在颤抖、在啸叫——这是在叶片萌生之际的阵痛，也刮得山上的小草从铺展在山坡的枯枝败叶中，钻出了茸茸的嫩芽。

　　陈起贵说："夫人，前面的山岭是断魔壁，只有过了断魔壁，才能进入孤山岭。"

　　这时，听到了零星的枪声，白莲花说："看来，日伪军讨伐队没有进攻孤山岭，不然的话，枪声会很密集。"

　　陈起贵说："日伪军讨伐队围住了孤山岭，如果进攻，以下攻上，势必带来巨大的伤亡，所以，他们的目的很明显，围而不打，让你熬不住饥渴……然后，再采取断然行动。"

　　部队向前开进，白莲花看到了眼前的山岭——断魔壁，一岭分两壁，两壁对应，之间有百余米的空谷，空谷里有一条涓涓的山溪。

　　断魔壁，也叫两壁山，东、西对应的高耸的两座崖壁，刀削般的陡峭，真是大自然的鬼斧神工。

　　但是，之所以叫"断魔壁"，民间也有传说，说是孙悟空保护唐僧西天取经，遇有妖魔，要吃唐僧肉……孙悟空与妖魔缠斗，妖魔败逃，跑不动了，就落到了这里，变成了一条野鸡脖子蛇，潜伏在一棵枯树的树洞里……被火眼金睛的孙悟空发现了，孙悟空的金箍棒狠狠地砸了下来，砸飞了枯树，也砸死了妖魔，更砸得山崩地裂，使这座山岭分崩断裂成了两壁，因而，这座两壁山，人们又叫它"断魔壁"。

　　断魔壁上，由围攻孤山岭的日伪军讨伐队占领着。

　　白莲花命令："佯攻断魔壁，试探一下日伪军讨伐队……同时，也是告诉在孤山岭的咱们的义勇军将士，我们来接应他们了。"

　　倪光源说："是。"

　　他带领一支队伍，去佯攻断魔壁。

　　但是，佯攻试探的结果是日伪军讨伐队的火力很猛……敌人居高临下，要想通过断魔壁，非得付出惨重的牺牲不可——因而，不能硬攻、强攻。

白莲花把头巾摘下来，向空中一扔，头巾向东北方向飘然而去，她笑了，她说："看着没？人算不如天算，这西南大风在助我破敌。"

陈起贵也笑了，说："我明白你的意思了。"

白莲花说："咱们俩，把这个意思写在地上，然后，相互来看，看是否一样？"

陈起贵说："好吧。"

于是，两人用树枝在地上书写，然后，各自去看对方书写的字迹，看后，两个人都笑了，写的都是一个"火"字。

"咱们是在断魔壁的西南侧一线，占着上风头。"白莲花说，"传我的命令，纵起火来，火借风势，让对应的两座断魔壁变成一片火海……"

陈起贵说："是。"

有火柴的战士，拿出了火柴，拢起干枝与枯叶，一根火柴扔下去，立时就燃烧起来。

义勇军的将士们按照白莲花的命令，纵起火来，春干树燥，山坡上铺满了萎黄的蒿草和枯枝败叶……火借风势，风借火威，火势迅速蔓延，对应的两座断魔壁，顷刻间，变成了一片火海，狂风炽火，浓浓烟涛，翻翻滚滚，如山洪泛滥。

山火之烈，火势之猛，真如秋风扫落叶。

围困了小白龙的队伍，日伪军讨伐队认为网住了一条肥硕的大鱼，2500人的日伪军讨伐队，断魔壁是日伪军讨伐队重点防守的阵地，两侧断魔壁的山岭上，各有500日伪军讨伐队在把守。

当他们发现来了义勇军的援军的时候，就调动兵力抵挡义勇军的援军，但是，突然间，山火向他们扑来……面对山火，在懵懂中的日伪军讨伐队，一时间，手足无措；当他们想要躲避时，山火顺着疾速的风势，已经蔓延到了他们的面前，想要躲避都来不及了，山火已经把他们包围了。

有的日伪军讨伐队员向西北方向流窜，但是，守卫孤山岭的义勇军看到了，就成了他们开枪狙击的猎物……受不了烈火炙烤的日伪军讨伐队被逼无奈，就纵身跳下陡峭高耸的崖壁，在崖壁下摔成了一个个血肉模糊的肉饼，惨不忍睹。

白莲花又命令："让战士们隐蔽在岩石、树后，有逃窜出来的日伪军讨伐队……统统给我击毙。"

陈起贵说："是。"

　　枪声，击毙从火海里逃窜出来的个别的日伪军讨伐队……之后，义勇军战士们踏着燃烧过的灰烬和火星，登上了对应的断魔壁，占领了断魔壁，控制了断魔壁下的山谷。

　　山坡和山顶上，一具具日伪军讨伐队的尸体，表层的衣服已经被燃烧殆尽，剩下的肉体烧灼得成了黑乎乎的焦糊状，像一段段黑黢黢的木头轱辘，横躺竖卧在断魔壁的还余烟缕缕的山岭上。这还算是有个囫囵的尸首，那些身上带有弹药的日伪军讨伐队，来不及将弹药解下来，弹药就在炽烈的山火中纷纷地爆炸了，炸得肢体横飞，血肉四溅——这些个日伪军讨伐队，既没有了魂魄，也没有了尸首。

　　断魔壁，真正成了断送日伪军讨伐队这群魔鬼的山岭崖壁——日伪军讨伐队的包围圈，被撕开了一个大口子。

　　与此同时，小白龙的部队从孤山岭上冲了下来，冲出了断魔壁之间的山谷，与前来救援的义勇军的战友们会师了。

第二十九章

日寇再剿二龙山惨遭毒杀暴雪埋淹

1940 年 6 月 18 日。

四平街道东，马忠民家院落。

天，不冷不热，张凤珍正在院子里的柳树下纳鞋底，突然，她家的两扇虚掩着的木板门"咣当"一声，被撞开了，慌慌张张地进来了两位 50 多岁的男女，男子和女子的腰身前都围着白围裙，男子手里还拿着尺把长的薄而亮的切刀，女子手中拎着一个袋子。

这一男一女进了院子之后，回过身来就把身后院子的木板门，合上了。

女子看见了张凤珍，说："日本鬼子要抓我们……"

张凤珍看到了这两个人，觉得有些眼熟，说："你们到我家房子后面躲一躲吧。"

"嗯哪。"女子答应着，同那男子去了房后，房后有柴禾垛，还有仓房。

"咣喇"张凤珍家的两扇木板门，又被撞开了，进来了端着枪械的两个人，一个是日本鬼子，另一个是满系宪兵。

满系宪兵看见了张凤珍，说："有两个经济犯进了你家？"

张凤珍听了他说的话，心里明白了咋回事儿，说："我就坐在这树底下纳鞋底，咋就没看见呢？"

宪兵说："明明看见跑进了这个院子，你咋就否认呢？"

日本鬼子说："搜查的干活。"

张凤珍说："我说的话，你们要是不信，你们想搜查，你们就搜吧。"

日本鬼子和满系宪兵向正对着院门的屋子里瞅了瞅，没进屋子，竟直向房后走去……张凤珍紧随其后。

日本鬼子和满系宪兵看见柴禾垛的周边，没有发现目标，就要去搜查仓房……张凤珍知道，那一男一女，肯定在仓房里。就在日本鬼子和满系宪兵踢开了仓房的门，要进去的一刹那，"嗖、嗖"地带着风声的两道亮光，刺向了日本鬼子和满系宪兵，日本鬼子栽倒在仓房的门前，满系宪兵一头栽进了仓房的门里。再一看，两把飞刀深深地刺进了小鬼子和宪兵的脖颈，鲜血从脖颈"咕嘟咕嘟"地冒了出来。

张凤珍麻利地奔上前去，又用飞刀在日本鬼子和满系宪兵的背部，狠狠地攮上了两刀，然后，把刀锋拧了拧，日本鬼子和满系宪兵登时死于非命。

然后，张凤珍说："你们二位出来吧，没事儿了。"

一男一女出来了，他们看见了刚才的场面，出了仓房的门，双双地跪在了张凤珍面前，说道："谢谢救命恩人。"

这时，有人过来把这一男一女搀了起来，搀起这一男一女的是张凤珍的婆婆李凤莲和公公马龙乾，李凤莲和马龙乾是在屋子里听到了动静，跑了出来的。

李凤莲说："咋回事儿，日本鬼子咋撵着要抓你们？"

张凤珍说："日本鬼子和满系宪兵说他们是经济犯。"

男子说："我们俩赶着驴车来四平街卖豆腐，顺便换了点大米，我闺女生小孩了，给她熬个二米粥喝……没想到鬼子和宪兵在街上检查，我们俩就离开我们的驴车，躲到了你们院子来……也许是我们有些惶恐，反而引起了小鬼子和宪兵的注意……多亏你们救了我们。"

马龙乾说："你贵姓？"

男子说："我是泉眼岭李家的人，我叫李宝玺。"

马龙乾说："泉眼岭李家的豆腐出名啊。"

李宝玺说："那正是我家。"

李宝玺的媳妇愣怔地看了张凤珍一会儿，她突然又跪在了张凤珍的面前，说："恩人，你这是第二次救了我们李家。"

张凤珍想起来了……她淡淡一笑，她把李宝玺的媳妇搀了起来，她否认地说道："你记错人了吧，咋说我是第二次救了你呢？"

李宝玺的媳妇说："你是小凤凰。"

李宝玺也说："嗯哪，你正是恩人小凤凰。"

张凤珍说："小凤凰？哦，当年是听说二龙山有个小凤凰，被官军枪毙了，还登了报……我姓张，叫张凤珍。"

李宝玺的媳妇说："是啊，我们也听说了这消息，以为小凤凰被官军枪毙了……我们还给恩人小凤凰立了牌位，至今还供奉着呢。"

李宝玺说："那年要不是小凤凰的及时到来，黄龙岭的二掌柜刘大疤瘌这一群土匪把我女儿小香子绑了红票，非要送去 60 块大洋去赎身不可，否则，就要把我女儿小香子卖到窑子里去……就在我们老两口觅死觅活没有出路的时候，二龙山的二掌柜的小凤凰上了黄龙岭，击毙了刘大疤瘌，硬逼着他们把我们家的小香子放了回来，如此天大的恩情，我们李家咋能忘得了呢？"

李凤莲说："我也姓李，一笔写不出俩李字，啥恩情啊恩典哪，只要有日本鬼子，就是咱们的祸害……我又说了，咱们就认作干亲好不好？"

"好啊。"李宝玺的媳妇高兴地说。

马龙乾说："那从此咱们两家就走动，你们到四平街来，就到我家，我们也到你们泉眼岭去走动，亲戚之间亲不亲，就在于走动。"

"嗯哪呗。"李宝玺的媳妇赞同地说。

"日本鬼子和汉奸进来，说是搜查经济犯，我看见了李大嫂手里拎着一个袋子，我就明白了……"张凤珍说，"前几天，一个喝醉了酒的醉汉，呕吐了，吐出来的胃里的东西有大米，就被小鬼子宪兵把这个醉汉当作'经济犯'拖走，当着众人的面，把这个醉汉扔进了关东军满洲独立守备大队的狼狗圈里，活活地被狼狗吃了。"

"可不是嘛，我们也听说了。"李宝玺说。

"嗯哪，要不，咋把我们吓得不得了呢。"李宝玺的媳妇说。

李凤莲说："当家的。"

"哎。"马龙乾回应。

李凤莲说："你跟宝玺大兄弟，把日本鬼子和这个满系宪兵的尸体，埋在柴禾垛下面吧，老天注定柴禾垛底下是他们的葬身之处。"

"嗯哪。"马龙乾和李宝玺回应。

李宝玺说："小香子她娘，你去把咱们家的驴车赶到老马大哥的家门口吧，顺便捡进来十块、二十块豆腐，给老马大哥家。"

"嗯哪。"李宝玺的媳妇回应。

于是，马龙乾和李宝玺挪动柴禾垛，挖坑……李凤莲铲除仓房门前和门里的凝重的血迹，李宝玺的媳妇出去赶驴车去了。

1940 年 11 月 21 日。

四平街，日本关东军满洲独立守备队司令部。

森连司令官坐在他的办公台的后面椅子上，他的身旁戳着他的指挥刀。他的办公台前面两旁的沙发上，坐着林清中佐、平岩纨彦队长，还有翻译官马忠廷。

森连说："二龙山的土匪，至今仍然占山为王，一直是我们的心腹大患……如果不清除二龙山的土匪，南满铁路绝无宁日。"

平岩纨彦说："从铁岭到新京，这条线上的桥梁、涵洞，常常遭到破坏……二龙山土匪就是大大的破坏分子。"

森连说："确实的，是这样。"

"沙河子大桥我们的军列颠覆事件，跟大土山我们的军列被颠覆的事件，其作案的手段是一致的……"林清说，"情报显示，我们的军用列车在沙河子大桥被颠覆的事件，不是所谓钱家人所为，而是二龙山土匪所为……战术之大胆，手法之干练，来去之敏捷，完全是部队有组织、有指挥、有配合的军事行动。"

平岩纨彦说："可是，满系宪兵队却报告说是钱家人串通了铁路员工所为……"

森连说："我早就看透了，那是马春城迫于压力，以假乱真，目的是邀功请赏。"

马忠廷说："所以，相当一部分满洲人，是不可信任的。"

森连说："我们的军事计划，经过关东军司令部批准——清剿二龙山。"

"嗨。"林清、平岩纨彦、马忠廷都站起身形，来了个立正。

森连说："林清中佐为先锋部队。"

"嗨。"林清中佐回应。

森连说："这次清剿，以我们关东军为主。"

"嗨。"林清、平岩纨彦、马忠廷回应。

森连说："我们的军事部署是……"

他打开了墙上的军事地图，对于清剿二龙山的军事计划进行了行动部署。

1940 年 11 月 23 日。

清泉屯，豆腐匠李宝玺家。

再剿二龙山的日军尖刀小分队，队长持馆义雄走在前面，他的身后跟着翻译崔宝善，正从李宝玺的家门口路过。

此时，李凤莲正串门来到了李宝玺的家中，她在门口见了日军的小分队，她说："哦，是英勇的日本皇军吗？"

持馆义雄半通汉语，他听了李凤莲的话，觉得比较舒服，他回应道："是的，我们绝对是英勇的日本皇军。"

李凤莲说："你们真的威风啊，你们是我们满洲人请来拯救我们满洲的，日中亲善，共存共荣，我们满洲国的复兴与繁荣，这可是真离不开你们的。"

崔宝善把李凤莲的话翻译给持馆义雄听，持馆义雄说："这位老人家良民的大大的，大大的良民。"

李凤莲说："皇军们知道吗？泉眼岭下清泉屯里李家的豆腐，远近闻名，你们路过这里，应当品尝一下我们清泉屯的李家的豆腐。"

持馆义雄说："大大的好。"

崔宝善说："我也早就听说过。"

"你们在城里吃豆腐，吃常了就没有啥滋味了，路过家门口了，吃碗水豆腐，再拌上作料——韭菜花儿的汤汁儿。"李凤莲说，"嘿，那可是别有一番滋味。"

持馆义雄说："噢。"

李凤莲说："我的亲侄子就在你们日军里做翻译官，要不，我见了你们，就像见了亲人一样，咋就这么亲切呢？"

持馆义雄说："是哪一位翻译官？"

"说起来，有点绕嘴……"李凤莲故意停顿了一下，她说，"他是在四平街的日本关东军满洲独立守备队司令部里当翻译官，他叫马忠廷。"

持馆义雄说："哦，知道、知道，大大的熟悉。"

崔宝善说："马忠廷是从日本国留学回来的，又娶了一位日本太太，很受器重。"

李凤莲说："你们出来，肯定是忙于公务，我不打扰你们……但是，你们要是瞧得起我老太太，就在回来路过我家时，在我家吃碗水豆腐，管保让你吃起来嫩、滑、香，还有点甜丝丝的……"

崔宝善把李凤莲说的话，翻译给持馆义雄听。持馆义雄听了，频频点头，说道："大大的好、大大的好，会来的、会来的。"

李凤莲说："既然说好了，我这个人心眼实，三大缸的水豆腐，我们就不压成豆腐去卖了，而是给你们留着。"

持馆义雄说："好的、好的。"

崔宝善说："皇军说，既然马翻译官是你侄子……就这么定了。"

李凤莲说："我也是巴结皇军，这么说，皇军还真是给面子，这些皇军啊，撇家舍业地来到满洲，也真是怪让人心疼的。"

持馆义雄听了，很高兴地说："好的、好的。"

李凤莲说："你们往哪儿走?"

持馆义雄说："前面……"

李凤莲说："前面的泉水沟，可是不能去啊，前两年皇军来清剿二龙山的土匪，结果呢，就是在泉水沟遭到了埋伏……山坡上，又是'惹不起'，又是窝弓、踩夹子、触弦儿的地雷……碰上了哪一样儿，非伤即亡命，可是要小心，二龙山的路径，可是凶险啊。"

崔宝善说："啥叫'惹不起'?"

李凤莲说："啥叫'惹不起'，你都不知道？'惹不起'，就是在细鱼弦上密匝匝地拴上些鱼钩，外加马铃铛，拉在树丛里；一来了人，那东西就像是无形的鬼，伸出了无形的手，钩挂在衣服上，人越动，钩挂得越紧，等到这人想要脱去鱼钩，用手撸拉时，马铃铛就响动了，等于是警报的声音响了，于是，就让人家发现了……这成了匪绺子们防止偷袭的秘密机关。"

崔宝善说："哦。"

李凤莲说："你们可要多加小心啊，二龙山的土匪歹毒着呢。"

持馆义雄说："是的。"

然后，他手一挥，他的数十人的日军尖刀小分队向前出发了。

1940 年 11 月 23 日，傍晚。

清泉屯，豆腐坊李宝玺家。

持馆义雄率领的数十人的日军小分队回来了，又路过这里，持馆义雄让士兵前去敲豆腐坊李家的门。

门开了，走出来的正是李凤莲，她说："哎哟，这么晚了，我还以为你们不来了呢?"

崔宝善说："水豆腐，给我们留了吗?"

李凤莲说："想要压成豆腐去卖了的，但是，又怕你们真的回来，没法交代，就没有去卖……你们自己盛，还是我给你们盛?"

持馆义雄说："你的、你的。"

李凤莲说："我来盛水豆腐，崔翻译你来用汤匙儿往每个碗里来加韭菜花儿的汤汁儿。"

崔翻译说："嗯哪。"

他们就这样一碗儿一碗儿地盛给日军，然后，再一个日军一个汤匙儿，最后一个是持馆义雄，但是，持馆义雄盛满了水豆腐之后，也加上了韭菜花儿的汤汁儿，却站在那里，没有喝水豆腐。

李凤莲笑了，她自己给自己盛了一碗水豆腐，又让崔翻译给加上了韭菜花儿的汤汁儿，她喝了一大口。

持馆义雄见了，似乎放心了，他才喝碗里的水豆腐，而且，确实感到很好喝，最后，竟然扬起脖子，把余下的水豆腐都喝了下去。

这时，崔宝善自己给自己盛了一碗水豆腐，又加上了韭菜花儿的汤汁儿，他用汤匙舀着要喝……却被李凤莲用手中的水瓢将其碗磕碰到了地上，李凤莲蔑视地说：

"这是给皇军喝的，你一个翻译，不过是小小的满洲人，难道你的地位比得上来拯救满洲的日本皇军吗？真是不识趣。"

日军见了、听了，嘻嘻哈哈地笑。

这突然的磕碰，加上李凤莲的话语，使崔宝善非常愠怒，他举手要打李凤莲，但是，却听到了持馆义雄对他变脸的斥责声：

"噢？嘘——"

崔宝善不得不忍声吞气，把自己举起来的手放了下来。

李凤莲说："水豆腐，缸里还有呢，你们皇军自己盛……再加上韭菜花儿汤汁儿。"她看了看崔宝善，"我最见不得有人狐假虎威的样子。"

崔宝善气鼓鼓的，但是，却又不敢吱声，一来是持馆义雄发出的斥责声，二来是李凤莲说马忠廷是她的侄子，马忠廷在森连司令官那里是红人，使他也畏怯三分。

过了一小会儿，喝了水豆腐的数十名日军——日军的清剿二龙山的尖刀小分队，一个个直勾勾地瞪着眼睛，倒下了……最后一个倒下的是持馆义雄，他用手指着李凤莲……他想要掏出手枪，但是，却浑身无力，力不从心了，只能是瞪着眼睛瘫软地倒下了。

李凤莲笑了，说："山上的野鸡，就都是这么药死的，呵呵。"

说完，她脸上带着微笑，靠着身边大树的树干，一点一点地坐了下来，然后，她背靠着大树，脸上带着胜利者的微笑，牺牲了。

崔宝善把这一切都看在了眼睛里，他心里明白了……于是，他"扑通"一下子，跪在了李凤莲的遗体前，三叩九拜，嘴里念叨道：

"老大妈，你不让我死……可我给日本人当翻译，我他妈的是啥呀，我干的是汉奸的活儿啊，我从此远走高飞，我要是再给日本人干事儿，我就是他妈的畜生。"

他从死了的日本兵那里，拿起了三八大盖儿枪，"砰、砰、砰……"，朝天上放了几枪，说不上是向老大妈致敬，还是在给他心目中的二龙山的土匪报信儿……然后，他过去把李凤莲的身子轻轻地移动，平放在地上，又从自己的兜子里，掏出了一条白色的新毛巾，轻轻地蒙在了李凤莲的脸上……他才失魂落魄地独自走出了清泉屯。

起风了，呼啸的西北风，在山野里掀起了波澜起伏的林涛，林涛中传来了雄壮的歌声《我的大辽河 我的四平街》：

一

> 我的大辽河，
> 我的四平街，
> 背倚长白山苍松翠柏，
> 牵手松花江黑土沃野。
>
> 努尔哈赤的黄龙旗，
> ——威风猎猎；
> 成吉思汗射大雕，
> ——弯弓如满月；
> 胸前佩饰着，
> 红山的图腾玉琢，
> ——"天下第一龙"，
> 南进黄河流域的黄帝部落；
> 融汇了六千年华夏文明，
> ——辉煌的大中国。

（道白：）

（大辽河，黑土地。）

（棒打狍子瓢舀鱼，）

（野鸡飞进汤锅里。）

（大豆高粱加玉米，）

（旱涝保收很富裕。）

我的大辽河，我的母亲河；

我的四平街，伟岸的亲爹爹。

源远流长的大辽河，

亲吻着四平街。

四平街是关东的心窝窝，

烽火浓烈、铁马金戈、凤舞龙跃，

——英雄有气魄。

敌人胆敢来侵略，就把它坚决消灭。

黑土地上的关东的女儿哟，

端庄秀丽，激情似火，

敢恨敢爱，英武巾帼。

不怕寒冬的狂风暴雪，

为了美好的新生活，

追逐着春花烂漫的融冰绿野，

收获秋天的和平与强盛的硕果。

啊——

我的英雄壮美的四平街，

我的源远流长的大辽河，

我的辉煌的大中国地灵人杰。

二

我的大辽河，

我的四平街，
背倚长白山苍松翠柏，
牵手松花江黑土沃野。

努尔哈赤的黄龙旗，
——威风猎猎；
成吉思汗射大雕，
——弯弓如满月；
胸前佩饰着，
红山的图腾玉琢
——"天下第一龙"，
南进黄河流域的黄帝部落；
融汇了六千年华夏文明，
——辉煌的大中国。

（道白：）
（关东物产真富饶。）
（人道关东有三宝，）
（人参貂皮乌拉草。）
（金银铜铁矿脉好，）
（铁道纵横林广袤。）

我的大辽河，我的母亲河；
我的四平街，伟岸的亲爹爹。
源远流长的大辽河，
亲吻着四平街。
四平街是关东的要塞哟，
烽火浓烈、铁马金戈、凤舞龙跃，
——英雄有气魄。
敌人胆敢来侵略，就把它坚决消灭。

黑土地上的关东的大汉哟，

豪迈矫捷，胸怀壮阔，

强悍如铁，保家卫国。

不怕寒冬的狂风暴雪，

为了美好的新生活，

追逐着春花烂漫的融冰绿野，

收获秋天的和平与强盛的硕果。

哦——

我的英雄壮美的四平街，

我的源远流长的大辽河，

我的辉煌的大中国地灵人杰。

第二天。

天空阴沉，厚重的积云，云雾环绕山峰，仿佛是云层压在了山顶上，山岭把厚重的云层坚强地硬撑了起来，使厚重的云层不能够再压低。

泉眼岭，去往二龙山的山路上。

林清中佐率领千余人的日军部队，来到了这里，他看到了一个人头不抬眼不睁地坐在路口上。

这个人就是马龙乾，他的身边，放着一杆猎枪，还有串在一起的猎物——野鸡、山兔、狐狸，他身穿的棉袍上，还有斑斑血迹，显然，棉袍上的斑斑血迹与他的猎物有关。

林清上前问道："喂，你的啥的干活？"

马龙乾抬起头来，看了看林清，说道："打猎的。"

林清说："你看到了一支皇军部队了吗？"

马龙乾指着林清身后的队伍，说："这不就是吗？"

林清说："我说的是昨天。"

马龙乾眼皮一耷拉，说："没看见。"

林清说："昨天……你的，一个也没看见？"

马龙乾说："看见了就说看见了，没看见就说没看见，我都是70多岁的人了，没必要撒谎。"

林清说："这里的，土匪的有？"

马龙乾说："有。"

林清说："在哪里？"

马龙乾说："二龙山。"

林清说："匪首的是谁？"

马龙乾说："小白龙。"

林清说："如何的，上二龙山？"

马龙乾说："有个近道儿，走泉水沟。"

林清听了，心里咯噔一下，他知道泉水沟里日军曾经遭到过伏击……他说："近道是泉水沟？"

马龙乾说："不过，那条道儿，你们皇军走不得，前两年，你们皇军清剿二龙山，就是在那疙瘩死了不少人。"

林清说："还有别的道路吗？"

马龙乾说："还有、还有……"

他说了半句话，就停顿了，就支支吾吾地不说了。

林清说："你的，说的，说下去。"

马龙乾说："不知道了。"

林清说："来人哪。"

他身边的日军士兵回应："嗨。"

林清说："把这个老头子给我绑起来。"

"嗨。"他身边的日军士兵回应，然后，把马龙乾五花大绑地绑了起来。

林清掏出了手枪，用枪口指着马龙乾的脑袋，说："你的，说还是不说，如果不说，我就一枪崩了你。"

马龙乾装作被逼无奈地说："你们要是非得让我说，我也可以说。"

"好的。"林清说，他命令日军士兵，"给他松绑。"

日军士兵给马龙乾松了绑。

马龙乾说："还有一条道儿，但是，绕远……"

林清说："哪条道儿？"

马龙乾说："走雪窝子沟。"

林清听了，抬头看了看阴沉沉的天空，说道："会下雪吗？"

马龙乾说："入冬以来，就没咋下雪，这老天爷啊，越是不下雪就越不下雪。每年这个时候，乌乌泱泱的大雪都封山了。今年可倒好，到现在，下了那么点雪，跟下霜似的，星星点点。往年的这个时候，打野鸡、打兔子，还用得着猎枪吗？打兔子，在兔子走的道儿上，下个套儿，就行了；打野鸡，把山坡上的雪，扫出一块地来，苞米粒里塞进药野鸡的药……野鸡吃了，飞不了多远，就从空中掉下来了，去捡就是了。可是，今年却不行，只好用枪打。"

林清说："雪窝子沟？你的，给我们带路的干活。"

马龙乾摇了摇头，随口说道："不去。"

林清说："为啥？"

马龙乾说："岁数大了，年近八十了，腿脚也不灵便喽，还有……"

林清说："看不出你有那么大的岁数啊，还有啥？"

马龙乾说："日后，老百姓要是知道了，会骂我是汉奸；二龙山的大掌柜小白龙他们要是知道了，非得崩了我不可；所以，给你们带路，我不是没事儿找事儿吗？一点好处也没有，纯粹是提溜着茄子当卵子……"

林清从衣袋里掏出了五张"大绵羊"票子，给了马龙乾，说："喏，好处的有。"

马龙乾数了数五张"大绵羊"，说："这 500 元钱，就能买了我的老命吗？不去，我啊，岁数大了，你们还是找个年轻的去吧，腿脚也麻利。"

林清又掏出了五张"大绵羊"，给了马龙乾，说："咋样？"

马龙乾又数了数这五张"大绵羊"，仿佛有点爱不释手的样子，但是，又表现出很为难的样子，说："你们非得让我这个老么咔呲眼的，给你们皇军带路……唉，也罢，带路就带路吧，只不过我走得有点慢。"

林清说："好的，走吧。"

马龙乾把十张"大绵羊"的票子，塞进了怀里，然后，又把串在一起的野鸡、山兔、狐狸搭在了肩头，带领着日军向雪窝子沟进发。

雪窝子沟，长十里，两侧山势陡峭。

马龙乾领着千余日军，在雪窝子沟里，迤逦而行。

山沟里有冻结的溪流，然而，冻结的冰层又压掩不住底层的活动的水流，不定点地冒出来，飘散着白色的雾气……冒出来的水流又鼓鼓溜溜地凸出在浮冰上，然后，疙疙瘩瘩地冻结在浮冰的表面上，成为新鲜的冰层。

阴沉的天空，飘下了雪朵，又起了风，风吹雪朵，宛若梨花翩翩而落。

走着走着……却见一块立陡立崖的山岩，横空出世般地挡住了去路，林清问："这是哪里了？"

马龙乾说："这里就是雪窝子沟的尽头了。"

说着，他把肩头的猎枪一顺，猎枪的子弹出了枪膛，击倒了林清，然后，他微微地笑了，他笑得轻蔑，他笑得诡谲，他笑得惬意，他笑得甜美。

知道上当受骗的日军，向马龙乾开了枪，马龙乾摇摇晃晃地靠在了山石上，他仍然面带微笑，瞪大了眼睛嬉戏地看着惶恐的日军……他的身躯并没有倒下来，靠在山岩上，像一尊耸立的石碑。

他感到自己灵魂脱体，悠然而出。

他的魂魄迷迷荡荡，飘飘摇摇，随风而升腾……他踏风驾雾前行，忽然，他看到前方霓彩熠熠，瑞气千条，华光照耀，又听到了仙乐声声，声声悦耳。

他走上前去一看，隆重、威武的仙界仪仗队，簇拥着金灿灿的龙辇；再一看，他心头一阵惊喜，他认得前面两辆龙辇上坐着的男、女两尊仙神，赶紧匍匐跪倒，三叩九拜之后，口中禀奏：

"臣民马龙乾叩见太祖高皇帝、孝慈高皇后。"

太祖高皇帝努尔哈赤说："平身。"

马龙乾站起身形，毕恭毕敬，说道："臣民乃大清朝'振威将军'之嫡长子。"

孝慈高皇后孟古娘娘十分高兴地说："吾儿，快过来见我朝'振威将军'之后。"

只见从孝慈高皇后孟古娘娘的身后，又推出一辆龙辇来，龙辇上坐着皇太极，马龙乾赶紧匍匐跪倒，三叩九拜，口中禀奏：

"臣民马龙乾——大清朝'振威将军'之嫡长子，叩见太宗文皇帝。"

皇太极太宗文皇帝说："平身。"

太祖高皇帝努尔哈赤说："我们从福陵寝地回故里叶赫省亲，却见雪窝子沟这里妖气冲天，于是，就到这里来看个究竟……没想到却遇见了我朝'振威将军'之后，幸会。"

马龙乾知道，距离这里几十里地的叶赫，是孝慈高皇后孟古娘娘的出生地，皇太极是孝慈高皇后孟古娘娘的亲生儿子，因而，皇太极是叶赫那拉氏的外孙子。不仅如此，太祖高皇帝努尔哈赤的父亲娶的也是叶赫那拉氏，所以，太祖高皇帝努尔哈赤也是叶赫那拉氏所生，因而，太祖高皇帝努尔哈赤又是叶赫那拉氏的外甥。

纵观大清朝的历史，爱新觉罗氏与叶赫那拉氏两个氏族部落，恩恩怨怨，亲亲雠雠，却又是源远流长、血脉交融的世代血亲。

　　叶赫那拉氏是满族八大姓之一，世代多出美女，满语"那拉"就是"爱"的意思。努尔哈赤虽然出重兵艰难地征服叶赫部落之后，曾经立训："宫闱不选叶赫氏。"但是，实际上，叶赫部并没有被排斥在皇室选妃后之外，到了清朝后期，又出了一位皇太后，这就是叶赫那拉氏的慈禧皇太后。

　　叶赫，可谓龙山凤脉，风水宝地。

　　叶赫那拉氏一族，在大清朝出了三位皇太后，正如一首清宫诗所云："纳兰一部首歼诛，婚媾仇雠矢脱弧。二百年来成倚伏，两朝妃后侄从姑。"

　　马龙乾禀奏："天气阴沉，我见天象，必定暴雪，适逢千余日军清剿二龙山义勇军，被我带到了雪窝子沟……雪窝子沟，周边高崖，风吹雪旋，聚集沟壑，雪厚常年可达三米，春暖之际，冰雪消融，到得沟里，常常可捡到被雪窝子困冻而死的熊瞎子、野狼、狍子……适才已经风起雪降……"

　　"日军侵华，杀我子民，略我疆土，着实可恨。"皇太极说，"既然已经降雪，布云童子、风婆婆，还有北海龙王，当就在附近，可以请来，让其大施风雪之威，助你歼敌之力。"

　　"吾儿所说极是。"太祖高皇帝努尔哈赤、孝慈高皇后孟古娘娘赞同。

　　于是，皇太极站起身形，走下龙辇，挥动双手，口中念念有词，施起神法，拨开云雾，果然，见布云童子、风婆婆，还有北海龙王，正在行风布雪……布云童子、风婆婆，还有北海龙王，见到了正向他们走过来的太祖高皇帝努尔哈赤、孝慈高皇后孟古娘娘、太宗文皇帝皇太极，也走了过来。

　　双方见面，施礼。

　　皇太极说："适才我朝'振威将军'之后马龙乾禀报，他观看天象，知道会暴风骤雪……已经把侵华日军千余人引入了雪窝子沟，望各位天神大施法力，将这些侵华日寇雪葬，掩埋在雪窝子里。"

　　北海龙王说："我等正要大施法力，狂风暴雪。"

　　风婆婆说："看我神法……"

　　说着，飓风骤起，云雾滚动、翻卷。

　　北海龙王说："水族各部听令。"

　　"有。"冥冥之中，听到了水族各部的回应。

　　北海龙王说："倾北海之水，化水为雪，暴雪狂降，飓风席卷暴雪，直至雪窝子沟里雪深九尺九寸，少一分，则按龙宫法条，严惩不贷。"

　　"遵命。"冥冥之中，听到了水族各部的回应。

　　布云童子使出法力，云层加厚，白昼宛若黑夜；风婆婆使出法力，飓风狂烈，山呼林啸；北海龙王的水族各部使出法力，倾北海之水……大雪滂沱。

飓风卷着滂沱的暴雪，铺天盖地。

酷寒的飓风狂烈地席卷着雪朵，撕裂着雪朵，把雪朵撕碎，再凝结成沙砾般的冰碴雪粒，密集地撞击在雪窝子沟里的日军的脸蛋子上，使日军睁不开眼睛，只能捂着脸。即使睁开了眼睛，也如同在黑夜中……再加上大雪的包裹，根本分不清东南西北，但是，又在风雪中找不着东西南北地抱头鼠窜。

四周高坡上的雪，在风力的劲吹下，向低洼和窝风的地方聚集，而雪窝子沟正是绝好的聚集地。雪，被风旋舞起来，卷向了雪窝子沟，落在了沟壑的底部，雪越聚越多，也越积越厚，日军在积雪里连腿脚都拔不出来，也拔不动了。

渐渐地，日军不管是趴下的、爬着的、躺着的、蹲着的、站着的……积雪没过了他们的头顶，窒息加冰冻，他们都凝固在雪窝子里了。

"回禀龙王爷，雪窝子沟的积雪，已经达到了九尺九寸，不差毫厘。"一位水族将军报告说。

皇太极望了望雪窝子沟，说："嗯，雪窝子沟的妖气，已经熄灭了。"

北海龙王说："停止行风布雪。"

"遵命。"水族各部在冥冥之中回应。

"是。"布云童子和风婆婆说。

然后，北海龙王、风婆婆、布云童子向太祖皇帝、孟古娘娘、皇太极等说："我等完成使命，告辞了。"

"谢诸神助战。"太祖皇帝、孟古娘娘、皇太极站起身形，齐声说道。

风婆婆、布云童子，北海龙王连同他的播雪水族的各部，都乘风驾雾而离开了。

这时，一道金光划空而来，在龙辇前一个旋转，现出一位仙神，乃是太白金星，他向龙辇鞠躬施礼，然后，面向马龙乾，说道："玉帝有旨，马龙乾听旨。"

马龙乾听得玉帝有旨，懵里懵懂地连忙跪下，口中复说道："马龙乾听旨呢。"

太白金星从怀中拿出圣旨，宣读道："奉天承运，玉帝诏曰：马龙乾乃龙德星转世，今时尘世寿满，回归天庭，擢任凌霄宝殿御前'振威将军'

之职，五日后履职。钦此。"

马龙乾听了，方知自己的出身……他回复道："谢玉帝龙恩。"

太白金星说道："你看，我身后的这位仙女是谁？"

话音刚落，只见他身后，红光灿烂，现出一位骑着鸾凤鸟的凤冠霞帔的仙女，正是李凤莲年轻时的模样，她手捧蟒袍玉带；马龙乾定睛一看，不由得惊喜万分，连忙叫道："我妻凤莲。"

太白金星说道："李凤莲乃是红鸾星转世，昨时尘世寿满，回归天庭，住在瑶池……你们前世即有姻缘。"

李凤莲把手中捧着的蟒袍玉带交给了马龙乾，说道："请郎君穿上御赐的蟒袍玉带，即刻就会年轻。"

马龙乾穿上了蟒袍玉带，登时变得年轻了，哪里还是年逾70岁的老人，也就三四十岁时候的模样。

孟姑娘娘知道红鸾星是龙吉公主，乃瑶池金母之女，她欢喜地叫道："龙吉公主。"

龙吉公主给孟古娘娘施礼，说道："龙吉公主给孟古娘娘及两位皇帝爷请安。"

"免礼了。"孟古娘娘说，"红鸾星、龙德星，二位星神，可否跟我们到叶赫我们的'故园宫'小憩几日？"

努尔哈赤说："天上一日，尘世一年，二位星神随我们到叶赫'故园宫'小憩五日，即可见日寇败北投降，岂不快哉？"

皇太极说："父皇和母后盛情邀请二位星神，请二位星神不要推辞。"

龙吉公主说道："恭敬不如从命，我们从命就是了。"

孟古娘娘笑了，说："前面不远处，就是叶赫，我们起驾吧。"

仙乐声复又奏起，仪仗队伍引领前行，红鸾星和龙德星随着努尔哈赤、孟古娘娘、皇太极，去了叶赫"故园宫"。

前一日，清剿二龙山的日军尖刀小分队，悉数被李凤莲毒杀……崔宝善的枪声等于是向二龙山的义勇军报了警，马忠华率领二龙山义勇军，迅速地赶到了清泉屯……李宝玺向二龙山的义勇军述说了李凤莲……义勇军掩埋了被毒杀的日军。

马忠华和他的战友们，流着眼泪，收敛了巾帼英雄李凤莲的遗体。

唯一存活的那个崔翻译，隐姓埋名，遁走他乡，不知去向。

后一日，日军的先锋部队千余人，由林清中佐率领，走进了十里谷壑的雪窝子沟，狂风暴雪……挣扎的日军，悉数被深埋雪葬，哪里还有踪影？

两支部队，杳无音信——这成了驻四平街的日本关东军满洲独立守备队森连司令官心中解不开的谜团。

活要见人，死要见尸啊——他的心里，急得简直是火上房了……不管他的脑袋发烧了，用冷水毛巾贴敷，还是脑袋的血压低了，用热水毛巾贴敷，两天之内两支部队的失踪，总是萦绕在他的脑畔，成为千回百转、挥之不去的魔咒。

他只得无奈地给关东军司令部打了报告，暂停清剿二龙山……

转过年，即 1941 年的春天。

春风吹起，冰雪融化。

马忠华他们在雪窝子沟，找到了马龙乾的遗体。

马忠华把父亲和母亲，合葬在二龙山的烈士墓地里。

在马龙乾和李凤莲的墓葬的旁边，有日本共产党员伊田正男的墓葬，还有众多的牺牲在抗日战场上的二龙山义勇军的烈士。

第三十章

二龙山抗日义勇军分三路出征

1941 年 8 月 11 日。

四平街，马龙坤宅邸。

马德原对马德平说："接到指令了。"

"等了这么长的时间了……咋接到的?"马德平说。

马德原说："我一摸衣兜，兜里竟然有一块红布，掏出来一看，红布上粘着用报纸剪贴上去的文字，让我们进入小鬼子新修筑的四平街的军事机场……"

"接头暗语，对上了吗?"马德平说。

马德原说："对上了，落款是'东北虎'——这就是我们的接头暗语。"

"这是在我们抗日谋略纵火团的总负责人姬兴周同志去年 8 月 15 日，被日寇在上海逮捕后，托莫内恩将军在给我们的密电里规定的新的接头暗语，而且，告知我们由新的负责人单线领导，这个新的领导人是苏军总参谋部远东情报局四平街站的站长……他会择机主动地联系我们。"马德平说。

马德原说："红布上的开头语，管我们叫'瓦尼亚、舒拉同志'，很亲切，也很熟悉我们似的。"

"我就纳了闷儿了，这个四平站的站长，是谁呢?"马德平说，"这两天儿，你出门儿了吗?"

马德原说："没有啊，我就在家里待着了，哪儿也没去。"

"跟你能接触上的人是谁?"马德平说。

马德原说："爷爷马龙坤，奶奶于桂花?"

"他们虽然都有拳拳爱国之心，但是，都是 70 多岁的人了，是苏军总参谋部远东情报局的间谍——四平街情报站的站长？呵呵，根本没有可能性。"马德平笑着说。

马德原说："你们家三叔马忠民、张凤珍呢？"

"不像。"马德平说，"再说，他们这两天儿，也没有来你家啊。"

马德原说："他们的闺女和儿子来了，马德云和马德河。"

"马德云 16 岁，马德河 14 岁，这两位没有可能性。"马德平笑了，他摇了摇头说。

马德原说："老叔马忠廷家的马德仙和马德湖来了。"

"老叔马忠廷进不得家门，你家的爷爷、奶奶都说他是汉奸，有辱门庭……老婶儿山口枝子是日本人，按说，你家的爷爷、奶奶也是不让她上门的，但是，看在她给咱们马家生了后人——妹子马德仙和弟弟马德湖的面子上，允许老婶儿上门……马德仙 9 岁，马德湖 6 岁，他们俩也应当排除。"马德平笑了笑，说道。

马德原说："老婶儿——山口枝子呢？"

"她是日本人，我们在莫斯科郊外进行训练时，也有日本人……"马德平说，"她和老叔都是日本早稻田大学的学生……难以把她排除掉。"

马德原说："我就匪夷所思了。咱们家乃将门之后，家教的灵魂，概括起来就是四个大字——精忠报国。这种从小就耳濡目染的熏陶，应该说是根深蒂固的。老叔马忠廷在日本留学……回来之后，咋就成了汉奸了呢？居然给日本关东军满洲独立守备队的司令官森连，当了翻译官了？而且，不管爷爷、奶奶咋痛斥他干的是汉奸的勾当，他都表现得一副无怨无悔的样子，我们这个情报站的站长，能是他吗？"

"不能排除……"马德平说。

马德原说："到底是谁呢？这的确是个难解的谜。"

"呵呵，咱们也别猜了，执行命令吧。"马德平说。

马德原说："是。"

他们俩按照指令，开始准备行动了。

1941 年 8 月 19 日。

这个时候的四平街，已经今非昔比，成了满洲国"四平省"的省会。

日本侵略者以武力镇压和利用汉奸两手，扶植傀儡，建立了满洲国。原有东北的黑、辽、吉、热四省及内蒙古东部四盟，完全沦为日本的殖民地。

　　为了强化殖民统治，满洲国于 1941 年 7 月 1 日将东北撕裂为 19 个省，把原来奉天管辖的部分县域，肢解出来，建制"四平省"，辖领四平、梨树、双辽、长岭、昌图、开原、西丰、西安、东丰、海龙，共 10 个市县。

　　原四平街市为"四平省"的省会，改"四平街市"为"四平市"；"四平省"的省公署，设在原四洮铁路局的办公楼。

　　四平市西郊，经过一年多的修建，日本军用机场即将全部竣工。

　　机场大门口，来了四个中国人，两位长者——一位姓庄、一位姓郝，他们带来两位青年，两个青年——正是马德平和马德原。

　　门卫的日本兵说："喂，干啥的？"

　　"我们找劳工的头儿。"一位长者说。

　　日本兵向里边打电话……劳工的头儿朴永哲来了。

　　"朴先生。"另一位长者上前打招呼。

　　"你认识我？"朴永哲说。

　　"你去带劳工来着，我们咋就不认识？"另一位长者说。

　　朴永哲打量了一下这四个人，说："找我来，啥事儿啊？"

　　"我是条子河屯老庄家的，我们家的庄园在你手下当劳工呢，我当时没在家，出去做生意去了……他身体孱弱。"庄家长者，"这不，我让他弟庄重来替换他。"

　　说完，他拉过来马德平让朴永哲来看。

　　"我是龙王屯老郝家的，我们家郝运通是在你手下做劳工，捎回信儿来说，他胃病犯了，胃病犯了，还能干活了吗？"郝家长者说，"这不，我也就把他弟郝运畅带来了，想要换回他去，请朴先生高抬贵手，行个方便。"

　　朴永哲说："来的劳工，都是登记在册的，咋能说换就换呢？"

　　"请朴先生行个好。"庄家长者说。

　　说着，他拿出了"大绵羊"票子，塞进了朴永哲的衣兜里；郝家长者也马上效仿，把"大绵羊"的票子，塞给了朴永哲。

　　朴永哲笑了，说："你们庄、郝两家，都是手头宽绰，怕儿子在这儿受苦……就花钱买人来顶替，你以为我不知道？劳工就是苦力。这是在本地出劳工，要是在外地，特别是军事重地，你们想把人换走啊，门儿都没有……我看来顶替的两个小伙子身体还壮实，我就答应你们了。"

　　"谢谢朴先生。"庄、郝两家长者齐声说。

　　朴永哲从衣兜里掏出两包香烟，给了门卫的日本兵，然后，他脑袋一歪，说道："喏，来了两个劳工。"

门卫的日本兵走过来，对马德平和马德原进行了搜身，然后，也是脑袋一歪，表示可以进去了。

马德平对庄家长者说："爹，我替哥哥当劳工了，你把准备好的零花钱和我的日常用品，给了我吧？"

庄家长者说："待朴先生把庄园放出来，这零花钱和日常用品就给你。"

"哟，呵呵，这还一手钱、一手人哪，真是钱能通神啊。"朴永哲说，"好好，我这把庄园和郝运通放出来，你们稍等。"

不一会儿，朴永哲把庄园和郝运通带了出来，然后，庄家和郝家长者把手中准备好了的装有"大绵羊"票子和日用品的小包儿，交到了马德平和马德原的手里。

马德平和马德原跟着劳工头儿朴永哲，走进飞机场。

四平市西郊，日本军用飞机场。

马德平和马德原看到，偌大的机场，四周围着铁丝网，显得很空旷。

机场的指挥塔、机场仓库……机场的一条跑道已经修好了，还停着飞机；正在修第二条跑道，而且，第二条跑道也已经即将完成了，是收尾工程。

朴永哲把他们俩带到了工棚子里，说："你们先在庄园和郝运通的铺位上休息，一会儿就吃饭了，吃了饭再上工。"

说完，他就离开了。

所谓的工棚子，不过是绑起的脚手杆子搭起的脚手架子，再蒙上两层席子，顶棚上铺着油毡纸，防止漏雨。地铺也是脚手杆子绑起的脚手架子的上面，铺上木板子和草垫子，形成通长的大铺，草垫子上铺炕席，炕席上放被褥。

门是板门，板子与板子之间有缝隙，而且，作为墙壁的席子也有绽破的窟窿，因而，苍蝇和蚊子可以在板门的缝隙和席子绽破的窟窿间，自由地出出入入……席子的墙壁上，落着苍蝇和蚊子。

午休了，劳工们回来了。

一个个累得腰酸腿软，进了工棚子就倒在铺上了，唉声叹气。

最后进来了两个，他俩见了马德平和马德原就说："你们俩是刚来的？"

"嗯哪。"马德平和马德原应答。

"我叫焦小虎，海丰屯的人。"一个自我介绍说，他又指着另外一个，"他叫黄炳辉，家在三道林子。"

"你们呢，听说是顶替来的？朴二鬼子说的。"黄炳辉说。

朴二鬼子，即劳工头儿朴永哲。朝鲜半岛成为日本的殖民地时间较早，因而，对那里的人进行的奴化教育也比较早……所以，东北的老百姓把日本人用来当帮凶的朝鲜人，往往蔑视而仇雠地叫作"二鬼子"。

"嘿嘿。"马德平一笑，算是回答，他自我介绍，"我叫庄重。"又指着马德原，"他叫郝运畅。"

"我们俩，一个是条子河屯的，一个是龙王屯的。"马德原说。

"我也是顶名儿来的，下的劳工，有名额，不完成任务不行……所以，有钱的人家就花钱买人顶名来做劳工。"焦小虎说，"家里穷，又需要钱，我就是体格不好，也只好硬着头皮来了……当劳工又苦又累，好多人就死在劳工堆里了，连自己的家都回不去了。"

马德平看焦小虎的身体果然弱小，就安慰说："咦，要想得宽些，咱们都是孙悟空，没有过不去的火焰山。"

"往后的日子，咱们就在一起了，互相之间有个照应，都是四平街附近的人嘛，低头不见，抬头见……"马德原说。

"开饭喽——"伙夫喊道。

饭，抬进来了。

马德平向冒着热气的饭桶一看，所谓的饭，不过是煮熟的囫囵个的苞米粒子。饭桶的旁边，放着一小盆咸菜。

"吃。"马德平招呼马德原说，他动手盛饭，夹咸菜。

他们俩咀嚼着苞米粒子，吃着咸菜。

"伙食费本来就不多，让二鬼子在这中间贪污了不少……让我们干骡马的活儿，吃的却是猪狗的食儿，小鬼子和二鬼子根本就不把劳工当人待。"黄炳辉说。

"干的啥活儿？"马德平说。

"铺石头，修跑道。"焦小虎说。

"哦。"马德平说。

"吃饭吧，吃饱了，歇一歇，下午好干活儿。"马德原说。

继续咀嚼苞米粒子，吃着咸菜，然后，在铺位上躺着、歇着。

"吱——"吹哨子的声音，这是劳工头儿在召唤劳工们干活儿了，劳工们一个个出了劳工棚子，去干活儿了。

第二天，天蒙蒙亮。

起床的哨子已响了，人们赶紧出了工棚子，到了工棚子的外面，集合、站队。

劳工头儿朴永哲已经站在了工棚子外面，在他的身边还站着小鬼子的总监工角田忠夫。朴永哲看了看角田忠夫，角田忠夫向朴永哲点了点头，然后，朴永哲操着生硬的汉语喊叫道：

"全体劳工，面向东南方。"

于是，劳工们面向东南方向。

朴永哲喊道："遥拜日本天皇，三鞠躬。"

于是，劳工们跟着朴永哲三鞠躬。

朴永哲说："我们在这里的劳工，就要表现出日满一德一心的态度，为实现大东亚共荣圈而积极努力，为的是在满洲实现王道乐土……大家说，是不是啊？"

"是——"众劳工回答。

然后，朴永哲说："现在请角田先生训话。"

角田忠夫戴着墨镜，两撇胡儿，个子矬而胖，身穿黄呢子军服，脚下是大马靴，手里握持着大战刀，他咳嗽了一声，然后，向前走了一步，说：

"我是工程总监工，我叫角田忠夫。你们来修筑四平街的机场，是为了大东亚的圣战。工期很紧迫，一定要在封冻前完成既定的修筑任务，任何消极怠工……都死啦死啦的。"

他说完了，向朴永哲点了点头，朴永哲说："大家解散，洗漱、吃饭，然后，听我的哨子，准备上工吧。"

劳工们解散了。

朴永哲的哨子响了，劳工们上工了，任务就是搬石头，铺垫飞机跑道的地基。

跑道地基与石头堆之间有一段距离，一块一块搬运石头，耗时耗力，遇到大一点的石头，一个人搬运起来，相当费力。

焦小虎说："那边有一些铁丝子，如果用铁丝子结成个网兜，网兜里放石头，用木头杠子抬……省劲儿多了，也方便多了。"

马德平说："说得有道理。"

马德原说:"对呀,一个人搬运大石头,费劲儿不说,恐怕会砸伤了腿脚……"

黄炳辉说:"我过去,把铁丝子拿来,咱们编个网兜。"

说着,他过去,把铁丝子拖了过来。

焦小虎蹲在地上,编织网兜……朴永哲过来了,说:"你在这里磨蹭磨蹭的,不去搬运石头,干啥呢?"

焦小虎说:"用铁丝子编个网兜,装石头……这样,两个人一抬,既轻快,又安全,何乐而不为呢?"

朴永哲吼叫着:"不行,快干活去。"

说着,他举起手里的铁棍,向焦小虎的头部砸去,但是,他的手还没等落下,却被马德平的胳膊给搪住了。

朴永哲抽回了手,他要把铁棍打向马德平,但是,马德平已经把他的胳膊给拧了过来,背到了背后,把朴永哲给拧疼了,疼得朴永哲"吱吱哇哇"地叫。

马德平说:"你咋连人语,都听不懂?"

角田忠夫见状,跑了过来,瞪着眼睛,嘴里骂道:"巴嘎。"

马德平用日语说道:"角田先生。"

听到这么流利而纯粹的日语,角田忠夫感到十分惊讶,说:"你的,日语的会。"

马德平继续用日语说道:"是的,在学校的时候学的……我是顶替我哥哥来做劳工的,因为,我哥哥身体比较孱弱。"

角田忠夫说:"噢。"

马德平说:"刚才,我们的朴工头儿跟劳工发生了歧见,这位焦劳工要用废铁丝儿编织网兜,来搬运石头……但是,朴工头儿却不允许,编织网兜可以大大地提高劳动效率,又可以避免被大石头砸伤劳工,这是一举数得的好事儿。"

角田忠夫说:"编个网兜?"

马德平说:"角田先生,你早上讲到,工期紧迫,上冻之前,必须完成工程任务……让我们日满一德一心,为大东亚共荣圈、大东亚圣战而积极效力——这位焦劳工正是按照你的指令去做……朴工头儿居然用铁棍子去砸焦劳工的脑袋,被我拦住了。"

角田忠夫说:"好的。"

马德平说:"我觉得,我们不但要实干,还要巧干,使得工程按照工期还要有所提前地保质保量地完成,我们也好回家。"

角田忠夫说:"按你说的做吧。"

角田忠夫转身走了,不一会儿,又来了,扔给了焦小虎一把钳子。

马德平见了,笑了,说:"谢谢角田先生的睿智。"

焦小虎继续编织铁丝子的网兜,用角田忠夫给的钳子对铁丝子剪剪弯弯……木头杆子拿来做杠子,两个人来抬石头……果然,效力大增,而且,马德平和马德原干得很卖力气。

这些,角田忠夫看在了眼里,也看到了马德平在劳工中有很好的向心力,因而,对马德平很欣赏。

第三天,上工之前。

按惯例训话的时候,角田忠夫宣布:"劳工的头儿,从今天起,由会说流利日语的庄重,来担当。"

马德平看了看站在角田忠夫身边的朴永哲,他推却道:"角田先生,还是由朴工头儿来担当的好,他是尽心尽力的,很效忠于天皇陛下。"

角田忠夫说:"我安排朴工头儿干点别的,劳工的头儿就由你来当的好——就这么定了。"

"嗨。"马德平说,"我和劳工们一定会卖力地干活。"

角田忠夫对他的安排感到很愉快,宣布完了他的任命,就跟朴永哲一起离开了。

马德平从衣兜里掏出庄园他爹给的"大绵羊"票子,他对黄炳辉说:"黄哥,你拿钱去买土豆、茄子之类的,送到伙房……不能总是吃苞米粒子和咸菜啊。"

"嗯哪。"黄炳辉说。

"爽快。"焦小虎说。

"我送你从大门出去?"马德平对黄炳辉说。

"不用,咱们房后的铁丝网,有个豁口,我从那里出去……再回来就是了。"黄炳辉说。

"也好。"马德平说,"隐蔽着点。"

"好嘞。"黄炳辉说。

说完,他从房后的铁丝网子的豁口,钻出去了。

1941 年 8 月 27 日，下午。

三架运输机落在了跑道上。

在停机坪上，三架运输机加油，并且，打开了舱门，装卸货物。

由于是新机场，并没有啥装卸机械，而是人抬肩扛……马德平见了，他对角田忠夫说："皇军们抬抬扛扛的，太辛苦了，我找几个弟兄过去帮帮手……好不好？"

角田忠夫深感满意，说："哟西。"

"哟西"，日语"好"的意思。

于是，马德平带着马德原等十几个人，带着网兜，去帮日本兵装卸……有了主动前来的帮手，日本兵倒落得个清闲……劳工们从仓库到飞机的机舱，再从飞机的机舱到仓库，来来回回。

日本兵在闲聊：

"三架飞机都是从哈尔滨来的。"

"傍黑儿，两架飞机就起飞了。"

"听说了，一架去天津，另一架去大连。"

"战事急需啊。"

"……"

这些话，马德平和马德原都听到了耳朵里，他们也看见了有两架飞机上装载的木头箱子上用日文写着"关东军哈尔滨防疫供水部"的字样。

他俩明白，这两架飞机上装载的是"化学武器"和"细菌武器"……抗日义勇军摧毁了关东军"四平街防疫供水部"研制和试验的"化学武器"和"细菌武器"，然而，不肯放弃"化学战"和"细菌战"的日军总参谋部，就把这个所谓关东军的"防疫供水部"，转移到了哈尔滨。

帮助日本兵装卸完了，马德平他们就又回到了自己的工地上。

"日寇的飞机里装载着化学武器和细菌武器，我在这边的两架飞机里，都放置了'爆燃器'。"马德原说。

"那边的飞机里是弹药，我放置了'爆燃器'，还有，仓库里也放置了。"马德平说。

"今儿晚上……看热闹吧。"马德原说。

"嘻嘻。"马德平回应。

两个人又散开了，跟着劳工们一起干活，而且，很卖力气。

晚上，有两架飞机呼啸着飞走了。

深夜，停在跑道上的飞机燃烧了，爆炸了。

日本兵用水龙头喷水、救火，连街里的救火车也来了，围成了一团……停机坪上，忙忙活活的，都是日军官兵。

突然间，仓库起火爆炸，爆炸的巨大的冲击波，挟带着疯狂的弹片，使聚拢在停机坪上的日军遭到了重创，血肉横飞……连救火车都被掀翻了。

火，火势冲天；爆炸声，如同从天上滚下来的声声霹雳。

工棚子里，马德平喊道："不好了，二龙山的义勇军快攻进来了，快跑啊——"

马德原喊道："不跑，就没命啦——"

马德平和马德原带头跑出了工棚子，然后，让焦小虎用钳子剪开了房后的铁丝网，劳工们一窝蜂地跑了出去，消失在夜空下茫茫的庄稼地里。

飞往天津的运输机，在空中燃烧、爆炸、解体……飞往大连的运输机，在周水子军用机场燃烧、爆炸，引发了连锁的大火……

1942 年 7 月 18 日。

二龙山，聚义厅。

这里正在召开军事会议，马忠华主持会议。

他说："过去的一年——1941 年，是不平凡的一年，是让世界人民既痛楚又兴奋的一年。痛楚的是去年 6 月 22 日，纳粹德国撕毁与苏联定下的《苏德互不侵犯条约》，对苏联实行了闪电战，向苏联大举进攻……苏德战争爆发；日本偷袭了珍珠港，美国对日宣战，太平洋战争爆发了。这样，第二次世界大战全面爆发。在这场战争中，以美、苏、中、英等国为同盟国，针对德、日、意法西斯轴心国，形成了世界反法西斯阵线。"

马忠国说："去年 9 月 30 日，德军集中兵力发起意在夺取莫斯科的攻势，即'台风计划'。战争之初德军推进迅猛，很快地占领了莫斯科外围，摧毁了数道苏联防线。苏联红军对德军进行了殊死抵抗……11 月 7 日，在德国的包围中，苏联依然按时地组织了雄壮的红场阅兵。受阅部队在阅兵结束后，就直接开赴前线。12 月 6 日，苏联发起反击，突破了德军的防御阵地，并且，将德军击退了 200~300 千米，莫斯科会战，以苏联胜利而结束。德军损失了 50 多万兵力，以及大量的军事装备，这也是不可一世的纳粹德国，在战争中第一次受到重大损失，莫斯科局势得以稳定……苏军不断地猛烈反击，德军疲惫不堪……"

马忠华说："去年 12 月 7 日清晨，日本偷袭珍珠港，爆发了太平洋战争。第二天，美国总统在国会发表了历史性的演说，而后，美国国会通过决议——对日宣战。日本偷袭珍珠港，看起来，是成功了，战果辉煌……但是，这对日本来说，却是一个彻底的灾难。"

马忠国说："战争打的是经济实力，所以，日本不可能赢得对美国的战争，因为，美国的经济实力在现时的世界上，实在是超强的。"

马忠华说："珍珠港事件，把一个意见不统一的美国，意见统一了，并且，举国团结一致了，万众一心地去战胜日本法西斯……"

冯大吉说："小鬼子是一条疯狗，得谁咬谁。"

李世奎说："中国有句老话说得好，欲使其灭亡，先使其疯狂。"

小白龙说："现在，小鬼子是疯狂到了顶点了，往后，他就该走上灭亡的道路了。"

陈起贵说："大掌柜的说得对，从此往后，小鬼子就应了咱们中国人常说的那句话，老太太过年——一年不如一年喽。"

马忠华说："自从第一次世界大战之后，美、日矛盾就不断激化。1937年 7 月 7 日的'卢沟桥事变'，日本发动了全面的侵华战争，严重地损害了英、美在华的政治、经济利益。1940 年 5 月，美国总统罗斯福命令结束年度例行演习的太平洋舰队不返回美国西海岸，而是留驻珍珠港，实施对日威慑。1941 年 8 月 1 日，美国又宣布对日本实施全面石油禁运，这对于资源极为缺乏的日本而言，绝对是致命的。为此，日本不惜偷袭珍珠港，进行一场致命的战争豪赌。"

马忠国说："日本全面的侵华战争，遇到了中国人民的众志成城的坚强抵抗……严重地消耗了资源匮乏的日本的国力。日本人在我们东北，一方面疯狂地掠夺资源，比如苛刻的'出荷制度'……另一方面施行严重的经济管制，实行'配给制'，不准东北的老百姓吃'大米'……我们可以看出来，他们的战争在经济上难以维持了，捉襟见肘了。"

小白龙说："所以，小鬼子的出路，要么从中国撤军，要么继续扩张；日本人被逼无奈，选择了第二条路。"

马忠华说："日本曾经拟定两个作战取向，分别为'南下'和'北上'两个作战计划。'北上'，是看重苏联的丰富的战争资源，拟定侵略苏联……但是，1935 年 5 月到 9 月的日本与苏联的'诺门罕战役'，日本失败。日本人'北上'的计划成了泡影儿，就掉头'南下'，夺取战争资源。南洋，当时有英国、荷兰、美国的殖民地，这给日本'南下'的计划，增加了困难——这涉及英、美的利益。但是，去年中期，日本还是开始了向东南亚扩张……这等于是向英、美、荷三国宣战。为了给日本一点颜色看看，美国冻结了对日本的经济贸易，其中重要的是高辛烷石油，没有了石油，日本的飞机无法升天，舰艇无法在海中行驶，日本就无法继续对外扩张。一句话，等于无法继续进行侵略战争。为了确保侵略战争能够正常进行，必须掠夺石油，于是，日军决定冒险一掷，采取突袭行动，炸掉美国的珍珠港，以获得在太平洋上的制空、制海权……"

张景春说："日本就那么一疙瘩地方，他们的物力、财力、人力，也就是一瓶胡椒面儿，在中国这撒点儿，在东南亚撒点儿，这又在太平洋撒点儿……瓶子里面的胡椒面也撒得差不多了，灭亡的时候也到了。"

马忠国说："日本人忘了，他赢不了对美国的战争，更赢不了对中国的战争。从1931年九一八事变算起，直到今天，我们中国人已经跟日本人打了11年了，可是，小鬼子打不下去了，却还硬撑着——他别忘了，这是在中国人的家园、中国人的国土上跟中国人打仗……打来打去，日见颓势的却是日本人。"

万国彪说："辽西义勇军姜司令派刘宏信来了，让他说说吧。"

刘宏信说："我们辽西抗日义勇军已经转移到了冀、热、辽抗日根据地，姜恩波司令派我来，转达他的意见，让我们二龙山义勇军也转移到冀、热、辽抗日根据地，合力打鬼子。"

林显义说："还有呢，请刘成海说说吧。"

刘成海说："我奉周保中旅长的指派，特地从苏联的中国抗联教导旅的野营营地返回来，让我来引导二龙山义勇军去苏联……周旅长还交给你们一个任务。"

听说是任务，冯大吉正儿八经地说："啥任务？"

刘成海说："让你们带上各色种子，咱们东三省的红皮大萝卜籽、白菜籽、韭菜籽、灯笼辣椒籽、山东大葱籽、大青筋黄烟籽，还有鸦片烟籽。"

冯大吉笑了，说："嘿，我当是啥任务呢？"

关东青说："嘻嘻，这个任务就交给我和冯掌柜的，保证完成。"

关东豹说："我带来了日军的最新情报。"

小白龙说："啥最新情报，你说。"

关东豹说："关东军集中了 16000 兵力，要围剿二龙山。"

张景春说："情报可靠吗？"

关东豹拿出了飞刀和红布，红布上是用报纸剪贴上去的字句……他说："还是用飞刀把红布扎在我家的窗户上……"

马忠华说："这个神秘人物，已经是数次给我们这样的传递情报了，而且，事实证明，每次都是准确无误的。"

马忠国说："从情报看来，小鬼子这次是要跟我们二龙山的抗日义勇军，来拼命了。"

马忠华说："我们不应以一山一地、坛坛罐罐的得失为计较，而是要机动作战、合力作战……分兵出征，我带一部分部队跟着刘宏信走，去冀、热、辽抗日根据地，从此，我率领的部队就叫'辽北支队'。"

马忠国说："我带一部分部队，跟着刘成海，去苏联，跟着在苏联的中国抗联教导旅的旅长周保中将军……"

马忠华说："大掌柜的，你呢？"

小白龙说："我和白莲花带着难以远走的战士们，去茂林一带，隐身下来，开荒种地，那里荒地广袤……拿起武器我们是战士，拿起锄头我们是农民。"

林显义说："咱们压寨夫人给咱们大掌柜的生了个龙凤胎，咱们大掌柜的一下子成了两个蹦蹦跳跳的孩子的爹，把大掌柜的牵扯住了……也只能留在本地了。"

关东青说："你说这压寨夫人，半辈子没开怀儿，跟着咱们的大掌柜的，就一下子生了个龙凤胎……"

万国彪说："那是咱们大掌柜的'种儿'好。"

大家嘻嘻地笑。

马忠华说："我看，遍布原野的青纱帐，是掩护我们的很好的屏障……咱们三路分兵的方案，就这么定了吧。"

"同意。"小白龙说，"走的时候，路过南满铁道线，还要把南满线的桥涵炸几个，让小鬼子不得消停。"

马忠国说："还有，这二龙山上要遍布'惹不起'、地雷、炸雷……让小鬼子即使占了二龙山也得丢盔卸甲、尸横遍山……"

马忠华说："好，大家分头行动吧。"

二龙山抗日义勇军的将士们，迅速行动，做分兵三路出征的军事准备。

1942 年 7 月 24 日，清晨。

生机盎然、郁郁葱葱的二龙山。

日军进攻二龙山，并没有遇到义勇军的抵抗。

然而，山路上潜伏的地雷，草丛中的"惹不起"牵连的炸雷，纷纷爆炸……还有，自动拉火的"老母猪炮"，只要日军的脚步碰上了埋设的机关，就"轰轰隆隆"向道路的方向，进行无情的轰击。

日军艰难地上了山，进入义勇军的房舍、聚义厅，只要拉门拉窗，就有炸雷、手雷，发生爆炸……房舍、聚义厅燃烧起来了。

爆炸，想象不到的爆炸和轰击，使日军伤亡了数百人……炸得日军小心翼翼、惶恐不安、胆战心惊。

日军终于占领了二龙山，却是一座空山。

森连司令官站在了二龙山的山头上，说："立即给关东军司令部发电报，报告我军已经全面占领了二龙山，并且，全部剿灭了二龙山上的匪军。"

"是。"马忠廷说。

"报告司令官，军情通报。"译电员说。

森连说："念。"

"南满铁路蔡家至十家堡一线的数座桥涵，以及四洮铁路四平街至郑家屯一线的数座桥涵，前三天开始，被匪徒连续炸毁，造成这一带的铁路运输，数次被迫停运……被破坏的桥涵正在抢修中。"译电员说。

森连皱起了眉头，说："噢？"

译电员说："情报分析，乃是二龙山的匪徒们所为……"

森连说："哦，知道了。"

虽然连绵的二龙山，草深树茂，满目葱茏，但是，在森连司令官的眼睛里，却是峭石嶙峋，谷壑幽深，空空荡荡。

第三十一章

马家少年在铁道线上击毙日军中将

1942 年 12 月 7 日。

大连，旅顺口监狱。

牢房里，姬兴周已经做好了最后的准备，因为，他从送饭的杂役工那里得知，日寇要大批杀害抗日谋略纵火团的成员。

日寇刑罚之残酷，堪称法西斯帝国之大全，仅刑讯室的刑具就有几十种之多，压木棍、胶皮管、藤条、鞭子抽打、吊刑、电刑……还有更为残忍的"穿皮衣""灌凉水"种种酷刑。

为了激励难友们的斗志，他用磨尖的竹棍蘸着自己伤口的鲜血，写下了自己创作的一首词《满江红》，在狱中传唱：

> 国破家亡，民族恨，不共戴天。起来了，反抗巨浪、革命狂澜。武装工农几百万，抵住强敌五六年。要生存、不怕斗志久，决死战。
>
> 身入狱，志愈坚；头可断，志不转。看敌人气馁，进退两难。铁血冲开自由路，奋勇打破胜利关。建立起，中华苏维埃，死无憾。

他痛斥变节投敌的汉奸走狗，又写作了一首词《满江红》：

> 气愤填膺，按不住，满腔仇燃。可恨那，叛徒走狗，国贼汉奸。出卖革命谋己利，陷害同志讨敌欢。丧天良，不顾廉和耻，儿孙患。

绝同类，背祖先，贩人民，花血钱。当狗奴破坏，抗日战线。群愤生啖贼子肉，众怒活剥狗心肝。誓杀尽，帝国主义者，偿大愿。

监狱每天早上逼迫"犯人"朝拜天皇，唱《满洲国国歌》，他就按照伪满国歌的曲调重新填词，改写成《亡国奴之歌》：

中国地广，跨于满洲，满洲变成活地狱，人民涂炭如马牛。侵略我民族，假设傀儡，欺瞒全球。除汉奸、杀国贼，打倒日寇。工农商学兵一起奋斗，最后胜利我山河，人民自由。

每到朝拜的时刻，大家就改唱姬兴周的新词，难友们深受鼓舞。
姬兴周想起了去年的一次开庭……

姬兴周想起了去年的一次开庭，那是 1941 年 10 月 30 日——
大连，关东地方法院，第一法庭。
首次开庭公开审判所谓通敌纵火案件，日寇为炫耀其"战果"，事先在大连的《日日新闻》等报纸上，以"日本审判史上未曾有过的大案件"为题，发布消息。
开庭当天，拼凑了 200 多人参加，除了关东地方法院审判长和两名陪审官之外，还有官方指定的律师——大内，及其各级要员。
大连的特务机关、宪兵总部、警察部、铁道警察总部的首脑，此外，还有从东京专程赶来的"帝国"要员。
上午 10 时 15 分，正式开庭。
姬兴周坐在长条木椅上，微闭双眼，悠闲地听着法官机械而呆板的诉状的宣读……但是，姬兴周在自己的脑海里，仿佛是一位艺术大师，在回味自己创作的一幅幅杰作。
一个身穿和服的汉奸，走到了姬兴周的面前，点头哈腰地说："姬先生，狱中的生活很苦吧？看您多么可怜。今天，您要是能如实地向皇军认错，大满洲国民政府同样会欢迎您，可以考虑给您相当的职位。"
姬兴周听了，讥讽地一笑，说："真正可怜的是你，瞧你一副奴才相，简直就是一条摇尾乞怜的哈巴狗。"
日本法官听了姬兴周的话，气得满脸煞白，他拍着桌子，厉声说道：

"被告站起来说话，我问你为啥要纵火？"

姬兴周猛然地站了起来，用手指着日本法官，他反问道："你们为啥要侵略中国？"

日本法官被问得瞠目结舌，一时语塞，他顿了一顿，吼叫着："你说，你们纵火团有多少人？"

姬兴周说："不知道有多少？一传十、十传百、百传千、千千万万，遍地都是。你们梦想建立一个满洲国是不可能的。亿万中国人民的燎原大火，必定把你们彻底埋葬。"

日本法官说："我们是讲文明、讲法律的，不许你用野蛮的语言讲话。你必须承认，你的纵火行为是有罪的，是犯罪行为。"

姬兴周以犀利的目光，扫视了一下法庭，坚定地说："哼，野蛮？野蛮的正是你们，你们侵占我国的国土，杀害我同胞，掠夺我财富，还奢谈啥文明？我们抗击侵略者，难道有罪吗？你们要是真的讲文明、讲法律，咱们一起到国际法庭上，去评评理……我要控告你们侵略中国的罪行。"

日本法官说："你这样顽固，可能是要判死刑的。"

姬兴周说："我们是交战国的俘虏，你们无权判我们死刑。你们的行为，只能是野蛮的屠杀行为。"

日本法官听了，气急败坏，他控制不住自己的情绪，也不顾自己法官的颜面了，他爆出了粗口："巴嘎，把他拉下去，拉下去，闭庭。"

法庭里一片骚动，日本法官的"文明"的公开审判……草草地收场了。

1942 年 12 月 9 日。

大连，旅顺口监狱。

沉重的牢门，打开了。

姬兴周知道，最后的时刻来临了。

姬兴周高声地讲道："难友们，永别了，不要为我们难过。一定要同日本帝国主义斗争到底。我们的牺牲是正义的，千千万万的中国人民会为我们报仇的。"

他咬破手指，在牢房的墙上写下了最后一首豪壮的七言诗《壮志》……然后，他和他的中国抗日谋略纵火团的难友们，高呼着口号：

"打倒日本侵略者。"

"中国共产党万岁。"

"……"

他和他的中国抗日谋略纵火团的战友们，又昂扬地唱起了《国际歌》，从容不迫地向日寇的秘密绞刑室走去……

1960年，吉林省人民政府追认姬兴周为革命烈士。

之后，吉林省伊通县人民政府在姬兴周的家乡——马鞍山镇的马鞍山上，为他立碑，永远地纪念这位卓越的民族英雄。

据1941年日本关东军参谋本部统计——"对日谋略放火破坏团"，从1935年6月开始，对日本在华军事目标进行放火、爆破等谋略破坏活动，至1940年6月被破获，5年时间里，成功地在大连放火57次，在安东爆破铁路1次，在天津放火10次、爆破铁路6次，在北平爆破铁路1次，在青岛放火3次，总计78次。

姬兴周领导的国际特工组织——"中国抗日谋略纵火团"的这些谋略活动，使日本侵略者的大批军火、军需物质、军事设施被焚毁、破坏。

日本在华后方基地，遭受到严重的打击。

仅在大连一地，日本侵略者的损失，其价值就达到3000余万日元。

至今，旅顺口监狱旧址，还挂着姬兴周的七言诗《壮志》：

壮志从容入狱中，身心似铁气长虹。

工农革命成功日，万里山河一片红。

姬兴周壮烈牺牲时，年仅32岁。

1943年7月19日。

苏联，中国抗联北野营。

在苏联境内，抗联部队在周保中的整合下，组建了中国"抗联教导旅"，周保中任旅长。

在苏联方面的安排下，留驻在两个驻屯所，为了称呼上的方便，把临时驻屯所称为"野营"；过境进入苏联的抗联部队，进行着紧张而充实的整训生活，并且，时刻准备返回东北作战。

两个驻屯所，分为北野营和南野营。

北野营，即北驻屯所，位于伯力东北75千米处的苏联境内——黑龙江南岸的费·雅斯克村。这里山峦起伏，森林茂密，依山傍水，夏可游泳，冬可滑雪，是进行军事训练的好地方。

南野营在海参崴和双城子之间的一个小火车站附近，当地人称为蛤蟆塘。因为处在伯力之南，又与北野营相对，所以，叫南野营。

野营所需要的物资，都由苏联通过水陆两路运来，交通方便，可以保证供应。

周保中指着一排新盖的野营的房舍说："你们这房子盖得不错，不用住帐篷了。"

马忠国说："还可以吧，临时住在这里，但是，战友们的心里，还是随时都准备打回老家去，光复东北。"

周保中说："呵呵，你们种的蔬菜可是大丰收。"

马忠国说："按照你旅长的命令，拿来的种子……想当年，曹操就驻边屯垦。"

周保中说："我们刚来的时候，有的同志说吃不饱，我们就自力更生，瓜果菜蔬，自给自足……中央红军北上抗日，到了延安以后，也搞大生产……"

马忠国说："是啊，我们既是士兵，又没有忘记——我们还是老百姓。"

周保中说："来到这里的，都是我们抗联的骨干，我们抗联是党领导下的抗联，所以，要发挥党员的作用；要让同志们记住，我们抗联是中国共产党领导下的军队，我们虽然身处苏联境内，但是，要有我们的独立性。"

马忠国说："说得对。"

周保中说："你们来的同志，还有不是党员的吧？"

马忠国说："有。"

周保中说："可以让他们集体入党，以后，东北光复了，回到了东北，我们要大力扩充我们抗联的军事力量，这些同志就是我们部队干部中的中坚力量。"

马忠国说："一定照办，做好这项工作。"

周保中说："要组织好学习，武装我们的部队，首先要武装我们部队将士的头脑。"他拿出了一沓资料，"这些资料是通过苏联远东机关得到的，尽管有的不完整，但是，对于我们来说，弥足珍贵。"

马忠国接过了资料，他看到，这些资料是——《新华日报》及书籍、文件，有毛泽东的《新民主主义论》《论持久战》，还有专题文章《中国民族解放战争的历史阶段及胜利条件》《全国抗战的形势》《东北游击运动的发展前途》等。

他说:"我马上就组织同志们,学习和传达。"

周保中说:"战士们训练的状态咋样?"

马忠国说:"训练的状态,相当好。"

周保中说:"战斗的要诀在于'消灭敌人,保存自己',才能达到战胜的目的。无论兵器如何发达,步兵作战仍居首要地位,而步兵部队的唯一战斗手段是依靠射击,要把战士们培养成沃罗什夫式、朱德式的射手。"

马忠国点头,说:"是。"

他知道,抗联的义勇军战士们从战火纷飞的东北战场,来到了南、北野营这个和平的环境下,虽然远离了日寇的讨伐和围剿,不必担心敌人的包围,也不必为一日三餐而发愁,更不用担心半夜被冻醒……环境好了,条件好了,吃得好、穿得暖、睡得香,但是,抗联的将士们的斗志并没有松懈。只要清晨的哨音一响,抗联的将士们便自觉地按照每日起居及其工作的时间表,斗志昂扬地投入紧张的训练、工作、劳动、学习当中去。

"仗怎么打,兵就怎么练";"平时多流汗,战时少流血";"战场上永远只有第一名,没有第二名"——这些口号,都是从残酷的抗日战争中感悟出来的。

抗联部队中,大部分指战员并没有经过系统的正规的训练,野营整训是抗联指战员提高军事素质的大好机会。

抗联南、北野营,每天进行六小时的军事训练。

军事训练的主要科目,从队列、刺杀、投弹、手枪、步枪射击开始,然后,又增加爆破、防化、坦克等科目——这些课程都是由苏军军官任教的。

苏联红军当时是世界上一支强大的军队,拥有的武器装备机械化程度高,现代化能力强,又有正规化的建设和管理,严格按照红军《纪律条令》《内务条令》等来规范每个军人的行为举止,因此,苏军纪律严明,战斗力强。

抗联指战员虽然久经战火考验,但是,仍然虚心请教,以苏军为师,进行严格的正规的现代化训练。

夏季,在黑龙江上训练游泳、武装泅渡;冬季,训练滑雪;这些都是必修课。

为了使抗联指战员人人"知其然,还要知其所以然",野营领导和苏军教官要求全体指战员尽心讲求射击原理和法则，研究步兵作战经验，学习手枪、轻重机枪、掷弹筒、狙击炮等各种武器的构造机能和原理，练习瞄准和实弹射击。

北野营还组织了 20 多人，学习无线电的收、发报技术；半年之后，又组织了第二期收、发报的训练班——这是东北抗联史上，第一次掌握了现代通信技术。

还有，为期一个月的跳伞训练，十几位女同志也参加了训练。

——抗联指战员的现代化战争的军事素养，不断地得到提高。

1943 年 8 月 11 日，晚上。

四平市，马龙坤宅邸。

赵翰章来这里，探望马龙坤，马德原和马德平正好在马龙坤的身边。

马龙坤说："听说，你家里还养着个从南洋败下阵来，而负伤的一位日军中将？"

赵翰章说："这是森连司令官的一个参谋官找到我，让这个从南洋战场上负伤的中将金岗峤，在我新盖的小楼里住着，说是养伤，实际是赖在我的小楼里……新盖的小楼，我还没有住进去呢……我是没有办法啊。"

马德平说："赵爷爷，那个日军中将金岗峤，长得啥样啊？"

马龙坤说："啥样？也是一个鼻子俩眼睛，恐怕也是惶惶不可终日了。"

赵翰章说："你要看，自己在我新盖的小楼附近，等着去看吧，除了星期礼拜天，金岗峤每天上午都去一趟关东军满洲独立守备队的森连司令官的司令部……"

马德平说："嗯哪，我长这么大，还没有见过日军中将是啥模样呢，真得偷空去见见那个金岗峤。"

说完，他朝赵翰章一笑，笑得很神秘。

1943 年 8 月 16 日。

四平市，四平站。

站台上停着一辆铁路装甲车。

两个铁路装甲车的日军司机，站在铁路装甲车的旁边，等待着车辆检修的师傅们的到来，这是为确保第二天的重要出行、巡视，他们对这辆铁路装甲车进行必需的全面的检修。

铁路检修的师傅们来了，正是张小山带着马忠民和马德原。

马忠民和马德原掀开了装甲车的车头的盖板，对机器进行检查，搽搽拭拭，拧拧扭扭……非常认真的样子。

张小山在底下，蹲下身去，猫着腰用小铁锤对装甲车的车轮子、车轴等部位敲敲打打……仿佛是在听声音是否正常。

马忠民和马德原合上了盖板，马忠民说道："有点小毛病，检修好了，没问题了。"

马德原说："下面咋样？"

"放心吧，没问题哟。"张小山像是说给日军司机听的，"咱们走吧。"

然后，他们走了，离开了这辆铁路装甲车。

张小山说："日军中将金岗崤，明天要乘坐这辆铁路装甲车巡视平齐线……所以，下命令来检修……"

马忠民说："我和德原把装甲车的混合器的空气堵和分电器，移动了位置，这样，混合器就不能正常进空气，必然大量消耗汽油，装甲车走不了多远，就必定趴窝了，嘿嘿。"

张小山说："很好。"

马德原说："明天，你们就瞧热闹吧。"

张小山说："祝你们明天，马到成功。"

然后，三个人的手，紧紧地握在了一起。

第二天，四洮线。

曲家店和傅家屯区间，视察平齐线的日军金岗崤中将所乘坐的铁路装甲车，行驶到了这里，油料就消耗尽了。

失去了动力，也只能抛锚在这里。

但是，这就造成了堵车……一两个小时过去了，铁道线停运，正常的运输秩序被严重地打乱了。

开装甲车的日军司机下了车，在铁道线上急得团团转……终于，金岗崤中将在装甲车里也熬不住了，他和他的四个卫兵，也走下了铁路装甲车，站在了铁道线上。

突然，金岗崤中将跌倒了，日军卫兵赶紧去扶……但是，却发现，他的太阳穴出血了，而且，鲜血还在不停地往外冒……日军卫兵惊惶地叫道：

"有刺客。"

这时，一个日军卫兵和一个日军司机，也仆身倒地，同样是没有听到枪声，子弹却准确地击穿了他们的脑袋。

日军司机和日军卫兵赶紧跑到铁路装甲车的另一侧，企图以铁路装甲车作为掩护……但是，他们没有想到的是，两个日军卫兵同样被飞来的子弹击毙了。

剩下的一个日军司机和一个日军卫兵，趴在铁道线上，不敢动弹了。

过了好一阵子，听听没有啥动静了，他们俩才敢一点点地站起来，环顾左右……惊魂未定，然后，赶紧跑进了铁路装甲车，打电话……四平站铁道守备队的司令官森连，亲自率领铁道守备队的日军来了。

他们搜索附近……发现在铁路一侧树趟子里的一棵大柳树的下面，有三颗子弹壳；在铁路另一侧的树趟子里的一棵大杨树的下面，有两颗子弹壳。

此外，还发现了不怎么清晰的马匹的脚印，很可能马匹的蹄子包了麻袋布之类的东西，以使马匹行走起来，没有声响。

没有听到枪声，显然，枪口安装了消音器。

这个时候，正是高粱、苞米就要成熟而有待收割的季节，铁路两侧过人高的高粱、苞米地，是很好的隐身的场所；很显然，完成了刺杀的任务，刺客就乘着混乱，溜走了。

出色地完成了这项刺杀日军中将金岗峤的任务的，正是国际特工组织的马德平和马德原，执行了苏联远东情报局四平站站长——"东北虎"所下达的密令。

滞留在曲家店到傅家屯之间的日军铁路装甲车……阻塞了四平到郑家屯之间的铁路线达 3 个多小时。

第三十二章

马龙坤将军笑看日军颓败而安然升天

1944 年 9 月 1 日，傍晚。

四平市，四平饭店。

马龙坤拄着拐杖，走了进来。

他的身前、身后，是孙子辈的马德平、马德原，还有马德云、马德河、马德仙、马德湖。

这是赵翰章开的饭店，客人不少……跑堂的看见了马龙坤，赶紧过来打招呼："马老爷儿，您来了，快，雅间里请。"

"不啦，今儿个心情开朗，带着孙子们来到这里小酌几杯。"马龙坤说，"就在这大厅里了，敞亮。"

跑堂的听了，主随客便，就把他们让到一个洁净的桌面上，说道："马老爷儿，你们请坐这儿。"

马龙坤落座，点菜。

菜肴陆续地上来了，孙儿辈的吃菜……马龙坤酌酒。

在他们左边的一桌是日本人，谈笑风生……马德原认得，他们是市公署总务科的科长中岛弘等几个日本人，马德原听着他们的谈话。

一个日本人说："我崛进二郎，从我弟弟的来信中得知，大日本帝国皇军打进了南京城，杀死中国人，足有 30 万人。我弟弟所在的那个部队，有两名军官进行杀人比赛，他们俩都用战刀，每个人都砍死 100 多人。那日本武士道精神，真的厉害，太痛快啦……喝酒。"

他说得眉飞色舞，喝了一大口酒。

崛进二郎继续说道："去年，文书股的小杨来了，交给我一封信，我拆开一看，不禁目瞪口呆……我弟弟当年杀中国人，多厉害啊；没想到，这封信中说道，我弟弟被美国佬给砍死了，我太伤心了。"

说完，又呜呜地哭了起来，泪流满面。

——听着崛进二郎说话的马德原，感觉到这个崛进二郎，有点精神错乱似的。

另一个日本人手里拿着一份报纸，他悲悲切切的样子，见崛进二郎哭得泪流满面，他也凄凄切切地念叨起来：

"我弟弟战死在中途岛的海战之中了……"

说完，他也鼻涕一把、泪一把地哭了起来。

中岛弘用安慰的口吻对他说："大岗，你要节哀……"

但是，大岗听了，反而哭得更厉害了。

中岛弘对他们说："去年开始，美国在南太平洋战场上开始反击了。我们皇军在前线，虽然节节败退……但是，我们要相信大和民族有武士道精神，最后，一定能取得胜利的。"

大岗拿起了那张《康德新闻》的报纸，说道：

"看到这个大标题了吗？大标题是——大日本帝国皇军在中途岛海战中，沉没4艘航母，还有重巡洋舰'三隈号'；损失了332架军机；阵亡了3057人，其中飞行员就有110人。小佐藤，你看看吧，这四个版面刊登着咱们阵亡者的名单……"

小佐藤没有接过大岗递给他的报纸，而是从自己的怀中拿出一张《康德新闻》报纸，他说："我手中的报纸《康德新闻》大标题是——大日本皇军在瓜达卡纳尔岛战役中战败，我军陆军兵力约3.6万，战斗中阵亡约1.4万人，因伤病致死或下落不明的有9000余人，合计死亡近2.38万人，还有1000余人被俘。瞧瞧，四个版面上也都是阵亡将士的名单。"他哭了，"这上面有我表哥清原大佐的名字，他为瓜达卡纳尔岛而效忠天皇了。"接着，他大哭，"我哥哥也死了，上面也有我哥哥的名字，打一仗，败一仗，这可咋办啊……"说完，他号啕大哭。

崛进二郎说："我还告诉你们一个不幸的消息——塞班岛我军玉碎，这等于打开了东京城的南大门，日本本土也必然受到了严重威胁……胜负难以预料啊。"

中岛弘说："我们大日本皇军是战无不胜的，一直是攻无不克……不过，胜败乃兵家常事——我们一定能够打败美国佬。"他停顿了一下，继续说，"不难看出，这三个战役，我们都是顽强战斗的——这充分显示了我们日本人的武士道精神，我们大和民族可以永远立于不败之地。"

说完，他们都醉醺醺地站了起来，蹒跚地离席，席面上是残羹剩饭……他们也不付钱，就摇摇晃晃地走出了饭店——可谓，不欢而散。

中岛弘他们刚走，赵翰章进来了。

他满脸堆笑地对马龙坤说："二哥，难得你来光顾我的饭店，你的饭钱，我掏了。"

"你财大气粗啊。"马龙坤说，从自己的腰包里掏钱，"不过，吃饭的这几个小钱儿，我还是掏得起的。"

赵翰章说："二哥，咱们到里头的雅间去，边喝茶，边聊天。"

说着，他拉马龙坤向里头走……马龙坤说："德原啊，你领着你的弟弟、妹妹回家吧，让德平在这儿陪着我……"

马德原说："嗯哪。"

说完，他领着马德云、马德河、马德仙、马德湖走了。

进了雅间，马龙坤和马德平落座。堂倌奉茶，然后，出去了。马龙坤和赵翰章开始了聊天。马龙坤说：

"我刚才见到了市公署总务科的中岛弘领着他手下的几个日本人，在这儿喝酒，瞧他们几个那个德行，哭哭唧唧的，不是他哥哥死了，就是他弟弟死了……刚刚侵占东北时候的那个嚣张的气焰呢？都他妈的像个瘪茄子似的了，喊。"

赵翰章说："小鬼子要落败了啊。"

马龙坤说："原来在晓东中学当老师的几个小鬼子，岁数参差不齐……年初的时候，就一个一个地被应征入伍，当兵去了……还有，从西安来的人说，西安煤矿上的耀武扬威的日本人，去年就都被应征入伍了……这说明了啥？说明小鬼子的兵员枯竭了。"

"西安"，即今天的辽源市。

赵翰章说："那是、那是。"

马龙坤说："世界反法西斯的东方战场，出现了胜利的曙光——中国人民的对日抗战，要出头喽。"

赵翰章说："好的、好的。"

马龙坤说："去年，欧洲的苏德战场，是转折性的一年。斯大林格勒战役之后，苏联红军继续向顿河上游、库尔斯克方向和哈尔科夫方向发展、进攻，收复了库尔斯克等地。与此同时，苏联红军在高加索方向也转入进攻，到4月初，收复了北高加索大部分失地，德军的几个集团军被全部歼灭。"

赵翰章说："噢?"

马龙坤说："库尔斯克会战是苏德战争中德军最后一次进攻的战役，也是世界上最大规模的坦克会战，这场决战使德军丧失了50余万士兵、1500多辆坦克、3000多门火炮、1000多架飞机，德军完全丧失了战略进攻能力……苏联大获全胜。"

赵翰章说："哦。"

马龙坤说："从此，苏联红军完全夺得了战略主动权，德军被迫转入全面防御；苏联红军的大反攻阶段，开始了。"

赵翰章说："想不到啊，形势变化，如此之快。"

马龙坤说："不过，你行啊。"

赵翰章说："二哥，我咋行了?"

马龙坤说："我刚才说话，才提起个头儿。"

赵翰章说："啥啊?"

马龙坤扑哧笑了，讥讽地说："听说你把四平街的天桥给买下来了，你可以在道东和道西的咽喉要道——天桥上，设卡子，收取老百姓的买路钱哪；如果要是那样，你赵翰章可就能发大发喽，呵呵。"

马德平也笑了，幽默地说道："赵爷爷，天桥要是坏了，你可得负责维修啊。"

赵翰章苦涩地一笑，说："二哥，你听我给你说这事儿。"

于是，他说起了买天桥的事儿……

去年夏天。

中岛弘把赵翰章请去，他是在上海同文高中毕业，会说一口流利的中国话。他俩见面，先是寒暄。然后，中岛弘以十分严肃的态度，对赵翰章说：

"老赵啊，你我也是老朋友了……"

赵翰章说："是啊。"

中岛弘说："我有话，不妨就直说啦。"

赵翰章说："你有话就直说。"

中岛弘说："我们大日本帝国已经在南太平洋占领着许多岛屿，军事行动需要大量的物资，要用许多钱才能买回大批的军火，以满足圣战的需要。"

赵翰章说："这是肯定的。"

中岛弘说："你是四平市的商会的会长，要号召工商界的人士捐助一些钱来援助皇军的行动……你肯定是要带个头儿的。"

赵翰章立时表现出很为难的样子，说："自从三年前施行'七·二五'价格政策以来，生意是一天不如一天，买卖越来越不好做，已经挣不到几个钱儿了。"

中岛弘的脸，马上就阴沉下来了，说："我们没有亏待过你老赵啊，四平市几个'大组合会长'都给了你了嘛，我们也不能空手套白狼啊。"

赵翰章说："这话，咋说呢？"

中岛弘说："这样吧，我们用昭和桥做抵押，你给满洲国币 30 万元钱，咋样？"

赵翰章听了，心里边大吃一惊。

昭和桥，是四平天桥的原名。建筑于 1927 年，从大连算起，在南满铁路 585 千米加 50 米处，位于四平火车站北侧。主桥长 83.6 米，四孔，钢梁结构。主桥桥面铺着长、宽、厚均为 10 厘米的方石，混凝土基础。主桥建成后，续建两侧引桥，东侧引桥长 105 米，西侧引桥长 191 米。引桥的桥面铺装方石，规格与主桥铺装的方石相同。

四平天桥，是连接四平市道东和道西的公共交通的咽喉要道。

赵翰章愣了一愣神儿，说："30 万元？"

中岛弘脸色变了，阴沉地说："让你捐 30 万元钱，难道还多吗？你小本生意来到了四平街，你是在我们满铁附属地发了大财的。如果不是我们大日本皇军把你们满洲人从水深火热中拯救出来，你老赵能够有今天这么阔气、发达吗？你能够富甲一方吗？"

赵翰章醒过神儿来了，连忙从沙发上站了起来，连连点头，说道："是、是、是，我一定照办、一定照办。"

中岛弘听了，脸上现出了微笑，走过来拍了拍赵翰章的肩膀，很风趣地说："老赵啊，我们日本军人为解救你们，流出了多少鲜血啊，难道说你老赵为支援皇军流出一点汗水，还不应该吗？"

赵翰章说："30 万元买天桥，我买定了，请科长放心。"

中岛弘说："哦，咱们可是说好了的。"

赵翰章说："说定了，说定了。"

然后，中岛弘把赵翰章送出了他的办公室。

四平市，马龙坤宅邸。

当天夜里，马龙坤深感自己身体有些不适，79岁了，难道自己……但是，他还是兴奋得睡不着觉，他看到了小鬼子的败局已定……他在他的书房里自斟自饮，以示庆贺。

他挥起毛笔，在宣纸上，写下了打油诗《还我锦华疆》：

> 我要升天堂，请来天兵将，
> 前有小哪吒，后有杨二郎；
> 打得小鬼子，哭爹又喊娘，
> 驱倭回东洋，还我锦华疆。

他把自己的打油诗，端详了端详，嘻嘻地笑了，把写有打油诗的这张宣纸，拿了起来，轻轻地放在了地上；然后，他又挥动毛笔，在另一张崭新的宣纸上，写下了遒劲而豪迈的八个大字：

"驾鹤西去，升天成佛"。

他把笔轻轻地放在了笔架上，书房里有一铺小炕，铺好的被褥，他躺了上去……第二天早上，家人去叫他时，发现这位久经沙场、戎马一生的老将军，面带微笑，已经仙逝了。

四平市，马龙坤宅邸。

门前搭起了白布的灵棚，焚香缕缕，隆重祭祀……马家人身穿重孝，一旁伺立。

赵翰章闻讯，哭泣流泪，前来落忙；马家人在极度悲哀之中，因此，马家的丧事，由他来主持。

东侧，请来了几班道人，做法事，烧符念咒，挥舞剑锋，驱鬼安灵，祈福逝者，升入天庭；西侧，请来了几班做佛事的僧人，做道场，席地打坐，双手合十，敲钵击磬，念念有词，叽叽嗡嗡，超度亡灵。对面，又有吹鼓班子，吹吹打打，奏着哀乐。

马忠廷得知父亲身亡，悲悲切切，来到了父亲的灵棚，双膝跪倒，三叩九拜。

于桂花见了，横眉立目，问道："你来干啥？"

"我来吊唁父亲。"马忠廷说。

于桂花说："你心里还有你爹吗？"

"我心里一直记着父亲的教诲。"马忠廷说。

于桂花说："既然你还记着你爹对你的教诲，你还认贼作父，当了卖国求荣……你知道吗？这一直是你爹心里的隐隐的伤痛。"

"儿子知道父亲的心思……"马忠廷说。

于桂花说："你既然知道，还给小鬼子当汉奸……你这个孽障。"

"儿子是身不由己。"马忠廷说。

"狡辩。"于桂花说，"你爷爷，忠于朝廷，在跟捻军的战斗中，战死沙场，朝廷封他为'振威将军'，赏四品顶戴花翎。你大爷儿，将日寇带到了雪窝子沟，让暴风雪埋杀了日寇，自身捐躯。你大娘，毒杀日寇，含笑九泉。你爹爹，率领部队在于家沟伏杀老毛子，围剿乌泰叛军，配合吴大帅袭击巴布扎布叛乱的蒙军；九一八事变，他心急如焚，组织你忠华哥、忠国哥、恩波哥等几个团的兵力，军援马占山，赶赴江桥抗战的沙场；他不食日寇俸禄，从四洮铁路局局长的位置上愤而退离。忠华、忠国——你的两位哥哥，少年从军，剿灭沙俄支撑的分裂国家的乌泰叛军，追剿日寇唆使的巴布扎布的所谓'勤王军'……九一八事变，他们率部投身江桥抗战……之后，又扛起了义勇军大旗，至今，还战斗在抗日的沙场上。马氏一族，精忠报国，满门忠烈。"

马忠廷听了，哭而泣涕。

于桂花说："唯独出了你这么个孽种……损誉门庭。"

马忠廷泣涕声声。

于桂花说："我和你爹给你立的规矩，你还记得吗？"

"记得。"马忠廷说。

于桂花说："我和你爹允许你的儿女回家，是念其他们是马家的骨肉；也允许你媳妇回家，因为，她嫁给了马家……但是，唯独不允许你踏进马家一步。"

马忠廷放声大哭。

于桂花说："你要是知趣的话，你走吧。"

"恳请母亲大人，让为儿在爹爹灵柩面前，再多跪一会儿。"马忠廷泣声地说。

于桂花说："不行，你在这儿，有辱你父亲的英名和英灵。"

赵翰章过来，说："二嫂，切勿动气，忠廷他要在这儿多跪一会儿，就多跪一会儿吧……我扶你进屋里歇一歇吧？"

于桂花说："别人家咋样地屈膝求荣，我于桂花管不着，但是，马家的人，出了这样的孽障，不行。"

赵翰章又去劝马忠廷，说道："我说忠廷啊，你的孝心，你赵叔我看见了，你就先回避吧，在这个非常的时候，省得惹你妈动气……"

马忠廷却还是跪在地上，不动。

于桂花叫道："来人哪。"

"有。"家人应道。

于桂花说："把这条癞皮狗，给我用棍棒打出去。"

"是。"家人应道。

家人操起了棍棒，象征性地像是要打马忠廷的样子，哪个敢真打？虽然是于桂花的命令，但是，人家毕竟是母子，所以，一边往起拉扯马忠廷，一边小声地劝说道："少爷，你就回避吧，别让你妈生气……"

马忠廷号啕大哭。

家人硬是把马忠廷拖走了；马忠廷一步三回头，大声喊叫"爹——"，声声凄厉。

于桂花的气儿，似乎平复了一些。

赵翰章说："你也到屋子里休息吧，也70多岁的人了，干吗还动气？"

说着，他搀扶着于桂花进了屋子里去休息，然后，他又出来主持丧事。

南京国民政府发来唁电。满洲国皇帝溥仪派特使前来吊唁，参加葬礼。满洲国的要人张景惠、张海鹏、熙洽等，还有地方士绅、商号、民众，纷纷送来奠仪、挽幛、挽联。

森连司令官和平岩纨彦队长，代表日本军界方面，也前来吊唁。

马家在院落里大摆筵席，招待前来吊唁的各方来客、亲朋好友。

赵翰章说："二嫂，按惯例，应吊唁七天，停灵柩七七四十九天——当年的吴大帅，就是这样的。"

于桂花说："按你二哥生前的意愿，从简吧，七天安葬。"

赵翰章说："是。"

第7天，马龙坤的灵柩徐徐抬出，灵柩用红色金丝绒布所覆盖，在阳光下闪闪发光。马龙坤捐款援助过的学校，派出军乐队，吹吹打打，在前面开路。

接着，是作为嫡长孙的马德原，身穿重孝，打着灵幡，引路前行。

送灵的队伍，浩浩荡荡，走走停停，因为有路祭的……然后，再缓缓前行，前往陵墓的所在地——条子河的岸畔。

1944 年 11 月 4 日。

滨州线，黑岗车站。

"轰轰""隆隆"一列火车，带着冷风，二五〇一次日本临时军事列车缓缓地进站了。

紧接着，五〇一次货车远远地向黑岗站开来了，两个年轻人敏捷地跳上了火车头，他们的手里握着枪，这就是马德平和马德原。

马德平对司机和烧火的锅炉工说：

"不要害怕，我们是抗日义勇军，咱们都是中国人。"

司机很慷慨，说："明白，小鬼子要完蛋了，你说，让我们做啥？"

锅炉工说："说吧，是要大火还是小火？"

马德原说："要大火。"

锅炉工说："好嘞。"

马德平说："全速前进。"

司机说："明白。"

司机把货车前进的速度调到了最高，锅炉工向火车的锅炉里猛劲儿地加煤……五〇一次货车快要进入黑岗站了，前面是扳道房。

马德平说："两位师傅，你们赶紧跳车吧。"

"是。"司机和锅炉工说。

随即，司机离开了自己的岗位，同锅炉工一起，迅速地跳下了飞驰的火车；接着，马德平和马德原也跳下了火车。

五〇一次货车继续以雷霆万钧之力，高速飞驰。

看到了即将进来的五〇一次货车，从搬道房里走出了马忠民和扳道工，就在五〇一次即将通过扳道房之前的那一时刻，马忠民和扳道工把道岔子搬向了跟二五〇一次日本军事临时列车的同一条轨道上。

呼啸的五〇一次货车，席卷着飓风，以它的飞驰的速度和车身载体的沉重的巨量，向它前面的缓缓行驶的二五〇一次日本军用临时列车，猛烈地撞击过去。

轰轰隆隆……滚雷一般的巨响，五〇一次货车撞击到了二五〇一次日本军事临时列车的尾部，后面的四节车厢撞击猛烈而起火燃烧，中间的六七辆车厢弓了起来，十几节车厢全部倒翻……乘坐这趟军事临时列车的，是刚刚从太平洋战场上换防下来的日军的一个旅团。

这个旅团的旅团长——日军大佐，被活活地火葬，仅剩下一口金牙和一只靴子；50多名日军军官，仅存下两个活的，还负了重伤。

日军的损失极其惨重。

日本关东军司令部闻讯后，深感震惊，忙派了一个少将，前来善后……

1945年6月16日，晚上。
四平市，马龙坤宅邸。

于桂花跟马家的三个儿媳妇那淑荣、乌云琪琪格、张凤珍在一起聊天。

张凤珍说："天桥的南、北两侧，都让小鬼子用苇席给挡了起来，显然，是为了掩人耳目；天桥上，有日本宪兵把守，监视来来往往的行人。"

那淑荣说："现在，不管是白天还是黑夜，都有满载日本妇女和儿童的货车专列经过咱们四平往南运……"

乌云琪琪格说："战局发展得很快，苏联的斯大林格勒保卫战被誉为'二战'经典的转折之战，从此，苏军进入战略反攻阶段，今年的4月30日攻占了德国的首都柏林，5月8日，纳粹德国举行了无条件投降仪式，在欧洲战场，苏联和美国等国家组成的盟军，取得了对纳粹德国的战争的彻底胜利。"

那淑荣说："美国飞机已经不断地轰炸鞍山了……"

张凤珍说："满洲国发布了《非常时局法》，建立防空组织，让老百姓能够识别各国的飞机……实行灯火管制，还让在玻璃的门窗上贴上交叉的纸条……"

于桂花说："小鬼子惶惶不可终日，奄奄一息了，马上就要垮台了。"

那淑荣说："我们家忠华，该从冀、热、辽那一带杀回来了。"

乌云琪琪格说："是啊，我们家忠国，也该从苏联反攻回四平了。"

"……"

于桂花和马家的儿媳妇们继续聊着。

1945 年 8 月 8 日。

苏联，北野营。

周保中说："忠国，做好反攻回咱东北家乡的准备了吗？"

马忠国说："早就准备好了。"

周保中说："8 月 6 日，也就是前天，美国向日本本土的广岛，投掷了威力巨大的原子弹……震撼了日本，振奋了整个世界。"

马忠国说："小鬼子肯定扛不住了。"

周保中大声地对抗联的将士们说："同志们，苏联政府今天就宣布——对日宣战，我们大反攻的时候到了。"

"乌拉——"将士们欢呼。

周保中说："同志们，苏联红军组成三个方面军，分路进攻东北的日军，我们抗联教导旅以独立步兵第八十八教导旅的番号，编入了第二方面军，为该方面军总部的直属部队。"

"乌拉——"将士们再次欢呼。

周保中说："我们不但是苏联红军的直属部队，跟随苏联红军直扑东北各地……还要有特种支队，伞降过去……"

马忠国说："我们就等着这一天呢，是不是啊？"

"是——"将士们喊叫着回答，声震遐迩。

周保中说："那我们就研究一下作战的具体实施方案吧。"

马忠国说："是。"

周保中和野营的抗联的首长们，研究具体的作战分工及其方案。

1945 年 8 月 12 日。

大郑线，郑家屯火车站。

苏联红军以摧枯拉朽之势，在东北战场，突飞猛进地歼灭日军。

关东军满洲独立守备大队司令官森连，还有驻四平的日本宪兵队的队长平岩纳彦等，聚集在郑家屯，要乘坐军列向南撤退——这是日本军队在大郑线撤退的最后一趟军列。

但是，没有火车司机。

张小山已经让铁路的"同仁协进会"的会员们，早就通知司机们躲避起来了。

日军都已经上了列车，森连司令官急得团团转，像热锅上的蚂蚁……派出去寻找司机的平岩纨彦回来了。

森连说："怎么样？"

平岩纨彦说："找不到司机。"

森连搓着手，说："这可咋办是好？"

平岩纨彦说："实在没有办法，就得我来担任司机了。"

森连说："你行吗？"

平岩纨彦说："凑合吧，能开走就行了。"

森连无奈地说："只能如此了。"

于是，平岩纨彦充当了火车司机，南撤的日本军列终于开动了，咣咣当当地向通辽方向驶去……所有这一切，都被躲避在一边的马德平和马德原窥视在眼里。

马德平望着逐渐远去的日本军列，说："德原，给苏军参谋总部托莫内恩将军发报，告诉他们，从郑家屯南逃的日本军列已经驶出……沿大郑线逃往通辽方向。"

马德原说："是。"

不必有任何顾忌了，他拿出微型发报机，发送电报。

两个小时后，他们听到了苏军的轰炸机和歼击机的轰鸣，远远地就看到了苏军的军机沿着大郑线，飞过去了……之后，传来了消息，由日军四平铁道守备大队，以及四平以外的其他火车站的日军铁道守备队，乘坐着日军撤退的最后一趟军列，在甘旗卡被苏联红军的战机轰炸、扫射……遭到摧毁。

法国思想家孟德斯鸠评价日本人说："日本人的性格是非常变态的。在欧洲人看来，日本是一个血腥变态嗜杀成性的民族。日本人顽固不化、任性作为、刚愎自用、愚昧无知，对上级奴颜婢膝，对下级凶狠残暴。日本人动不动就杀人，动不动就自杀。不把自己的生命放在心上，更不把别人的生命放在心上。所以，日本充满了混乱和仇杀。"

法国总统戴高乐评价日本说："日本，这是一个阴险与狡诈的残忍民族，这个民族非常势利，其疯狂嗜血的程度类似于欧洲中世纪的吸血鬼德库拉，你一旦被它看到弱点，喉管立即会被它咬破，毫无生还的可能。"

美国总统富兰克林·罗斯福说过："日本人是有史以来我见过的最卑鄙、最无耻的民族。"

第三十三章

日本天皇宣布投降，
马忠国率部队返家乡

1945 年 8 月 15 日。

四平市，马龙坤宅邸。

那淑荣来了，一进门就兴奋地高声喊道："二婶，二婶——"

于桂花回应："啥事儿呀，大呼小叫的？"

那淑荣说："日本鬼子投降了——"

于桂花说："咋知道的？"

那淑荣说："我是在收音机里听到了，日本天皇用日语颁布了向中、苏、美、英四国的投降诏书。"

"哎哟妈呀，太好了，盼了 14 年，终于盼来了这一天。"于桂花说，她又喊道："乌云——"

"哎——"乌云琪琪格应道，"妈，啥事儿啊？"

"日本鬼子投降了。"于桂花说，"你赶紧组织咱们家的人，在咱们家门口放鞭炮，再把吹鼓班子请来，在咱们家门吹吹打打……还有呢，在咱们家门口搭彩楼，庆贺啊。"

"好嘞。"乌云琪琪格答应。

"德原——"于桂花叫道。

"奶奶，我在这儿呢。"马德原回应。

"你和德平，赶紧在四平街的大街小巷，去刷五彩六色的大标语，写上庆祝抗战胜利、日本鬼子投降的内容。"于桂花说。

"这就写……"马德原说。

于是，马家门口，"噼噼啪啪"地放起了鞭炮；请来的吹鼓班子吹起了欢快的曲子；彩楼也搭起来了。

于桂花说："彩楼上的字，我来写。"

家人备好了笔墨，还有大红纸，放在了桌子上。

于桂花挥墨书写彩楼的横额——"庆贺中国人民抗日战争的伟大胜利"；她想起嫂夫人李凤莲常说的话——中国是大象，日本鬼子不过是一条贪婪的蛇，妄想吞食大象，只能自取灭亡。

于是，她挥笔写下了彩楼的对联："日本鬼子野心妄想蛇吞象""中国大象雄悍踩断蛇脊梁"。

书写着这副对联，她怀想起了为消灭日本鬼子这条毒蛇，而壮烈牺牲的嫂子李凤莲和哥哥马龙乾；她的眼泪湿润了，眼泪在眼圈里转悠，然后，不由自主地流了出来。

看到马家放鞭炮，吹奏欢快的乐曲，还搭起了彩楼，路过的人们问："不年不节的，咋这么喜兴？"

"日本鬼子投降了，咱们抗战胜利了。"马家人答道。

这喜讯像鼓荡的春风，吹遍了四平城的大街小巷，吹遍了松辽平原、长白山脉……吹遍了东北，吹遍了整个中华大地。

第二天，山口枝子来了，她还领着一帮人——日本妇孺。

她进门就喊道："娘——"

于桂花说："回家来了？"

"嗯哪。"山口枝子说，"中国的老百姓像驱除瘟疫似的，追打日本人……有的日本人被不分青红皂白地给打死了。"

于桂花说："那是日本人太作孽了。"

山口枝子说："所以，我领着我熟识的人来咱们家，暂时避一避。"

于桂花抬头一看，皱起了眉头，问道："枝子，你领些妇孺来，我还理解，你咋还领着两个日本兵来呢？"

山口枝子说："娘，你还记得当年有个叫伊田正男的日本兵，给二龙山送去了一卡车弹药的事情吗？"

于桂花说："哦，记得。"

山口枝子说："伊田正男是'日本反帝同盟会'的，这两个日本兵跟伊田正男一样，也是'日本反帝同盟会'的。"

"哦，知道了，欢迎、欢迎。"于桂花说，"进来吧，在我家，没有人敢伤害你们。"

山口枝子领着这些人，躲避在婆家。

1945 年 8 月 19 日。

苏联红军进驻四平。

魏久根斯基为四平卫戍司令部的司令，马忠国为副司令；米哈依洛夫为宪兵司令，冯大吉为副司令。

1945 年 8 月 22 日。

四平市，苏联红军四平卫戍司令部。

米哈依洛夫和冯大吉来到了这里，召开军事管制委员会的会议。

冯大吉说："已经将日军的官兵关在了杨木林子兵营，汉奸赵翰章、马忠廷等关在了女子国民高等学校。"

魏久根斯基说："准备咋样处置汉奸们？"

关东青说："群众愤慨，拟议枪毙。"

魏久根斯基说："苏军的军事管制尚未撤销，不能枪毙赵翰章、马忠廷等人。"

冯大吉说："那就改为死刑，缓期执行吧。"

马忠国因为马忠廷是自己的亲弟弟，因而，没有说话。

这时，副官进来报告："苏军总参谋部远东情报局密电。"

马忠国说："念。"

副官说："苏军驻四平军事管制委员会首长：请注意保护苏军总参谋部远东情报局驻四平秘密情报站站长马忠廷，他的太太山口枝子也是我远东情报局秘密情报员。"

冯大吉说："呵呵，闹了半天，马忠国副司令的亲弟弟……跟咱们是一家人。"

副官说："还有一封由周保中将军从长春转来的延安方面的电报。"

马忠国说："念。"

副官说："马忠廷同志系中共驻东北秘密特派员、山口枝子为秘密谍报员。"

马忠国长吁了一口气。

关东青说："瞧瞧，差点儿毙了马忠廷，险些闹个大水冲了龙王庙——

一家人不认识一家人，这两封电报太及时了，多危险啊。"

马忠国说："我刚才没有说话，我就知道我们马家不可能出汉奸……我们家人最痛恨汉奸，我妈一提到汉奸就恨得牙根儿疼，这下子好了，我妈可以宽心了，呵呵。"

米哈依洛夫说："把马司令的弟弟，用吉普车请到这儿来吧。"

关东青说："我去。"

说完，他出去了。

半个多小时之后，马忠廷来了，由关东青把他引进门，他进门之后，向在场的诸位致敬军礼。

马忠国过去跟马忠廷拥抱，马忠国的眼泪下来了，动情地说："这么多年了……我的好弟弟。"

米哈依洛夫说："马忠廷同志，请坐。"

魏久根斯基说："马忠廷同志，委屈你了。"

马忠廷说："很正常。"

冯大吉说："接到了苏军总参谋部远东情报局和由周保中转来的延安的电报，就马上派关东青同志把你接到了这里。"

马忠廷说："抗战胜利了，但是，我们还面临着一场斗争，就是国共两党肯定要争夺东北……我们希望中国人和中国人不要再斗起来，但是，和平只能是希望，如果双方不能达成妥协，必然有一场激烈的争斗——这场争斗会让国人，乃至会让全世界都瞩目。"

马忠国说："是啊，这正是大家所忧心的抗战后的时局。"

马忠廷说："所以，从长远的利益考虑，我有个建议，就是把跟我关在一起的赵翰章放出来……"

冯大吉说："哦，这个人还有可以借用的地方？"

马忠廷说："是的。"

魏久根斯基说："那就按照马忠廷同志所说的去办。"

米哈依洛夫说："咋放他呢，以啥为借口，马忠廷同志？"

马忠廷说："找一位跟他关系很好，又有威望的人，替他说好话，来保释他。"

马忠国说："这个人嘛，我妈是最好的人选。"

魏久根斯基说："那就由你妈妈来保释他，取保释放。"

这时，副官来报告："有两位苏军远东情报局的谍报员前来报到。"

魏久根斯基说："请。"

苏军远东情报局的谍报员进来，他们俩穿着苏军的军装，走了进来，马忠国一看，他笑了，进来的正是自己的儿子马德原和侄子马德平。

"报告司令官，苏军总参谋部远东情报局中国谋略纵火团战士瓦尼亚，奉托莫内恩将军的命令，前来报到。"马德平用俄语流利地说。

"报告司令官，苏军总参谋部远东情报局中国谋略纵火团战士舒拉，奉托莫内恩将军的命令，前来报到。"马德原也用俄语流利地说。

然后，这两个人又转身向马忠廷敬礼，并且，说道："报告'东北虎'首长，我们按照你的命令，圆满地完成了你指令的各项战斗任务。"

"你们的任务，完成得都很出色。"马忠廷说。

冯大吉说："马司令，他们俩是苏军总参谋部远东情报局的谍报员，你知道吗？"

马忠国说："知道，当时中共满洲省委把他们俩去苏联受训的事儿，通知了我和忠华。"

关东青说："忠廷，你咋成了他们俩的首长——'东北虎'？"

马忠廷笑了，说："中共满洲省委要选派去苏联远东情报局的特工人员，是我向当时的中共满洲省委建议的他们俩，是由姬兴周同志亲自考察的……先入党，后派送的。"

冯大吉说："可惜啊，姬兴周同志牺牲了。"

马忠廷说："姬兴周同志光荣牺牲之后，苏军总参谋部远东情报局指令我来单线指挥他们俩……我的代号是'东北虎'。"

"哦，是这样。"关东青说，"我明白了。"

冯大吉说："你明白啥呀？"

关东青说："我们每次从关东豹那儿，得到的关于日军动向的机密情报……都是马忠廷给提供的。"

冯大吉一拍手，说："你说对了，这个谜底算是解开了。"

"咱们的会议，就开到这儿吧，我得把忠廷领到我妈的面前……让我妈高兴、高兴。"马忠国说，"我也有几年光景，没有见到过我妈了。"

魏久根斯基说："好吧。"

冯大吉说："马司令回到四平都好几天了，连自己的媳妇还没有回家看一眼呢，何况自己的老妈了，嘿嘿嘿。"

马忠国说："最好是给我弟弟忠廷换上一身苏军的军装，苏军总参谋部远东情报局的四平站站长嘛……一个日本关东军满洲独立守备大队司令部的翻译官，突然，变成了苏军军官，我妈一定得惊喜得不得了。"

冯大吉说："这样，在老妈妈的面前，突然，出现了两位苏军军官……"

关东青说："还有穿着苏军军装的马德平和马德原呢。"

米哈依洛夫说："我那儿有一套军装，让马忠廷同志穿，肯定合身。"

说完，他去给马忠廷拿军装去了。

四平市，马龙坤宅邸。

马德原开着苏军的吉普车，到了家门口，停了下来。

马忠国、马忠廷、马德原、马德平，走进了门，马德原就大声地喊道"奶奶——"又高声地喊了声："妈——"

马德平喊道："你们看，谁回来了？"

于桂花、乌云琪琪格和山口枝子，都从房间里走了出来，她们首先看到的是马德原和马德平身穿苏军军装，然后，又看到了身穿苏军军装的马忠国和马忠廷。

乌云琪琪格叫了声："忠国。"

山口枝子叫了声："忠廷。"

于桂花简直不敢相信自己的眼睛，她对于身穿苏军军装的马忠国并不感到惊讶，但是，看到马忠廷也身穿苏军军装，似乎不敢相信自己的眼睛。

这时，马忠廷见到了自己的母亲，眼含热泪，他扑通跪在了于桂花的面前，喊了一声："妈——"

马德原说："奶奶，我老叔是苏军总参谋部远东情报局的特工，一直秘密潜伏在日寇的心脏，出色地完成了各项战斗任务，现在，他圆满地完成了战斗任务，回归苏军……也回家看望你来了。"

于桂花说："我咋听说，你被苏军关押起来了呢，还传出来，说是要枪毙你？"

马忠国说："他是被关押起来了，也是拟议要枪毙他……但是，这一切，都是误会，化险为夷了，在烈火中露出了他是块真金的本来面目。"

于桂花的眼睛湿润了，颤颤巍巍地走了过去，把跪在地上的马忠廷抱在了怀里，说："我的老儿子……妈委屈你了。"

说不上是由于压抑在内心的多年的委屈，还是想起了自己的父亲……或是见了母亲而由衷地高兴，马忠廷激动地哭了起来。

马忠国扶起了自己的弟弟，说："妈，咱们进屋去唠吧。"

于桂花说："好、好。"

于是，都进到了客厅里，大家落座。

于桂花长吁了一口气，说道："日本鬼子倒台了，咱们家的人，也都团圆了。"

乌云琪琪格说："嗯哪。"

于桂花忽然又说："忠华呢？"

马忠国说："他们的'辽北支队'，正在从山海关返回咱们东北内地的路上呢。"

于桂花说："德原啊，你去把你大娘那淑荣，三叔马忠民他们，都请到咱们家来，先聚一聚，等你忠华大爷也回来了，咱们再大团圆地聚一聚。"

"嗯哪。"马德原说，"我这就开着吉普车，去请他们。"

说完，他就出去了。

马忠廷说："妈，有件事情，得你去办。"

于桂花说："啥事儿？"

马忠廷说："刚才，你不是说我被当汉奸而关押起来了吗？"

于桂花说："是啊。"

马忠廷说："跟我关押在一起的，还有赵叔呢。"

于桂花说："赵翰章？"

"是的。"马忠廷说，"你把他保释出来。"

于桂花说："可以啊。"

马忠廷说："我哥哥是卫戍司令部的副司令，明天你就去保释他，按我说的去做……"

于桂花说："嗯哪。"

乌云琪琪格说："咱们先把饭桌子都摆上，等大嫂那淑荣和三弟忠民他们来了，咱们就正式开饭，多少年了，也没有吃上一顿团圆饭了。"

于是，大家拾掇起来，摆桌子，摆椅子，搬凳子……

第二天。

四平市，苏军宪兵司令部。

五花大绑的赵翰章，被关东青带到了这里。

赵翰章进来之后，首先看到了于桂花，叫了一声："二嫂。"

于桂花指着五花大绑的赵翰章，说："我来这里，要保的就是他。"

冯大吉说："你这老太太，你保你儿子就行了，还非得要保赵翰章，赵翰章跟着日本人干了很多坏事啊，你知道不知道？"

这时，赵翰章才看到了马忠廷也在这里，说道："你也在这儿。"

马忠廷轻声地说："嗯哪。"

于桂花说："我们跟赵翰章是多年的朋友了，我还不知道他吗，他要干他的买卖，谁有权势，他都得烧香拜佛……没有办法的事情。"

冯大吉说："也就你这老太太仗着你儿子马忠国是四平街的苏军卫戍副司令，你才敢这么说，要是换了别人，就得按包庇汉奸罪论处。"

赵翰章一惊，他简直不敢相信自己的耳朵，马忠国是四平街的苏军卫戍副司令？马忠国的官儿，不小啊。

——他相信自己有救了。

于桂花说："说起这个赵翰章，日本人来了，他是日本人的维持会；苏军来了，前些日子，他又要当苏军的维持会会长——他就是个商人。"

关东青说："嗯，这个，我也知道。"

"知道了，你就了解他了。"于桂花说，"满洲国的四平宪兵队说他是私通二龙山的反满抗日的土匪……现在，你们又说他是汉奸……他到底是抗日还是汉奸？"

赵翰章说："反正我是猪八戒照镜子——里外不是人儿。"

冯大吉说："拟议中，这个赵翰章是要枪毙的，他曾经在家里养着罪恶的日军中将。"

赵翰章说："日本人强逼着让我养着这个日军中将金岗峤，住在我的新楼里，吃我的，喝我的，分文不给，这是日本人在勒索我啊。"

"说起这个事儿，我也知道，他家里是养着一个负伤的日军中将，但是，那是被逼无奈的事儿。事后，他把这个日军中将出行的消息，透露给了抗日义勇军，抗日义勇军就把这个日军中将击毙了。"于桂花说，"还有啊，满系宪兵队长马春城，作恶多端，因沙河口日军军列颠覆……冤杀了包括少帅张学良的夫人于凤至的舅舅的家人在内的 22 口子人；是赵翰章配合二龙山的抗日义勇军，将计就计，参与了猎杀汉奸马春城的谋划……这些事实证明，他赵翰章不是汉奸啊。"

关东青说："冯司令，你看咋办好？"

冯大吉说："既然是马司令的老母亲作保，这个面子可是够大的。"他沉默了一下，似乎为难，但是，终于又下了决心似的，"就按老太太的意见办吧——取保释放。"

于桂花说："这就对了，你们对赵翰章可能有许多误解，别听人瞎哄哄……我们家跟赵翰章这关系可是大半辈子的关系了，他就是个经商的，就是你们的马忠国马司令见了赵翰章也得管他叫'叔叔'。"

关东青说："赵翰章从杨木林子的日军兵营里还拿了500多支枪呢……"

于桂花说："这件事情，我知道，他那是为了在苏军来到之前，为苏军维持社会治安。"

赵翰章说："我把这些枪支都上缴给你们，就是了。"

关东青把桌子上的一纸文书向前一推，说："哦，这是赵翰章和马忠廷的保释书，你老太太既然敢作保，你就签字吧。"

于桂花说："我做保，我签字。"

说着，她在保释单上签了字、画了押。

关东青看了看于桂花在保释单上的签字，然后，他用手指着赵翰章和马忠廷说："你们俩，可以走了。"

于桂花拉着赵翰章和马忠廷说："咱们走吧。"然后，她又回头对冯大吉和关东青说，"谢谢你们了，长官。"

走出了门，赵翰章说："谢谢二嫂了，还是二嫂惦记着我。"

于桂花说："我可是有条件的。"

赵翰章说："啥条件？"

于桂花说："忠廷过去给小鬼子当翻译官，小鬼子倒了，他能干啥？我看，只能跟着你这个精明人儿经商了——这也是我保释你的一个目的。"

赵翰章说："自家人，忠廷是我的难得的好帮手啊，我还求之不得呢。"

于桂花说："那可就说定了。"

赵翰章说："嗯哪。"

出了苏军宪兵司令的大门，于桂花叫了辆马车，先把赵翰章送回了家，然后，她和马忠廷才回了家。

第三天。

四平市，苏军卫戍司令部。

马忠国对冯大吉说："你去长春，见到周保中将军了吗？"

冯大吉说："见到了。"

马忠国说："咱们要迅速地扩充部队，他给咱们多少枪？"

冯大吉说："你先别问能给咱们多少枪炮，你猜猜，周保中将军在长春，他掌握的枪械库里有多少枪炮？"

马忠国说："多少？"

冯大吉说："初步统计，步枪6万支，轻机枪2000多挺，重机枪800多挺，掷弹筒500余具，迫击炮20余门，山炮、野炮5门，弹药共计1200余万发。"

马忠国说："他让咱们组成一个独立师，他就得给咱们一个独立师的装备才是。"

冯大吉乐观地说："没问题啊。"

马忠国对关东青说："你找到大掌柜的小白龙了吗？"

关东青说："在茂林，找到了。"

马忠国说："小白龙大掌柜的和白莲花，都好？"

关东青说："都好，还让我给你代好呢。"

马忠国说："他啥时候归队？"

关东青说："他说，他不归队了。"

马忠国说："咱们二龙山分成三路的时候，说好了的呀，先分后合啊。"

关东青说："他说，小鬼子倒台了，咱们中国人胜利了，他就完成他的使命了，种地当农民了。"

"这个小白龙，八成是十几亩地三头牛、老婆孩子热炕头——过得舒服了，就不想出山了。"马忠国说，"咱们二龙山的其他义勇军将士呢？"

关东青说："其他的义勇军将士，绝大多数都想归队。"

"那就好，组建独立师，需要人哪。"马忠国说，"有枪有人，独立师就组建成了。"

关东青说："我告诉咱们的将士们了，要多拉人参军。"

冯大吉说："我也是在做这个工作。"

马忠国肯定地说："好。"

然后，他们又研究其他事项。

条子河的河畔，马家墓地。

马龙坤的坟墓，还有马龙乾和李凤莲的坟墓，以及马忠安的坟墓，也迁过来了。

坟墓前，摆着供桌，供桌上烧着高香，摆放着各种供果。供桌前放着一个瓦盆，瓦盆里焚烧着纸钱儿。

于桂花领着马家的子孙——马忠国夫妇、马忠民夫妇、马忠廷夫妇、那淑荣、马德平、马德原、马德云、马德河、马德仙、马德湖，都来这里祭拜了。

于桂花跪在了前面，说：

"龙坤，龙乾哥哥、凤莲嫂子，还有忠安侄子，我带领儿孙们来看你们来了。唯一要说明的，也是你们最惦记的就是忠廷，他也是咱们马家的好儿子，他是潜伏在日寇心脏里的抗日的谍报人员——我们以前误解他了，你们知道了，也就放心了。一句话，咱们马家人个个精忠报国，都对得起列祖列宗，没有不肖子孙。"

说完，三叩九拜。

众子孙也都三叩九拜。

然后，马家人都站立了起来。

丰收季节，天高云淡，草木青黄。

忽然，荡漾起清爽的秋风，仿佛是马龙乾、李凤莲、马龙坤、马忠安的魂灵儿御风而来，前来探视自家的亲人。

金风吹奏，广袤的原野上的树木和庄稼的青黄的叶片，抖动了起来，像是伴奏的和声……站在墓前的马忠国他们，动情地唱起了《我的大辽河 我的四平街》：

一

我的大辽河，
我的四平街，
背倚长白山苍松翠柏，
牵手松花江黑土沃野。

努尔哈赤的黄龙旗，
——威风猎猎；

成吉思汗射大雕，
——弯弓如满月；
胸前佩饰着，
红山的图腾玉琢，
——"天下第一龙"，
南进黄河流域的黄帝部落；
融汇了六千年华夏文明，
——辉煌的大中国。

（道白：）
（大辽河，黑土地。）
（棒打狍子瓢舀鱼，）
（野鸡飞进汤锅里。）
（大豆高粱加玉米，）
（旱涝保收很富裕。）

我的大辽河，我的母亲河；
我的四平街，伟岸的亲爹爹。
源远流长的大辽河，
亲吻着四平街。
四平街是关东的心窝窝，
烽火浓烈、铁马金戈、凤舞龙跃，
——英雄有气魄。
敌人胆敢来侵略，就把它坚决消灭。

黑土地上的关东的女儿哟，
端庄秀丽，激情似火，
敢恨敢爱，英武巾帼。
不怕寒冬的狂风暴雪，
为了美好的新生活，
追逐着春花烂漫的融冰绿野，
收获秋天的和平与强盛的硕果。

啊——
我的英雄壮美的四平街，
我的源远流长的大辽河，
我的辉煌的大中国地灵人杰。

二

我的大辽河，
我的四平街，
背倚长白山苍松翠柏，
牵手松花江黑土沃野。

努尔哈赤的黄龙旗，
——威风猎猎；
成吉思汗射大雕，
——弯弓如满月；
胸前佩饰着，
红山的图腾玉琢，
——"天下第一龙"，
南进黄河流域的黄帝部落；
融汇了六千年华夏文明，
——辉煌的大中国。

（道白：）
（关东物产真富饶。）
（人道关东有三宝，）
（人参貂皮乌拉草。）
（金银铜铁矿脉好，）
（铁道纵横林广袤。）

我的大辽河，我的母亲河；

我的四平街，伟岸的亲爹爹。
源远流长的大辽河，
亲吻着四平街。
四平街是关东的要塞哟，
烽火浓烈、铁马金戈、凤舞龙跃，
——英雄有气魄。
敌人胆敢来侵略，就把它坚决消灭。

黑土地上的关东的大汉哟，
豪迈矫捷，胸怀壮阔，
强悍如铁，保家卫国。
不怕寒冬的狂风暴雪，
为了美好的新生活，
追逐着春花烂漫的融冰绿野，
收获秋天的和平与强盛的硕果。

哦——
我的英雄壮美的四平街，
我的源远流长的大辽河，
我的辉煌的大中国地灵人杰。